Zu diesem Buch

«Das ist nun wirklich etwas Neues: Die Heldin eines munteren Unterhaltungsromans aus dem historischen Genre ist Botanikerin und eröffnet 1765 sogar einen richtigen Öko-Laden mitten in Paris ... Fanny Deschamps besitzt offenbar etliche botanische Kenntnisse und beschloß, ihre Heldin daran teilhaben zu lassen. Zwar spielen die Grünen und Alternativen in Frankreich nicht annähernd die Rolle wie bei uns, aber die Autorin ist ihnen augenscheinlich zugetan: Jeanne, die naturgemäß schließlich als Geliebte des Kräuterdoktors Aubriot mit diesem nach Paris geht, ist in der Kenntnis der Heilpflanzen so bewandert, daß sie einen Kräuterladen aufmacht, in dem es auch empfängnisverhütende Mittel auf Pflanzenbasis zu kaufen gibt und auch dezente Aphrodisiaka. Das ist im gewohnten historischen Unterhaltungsroman ganz ungewöhnlich, so daß der Leser auch noch auf angenehme Weise belehrt wird. Im übrigen pflegt die so hübsche wie intelligente Jeanne auch Umgang mit Buffon, Diderot und d'Alembert ... Ich gestehe gern, daß ich diese sanfte Fabulierkunst durchaus genossen habe, weil sie denn doch – allen unvermeidlichen Schablonen zum Trotz – auf geistvolle Weise unterhält. Es muß ja nicht immer mit dem Degen gefuchtelt werden ...» (Eckart Klessmann, «Frankfurter Allgemeine Zeitung»).

«‹Jeanne in den Gärten› ist ein Buch, dessen über 500 Seiten man in einer Nacht verschlingen möchte, so brillant ist es geschrieben und auch ins Deutsche übersetzt» («Annabelle-Femina»).

Fanny Deschamps, geboren 1920 in der Bourgogne, arbeitete in der Textilindustrie und wurde in ihrer Firma Chef-Einkäuferin für Baumwolle. Mit etwa 40 Jahren begann sie als Journalistin zu arbeiten. Ihre Reportagen erschienen u. a. bei «L'Express», «Nouvel Observateur», «France-Soir», «Elle» und «Point». Gleichzeitig veröffentlichte sie etliche Bücher. «Jeanne in den Gärten» ist ihr erster großer Roman, dem inzwischen die Fortsetzung «Jeanne über den Meeren» (Rowohlt 1984) folgte.

Fanny Deschamps

Jeanne
in den Gärten

Roman

Deutsch von Uli Aumüller
und Grete Osterwald

rororo

Rowohlt

Für Albert,
ohne den es diesen Roman
nicht gäbe

Veröffentlicht im Rowohlt Taschenbuch Verlag GmbH,
Reinbek bei Hamburg, April 1986

Die Originalausgabe erschien unter dem Titel
«La Bougainvillée – Le Jardin du Roi»

Umschlagentwurf Manfred Waller unter Verwendung
eines zeitgenössischen Stichs/Kolorierung Georg Meyer
Gesamtherstellung Clausen & Bosse, Leck
Printed in Germany
1000-ISBN 3 499 15700 4

I

Ein Schloß in der Dombes

1. Kapitel

Das Feuer ist niedergebrannt. Allmählich versinkt es in der Glut und hüllt Jeanne von Kopf bis Fuß in seine wohlriechende, sanfte Wärme. Sie fühlt sich wie in einer Wiege. Alles in ihr ist ruhig geworden – bis auf die schmerzliche Sehnsucht, sich noch behaglicher zu fühlen, in Philiberts Armen.

Philibert . . .

Sie schloß die Augen über seinem Bild, um es mit ihren Lidern zu liebkosen.

Schon zwei Jahre.

Siebenhundertdreißig Tage ohne ihn. Das Unmögliche war Wirklichkeit geworden.

Sie hatte sich auf den Teppich gesetzt, die Beine umschlungen; ihre Wange ruhte auf den Knien. Seufzend nahm sie das Buch wieder auf, das neben ihren Rock gefallen war.

Heftige Stockschläge, mit denen Madame de Bouhey das Parkett ihres Gemachs traktierte, rissen Jeanne aus ihrer genüßlichen Melancholie. Mit einem Satz war sie auf den Beinen. Nun ist es soweit! dachte sie verärgert. Sie ist krank. Ich hätte wetten mögen. Sie hat wieder unmäßig gegessen!

Am Morgen dieses 1. April 1762 hatte die Baronin Marie-Françoise de Bouhey zur Feier des fünfzehnten Geburtstages ihres Mündels Jeanne sieben kleine Stielkasserollen, vier große runde Schmorpfannen, drei Fleischtöpfe und drei Geflügelspieße in den Ofen schieben lassen. Nach ihrer Sonntagsgewohnheit hatte sie beim Diner von sechs und beim Souper von drei Gerichten gekostet, von den Nachspeisen ganz zu schweigen. Doch kaum war sie in ihre Gemächer hinaufgegangen und hatte sich hingelegt, als sich ihr Betthimmel auch schon zu drehen begann und Todesqualen ihr den Schweiß von der Stirn rinnen ließen.

«Es ist aus, mein Gott! Dieses Mal werde ich hinüber . . . gehen», stöhnte sie zwischen zwei unfreiwilligen Rülpsern. «Jeannette, mein Lie . . . bes, hilf mir, daß . . . ich nicht hinüber muß!»

Die Nachthaube verdreht, lag sie quer auf einem Berg von Kopfkissen, mit schlaffen Händen, sterbendem Blick und spitzer Nase – ein Bild, das man zur Abschreckung aller Gefräßigen hätte malen sollen. Pompon, die Kammerzofe, tauchte ein Tuch in eine Schale Essigwasser, um ihrer Herrin die Schläfen zu benetzen. Hinter Jeanne, die im Laufschritt die Treppe heraufgekommen war, hatte der Raum sich mit einem halben Dutzend Gestalten in weißer Unterkleidung gefüllt; mit dem Leuchter in der Hand waren sie herbeigeeilt, um sich nach der Ursache der Unruhe zu erkundigen. Delphine de Bouhey, die Schwiegertochter der Baronin, machte auf der Stelle kehrt, ihr Medikamentenköfferchen zu holen.

«Wäre es nicht besser, Pater Jérôme aus Neuville zu holen?» fragte Pompon aus den Kulissen.

«Ist schon geschehen», erklärte Mademoiselle Sergent, die Hausdame. «Thomas ist soeben losgefahren.»

In Wirklichkeit glaubte niemand, daß die Baronin dringend einen Beichtvater brauchte; aber Pater Jérôme, der Almosenpfleger der Abtei von Neuville, verfügte nicht zuletzt auch über heilende Kräfte. Als sie von ihm sprechen hörte, verlangte die Kranke, von plötzlicher Panik ergriffen, man möge ihr auch den Notar schicken – es drängte sie der eitle Wunsch, noch ein wenig an ihrem Testament herumzulaborieren, ehe sie Leib und Leben lassen mußte. Longchamp, der Diener der jungen Bouheys, wurde geweckt und mit der Halbkutsche nach Châtillon geschickt – Thomas hatte die Karosse genommen, um den Almosenpfleger abzuholen.

Seit zwei Wochen regnete es ununterbrochen; Himmel und Erde in der Dombes glichen einer Wasserlandschaft. In Schloß Charmont angelangt, hielt Maître Étienne-Marie Aubriot schnaubend und prustend mitten in der Vorhalle inne und ließ seine dröhnende Stimme ertönen; es dauerte eine ganze Weile, ehe Jeanne den vom Regen triefenden Philibert hinter seinem Vater entdeckte; er lächelte ihr zu, indem er die Tropfen von seinem Hut schüttelte.

«Da mein Sohn zufällig gerade bei mir war, glaubte ich, gut daran zu tun, dem Notar das Geleit des Arztes zu geben», sagte der alte Aubriot. «Nun, Mademoiselle Jeannette, was ist geschehen?»

Doktor Philibert Aubriot trat einen Schritt nach vorn: «Wenn Ihr erlaubt, mein Vater, sieht der Arzt erst einmal nach dem Rechten, ehe der Notar hinaufgeht.»

Wie zu einer Bildsäule erstarrt, sah Jeanne ihren Traum auf sich zukommen. Tiefe Stille umgab sie, das Leben um sie herum ging geräuschlos vonstatten. Sie sah die sich bewegenden Lippen des Phantoms Philibert, streckte die Hand nach ihm aus und spürte auf wunderbar reale Weise die kitzelnde Berührung einer Musselinmanschette. Mit einem Schlag war ihr das Blut in den Kopf geschossen, es pochte ihr in den Ohren und machte sie taub. «Gehen wir hinauf?» fragte Philibert.

Wie brachte sie ihn zum Zimmer der Baronin? Sprachen sie miteinander? Sie sollte sich nur noch an eines erinnern: die unermeßliche sinnliche Freude, die über sie gekommen war, als sie an seiner Seite ging, genau wie einst, mit dem schwerelosen Körper einer Seligen.

Seit er seine Praxis in Belley eingerichtet hatte, im Herzen des eßfreudigen Bugey, behandelte Doktor Philibert Aubriot zahlreiche Patienten, die an überfüllten Gedärmen litten, und er wußte ihnen auf billige Weise zu helfen: eine gute Portion Brechwurz, gefolgt von einer anständigen Fastenzeit mit starken Zichorienaufgüssen gegen den Durst; um den heilsamen Trank aufzuwerten, pflegte er *Cichorium intybus* auf das Rezept zu schreiben. Seiner Verordnung fügte er eine Rede über die Vorzüge eines einfachen und genügsamen Tisches hinzu, wie dieser so geistreich von den Anhängern der *nouvelle cuisine* gerühmt wurde. In Paris, wo es genügend übersättigte Gebildete gab, denen eine Idee lieber war als ein Kapaun, begann die philosophische neue Küche auf der Basis von Säften, Kraftbrühen, Gemüse und Milch in der gesamten Aristokratie Furore zu machen. Doch die Provinzler um Doktor Aubriot zogen weiterhin ihren fetten Schmaus ohne philosophische Beilage vor, wenngleich sie ihr Leben lang unter Verdauungsstörungen, Gicht, Harngrieß und Schlaganfällen zu leiden hatten. Wie dem auch sei – als brillanter Schönredner ließ der Arzt es sich nicht nehmen, ihnen leichte, bekömmliche Delikatessen zu empfehlen, namentlich Dickmilch und *Taraxacum dens leonis* – gemeinhin Löwenzahn genannt –, der zu Salat bereitet und von den Genußsüchtigen hinter des Doktors Rücken um eine Handvoll ausgelassene Speckscheiben angereichert wurde. Wie alle anderen zur Völlerei neigenden Patienten bekam auch Madame de Bouhey eine Lobrede auf die kleine Milchspeise und das köstliche Grün zu hören, ohne daß Doktor Aubriot sich auch nur die geringste Illusion machte: Ein Durchfall ist schnell vergessen; die guten Leckereien aber bleiben in Erinnerung.

Neben dem Bett sitzend, ließ er sich weidlich Zeit, das Gesicht seiner Kranken zu beobachten, an deren Grimassen er die letzten Magenkrämpfe ablesen konnte. Das Brechmittel hatte prompt gewirkt. Eine zarte Röte kehrte lieblich in die Wangen der Baronin zurück. Umrahmt von dicken hellgrauen Locken, die unter ihrer spitzenbesetzten Nachthaube hervorquollen, gewann sie ein wenig von dem feinsinnigen Charme ihrer sechzig Jahre zurück, die ihr ihre Reize nicht genommen hatten. Sie schenkte Doktor Aubriot ein kleines Lächeln und bedeutete ihm, noch ein wenig zu verweilen.

Aubriot glaubte nicht an die Medizin, aber er glaubte an die Person des Arztes – vor allem, wenn er sich mit seiner schlichten Anwesenheit begnügte. Freundschaftlich ergriff er das Handgelenk der Wiederauferstandenen und tat so, als könne er ihr noch dienlich sein.

In dem frischgestrichenen kleinen Salon im Erdgeschoß, dessen zitronengelbes Täfelwerk die fliederfarbenen Ornamente wunderbar zur Geltung brachte, hatte Jeanne ein bescheidenes Nachtessen auftragen lassen: ein Hähnchen, etwas Frischkäse und eine Karaffe Mâconwein. Ein ausgedehnter Mitternachtsschmaus wäre gewiß nicht Philiberts Art gewesen, das wußte sie genau; aber schließlich mußte er auf seinen Vater warten, um nach Châtillon zurückzukehren; und es war durchaus anzunehmen, daß Madame de Bouhey, sobald sie einigermaßen bei Kräften war, ihren Notar eine Weile beschäftigen würde. Ihr Testament zu machen, es wieder zu vernichten und neu zu formulieren war ihr ein Vergnügen, dessen sie nicht müde wurde: so hatte sie Gelegenheit, ihr Hab und Gut mit der eleganten Begründung der notwendigen Verteilung aufzuzählen.

Außer dem Kutscher Thomas und Pompon, die Jeanne im Zimmer ihrer Herrin auf- und abgehen hörte, hatten sich alle wieder schlafen gelegt. Pater Jérôme war beruhigt in seine Abtei zurückgefahren und Maître Aubriot geduldete sich oben, im Boudoir seiner Mandantin. Jeanne würde Philibert ganz für sich allein haben. Bald, gleich, vielleicht schon im nächsten Augenblick würde sie seine Absätze auf der Steintreppe klappern hören . . . Ihre innere Erregung wuchs. Sie hatte so lange, so intensiv auf ihn gewartet, daß sie die Möglichkeit, er könnte eines Tages wie jeder beliebige Besucher unerwartet auftauchen, vollends vergessen hatte. Zum zehntenmal seit einer Viertelstunde stellte sie sich vor den Spiegel am Kamin.

Sie hatte sich frisch gemacht, gekämmt und parfümiert. Immer noch glich sie jenem Wildfang, mit dem er einst durch die Felder der Dombes gestreift war, nur erschien sie mittlerweile formvollendeter, weicher. Mit leidenschaftlicher Hingabe hielt das junge Mädchen an seinem Glauben fest, Philibert habe sie geformt, eigens für sich selbst, aus purem Egoismus. Sie war überzeugt, daß all ihre Eigenschaften von ihm geprägt waren, dazu bestimmt, ihm zu gefallen: ihre Lebhaftigkeit ebenso wie ihr kraftvoller, gewandter, unermüdlicher Körper, ihr aufmerksamer Blick, ihre grenzenlose Neugier für das Leben der Bäume, der Pflanzen und der Blumen, ihre Begeisterung für die Schönheiten der Natur sowie ihre Geduld beim Sortieren der Heilkräuter oder bei der Arbeit an den Herbarien, die laufend auf den neuesten Stand gebracht werden mußten. Vernarrt in die Botanik, hatte Philibert Aubriot sie mit seinem grünen Fieber angesteckt. Andere zu ‹Botanomanen› zu machen, war sein Lieblingsspiel – gab er es nicht selbst zu?

Jeanne war zehn Jahre alt, als die grüne Krankheit Besitz von ihr ergriff. Ihr Vater, ein burgundischer Dachdecker, war zwei Jahre vorher bei einem Sturz vom Dach des Schlosses Charmont tödlich verunglückt. Als Madame de Bouhey erfuhr, daß die hinterbliebene Tochter bereits keine Mutter mehr hatte, da diese schon bei der Geburt gestorben war, hatte sie das Kind zu sich genommen und es bald in ihr Herz geschlossen. Gemeinsam mit ihren Enkelsöhnen Charles und Jean-François ließ sie Jeanne auf dem Schloß unterrichten. Charles war ein Jahr älter als das Waisenkind, Jean-François ein Jahr jünger. Das wissensdurstige und außergewöhnlich intelligente kleine Mädchen wußte die Lektionen des Abbé Rollin besser zu nutzen als die beiden Knaben. Obendrein hatte sie das unerhörte Glück, die Aufmerksamkeit eines Gelehrten aus Châtillon-en-Dombes zu erregen: des Doktors Philibert Aubriot.

Am Tag jenes denkwürdigen Ereignisses wurde in Charmont die

Hochzeit einer Halbschwester des verstorbenen Baron de Bouhey gefeiert. In der Junihitze suchten die Gäste sich durch Spaziergänge im Park zu erfrischen. Doktor Aubriot saß auf der Terrasse, inmitten einer Schar lauschender Verehrerinnen, und sprach über die Duftwässerchen. Als angesehener Arzt mit einem Diplom der Fakultät von Montpellier, der sich überdies als Botaniker und Naturforscher des Königs ausgezeichnet hatte und noch dazu Junggeselle war – ein redegewandter, stattlicher Mann von dreißig Jahren mit verwegenem Blick, der zu jedem beliebigen Thema einen sprühenden, geistvollen Monolog halten konnte –, fehlte es dem ältesten Sohn des Notars aus Châtillon nie an einem weiblichen Auditorium. In diesem Fall trugen die Damen Abendkleidung, weite Reifröcke aus heller Seide. Es sah so aus, als bilde der dunkel gekleidete Redner das Herz einer gewaltigen Blumenkrone mit ausladenden, moirierten Blättern, denen die untergehende Sonne glitzernde Sterne in allen Farben entlockte. Wie geblendet war die kleine Jeanne an den Rand der Riesenblume getreten ... Dort hatte es sie gepackt. Wie gebannt war sie dagestanden, betört von der vollen und leidenschaftlichen Stimme dieses Mannes, von dessen pechschwarzen Augen ein Glanz ausging, der ihr schöner schien als alle Herrlichkeiten, die ihn umgaben.

Man kann sich schon mit zehn Jahren verlieben. Jeanne hatte sich mit zehn Jahren in Philibert Aubriot verliebt, und zwar ganz und gar, mit Haut und Haaren. Brennend vor Verlangen, den strahlenden Blick des anbetungswürdigen Unbekannten auf ihre schmächtige Person zu lenken, hatte die kleine Frau nach irgendeinem ‹Trick› gesucht und ihn instinktiv gefunden: Sie nutzte einen Augenblick, da außer Pater Jérôme niemand in der Nähe war, um sich dem Fremden zu nähern, und sagte mit ihrer bezauberndsten Stimme: «Ich habe Euch zugehört, wie Ihr von den Duftstoffen der Blumen spracht ... Wie schön Ihr von den Blumen erzählt, Monsieur! Unser Abbé Rollin weiß nicht soviel von ihnen zu berichten. Ich bitte Euch, könntet Ihr mir von der Geranie erzählen?» Nicht anders als ein selbstverliebter Tor konnte auch Aubriot dem Vergnügen nicht widerstehen, sich über Dinge sprechen zu hören, mit denen er sich auskannte: Er erzählte die Geschichte der Geranie. Dann die Geschichte der Tulpe. Und schließlich nahm er das hübsche kleine Mädchen in seinem Sonntagskleid an die Hand;

gemeinsam vergaßen sie die Hochzeit und gingen in den Gemüsegarten, dessen Beete der Gärtner mit aromatischen Pflanzen gesäumt hatte. Später, als Madame de Bouhey gefragt wurde, durch welches Wunder ihr Schützling die Gefährtin eines großen Botanikers geworden sei, die ihn beim Pflanzensammeln begleiten durfte, gab die Baronin lachend zur Antwort: «Ihr Geheimnis ist ganz einfach: Sie hört ihm leidenschaftlich gern zu, und er redet leidenschaftlich gern!»

Eine Jahreszeit hatte die andere abgelöst, und der feine Schatten des gelehrten Spaziergängers war unmerklich gewachsen, ohne daß einer von beiden dessen gewahr geworden wäre. Sie gingen stets hintereinander her, die Augen auf den Boden gerichtet. Er war der Herr, der laut zu denken pflegt, sie der junge Esel, der in seine Tapfen tritt und seine Kräuterbüchsen trägt. Auf den schmalen Pfaden des Flachlandes in der Dombes mit ihren zarten, verwaschenen Farben erzählte er seiner Begleiterin die Naturgeschichte. Eine wunderbare Schule!

Aber ach! Eines Tages geht auch die schönste Kindheit zu Ende. An der Schwelle ihres zwölften Lebensjahres hatte Jeanne plötzlich an ‹Monsieur Philibert› als an einen Mann gedacht, den sie verlieren konnte.

Mademoiselle Marthe war gerade dabei, ihr ein Kleid anzupassen. Es war ihr erstes schönes Kleid, geschneidert aus einem apfelgrünen Dauphin mit weißen Streifen; die aus Bourg-en-Bresse angereiste Schneiderin nannte den Stil *à la vive bergère* und fügte sogleich hinzu, es handle sich um «den letzten Schrei aus Paris». Das über die Taille reichende Mieder, das sich der Form eines Korsetts aus gummierter Steifleinwand anpaßte, ließ sich, abgedeckt durch eine Reihe Bandschleifen, vor der Brust verschließen. Die hautengen Ärmel öffneten sich in Höhe des Ellbogens zu einer trichterförmigen Manschette, unter der drei Volants aus feinem, plissiertem Linon hervorquollen. Der Unterrock war kurz genug, um die hübschen, an der Spitze abgerundeten weißen Lederschuhe zum Vorschein kommen zu lassen; zum Aufbauschen des Rocks hatte Madame de Bouhey nur einen ‹sittenstrengen› halben Panier gestattet. Da die jungen Kundinnen gewöhnlich ob des gesunden Menschenverstands ihrer jeweiligen Mütter oder Erzieherinnen getröstet werden mußten, hatte Mademoiselle Marthe versichert, die weiten Reifröcke seien in Paris schon gar nicht mehr aktuell. Doch Jeanne brauchte keinen Trost: außer sich vor Freude, fand sie sich hinreißend. In der ‹munteren Hirtin›, die sich ihr im Spiegel darbot, entdeckte sie ihr eigenes Frauenbild, reif genug, die Flegeljahre endgültig hinter sich zu lassen.

Bis dahin hatte Jeanne sich selbst nie so recht gefallen. Delphine de Bouhey mit ihrem vornehmen Getue, aber auch die fröhliche Pompon hatten immerfort etwas an ihr auszusetzen: sie sei zu groß, zu mager und zu braun gebrannt; ihre Lippen seien zu voll, die Schultern nicht rund genug, außerdem habe sie die Hände und die Füße einer Bäuerin, weil sie sich ständig im Garten zu schaffen mache und, so oft das Gras ihr angenehm erschien, ohne Schuhe herumlaufe. Auf ihre Kleidung wagte man sie gar nicht erst anzusprechen! Die Einfältige zog alles an, was ihr bequem war, was ihr gerade warm oder luftig genug schien – jeder weitere Kommentar dürfte sich erübrigen! Pompon, eine ausgefeimte Kokette, versuchte hin und wieder, Jeanne auf den Geschmack zu bringen, indem sie ihr aus den abgelegten Kleidungsstücken der jungen Baronin Unterröcke und kurze Überröcke schneiderte; doch unglücklicherweise bevorzugte Delphine empfindliche Stoffe in Blaßblau, Hochrosenrot und Kanariengelb, die an einem ‹verfehlten Knaben› keine drei Tage sauber blieben. Tatsächlich gefiel Jeanne sich selbst am besten in Männerkleidung. Wenn sie sich im Spiegel ein wenig mögen wollte, ohne deshalb auf ihre Waldausflüge zu verzichten, lieh sie sich bei Denis Gaillon, dem Sohn des Gutsverwalters, eine Hose und ein Hemd aus. Denis war zwei Jahre älter, aber genauso groß wie sie; außerdem verehrte er seine Jeannette so sehr, daß er ihr nicht einmal seine besten Kniehosen aus scharlachrotem Tuch verwehren konnte. Kurz, vor ihrer Verwandlung durch Mademoiselle Marthe in eine Schäferin aus der komischen Oper wäre Jeanne nie auf die Idee gekommen, einen Mann zu verführen, und sei es nur einen Schäfer. Doch jetzt, plötzlich, vermittelte ihr eigenes Spiegelbild ihr die merkwürdigsten Gelüste. Ah! dachte sie. Wenn Monsieur Philibert mich so sehen wird! Und sie sah, wie ihr die Röte ins Gesicht stieg. Ein Traum zog in ihren Körper ein, der von nun an immer mächtiger werden sollte. An einem Abend ihres zehnten Lebensjahres hatte ihre Liebe begonnen. Als sie ins zwölfte Jahr eintrat, wurde ihre Liebe ihr bewußt. Und seit dieser Zeit sah sie ihre eigene Schönheit heranreifen, eine Schönheit, die – wie sie sich selbst sagte – dazu bestimmt war, eines Tages die Augen und die Hände eines Mannes glücklich zu machen: Monsieur Philibert.

Da sie gute Augen hatte, da sie hellhörig und aufgeweckt war, früh gereift durch die Todesfälle in ihrer Familie, ihre Lektüren, die Freundschaft mit einem Gelehrten und das derbe Leben auf den Pachtgütern des Schlosses, mit denen sie unvermeidlich in Berührung kam, war die zwölfjährige Jeanne nicht mehr grün hinter den Ohren. Sie wußte, daß ein hübsches Mädchen ihren verehrten Botaniker durch andere Begabungen interessieren konnte als durch die Fähigkeit, die *Eglanteria* von der *Rosa canina* zu unterscheiden. Der bei Tisch stets genügsame Aubriot stand in dem Ruf, es im Bett weniger zu sein. Die Feldblumen, die er auf seinen Wegen traf, landeten bei weitem nicht alle in seinen Herbarien! Und die Stadtblumen übrigens auch nicht. Der Naturforscher liebte die schöne Natur in jeder Gestalt – war das nicht ganz natürlich? So gesehen konnte Jeanne sich fragen, weshalb er die Blüte ihrer Jugend nicht morgen pflücken sollte, nachdem er sich gestern an Lisette, Pulchérie und Madeleine gelabt hatte, nachdem er auch heute wieder ernten würde, von Marianne, Claudette und von Margot?

Die Tochter des Dachdeckers Beauchamps, die aus Mitleid in Schloß Charmont aufgenommen worden war, hielt sich gewiß nicht für wert, mehr zu werden als die Mätresse des Doktors Philibert Aubriot, der einer angesehenen, großbürgerlichen Familie aus Châtillon entstammte. Doch dieser Gedanke betrübte sie nicht. Ihr Jahrhundert war weder prüde noch tugendhaft oder bigott. Von Versailles hatte eine königliche Mätresse den Pompadour-Geschmack im Triumph über ganz Frankreich verbreitet, und bei den Konversationen in den ländlichen Salons, nicht zuletzt auch in Charmont, herrschte ein eher lockerer als romantischer Ton. Jeanne zweifelte nicht einmal daran, daß Madame de Bouhey, würde sie von ihrem Traum erfahren, ihrem Schützling zu dem Gedanken gratulieren würde, mit dem brillanten Aubriot zu sündigen, statt sich stumpfsinnig mit Denis zusammenzutun, der ihr Mal um Mal wiederholte: «Ich werde Land haben, meine Jeannette, Land genug, um mindestens sechs Kinder zu ernähren.» Welch reizende Perspektive! Ein ewiger Kreislauf: häßlich werden,

Kinder kriegen, putzen, häßlich werden, Kinder kriegen und so weiter. Vielen Dank! Sich um die Herbarien eines geistreichen Liebhabers zu kümmern, schien Jeanne ein berauschenderes Los.

Was sie vom Leben des Arztes und Botanikers wußte, bestätigte sie in dem Glauben, für ihn bestimmt zu sein. Durch das Land zu streifen, ohne Pause zehn, zwanzig oder dreißig Meilen zurückzulegen, sich anschließend zehn Tage und zehn Nächte mit der Ernte einzuschließen, sich fast ohne zu essen oder zu schlafen in seine Beobachtungen zu vertiefen, um dann zur nächsten Expedition aufzubrechen – für dieses aufreibende Leben hatte Doktor Aubriot sich entschieden. Die Kranken und die Frauen dienten ihm als Erholung. Echte Geruhsamkeit dagegen gönnte er sich nie, sie erschien ihm als verlorene Zeit. Die kleine Jeanne mit ihrem andächtigen, schweigsamen und aufmerksamen Wesen, genau wie er in das Grünzeug vernarrt, hatte sich im Dekor dieses von der Arbeit geradezu besessenen Gelehrten einen Platz verschafft. Wie hätte sie auch nur eine Sekunde auf den Gedanken kommen sollen, daß eines Tages eine Ehefrau im Heiligtum des Wissenschaftlers auftauchen könnte, um dort den Haushalt zu führen, zu regelmäßigen Zeiten den Tisch zu decken und schreiende Blagen in die Welt zu setzen, die in den kostbaren Samen der *Syringa chinensis* herumpanschen würden? Eine solche Katastrophe schien ihr so unmöglich, daß die Jugendliche sich ruhigen Herzens in einer strahlenden Zukunft eingerichtet hatte, in der Sicherheit, eines Tages nicht nur akzeptiert, sondern auch geliebt zu werden.

Die Nachricht von der Hochzeit zwischen Doktor Aubriot und einer Unbekannten aus dem Bugey im Jahre 1760 hatte die träumerische Jeanne wie ein Blitz getroffen. Zwei oder drei Monate vorher, als er von einer pflanzenkundlichen Expedition nach Savoyen zurückgekehrt war, hatte sie zwar gehört, wie er gegenüber einem seiner Brüder eine Demoiselle Maupin erwähnte, die er bei einer Cousine, der Gemahlin eines Apothekers aus Belley, getroffen hatte. Doch wie hätte sie ahnen sollen, daß es die Worte eines Verliebten waren, der von seiner Zukünftigen sprach, indem er sagte: «Sie ist die Schwester des Abbé Maupin, Pfarrer von Pugieu, ein Mädchen im reifen Alter, lebensklug und sehr gebildet. Zum Glück ist sie außerdem gut gewachsen und geistreich; obendrein – dies wäre allerdings ihr geringstes Verdienst – besitzt sie ein Vermögen von sechzigtausend Francs.» Der Verräter! Ihr großes Vorbild hatte Renten geheiratet, wie jeder beliebige kleinbürgerliche Geldraffer!

Brutal von Aubriot getrennt, der seine Praxis in Belley eingerichtet hatte, blieb Jeanne nur noch ein Mittel, ihren Schmerz zu lindern: die Wut. Mit geballten Fäusten dachte sie an Marguerite Maupin. Ein dicker Sack Geld, mehr war sie nicht, das reife, lebenskluge Mädchen aus dem Bugey! Aber auch für sechzigtausend Francs hätte sie Philibert nicht bekommen, wäre sie nicht obendrein die Falschheit in Person: kaum hatte sie ihn kennengelernt, begann auch sie mit dem Pflanzensammeln; so wollte sie ihn glauben machen, daß sie nichts dagegen hätte, ihr Leben lang bis zu den Knöcheln im Rauhreif der Morgendämmerung herumzuwaten, die Knie voller Grasflecken, mit schmutzigen Fingernägeln und steifem Rücken. Die Lügnerin! Die Betrügerin! Mein Gott, wie dumm ein Gelehrter doch ist: sobald man seiner Manie ein wenig schmeichelt, bekommt man, was man haben will – er sieht alles nur durch seine Lupe! Hatte er wenigstens bemerkt, daß seine alte Marguerite antiquierte Korsetts trug – jene barbarisch steifen, mit Eisen durchzogenen Gerätschaften, gegen die er mit allen Mitteln kämpfte, gegen die er Mundwerk und Feder erhob? Wahrlich! Er würde schon sehen, Philibert, er würde schon sehen!

Voll übler Hoffnungen hatte Jeanne – halb Frau, halb Kind – erwartet, daß Philibert seiner ‹Alten› binnen acht Tagen überdrüssig würde. Doch die Monate gingen ins Land, entfernten Belley zunehmend von Charmont und ließen Jeanne den Verlust ihrer Liebe immer tiefer empfinden. Philibert war nichts anderes mehr als ihre tote Freude. Endlos wandelte sie mit ihm über ihre alten Wege. Zu jeder Jahreszeit wohnte sein vertrauter Geist den Landschaften der Dombes inne. Philibert stützte sich auf ihre Schulter, oder er nahm sie am Arm, um sie in einen Graben zu führen; er neckte sie, indem er an ihrer Haarschleife zog, oder er tat einen großen Biß in ihr Butterbrot . . . Sie berauschte sich an Erinnerungen. Sie schlang ihre Arme um einen Baumstamm und preßte ihre Wange sanft gegen das Holz . . . Eines Tages, als sie auf einem Stein in der Furt ausgerutscht war, hatte er sie mit einem heftigen Griff um die Taille gefaßt und an sich gezogen: bei leichter Berührung mit der Haut fühlte die Baumrinde sich ähnlich an wie das grobe

Tuch der braunen Redingote mit den ausgebeulten Taschen. Die sonst so lebhafte Jeanne war schließlich in einen Dauertraum versunken, wie eine Witwe, die sich in ihrer Vergangenheit wiegt. Die Leute waren ihr zum Gähnen langweilig; sie fand sie frivol oder nichtssagend, Unwissende, die keine Ahnung von nichts haben. Interessant wurden sie nur, wenn sie bei ihren Klatschgesprächen zufälligerweise auf die Aubriots aus Belley zu sprechen kamen. Doch was sie von ihnen erzählten, bereitete der Eifersüchtigen nur zusätzliche Bauchschmerzen.

Die Ehe schien glücklich zu sein. Man sagte, der ungestüme Aubriot habe sich endlich ein seinem Alter angemessenes Verhalten zugelegt, er arbeite bei Tage und schlafe bei Nacht; ferner nehme er täglich zwei warme Mahlzeiten zu sich, spiele Schach mit seinem Schwager, dem Pfarrer Maupin, sonntags besuche er die Messe und nach der Vesper führe er seine Frau auf dem großen Platz spazieren. Jeanne hätte sie umbringen mögen, die es wagten, solche Dinge zu erzählen. Das reife, lebenskluge Mädchen aus dem Bugey hatte einen Adler gefangen, um ihn zu Eintopf zu machen!

Die Verzweiflung der Verlassenen erreichte ihren Höhepunkt, als sie erfuhr, daß Marguerite ein Kind erwartete. Philibert als Familienvater! Welch ein Skandal! Eine ganze Nacht hörte sie nicht auf zu schluchzen, teils aus Schmerz und teils aus Haß. Daß Philibert genau wie jeder gemeine Mann von seiner Frau ein Kind bekam war der Gipfel des Verrats. Sie konnte und wollte es nicht ertragen.

Aber vielleicht stimmte es gar nicht? Nie wieder hatte irgend jemand in ihrer Gegenwart von Marguerites hassenswertem Kind gesprochen.

Auch Jeanne sollte in dieser Nacht nicht davon sprechen. Durch Worte werden die Dinge Wirklichkeit.

Würde er ihr sagen, daß sie hübsch geworden war? Erneut trat sie vor den Spiegel.

Sie trug immer noch ihr Geburtstagskleid aus feinem, seidendurchwirktem Drogett. Das sanfte, honigfarbene Gelb paßte wunderbar zu ihrem dunklen Teint, ihrem blonden Haar und ihrem goldenen Blick. Ein Bild, das wahrhaft geeignet war, jeden Betrachter zu erquicken – außer Marguerite Aubriot. Mit fünfzehn Jahren besaß Jeanne den ganzen Zauber einer aufblühenden Schönheit, so anziehend, daß man unwillkürlich Lust hatte, sie zu lieben, daß man von ihr geliebt werden wollte. Die ‹Bohnenstange mit den spitzen Schultern› hatte sich während der Abwesenheit ihres Geliebten nicht schlecht gemacht.

Oben bei der Baronin wurden Stühle gerückt ...

Ein letztes Mal probierte Jeanne ihr Lächeln, ihren Blick, ein letztes Mal bog sie ihre langen Wimpern zwischen zwei mit Speichel befeuchteten Fingern nach oben und bauschte die Musselinmanschetten unter den weiten Ärmeln auf. Als Aubriot den Salon betrat, stand sie aufrecht da, die Hand auf eine Sessellehne gestützt. In ihrem tiefen Blick lag ihre ganze Liebe, wie ein blendend goldenes Licht.

Er beobachtete sie schweigend. So hatte sie ihn oft gesehen, wenn er von einer Expedition heimkehrte und seinen scharfen, beobachtenden Blick über einen Ableger wandern ließ, den er vor seiner Abreise gepflanzt hatte, ehe er die Umgebung mit einem zufriedenen Lächeln begrüßte.

«So ist es recht», sagte er schließlich. «Wie ich sehe, ist meine Mimose in den letzten zwei Jahren ein ganzes Stück gewachsen.»

Er näherte sich dem runden Tisch vor dem Kamin.

«Ich werde mit größtem Vergnügen tun, was ich Madame de Bouhey soeben verboten habe: fett essen. Wird meine ehemalige Schülerin mir Gesellschaft leisten?»

Schon zum zweitenmal fiel ihr auf, daß er sie nicht direkt ansprach, als mache es ihm Schwierigkeiten, das ‹Ihr›, das er dem jungen Mädchen anstandshalber schuldig war, mit dem vertrauten ‹Du› früherer Zeiten in Einklang zu bringen. Aber wie damals hatte er sie ‹meine Mimose› genannt, bei jenem lieblichen Blumennamen, den er ihr einst gegeben hatte, weil er sie – genau wie ein Mimosenblatt – durch die leiseste Berührung erschauern lassen konnte.

Sie nahm ihm gegenüber Platz. Auf dem Hocker sitzend, ihre bloßen Unterarme über Kreuz auf das Tischtuch gelegt, versenkte sie die Augen in ihren Gott und schaute ihm zufrieden zu, wie er zwischen zwei halben Sätzen an seinem Hähnchen kaute. Seine Stimme ... Er gab ihr die so lange verlorene, teure Stimme zurück. Ein Sinnesrausch überschwemmte ihren Körper, daß ihr die Knochen weich wurden und das Mark zerschmolz ... Von was sprach er eigentlich? Zum erstenmal lauschte sie nur seiner Stimme ... Und wie schön er war!

Er trug einen prachtvollen Rock in gazellenbraunem Halbscharlach. Eine unglaubliche Farbe für *ihren* Philibert! Furchtbar schmutzempfindlich. Er, der immer behauptet hatte, sich nur in einer abgewetzten alten Jacke wohl zu fühlen, sah an diesem Abend aus wie ein Stich aus dem Arbeitszimmer von Pernon, dem Lyoner Modeschneider der eleganten Gesellschaft. Wie sehr die Ehe einen Mann verändern kann, wenn mit der Braut sechzigtausend Francs ins Haus kommen! Jeanne bohrte sich die Fingernägel in die Arme, um nicht vor Eifersucht zu schreien: *ihr* Philibert war nie so luxuriös gewesen wie der Ehemann von Marguerite Maupin. Schwankend zwischen Bewunderung und Ablehnung betrachtete sie die reichen Borten seines Rocks, die ziselierten Silberknöpfe, das feine Musselingewebe seines Hemdes, den frisch plissierten Spitzenjabot und die leicht gepuderte Perücke. Dabei gab es wohl keinen Zweifel, daß niemand anders als das reiche, reife Bürgersmädchen aus dem Bugey all diese Kostbarkeiten ausgewählt hatte, um sich mit einem noch schöneren Gatten zu schmücken, als er es schon von Natur aus war!

«... wenn Mademoiselle Pompon bei dem Apotheker von Châtillon kein *Papaver rhoeas* bekommt, findet sie es gewiß bei Jassans in der Krankenhausapotheke.»

«Wofür?» fragte Jeanne mechanisch, nachdem ihr Gehirn von der ganzen Rede nur *Papaver rhoeas* registriert hatte.

«Nanu», sagte Doktor Aubriot einigermaßen überrascht, «für die Kompressen, die sie auf ihre entzündeten Lider legen soll. Ihr müßt ihrem Gedächtnis nachhelfen, sie wird es nicht behalten. Die getrockneten Blütenblätter müssen zehn Minuten in kochendem Wasser ziehen. Von der krausen Petersilie, *Petroselinum sativum*, könnt Ihr in den Sommermonaten nach Bedarf aus dem Garten meines Vaters holen. Für diesen Trank sollten Blätter und Wurzeln abgekocht werden; sorgt dafür, daß Madame de Bouhey zwei Tassen am Tag davon trinkt, dann wird es ihrem Rheuma bessergehen. Nachdem ich meine ärztlichen Pflichten nun erfüllt habe, möchte ich Euch gern von meinem Buch über die Bäume und Sträucher der Dombes berichten, das ich zu schreiben begonnen habe.»

«Oh!» entfuhr es ihr. «Habt Ihr wirklich endlich damit angefangen?»

«Ja. Und ich möchte, daß es kein trockenes Buch wird. Mein Stil soll dem Leser die Möglichkeit geben, die Landschaft selbst zu erleben, all ihre natürlichen Reize, die . . .»

Er ließ seinen Satz unvollendet, legte sein Messer auf den Tisch, schob seinen Teller beiseite und beugte sich vor, die Ellbogen nun ebenfalls auf den Tisch gestützt. Ein sanfter Ausdruck stand in seinen Augen, sein Blick weilte liebevoll auf ihrem zartgetönten Gesicht, ehe er sich in seinem Projekt verlor: «Ihr versteht besser als irgend jemand auf der Welt, was ich beschreiben möchte, Jeanne . . .»

Sie bebte vor Freude. Er hatte sie Jeanne genannt. Nicht Jeannot, wie damals, als sie seinem Schatten in Kniehosen gefolgt war. Auch nicht Jeannette, wie alle anderen. Nein, er hatte sie Jeanne genannt, ein Vorname, den seine Lippen zum erstenmal entblättert hatten. Während er schwieg, blieb diese lange Silbe – Jeanne – schwer und sanft zwischen ihnen. Fast ein Alkovengeheimnis, sagte sie sich außer sich vor Freude. Endlich waren sie wieder allein auf der Welt. Wie eingeschlossen im intimen Licht der flackernden Kerzen waren sie in der Dunkelheit des Salons wieder ebenso allein wie einst, in der Waldeslichtung, als die abscheuliche Marguerite noch nicht existierte.

Als fühle auch er sich vom Zauber des Augenblicks ergriffen, fuhr er mit verlangsamter, etwas schwächerer Stimme fort: «Was ich in meine Naturgeschichte der Dombes hineinlegen möchte – wenn ich überhaupt zum Schreiben fähig bin –, wäre . . . der weiße Nebel eines Winterhimmels, der an den Birkenzweigen hängenbleibt; der Geschmack, den das saftige Gras nur im Juni hat; die Vorahnung, die einen veranlaßt, sich am Rande eines Weihers plötzlich ins Schilf zu ducken und regungslos auszuharren, bis im nächsten Augenblick die Wildenten einfallen; die schweren Sprünge eines Rehbocks, der bei günstigem Wind geradewegs auf einen zukommt . . .»

Sie mußte ihm sagen, daß sie ihn verstand. Daß sie alles verstand, was er sagen wollte, ohne die geringste Erklärung. Sehr leise, kaum hörbar, murmelte sie: «Ihr werdet also unsere Erinnerungen schreiben, Monsieur Philibert?»

2. Kapitel

Seine Frau langweilt ihn, endlich! Seine alte Frau langweilt ihn, ich bin mir ganz sicher!

Eine einzige vertraute Stunde mit Philibert, und schon hatte Jeanne all ihre Hoffnungen zurückgewonnen. Er würde wiederkommen. Er brauchte ihr aufmerksames Ohr, um sein Buch zu schreiben. Er würde zurückkommen und das Abenteuer wagen. Seine Arme würden sie umschlingen, sie gegen seine Brust pressen. Sein Mund . . . Nein, es gab kein Wort, um zu beschreiben, was sein Mund ihr antun würde! Mein Gott, könnte ich Philiberts Kuß doch schon morgen . . .

«Jeannette!»

Die Baronin Marie-Françoise de Bouhey hatte ihre Nase aus dem bequemen Ohrensessel herausgestreckt und die Luft des Salons geschnuppert: «Jeannette, ich hatte dich gebeten, uns etwas Brot zu rösten; von Verbrennen war keine Rede.»

«Jeannette ist doch nie bei der Sache, wenn sie etwas tut», meinte Delphine spitz. «Wie sollte sie mit ihren Rauchschwaden im Kopf das angebrannte Brot riechen? Gott sei Dank hatte unser Abbé Rollin bei der Erziehung meiner Söhne besseren Erfolg als bei Eurem Schützling. Sie stehen wenigstens mit beiden Beinen auf der Erde.»

«Das ist nur allzu wahr», entgegnete die Baronin. «Eure Söhne sind in der Tat reinrassige Bouheys. Was sie nicht im Kopf haben, haben sie in den Stiefeln. Jedem das Seine.»

Delphine biß sich auf die Lippen und erhob sich abrupt: «Ich werde sehen, wo unser Tee bleibt.»

Sie ging hinaus, um ihrer Schwiegermutter die Antwort zu ersparen.

Jeanne konnte sich das Lachen nicht verkneifen; sie stellte ihren Teller mit den verkohlten Brotscheiben auf den Kaffeetisch und setzte sich auf den Teppich, zu Füßen der Baronin: «Immer versucht Ihr, Madame Delphine zu ärgern. Weshalb mögt Ihr sie nicht?»

«Sie hat mir zwei Enkelsöhne geschenkt, die sich in nichts von meinem Sohn unterscheiden. Als wäre ich nicht bestraft genug, mit meinem eigenen Sohn, ihrem Vater, ein Ebenbild des Großvaters in die Welt gesetzt zu haben. Aber schließlich kann man von keiner Frau das Unmögliche verlangen, und keine hat es je geschafft, etwas Gutes aus einem Bouhey herauszuholen: alte Haudegen waren sie schon immer, vom Vater auf den Sohn.»

«Aber schön waren sie. Der Gang mit den Porträts ist voll schöner Männer.»

«Und wunderschöner Pferde. Wirklich unvergleichlich, dieses Gefolge schöner Männer auf ihren wunderbaren Pferden, die im fliegenden Galopp ein ganzes Haus ruinieren. Eine solche Galerie von Reiterporträts paßt hervorragend zu undichten Dächern und leeren Geschirrschränken. Als ich geheiratet habe, besaßen die Bouheys keinen Löffel mehr.»

«Ist das nicht egal? Schließlich habt Ihr ihn geliebt, Euren schönen Oberst, und um neues Silber zu kaufen, hattet Ihr das Gold einer uralten Tuchmacherfamilie.»

«Ich liebte ihn, ich liebte ihn . . . Wirklich eine leichtsinnige Idee! Du nimmst einen Oberst zum Mann, und schon bist du mit einem Regiment verheiratet! Und das beim heutigen Preis der Uniformen! Vor allem in der Kavallerie, wo man ihnen obendrein ein Pferd zwischen die Hosenbeine schieben muß. Ich wollte, daß mein Sohn François mit dieser Familientradition bricht, daß er eine Kompanie Infanterie erwirbt, aber nein! Nichts zu machen: solange ein Bouhey nicht hoch zu Rosse sitzt, glaubt er, ihm fehle ein Stück zu seinem Arsch.»

«Oh! Madame, nicht doch!» tönte Delphine, die gerade in den Salon zurückkehrte; hinter ihr erschien Pompon mit einem Tablett, auf dem sie das Teeservice aus feinem japanischen Porzellan hineintrug.

«Delphine, ziert Euch nicht so; Ihr wißt, wie sehr ich das verabscheue», erwiderte die Baronin.

«Es ist mir unangenehm, Euch so schlecht von unseren Offizieren reden zu hören. Mein Gatte – Euer Sohn, Madame – kämpft immerhin für den König und . . .»

«Mein Sohn – Euer Gatte, Madame – kämpft, weil er nichts Besseres gelernt hat. Für ihn ist der Krieg ein Vergnügen, genau wie für seinen Vater, seinen Großvater und alle Bouheys früherer Generationen.»

«Der Krieg – ein Vergnügen? Aus den Briefen, die François mir schickt, spricht das Gegenteil.»

«Aber ja! Sie schreiben uns, der Krieg sei traurig, weil unsere Tränen zu ihrem Spiel gehören. Sie selbst aber weinen nicht über die Medaillons, die wir ihnen um den Hals gehängt haben; wenn unsere Porträts feucht sind, so nur, weil sie Regen abbekommen haben! Denn in Wahrheit ist der Krieg eine lustige Angelegenheit – und dies in zunehmendem Maße: der Marschall von Sachsen hat der Armee das Theater geschenkt, und unser König erfand das galante Souper in den Schützengräben. Während wir um sie zittern, schlagen unsere Offiziere sich die Bäuche voll, trinken vom besten Wein und verspielen ihr Vermögen, bis sie alles zugrunde gerichtet haben . . .»

«Madame», schrie Delphine aufgebracht.

Marie-Françoise de Bouhey lächelte nachsichtig und fuhr seelenruhig fort: «Glaubt mir, Delphine, um das Glück eines würdigen Kriegers unseres Jahrhunderts zu vollenden, fehlt es nur noch an einer wirksamen Arznei gegen die Lustseuche.»

Dieses Mal konnte Delphine sich einer Rache nicht enthalten: «Ich weiß nicht, Madame, ob es einer Witwe von Fontenoy gut zu Gesicht steht, so laut vom Glück der Soldaten zu reden!»

Die hellgrauen Augen der Baronin blitzten auf: «Ihr, die Ihr an den Ruhm der Witwen glaubt, was ahnt Ihr denn schon vom Leid dieses Standes? Ich weiß, daß es bei den Eurigen zum guten Ton gehört, wenigstens einen Toten bei Fontenoy gelassen zu haben und damit zu prahlen, als handle es sich um eine Auszeichnung durch die Hand des Königs. Doch mit Verlaub, werte Tochter, bei den Tuchmachern, von denen ich herkomme, ist der Tod keine Entschuldigung für die Dummheit, ihn für teures Geld gesucht zu haben, wenn man, ohne einen Centime auszugeben, zu Hause hätte überleben können. Aber genug dieses leidigen Themas; ist der Tee immer noch nicht fertig?»

Ungeduldig kramte sie in ihren Taschen: «Jeannette, such mir meine Tabaksdose, ich muß sie schon wieder verlegt haben. Was meinst du, ob ich mir einen Pfefferkuchen mit etwas Johannisbeergelee genehmigen darf? Dein Freund Aubriot hat mir den Magen mit so viel Zichorienwasser ausgespült, daß ich eine ganze Keule unterbringen könnte.»

Pater Jérôme, der bei dem Wort ‹Keule› ins Zimmer getreten war, begann zu lachen: «Wie ich höre, geht es Euch besser! Aber eine ganze Keule... Sollte Monsieur Aubriot Euch nicht eine weniger üppige Diät verordnet haben?»

«Er ist wahnsinnig! Im Gegensatz zu dem, was die Leute sagen, hat die Ehe ihn keineswegs verändert; als Arzt ist er ebenso unchristlich wie zuvor. Würde ich auf ihn hören, müßte ich mich wie die Kühe von Gras ernähren! Sag mal, Jeannette, was hat er dir eigentlich heute nacht erzählt, nachdem ich mir mit seiner Hilfe die Seele aus dem Leib gebrochen hatte?»

Das Geräusch eines heranrollenden Wagens auf dem gepflasterten Hof entband Jeanne von einer Antwort.

«Es sind Madame de Saint-Girod und ihre Schwester», sagte sie nach einem Blick aus dem Fenster.

«Wenn man vom Wolf spricht, kommen die Schäfchen gerannt», spottete die Baronin.

Die ganze Gegend wußte, daß Étiennette de Rupert und Geneviève de Saint-Girod zu jenen Frauen zählten, die Doktor Aubriot als Mätressen gedient hatten.

Trotz ihrer geschlagenen fünfunddreißig Jahre immer noch hübsch und beschwingt, verlor die Comtesse de Saint-Girod keine Zeit, auf den Anlaß ihres Besuchs zu sprechen zu kommen: «Wie ich sehe, seid Ihr gesund und munter!» rief sie schon beim Begrüßungskuß. «Dabei habe ich gehört, vergangene Nacht sei es Euch so schlecht gegangen, daß Doktor Aubriot geholt werden mußte. Demnach muß er wohl bei seinem Vater sein? Hat er Euch wegen Eures Gesundheitszustands beruhigen können? Bleibt er länger in Châtillon? Wie sieht er aus, ist er alt geworden?»

«Auf welche Frage soll ich antworten? Wünscht Ihr Euch nach dem Befinden der Kranken oder nach dem des Arztes zu erkundigen?» fragte die Baronin lachend.

«Nun», erwiderte die Gräfin freimütig, «das gesunde Aussehen der Kranken hat mich bereits jeder Sorge um sie enthoben.»

«In diesem Fall, was den Arzt betrifft, solltet Ihr Euch lieber an Jeannette wenden, sie hat ihn länger in Augenschein genommen als ich», gab die Baronin zurück.

«Wirklich?» Madame de Saint-Girod heftete ihre leuchtenden Augen auf das junge Mädchen.

Jeanne begegnete ihrem Blick mit herausfordernder Miene. Auge in Auge überließen sie sich der Erinnerung. Ohne daß die anderen etwas bemerkten, dachten sie beide an eine Szene, die sich vor über zwei Jahren im Garten der Aubriots ereignet hatte. Zu jener Zeit war Geneviève de Saint-Girod häufig bei dem Arzt in Châtillon zu sehen; sie konsultierte ihn wegen ihrer . . . Vapeurs. Eines Nachmittags, als sie mit zerzauster Perücke aus seiner Praxis kam, war sie Jeanne begegnet, die gerade damit beschäftigt war, Kräuter zum Trocknen auf ein Brett zu legen. Die Eifersüchtige hätte die Mätresse am liebsten mit Blicken erdolcht. Geneviève war stehengeblieben, sie hatte sich herabgeneigt, das sprachlose Mädchen unter das Kinn gefaßt und es in aller Ruhe betrachtet. Dann hatte sie in anmaßendem Ton gesagt: «Meine liebe Jeannette, gebt Euch keine Mühe, mich zu hassen, auch Ihr werdet an die Reihe kommen. Ich kann Euch prophezeien, daß Ihr einen Platz im Herbarium Eures Meisters finden werdet. Ihr werdet Euch sogar als recht hübsche blonde Spezies hervortun: *Nimphea fidelia*.»

Geneviève löste den Blick als erste; statt dessen suchte sie nach einem Satz, der Jeanne weh tun könnte: «Sagt Jeannette, hat Aubriot Euch von dem Anstandspreis erzählt, den er zu Ehren seiner tugendhaften Gattin zu stiften gedenkt?»

«Dem Anstandspreis?» wiederholte Jeanne ungläubig.

«So sagen die Leute», bestätigte Geneviève. «Das kommt dabei heraus, wenn man bei der Schwester eines Pfarrers unter die Bettdecke kriecht: man wird scheinheilig.»

«Ich gehe», erklärte Pater Jérôme, indem er sich halbherzig erhob.

«Bleibt sitzen, Pater!» befahl die Baronin. «Die Mandelcremetorte wird nicht mehr lange auf sich warten lassen. Außerdem wißt Ihr sehr wohl, daß Gott sich seit dem Tod unseres Louis XIV. sehr geändert hat und an nichts mehr Anstoß nimmt.»

«Aber ich bin sicher, daß diese Geschichte vom Anstandspreis reine Verleumdung ist!» schrie Jeanne.

«Mein liebes Kind», bemerkte Pater Jérôme, «Ihr verteidigt Monsieur Aubriot, als würde ihm vorgeworfen, einen Preis für den besten Beutelschneider stiften zu wollen.»

Madame de Bouhey blickte verstohlen zu ihrem Schützling hinüber, ehe sie nachdenklich eine Prise Luft einsog.

Zusammen mit einem Topf Gerstentrank wurde die Mandelcremetorte serviert. Étiennette de Rupert nahm sich ein großes Stück. Sie fand es tröstlich, daß Philibert bessere Sitten annahm, derweilen sie üppiger wurde: so war sie nicht die einzige, die sich vom Alter der übermütigen Eskapaden entfernte.

«Werden wir den Rittmeister heute abend denn gar nicht zu Gesicht bekommen?» fragte Geneviève de Saint-Girod plötzlich.

Ehebruch war der Lieblingszeitvertreib der sprunghaften Gräfin, und des Rittmeisters Baron François de Bouhey war sie noch nicht habhaft geworden. Ein schöner, vollblütiger Mann und geübter Reiter: ein Leckerbissen, den sie sich gern gegönnt hätte. Seitdem er sein Winterquartier im Schloß bezogen hatte, versuchte sie ihn zu locken.

«Mein Gatte ist nicht in Charmont», sagte Delphine, entzückt, Geneviève enttäuschen zu können. «Er ist unterwegs, um neue Männer anzuwerben. Seine Kompanie hat Lücken.»

Geneviève war erstaunt: «Muß er die niedrigen Rekrutierarbeiten denn selbst erledigen?»

«Meine schöne Freundin», warf die Baronin ein, «die Bauern sind schlau geworden. Um sie zu gewinnen, reicht es nicht mehr, die Trommel zu rühren, sie betrunken zu machen und ihnen ein lustiges Leben in der Armee zu versprechen. Sie wissen schon seit geraumer Zeit, daß dieses Leben den Offizieren vorbehalten ist, während sie selbst bestenfalls Flöhe und Schläge zu erwarten haben. Aber wenn der schöne Rittmeister sich höchstpersönlich die Mühe macht, ihnen vom hohen Sold und vom Ruhm zu erzählen ... Eine Rauschgold-Epaulette tut auch heute noch ihre Wirkung.»

«Bah!» machte Étiennette. «Wenn der Rittmeister nicht genügend Männer zusammenbringt, wird er für die Musterung schon ein paar Blindgänger auftreiben. Heutzutage ist so etwas gang und gäbe.»

Da es in der Tat immer schwieriger wurde, Soldaten zu rekrutieren, zumal der oberste Kriegsherr den Anspruch stellte, es sollten stattliche Männer sein, verdienten sich viele Arme von angemessenem Wuchs ihr Brot und ihren Wein, indem sie sich den Rittmeistern und Obersten für den Tag der Musterung gegen ein Mietgeld zur Verfügung stellten. Sie wurden mit weißem Zeug verkleidet und nach der Parade wieder fortgeschickt. Indem er sie nach der ersten Schlacht des folgenden Feldzugs als tot oder verschollen meldete, kam der zuständige Offizier wieder auf seinen exakten Truppenbestand: die königliche Papiersammlung bekam ihr Soll – tot oder lebendig.

Das Gespräch machte Delphine sichtlich zu schaffen; der Stickrahmen zitterte in ihren Händen. Schließlich sagte sie in trockenem Ton: «Der Baron de Bouhey hat nie Blindgänger benutzt und wird auch in Zukunft nie welche benutzen. François hält etwas auf seine Ehre, da ist er empfindlich. Er täuscht seinen König nicht.»

«Schade, wirklich schade», gab die Baronin ungeniert zurück; «unsere Bauern sind es leid, sich leibhaftig töten zu lassen. Schon sechs Jahre sind wir im Krieg mit England und Preußen – das ist zu lange. Wenn der König zuviel verlangt, haben seine Untertanen das Recht, ihn zu täuschen.»

«Gott sei uns gnädig!» rief Pater Jérôme entrüstet. «Sind wir hier, um uns republikanische Reden anzuhören?»

«Oh!» meinte Geneviève leichthin. «Heutzutage wird vieles gesagt, was bestraft werden müßte, zuerst vom König und später von Gott . . . Aber Gott ist willfährig geworden, und der König läßt den Dingen ihren Lauf.»

«Ja, man sagt, der König sei außerordentlich nachgiebig», bestätigte Pater Jérôme.

«Ist das nicht höflicher, als ihn für gleichgültig zu erklären?» fragte die Baronin ironisch. «Die Marquise de la Pommeraie, eine gute Bekannte der Choiseuls, erzählt, daß der Herzog Höllenqualen erleidet, ehe er den König zu der geringsten Kleinigkeit bewegen kann. Die dringlichsten Reformen bleiben liegen, der Minister bekommt seine Unterschrift nur noch durch List oder durch Gewalt. Dieser König regiert nicht mehr, er überdauert. Er hat ein Alter erreicht, in dem man an seinen Gewohnheiten festhält, auch an den schlechtesten. Gott sollte die Könige zu sich rufen, sobald sie ihr fünfzigstes Lebensjahr überschreiten.»

«Hört sie nicht an, mein Gott», murmelte Pater Jérôme, indem er sich eilends bekreuzigte.

Als Delphine Anstalten machte, es ihm gleichzutun, kommentierte ihre Schwiegermutter achselzuckend:

«Wenn man Euch beide so schockiert sieht, möchte man meinen, alle Welt sei mit Louis XV. zufrieden, obwohl das Gegenteil der Fall ist, obwohl er von aller Welt kritisiert wird.»

«Und beim Herzog Choiseul sollen schon wieder neue Uniformen auf dem Programm stehen», seufzte Étiennette.

«Was? Schon wieder!» empörte sich Madame de Bouhey. «Man möchte meinen, hierzulande bestünde die wichtigste Fähigkeit eines Kriegsministers darin, neue Ideen für die Einkleidung der Soldaten zu entwickeln. Ich hoffe, Choiseul wird nicht alles verändern, vom Kopf bis zu den Füßen? Erst kürzlich erhielt ich eine Rechnung für den letzten Mantel und zwei Lederhosen, die François hatte anfertigen lassen müssen; ferner drei . . .»

Pater Jérôme gähnte verstohlen in seine Hand. Die Damen waren wieder einmal bei ihrem Lieblingsthema: bis in alle Einzelheiten aufzuzählen, was es sie kostete, Mutter, Gemahlin, Schwester oder Tante eines Soldaten unter Louis XV. zu sein . . . Glücklicherweise gab Madame de Bouhey dem Gespräch bald eine Wende: «Kurz», sagte sie, «die Infanterie und die Kavallerie sind Karrieren der Vergangenheit, sie gehören in jene Zeit, da ein Edelmann sich mit Wonne in den eigenen Ruin stürzte. Die Zukunft liegt draußen auf dem Meer. Das Meer kann ein gutes Geschäft sein. Jeder Offizier der Königlichen Flotte hat das Recht, mit seiner Beilast zu feilschen.»

«Ein schönes Recht für einen Edelmann!» warf Delphine verächtlich ein. «Und was bedeutet dieses Recht? Nichts anderes, als daß an einem Ort Waren eingekauft und sie woanders wieder verkauft werden. Das ist Handel. Und wer handelt, verwirkt seinen Adel.»

«Seinen Adel verwirken!» wiederholte die Baronin unwirsch. «Findet Ihr nicht, werte Tochter, daß dieser Ausdruck ein wenig staubig klingt? Ich bin erstaunt, daß ein Offizier der Landstreitkräfte eine ganze Stadt in Schutt und Asche legen, daß er töten, plündern, vergewaltigen darf, ohne seinen Adel zu verwirken, während die Unwürdigkeit eines Marineoffiziers bereits gegeben sein soll, wenn er zu einigem Reichtum gelangt, ohne irgend jemandem zu schaden! Gott sei Dank dürfen wir erleben, daß selbst die Malteserritter sich offenbar nicht von ihren Ahnen daran hindern lassen, ihr Bündel mit auf die Schiffe zu nehmen, ganz gleich, ob diese für den Orden oder für den König segeln. Ich kenne sogar welche, die durch den Geruch der Freibeuterei zu Ansehen gelangt sind!»

Die Augen der Comtesse de Saint-Girod fingen plötzlich wieder Feuer: «Denkt Ihr vielleicht an den Chevalier Vincent, Madame?»

Ihre Schwester Étiennette begann leise zu lachen. Madame de Rupert hatte das volle und weiche Lachen einer drallen Unschuld. Allein um seinetwillen, wegen der fröhlichen Wollust, die dieses Lachen versprach, konnte man sie begehren – und so mancher Mann ließ es sich nicht entgehen.

«Der schöne Chevalier Vincent hat tatsächlich den guten Geruch des Korsaren», sagte sie. «Seine Haut atmet den Wind der Kaperei, welch berauschendes Parfum!»

Jeanne, die seit einer Weile kein Wort gesagt hatte, weil das Gespräch sie langweilte, war wieder näher gerückt, als sie vom Meer reden hörte: «Weshalb habe ich diesen Ritter und Korsaren, den Ihr alle so gut zu kennen scheint, nie gesehen?» fragte sie.

«Das letzte Mal, als er zur Jagd nach Charmont kam, warst du noch viel zu klein», antwortete die Baronin. «Aber Ende des Monats wirst du ihn sehen. Ich habe gehört, daß er um diese Zeit von Paris nach Marseille zurückkehren will, und ihn zu meinem Fest geladen.»

Auf diese Nachricht reagierte Geneviève mit einem Sturm von Fragen: «Wirklich? Wird er kommen? Übrigens, was ich noch sagen wollte, soll ich nicht, wie jedes Jahr, zwei oder drei Personen bei mir unterbringen? Wen werdet Ihr mir zuteilen? Bekomme ich den Chevalier?»

Aber auch Étiennette hatte den Braten gerochen. «Meine liebe Baronin, auch ich wäre gern bereit, dem Chevalier Vincent eines meiner Betten zur Verfügung zu stellen», meinte sie.

Jedes Frühjahr, ehe ihr Sohn zu seiner Kompanie zurückkehrte, um an dem Sommerfeldzug teilzunehmen, gab die Witwe des seligen Baron de Bouhey ein großes Fest auf Schloß Charmont. Traditionsgemäß wurde erst eine Jagd veranstaltet, dann das große Souper, der Ball und alles, was dazu gehört. Da die Gäste alljährlich in so großer Anzahl herbeiströmten, daß nicht alle im Schloß untergebracht werden konnten, pflegte die Baronin einen Teil von ihnen in den befreundeten Häusern der Nachbarschaft unterzubringen.

«Ihr könnt haben, wen Ihr wollt, außer dem Chevalier», erklärte sie den beiden Schwestern nicht ohne Schadenfreude. «Ihr wißt sehr wohl, daß Vincent selbst für sein Quartier sorgen und es wie üblich in Vaux bei der schönen Pauline beziehen wird.»

«Immer noch?» fragte Geneviève schmollend. «Seine Affäre mit Madame de Vaux-Jailloux scheint allmählich zu einer Onkelehe zu entarten. Seit wieviel Jahren sind sie schon zusammen?»

«Sechs», antwortete Étiennette so prompt, als hätte sie schon oft nachgezählt.

«Sechs Jahre!» entfuhr es Geneviève. «Es ist kaum zu glauben. Sechs Jahre! Das ist keine Treue mehr, das ist Faulheit.»

Jeanne konnte nicht mehr an sich halten: «Und weshalb, Madame, sollte man sich nicht ein ganzes Leben lieben?» fragte sie aggressiv.

Wie im Chor richteten die drei Damen ihren Blick auf die Ahnungslose und schenkten ihr ein mildes Lächeln; Geneviève gab ihr einen liebevollen Klaps auf die Wange und meinte: «Jeannette, über dieses Thema können wir uns in zwanzig Jahren noch einmal unterhalten.»

«Immerhin sehen sie sich nicht oft, die schöne Pauline und der schöne Vincent», gab die Baronin zu bedenken. «Zwei von drei Jahren lieben sie sich im Zustand der Trennung, und das kann die Dauer einer Leidenschaft durchaus verdreifachen. Diesmal hat der Chevalier seit Ende 1759 keinen Fuß mehr an Land gesetzt. Der Orden hatte ihn an den König abgetreten, damit er ihm auf dem Indischen Ozean dient.»

«Wenn dem so ist», bemerkte Jeanne, «hat Euer glänzender Korsar dort unten auch nicht viel gerettet! Seit Monsieur de Lally-Tollendal, der Gouverneur, in Pondichéry kapitulieren mußte, ist Abbé Rollin überzeugt, daß die Engländer uns bei den Friedensverhandlungen die indischen Besitztümer abnehmen werden.»

Madame de Bouhey betrachtete ihren Schützling mit einem Ausdruck belustigter Überraschung: «Ich wußte gar nicht, Jeannette, daß du dich für unsere Kontore in Indien interessierst!»

«Ich interessiere mich für alle unsere Kolonien», gab Jeanne ernsthaft zurück. «Frankreich braucht seine Kolonien.»

«Was sind denn das für Vorstellungen?» wunderte sich Geneviève. «Meine liebe Jeannette, alle vernünftigen Leute sind gegen den Kolonialismus. Sogar der König, sogar die Minister, sogar die Philosophen. Ihr befaßt Euch doch mit Voltaire – habt Ihr nicht gelesen, was er geschrieben hat, um Choiseul zu bewegen, das Leben unserer Soldaten nicht bei der Verteidigung der kanadischen Schneefelder zu vergeuden?»

«Welch glücklicher Zufall, daß Voltaire mit Kanada nichts mehr im Sinn hat, wo die Engländer es uns doch ohnehin bereits genommen haben», erwiderte Jeanne kalt. «Ich hoffe, sie werden die Güte haben, uns wenigstens unsere Zuckerinseln und einige Plätze im Indischen Ozean zu lassen.»

Immer noch ruhte der Blick der Baronin fragend auf Jeanne: «Solltest du vielleicht die Absicht haben, eines Tages fortzugehen, um auf den Inseln Pflanzenkunde zu treiben?»

«Aber ja, warum auch nicht?» warf Delphine verächtlich ein. «Ich weiß, Madame, was hinter diesen neuen Träumereien steckt. Seit einiger Zeit ist unser Abbé Rollin dem Luftschloß der Inseln verfallen. Nachdem er hier ein gutes Quartier, einen gedeckten Tisch und die beste Gesellschaft gefunden hat, denkt unser Beffchen nun voller Neid an das Los der Galgenvögel und der Mädchen, die von der Salpêtrière auf die Inseln deportiert werden, um das Zuckerrohr zu ernten.»

«Madame, Euch fehlt das Vorstellungsvermögen», entgegnete Jeanne; ihre Nasenflügel bebten.

Delphine hatte eine passende Replik schon auf den Lippen, aber Madame de Bouhey kam ihr zuvor: die Wortgefechte zwischen Jeanne und Delphine waren ihr nicht unbekannt, und sie würde es nicht zulassen, daß sie vor Fremden ausgetragen würden.

«Ich glaube», unterbrach sie in scherzhaftem Ton, «wir sollten unser Gespräch über die Inseln fortsetzen, wenn der Chevalier unter uns weilt: er kennt sie aus eigener Erfahrung. Bis dahin sollten wir die Zeit eher nutzen, die herrliche Quittenbäckerei zu kosten, die meine Schwiegertochter Charlotte mir aus Neuville mitgebracht hat.»

Pater Jérôme war schon vor einer Weile eingenickt, doch der süße Duft, der von dem angeschnittenen Gebäck ausging, weckte ihn auf wunderbare Weise aus dem Schlaf: «Man muß zugeben», seufzte er, «daß unsere Stiftsdamen bei der Zubereitung eingemachter Früchte nicht ihresgleichen haben.»

«Oh!» entgegnete die Baronin. «Da gibt es noch andere gute Dinge, in denen sie nicht ihresgleichen haben! Ihr sollet sie nur in der Küche erleben, dort walten sie mit dem Raffinement von Alchimisten!»

Mit heftigem Kopfnicken pflichtete der Almosenpfleger ihr bei: «Leckermäuler sind sie, unsere Damen, ja, ja, unsere guten Damen. Doch wie die Religion eines Landes, so die Religion seiner Klöster, nicht wahr, Madame?»

Abwesend stand Jeanne vor einer der zum Garten hinausführenden Glastüren des Salons, in Gedanken weit entfernt von den Kochkünsten der Stiftsdamen aus Neuville. Langsam ließ sie ihren Blick über den Park wandern, bis hin zu dem lebhaften Strom der Irance mit den hohen Pappeln, die beidseitig das Ufer säumten. Das junge Mädchen wußte nicht weshalb, aber seit ihrer Kindheit erfüllte sie das Rauschen des im Wind sich neigenden Blattwerks mit einem zwiespältigen, halb wollüstigen, halb furchterregenden Gefühl, das sie unwiderstehlich anzog. Es war . . . wie eine Erwartung, die diese Sturmmusik in ihr aufkommen ließ. Wenn sie sich ihren Empfindungen mit geschlossenen Augen hingab, fühlte sie sich schließlich selbst von der Brise erfaßt, sie verwandelte sich in ein Segel und ließ sich mitnehmen auf eine lange Reise, einem in der Sonne schwimmenden Horizont entgegen. Daselbst angelangt, wandelte sie durch einen Hesperidengarten, unter Wolken aus glänzenden Vögeln. Bei einem Orangenbaum hob sie die Hand, pflückte eine goldene Frucht und entfernte die Schale, um sodann hineinzubeißen, zur gleichen Zeit wie Philibert: ihre Küsse in diesem Wunderland hatten den Geschmack von Orangen.

Die Inseln . . .

Welch heimatliche Zuflucht! Auf den Inseln heiraten die Schäferinnen ihre Prinzen und die Schäfer ihre Prinzessinnen. Auf den Inseln gibt es keine Kasten, keine Großen und keine Kleinen. Auf den Inseln gibt es nur abenteuerlustige Männer und Frauen, die auf ihrem Streifzug durch den reichlich dargebotenen, unbekannten Überfluß nach einem neuen Leben suchen. Immer wenn im Geographieunterricht die Rede auf die Inseln kam – was ständig geschah –, versuchten Jeanne und der Abbé Rollin, sich wechselseitig mit glühendem Eifer in ihrem Glauben an jene irdischen Paradiese zu bestärken. Als die beiden «Armen» auf dem Schloß waren sie zwar in jeder Hinsicht gut versorgt – gut genährt, gut gekleidet und sogar geliebt; doch obendrein brauchten sie die Gewißheit, daß es irgendwo auf dieser Welt eine Gleichheit zwischen den Menschen gab.

Ich möchte nur wissen, ob dieser Chevalier Vincent etwas über die Flora und die Fauna der Inseln zu berichten haben wird? fragte sie sich. Hat ein Seemann überhaupt Augen für etwas anderes als die Häfen und die Mädchen in den Häfen?

3. Kapitel

Wie so oft, hielt die Baronin vor dem großen Porträt des Oberst Jean-Charles de Bouhey inne. Ein prachtvolles Bild in Blau, Rot und Gold, das war alles, was von einem Sieger der Schlacht bei Fontenoy übriggeblieben war. Der Rest – die Reste – waren schleunigst in einer Kirche nahe des Beinhauses begraben worden.

Der Handleuchter, mit dem Jeanne vorausgegangen war, warf von unten nach oben ein sanftes, fast mitleidiges Licht auf das Gemälde. Derart erhellt, lächelte das Gesicht des Oberst gütig. Es war, als könne er die Kälte seines Todes für einen Augenblick vergessen – bis seine Witwe weiterging zu ihrem Zimmer.

«Jeannette», sagte sie, während sie die Tür öffnete, «glaub mir nicht, wenn ich schlecht über meinen Jean-Charles rede. Er war meine Mitgift wert. Übrigens darf man den Klagen einer alten Dame niemals Glauben schenken: sie bedauern sich nur selbst. Brrr . . . der April ist nicht gerade warm in diesem Jahr. Leg noch einen Scheit Holz aufs Feuer. Würdest du den Schemel bitte unter meine Füße schieben? So ist es recht, danke. Meinen Schal über die Beine . . . Und nun fehlt mir nur noch meine Tabaksdose.»

Mit einem Blasebalg versuchte Jeanne, das qualmende, frische Holz zum Brennen zu bringen.

«Ziehst du dir die Schuhe nicht aus?»

«Doch», sagte Jeanne.

Sie lief mit Vorliebe auf Strümpfen herum; lustvoll gruben sich ihre Füße bei jedem Schritt in den großen Gobelinteppich, der den mittleren Teil des Parketts bedeckte – dick und weich wie ein tausendmal geschorener und gewalzter Rasen.

Nun war es sieben Jahre her, seit das Zimmer der Herrin von Charmont das kleine Mädchen zum erstenmal entzückt hatte; doch auch in ihrem jetzigen Alter hielt Jeanne sich mit Vorliebe hier auf. Es war ein großer Raum, erweitert um die ganze Landschaft, die durch seine drei hohen Fenster sichtbar wurde. Das mit kirschroter Seide ausgeschlagene Kanapee, das entenblaue Getäfel um die persischen Leinwandgemälde mit den großen Vogelmotiven, die vergoldeten Holzrahmen der Sessel, der venezianische Lüster mit seinen farbenprächtigen Blumen – all das verlieh dem Raum eine fröhliche, anregende Atmosphäre, die eher zur Lektüre oder zum Gespräch einlud als zum Nichtstun. Daher wurden an diesem Ort häufig und ohne Vorbehalt Äußerungen aus den Salongesprächen aufgegriffen, über die Jeanne oder Marie-Françoise ausführlicher reden wollten. Nichts war ihnen angenehmer, nichts notwendiger als dieser nächtliche Augenblick, den sie einander fast jeden Abend vor dem Schlafengehen schenkten.

Es war am übernächsten Tag nach ihrer Unpäßlichkeit, als die Baronin auf etwas zu sprechen kam, was sie schon mehrmals in ihrem Kopf hin und her gewälzt hatte: «Sag mir», begann sie, «hast du wirklich Lust, zu den Inseln zu fahren?»

«Es ist wohl eher, daß ich davon träume. Ich bin neugierig, und ich träume gern – sollte Euch das immer noch erstaunen? Ihr spracht vom Meer, von einem Korsaren . . . Die Inseln passen gut dazu. Ich bin ganz aufgeregt bei dem Gedanken, einen Korsaren zu treffen. Glaubt Ihr, er wird mich zum Tanzen auffordern?»

«Gib acht auf dein Herz, Jeannette! Vincent ist ein Eroberer.»

«Ich werde ihm zu widerstehen wissen», meinte die fünfzehnjährige Jungfrau mit übertriebenem Selbstvertrauen. «Schließlich bin ich nicht aus weichem Wachs wie die Opfer der Piraten.»

«Oh! Um so besser!» entgegnete die Baronin lachend. «Aber hüte dich trotzdem: ein junges Mädchen täuscht sich sehr über seine eigene Natur, solange es den Korsaren noch nicht gesehen hat. Er kann schön sein, der Pirat!»

«Ist er denn schön, der Chevalier Vincent?»

«Du wirst mir deine Meinung sagen. Gewöhnlich gefällt er.»

«Erzählt mir von ihm.»

«Ich kenne ihn nur wenig. Seit seinem vierzehnten Lebensjahr treibt Vincent sich an allen Ufern des Meeres herum. Er segelt, kämpft, handelt . . . Mein alter Freund Pazevin, der Reeder aus Marseille, behauptet, er stürze sich mit dem Appetit eines Haifisches auf alle Neuheiten der Marine, der Wissenschaft, des Handels und der Industrie. Als Mann armer Herkunft hat er es zu ungeheurem Reichtum gebracht.»

«So?» meinte Jeanne und zog ein enttäuschtes Gesicht. «Dann ist dieser Ritter wohl vor allem ein Goldsucher. Hat er nicht trotz allem noch einen Rest Idealismus?»

«Was nennst du Idealismus? Die alten Worte, die ein Philosoph seiner Feder entlockt, ohne sich deshalb von seinem Stuhl zu erheben, oder jenes Neuland, nach dem ein Seemann in der Back seines Schiffes Ausschau hält? Ich glaube, ein Korsar hat von allem etwas, sogar vom Idealismus.»

Erstaunt richtete Jeanne ihre Augen auf die Baronin: «Wie wißt Ihr über die Korsarenseele so gut Bescheid, Madame?»

«Ich habe Korsaren gekannt. Früher, als ich meine Winter noch in Paris verbrachte. Aber mach mir nur nicht deine sanften Goldaugen, Jeannette, ich habe dir keinen Lebensroman zu erzählen.»

Dann, plötzlich, gab sie sich einem entrückten Lächeln hin: «Es war vor etwa fünfzehn Jahren; damals hätte ich gern einen Korsaren aus Saint Malo geliebt . . . So spät es auch sein mag, ist man doch nie sicher vor einer liebreizenden Torheit, die des Weges kommt. Aber sie kam eben spät. Sich im Herbst zu verlieben . . . und dazu in einen Geliebten, der jünger ist als man selbst . . .»

«Das kommt vor.»

«Es kommt vor. Ich habe es trotzdem nicht getan. Ich habe die Angelegenheit von allen Seiten betrachtet, habe das Für und das Wider abgewägt . . . Ich war zu meinem eigenen Schrecken eine vernünftige Frau geworden. Es ist ein schmerzlicher Tag, Jeannette, an dem man sich dessen gewahr wird. Dann weiß man, daß das Herz nie wieder über den Verstand siegen wird.»

Zärtlich ergriff Jeanne ihre Hand. Die Baronin lächelte verhalten; unwillig über ihren eigenen Verzicht, fuhr sie fort: «Aber was hast du mit meiner großmütterlichen Wehmut zu schaffen? Siehst du, der Zichorienaufguß will mir nicht bekommen. Würdest du es wagen, zu dieser späten Stunde in den Keller hinunterzugehen?»

«Nein», antwortete Jeanne.

«Hör zu, mein Liebes, betrachten wir die Sache doch einmal ohne jeden Fanatismus: zwei oder drei Tropfen von dem guten Condrieu würden mir unerhört wohltun.»

«Nein», wiederholte Jeanne. «Würdet Ihr in Eurem Zustand es denn tatsächlich wagen, um elf Uhr nachts noch Wein zu trinken?»

«Aber ja!»

«Ich bitte höflichst um Verzeihung, aber Ihr werdet keinen bekommen. Monsieur Philibert hat mir Eure Diät vorgeschrieben, und ich werde mich daran halten.»

«Möge dein Aubriot zum Teufel gehen mit seinen Strafmaßnahmen! Er wird noch der Grund sein, daß mein bester Wein verdirbt. Der Condrieu muß schnell getrunken werden.»

«Mag er von anderen getrunken werden, aber nicht von Euch.»

«Ich soll meinen Condrieu an die Leute verteilen? Einen Wein, der so selten, so begehrt ist, daß man beten muß, um welchen zu bekommen?»

«Dann ist es zweifellos ein hervorragender Meßwein. Gebt ihn dem Pfarrer von Châtillon.»

Die Baronin sah ihren Schützling schräg an. Die letzten Worte bestärkten sie in ihrem Entschluß, Jeanne ein wenig zu quälen. Schon seit zwei Tagen konnte sie es sich kaum noch verkneifen, aber bisher hatte sie gezögert; immer wenn ihr die Frage auf der Zunge lag, hatte sie wieder Abstand davon genommen, sie auszusprechen. Doch nachdem Jeanne ihr heute abend ein kleines Vergnügen verwehrt hatte, wollte sie sich zur Rache ein anderes gönnen: «Du bist klug, meine Schöne», sagte sie. «Klug genug, dich über mich lustig zu machen, aber doch zu dumm, über dich selbst zu lachen.»

Da das junge Mädchen sie mit erstaunten Augen fragend ansah, fuhr sie fort:

«Komm, setz dich auf meinen Schemel, damit ich dich sehen kann, wenn du mich belügst. Jeannette, du bist jung, schön und nicht auf den Kopf gefallen – weshalb verlierst du deine Zeit, einen verheirateten Mann zu lieben, der meilenweit von dir entfernt ist und dich nicht liebt?»

Die Frage traf Jeanne wie eine Kanonenkugel, aber sie verzog keine Miene, ja sie log nicht einmal: «Es ist wahr, Madame, ich liebe Monsieur Philibert. Seit wann wißt Ihr davon?»

«Da haben wir's! Allein sein Name macht dich strahlen. Was erhoffst du dir nur von dieser Marotte? Wie lange willst du dich in der Liebe denn noch allein befriedigen?»

«Er wird zurückkommen. Seine Frau langweilt ihn.»

«Ist es schon soweit? Hat er es dir gesagt?»

«Ich habe es gespürt. Ich bin sicher, daß er bald nach Châtillon zurückkehren wird.»

«Angenommen, du hättest recht. Glaubst du, er käme ohne Frau und Kind?»

Die Antwort blieb aus.

«Nun?» meinte die Baronin. «Wunderbar! Du bist fünfzehn Jahre, du bist schön, du bist geistreich und du bereitest dich darauf vor, dich mit kurzen Schäferstündchen zu begnügen, die ein Liebhaber dir zwischen Tür und Angel gewähren wird?»

«Ich liebe ihn.»

«Ich liebe ihn, ich liebe ihn! Wahrlich ein gutes Motiv für eine blödsinnige Romanze, meine Freundin. Heute liebst du einen Abwesenden, morgen wirst du einen Zerstreuten lieben. Wahrlich, könntest du dir nicht eine Liebe suchen, mit der sich angenehmer leben läßt, als mit diesem Aubriot?»

Jeanne richtete sich kerzengerade auf, mit glühenden Wangen und geballten Fäusten: «Ich habe ihn auf den ersten Blick geliebt und werde ihn bis ans Ende meines Lebens lieben!»

«Hoffentlich nur bis ans Ende *seines* Lebens, meine Liebste», korrigierte die Baronin sanft. «Aubriot ist zwanzig Jahre älter als du. Beruhige dich und setz dich wieder. Du kannst nicht älter sein als fünfzehn Jahre, aber ich kann versuchen zu vergessen, daß ich sechzig bin. Sprechen wir ganz offen miteinander, von Frau zu Frau. Jeannette, ich will dich nicht mit aller Gewalt daran hindern, mit Aubriot zu schlafen, wenn du ihn dazu verführen kannst; ich möchte nur verhindern, daß du darunter leidest.»

«Oh!» entfuhr es Jeanne.

Wieder einmal hatte Madame de Bouhey sie durch ihre freimütige Redensart überrascht. Die Baronin war nicht kleinlich mit den Worten, die sie in den Mund nahm: «Erröte nicht schon jetzt», meinte sie, «schließlich sind wir erst am Anfang unseres Themas. Wie ich dir sagte, erscheint mir das Liebesabenteuer als eine zauberhafte Zerstreuung, aber nur unter der Bedingung, daß man darüber weinen kann, ohne allzusehr zu leiden.»

«Wenn Monsieur Philibert mich zu seiner Mätresse macht, werde ich es weder bedauern noch werde ich mich von Gewissensbissen plagen lassen!» entgegnete Jeanne aggressiv.

«Nanu! Wer spricht denn hier von Gewissensbissen? Nein, meine Liebste, das ist es nicht; weder Bedauern noch Gewissensbisse bringen die Mätresse eines Gelehrten um. Sie stirbt am gleichen Übel wie alle seine Frauen: an der Langeweile.»

«Der Langeweile! Wie sollte ich mich je mit einem Liebhaber langweilen, der Philibert Aubriot heißt?»

Ein zartes Lächeln umspielte den Mund der Baronin: «Ja», sagte sie, «in deinem Alter hat man bei dem Wort Liebhaber noch die größten Illusionen. Aber ein vielbeschäftigter Liebhaber vergißt einen ebenso schnell wie ein Ehemann. Dein Aubriot lebt in seinen Gedanken, zwischen Vergrößerungsgläsern, dem Grünzeug und seiner Kaffeekanne. Ein berufsmäßiger Stubenhocker war noch nie ein ergötzlicher Liebhaber. Weißt du, wer einen unterhaltsamen, sonnigen, dienstfertigen Geliebten abgibt? Ein kleiner Abbé. Ein galanter Abbé natürlich, aber von der Sorte gibt es viele. Früher, als ich in Paris lebte, traf ich sie in allen Boudoirs. Für den täglichen Gebrauch haben sie unübertreffliche Qualitäten. Sie kennen die Regeln des Anstands, die schöngeistige Literatur, die Klatschgeschichten sowie alle erdenklichen Spiele; in der Musik sind sie bewandert, sie sind köstliche Heuchler, und bisweilen verstehen sie gar genug Latein, um aus Werken vorzutragen . . . die dem Glück der Damen überaus nützlich sind. Schließlich und endlich können sie sich einem in aller Ruhe widmen, da der Gottesdienst ihnen viel Zeit läßt. Nun, Jeannette, was sagst du zu meiner Rede?»

«Ihr werdet mir verzeihen, daß ich nicht darüber lachen kann», antwortete Jeanne mit tonloser Stimme.

Die Baronin beugte sich zu ihr herab und nahm das Gesicht des jungen Mädchens zwischen ihre beiden Hände: «So sehr liebst du ihn?» fragte sie betrübt.

Statt einer Antwort füllten sich Jeannes Augen mit einem feuchten goldenen Glanz.

«Dann kann ich's auch nicht ändern», seufzte die Baronin. Abrupt wechselte sie den Tonfall: «Wenn dem so ist, Jeannette, laß mich dir helfen, deine Sache so gut als möglich vorzubereiten. Laß mich dir einen Ehemann suchen.»

Jeanne traute ihren Ohren nicht.

«Hör zu! Ich habe eine ausgezeichnete Partie an der Hand. Du hast es nicht bemerkt, weil du nur deinen Botaniker im Kopf hast, aber mir ist es nicht entgangen: wenn der Prokurator Duthillet an zwei Abenden in der Woche nach Charmont hinauskommt, tut er es gewiß nicht nur als dritter Mann zum Kartenspiel. Dieser Mann verschlingt dich mit den Augen. Louis-Antoine Duthillet ist ein Bürgerlicher guter Herkunft, der in einem der schönsten Häuser von Châtillon wohnt. Er fährt eine eigene Karosse und dürfte wohl gut dreißigtausend Francs im Jahr aus seiner Kanzlei ziehen. Sag mir ehrlich, was hältst du von dem Herrn?»

Mit runden Augen und offenem Mund hatte Jeanne zugehört, ohne die Worte der Baronin ernst nehmen zu können. Nach einem kurzen Schweigen löste sie sich aus der Erstarrung und brach in herzhaftes Gelächter aus: «Mein . . . Gott! Der Pro . . . kurator Duthillet!» stammelte das junge Mädchen, das sich vor Lachen kaum beherrschen konnte. «Der schwär . . . zeste Mann der Welt mit seiner strengen, gußeisernen Perücke!»

«Er wäre wahrhaftig undankbar, liefe er nicht in Schwarz herum», stimmte die Baronin in das Gelächter ein. «Wie sollte er auch anders! Endlich ein Mann, der ständig und zu seinem eigenen Vorteil um alle Leute trauert: ein Drittel der Erbschaften, die er abwickelt, fließt in seine eigene Kasse. Im übrigen möchte ich dich darauf hinweisen, daß seine schwarzen Gewänder nur aus Seide oder feinstem englischem Tuch geschneidert sind, und dies selbstverständlich von Meister Pernon in Lyon.»

Aus Spaß ließ Jeanne sich auf das Spiel ein und tat so, als wolle sie den lächerlichen Plan ernsthaft diskutieren: «Erscheint dieser schwarze Mann Euch nicht ein wenig alt für mich?»

«Meine schöne kleine Freundin, ein Ehemann kann gar nicht alt genug sein, wenn man von einem Liebhaber träumt! Diese Weisheit bewahrheitet sich vor allem dann, wenn abzusehen ist, daß der Ehemann vierunddreißig und der Liebhaber fünfunddreißig Lenze haben wird.»

Gekränkt biß Jeanne sich auf die Lippen.

«Im übrigen», fuhr Madame de Bouhey fort, «fehlt es der Frau eines Prokurators nie an einer jugendlichen Umgebung: jahraus, jahrein verlangt die Schreibstube ihres Ehemanns nach fünf oder sechs zwanzigjährigen Sekretären. Alle werden sich in dich verlieben. Errötend werden sie dir nachschauen, sie werden dir Blumen aufs Fensterbrett legen und der Vorwitzigste von ihnen wird unter dem Tisch mit dir anbändeln. Die Advokaten aus der Stadt werden dir den Hof machen und dich mit Neujahrsgeschenken überschütten, damit du ihnen einen Vorwand lieferst. Ich versichere dir, es wird dich hervorragend amüsieren, die Frau des Prokurators von Châtillon zu spielen.»

«Es wird mich niemals amüsieren, mit einem anderen Mann zu leben, als mit Monsieur Philibert», entgegnete Jeanne aufgebracht.

«Es geht ja gar nicht darum, mit einem anderen Mann zu leben, es geht einzig und allein um einen Ehemann», erklärte die Baronin geduldig. «Mit einem Ehemann kann man immer leben, da man tausend andere Dinge zu tun hat. Glaub mir, meine Liebe, der Ehemann ist bald vergessen, die Ehe aber bleibt. In einem schönen Heim zu walten ist nicht ohne Annehmlichkeit. Und denk daran, das Haus von Duthillet liegt nur zwei Schritte von dem Haus der Aubriots entfernt. Sollte *er* tatsächlich zurückkehren, hättest du ihn schon fast am Fußende deines Bettes.»

Was geschah mit Jeannes Liebestraum, den sie so lange ehrfurchtsvoll gehütet hatte? Madame de Bouhey hatte ihn sorglos ans Licht gezerrt und behandelte ihn mit derartigem Realitätssinn, daß es dem schwärmerischen Mädchen die Sprache verschlug.

«Was Ihr da sagt», brachte sie mühsam hervor, «was Ihr da sagt, Madame, ist doch nur ein Scherz?»

«Ja», sagte die Baronin. «Ein Scherz, damit du im Leben lachen kannst, statt zu weinen. Im Hause eines gutgestellten Ehemanns wird auch beim schlimmsten Liebeskummer von Zeit zu Zeit gelacht. Die Seele mag klagen, doch immerhin hat man schöne Kleider, gute Diners und einen Wagen, um seine Rendezvous zu erreichen, ohne durch den Dreck laufen zu müssen.»

Jeanne holte tief Luft und schleuderte der Baronin zornig entgegen: «Und wenn man vom Rendezvous nach Hause kommt, hat man einen Ehemann im Bett!»

Sie hatte die Arme über der Brust verschränkt, als müsse sie sich gegen eine Vergewaltigung verteidigen.

«Ich werde Monsieur Philibert gehören oder niemandem auf der Welt!» fügte sie ungehalten hinzu.

«Schweig!» befahl die Baronin barsch. «Es macht mich wütend, Torheiten aus dem Mund eines intelligenten Mädchens zu hören. Du weißt sehr wohl, daß du am Lauf der Welt nichts ändern kannst. Um behaglich in ihr zu leben, muß eine Frau entweder einem Ehemann oder Gott gehören. Das Leben mit Gott aber ist allein für die wohlgeborenen Mädchen angenehm. Die anderen sind seine Sklavinnen.»

«Ich habe nie daran gedacht, mich in einem Kloster einzusperren! Ich werde arbeiten. Habe ich nicht allerhand Begabungen?»

Bei diesen Worten wich auch die letzte Spur von Ärger aus dem Blick der Baronin; ihre Augen füllten sich mit Tränen des Mitleids: «Du bist kein armer junger Mann, Jeannette, sondern ein armes junges Mädchen – ein Los, das noch schwerer zu tragen ist. Wenn ich dich nicht gut verheiratet habe, ehe ich aus dieser Welt verschwinde, was soll dann aus dir werden? Wirst du bei den anderen um einen Schemel als Gesellschafterin betteln, nachdem du den Sessel als Hausherrin abgelehnt hast?»

«Ich weiß, ich besitze nichts als Eure Güte, Madame», sagte Jeanne mit bedrückter Stimme. «Aber ist das ein Grund, der mich bewegen sollte, mich an den Prokurator Duthillet zu verkaufen? Hätte ich das Unglück, Euch zu verlieren . . . Oh! Ich flehe Euch an, sprecht nicht mehr mit mir, als wäre ich schon eine Frau», fügte sie hinzu und barg ihr Gesicht im Rock der Baronin.

Madame de Bouhey strich ihr mit beiden Händen zärtlich über die Haare.

«Beruhige dich, mein Kind, beruhige dich», sagte sie sanft. «Es ist wahr, du bist noch klein. Nur ich, ich bin nicht mehr jung. Die Zeit, die ich noch für dich da sein kann, vergeht im Fluge. Verzeih mir, dich zu drängen; ich bin diejenige, die es eilig hat. Ich kann es nicht mehr abwarten, für das Glück derer zu sorgen, denen meine Liebe gehört.»

Mit tränenüberströmtem Gesicht blickte Jeanne zu ihr auf: «Für mich gibt es nur ein Glück, Monsieur Philibert zu gehören. Bin ich nicht hübsch genug, um gegen seine alte Marguerite zu gewinnen?»

«Du mußt den Verstand verloren haben», sagte die Baronin ratlos. «Es ist ein Jammer, daß eine Frau nie früh genug begreift, daß die Schönheit ihr nicht gegeben ward, um einen einzigen Mann zu erfreuen, sondern um sich mit mehreren an ihr zu weiden.»

Wie sehnte sie sich nach dem Schlaf! Doch ihre überreizten Nerven ließen Jeanne nicht zur Ruhe kommen; und auch ihre eiskalten Füße hielten sie wach. Sie sprang aus dem Bett, zündete die Kerze wieder an, schlüpfte in einen Rock, hüllte den Oberkörper in ihren warmen Caraco, zog die Schuhe an und ergriff den Handleuchter . . . Unter behutsamer Vermeidung der knarrenden Dielen im Flur erreichte sie die Treppe und ging in die Küche hinunter.

Sie hatte den Plan, sich Wasser heiß zu machen, um den ‹englischen Mönch› damit zu füllen, falls Pompon ihn nicht bereits mitgenommen hatte. Die aus London importierte Neuheit war der Baronin als Geschenk überreicht worden, ohne sie jedoch davon zu überzeugen, auf ihre wärmenden Backsteine zu verzichten; und so war es die stets fröstelnde Pompon, die mit dem englischen Mönch ins Bett ging – vor allem, seit sie im *Mercure de France* gelesen hatte, daß dieses komfortable Objekt nicht weniger als 24 Livres wert war: die Lust, sich Livres unter die Fußsohlen zu schieben, vermochte ihre Luxussucht für eine Stunde zu befriedigen.

Die Kammerzofe hatte den Mönch genommen. Jeanne erwog den Gedanken hinaufzugehen und ihn aus ihrem Bett zu holen; sie zog die Schultern hoch und kauerte sich unter das Kamingesims, um im Warmen darüber nachzudenken. Sie mußte sich irgendwie ‹Mut machen›. Diesen Ausdruck hatte sie von ihrem Vater. Immer wenn der Dachdecker Beauchamps müde und zerschlagen war, hatte er seine Glieder gereckt und lächelnd gesagt: «Ich fühle mich heute morgen nicht so recht bei Kräften, meine kleine Jeannette; ich werde mir Mut machen müssen.» Dann bereitete er sich eine kräftige Brottunke, halb Wein, halb Wasser, und begann langsam zu kauen. Wenn er den Eindruck hatte, daß seine Tochter den Besen lustlos vor sich her schob, bot er ihr das gleiche Heilmittel an, indem er der Tunke etwas Zucker zusetzte. Bei dieser Erinnerung empfand die große Jeanne Mitleid mit der kleinen, und ihre Augen suchten den Schoppen Bleichen, den Delphine jeden Abend vom Faß zapfen ließ, damit er am Morgen als Tunke für das Frühstücksbrot ihres jüngsten Sohnes bereitstand. Tatsächlich, der Bleiche stand auf dem Tisch, neben dem Topf mit Bouillon und den beiden Eiern, die Jean-François außerdem essen mußte. Jeanne holte einen Laib Brot aus der Kammer, schnitt sich eine Scheibe ab, schlug die beiden Eier auf und verquirlte sie zu einem Omelett, ehe sie versuchte, das Feuer an einer Ecke zu beleben. Zehn Minuten später saß sie da und speiste. Wahrhaftig, das Essen machte ihr Mut! Der Druck wich von ihrem Herzen. Sie schenkte sich ein Glas vom Bleichen nach.

Vor dem letzten Gespräch mit der Baronin hatte Jeanne, wenn überhaupt, nur vage an jenen fernen Tag gedacht, an dem sie Charmont vielleicht verlassen müßte. Philiberts Bild hatte die Zukunft voll und ganz besetzt gehalten. Doch in dieser Nacht war ihr schlagartig klargeworden, daß sie, um sich eine Zukunft zu schaffen, etwas anderes erfinden mußte, als eine verschönte Vergangenheit. Zwei Jahre lang hatte sie das schlafende Dornröschen gespielt, das auf die Rückkehr seines Prinzen wartet; und nun erwachte sie allein in einer ausgestorbenen Küche. Der Prinz war immer noch in Bugey, wo er ein glückliches Leben führte und ohne ihr Zutun Kinder machte. Schon wollten ihr die Tränen in die Augen schießen, doch sie wehrte sie ab, indem sie wütend den Kopf schüttelte. Sie trank noch einen großen Schluck Bleichen. Nein! Sie würde ihr Schicksal nicht laufenlassen, ohne es selbst in die Hand zu nehmen.

Ihr natürliches Schicksal war die Ungerechtigkeit. Das hatte sie zwar oft geahnt, aber nur wenig darüber nachgedacht. Jetzt war es soweit: die Ungerechtigkeit drohte, eine konkrete Form anzunehmen. Wenn sie nicht darum kämpfte, der Welt ein Leben nach ihrem eigenen Geschmack abzuringen, würde ihr nichts anderes übrigbleiben, als vom bitteren Los einer Deklassierten zu zehren. Das Kind Jeanne war aus seiner Kaste herausgehoben worden, doch die erwachsene Jeanne würde niemals mit gleichen Rechten in eine andere Kaste aufgenommen werden. Jeden Platz an der Sonne mußte sie sich erst erobern. Ihre teure Baronin hatte recht: Wenn Jeanne sich weigerte, all ihre Trümpfe auszuspielen, um aus der Sackgasse herauszukommen, drohte sie tatsächlich als Gesellschafterin irgendeiner alten Dame adeligen Standes zu verkümmern. Ihre Schönheit, ihre Intelligenz, ihre Bildung – alles wäre umsonst gewesen. Und heute reichte ein Mann ihr die Hand, um sie, weil sie schön war, emporzuheben in ein bürgerliches Leben. Welcher andere Mann würde ihr um ihres Geistes und ihrer Kenntnisse willen einen auch nur einigermaßen ehrbaren Stand bieten?

Während sie zornig ein zweites Brot mit Butter bestrich, kam ihr plötzlich ein vertrauter Gedanke in den Sinn: Und wenn ich mich endgültig als Mann verkleiden würde? Diese Vorstellung heiterte sie auf – wie immer. Sie sah sich beschwingt und munter in Denis' schönen roten Hosen, die Haare zu einem Zopf geflochten, mit einem Dreispitz auf dem Kopf und einem Stock über der Schulter, an dessen Ende ihr Bündel hing. Lebhaften Schritts näherte sie sich Marseille, wo die Segel des großen Abenteuers auf dem weiten blauen Meer tanzten. Bei der Vorstellung, daß ihr am Ende der wunderbaren Reise Tausende Morgen Land auf den Inseln gehören könnten, begann sie zu lächeln. Sie würde die Böden nutzbar machen, sie mit Zuckerrohr, Kaffee, Baumwolle, Pfeffer, Muskat und Gewürznelken bepflanzen . . . Welch ein Reichtum! Ganze Schiffe voll Louisdor! Ah! Monsieur Philibert sollte es noch bereuen, seine kümmerlichen sechzigtausend Francs geheiratet zu haben!

Mittlerweile hatte sie den Schoppen fast ausgetrunken. Der Wein brachte ihr Blut in Wallung. Sie schwebte! Die Zukunft erschien ihr leicht, so leicht . . . War es nicht das Einfachste auf der Welt, den Mann zu bekommen, den man haben will? Wenn Jeanne mit ihren Freundinnen Emilie und Marie über die Liebe sprach, endeten die Männer ihrer Träume stets auf den Knien. Daß die Frau das Spiel bestimmt ist bekannt – sie muß es nur schamlos und furchtlos in Angriff nehmen . . . und sie braucht Geld. Ja, Geld. Wenn Emilie einen Schlachtplan entwarf, um sich einen hypothetischen Liebhaber zu angeln, gab sie ein Vermögen aus: für Kleider, Perücken und Parfums ebenso wie für verschwenderische Soupers, bei denen sie nur das Beste bot, Champagner und die erlesensten Speisen, bestreut mit unvorstellbar teuren aphrodisischen Gewürzen!

Jeanne fragte sich, ob eine Frau Prokurator wohl gleich einer Marquise oder einer Sängerin der Großen Oper Champagner zu ihren Soupers reichen ließ? Mit einem reichen Ehemann . . . selbstverständlich. So war es auch nicht schwer, einem anderen Mann Sand in die Augen zu streuen und ihm den Kopf zu verdrehen! Kein

Zweifel, Monsieur Duthillet, erster Prokurator von Châtillon, hatte genügend Reichtümer in seinem Geldschrank, um die Gäste seiner Frau Gemahlin großzügig zu behandeln. Ja, ihre geliebte Baronin hatte recht, Duthillet würde sicher allerhand zu bieten haben.

4. Kapitel

Im Frühling erwachte Schloß Charmont schon um sechs Uhr morgens. Das erste Geräusch kam vom Hof her, es war das Quietschen einer Brunnenwinde: Bouchoux, der Hausknecht, schöpfte Wasser. Unterdessen brachte Nanette, stets als erste auf den Beinen, in der Küche ein loderndes Feuer in Gang. Bellotte kam etwas später aus ihrer Mansarde herunter. Tatan, die seit zwanzig Jahren über die Kochtöpfe des Schlosses herrschte, zeigte sich gewöhnlich nicht vor acht Uhr; doch sobald sie auftauchte, war sie nicht mehr zu überhören. Nach ihr erschienen, meist gähnend, Mademoiselle Pingault und Pompon auf der Bildfläche, die beiden Kammerzofen von Delphine und der Baronin; sie setzten sich in eine warme Ecke neben dem Herd, um den Klatsch des Tages bei einer Tasse Milchkaffee zu beginnen. Punkt neun Uhr schob sich eine wogende schwarze Brust durch die Tür, es folgte Mademoiselle Sergent, die Hausdame, in ihrer ganzen imposanten Person. Als Fünfzigerin mit Schnurrbart, den Bouheys, bei denen sie geboren war, leidenschaftlich ergeben, herrschte die Sergent mit einem unbeirrbaren Absolutismus über die gesamte Dienerschaft: das Wirtschaftsleben auf Schloß Charmont ließ nichts zu wünschen übrig.

Das Gut stand in voller Blüte. Trotz eines Gemahls, dem nichts mehr am Herzen lag, als sich durch die Ausgaben für Pferde und Feste zu ruinieren, hatte Marie-Françoise de Bouhey ihr Vermögen hervorragend verwaltet. Statt sich ihr Erbe beim Tod ihrer Eltern auszahlen zu lassen, hatte sie ihre Anteile in den beiden Seidentuchfabriken in Amiens und Abbeville belassen; die Gewinne, die ihr einziger Bruder, Mathieu Delafaye, aus den Betrieben herausziehen konnte, wurden unter den Geschwistern geteilt. Später, als die beiden Söhne von Mathieu herangewachsen waren, hatte sie diesen die Dombes schmackhaft gemacht und ihnen geholfen, sich in Lyon niederzulassen, wo der Seidenhandel dank der vom Hof lancierten Mode einen vielversprechenden Aufschwung erlebte. Nachdem die Tante ihren Neffen Joseph und Henri die Geschäftsgründung finanziert hatte, konnte sie später ansehnliche Summen aus deren Erfolg ziehen. Ein weiteres Einkommen sicherte ihr die kleine Tuchmanufaktur im Languedoc, die sie im absterbenden Zustand erworben und durch frische Geldinvestitionen wiederbelebt hatte. Schließlich beteiligte sie sich seit etwa zehn Jahren mit regelmäßigen Einsätzen an den Schiffsbefrachtungen ihres Freundes Pazevin aus Marseille, und das Meer brachte ihr keine Enttäuschung.

Ihr starkes Interesse an Industrie und Handel hatte sie jedoch nicht daran gehindert, gleichzeitig jene Aufgabe zu erfüllen, die sie sich zum Ziel gesetzt hatte: Im Laufe der Jahre jene drei Höfe und die Weiher zurückzugewinnen, die ihr Schwiegervater einst verkauft hatte. Es war nicht leicht gewesen, denn schon damals begannen die Bauern, sich gegen den Aufkauf der Böden durch ihre Grundherren zusammenzuschließen. Trotzdem war es der Herrin von Charmont gelungen, ihren Plan durchzuführen, ohne daß sich allzu viele Mistgabeln gegen sie erhoben. Da sie nicht in der Aristokratie geboren war, teilte sie auch deren Vorurteile nicht. Es erschien ihr gleichgültig, ob ihre grundherrlichen Rechte in allen Punkten respektiert wurden oder nicht – zumal sie den Bauern meist zur Drangsal gereichten, ohne den Herren etwas Nennenswertes einzubringen. Während viele Schloßherren – sei es aus Notwendigkeit, sei es aus Arroganz – verzweifelt gegen den Zerfall ihrer Privilegien kämpften, indem sie bisweilen längst überholte Bräuche ans Tageslicht holten, fiel es der Tuchmacherstochter nicht schwer, sich kulant zu zeigen. Ihr Verwalter war angehalten, die Augen zu schließen, wenn die Pächter bei dem Zehnt, den sie jedes Jahr zu leisten hatten, fünf Hühner, drei Enten oder ein Lamm ‹vergaßen›. Im Jahre 1762 den exakten ‹Teil des Herrn› einzutreiben, war ohnehin ein Ding der Unmöglichkeit! Da die Baronin nicht kleinlich war, wurde sie von ihren Bauern leidlich gemocht . . . wenigstens dem Anschein nach. In der ländlichen Umgebung stand das

Ende der Herrschaft von Louis XV. auf jeden Fall nicht unter dem Zeichen einer gegen das Schloß gerichteten Gewalt; das Murren galt vielmehr einem Feind, der von außen kam: dem königlichen Fiskus und der Rotte seiner Steuereintreiber – gnadenlose Wucherer und Leuteschinder, die andere ins Elend trieben! Die Bauern hätten natürlich niemals zugegeben, daß sie unter Louis XV. besser und glücklicher lebten als ihre Vorfahren unter Louis XIV. Sie blieben dabei, sich als die Ärmsten der Armen zu beklagen. Auf den Höfen von Charmont allerdings hielten sie es nicht für nötig, sich in Lumpen zu verkleiden oder sich, wenn sie ein Stück Schinken essen wollten, zu verbergen, wie viele ihrer notleidenden Brüder es tun mußten, um die Habgier ihrer Schloßherren, die sich beim geringsten Anzeichen einer Besserung der Lebensverhältnisse verzehnfachte, zu täuschen.

Die Tür der Baronin stand jedermann offen. Wer ihr Gehör suchte, wurde in ihrem Gemach empfangen, das sie erst gegen zwei Uhr mittags zum Diner verließ; die Vormittagsstunden nutzte sie gewöhnlich dazu, Abbé Rollin, der ihr als Sekretär diente, Briefe zu diktieren oder mit Gaillon, ihrem Verwalter, Wirtschaftsprobleme zu erörtern und zu klären.

Monsieur Pipon, ihr Geschäftsvertreter in Lyon, kam nur einmal die Woche aus der Stadt, aber wenn er kam, war er schon frühmorgens zur Stelle. An jenem Tag war er soeben eingetroffen, als im Haus plötzlich ein Höllenlärm ausbrach; von der Küche drang lautes Gepolter und Geschrei bis in den ersten Stock hinauf. Die Baronin mußte viermal läuten, ehe Pompon erregt und mit rotem Kopf in der Tür erschien, um sie von den Vorfällen zu unterrichten.

«Es ist Tatan, Madame, die hinter der Nanette herläuft, um sie mit dem Schürhaken zu erschlagen! Die Gefräßige hat die Eier und den ganzen Bleichen des jungen Herrn gestohlen!»

«Ein schöner Lärm für zwei Eier und einen Schoppen schlechten Weines», meinte die Baronin. «Ißt dieses Mädchen sich denn bei Tisch nicht satt?»

«Unmengen verschlingt sie! Aber außerdem frißt sie alles, was sie kriegen kann. Das ist wie eine Krankheit bei ihr. Doch bisher hat sie es noch nie gewagt, die Eier . . .»

Mit einem heftigen Ruck stieß Jeanne die Zimmertür auf und unterbrach das Lästermaul: «Pompon, ehe Tatan die Nanette umbringt, geht lieber hinunter und sagt ihr, daß ich es war, die sich um Mitternacht an den Eiern und dem Bleichen gelabt hat.»

«Ach was?» wunderte sich die Baronin.

Pompon stand mit offenem Mund da; sie dachte gar nicht daran zu gehorchen.

«Nun geht schon!» wiederholte Jeanne.

Trotz der ernsten Miene wirkte das junge Mädchen bezaubernd in dem Negligé aus weißem Kattun. Madame de Bouhey beobachtete sie mit besonderer Aufmerksamkeit.

«Monsieur Pipon, würdet Ihr mir die Freundlichkeit erweisen, Euch einen Augenblick in mein Boudoir zurückzuziehen?» fragte sie. «Und du, Pompon, beeile dich, deine Nachricht weiterzugeben.»

«Soll ich gehen und das Ende der Geschichte verpassen?» entgegnete die Kammerzofe keck.

«Aber nein», sagte die Baronin, «du horchst doch ohnedies an den Türen.»

Pompon ging hinaus, zog die Tür hinter sich zu und preßte ihr Ohr an das Holz.

«Was soll das bedeuten?» begann die Baronin sogleich. «Um elf Uhr schlägst du mir einen guten Condrieu aus, um mitternachts den Krätzer von Charmont zu trinken? Weißt du nicht, daß man im schlechten Wein nur Trunkenheit findet?»

«Ich mußte mir Mut machen. Ich bin gekommen, Euch zu sagen . . .»

Sie hielt inne. Um es ihr leichter zu machen, stand Madame de Bouhey auf und setzte sich vor ihr Frisiertischchen: so kehrte sie Jeanne den Rücken zu. Sie reichte ihr einen Kamm aus Elfenbein und Silber: «Derweilen könntest du schon anfangen, mich zu kämmen . . .»

In dem unvollkommenen Spiegel, der die Züge der Baronin nur verschwommen und daher milder wiedergab, begegnete Jeanne dem aufmerksamen Blick der grauen Augen. Beherzt setzte sie erneut an: «Ich bin gekommen, Euch zu sagen, daß ich den Prokurator nehmen werde, wenn Ihr tatsächlich sein Einverständnis erzielen könnt, Madame.»

Fünf Tage später waren Jeanne und der Prokurator einander versprochen.

Zu jener Zeit wurden die Ehen schnell beschlossen, zumindest im Adel und in der Großbourgeoisie. Bisweilen reichte ein einziger Abend, eine flüchtige Bekanntschaft während eines Soupers, um die Sache perfekt zu machen. Madame de Bouhey hatte sich für die Diskussionen immerhin fünf Tage Zeit gelassen, genug, um alles zu bedenken.

Monsieur Duthillet hatte sich ebenso zuvorkommend und freigebig gezeigt, wie sie es von seiten eines verwaisten, nicht gerade knausrigen vierunddreißigjährigen Bourgeois erwartet hatte, dessen Herz einer jugendlichen Schönheit verfallen war. Im Ehevertrag würde Duthillet seiner Frau ein Guthaben von fünfunddreißigtausend Livres aus seiner Barschaft zuerkennen, und im Fall seines Todes sollte sie überdies die Nutznießungsrechte an seinem voll eingerichteten Haus und tausend Francs Rente bekommen. Madame de Bouhey ihrerseits versprach eine komplette Aussteuer, einigen feinen Goldschmuck, einen Putztisch mit einem Necessaire aus Schildpatt und Silber sowie ein Taschengeld von fünfhundert Ecus. Um diese hübsche Mitgift abzurunden, hatte der Rittmeister Baron François de Bouhey angeboten, Jeanne ihr Lieblingspferd zu schenken, die Stute Blanchette.

Die Hochzeit wurde auf Mitte September festgelegt. Kaum daß die Verlobung geschlossen war, wurden in Paris und Lyon allerhand Stoffe bestellt: Musselin, gewöhnlicher und steifer Batist, Leinwand, Spitzen, Bänder, feines Tuch aus Abbeville, Drogett und einige Ellen Seidenwaren. Die Schneiderin und die im Tagelohn arbeitenden Näherinnen sollten allerdings erst im Mai, nach dem großen Fest, mit der Arbeit beginnen. Laurent Delafaye, der Großneffe der Baronin, hielt dennoch daran fest, die Brautgaben seines Vaters und seines Onkels sogleich zu überbringen: eine schwere goldgelbe Schillerseide mit einem Hauch Rosé und einen weißen Brokat mit prächtigen roten Blumenmotiven. Ein königliches Geschenk!

Die Verlobte erlebte die Ereignisse mit seltsamen Gefühlen. Aufgereizt durch Pompons übermütige Begeisterung, beruhigt durch die höfliche Zurückhaltung Duthillets, angespornt durch lächelnde Blicke, mit Fragen bedrängt, beneidet, umarmt und gefeiert, hatte Jeanne den Eindruck, an der Oberfläche ihrer selbst zu leben. Es war erfreulich, wie das Fühlen eines schönen neuen Kleides – mehr nicht. Ein brüchiges Vergnügen: als Pompon ihr den Brokat vorgehalten hatte und sie zu ahnen begann, wie verführerisch sie in dem fertigen Gewand aussehen würde, hatte sie die Tränen kaum noch unterdrücken können, als würde der Gedanke, begehrenswert zu sein, um am Arm eines Louis-Antoine zu erscheinen, sie nur mit Bedauern erfüllen. Es fiel ihr schwer, anderes mit ihrem Verlobten zu verbinden, als die Vorstellung von einem recht eleganten, schwarzgekleideten Mann mit vollendeten Manieren, der weder bei der Konversation noch beim Kartenspiel jemals seine Stimme erhob. Zugleich aber war der Mann, den sie zu heiraten gedachte, ein tagsüber vielbeschäftigter Jurist, der am Abend das Gesellschaftsleben der Bourgeoisie teilte und seiner Gemahlin zwischen beiden Pflichten kaum mehr als eine Viertelstunde Intimität widmen konnte, um mit ihr über das Wetter, das letzte Konzert und das nächste Diner zu plaudern. Zweifellos ein Ehemann, der mehr als nur passabel zu sein versprach, vielleicht sogar ein zuverlässiger und diskreter Freund?

Er machte ihr ein erstes reizendes Geschenk, eine mit Pralinen gefüllte herzförmige Porzellanbonbonniere aus Sèvres. Diese Porzellanmanufaktur gab es erst seit 1759, und die dort gefertigten Objekte galten noch als Seltenheit. Entzückt von der unerwarteten Überraschung reichte Jeanne Louis-Antoine ihre Hand zum Kusse dar, und sie empfand keinen Abscheu vor der leichten Berührung seiner Lippen. Er bat sie, ihn am nächsten Tag nach Trévoux zu begleiten, wo er im Parlament zu tun hatte. Die Baronin gab ihre Zustimmung.

Pompon, im glänzenden Sonntagsstaat, spielte die zerstreute Anstandsdame. Als stolze Insassin einer Karosse erlebte Jeanne ihren ersten Tag als ‹Frau Prokurator›. Während Louis-Antoine seinen Geschäften nachging, spazierten die beiden Frauen zu ihrer größten Zufriedenheit durch die Straßen mit den feinen Läden und wagten es sogar, das Café des Armeniers zu betreten, um eine Pause einzulegen. Der Armenier galt als der beste Kaffeewirt der Stadt, und sie labten sich an seinem Mokka, der mit Rosenkonfekt gereicht wurde. Pompon, die gerade einen Löffel von der Süßspeise auf der Zunge zergehen ließ, gluckste vor Wonne: «Ah! Mademoiselle, sagte ich Euch nicht schon, daß Ihr ein Glückskind seid? Ein so guter Mann, der so gut lebt, wie ich meinen will! Ihr werdet Euch jedes Vergnügen leisten können, Kleider, Theaterbesuche, Erfrischungen in den Schokoladenstübchen, Reisen mit dem Postwagen, die teuersten Rougetöpfchen, Diners mit Hummer . . . Ah! Mademoiselle, nehmt mich doch mit nach Châtillon – Ihr werdet doch sicher eine Kammerzofe brauchen?»

«Ich ahnte schon, daß Ihr Monsieur Duthillet am liebsten mit mir heiraten würdet», entgegnete Jeanne lachend.

«Ah! Mademoiselle, niemand hat je etwas Besseres erfunden als den Reichtum eines freigebigen Mannes, um eine Frau glücklich zu machen!»

Der Ausflug nach Trévoux wurde zu einem lustigen Unternehmen. Als Louis-Antoine sich im Geschäftsviertel auf die Suche nach seinen Frauen machte, fand er sie schwatzend bei einer Kurzwarenhändlerin, wo sie Bänder kaufen wollten. Er nutzte die Gelegenheit, Jeanne das Objekt ihrer Träume zu schenken: einen merkwürdigen kleinen Regenschirm, den man zusammengeschoben in der Tasche tragen konnte; er hatte einen Silbergriff und eine Bespannung aus pflaumenblauem Taffet. Dieses spontane Luxusgeschenk an Jeanne brachte Pompons ausgelassene Freude auf den Höhepunkt: «Ah! Mademoiselle», flüsterte sie dem jungen Mädchen zu, während Louis-Antoine die Rechnung bezahlte. «Ihr werdet nicht nur einen guten Ehemann haben, sondern noch dazu einen Liebhaber! Glaubt mir, wenn ein Mann so leicht zum Geldbeutel greift, muß er toll nach Euch sein. Das ist ein gutes Zeichen, Mademoiselle, ein gutes Zeichen!»

Jeanne war zusammengezuckt. Mitten in einer keuschen Idylle, die ewige Freundschaft verhieß, hatte sie sich bei dem Wort ‹Liebhaber› plötzlich wie eine Verräterin gefühlt. Als sie wieder in der Kutsche saßen, begann sie Louis-Antoine im Profil zu betrachten.

Weder schön noch häßlich, gefiel Duthillet dennoch durch die heitere, vielleicht etwas weichliche Güte, die ihm im Gesicht stand. Eine leichte Kurzsichtigkeit verlieh seinen blaßblauen Augen einen milden Ausdruck. Daß er immer schwarz gekleidet war, machte ihn zu einer ernsten Erscheinung, an der ihm offenbar zur Kennzeichnung seiner Funktion lag; immerhin mußte Jeanne zugeben, daß der Anzug aus feinem Kamelot ihm makellos auf den Leib geschnitten war. Der Jabot, die Spitzenmanschetten und die gepuderte

Perücke brachten genügend reines Weiß in das viele Schwarz, um es aufzuhellen. Was ihr nicht gefiel, war die schwere, ältliche Perücke; und so nahm sie sich vor, ihn zu einer besser aussehenden zu überreden. Als sie sich dabei ertappte, sich für das Äußere ihres Verlobten zu interessieren, mußte sie unwillkürlich lächeln, fast hatte sie Lust, sich deshalb zu beglückwünschen wie zu einer guten Tat. Plötzlich wäre sie am liebsten allein mit Louis-Antoine in einem Gasthaus der Stadt essen gegangen. Zum einen, weil sie noch nie in einem Gasthaus zu Abend gegessen hatte, zum anderen, weil sie hätte sehen können, wie er sich um sie bekümmern würde... Gewiß, sie liebte ihn nicht; aber war das ein Grund, sich nicht bedingungslos von seinen guten Manieren verwöhnen zu lassen?

Leider kamen sie nicht umhin, sich an einem Familientisch niederzulassen, bei Monsieur Jean-Jacques Duthillet, dem Bruder von Louis-Antoine.

Dieser Bruder war ebenfalls Jurist, genauer gesagt Parlamentsrat von Trévoux. Louis-Antoine zeigte sich ein wenig verdrossen über die Tatsache, daß er seiner künftigen Schwägerin ein allzu bescheidenes Mahl bot. Sie bekamen nur eine Suppe mit etwas gekochtem Rindfleisch, Lammkoteletts, spanische Artischocken in Markbrühe, ein Kaninchenfrikassee mit Backpflaumen, einen Salat, eine Torte mit gesüßter Milch sowie Konfekt und Dragees. Schon beim Hinausgehen begann Louis-Antoine, sich für die kärgliche Bewirtung zu entschuldigen: «Mein armer Bruder ist einer Frau in den Schoß gefallen, die ihren ganzen Stolz in die Genügsamkeit setzt und ihre Gäste zwingt, diese Leidenschaft zu teilen. Er kann nichts daran ändern. Welcher Mann hat heutzutage schon noch Einfluß auf das, was in seinem Haus geschieht?»

Jeanne mußte lachen: «Und obgleich Ihr das wißt, habt Ihr Euch nicht gefürchtet, Eure Zukunft in meine Hand zu legen, Monsieur?»

Er betrachtete sie mit zufriedenem Blick: «Nein, meine Liebe. Ich glaube, Ihr werdet mir einen reichlichen Tisch gönnen, Ihr seht mir eher nach einer Feinschmeckerin aus. Niemals hätte ich eine Frau gewählt, die meiner Schwägerin ähnlich wäre. Habt Ihr bemerkt, wie spitz sie überall ist, an der Nase, am Kinn, an den Schultern, an den Ellbogen, ja sogar im Tonfall; habt Ihr gesehen, wie schmal ihre Lippen sind?»

«Mademoiselle ist da ganz anders mit ihren vollen Lippen und ihren runden Schultern!» platzte Pompon ungeniert in den Dialog hinein.

Louis-Antoine errötete wie ein kleiner Junge. Die leichtfertigen Worte erinnerten ihn an die geheimen Hoffnungen, die er sich bezüglich der Sinnlichkeit seiner Verlobten machte, wenn er ihren weichen Mund und ihre glänzenden Augen betrachtete, wenn er sah, wie ihr die Röte in die Wangen schoß, wie lustvoll ihre Hand über Pelze, Felle oder Seidenstoffe glitt.

Die Verwirrung des Prokurators war der Kammerzofe nicht entgangen; sie warf Jeanne einen vielsagenden Blick zu, der in etwa bedeutete: Hatte ich Euch nicht gesagt, daß dieser Mann Euch anbetet, daß er Euch ein ebenso guter Liebhaber wie Ehemann sein würde?

Ehe sie den Rückweg nach Châtillon antraten, wollte Jeanne das Parlament besichtigen; sie amüsierte sich königlich über die lustige Bußgeldregelung, die im Flur angeschlagen war:

«Für einen Parlamentsrat, der Schleifen in der Perücke trägt: ein Diner.

Für das Betreten der Großen Kammer in Begleitung eines Hundes: ein Diner.

Für das Einschlafen während einer Audienz: ein Diner.

Für . . . Für . . . Für . . .: ein Diner.»

Die Liste der Vergehen war lang, die Strafe immer die gleiche: ein Diner.

«Das ist der Grund, weshalb mein Bruder noch nicht an der Diät verhungert ist, der seine Frau ihn unterworfen hat», erklärte Louis-Antoine. «Fünfzigmal im Jahr hat er Gelegenheit, sich im Gasthaus aufpäppeln zu lassen!»

Der Tag in Trévoux hatte zwischen den Verlobten ein so warmes Klima entstehen lassen, daß Jeanne auf dem Rückweg einen Versuch unternahm, Louis-Antoine ihre beiden Leidenschaften zu erklären, die Botanik und die Geographie.

Er hörte ihr höflich zu. Doch plötzlich, trotz seines aufmerksamen Blicks, fühlte Jeanne, daß Louis-Antoine weit von dem entfernt war, was seine Augen sahen; vielleicht schlief er, oder er stellte gerade das Menü für ein Diner zusammen, das er den Magistraten des Parlaments schuldig war, weil er das Wort ‹Bordell› in einem

Protokoll mit einem schüchternen, fast unleserlichen B geschrieben hatte – eine alberne Ziererei, die unter Strafe stand. Während sie versuchte, ihm die Reize der *Viola cornuta* und die heißen Köstlichkeiten der Insel Mauritius zu entdecken, schenkte Louis-Antoine ihr ein berufsmäßiges Gehör; er hörte sie an wie ein Prokurator seinen Mandanten – ohne das geringste Interesse an dessen Angelegenheit und dennoch sorgsam darauf bedacht, seine Gleichgültigkeit unter einer ernsten Miene zu verbergen. Enttäuscht wechselte das junge Mädchen das Thema und begann von der großen Jagd zu sprechen, die zwei Tage später in Charmont stattfinden sollte.

Das große Fest von Charmont, das fast immer Ende April gegeben wurde, kostete die Baronin jedes Jahr ein kleines Vermögen und beträchtliche Aufregung dazu. Es erstreckte sich über drei Tage. Zum großen Souper des ersten Abends pflegten sich nicht weniger als sechzig Gäste bei Tisch zu versammeln, und mindestens dreißig von ihnen blieben bis zum Souper am übernächsten Tag.

Die Vorbereitung zum Kampf begann eine Woche vorher. Eine nach der anderen wurden die Bäurinnen der Umgebung auf dem Schloß vorstellig, um ihre Dienste anzubieten, und die Sergent teilte ihnen auf der Stelle Arbeit zu: alle unbewohnten Kammern wurden gelüftet, gefegt, geschrubbt und gewachst, die Strohmatratzen aufgeschüttelt und die Betten frisch bezogen. Solange dieser Frühjahrsputz andauerte, fühlte die Baronin sich eher wohl. Zufrieden beobachtete sie, wie Mäuse und Spinnen aus ihren Schlupfwinkeln vertrieben wurden, wie ihr Haus von oben bis unten vom Staub befreit wurde. Doch bald lieferte ein Weißwäscher aus Bourg die ellenlangen, frisch gestärkten Leihtischtücher; und nach diesem Auftakt brach der Sturm los: der illustre Koch Florimond zog mit seinem Gefolge von Gehilfen und Küchenjungen in das Schloß ein.

Sie überschwemmten Küche und Speisekammer, ignorierten die Sergent, verscheuchten Tatan aus ihrem Blickfeld, terrorisierten Bellotte und Nanette, nahmen Bouchoux, Longchamp und den Kutscher Thomas als Laufburschen für ihre Einkäufe in Beschlag, warben Dienerinnen und Bäurinnen zum Schlachten, Rupfen, Spülen und Geschirrtrocknen, brachten Schränke und Vorräte durcheinander, lästerten über die armselige Küchenausstattung und veranstalteten ein unerträgliches Geschrei – kurz, sie beherrschten das Haus wie erobertes Feindesland, ließen seine Einwohner bis zum Abend des Festessens darben und wiesen jede Beschwerde mit den Gebärden großer Künstler zurück. Wenn schließlich alle um seine Kochtöpfe schlichen, stellte der illustre Florimond zum guten Schluß fest, daß man ihn ‹nicht verstanden› habe; und er hub laut zu klagen an, es sei ‹nichts da›, obwohl er bereits sechs Schafe, eine Milchkuh, sechzig Pfund Rind, fünfzig Poularden und Enten, einen ganzen Schwarm Tauben, acht Schinken, ein Faß Krebse, zahllose Aale, Hechte und Karpfen, eine Trommel Schweizerkäse sowie ausreichende Mengen Butter, Knoblauch, Sahne, Zucker, Mehl und Eier bekommen hatte; dazu allerhand Wein- und Essigsorten für die Brühen, Liköre, köstliche Extrakte und Essenzen, Blütenpulver, Weinbeeren, italienische Nuß- und Mandelkerne und alles, was dazu gehört! Und doch war nach Florimonds Meinung *nichts* da, denn es fehlte die Schokolade von Chez Arnaud in Lyon, der sie von Chez Onfroy in Paris bezog. Nun gab es aber – mit Verlaub, Frau Baronin – keine gute Schmelzschokolade, außer der von Chez Onfroy! Folglich mußte Thomas auf der Stelle nach Lyon geschickt werden, vierzehn Meilen von Charmont entfernt, um bei Chez Arnaud Schokolade zu holen – andernfalls würde Florimond sich für nichts mehr verbürgen!

An diesem Punkt der Auseinandersetzung mit Florimond angelangt, packte Madame de Bouhey der größte Zorn des Jahres: kein Gramm Schokolade würde sie von vierzehn Meilen Entfernung holen lassen, nie wieder würde sie auch nur den Anschein eines Festes geben, und der Sieur Florimond möge sich ein Messer in den Leib jagen, sollte er sich für entehrt halten! Dann schickte sie Thomas zu Chez Arnaud in Lyon und schloß sich mit einer Rosmarinkompresse auf den Augen in ihrem Gemach ein, um ihre Migräne zu kurieren – die schlimmste des Jahres: sie kam aus der Demütigung. Denn am Ende gab sie Florimond selbstverständlich nach, ein Jahr ums andere. Wie könnte man am Vorabend eines Soupers mit sechzig Gedecken den Unwillen seines Kochs erregen?

«Und das alles für die Eingeweide!» seufzte die Baronin ironisch und zum wiederholtenmal. Man lebte zwar unter Louis XV., aber Rabelais' Devise galt immer noch, zumindest in der Dombes.

Als sie ihre Kompresse schließlich lüftete, sah sie Jeanne und ihren Enkelsohn Jean-François lachend über die Terrasse laufen. Es beruhigte sie, aber es wunderte sie auch, das junge Mädchen ebenso unbeschwert lachen zu sehen wie vor der Verlobung. Am Ende fragte sie sich, ob ihr Schützling tatsächlich an die bevorstehende Hochzeit mit Duthillet glaubte? Oder ob die ganze Sache vielleicht nur eine Zerstreuung war, die ihr half, Aubriots Abwesenheit zu überbrücken, und der sie sich im Augenblick des Jaworts wieder entziehen würde?

Das Herz der Baronin hatte keinen Freudensprung getan, als ihr Jeanne ihre Entscheidung mitgeteilt hatte. Die Worte der Weisheit, mit denen ein Kind seinen Traum tötet, sind keine liebliche Musik für empfindsame Ohren. Gewiß, Jeanne hatte eine vernünftige Wahl getroffen. Aber was ist die Vernunft schon wert, wenn man sich nackt mit ihr in einem Ehebett wiederfindet? Nach bestem Vermögen hatte Marie-Françoise sich gezwungen, über derlei Gedanken zu spotten, als sie Duthillet vorgeschlagen hatte; doch an diesem Morgen erinnerte sie sich . . .

Mit siebzehn Jahren hatten ihre Lippen ihn zum erstenmal gespürt, den Kuß ihres schönen Oberst, stark, begehrend, entwaffnend. Durch die Kälte der zahllosen Jahre hindurch fühlte sie die lautlose Liebkosung des Schleiertuchs, das von ihrem Körper glitt. Ein kleiner Schauder lief über ihre so lange erloschene Haut . . .

Halb lachend, halb weinend machte sie sich über die alte Dame lustig, die sich an der Erinnerung ihrer ersten Tage als Baronin erfreute. Sie mußte sich eingestehen, daß es ihr im Grunde nur recht wäre, an Jeannes Hochzeitstag zu erleben, wie plötzlich das Kirchendach einstürzte, Aubriot sich der Braut zu Füßen würfe und riefe: Erst komme ich! Für deinen Prokurator ist später noch Zeit!

«Ich habe meine Migräne verdient», sagte sie sich; «ich bin ebenso verrückt wie eine Jungfrau von fünfzehn Jahren!»

Es klopfte. Pompon trat ein, mit hochrotem Kopf vom eiligen Treppensteigen. Monsieur Florimond brauchte dringend eine zehnte Stilkasserolle und eine möglichst große muschelförmige Messingschale. Ob man die Gerätschaften bei den Stiftsdamen von Neuville holen lassen könne?

5. Kapitel

Jeanne lief die Allee hinunter, um sich auf einer Bank am runden Platz mit den Lindenbäumen zu postieren. Von dort hätte sie einen wunderbaren Blick, den Aufbruch der Jagdgesellschaft zu beobachten.

Das Schloß Charmont war weder besonders groß noch besonders alt. Der Großvater des Oberst Jean-Charles de Bouhey hatte es 1680 erbauen lassen, weil er nicht mehr in dem düsteren Steinbau mit dem massiven Schloßturm leben wollte, den seine Vorfahren ihm hinterlassen hatten. So hatte er den Ruin seiner Familie um des Vergnügens willen vollendet, in einem neuen, von flutendem Sonnenlicht erhellten Haus zu sterben. Für die Innendekoration allerdings hatte das Geld nicht mehr gelangt, und auch sein Sohn hatte es nicht aufbringen können. Es war Marie-Françoise, die sich ab 1722 darum gekümmert hatte, das Täfelwerk mit den Rocailleornamenten für die Salons im Erdgeschoß sowie die leuchtenden Tapetenbehänge für die Gemächer und Boudoirs in der ersten Etage auszuwählen. Etwa zur gleichen Zeit hatte sie einen Baumeister aus Dijon beauftragt, die Fassade zu verschönen. Und schließlich – es war kaum sieben Jahre her – hatte der Dachdecker Beauchamps kurz vor seinem tödlichen Unfall die Schieferplatten auf dem Dach durch ein schönes Zickzackdekor aus gelb- und grünglasierten Ziegeln ersetzt. Der erste Architekt hätte sich diesen Zusatz im burgundischen Stil vielleicht nicht träumen lassen, aber er verlieh dem Gebäude ein Aussehen herausgeputzter Fröhlichkeit, vor allem, wenn die frisch vergoldeten Wetterhähne sich in der Sonne zu drehen begannen.

An diesem Aprilmorgen stand die Sonne noch nicht hoch genug, um die Wetterhähne zu erreichen: es war kaum später als halb acht in der Frühe. Zu ihrer Linken sah Jeanne einen glänzenden rosa Nebel hinter den Pferdeställen aufsteigen, der den Jägern einen schönen Tag verhieß.

Etwa fünfzehn Gäste hatten sich bereits im großen Salon versammelt. Erst um acht würde Baron François de Bouhey zum Aufbruch blasen; da mehrere Damen an der Jagd teilnehmen wollten, hatte man den Zeitpunkt später als gewöhnlich angesetzt. Verschiedene

Gestalten gingen hinter den Fenstern auf und ab. Jeanne ahnte ihre Unruhe; wahrscheinlich wurden die Entscheidungen vom Vorabend immer noch erbittert diskutiert. Zahlreiche Tiere – Hirsche, Sauen und Rehe – waren gesichtet worden; man hatte eine Auswahl treffen müssen, zumindest zwischen Hirsch und Sau; die eifrigsten Jäger allerdings hätten am liebsten beide an einem Tag gejagt. Aus purer Galanterie aufgefordert, die Frage zu entscheiden, hatten die Damen sich der Diskussion entzogen, da sie aus Erfahrung wußten, daß jene Herren ihnen ihre – selbstverständlich schlechte – Wahl in jeder Pause vorwerfen würden.

Plötzlich entstand ein großer Tumult auf der Terrasse. Die Meute wurde gebracht. Sie bestand aus sechzig rassigen Hunden aus dem Poitou, allesamt mit einem fahlrot und weiß gesprenkelten Fell; ohne einen Laut von sich zu geben, ließen sich die nervös bebenden Tiere hinter den Jagdhelfern aufstellen. Letztere, in königsblaues Tuch gekleidet, die Zügel ihres Reittiers in der linken, das Jagdhorn in der rechten Hand, beobachteten die Ankunft der vierundzwanzig piaffierenden Pferde, die, kaum zu halten, von zwölf Stallknechten vor das Schloß geführt wurden. Kurz darauf erschien der Baron in Begleitung seiner beiden Söhne auf der Freitreppe, alle drei in einem prächtigen, mit silbernen Borten besetzten Rock, einer honigfarbenen Kasimirweste, weißen Lederhosen und Sporenstiefeln, ihren Dreispitz unter dem Arm, den sie nun im gleichen Schwung aufsetzten. Charles und Jean-François traten beiseite, damit ihr Vater der Marquise de la Pommeraie, die soeben aus dem Haus getreten war, seine Hand reichen konnte. Alle anderen Jäger folgten dem Paar auf die Terrasse. Jeanne zählte einundzwanzig Personen, achtzehn Männer, fast ausnahmslos in braunen oder beigen Redingoten, sowie drei Amazonen in dunklen Röcken und farbprächtigen, mit Pelz besetzten kurzen Reitjacken. Neben den Pferden aus dem Eigenbestand von Charmont waren fünf Reiter aus der unmittelbaren Nachbarschaft mit eigenen Tieren zugegen; so auch die anmutige Comtesse de Saint-Girod in einem amarantfarbenen, mit Marderfell geschmückten Gewand und einem winzigen Dreispitz, der kokett über ihrem linken Auge saß. Der Pfarrer von Chapaize näherte sich ihr; auch er ritt ein eigenes Pferd, seinen angebeteten Ragotin, von dem er sich nie trennen mochte. Bald saßen alle Damen im Sattel, während die Jäger Stiefel an Stiefel nebeneinander standen und geduldig abwarteten. Ein schönes buntes Bild, das Jeanne mit fröhlicher Sinneslust erfüllte. Offenbar stand der Aufbruch unmittelbar bevor, und sie fragte sich, aus welchem Grund Pauline de Vaux-Jailloux der Jagd in diesem Jahr nicht beiwohnen mochte? Ihre kleine Kalesche mit dem Klappverdeck war nicht zu sehen.

Die schöne Dame aus Vaux pflegte den Jagden stets in einem leichten Wagen mit einem Gespann aus zwei herausgeputzten weißen Pferden zu folgen, deren Zügel in den Händen eines temperamentvollen Kutschers lagen, der mit seinen zwanzig Jahren nur allzu schön war für die bösen Zungen. Jeanne war noch damit beschäftigt, das Ausbleiben von Paulines Kalesche zu bedauern, als sie auf der rechten Seite des Schlosses um die Ecke bog, von dem gepflasterten Hof herkommend, und in einem schwungvollen Bogen in Richtung Terrasse gefahren kam. Die Dame, über den Wagenschlag gebeugt, schwenkte ihr Taschentuch, um den Gruß derer zu erwidern, die sie mit gezogenen Hüten empfingen. Zur gleichen Zeit nahte von der Landstraße, die über Neuville nach Vaux führt, das Geräusch eines dröhnenden Galopps. Das junge Mädchen wandte sich um . . .

Der Reiter sprengte direkt auf Charmont zu. Ohne Jeanne zu beachten, schoß er an dem Platz mit den Linden vorbei; doch sie sah, wie er seinen Fuchs beruhigte, ehe er sich dem Baron näherte – zweifellos, um sich für die Verspätung zu entschuldigen. Dann reihte er sich in das Gefolge ein, unmittelbar vor Paulines Kalesche, die sich, ihm zulächelnd, erneut über den Wagenschlag beugte.

Noch nie hatte Jeanne diesen Reiter, einen Mann von seltener und ungezwungener Eleganz, in Charmont gesehen. Mit seiner vollendeten Haltung schien er zum Reiter geboren; er mußte Stahl in den Knochen haben, um diese Fassung zu wahren und gleichzeitig den Eindruck zu erwecken, als tändele er mit seinem prächtigen Fuchs, den er unmerklich auf seinen zierlichen Beinen tanzen ließ.

Wer war dieser Mann? Paulines Geliebter? Jener berüchtigte Malteserritter Vincent, von dem Geneviève de Saint-Girod und ihre Schwester so begierig geschwärmt hatten, und bei dessen Erwähnung die Stimme der Baronin einen fast zärtlichen Tonfall angenommen hatte? Die Neugierige hatte keine Zeit, sich über die Identität des Fremden weitere Gedanken zu machen: der Baron de

Bouhey hatte Baudouin soeben das Zeichen zum Aufbruch gegeben ...

Die Jagdhörner glänzten in der Sonne, die Fanfare ertönte, die Farben des Stillebens gerieten in Bewegung. Unter lauten Freudenrufen brach die Jagdgesellschaft auf zu den Weihern des Moulin, wo der Treffpunkt ausgemacht war. In einen warmen Schal gehüllt, stand die Baronin Marie-Françoise de Bouhey auf ihrem Balkon und schwenkte ein kleines Spitzentuch. An allen Fenstern der ersten Etage standen winkende Damen in Nachthauben und unten, auf den Stufen der Freitreppe, hatten sich die Dienstboten versammelt; auch sie verschlangen das Schauspiel mit großen Augen und glückseligen Gesichtern. Als nichts mehr zu sehen war, verweilten die Zurückgebliebenen noch lange auf ihren Plätzen und lauschten den Geräuschen der sich entfernenden Jagd, bis nur noch eine große Stille zu vernehmen war.

Ein wenig traurig ging Jeanne die Allee hinunter. Dies war der Augenblick, in dem sie es Philibert immer wieder übelnahm, daß er sie gelehrt hatte, die lebendige Schönheit der Rehe und Hirsche zu lieben, wenn sie in der Dämmerung an die Wasserstelle bei einer Lichtung kamen, um ihren Durst zu stillen. Sie, die leidenschaftlich gern und bei jedem Wetter durch Feld und Wald galoppierte, hätte am liebsten Jagd auf einen Hirsch gemacht, ohne ihm Gewalt anzutun oder ihn auch nur zu verwirren – um ihn am Schluß entkommen zu lassen. Im Grunde wollte sie nur ‹Versteck mit ihm spielen›, wie die jungen Bouheys spottend zu sagen pflegten. Eine unmögliche Vorstellung: alle anderen hielten daran fest, den Hirsch zu töten. Ein einziges Mal hatte sie eine Jagd bis zum Halali mitgemacht; daher wußte sie, was der Moment des rituellen Mordes bedeutete: er war zugleich Höhepunkt und Befriedigung der wachsenden Erregung, den alle Jäger – Frauen wie Männer – während der Verfolgungsjagd auf ihre Beute innigst herbeisehnten. Mit Entsetzen hatte sie angesehen, wie die heulende Meute den Hirsch umzingelte, der sich in den Weiher von Ormeau geflüchtet hatte; zitternd und weinend hatte sie verfolgt, wie der Marquis de la Pommeraie das Tier mit seinem Hirschfänger niederstach. Es zuckte noch, als die Hörner seinen Tod bereits verkündet hatten und Baudouin ihm als Ehrengabe an die Marquise einen Huf abschnitt. Stumm und strahlend, mit starrem, glänzendem Blick, aufgeblähten Nasenflügeln, gerecktem Hals und leicht geöffneten Lippen hatte Athénaïs de la Pommeraie sich mit Müh und Not aus einem Sinnesrausch gelöst, der offenbar so heftig über sie gekommen war, daß sie vor Verzückung am Rande des blutrot gefärbten Wassers erstarrt war. Später hatte Jeanne sich Vorwürfe gemacht, sich nicht rechtzeitig, nachdem das Tier in die Enge getrieben worden war, abgewandt zu haben, um sich den Anblick zu ersparen. Gegen ihren eigenen Willen und trotz ihres Abscheus war sie stehengeblieben, genau wie die anderen fasziniert von der grellen Farbe und dem aufgeregten Lärm. Nie wieder hatte sie die Jäger begleitet – aus Angst, sich noch einmal bis zum Ende des schrecklichen Spiels mitreißen zu lassen. Doch dieser Entschluß verhinderte nicht, daß sie sich im Stich gelassen fühlte, wenn sie den Aufbruch zu einer Jagd beobachtete.

Als sie sah, daß niemand mehr draußen vor dem Haus war, beschleunigte sie ihren Schritt. Sie mußte sich beeilen, wollte sie sich von dem ‹Niçois› frisieren lassen.

Ihr langes, glattes und volles Haar, eine wunderbare blonde Pracht mit goldenen und kastanienbraunen Strähnen, hätte es verdient gehabt, in seinem Naturzustand zu bleiben, schlicht und einfach mit einer Nackenschleife zusammengehalten oder in einem Haarbeutel aufgeschlagen. Doch die Mode wollte es anders. Und sie selbst, die an gewöhnlichen Tagen stets mit der ‹Frisur eines Stallknechts› herumlief, wie Delphine ihr vorzuwerfen pflegte, glaubte sich bei derartigen Gelegenheiten gehalten, sich der unerbittlichen Hand des ‹Niçois› aussetzen zu müssen, jenes ‹Künstlers› aus Bourg, dessen Reputation und Reichtum kaum noch zu überbieten waren.

Obgleich der Perückenmacher in Anbetracht des großen Ereignisses um Punkt acht Uhr in Charmont eingetroffen war, strahlte er um neun schon mit seiner ganzen Persönlichkeit die kopflose Aufregung eines Mannes aus, der nicht hinreichend Zeit hatte, allen Köpfen, die nach ihm verlangten, Genüge zu tun. Im Augenblick umwirbelte er die Baronin, indem er ihr unter einer Vielzahl präziöser Gesten die Ohren vollschwatzte.

Die dritte große Spezialität des Meisters neben der Fertigkeit mit dem Brenneisen und seiner Begabung zum leichten Pudern war der neueste Klatsch aus Paris. Beim Pudern der vornehmen Reisenden, die in seinen Frisiersalon kamen, schnappte der Haarkünstler aus Bourg die frischen Skandale so gierig auf wie ein Gärtner heiße Pferdeäpfel, um später die Ohren seiner Kundinnen aus der Provinz zu spicken. Dabei war er der erste, der sich an seinen Albernheiten ergötzte. Die besten Passagen gab er flüsternd von sich, überspielte die Roheiten mit bedeutungsvollen Auslassungspunkten, nuschelte die Eigennamen mit scheinheiliger Diskretion, und nach der Pointe legte er eine kleine Pause ein, in der er ein kicherndes, glucksendes Lachen ertönen ließ, wie eine Henne, die endlich ihr Ei gelegt hat: «Es heißt – die Leute sagen es, werte Frau Baronin, ich habe es wahrlich nicht erfunden –, Grandval habe es mit der Duchesse de Mssuust . . . Die Dame hatte ihn unter dem Vorwand zu sich kommen lassen, ihm ihre Gemäldegalerie zu zeigen, und da, hihihi! Als sie fühlte, wie es um sie geschah, soll die Duchesse mit einem Blick auf die Familienporträts geseufzt haben: ‹Ah, Grandval, was werden meine Großväter sagen, wenn sie mich in Euren Armen sehen?› Worauf das Mitglied der Comédie-Française fröhlich erwiderte: ‹Oh, Madame, sie werden wohl nur sagen, Ihr wäret eine Hu . . .!› Ha! ha! ha! ha! Wenn die werte Frau Baronin ihren Hals ein wenig nach vorn neigen könnte, ich habe da zwei widerspenstige Löckchen, wirklich widerspenstig, oh! die Schelme! Würde Mademoiselle Pompon die Güte haben, mir ein Papier zu reichen, damit ich mein Eisen versuchen kann? Ferner sagt man, die Leute von der Comédie-Française hätten Racines Urenkel Freikarten verwehrt. Ein undankbares Volk, wahrlich undankbar, Hunde sind sie, diese Leute. Wo ist mein Rasiermesser. Daß ich der Frau Baronin den Hals nur nicht verbrenne? Oh, wie reizend, dieses letzte Löckchen, wie reizend! Mademoiselle Pompon, hätten wir nicht einen Handspiegel, um Madame ihre Hinteransicht zu zeigen?»

Noch ehe er den Spiegel wieder beiseite gelegt hatte, lachte der ‹Niçois› abermals auf; dann setzte er seinen Klatsch mit sprudelnden Worten fort: «Die Geschichte mit der Maisonneuve ist wirklich zu komisch, zu komisch! Stellt Euch vor, bei ihrem Auftritt als *Gouvernante*, mitten im Eifer des Gefechts, fällt die Demoiselle zu Boden und zeigt ihren bloßen . . .! Welch ein Spaß für das Publikum, welch ein Spaß! Es hat ihn bejubelt, den bloßen A . . . der Schauspielerin. Und die Weißnäherinnen lachen sich ins Fäustchen: wie es heißt, soll ein Edikt die Komödiantinnen hinfort verpflichten, auf der Bühne Unterhosen zu tragen. Ha! Man male sich nur aus, wie der Polizeileutnant jeden Abend seine Offiziere in die Theater schickt, um die Angelegenheit zu überprüfen! Hi! Hi! Hi! Hi! Ei nun, was haben wir denn da, ist das nicht ein wunderhübsches Köpfchen, zum Pudern wie geschaffen? Was sagt Madame dazu?»

Marie-Françoise hatte das Zupfen und Ziehen mit dem Brenneisen ebenso gutgelaunt über sich ergehen lassen, wie den Wortschwall des Haarkünstlers. Ihr gefiel das Resultat ihres Martyriums: der ‹Niçois› verstand sich ausgezeichnet darauf, ihr einen kleinen Lockenkopf *à la Pompadour* zu fertigen, der ihr vorzüglich zu Gesicht stand.

«Deine Meinung, Pompon?» fragte sie.

Im gleichen Augenblick stieß der Haarkünstler eine Reihe kleiner verzweifelter Schreie aus: «Oh! Mein Gott, mein Gott, mein Gott, Mademoiselle, Eure Haare!»

Jeanne hatte soeben das Zimmer betreten.

«So schön zu sein und seine Haare derart zu vernachlässigen! Aber heute werden wir sie hübsch in Ordnung bringen, nicht wahr?»

«Ja», sagte Jeanne seufzend. «Wir werden sie glattziehen, brennen, pomadisieren und eingipsen.»

«Oh! Mademoiselle», entgegnete der ‹Niçois› beleidigt.

«Die Frisur der Baronin ist sehr gelungen», fügte Jeanne zu seinem Trost hinzu.

«Wollt Ihr nicht lieber bei Mademoiselle Jeanne fortfahren, ehe Ihr mich pudert?» fragte die Baronin. «Wäre es nicht günstiger, uns gemeinsam zu pudern?»

«Es wäre wünschenswert, Madame, sehr wünschenswert», bestätigte der ‹Niçois›.

«Gut», meinte Jeanne, «ich bin bereit. Aber ich warne Euch, es wird nicht gekräuselt! Ihr werdet mich im englischen Stil frisieren, mit langen Locken, die mir keck in den Nacken fallen.»

«Oh! Wie ich sehe, hat Mademoiselle die Vorhersagen des *Mercure* gelesen; sie wünscht die Mode von morgen», säuselte der ‹Niçois› begeistert.

Drei Stunden später verfügte der Meister aus Bourg über vier zum Pudern bereite Köpfe. Die Baronin, Jeanne und zwei der geladenen Damen, die Präsidentin Rochet de Chazot und die Vicomtesse de Chanas, vom Hals bis zu den Knöcheln in leinerne Pudermäntel gehüllt, bewegten sich im Gänsemarsch auf die Treppe zu. Die Puderquaste in der Hand und gefolgt von seinem Gehilfen, der den Eimer mit dem Stärkemehl trug, schloß der Meister den Reigen ab. Da es ein Tag war, an dem man mit Puder nicht sparen wollte, Marie-Françoise aber auch wenig daran gelegen war, die Zimmer unter weißen Staub gesetzt zu sehen, stiegen die Damen in die Vorhalle hinab und setzten sich direkt unter die Treppe. Nachdem sie Platz genommen hatten, verbargen sie ihre Gesichter in Papptüten. Der ‹Niçois›, über die Brüstung der ersten Etage gelehnt, beobachtete seine Opfer ohne eine Miene zu verziehen. Schließlich sagte er in ernstem Ton: «Sind die Damen bereit?»

Er hob die Arme, fuhr tief in den Eimer mit Stärkemehl und ließ den Schnee mit den großen Gesten eines inspirierten Maestro verschwenderisch auf die Köpfe niedergehen . . . Unten setzten sich die Flocken fein säuberlich auf die gesteiften Locken der Damen, die sichtlich weißer wurden.

«Ah!» schrie der Meister, hustend, weinend, spuckend. «Es ist wahrhaft die beste Art zu Pudern! Freilich, man vergeudet, man vergeudet das gute Puder, wenn man es so hinunterwirft. Doch um ein himmlisches Ergebnis zu erzielen, muß man nach dem Vorbild des Himmels arbeiten! Meine Damen, ich glaube, bald wird es vollendet sein . . . So ist es gut. Hättet Ihr die Freundlichkeit, die Köpfchen ein wenig zu mir emporzuheben? Ah! Exquisit! Wie von der Natur geschaffen! Eure Haare sind ebenso duftig wie geschlagener Eischnee!»

Er selbst war so weiß wie ein in Mehl gewälzter Fisch, ehe er gebraten wird; nie hatte er den Spitznamen seiner Innung, ‹Merlan›, so gut verdient wie in diesem Augenblick. Die vier Köpfe seiner Kundinnen hatten sich in vier Meringentörtchen verwandelt. Das mochte für lächerlich gehalten werden, doch der Baronin stand es hinreißend. Vorteilhaft nahm das Weiß sich auch zu dem welken Gesicht der greisen Präsidentin aus; die Vicomtesse dagegen mit ihren runden, knallig rot geschminkten Wangen glich eher einer Porzellanpuppe. Was Jeanne betrifft, tat das Puder ihrer Schönheit zwar keinen Abbruch – sie konnte auch die merkwürdigsten Moden verkraften; gleichwohl verschönte es sie nicht wie die warme, moirierte Haarfarbe, welche die Natur ihr gegeben hatte.

Nachdem der weiße Staub sich gelegt hatte, trieb Mademoiselle Sergent zwei mit Scheuertüchern bewaffnete Stubenmädchen in das Treppenhaus.

«Ist das nicht ein Jammer», brummte eine der beiden, «daß so viel Mehl für das Brot verlorengeht? Mindestens drei gute Pfund liegen da am Boden, ganz abgesehen von den Mengen, die an den Damen und am Merlan hängengeblieben sind!»

«Schimpft nicht, Toto», sagte Jeanne fröhlich. «Sogar Euer Bruder, der bei dem Hufschmied arbeitet, läßt sich pudern, wenn er sonntags tanzen geht.»

«Wer sich heutzutage nicht wenigstens für den Sonntag pudern läßt, muß schon recht heruntergekommen sein», meinte der ‹Niçois›, der seine prachtvollen Schöpfungen immer noch umtänzelte. «In Paris sieht man sonntags kein einziges Haar in seiner natürlichen Farbe, nicht einmal mehr auf dem Kopf eines Lastenträgers! In Paris ist alles weiß!»

«Ja, wir sind ein wahrhaft törichtes Volk», warf die Baronin ein; «wir leben für unsere Haarkünstler, wir preisen uns glücklich, eine Handvoll Silbermünzen gegen eine Handvoll Mehl tauschen zu dürfen!»

Der alte Graf Pazevin, der mitten in dem Lärm hereingekommen war, lächelte: «Seien wir nachsichtig, meine Liebe. Ohne unsere Perückenmacher wäre Europa bis heute nicht französisch. Das Regiment aus dem Limousin ließ sich in Preußen schlagen, aber das Regiment der Provenzalen, das bewaffnet mit Rasiermessern und Puderquasten hintendrein gekommen ist, hat es geschafft, mit einem Schlag alle preußischen Köpfe zu beugen! Bis hin ins tiefste Rußland wird der Fremde heute *à la française* regiert – nicht durch unsere Obersten, sondern durch unsere Perückenmacher und Köche, wobei die einen den anderen in nichts nachstehen, weder im Ansehen noch in der Macht, noch in der Tyrannei. Was meint Ihr, Meister», fügte er an den ‹Niçois› gewandt hinzu, «glaubt Ihr, die Damen werden Euch genügend Zeit lassen, meine Perücke zu frisieren?»

6. Kapitel

Bei Anbruch der Nacht kehrten die Jäger zurück – verdreckt, ermattet und strahlend; sie hatten sich ausgetobt bei ihrem Galopp durch Wälder und Sümpfe, über Hecken und Gräben, hatten ihre Pferde bis zum letzten gefordert und selbst die Kleider dem unsäglichen Genuß geopfert, schließlich doch zweimal zu töten, erst die Sau und dann den Hirsch.

Zwischen den beiden Halalis hatte die Gesellschaft im Refektorium einer Bernhardinerpriorei einen eiligen Stehimbiß mit saftigen Lammkeulen zu sich genommen, dazu einen Vougeotwein, über den der Pfarrer von Chapaize und die Marquise de la Pommeraie, beide aus Burgund und Kenner der guten Landweine, sich jetzt, vor dem Souper, immer noch unterhielten.

«Dieser Wein kam von dem Speisemeister im Kloster von Cîteaux, dessen bin ich sicher», sagte Madame de la Pommeraie. «Ich habe ihn wiedererkannt. Niemand versteht sich so gut auf einen Vougeotwein wie die Patres von Cîteaux; sie wissen auf den Tag genau, wie lange er liegen muß.»

«Kein Wunder, schließlich machen sie auch ihren Käse selbst», meinte der Pfarrer.

«Auch die Äbte von Saint-Claude sind keine schlechten Kellermeister», bemerkte Charlotte de Bouhey, die Schwägerin von Marie-Françoise.

Charlotte war Stiftsdame in der Abtei von Neuville, die noch unlängst den Äbten von Saint-Claude unterstanden hatte. Sie fügte hinzu: «Als die Abbés fortgingen, haben sie uns Chambertiner hinterlassen, die fast hundert Jahre alt waren!»

«Und was bei den Bernhardinern von La Ferté durch die Kehlen rinnt, ist auch nicht von schlechten Eltern», warf der Vicomte de Chanas ein.

Der Pfarrer von Chapaize pflichtete ihm nachdrücklich bei: «Und um ihrem Wein eine feste Grundlage zu geben, ziehen sie unvergleichliche Karpfen in ihren Fischteichen! Ich habe welche gesehen, die mindestens dreißig Pfund wogen! Gefüllt und gebraten . . .»

Eingezwängt zwischen Monsieur de Chanas und der Stiftsdame Charlotte, langweilte Jeanne sich zu Tode. Mein Gott! dachte sie. Wann werden wir endlich tanzen? Vorher galt es noch das endlose Jagdsouper durchzustehen; all diese Leute würden sich zu Tisch begeben und sich den ganzen Abend über frühere Jagden und Soupers unterhalten! Mit einer höflichen Entschuldigung entfernte sie sich, um die Gesellschaft ihrer Freundin Marie de Rupert zu suchen, die soeben mit ihrer Mutter hereingekommen war.

Marie war eher anmutig als hübsch. Still und gebildet, mit einem starken Interesse an den Naturwissenschaften, hatte die älteste Tochter von Étiennette de Rupert sich von Jeannes Kenntnissen in der Botanik angezogen gefühlt, und schon seit drei Jahren waren die beiden Mädchen gute Freundinnen geworden, die gemeinsam Pflanzen sammeln gingen und über alles miteinander sprechen konnten, über ihre kleinen Geheimnisse ebenso wie über ihre großen Gedanken – beide begeistert, eine gleichaltrige Vertraute gefunden zu haben: beide waren fünfzehn Jahre alt.

«Wie schade, daß dein Verlobter dich heute abend nicht sehen kann», sagte Marie zuvorkommend, kaum daß Jeanne sich zu ihr gesellt hatte.

Der Prokurator Duthillet hatte sich in Lyon in eine schwierige Erbschaftsangelegenheit verwickeln lassen.

Jeanne fühlte sich geschmeichelt: «Gefalle ich dir?»

«Du siehst besser aus denn je», meinte Marie. «Im Grunde wundert mich das nicht, denn selbst, wenn er nicht da ist, gibt ein Verlobter der Schönheit eines jungen Mädchens zusätzlichen Glanz. Jedenfalls wenn sie nicht allzu lange auf ihn warten muß», fügte sie mit einem melancholischen Lächeln hinzu.

Jeanne drückte ihre Hand. Marie war einem ihrer entfernten Cousins, Philippe Chabaud de Jasseron, versprochen; sie war heftig in ihn verliebt, sah ihn aber nie. Der muntere Leutnant von zwanzig Jahren zog es vor, in Paris auf die Gelegenheit zu warten, einen Auftrag als Rittmeister zu ergattern, ohne den Madame de Rupert nie und nimmer in die Hochzeit einwilligen würde. Seine Familie verfügte zwar sehr wohl über die sechzehntausend oder zwanzigtausend Livres, die er für den Erwerb einer Kompanie brauchte, doch es war nicht so einfach, ein Angebot zu finden. Die Käufer waren bei weitem zahlreicher als die Verkäufer, und wenn der

Krieg in Kürze zu Ende gehen sollte, würde dies die Hoffnungen der jungen Offiziere nicht gerade ermutigen. Marie sprach vom ‹drohenden Frieden› wie von einer Katastrophe.

«Um so besser», versuchte Jeanne sie über Philippes Abwesenheit hinwegzutrösten, «dann sind wir heute abend zwei, deren Schönheit niemandem und allen gehört. Sehen wir uns doch einmal an, über welche Tänzer wir verfügen werden . . .»

In einem von rauschender Seide untermalten Stimmengewirr strömte die Gesellschaft in den Festsaal. Ein Mann löste sich von einer Gruppe, die ins Gespräch vertieft in einer Ecke stand; allein durchquerte er den kleinen Salon, um sich dem Strom der Gäste anzuschließen. Jeanne zitterte vor Erregung.

Am Morgen hatte sie den Chevalier Vincent nur kurz und zu Pferde gesehen. Der Mann, den sie jetzt vor Augen hatte, war ihr daher ein ganz neuer Anblick, eine Entdeckung.

Groß, mit breiten, lockeren Schultern und einer kräftigen Brust gefiel der Malteser allein durch seinen ungezwungenen Gang und seine Haltung. Das zweite bestechende Merkmal waren seine blitzend weißen Zähne, die bei jedem Lächeln sichtbar wurden und um so stärker strahlten, als sein Gesicht von der Seeluft gebräunt und sein dunkelroter Mund so voll war, als habe er Maurenblut in den Adern. Die kaffeebraunen Augen hatten einen sanften Glanz. Sein Blick ist nicht so feurig wie der Philiberts, doch ohne Zweifel spricht aus ihm mehr Zärtlichkeit, dachte Jeanne. Schon im nächsten Augenblick errötete sie, beschämt über ihren Vergleich: wie konnte sie Philiberts Augen mit denen eines anderen vergleichen, und sei es nur für eine Minute? Sie beschloß, den Mann zugunsten seiner Kleidung zu vergessen.

Er trug Achatgrau. Offenbar war der Ritter vernarrt in diese Farbe. Sein nach der neuesten, in der Provinz noch gänzlich unbekannten Mode geschnittener Rock ähnelte dem englischen Frack. Ohne Quetschfalten lag er im Rücken und in der Taille eng am Körper an, um sich unten weit zu öffnen. Die im gleichen Ton gehaltene hautenge Hose ließ jeden Betrachter sofort begreifen, weshalb die neue Erfindung der Pariser Schneider ‹die Unkeusche› getauft worden war: bei diesem Schnitt gab es nichts mehr zu verbergen, nicht einmal . . . einen *écu*! Unter dem grauen Anzug schillerte eine erstaunlich kurze, dotterfarbene und reichbestickte

Weste, ein Gilet, aus dem die goldenen Ketten von zwei Taschenuhren hervorschauten – eine Aufmachung, wie Jeanne sie noch nie gesehen hatte. Auch die wunderschönen, originellen Schnallenschuhe versetzten sie in Staunen. So viel Eleganz vom letzten Schrei, so raffiniert wie provozierend, dazu die Art, wie der Chevalier sich, um eine Geste zu untermalen, seines feinen Quastentuchs bediente – all das hätte auf den extravaganten Marquis schließen lassen, wäre nicht der unverkennbare Geruch des Abenteurers von ihm ausgegangen. Dieser Kokette war ein Korsar!

Ein Korsar! Allein das Wort berauschte Jeanne. Ein Korsar aus Malta! Der Name dieser Insel – bekannt als die Insel der angelobten Türkenjäger – nährte bei den jungen Adeligen der Provinz genügend Träumereien, um auch die verträumte Jeanne in seinen Bann zu ziehen. Gab es in der Umgebung von Charmont auch nur eine Familie aus dem alten Adel, die nicht für wenigstens einen ihrer Sprößlinge das Schicksal eines Malteserritters wünschte? Schon am Tag seiner Geburt bewarb man sich um seine Aufnahme in den angesehenen Orden . . .

Während ihre Augen immer noch auf Vincent ruhten, erinnerte Jeanne sich an ihre Begeisterung, als zwei oder drei Jahre zuvor ein anderer Malteser auf der Durchreise nach Charmont gekommen war und von seinen Kreuzfahrten erzählt hatte. Aus dem Mund dieses Ritters namens Comte de Saint-Priest hatte sie Beschreibungen von den azurblauen und goldenen Landschaften Siziliens und Sardiniens gehört, Neapel und Valencia, Gabes und Palma de Mallorca waren an ihr vorbeigezogen . . . Von Türken, die es zu bekehren oder niederzusäbeln galt, hatte Saint-Priest zwar nie eine Spur gesehen, aber er wußte alles von den großen flachen Strohhüten der Gärtnerinnen auf Ibiza, von der Langustenfischerei auf Menorca, den Makkaroni *à la Napoli,* den spanischen Gitarren und den Sizilianerinnen mit ihrer feurigen Eifersucht; er wußte alles von Malta – von den Nächten, in denen man beim Mondenschein baden geht, auf einem Grund aus feinstem Sand, der wie Seidenstaub erscheint; von den Morgenröten, in denen man, vom Licht geblendet, auf dem ockerfarbenen Felsen spazierengeht, der steil ins blaue Meer abfällt; von den Nachmittagen, die der Liebe und den Abenden, die dem Spiel gewidmet sind. Ah! Das wunderbare Leben, das Saint-Priest beschrieben hatte! Wie gut die kampfesmüden

Muselmanen und Christen am Ende ihrer langen, blutigen Feindschaft doch daran getan hatten, endlich zu beschließen, daß das Mittelmeer weder Allah noch Jesus gehören sollte, sondern vielmehr dem Handel und der Badelust! Von Saint-Priests Besuch auf dem Schloß hatte Jeanne faszinierende Bilder einer verzauberten Insel mit afrikanischem Klima in Erinnerung behalten, wo die Seeleute – genau wie in Tausendundeiner Nacht – eine Höhle mit den schönsten Kostbarkeiten angelegt hatten: mit köstlichen Gewürzen und Juwelen, Seiden und Teppichen, Ölen und Parfums, farbenprächtigen, bedruckten Baumwollstoffen und unbekannten Früchten, die nach Sonne schmeckten. Im Hafen von La Valetta befand sich der Frankreich am nächsten liegende große exotische Basar, und wer von dort kam, wer den verführerischen Duft des Orients mit seiner Haut geatmet hatte . . .

Jeanne fuhr aus ihren Träumen auf, als käme sie aus weiter Ferne; sie spürte Maries Hand auf ihrem Arm:

«Kommst du nicht zum Souper? Ich dachte, du wärest mir gefolgt.»

Und mit einem Blick auf Vincent fügte Marie hinzu: «Jetzt verstehe ich, was dich unterwegs aufgehalten hat. Mit Sicherheit wird der Chevalier der schönste Tänzer des Abends sein. Zum Glück tanzt er viel für sein Alter. Er ist schon dreißig, aber er mokiert sich über die guten Sitten, er ist ein Freigeist.»

«Du scheinst ihn gut zu kennen?»

«Ich weiß alles über den Chevalier Vincent», bestätigte Marie lächelnd. «Weißt du, daß er mit Madame de Vaux-Jailloux . . .? Meine Mutter und Pauline besuchen sich häufig, und ich, ich höre zu! Wie alle Verliebten, die viel allein gelassen werden, hat Pauline ihren Geliebten stets auf der Zunge. Es ist unüblich, den Ritter im Frühjahr auf dem Festland zu sehen. Anscheinend hatte er in Versailles zu tun, bei Monsieur de Choiseul.»

«Aber er gehört doch nicht zur Königlichen Flotte?»

«Doch, von Zeit zu Zeit, wenn sein Orden ihn dem König zur Verfügung stellt. Gerade hat er einen Dienst bei der Königlichen Flotte hinter sich. Pauline sagt, der Herzog Choiseul wolle ihn behalten, doch Vincent lege keinen Wert darauf. Der Minister hofiert die Korsaren; er braucht sie dringend, seit seine Marine von den Engländern zerstört wurde.»

«Wie heißt der Chevalier eigentlich mit vollem Namen? Ich habe immer nur Vincent gehört.»

Marie begann zu lachen. Sie lachte ebenso köstlich wie ihre Mutter: «Er heißt Vincent de Cotignac. In diesem Dorf nördlich Toulon ist er geboren.»

«Der Name seines Dorfes ist mir nicht unbekannt; dort wohnt Gérard, der Botaniker, ein Freund von Monsieur Philibert. Aber daß es einen Seigneur de Cotignac gibt, wußte ich nicht.»

«Vincent ist nicht der Seigneur de Cotignac, er ist ein Adoptivkind», erklärte Marie.

Sie warf einen Blick zum Festsaal hinüber und drückte den Arm ihrer Freundin: «Gehen wir zu Tisch. Wir werden ohnehin nicht mehr die Wahl haben, dort zu sitzen, wo wir möchten. Die Geschichte vom schönen Chevalier Vincent ist noch lang . . .»

Im Festsaal herrschte ein fröhliches Stimmengewirr. Die großen Empfänge fanden stets in einem weitläufigen Raum des Erdgeschosses statt, der gewöhnlich verschlossen blieb – der einzige Raum übrigens, dessen Innenausstattung der Erbauer des Schlosses seinerzeit vollendet hatte. Drei Tische für je zwanzig Personen waren aufgedeckt. In dem massiven rötlichen Steinkamin loderte ein großes Feuer. Unter der Decke prangte ein Lüster mit funkelndem Gehänge, und zahllose ziselierte Leuchter mit Rocailleornamenten ließen den Saal in einer glänzenden Galabeleuchtung erstrahlen. Jeanne hatte vier dicke Bouquets aus Feld- und Gartenblumen zusammengestellt, die nun aus allen Ecken Frühlingsstimmung verbreiteten. Angesichts eines so hervorragend arrangierten Festes konnte man vor Wollust nur noch lächeln.

Da keine Tischordnung vorgeschrieben war, gingen Jeanne und Marie zu dem Tisch, an dem die jungen Leute sich versammelt hatten – nicht ohne sich im Vorübergehen über das galante Gedränge um den Platz von Pauline de Vaux-Jailloux zu amüsieren. Dieser Ansturm blieb nie aus, wenn die schöne, in Santo Domingo geborene Dame sich irgendwo niederließ. Als Tochter eines Offiziers, der unter Louis XV. gedient hatte, und einer eingeborenen Mutter, zog die in Schönheit erblühende Kreolin mit ihrem kaum geschminkten, magnolienfarbenen Teint eine ganze Kompanie Männer an, wie eine honigspendende Blüte einen Wespenschwarm.

Sie wußte es stets einzurichten, daß sie dem Blick ihrer Nachbarn dreiviertel ihrer Brust enthüllte, und wenn sie mehr sehen wollten, brauchten sie sich nur ein wenig vorzubeugen. Mit einem Anflug von Unmut stellte Jeanne fest, daß Vincent sich den Platz genau gegenüber der schönen Pauline ausgewählt hatte, als böte sie seinen Augen das schönste Schauspiel, das er sich wünschen konnte, um dem vorzüglichen Souper eine pikante Würze zu geben.

«Offensichtlich ist der Chevalier seiner Mätresse nach sechsjähriger Benutzung immer noch nicht überdrüssig», sagte sie zu Marie. «Aber schließlich ist Pauline sein Absteigequartier. Wenn man in dieser Gegend auf die Jagd geht, kann man sich wohl keine bessere Unterkunft wünschen, als auf ihrem Landsitz in Vaux, der zwei Badezimmer, ein modernes Salonmobiliar und einen hervorragenden Koch zu bieten hat. Für einen Mann, der auf allen Meeren fährt, muß dieser Komfort einen unerhörten Reiz haben.»

«Du sprichst mit einer Mißgunst von Pauline!» empörte sich Marie mit gedämpfter Stimme. «Wenn man dich reden hört, möchte man meinen, ihr Liebhaber bliebe aus reiner Bequemlichkeit bei ihr.»

«Nun ja . . . Wie alt ist sie? Älter als er?»

«Sie ist sechsunddreißig. Aber ich prophezeie dir, daß Pauline nie eine alte Dame sein wird, es sei denn in der gleichen Art wie Ninon de Lenclos, umschwärmt von treuen Bewunderern. Alle finden sie verführerisch.»

«Ja», meinte Jeanne mit einem gezwungenen Lächeln, «ich nehme an, daß viele Männer sich gern eine nachgiebige Gaumenweide zu Gemüte führen.»

Erstaunt sah Marie ihre Freundin an: «Weshalb bist du nur so grundlos eifersüchtig? Du sprichst von Vincents Pauline wie sonst von Philiberts Marguerite.»

«Bah!» machte Jeanne. «Du weißt sehr wohl, daß ich mich gern über andere belustige. Sei mir nicht ungnädig, ich bitte dich. Im übrigen hast du mir die Geschichte des Chevaliers versprochen . . .»

Ein unverkennbarer Duft kündigte die Ankunft der Brühen und Fleischsuppen an. Am Tisch der beiden Freundinnen entschieden sich die hungrigen jungen Jäger ausnahmslos für eine Hühnersuppe mit Eiern und kleingeschnittenem Gemüse. Die jungen Mädchen ließen sich Krebsbrühe servieren.

Marie beugte sich ein wenig zu Jeanne hinüber: «Wie ich dir schon sagte, kam Vincent in Cotignac zur Welt, aber ganz heimlich, in einem Zimmer der Abtei Notre-Dame-des-Grâces. Es ist nie bekannt geworden, wer sein Vater war. Und was seine Mutter betrifft, so glaubt man sie aus einer adeligen Familie, ohne daß je ein Name genannt worden wäre – aber von anderer Seite wurde auch behauptet . . .»

«Was wurde behauptet?»

«Es gab Gerüchte wie in einem Roman! Einige Olivenpflücker aus Cotignac haben behauptet, im Garten der Abtei mehrmals eine junge, dunkelhaarige Frau gesehen zu haben, die ihrem Säugling unter Tränen und Küssen die Brust gab. Einer dieser Bauern beteuerte sogar, sie zu kennen: sie sei eine Nachfahrin des berühmten Misson. Wenn das stimmt, braucht man sich nicht zu wundern, daß Vincent ein guter Korsar geworden ist, dann ist er nicht aus der Art geschlagen!»

«Wer war dieser Misson?»

«Der größte provenzalische Pirat unter Louis XIV. Ein Edelmann außerehelicher Geburt, der angeblich noch ehe er auf Kaperfahrt ging, seinerseits einen unehelichen Sohn in Marseille hinterließ, aus dessen Stamm Vincents Mutter hervorgegangen sein soll. Wenn die ganze Legende von Misson stimmt, war er wirklich ein außergewöhnlicher Seefahrer, nicht nur wegen des Umfangs seiner Beuten, sondern auch wegen seines glanzvollen Auftretens, seiner geistreichen Reden und seiner Menschlichkeit. Er soll die Freibeuterei gewählt haben, wie andere die Freiheit wählen. Auf den Schiffen, die seinem Befehl unterstanden, ließ er die schwarze Flagge mit den Totenköpfen durch eine weiße Flagge mit dem Wort ‹Freiheit› ersetzen. Er war ein Pirat mit Philosophie.»

Mit einem kleinen ironischen Lächeln gab Jeanne zurück: «Aber dennoch kaperte er die Schiffe der anderen? Der Pirat war Philosoph, aber der Philosoph dürfte deshalb wohl nicht weniger Pirat gewesen sein?»

«Freilich mußte er seinem Metier nachgehen», meinte Marie. «Aber er tat es auf anständige Art.»

«Anständig: ein hübsches Wort für einen Piraten!»

«Aber ja. Schließlich nahm er nur die Frachten und ließ die Schiffe nach der Plünderung wieder fahren.»

«Und den Damen gab er ihr Geschmeide zurück», fügte Jeanne sarkastisch hinzu.

«Das weiß ich nicht», gestand Marie. «Aber ich weiß – ich kann dir auch nur erzählen, was Pauline erzählt –, man weiß also, daß Misson alle Sklaven befreite, die er an Bord der gekaperten Schiffe fand. Er war so etwas wie ein Freiheitsfanatiker. Auch Vincent hatte Schwierigkeiten mit dem Großmeister seines Ordens, weil er ähnlich handelte und Neger freiließ. Vielleicht hat sein berühmter Vorfahr ihm als Vorbild gedient?»

«Glaubt er denn wirklich an seine Abstammung?»

Mit einer Geste deutete Marie ihr Unwissen in diesem Punkt an: «Pauline sagt, Vincent sei in dieser Frage sehr verschwiegen; aber sie glaubt, daß er die Spur seiner Mutter nie wiedergefunden hat. Eines Tages ist sie einfach verschwunden. Ihr Sohn war kaum drei Monate alt, als er dem Pfarrer von Cotignac übergeben wurde, der es auf sich nahm, ihn zu erziehen. Eine ansehnliche Mitgift war dem ausgesetzten Bündel beigefügt. Als Vincent acht Jahre alt war, haben die Jesuiten von Malta ihn in ihrem Haus aufgenommen – weshalb? Auf Grund welcher geheimnisvoller Protektionen? Er war ein brillanter Schüler, glänzend in Mathematik, in Astronomie, im Zeichnen, in allem. Mit fünfzehn kam er als Kadett auf ein Schiff des Königs. Schon in jungen Jahren hat er Aufsehen erregt. Er war zum Seefahrer geboren – einer jener Kapitäne, von denen man sagt, daß sie nach Meer riechen.»

«Wenn er in den Dienst des Königs getreten war, weshalb ist er dann später zu den Korsaren gegangen?»

«Er ist ein Mann mit Ambitionen. Bei den Korsaren bekommt ein guter Seemann schnell das Kommando, und er kann ebenso schnell reich werden.»

«Ich kann mir immer noch nicht erklären, wie er es geschafft hat, in den Malteserorden aufgenommen zu werden? Wie hat er ohne Vater und ohne Mutter seine Ahnenprobe erbringen können? Ist sein Vater wieder aufgetaucht?»

«Nein. Auf jeden Fall nicht in der Öffentlichkeit. Vincent ist übrigens kein Rechtsritter, sondern ein Gnadenritter – aus Gnade aufgenommen. Der Orden nimmt nämlich auch manche Nichtadeligen auf, deren Fähigkeiten als Seefahrer für außergewöhnlich gehalten werden. Ein guter Korsar kann viel einbringen. Und

Vincent ist ein guter Korsar: von den herrlichen Schlachten hält er nichts.»

Erstaunt zog Jeanne ihre Augenbrauen hoch: «Ist das eine Auszeichnung für einen Korsar?»

Marie kam nicht zu einer Antwort, da die Diener die Aufräumungsarbeiten des letzten Gangs – von dem auf dem Rost gebratenen Lachs, der nach den Suppen serviert worden war, waren nur die Blätterteigböden übriggeblieben – soeben beendet hatten und die Entrées bereits hereingetragen wurden ...

In der Gesellschaft ging es mittlerweile hoch her; die zarten Töne der Violinen waren kaum noch zu hören. Die für die Getränke zuständigen Lakaien liefen pausenlos hin und her zwischen ihren Herren und den Serviertischen, von denen sie den Wein holten. Die Baronin durfte zufrieden sein: ihr großes Fest war gelungen!

Jeanne hätte sie gern mit einem Lächeln zu ihrem Erfolg beglückwünscht, konnte aber ihren Blick nicht auffangen. Die Gastgeberin saß am anderen Ende des Saals und unterhielt sich mit ihrem Nachbarn, dem neapolitanischen Marquis Caraccioli. An ihrem Tisch saßen auch Vincent – Jeanne konnte ihn nur von hinten sehen – und Pauline, zu ihrer Linken den Reeder Pazevin und zur Rechten den Generalprokurator Basset de la Marelle, die beide ein zärtliches Auge auf sie hatten. Die schöne Kreolin war der Blickfang aller Männer, der schöne Malteser der Blickfang aller Frauen. Die beiden Geliebten wußten sich die Popularität ihres Tisches hervorragend zu teilen. Sie öden mich an, dachte Jeanne zum zweitenmal, ebenso grundlos wie zuvor. Sie zwang sich, ihre Augen abzuwenden und das Gespräch mit Marie wiederaufzunehmen, die sich gerade an einem Aal ergötzte: «Bewahr dir noch etwas Appetit für den Braten», ermahnte Jeanne sie mitleidlos. «Wenn du ißt, sagst du ohnehin kein Wort mehr, und ich möchte gern wissen, weshalb die Flucht vor dem Kampf zu den Qualitäten eines guten Korsaren zählen soll. Dieser Chevalier Vincent, der nicht kämpfen mag, ist vielleicht nur ein Feigling?»

«Ich sprach nicht von Flucht, sondern von Klugheit», protestierte Marie, die bedauernd von ihrem Aal abgelassen hatte. «Soweit ich durch Pauline über das Metier eines Korsaren unterrichtet bin, besteht es darin, die Frachten zu kapern, ohne die Schiffe zu zerstören. Der Malteserorden interessiert sich nicht mehr für den

Ruhm, er interessiert sich für die Waren. Folglich ist ihm an einem umsichtigen Korsaren mehr gelegen als an einem Kriegshelden.»

«Dann ist der schöne Vincent also nichts Besseres als ein Kolonialwarenhändler auf dem Meer?»

«Ich fürchte, du hast recht», entgegnete Marie. «Er ist sehr reich. Soeben hat er sich eine Fregatte aus den besten Hölzern bauen lassen; sie soll die schönsten Segel, das prächtigste Tauwerk haben – ein Werk der Vollkommenheit, in das er vernarrt ist bis über die Ohren.»

«Ein Malteserritter darf demnach ein eigenes Schiff besitzen?»

«Man sagt, die Malteserritter hätten alle Rechte, sofern ihr Großmeister anstandslos zehn Prozent von sämtlichen Geschäften auf dem Meer oder auf dem Festland bekommt. Der Großmeister gibt viel aus, deshalb muß er auch viel einnehmen. Die Malteser haben ihre Aufgaben, und obendrein eine Vorliebe für große Freigebigkeit. Sieht man das nicht?»

Der Tisch, an dem Jeanne und Marie sich niedergelassen hatten, setzte sich zur Hälfte aus jungen Freunden zusammen. Die Zwillinge d'Angrières, zwei Stutzer in türkisem Satin, hatten ihre ganze Arglist aufgewandt, um sich zwischen drei Erbinnen zu placieren: Madeleine Charvieu de Briey, die einzige Tochter eines adeligen Glasmachers aus Lothringen, sowie die beiden Großnichten der Baronin, Anne-Aimée und Marie-Louise Delafaye. Mit achtzehn Jahren gerade selbständig geworden, hatten die d'Angrières in dem großen Marstall von Versailles alles gelernt, was die Stalljunker daselbst gelehrt wurden: eine Vorliebe für Duelle, Frauen, das Spiel, den Wein, die Faulheit, den Putz und die Impertinenz – alles Dinge, die gut zum Gold passen, von dem sie nicht einen Louis besaßen. Folglich richteten sie sich ein, stets die Nähe einer großen Mitgift zu suchen. Jeanne gegenüber saß Émilie de la Pommeraie, die ihren Spaß daran zu haben schien, die Machenschaften der Zwillinge, ihrer Vettern, zu beobachten. Auf Unterhaltung durch ihre unmittelbaren Tischnachbarn konnte Émilie nicht zählen: Über den zierlichen Kopf der vierzehnjährigen Stiftsdame hinweg bespritzten sich Charles de Bouhey und Hector de Chanas, zwei versessene Jäger, die seit ihrer Kindheit zur Jagd gingen, mit dem Blut früherer Gemetzel. Nachdem sie ihnen einen Augenblick zugehört hatte, wandte Jeanne sich angewidert ab und sagte zu

Marie: «Du wirst sehen, trotz ihrer Fertigkeit im Metzeln wird nicht einer von beiden auf die Idee kommen, Émilie ein Stück Fleisch abzuschneiden. Schlachten mögen sie nur, wenn es sinnlos ist.»

Soeben war eine große Bratenplatte mitten auf den Tisch gestellt worden; es handelte sich um ein Stück Rind, garniert mit Markklößchen, in Kalbsbouillon gekochten Reistaschen und Schinkencremetörtchen. Es war damals noch sehr ungewöhnlich, bei einem großen Essen Schlachtfleisch auftragen zu lassen, so daß alle Augen sich dem neuen Meisterwerk von Maître Florimond zuwandten.

Jeanne naschte nur an einem Markklößchen und wartete auf die Süßspeisen.

«Du ißt zuviel», ermahnte sie Marie zum zweitenmal. «Du wirst nicht mehr tanzen können!»

«Du tyrannisierst mich!» beklagte sich Marie schmollend. «Ich habe deine Neugier befriedigt, nun laß mich meine Eßlust befriedigen.»

«Du hast recht, zumal im Augenblick nichts Besseres zu tun ist», warf Émilie über den Tisch hinweg ein. «Es ist sogar ein Glück, daß die jungen Damen heutzutage essen und reden statt zu singen. Früher, als das Gegenteil Mode war, als sie die Leckereien schweigend und mit verächtlicher Geste ausschlagen mußten, um vornehm zu erscheinen; als sie der Gesellschaft nach den Desserts, von denen sie nicht einmal gekostet hatten, romantische Lieder singen mußten – welch ein Golgatha muß es damals gewesen sein, ein großes Jagdsouper durchzustehen!»

Gott sei Dank schlägt auch beim längsten Essen irgendwann die Stunde der Nachspeisen. Zu ihrem Eierschnee bat Jeanne um ein Glas spanischen Rotwein, den sie auch den anderen jungen Mädchen an ihrem Tisch empfahl. Drei oder vier Diener schwankten bereits: sie hatten zu oft enthaltsame Herren bedient, die kaum an ihrem Glas genippt hatten, ehe sie es zurückgehen ließen. Einer von ihnen, sehr jung, sehr braun gebrannt und von weiblicher Schönheit, hörte nicht mehr auf, glückselig zu lächeln. Seine naive Freude belustigte Jeanne, die Marie auf ihn aufmerksam machte.

«Das ist Mario», erklärte Marie lebhaft. «Er gehört zu Vincent. Wenn sein Herr ihn in diesem Zustand sieht, wird er es mit der Reitpeitsche bekommen! Oh! Nur der Form wegen. Mario ist ein

Waisenkind aus Cotignac. Er war kaum acht Jahre alt, als der Chevalier ihn als Schiffsjungen mit zur See genommen hat, aber er mußte ihn sogleich zu seinem Diener machen: der Kleine war nicht schwindelfrei und konnte nicht auf die Masten klettern. Mit den Jahren ist Mario zum Schatten seines Kapitäns geworden, dem er nicht mehr von der Seite weicht. Pauline ist eifersüchtig auf ihn. Sie behauptet, daß er Vincent mit den Händen einer Liebenden badet, frisiert, pudert, kleidet und parfümiert.»

«Vielleicht ist er ein als Knabe verkleidetes Mädchen?» regte Jeanne an. «Ich würde mich liebend gern als Diener verkleiden, um mir das Glück einer Seefahrt zu verschaffen.»

«Jeannette», sagte Marie, «du hast schon immer zuviel vom Meer geträumt. Ich glaube nicht, daß das Schicksal einer Frau auf einem Korsarenschiff so . . .»

Sie wurde von Émilie unterbrochen, die ihre Langeweile nicht mehr ertragen konnte: «Glaubt Ihr, Jeannette, daß Madame de Bouhey bald das Zeichen zum Ball geben wird?»

Da die Männer über zwanzig kaum noch tanzten, pflegte die Baronin einige junge Offiziere aus der Nachbarschaft zum Ball zu laden; sie sollten den jungen Mädchen den Verdruß ersparen, beim Tanzen sitzen zu bleiben. Auch Denis Gaillon, der Sohn des Gutsverwalters, kam regelmäßig zu der Festlichkeit.

Denis tanzte so gut, daß er stets Jeannes bevorzugter Kavalier gewesen war. Doch seit ihrer Verlobung mit dem Prokurator von Châtillon schmollte Denis seiner Freundin. Schlimmer noch: er verachtete sie. Da sie wußte, daß er seit ewigen Zeiten in sie verliebt war, hätte sie seinen Zorn verstanden; aber seine Verachtung, die würde sie ihm nicht verzeihen. Mit welchem Recht nahm er sich heraus, sie zu verurteilen? Der Schwachkopf! Er war ein Mann, er durfte in Hosen leben, und er würde schon ein Mittel finden, seine Begabung zum Chemiker, die er auf dem Gymnasium von Trévoux entdeckt hatte, zu Geld zu machen; er würde es nicht nötig haben, sich an eine reiche Witwe zu verkaufen. Sie hatte beschlossen, Denis zu ignorieren, Verachtung mit Verachtung zu vergelten – dennoch trübte das Zerwürfnis ihren Spaß an der Ballnacht. Langsamer als gewöhnlich ging sie zum großen Salon hinüber, aus dem die Gavottemusik ertönte.

Viele Damen blieben nach dem Dessert noch am Tisch sitzen, breiteten ihre Döschen mit Rouge und Schönheitspflästerchen auf den Tischtüchern aus und begannen ihre Schönheit zwanglos plaudernd wiederherzustellen. Als Jeanne vorbeiging, erhob sich die Comtesse de Saint-Girod von ihrem Platz und faßte sie am Arm: «Ich nehme an, Ihr werdet Gelegenheit haben, den Doktor Aubriot früher zu sehen als ich, die ich bald nach Italien reise. Dürfte ich Euch bitten, ihm einen Zettel zurückzugeben, den er bei mir verloren hat?»

Sie zog ein zusammengefaltetes Papier aus ihrer Tasche und übergab es Jeanne, indem sie vertraulich hinzufügte: «Ich hatte ihn gebeten, vor einer Rückkehr nach Belley bei mir vorbeizukommen. Ihr wißt doch, nicht wahr, daß ich unter Vapeurs leide, die er allein zu heilen versteht? Mit dem Zettel hat es keine Eile, wie Ihr sehen werdet. Er ist nur eine Gedächtnisstütze, und seinem Gedächtnis hat der Doktor nie nachhelfen müssen.»

Geneviève zögerte, bis Jeanne sich zum Gehen wandte, um sie dann wie beiläufig noch einmal zurückzurufen: «Ach, übrigens, Ihr wißt sicher schon, daß seine Frau einen gesunden Knaben zur Welt gebracht hat? Einen Sohn! Unser Philibert muß rasend sein vor Freude!»

Jeanne wartete, bis sie in ihrem Zimmer war, ehe sie den Zettel auseinanderfaltete. Es war eine Liste mit männlichen und weiblichen Vornamen, von denen einer unterstrichen war: Michel-Anne. Sie begriff – und diese Erkenntnis traf sie wie ein Faustschlag –, daß es der Vorname war, der dem Baby gegeben werden sollte. Damit also beschäftigte sich einer der größten Gelehrten des Jahrhunderts, während der abscheuliche Bauch seiner Frau dicker und dicker wurde: er probierte Taufnamen auf einem Stück Papier, wie jeder beliebige Dorftölpel, der stolz ist auf sein Schöpfungswerk!

Ihre Augen brannten, starr blickte sie auf das Blatt mit Philiberts chaotischer Schrift. Tränen kamen ihr nicht, nur eine große Trockenheit. Niemals vor dieser Nacht hatte sie an das Kind von Philibert gedacht: sie hatte immer nur an das Kind von Marguerite gedacht. Und jetzt, angesichts dieses mit Vornamen bedeckten Zettels, entdeckte sie, daß auch Philibert sich ein Kind gewünscht hatte, daß er ungeduldig darauf gewartet, daß er von einem kleinen Jungen geträumt hatte, der Michel-Anne hieße . . .

Mit einem heftigen Ruck riß sie das Fenster auf. Wie Feuer brannte die Eifersucht in ihr, wollte sie schier verzehren. Gierig sog sie die frische Nachtluft ein und trank ein Glas Wasser hinterher. Trotz allem würde sie wieder hinuntergehen müssen zum Tanzen. Marie und die Baronin würden sicher schon nach ihr Ausschau halten, und Geneviève hätte ihre heimliche Freude, sie zum Weinen gebracht zu haben . . . Daß Philibert diesen Skorpion, diese Pest in seine Arme genommen hatte, daß er sie geküßt hatte, daß er mit ihr . . . Oh!

Der Gedanke an all die Treulosigkeiten, die Philibert ihr zugefügt hatte, seit sie sich kannten, versetzte sie wieder in einen Zustand aktiver Wut. Sie blickte in den Spiegel, überprüfte ihr Gesicht. Weder der Kummer noch der Zorn hatte ihre Schönheit vergiftet. Von den beiden leichten Seidenkleidern, die sie besaß, hatte sie nicht das neueste gewählt; sie hatte sich für das mit den roten und weißen Streifen entschieden, das besser zu ihren gepuderten Haaren paßte. Die Frisur, wenngleich etwas zu steif, mißfiel ihr nicht, zumal die diskrete Verzierung durch winzige rote Federn den Schneeglanz belebten. Und schließlich zeigte ihr Dekolleté keine spitzen Knochen mehr, sondern nur noch bernsteinfarbene Rundungen und eine verlockende Schwellung am Ansatz des Mieders. Sie fand sich sehr fraulich.

7. Kapitel

Gerade wollte sie die Tür zum gelb- und fliederfarbenen Salon durchschreiten, als sie, betört vom Klang einer Männerstimme, innehielt. Sie hatte ein empfindliches Ohr und zweifelte nicht einen Augenblick, daß dies die fröhliche, klangvolle Bruststimme des Chevalier Vincent war. Jeanne stellte sich vor, wie er seine Befehle durch den Sturmwind tönen ließ. Einem spontanen Impuls folgend, setzte sie sich hinter den Paravent aus Japanpapier, statt auf schnellstem Wege zum Tanz zu eilen.

Die Plaudernden hatten sie nicht eintreten sehen und führten ihr zwangloses Gespräch fort. Der Reeder Pazevin in seinem prachtvollen lorbeergrünen Samtanzug und mit roten, stark geschminkten Wangen fragte den Korsaren: «Werdet Ihr die ‹Belle Vincente› schon in diesem Sommer für Eure Streifzüge benutzen?»

«Ich werde sie spazierenführen. Sie ist eine Braut, ich will mich vorsichtig mit ihr vertraut machen. Wie hat sie Euch gefallen?»

«Wunderbar! Mein lieber Chevalier, sie ist keine Braut, sie ist eine Geliebte.»

«Ihr sprecht die Wahrheit, denn schließlich hat sie mich ruiniert! Ich habe nur noch Schulden.»

«Bah! In diesem Lande gilt man als um so edler, je mehr man schuldet!»

«Ei der Teufel!» entgegnete Vincent lachend. «Dann müßte ich mich schon als Pair und Herzog fühlen: erst kürzlich ließ ich vierundzwanzig Kanonen installieren, von denen nicht eine einzige bezahlt ist!»

«Vierundzwanzig Kanonen auf einem Dreimaster von dreihundert Tonnen? Könntet Ihr denn noch mehr an Bord nehmen?»

«Das ist mehr als genug. Bei der Kaperei steht Gott nicht auf seiten der schwersten Geschütze. Gott ist dort, wo der Wind herkommt, und dieser hat schon mehr Schlachten gewonnen als ein Mann wie Duguay-Trouin persönlich.»

«Übertreibt es nicht mit der Bescheidenheit, Chevalier. Ich halte den Kapitän der ‹Belle Vincente› für ein lohnendes Geschäftsrisiko, wie stark seine Artillerie auch sein mag. Wenn Ihr Kapitalien braucht . . . Ich könnte Euch Aktionäre vermitteln, soviel Ihr haben wollt. Das Meer ist groß in Mode.»

«Ja», sagte Vincent, «heutzutage träumen alle Bürgerlichen vom Meer, aber ihre Träume haben zwei Jahrhunderte Verspätung. Sie kommen nicht darüber hinweg, die Kaperfahrt gegen die spanische Silberflotte verpaßt zu haben. Noch nie habe ich mich länger als fünf Minuten mit einem Bürgerlichen unterhalten, ohne daß er mir von einem Goldkonvoi als seinem Lieblingstraum erzählt hätte. Gewöhnlich sehe ich geflissentlich von einer Antwort ab. Ich werde ihn doch nicht seiner schönsten Hoffnungen berauben, indem ich ihm erkläre, daß ich dem von einem halben Dutzend Kriegsschiffen eskortierten Gold- oder Silberkonvoi höflichst die Vorfahrt lasse, um auf das nächste Handelsschiff zu warten, das ich – immer noch höflich – auffordern werde, mir seine Schuhe, seine Porzellanwaren, seine Tuchballen oder seine Gewürznägel zu überlassen.»

«Wenn es Euch nicht nach bürgerlichen Teilhabern gelüstet, hätte ich Euch eine adelige Dame anzubieten», entgegnete der Reeder.

«Ist sie jung? Schön?»

«Chevalier, es ist eine Handelspartnerin, die ich Euch vorschlage!»

«Das mögt Ihr wohl glauben. Ich habe da meine eigenen Erfahrungen. Bei einer Dame, die den Wunsch hat, auf die Geschäfte eines Abenteuerschiffs zu spekulieren, ist immer beides im Spiel, der Kolonialwarenhandel und die Poesie. Die Kolonialwarenhändlerin will Geld, die Poetin den Korsaren.»

«Seht Euch nur an, wen Eure Beschreibung diesmal trifft», meinte der Graf Pazevin lächelnd, indem er ihn mit dem Kinn auf die Stiftsdame Charlotte de Bouhey verwies, die gerade auf sie zukam.

Die lebhafte Musik einer Gigue, die offenbar auf Wunsch der jüngsten Ballteilnehmer gespielt wurde, forderte Jeanne zum Tanz heraus. Doch um nichts in der Welt hätte sie sich aus ihrem Versteck fortbewegt. Bislang war das Meer für sie eine unermeßliche blaue Weite gewesen, ein Weg zu grenzenlosen Pflanzenparadiesen. Doch jetzt ließen die Worte des Korsaren – wenngleich es nur spärliche Worte waren – ihr das Meer als ein Land erscheinen, das man bewohnen kann. Nur wenige Meter von ihr entfernt stand ein Mann aus einer anderen Welt, der sich auf dem Meer offenbar ebenso zu Hause fühlte wie sie auf dem Festland.

«Nun, Chevalier», sagte Charlotte de Bouhey, «hat der Graf Euch über meine Absichten unterrichtet? Ich bin es leid, meine Einkünfte aus Walddurchbrüchen, Roggengarben und winzigen Zehnten zu errechnen. Ich bin es leid, mit den Grundherren und Pfaffen aus der Nachbarschaft um ein Stück Weide oder drei Fuß Wein zu prozessieren.»

«Aber, Madame, wer lebt denn heute schon ohne Prozesse?» erwiderte der Reeder gelassen. «Unser Jahrhundert ist nun einmal prozeßsüchtig – seht Euch nur an, wie fett sie schon geworden sind, unsere Herren von der Justiz!»

«Ich für meinen Teil vermag Schikanen nicht mehr zu ertragen», beharrte die Stiftsdame. «Man stelle sich vor, im Jahre 1762 streiten wir immer noch um die Rechte auf ein Weizenfeld, dessen Besitz schon seit 1556 zwischen Neuville und Cuet diskutiert wird! Auf dem Lande sind die Böden mittlerweile viel zu dicht besiedelt. Wie soll man seine Güter bewahren, wie seine Gewinne steigern, wenn man in einem Königreich mit über zwanzig Millionen Menschen lebt, die sich alle bereichern wollen? Ist es nicht eine Sache der Vernunft, sich dem Meer zuzuwenden?»

Vincent wirkte belustigt und wußte dies durch eine Geste mit seinem Taschentuch zu unterstreichen: «Nun, Madame, freilich kann man es von Neuville aus nicht sehen, aber das Meer ist auch schon recht bevölkert.»

«Seht an», entgegnete Charlotte; und mit gedämpfter Stimme fuhr sie fort: «Wüßtet Ihr denn nicht ganz unter französischen Seeleuten selbstverständlich – ein paar gute geheime Routen, die sich der Kenntnis des Auslandes entziehen?»

Vincents Augen sprühten. Er schenkte der Stiftsdame sein strahlendstes Lächeln: «Ich weiß, ich werde Euch gewaltig überraschen, Madame. Uns Franzosen dünkt es geradezu unglaublich – aber seht Ihr, auch im Ausland kennt man den Kompaß, und man verfügt sogar über Kapitäne, die sich auf seinen Gebrauch verstehen. Ich versichere Euch, Madame, daß es in der Karibik ebenso von schlechter Gesellschaft wimmelt wie zur Zeit des Nachmittagsspaziergangs in den Tuilerien.»

Die Stiftsdame gab sich nicht geschlagen: «Ob schlechte Gesellschaft oder nicht, Ihr findet immer einen Weg, nicht wahr, Chevalier? Bekanntlich sind unsere Korsaren die besten auf der ganzen Welt.»

Mit der ironischen Andeutung eines militärischen Grußes gab Vincent zurück: «Wenn die Herren Engländer nur ebenso daran glauben wollten wie unsere Damen in Frankreich, wären wir nicht im Begriff, sämtliche Kolonien zu verlieren.»

«Werden wir denn wirklich all unsere indischen Niederlassungen verlieren?» fragte der Prokurator Basset de la Marelle, der sich den Diskutierenden hinzugesellt hatte.

Nach und nach war ein kleiner Kreis um den Reeder und den Korsaren entstanden.

Während der Krieg gegen England an den verschiedenen Fronten der Welt kein Ende zu nehmen schien, stand die Diskussion der Überseeaffären hoch im Kurs. Dabei sorgte man sich nicht so sehr um das Schicksal Indiens und Kanadas, denn außer den Notablen der Handelskammern und einigen weitsichtigen Originalen waren alle Franzosen des Jahres 1762 antikolonialistisch eingestellt. Aber trotzdem hätte die antikolonialistische Salongesellschaft es vorgezogen, Indien und Kanada in dem Bewußtsein zu verlieren, in Pondichéry und Quebec durch glorreiche französische Truppen vertreten zu sein. Dies war keine Frage der Logik, sondern eine Frage der Ehre. Der Marquis de Montcalm beispielsweise hatte die französische Ehre reingewaschen, indem er vor Quebec sein Leben opferte; die verlorenen kanadischen Besitztümer waren daher kaum noch ein Thema. In Indien dagegen hatte sich der Gouverneur Lally-Tollendal nach vergeblichen Widerstandsversuchen damit zufriedengegeben, die Tore von Pondichéry zu öffnen, was ihm grausamst verübelt wurde.

«Nichts und niemand vermag Indien noch zu retten!» sagte Vincent. «Es ist zu spät.»

«Unsere Armee trägt keine Schuld an dieser Niederlage», erklärte der Marquis de la Pommeraie scharf. «Lally hatte Indien bereits durch seine schlechte Administration zugrunde gerichtet. Und nachdem an seiner Unfähigkeit kein Zweifel mehr bestand, hat er nun auch noch seine Feigheit unter Beweis gestellt – so einfach ist das alles.»

Vincent warf Monsieur de la Pommeraie einen so zornigen Blick zu, daß Pazevin, dem dies nicht entgangen war, sich beeilte, der Situation durch eine schneidende Replik vorzubeugen: «Ich glaube, mein lieber Marquis», sagte er zu la Pommeraie, «es dürfte uns schwerfallen, über den Comte de Lally zu urteilen, ohne mit ihm im fernen Pondichéry eingeschlossen gewesen zu sein.»

«Eingeschlossen ohne Soldaten, ohne Munition und ohne Lebensmittel», ergänzte Vincent trocken. «Eingeschlossen und vom König ebenso vergessen wie von der gesamten Nation. Gewiß, hierzulande ist man nicht feige, aber man ist ein wenig zerstreut.»

«Und die Marine hat nichts tun können, um Monsieur de Lally zu befreien?» fragte die Vicomtesse de Chanas bestürzt.

Vincent lächelte und antwortete mit einem Anflug sanfter Ironie: «Von welcher Marine sprecht Ihr, Madame? Ich versichere Euch, die englische Marine hat Lally mit großem Geschick aus Pondichéry vertrieben! Ein hübsches Geschwader: vierzehn Linienschiffe, die vor dem Hafen kreuzten . . . Ein prächtiges Schauspiel.»

«Was, Chevalier! Ihr wart dort?» rief Madame de Chanas überrascht.

«Oh, so nahe nun auch wieder nicht, Madame. Aber mit dem Fernrohr konnte ich ganz gut sehen.»

Ein drückendes Schweigen lag in der Luft. Außer Madame de Chanas, einer frivolen Plaudertasche, die nie von nichts eine Ahnung hatte, war niemand unter den Umstehenden, der nichts von Vincents jüngstem Einsatz gewußt hätte – und alle hatten es sorgfältigst vermieden, dem Korsaren, der soeben einer Niederlage entronnen war, peinliche Fragen zu stellen. Doch im Augenblick schien der Korsar selbst am wenigsten betreten, und natürlich zeigte auch Madame de Chanas keine Spur von Verlegenheit; im Gegenteil, sie beeilte sich, noch liebenswürdiger zu erscheinen, indem sie sich immer tiefer in ihre Taktlosigkeit verstrickte. Mit lauter Stimme fuhr sie fort: «Wie geht es nur an, Chevalier, daß wir eine Seeschlacht verloren haben, obwohl Ihr dabei wart?»

Als sei er erfreut über das Kompliment, beehrte Vincent die Vicomtesse mit einer tiefen Verbeugung.

«Seht Ihr, Madame», erklärte er in jenem geduldigen Tonfall, der gewöhnlich nur Kindern zuteil wird, «der Ausgang einer Seeschlacht hängt auch von der Anzahl der Schiffe und Kanonen ab, die beiden Seiten zur Verfügung stehen.»

«Ich verstehe, Chevalier», entgegnete Madame de Chanas, indem sie sich um eine ernste Miene bemühte. «Und die Franzosen hatten weniger Kanonen als die Engländer?»

«Ich hatte sechzehn, Madame», sagte Vincent.

Ein überraschtes Gemurmel wurde laut, bis schließlich der Prokurator Basset de la Marelle das Wort ergriff: «Wollt Ihr damit sagen, Chevalier, Ihr hättet dem englischen Geschwader ganz allein gegenübergestanden?»

«Ein Korsarenschiff ist zur Einsamkeit berufen», sagte Vincent.

«Meistens verhilft sie ihm zu Reichtum – aber wenn es zur einzigen Zielscheibe sämtlicher Geschütze eines feindlichen Geschwaders wird, sieht die Sache schon etwas anders aus.»

«Mein Gott! Mein Gott!» murmelte Madame de Chanas. «Welch unerhörtes Gefühl für einen Kapitän, in einer so tragischen Situation alleiniger Herr an Bord seines Schiffes zu sein! Was kann man in solch einer Lage tun, Chevalier?»

«Wenn man töricht ist, läßt man sich versenken; wenn man klug ist, ergreift man die Flucht», antwortete Vincent, immer noch lächelnd.

«Oh! Oh! Ich wollte ... ich wollte nicht sagen ... nein, ich glaube nicht einen Augenblick ...» stammelte Madame de Chanas.

Der sinnlose Heldenmut war bei der Militäraristokratie unter Louis XV. derart in Mode, daß aller Augen sich schamhaft von dem Kapitän abgewandt hatten, der es gewagt hatte, öffentlich einzuräumen, daß er diese Eigenschaft nicht für sich in Anspruch nahm.

Pauline de Vaux-Jailloux rettete die Situation: «Findet Ihr nicht», warf die Kreolin mit gelangweilter Miene ein, «daß es von schlechter Erziehung zeugt, im Salon der Baronin so lange über Kolonialpolitik zu reden?»

«Wie recht Ihr habt», pflichtete Charlotte ihr eilig bei. «Und das alles durch meine Schuld, weil ich mit unserem Übersee-Frankreich Handel treiben wollte. Haben wir eigentlich noch ein Frankreich in Übersee?»

Der Marquis Caraccioli ergriff das Wort: «Es wird nie ein Frankreich in Übersee geben, Madame, da es in Übersee nie eine französische Gesellschaft geben wird. Man sagt dem Herzog Choiseul zwar den Willen nach, eine neue Marine aufzubauen, um Frankreich wieder ein Imperium zu verschaffen, aber ich möchte schwören, Euer Minister wird die fernen Länder nur mit Gesindel bevölkern können. Weshalb sollten Leute vornehmen Standes in die Ferne ziehen, wo ihr hiesiges Heimatland doch das liebreichste der Welt ist?»

«Schöne Plätze gibt es auch woanders», bemerkte Vincent.

«Aber der schönste Platz der Welt ist immer noch die Place Vendôme!» schrie Caraccioli, zitternd vor Erregung. «Paris, Chevalier, Paris! Kann man Paris je wieder verlassen, wenn man es einmal gekostet hat? Es ist der gräßlichste Irrtum der Natur, daß ich in Neapel geboren bin.»

«Das würde ich auch sagen», seufzte Abbé Galiani, der Sekretär des Marquis. «Erst unlängst traf ich in Genf den Chevalier Casanova, der sich auf dem Wege nach Lyon befand, und im Laufe unseres gemeinsamen Diners kamen wir wieder und wieder zu dem Schluß, daß es sich nur in Frankreich wirklich leben läßt; an allen anderen Orten der Welt vegetiert man vor sich hin. Man sehe sich nur an, welch einen Aufruhr die Jesuiten veranstalten, weil Euer Minister sie aus Frankreich vertreiben will! Ich verstehe sie. Monsieur de Choiseul wäre weniger grausam, sie zu hängen, als sie zu verbannen. Es ist besser, in Frankreich zu sterben, als anderswo zu leben.»

Wie jedes Jahr fand die große Nacht von Charmont ihren Ausklang in einem Ball der Jugend; nur ein paar unaufmerksame Anstandsdamen standen noch herum, und zwei oder drei unermüdliche Schwätzer, die sich weder fürs Kartenspiel noch fürs Schlafengehen interessierten. Als Jeanne den Saal betrat, nahmen die Musiker des kleinen Orchesters gerade eine Erfrischung zu sich.

«Wo warst du denn nur die ganze Zeit?» rief Marie. «Alle haben dich gesucht.»

Ein regelrechter Ansturm von Seide und Satin trennte die beiden Freundinnen: alles drängte sich um Jeanne. Hector de Chanas war zufällig der erste, der sie zum Tanz bat. Während sie ihm die Hand reichte, warf sie Vincent, der Émilie de la Pommeraie aufgefordert hatte, einen verstohlenen Seitenblick zu. Auch mit fünfzehn sollte ein Stiftsfräulein nicht tanzen, dachte sie verärgert. Auch sie wollte mit Vincent tanzen. Sie wollte seine goldkäferbraunen Augen auf ihrem Körper spüren, wollte, daß sein Blick hinüberglitt zu ihren weichen Lippen, und von dort zu ihrem offenen Ausschnitt, ihrer schmalen Taille . . . Seit sie die Schätze ihres Körpers entdeckt hatte, wollte sie mit begehrlichen Augen betrachtet werden. Der Chevalier soll mich bemerken, dachte sie – so nachdrücklich, daß ihre Finger Hectors Hand preßten, der vor Glück nicht wußte, wie ihm geschah!

Nach Émilie forderte Vincent Marie zum Tanzen auf, als habe er es bewußt darauf angelegt, Jeanne wütend zu machen, denn noch während er Mademoiselle de Rupert zur Tanzfläche führte, warf er Jeanne über Maries Kopf hinweg einen langen, warmen Blick zu – einen Blick, der mit schamloser Zufriedenheit langsam über ihren Körper glitt und sie bis auf die Haut entblößte. Jeanne fühlte die Seide wie eine verglühende Schale von ihrem Leib gleiten: sie war außer sich. Was glaubte dieser aufgeblasene Kolonialwarenhändler zu Meere eigentlich, stellte er sich vor, daß sie sich umbrachte vor Lust, ihm zu gefallen?

Um ihren Zorn zum Überlaufen zu bringen, tat Denis nun auch noch so, als sähe er sie nicht. Jetzt war er es, der mit Émilie tanzte, dieser kleinen Nonne aus der komischen Oper. Der verzückte Ausdruck auf dem Gesicht des jungen Mannes versetzte Jeanne einen Stich ins Herz. Der Freund ihrer Kindheit hatte sie selbst nur allzuoft mit diesem Ausdruck angeschaut, als daß sie ihn nicht wiedererkannt hätte. Irritiert verpaßte Jeanne einen Schritt beim Menuett, so daß ihr Tanzpartner, Charles de Bouhey, sie erstaunt am Ärmel zog.

«Seid Ihr mir ernstlich gram, daß ich Euren beiden Freundinnen den Vortritt ließ?»

«Tatet Ihr das? Ich hatte es nicht bemerkt.»

«Wie schade», erwiderte Vincent mit einem spöttischen Unterton, «wie schade, daß Ihr nicht so ehrlich seid wie Eure Augen.»

Jeanne entschloß sich, seine Herausforderung mit einem Lächeln zu beantworten, doch es wollte ihr nur eine Grimasse gelingen.

Er dagegen schenkte ihr ein Strahlen, das eine prickelnde Lust in ihr auslöste. Blitzartig überdachte sie ihr Äußeres – die Haare, das Rouge, das Schönheitspflästerchen, den Puder, das Kleid. Ob alles noch in Ordnung war?

Da seine Tanzpartnerin schwieg, fragte Vincent: «Wohin wart Ihr nach dem Essen verschwunden? Ich habe Euch gesucht, Mademoiselle.»

«Ich wußte nicht, daß Ihr auf mich gewartet habt, Chavalier.»

«Ich warte immer auf die Schönste einer Gesellschaft, aber meist habe ich keine Gelegenheit, es ihr sogleich zu sagen. Auf dem Festland verliert man maßlos viel Zeit mit Höflichkeiten. Auf dem Meer läßt es sich leichter leben. Wenn mir eine hübsche Fregatte des Weges kommt, schicke ich ihr eine feierliche Einladung hinüber, und sofern ihr nichts daran liegt, Schaden zu nehmen, läßt sie sich unverzüglich entern.»

«Diese Fregatte ist aber recht feige. An ihrer Stelle würde ich Widerstand leisten!»

«Sagen wir, Ihr würdet versuchen zu entfliehen und mir so das Vergnügen verschaffen, Jagd auf Euch zu machen. Allein bei dem Gedanken, Jagd auf Euch zu machen, Mademoiselle, gerate ich vor Freude außer mir!»

«Ihr vergeßt, Euch vorzustellen, daß ich sehr wohl entkommen könnte, Chevalier.»

«Vielleicht, vielleicht auch nicht?»

Unter rhythmischen Schritten und Drehungen begann er, sie mit forschenden Augen zu mustern; langsam und eindringlich wanderte sein Blick hin und her, schamlos verweilte er auf den glücklichen Funden, die seinen Appetit anregten. Unter diesem glühenden, gierigen Blick fühlte Jeanne sich selbst wie ein schillerndes Juwel – ein überaus angenehmer Zustand.

«Nun?» fragte sie schließlich, nicht ohne Koketterie.

«Hmm, ich hätte unrecht, mir meines Sieges allzu gewiß zu sein. Fregatten von langer und schmaler Gestalt haben meist ihre Tücken. Aber was nun, Mademoiselle? Werden wir in diesem kindischen geschraubten Stil fortfahren, oder uns vernünftigerweise zu schöneren Tändeleien hinter einen Paravent begeben?»

«Oh!»

«Nun zeigt Euch nur nicht in Eurem Anstand verletzt. Habt Ihr von mir als Korsaren nicht einige Kühnheit erwartet? Stellt Euch also darauf ein, mir gewisse Verwegenheiten zu verzeihen – ich spreche von solchen, die bevorstehen –, denn ich habe die Absicht, Euch den Hof zu machen, und man hat mir schon einige Male gesagt, daß ich dabei recht schonungslos vorgehe.»

«Wer hat Euch das gesagt?»

«Hübsche Heuchlerinnen – wer denn sonst?»

Jeanne entfuhr ein fröhliches Lachen.

«Wie ich es lieben werde, Euch zum Lachen zu bringen», sagte er. «Ihr lacht mit einer hinreißenden Lust am Lachen. Ihr tanzt mit einer hinreißenden Lust am Tanzen. Beim Souper mußte ich Unglücklicher Euch leider den Rücken kehren – eßt Ihr auch mit derselben Lust?»

«Ja, wenn ich hungrig bin. Das bringt mich auf eine Idee: Ihr solltet mich zu einem Sorbet entführen. Florimond versteht sich vorzüglich auf den Johannesbeergeschmack.»

Vincent entschied sich für ein Pfefferminzsorbet.

«Und jetzt gehen wir ein wenig plaudern», schlug sie vor, nachdem sie sich den Mund erfrischt hatten. «Ich möchte Euch in meine Lieblingsecke führen, damit Ihr mir vom Meer erzählt . . .»

Er folgt ihr in die Bibliothek.

Es war ein sehr großer Raum, streng und einladend zugleich, rundherum verkleidet mit Bücherregalen aus alter, fast schwarzer Eiche. In dieser Nacht war die Bibliothek ungewöhnlich belebt, aber nur in zwei hellerleuchteten Ecken, wo sich die Kartenspieler zum Lomber- und Fünfzehnerspiel versammelt hatten. Der Platz, auf den Jeanne zustrebte, lag anheimelnd im Halbdunkel.

«Dies ist mein Lieblingsplatz zum Träumen», sagte sie und wies auf ein schweres Régence-Kanapee mit vergoldetem Holzrahmen, auf dessen abgewetztem Polsterbezug Motive aus Fabeln von La Fontaine zu sehen waren.

Wie gern kam sie hierher, um sich stundenlang zu verstecken, einen Stapel Bücher neben sich, die sie eines nach dem anderen durchstöberte.

«Erzählt mir von der großen weiten Welt», sagte sie, kaum daß sie sich gesetzt hatten. «Erzählt mir von all den Ländern, die man an den Meeresküsten findet!»

Er zog ein verdrießliches Gesicht:

«Ihr bringt mich in Verlegenheit. Wahrlich, die jungen Mädchen von heute sind echte Blaustrümpfe. Welch ein Jahrhundert! Was sie mir nicht schon alles für Fragen gestellt haben – nach der Windrose, dem Astrolabium, den Gezeiten, den unterschiedlichen Geschützen, dem Breitengrad der Bourbonen-Insel, der Durchschnittsgeschwindigkeit eines Dreimasters und weiß der Himmel was! Unglaublich! Eines Tages werden sie noch ihre Zulassung zur Militärschule und der Akademie der Wissenschaften fordern.»

«Aber gewiß. Warum auch nicht? Die Wissenschaften sind eine lustige Beschäftigung. Weit unterhaltsamer als die Stickerei.»

«Ganz ehrlich, meine Liebe, ist es jetzt, wo Ihr so wunderschön im Ballkleid an meiner Seite sitzt, wirklich vernünftig, mich um eine Geographie-Lektion zu bitten, während ich Euch von Euren Goldaugen erzählen könnte, was uns beiden lieber wäre? Abgesehen davon, dürftet Ihr wohl den Falschen gewählt haben, um Euch über ferne Länder zu informieren: in bin ein häuslicher Mensch.»

Sie versuchte, ihr unfreiwillig lautes Lachen in ihrem Taschentuch zu ersticken, um nicht die Aufmerksamkeit der Kartenspieler zu erregen.

«Doch, Ehrenwort», bekräftigte Vincent. «Das einzige Land, das ein Seemann wirklich genau kennt, ist das Meer. Ich fahre von Hafen zu Hafen, und zwischen zwei Häfen ist nichts als Meer. Ich lebe in einer Nische auf dem Meer. Soll ich Euch erzählen, wie es in meiner Kapitänskajüte aussieht? Sie ist so klein, daß ich jeden Zoll auswendig kenne.»

«Ich dachte, Ihr hättet soeben das Schiff gewechselt?»

«Ja, und ich glaube sogar, der verführerische Luxus meiner ‹Belle Vincente› könnte Euch gefallen. Und da eine neugierige Schönheit in der Kajüte eines Kapitäns immer äußerst willkommen ist, lade ich Euch ein. Die ‹Belle Vincente› liegt in Marseille vor Anker, das ist ganz in der Nähe. Sofern man sich unterwegs nicht den Hals bricht, ist man mit den leichten Halbkutschen der heutigen Zeit schneller dort, als man losgefahren ist. Kommt geschwinde nach Marseille, dann nehme ich Euch an Bord, und Ihr werdet die fremden Lande mit eigenen Augen sehen.»

«Welch ein Wahnsinn!» murmelte sie lächelnd.

«Weshalb? Habt Ihr Euch denn bei Euren Träumen von fernen Ländern nie vorgestellt, an Bord eines Schiffes zu gehen, das Euch tatsächlich ans Ziel brächte?»

«Oh, Chevalier, wenn Ihr wüßtest, wie oft ich das geträumt habe!»

Aus diesem letzten Satz sprach so viel gedämpfte Leidenschaft, daß Vincent den Blick seiner braunen Augen sanft auf dem Gesicht seiner Nachbarin ruhen ließ.

«Jeanne», fragte er fast zärtlich, «habt Ihr das Meer noch nie gesehen?»

Sie bebte am ganzen Leib. Indem er den spöttischen gegen einen zärtlichen Tonfall ausgetauscht hatte, indem er sie forsch bei ihrem Vornamen genannt hatte, war es ihm gelungen, sie zu entwaffnen – ihre weltgewandte Sicherheit war plötzlich dahin. Noch kaum über das Alter eines kleinen Mädchens hinausgewachsen, überkam sie unvermittelt eine kindliche Lust, dem fremden Durchreisenden, der ihr auf einmal so nahe war, ihre alten Träume zu erzählen: «Das Meer . . .» begann sie mit langsamer Stimme. «Das Meer kenne ich nur von Bildern, Chevalier. Aber mein Kopf ist voll davon! Ich weiß nicht weshalb, aber das Meer kommt mir vor wie ein endloser Roman.»

«Das Meer ist ein endloser Roman. Ein Seemann bricht immer wieder auf, aber er kommt nie irgendwo an.»

«Oh! Ich komme immer irgendwo an! Meist auf dem Indischen Ozean. Ja, fast immer bringt das Meer mich dorthin.»

Vincent schüttelte den Kopf: «Das Meer bringt Euch nirgendwohin. Man muß es zwingen, einen zu tragen. Wenn es der Weg ist, der die Menschen am stärksten fasziniert, so nur, weil er schwieriger ist als alle anderen.»

«Ist das der Grund, weshalb Ihr das Meer liebt?»

«Ja, unter anderem. Aber es gibt tausend Gründe, einige sind klar, andere dunkel und geheimnisvoll . . . Gegen die Liebe zum Meer gibt es kein Mittel. Sobald man auf den Geschmack gekommen ist, hat das Meer die gleiche Anziehungskraft wie Opium.»

Er schwieg. Den Blick in die mondlose Nacht versenkt, lächelte er mit geschlossenen Lippen – sicher dachte er an seine ‹Belle Vincente›, die sich auf der Reede von Marseille im Wasser wiegte. Das Schweigen dauerte an, doch es gehörte so sehr zu ihrem Gespräch, daß es ganz natürlich klang, als Vincent mit sehr leiser Stimme wieder zu sprechen begann: «Seht Ihr, Jeanne, es gibt drei Arten von Wesen: die Lebenden, die Toten und die Seeleute. Ich möchte wetten, daß der Grieche, der diesen Satz geschrieben hat, lange auf dem Wasser gelebt hat. Nur dort kann er gelernt haben, wie ein Mensch seinen Zustand verändert, ohne zu sterben.»

«Seinen Zustand verändern . . .» wiederholte sie. «Als neue Person in einer neuen Welt ankommen . . . Auch davon habe ich schon oft geträumt, Chevalier. Sollte es tatsächlich möglich sein?»

«Ah! Ich verspreche es Euch! Und ich bin bereit, mein Versprechen einzulösen. Kommt mit mir an Bord, und ich werde mit Euch nach Süden segeln. Wenn Ihr Nacht für Nacht mit eigenen Augen beobachten könnt, wie der Polarstern langsam den Horizont hinunterwandert, werdet Ihr fühlen . . . In Eurem ganzen Körper werdet Ihr fühlen, daß Ihr im Begriff seid, eine neue Seele zu bekommen. Die Jeanne, die Ihr nur allzugut kennt, wird im Meer versinken. Auf dem Meer ist weder Vergangenheit noch Zukunft. Die Zeit, die Ihr kennt, ist ein Mythos, Mademoiselle, ein Mythos und eine Krankheit. Die Landmenschen erleben die Zeit vor allem als Vergangenheit und als Zukunft. Sie schleppen ihr altes Leid hinter sich her, oder sie flüchten sich in ihre Hoffnungen. Das Meer zwingt einen, in der Gegenwart zu leben.»

«Und die dauernde Gegenwart macht dauernd glücklich?»

«Auf jeden Fall macht sie frei.»

«Von was?»

«Von gestern und von morgen! Das Meer stellt Wirklichkeiten her. Ob leicht oder hart, diese Wirklichkeiten haben wenigstens das Gewicht des Konkreten. Ich liebe das Konkrete. Ich bin ein Epikureer.»

Jetzt war es Jeanne, die versunken in die schwarze Nacht starrte.

«Ich träume zuviel», sagte sie plötzlich. «Ich weiß, ich fühle, daß ich zuviel träume. Ich spüre es genau, wie meine Träume mich beschweren, wie sie mich fesseln, mich ersticken . . . und mich nicht mehr so befriedigen wie früher. Hier, auf meinem geliebten alten Kanapee, habe ich ein Traumleben gelebt, tausend Feereien, die mir oft eine vollkommene Erfüllung waren. Und nun sieht es so aus, als würde diese Kraft mich verlassen . . . Seit einiger Zeit kommt es immer wieder vor, daß ich mich plötzlich langweile, mitten in einer schönen Geschichte, die ich mir selbst erzähle, auch wenn sie mir gefällt. Dann betrachte ich diese Ecke, die meine Ecke, meine Nische war, mit den Augen einer Gefangenen. Ich fühle ein Prickeln in den Beinen und eine dumpfe Angst in meiner Brust – wenn ich nur daran denke, daß ich unbeweglich auf einem Fleck sitze und vor mich hin träume, statt irgendwo unterwegs zu sein, wo das Leben sich bewegt, wo das Leben, das Lebensglück, nicht nur ein Hirngespinst ist, wo es wie . . . wie . . .»

Ein wenig spöttisch griff Vincent den unvollendeten Satz auf: «Wo das Glück wie ein glänzender Fisch ist, den man mit den Händen fangen und in großen Happen verzehren kann?»

Sie sah ihn an: «Ihr lacht mich aus, natürlich, und Ihr habt sogar recht: was ich sage ist tatsächlich lächerlich.»

«Ich lache Euch nicht aus, Mademoiselle, ich lache Euch an – das ist ein wesentlicher Unterschied.»

«Ich weiß sehr wohl, ich hätte mich nicht dazu hinreißen lassen dürfen, Euch diese Torheiten anzuvertrauen. Hätte Madame de Saint-Girod mir zugehört, würde sie sicher sagen, man müsse Rousseau auf dem schnellsten Wege verbrennen, weil er *‹La Nouvelle Héloïse›* geschrieben hat, aus deren Lektüre die junge Mädchen seit einem Jahr das ärgerliche Recht ableiten, sich bis hin in ihre Konversation sentimental zu zeigen. Aber diesmal ist es Eure Schuld!»

«Ach ja?»

«Ja, es ist Eure Schuld. Habt Ihr nicht gemerkt, wie Ihr vom Meer sprecht? Wie von einem Land, in dem das Glück sich mit den Händen greifen läßt. So daß ich beim Zuhören eine unwiderstehliche Lust bekam, das Glück anzufassen wie eine Katze, einen Pfirsich, eine Rose . . . Ihr habt mich zu dummen Reden verführt.»

Während er ihr zuhörte, war die Ironie in seinem Blick einer belustigten Zärtlichkeit gewichen. Sie sprach nicht weiter, nachdenklich betrachtete sie die Spitzen seiner hübschen roten Satinschuhe; ihr Atem ging schneller als gewöhnlich. Plötzlich neigte er sich über sie, nahm ihre Hand und zog sie an seine Lippen. Mit geschlossenem Mund fuhr er langsam über ihre Haut, erst bis zum Handgelenk und dann den Arm hinauf, ohne Hast bis hin zu der warmen, seidenweichen Beuge, wo unter der weißen Musselinmanschette der Puls ihrer Vene schlug. Ohne ein Wort zu sagen gab sie ihren Arm hin, gleichsam versunken in der Sinnenlust. Aus weiter Ferne, unsichtbar hinter der hohen Lehne des Kanapees, drangen die vertrauten Stimmen der Kartenspieler zu ihr herüber, wie um sie der Unschuld jener Küsse zu versichern, die ihr gerade widerfuhren. Ein kaum hörbarer Seufzer des Wohlbehagens entfuhr ihrer Brust. Noch vorsichtig, öffnete sich Vincents Mund einen kleinen Spalt und erging sich in einer langen, feuchten Liebkosung . . . Jeanne lenkte ihre Blicke auf die weiße Perücke des über ihren Arm gebeugten Kopfes, und es überkam sie ein heftiger Wunsch, die ganze Pracht herunterzureißen, sie weit fortzuwerfen, um seine schwarzen Locken zu befreien und ihr Gesicht darin zu verbergen: Marie hatte ihr erzählt, daß Pauline oft von den kurzen, seidigen schwarzen Locken ihres Geliebten sprach . . .

Der Gedanke an die Geliebte des Korsaren riß sie aus der Verzückung. Abrupt zog sie ihren Arm zurück: «Madame de Vaux-

Jailloux hätte das nicht gern gesehen», sagte sie mit einer, wie sie hoffte, kalten Stimme.

«Madame de Vaux-Jailloux sieht nie, was sie nicht sehen soll», gab Vincent ruhig zurück. «Pauline hat ein vollkommenes Herz.»

«Und Ihr, Chevalier?»

«Ich denke, meines ist nicht allzu mittelmäßig.»

«Wenn Ihr von seinem Volumen sprecht, will ich Euch gern zustimmen. Es muß viel auf einmal fassen können!»

«Solltet Ihr mir die Ehre einer ersten Eifersuchtsszene erweisen, Verehrteste?»

«Diesmal seid Ihr es, der träumt, Chevalier! Eifersüchtig ist man nur auf das, was man haben will – und es liegt mir nichts daran, Euch zu bekommen. Im übrigen gehöre ich einem anderen.»

«Oh!» erwiderte er mit einer hochgezogenen Augenbraue. «Und wo ist dieser andere?»

«Auf Reisen. Ich bin verlobt. Im September werde ich heiraten.»

«Oh, oh!» machte er erneut.

«Deshalb möchte ich Euch bitten», fuhr sie in einem gekünstelten Tonfall fort, «Euch Eure Anwandlungen ... Ich bitte Euch, diese Tändelei zu unterlassen.»

«Oh!» machte er ein drittes Mal.

«Oh, oh, oh! Fällt Euch denn nichts mehr ein als oh?«

«Nein.»

Wieder ließ er seinen eindringlichen heißen Blick über ihren ganzen Körper wandern, und wieder fühlte sie sich weich werden, wie ein Blumenstengel ohne Wasser.

«Wie alt seid Ihr, Jeanne?»

«Fünfzehn», sagte sie, unfähig, ihm nicht zu antworten.

«Nun, Ihr hättet zwölf verdient. Ihr kennt Euch noch nicht aus mit den Manieren der Männer, sonst hättet Ihr gewußt, daß ich nicht scherze; sonst hättet Ihr die Ernsthaftigkeit meiner Küsse nach ihrem wahren Wert zu schätzen gewußt. Und Ihr wüßtet auch, daß es in diesem Augenblick mein einziger Wunsch ist, Euch abermals zu küssen. Spürt Ihr denn wirklich nicht, mein Liebling, wie groß mein Begehren ist, ja, daß ich mich versucht fühle, mich wie ein Wilder zu betragen?»

Die unerwartete Liebesbezeugung, die in dem Wort ‹Liebling› lag, erfüllte Jeanne mit einem unbekannten Schauder. Verwirrt war sie einen Augenblick taub für das, was er sagte. Sie mußte versuchen, den Faden mitten im Satz wiederzufinden:

«. . . im Gegenteil, es wird mir immer ernster mit meinem Angebot, Euch zu entführen. Zwei ganze Tage gebe ich Euch, um Eure Sachen zu packen, mein Herz. Das ist schon mehr als genug verlorene Zeit, aber bis übermorgen kann ich meine Abreise verschieben. Obwohl . . .»

Mit fester Hand hob er ihr Kinn zu sich empor: «Könntet Ihr nicht schon morgen fertig sein, Jeanne? Oder vielleicht gleich, in der Morgendämmerung?»

Sie riß ihren Kopf los und versuchte mit Müh und Not, ihren verwirrten Verstand zu sammeln.

«Chevalier», begann sie mit flüsternder Stimme, «seid so gut, Chevalier, weshalb macht Ihr Euch über mich lustig? Ich sehe genau, daß Ihr mir etwas vormacht, denn wie könntet Ihr so plötzlich die Verlobte eines anderen an Euch reißen wollen, und dazu eine Person, die Ihr seit kaum einer Stunde kennt?»

«Was glaubt Ihr denn, wieviel Zeit ich brauche, um zu wissen, daß ich eine junge Schönheit begehre und sie bei mir haben will?» fragte Vincent gelassen. «Und was die Tatsache betrifft, daß Ihr, wie es scheint, einem anderen versprochen seid . . . Seht Ihr, Mademoiselle, ich habe nie eine gute Beute gemacht, die nicht schon Eigentum eines anderen war. Das stört mich nicht.»

«Ihr seid nicht bei Sinnen, Monsieur le Chevalier», sagte Jeanne und machte Anstalten, sich zu erheben.

Er hielt sie mühelos zurück.

«Ja, ich bin verrückt», gab er zu. «Aber beruhigt Euch, Jeanne, ich bin ebenso sanft wie verrückt.»

Er drückte sie vorsichtig gegen die Lehne des Kanapees, hielt sie fest zwischen seinen beiden Armen und lächelte sie an, mit einem Lächeln, das ihrem Gesicht näher und näher kam; einen Augenblick schloß sie die Augen, und als sie sie wieder aufschlug, hatten sie die wunderbare Farbe der Verwirrung. Sanft preßte Vincent sie zwischen seine Brust und die Lehne, dann nahm er ihren Mund. Die Zähne stießen aneinander, doch bald wurde der Kuß weicher, inniger, eine Ewigkeit . . . Er hätte währen können bis zum Untergang der Welt, ohne daß Jeanne es gewagt hätte, sich zu bewegen! Und als Vincent sich schließlich von ihr löste, konnte sie nicht anders – sie schmiegte ihren so hübsch gepuderten Kopf an seine Schulter, berauscht, verloren.

Sie ist wahrhaftig erst zwölf Jahre alt! dachte er, eher bewegt und belustigt als verärgert. Offenbar hatte der Verlobte sie nicht gelehrt, sich mit Perücken auf dem Kopf zu lieben. Ich verstehe nicht, weshalb die Pfaffen so leidenschaftlich gegen die Schminke und den Puder wettern, sagte er sich. Die Mode der farbverschmierten Frauen schützt ihre Schafe besser vor den großen bösen Wölfen als irgend etwas anderes! Indes – der keusche Genuß des Augenblicks war die Flecken auf seinem Anzug wert. Es war ein ungewöhnliches Gefühl, ein Kind von fünfzehn Jahren den ersten Kuß lieben zu lehren. Im Grunde hatte Vincent nur eine Sorge: seinen Diener nicht dort vorzufinden, wo er sein müßte, um ihm den Puder von der achatgrauen Seide zu bürsten. Als er Mario zum letztenmal gesehen hatte, war dieser Lump ihm ebensowenig dienstbereit erschienen wie nach einem Schiffsbankett beim Verlassen eines Hafens.

8. Kapitel

Wenn das nicht ein Jammer ist, ein so teures und so schönes Werk einfach wegzuspülen!» seufzte Bellotte, während sie Jeannes Haare frottierte.

«Wascht es gut aus, Bellotte», erwiderte Jeanne, «noch einen großen Schwung Wasser und dann einen Kübel mit etwas Essig hinterher . . .»

Tatan betrachtete die Szene mit finsterem Blick: «Ah! Madame wird sich freuen, wenn Ihr mit aufgelöstem Haar zum Diner erscheint! Es sind noch reichlich Gäste da, und Ihr, Ihr werdet die Schicklichkeit haben, vor Ihnen aufzutreten, als kämt ihr gerade aus dem Bett. Und zum Souper – habt Ihr denn nicht daran gedacht, daß Euer Zukünftiger da sein wird? Was wird er dazu sagen, der Herr Prokurator, wo er doch immer piekfein und geschniegelt ist?»

«Die anderen Damen, die der ‹Niçois› gestern geputzt und gepudert hat, haben den Rest der Nacht brav im Sitzen verbracht, mit einem Musselintuch um den Kopf», ergänzte Pompon, die gähnend ihren Milchkaffee schlürfte. «Außer Euch, Mademoiselle, käme wohl niemand auf die Idee, seinen Kopfputz zu zerstören, um dann im Negligé vor den Leuten zu erscheinen. Manchmal benehmt Ihr Euch wie ein Mädchen aus dem Busch.»

«Seht mir doch nur meinen Fußboden an», rief Tatan. «Dieser Kleister ist eine richtige Schweinerei, die in meiner Küche nichts zu suchen hat! Weshalb habt Ihr das Zeug nicht im Badezimmer gelassen?»

«Seht Ihr, Tatan, Ihr denkt genau wie ich – daß diese Stärke eine Schweinerei ist», sagte Jeanne fröhlich. «Das Badezimmer ist überlaufen, und hier sitze ich am warmen Feuer von Nanette. Bitte, Tatan, schmollt mir nicht mehr; gebt mir lieber einen Kaffee, während ich mir die Haare trockne. Ich weiß genau, daß Ihr mich in meinem Naturzustand schöner findet.»

Sie hatte es nötig, sich heute schön zu finden. Vincent hatte sie um ein heimliches Rendezvous gebeten. Als Treffpunkt hatte sie ihm einen verlassenen Jagdpavillon vorgeschlagen, der einsam bei einer Lichtung im Wald von Neuville lag. Dort sollte er sie um die Mittagszeit erwarten. Es war ein köstliches Gefühl, eine verborgene Gemeinsamkeit mit einem Mann in seinem Herzen zu tragen. Schon in der vergangenen Nacht, als sie von der Bibliothek zu der Gesellschaft zurückgekehrt waren, hatte sie ein magisches Band gespürt, das sich zwischen Vincent und ihr entwickelt hatte – eine Nähe, die sie trotz des Abschiedsgedränges und des Stimmengewirrs nicht aus ihrem Bann entließ. Pauline hatte sie mit einem undefinierbar fragenden Blick beobachtet, wie sie einer nach dem anderen hereingekommen waren, ehe sie sagte, sie könne sich vor Müdigkeit nicht mehr auf den Beinen halten. Vincent hatte sie in einen großen indischen Schal gehüllt und war mit ihr fortgegangen.

Ob er sie unterwegs geküßt hat? Ob er sie später, in Vaux, in seine Arme genommen hat? Mit derartigen Vermutungen im Kopf hatte Jeanne sich um drei Uhr morgens in ihr Bett gelegt. Es war ein kurzer, unruhiger Schlaf. Um sechs Uhr war sie wieder auf den Beinen. Sie fand sich häßlich, mit Ringen unter den Augen und einem verknitterten Gesicht; obendrein wirkte sie ungepflegt mit ihrer auf dem Kopfkissen malträtierten Damenfrisur. Sie war in die Küche hinuntergegangen, um sich dieser Scheußlichkeit zu entledigen. Jetzt, da sie auf einer Fußbank vor dem Kamin saß und behutsam an ihrem heißen Kaffee nippte, fühlte sie sich wie neugeboren.

Die beiden Bäckergesellen des Meisters Florimond, die ersten, die schon wieder fleißig bei der Arbeit waren, schielten hin und wieder von ihrem Blätterteig zu der Wassernixe hinüber, deren triefendes Haar wie eine im Sonnenlicht gleißende Flut auf ihren Rücken fiel.

Jeanne gab Nanette die leere Tasse zurück: «Tatan», sagte sie, «Euer Kaffee ist nicht stark genug.»

«Ich mag ihn eben nicht stark», erwiderte Tatan zänkisch. «Und am Morgen führe *ich* das Regiment. Morgens läßt Mademoiselle Sergent mich meinen Lieblingskaffee nehmen, den Pulverkaffee von dem Kolonialwarenhändler aus Châtillon. Nicht daß sie mir eine Freude machen wollte, aber er kostet weniger, weil der gute alte Jacquet ihn mit dem Mehl von Kichererbsen mischt, um ihm den bitteren Geschmack zu nehmen.»

«Tatan, bei allen Begründungen – Euer Kaffee ist abscheulich», entgegnete Jeanne, während sie ihr Gesicht zu einer Grimasse verzog.

«Außer zum Geschirrwaschen sind Frauen in der Küche fehl am Platz!» warf der Gesell Darnois vorlaut ein.

«Sicher gibt es keine Frau mit den Talenten, die man für die Küche braucht!» kläffte Tatan. «Aber Euer Florimond, Bürschchen, darauf könnt Ihr Euch verlassen, der hat sie alle: er ist eingebildet, er ist verschwenderisch, er betrügt, er ist brutal, er zwickt einen in die Hinterbacken, er ist ein Trunkenbold – und vor so was soll ich auf die Knie fallen?»

«Madame Tatan», gab der Gesell spöttisch zurück, «ich kann gar nicht glauben, daß Monsieur Florimond Euch in den Hintern zwickt?»

«Das hätte mir gerade noch gefehlt!» schimpfte Tatan unter lautem Gelächter.

Jeanne, die sich ein Lachen ebenfalls nicht verkneifen konnte, stahl sich unbemerkt davon. Sie hatte keine Lust, einer weiteren Schlacht jenes großen Krieges beizuwohnen, der zwischen den Köchen und Köchinnen der feinen Pariser Häuser schon seit Jahren tobte und seinen Widerhall nun auch in den Schlössern der tiefsten Provinz fand.

Sie hatte beschlossen, sich eher als Reiter zu kleiden denn als Amazone. Auch besaß sie nur ein einziges altes Reitkleid, während sie mit männlichen Kleidungsstücken reichlich ausgestattet war. Denis, der sie früher so gut leiden mochte, hatte ihr – nachdem er binnen eines Jahres plötzlich um einen halben Kopf über sie hinausgewachsen war – seine drei zu klein gewordenen Anzüge geschenkt, darunter auch die noch fast neue Kniehose aus scharlachrotem Tuch, die ihr so gut stand. Wie nett er damals gewesen war, wie er sie liebte ... Seufzend zog sie sich die Hose an. Weshalb muß man alte Lieben im gleichen Maße verlieren, in dem man neue gewinnt? Steht es irgendwo in einem Rechnungsbuch geschrieben, daß ein bestimmtes Soll an Lieben nicht überschritten werden darf?

Obwohl etwas altmodisch geschnitten, war die lange Weste nicht zu weit; sie betonte ihre von Natur aus schmale Taille, ohne daß diese in ein mit Fischbein durchzogenes Korsett gezwängt werden mußte. Bouchoux hatte die fahlroten Stiefel mit viel Spucke gewienert: sogar die Absätze glänzten. Mit dem Handrücken bauschte Jeanne ihren Spitzenjabot auf, warf einen letzten Blick in den Spiegel und erschauerte bei dem Gedanken, sich so zu zeigen – ohne Puder und mit offenem Haar, das nur im Nacken durch ein schmales schwarzes Taftband zusammengehalten war. Würde ich ohne Hemd zu meinem Rendezvous gehen, käme ich mir kaum mutiger vor! dachte sie. Welch eine törichte Erziehung man den Frauen doch angedeihen läßt!

An diesem Aprilmorgen erstrahlte der Frühling in einem hellen, klaren Licht, doch die Luft war eisig. Fröstelnd überquerte Jeanne schnellen Schritts den gepflasterten Hof. Auf dem Weg zum Pferdestall begegnete sie nur einigen Hausangestellten. Es war Viertel vor zwölf. Schon seit über zwei Stunden waren die Jäger, denen die Aufregungen des Vortags noch nicht zu genügen schienen, zu einer Treibjagd aufgebrochen. Die anderen Gäste würden erst zum Diner herunterkommen, das die Baronin auf drei Uhr verschoben hatte.

Ein Stallknecht half ihr, Blanchette zu satteln.

Die lebhafte Stute wollte wie gewohnt im Galopp davonjagen, doch ihre Herrin hielt sie im langsamen Trab. Sie legte keinen Wert darauf, als erste am Treffpunkt zu erscheinen. Außerdem war es ein köstliches Gefühl, seinem Geheimnis entgegenzureiten! Ein Vergnügen, das sie nicht überstürzen wollte.

Sie nahm den Weg über die vertrauten Pfade, die sie auch sonst einschlug, wenn sie im Wald von Neuville spazierenritt. Doch der Weg, auf dem ein junges Mädchen seinem ersten Rendezvous entgegenfieberte, hat immer etwas Ungewöhnliches. Die drängende Kraft des Frühlings beschleunigte ihren Puls, erfüllte sie mit einer ungeduldigen Freude, alles zu lieben. Sie spürte einen Anflug von Dankbarkeit beim Anblick eines Ginsterbusches, der plötzlich in voller Blüte stand; sie beantwortete das eindringliche Gezwitscher eines verborgenen Zaunkönigs mit einem entzückten Lächeln; ja sogar der Kröte, die starr vor Angst mitten auf dem Wege saß, bekundete sie gleichsam Freundschaft, indem sie ihre Stute seitlich ausweichen ließ. Die ganze Landschaft schien ihr durch wundersame Zeichen kundzutun, daß dieser Tag kein gewöhnlicher war.

Als sie das halbdunkle Unterholz erreichte, ließ sie Blanchette im Schritt gehen. Durch die Stille drang eine Vielfalt von Geräuschen, es knackte, piepste und roch stark nach feuchtem Moos. An beiden Seiten des Waldweges wuchsen wilde Veilchen, deren blasses Lila hier und dort übertönt wurde durch das kräftige Gelb der Schlüsselblumen, die sich für ihre Blüte ein Sonnenplätzchen gesucht hatten. In vollen Zügen atmete Jeanne die frische Aprilnatur; sie war zufrieden und furchtlos. Gott sei Dank sah sie dem Treffen mit Vincent nüchtern und mit klarem Verstand entgegen. An dem, was sich in der letzten Nacht zwischen ihnen ereignet hatte, waren alle möglichen Dinge schuld: der spanische Wein, die Violinen, der Tanz, die Feststimmung. Und natürlich auch Pauline, die sie durch ihr ganzes Wesen provozierte. Und Philibert, der sie vergaß. Und Louis-Antoine, der nicht da war. Und Denis, der schmollte. Doch heute morgen war alles anders. Sie fühlte sich in bester Form, ihr Stelldichein mit dem Korsaren zu genießen wie ein Glas Champagner. Am Ende ihres Weges erwartete sie eine prickelnde Stunde – das war alles. Seit sie aus dem Zimmer der Baronin heimlich ein paar schlüpfrige Lustspiele von Collé ausgeliehen hatte, glaubte Jeanne sich allen Ernstes bestens darauf vorbereitet, nun endlich einmal das zu spielen, was Geneviève de Saint-Girod eine ‹dezente und vernünftige Ausschweifung› nannte. Daß ihr Verstand ausgesetzt hatte, als der Chevalier sie nur ein klein wenig zur Wollust verführt hatte, lag allein an der Tatsache, daß es ihr erster Kuß gewesen war. Jetzt, wo sie Erfahrung hatte, würde sie sich nicht mehr überraschen lassen. Zum Teufel noch eins! Keine Kühnheit auf der Welt dürfte ein junges Mädchen, das ‹*La Vérité dans le vin*› und ‹*L'Amant poussif*› gelesen hat, noch in Verwirrung stürzen. Auf die gewagtesten Worte des Korsaren müßte sie nur scharf antworten, sich hinter einem vergeistigten Lächeln verbergen – und niemals mehr hingeben als ihre Hand. Dieses Spiel der Ziererei wurde auch in den Romanen des jüngeren Crébillon, die der Abbé Rollin ihr zu lesen verbot, genauestens erklärt.

Nun war es nur noch eine halbe Meile bis zum Pavillon.

Der alte Jagdpavillon diente den Stiftsdamen von Neuville als vergessene Rumpelkammer – ein großes, einstöckiges Gebäude aus rissigem Lehm. Die Räume im Erdgeschoß waren vollgestopft mit zerbrochenen, verschimmelten, wurmstichigen alten Möbelstücken, die unter den zahllosen Spinnennetzen kaum noch zu erkennen waren. In der Vorhalle verstellte ein großer Holzhaufen den Weg; erst wenn man sich an ihm vorbeigezwängt hatte, fand man die Treppe, die steil hinaufführte zu dem einzigen bewohnbaren Zimmer im ersten Stock. Ohne irgend jemanden um Erlaubnis zu bitten, hatte Charles de Bouhey sich den Raum zu seinem fünfzehnten Geburtstag hergerichtet, um dort die zahlreichen Schäferinnen zu empfangen, die der große Schuljunge in seinen Ferien auf Schloß Charmont zu genießen pflegte. Neuerdings diente das Liebesnest auch dem bald vierzehnjährigen Jean-François, aber keiner der beiden Brüder drohte diesen Ort an einem Jagdtag aufzusuchen: wenn sie die Wahl hatten zwischen einer Flinte und einem Mädchen, entschieden sich beide gleichermaßen begeistert für die Flinte. Jeanne lächelte bei dem Gedanken, wie überrascht Vincent sein würde, daß sie ihn in ihrem Pavillon sogar bewirten konnte: mit Honigkuchen, Konfitüren und Condrieuwein, den Charles seiner Großmutter aus dem Keller stahl, um seine Eroberungen zu verwöhnen.

Vincent ging vor dem Gebäude auf und ab; während er mit der Reitpeitsche im Takt auf seine Stiefel schlug, summte er ein altes Malteserlied vor sich hin.

Sie stieg vom Pferd, doch als sie sich in seinen Armen wiederfand, fühlte sie sich sogleich weniger sicher, das Spiel mit der gleichen Lässigkeit meistern zu können wie der Romancier Crébillon.

«Mir ist ein wenig kalt», log sie. «Wie wäre es mit einem kleinen Galopp?»

«Euch ist nicht kalt», sagte Vincent ruhig.

Er schien ebenso fasziniert von ihrem Haar wie sie von dem seinen. Auch er trug keine Perücke, und seine Frisur war von geradezu barbarischer Wildheit: eine Fülle kurzer tiefschwarzer Locken bedeckte seinen Kopf, so schön, daß Jeanne ihre Augen nicht mehr davon lösen konnte.

«So wagt Ihr nicht, mich zu fragen, weshalb ich offenbar größten Wert darauf lege, auszusehen wie ein entflohener Sträfling, dessen Haare noch nicht die Zeit hatten nachzuwachsen? Nun, die Sache hat einen einfachen Grund: damit ich auf dem Meer weder Hut noch Perücke tragen muß und mir dennoch von den Tauen nicht der Kopf abgerissen wird.»

«Wie schön», murmelte Jeanne unfreiwillig.

Und als er sanft an ihrer Bandschleife zog, schüttelte sie gehorsam den Kopf . . . Mit beiden Händen faßte er unter die dicke, glatte, blonde Haarpracht und hob sie zu seinen Lippen empor. Als er schließlich zu sprechen begann, war seine Stimme nahezu tonlos: «Ihr gebt einen wunderschönen Knaben ab, meine Liebe. Die ‹Belle Vincente› wird stolz sein, Euch als Pagen an Bord zu nehmen.»

«Oh! Nicht doch, Chevalier», sagte sie in aufmunterndem Ton, bemüht, die Verzauberung zu durchbrechen, in der sie sich gegenüberstanden, während ihre Hände sich, wie von magischer Kraft getrieben, gleichsam in dem Verlangen verzehrten, zusammenzufinden. «Nicht doch, Chevalier, Ihr werdet doch nicht wieder anfangen, Euch über mich lustig zu machen?»

«Und Ihr, macht Ihr Euch nicht über mich lustig?»

In zwei Sätzen war er bei der Tür des Pavillons und versetzte ihr einen heftigen Stoß. Knarrend gaben die rostigen Angeln nach.

«Sollte man nicht meinen, dies wäre die Höhle eines Seeräubers? Ist es nicht eine Art, sich lustig zu machen, jemandem hier ein Stelldichein zu geben?»

Sie lächelte verschmitzt, ging hinein, zwängte sich an dem Holzhaufen vorbei und bedeutete ihm, ihr zu folgen . . .

Das Zimmer oben war säuberlich gekehrt, hinreichend möbliert, mit warmen Tapetenbehängen und mit einem Kamin versehen. An dem vorbereiteten Feuer, dem vollen Holzkorb, den Kerzen- und Weinvorräten sowie dem frisch bezogenen Bett erkannte Vincent auf den ersten Blick die Sorgfalt eines getreuen Dieners, dem die Versorgung eines heimlichen Liebesnestes anvertraut worden ist.

«Mein Gott, Mademoiselle», sagte er mit harter Stimme, «ich hätte nicht erwartet, daß Ihr zwei Meilen von zu Hause entfernt so galant eingerichtet seid.»

Bestürzt durch seinen Ton, den sie nicht verstand, beeilte sie sich, die Umstände zu erklären: «Ich empfange Euch nicht bei mir, sondern bei Charles de Bouhey. Ein kokettes Plätzchen, nicht wahr? Charles hat das alles mit Hilfe seines Dieners von Charmont hierhergebracht. Freilich solltet Ihr nichts davon erzählen, auch nicht Madame de Vaux-Jailloux, weil ... nun ja ... Charles kommt hierher, um alchimistische Experimente zu machen, die seine Mutter ihm verboten hat.»

«Ja, das sehe ich wohl», sagte Vincent, indem er auf die beiden Gläser und die Weinflaschen wies. «Bei all den Glaskolben hier kann es sich nur um Alchimie handeln.»

Sie brachen in Lachen aus.

Das also ist der Rehpark unseres jungen Schloßherrn von Charmont, dachte Vincent, über die Maßen erfreut, daß Jeanne hier nicht zu Hause war. Er legte sie auf das mit zerschlissenem rotem Lampas bezogene Kanapee, breitete die Steppdecke über ihre Füße, fachte das Feuer an, öffnete eine Flasche Condrieu und füllte zwei Kristallgläser, nicht ohne sie zuvor in der Sonne funkeln zu lassen.

«Wenn die Schäferinnen des kleinen Bouhey die Gläser und den Wein wert sind, ist dieser junge Mann nicht ohne Verdienst», sagte er.

«Madame de Bouhey sammelt Gläser, weil sie keine Becher mag. Sie ruiniert sich, ohne hinzuschauen, wenn es nur darum geht, die Fortschritte der Glasmacher zu verfolgen. Diese Schmuckstücke hier gehören zu den ersten Kristallgläsern, die in Frankreich gefertigt wurden – sie sind nur zwei oder drei Jahre jünger als ich. Die Baronin kaufte sie bei Maître Bucher, der das Geheimnis aus Böhmen mitgebracht hatte. Charles könnte sich ruhig mit solchen begnügen, die weniger schön sind als diese.»

«Für uns können sie gar nicht schön genug sein, Jeanne. Nehmt und trinkt.»

«Der Wein ist ebenfalls gestohlen. Ist Euch das nicht unangenehm?»

«Das Stehlen kümmert mich wenig, ich sagte es Euch schon. Jeder ist zum Dieb geboren. Um nicht zu stehlen, muß man sich zurückhalten; und bei mir verlangt schon mein Beruf, daß ich mich danach dränge.»

«Ihr seid also auf den Geschmack gekommen?»

«Ja, ich stehle von Herzen gern, vor allem, wenn ich die Beute behalten kann – was leider nur selten der Fall ist. Ich stehle für den König, für den Großmeister, für meine Befrachter, meine Aktionäre . . . Aber trinken wir erst einmal. Auf Euer Wohl, Jeannette . . .»

Es gefiel ihr, daß er sie plötzlich ‹Jeannette› nannte, wie alle anderen auch; denn aus seinem Mund klang es nicht wie bei den anderen: indem er Jeannette sagte, schien sein Herz sich Jeanne zu nähern.

«Nun», sagte er, «trinkt Ihr denn nicht? Nur zu, mein Herz, ein Schlückchen Wein bringt Freude ins Vergnügen!»

«Ich werde schon trinken. Aber zuerst . . . zuerst muß ich mit Euch reden.»

«Ah!» machte Vincent, indem er ihr das Glas abnahm, um es auf den Tisch zu stellen. «Weshalb reden? Kennt Ihr die Liebe nach Freibeuterart? Es ist die klügste Art, von der ich je gehört habe. Der Mann sagt zu der Frau, die er begehrt: ‹Wer du auch sein magst, ich nehme dich; ich verlange keinerlei Rechenschaft über die Vergangenheit, beantworte mir nur die Zukunft.›»

«Und was sagt die Frau?»

«Nichts. Eine Frau braucht nichts zu sagen. Wenn sie da ist, will sie auch erobert werden.»

«Gebt mir mein Glas zurück, ich bitte Euch», sagte sie schroff.

Er tat, wie ihm befohlen. Dann faßte er ihr freundlich unters Kinn: «Ihr wollt also mit mir reden? Und das nur, weil Ihr eine Zunge habt? Auf der Bourbonen-Insel wächst im Sommer wie im Winter und bis hinauf zu den Lavafeldern der Vulkane ein niedriges Farnkraut, das die Eingeborenen ‹Frauenzunge› nennen, weil es durch nichts einzudämmen ist.»

«Ihr seid unerträglich! Nach dem, was zwischen uns geschehen ist, muß ich mich doch erklären dürfen?»

«Zwischen uns ist nichts geschehen. Noch nicht.»

«Das ist es ja gerade: ich bin hierhergekommen, um Euch zu sagen, daß auch in Zukunft nichts geschehen wird», sagte sie entschlossen. «Nichts ist möglich zwischen uns, Chevalier. Ich habe mein Wort gegeben, einem anderen zu gehören.»

«Hindert Euch das, einen Ausflug auf das Meer zu machen? Wenn Ihr zurückkommt, könnt Ihr dem anderen immer noch gehören. Euer Verlobter ist ein geduldiger Mann, er wird auf Euch warten.»

«Wer sagt Euch, daß er geduldig ist?»

«Ich habe es erraten.»

Unschlüssig sah sie ihn an. Seine Augen sprühten. Er behandelte sie wie eine dumme Gans vom Lande, die seinem guten Willen ausgeliefert ist – das war klar und ausgesprochen ärgerlich. Ohne zu überlegen, schleuderte sie ihm ins Gesicht: «Chevalier, es ist nicht mein Verlobter, der mich von dem Abenteuer abhält.»

«Das dachte ich mir schon», spottete Vincent.

«Ich liebe einen anderen», entgegnete sie herausfordernd.

«Endlich eine gute Nachricht! Wer einen Mann betrügt, der kann auch zwei betrügen. Liebt mich als dritten im Bunde! Es sieht so aus, als fiele es Euch nicht schwer, mich zu lieben.»

Mit hochrotem Kopf wurde Jeanne immer ärgerlicher: «Ihr träumt mit offenen Augen, Chevalier! Ich kenne Euch erst seit gestern und sollte schon bereit sein, Euch zu lieben?»

«Jeanne, genau wie beim Dichten tut die Zeit auch beim Lieben nichts zur Sache.»

«Da irrt Ihr Euch gewaltig», sagte sie in einer plötzlichen Gefühlsaufwallung. «Ich weiß, Ihr haltet mich für eine dumme Gans, über die Ihr Euch lustig macht, aber das ändert nichts an der Tatsache, daß mein Herz schon seit Jahren erfüllt ist von . . .»

Sie brach mitten im Satz ab, biß sich auf die Lippe und fügte trocken hinzu: «Ich schulde Euch keine Vertraulichkeiten.»

Dann, als sie ihre Gelassenheit wiedergefunden hatte, ging sie zu einem anderen Thema über: «Wie ist es, sollen wir mit der Pflaumenkonfitüre oder mit dem Himbeergelee beginnen?»

Dem Kamin zugewandt, rieb er sich ein letztes Mal die Hände

über dem warmen Feuer und kehrte zu ihr zurück: «Jetzt, wo meine eisigen Hände aufgetaut sind, reicht mir die Eurigen, in aller Freundschaft . . .»

Er zog sie hoch.

«Betrachtet Euch selbst. Der Spiegel ist schlecht, aber Ihr werdet ihm ungeahnte Möglichkeiten entlocken. Seht Euch an, Jeanne, den seidigen Glanz Eurer Haut, die strahlenden Augen, den lustvollen Mund, die bebende Nase, das Herzklopfen in Eurer Brust . . . Euer ganzer Körper strömt Leben aus, Jeanne, Ihr seid nicht dazu geschaffen, die Beute um eines Schattens willen fahrenzulassen. Wenn Ihr Euch dennoch zwingt, begeht Ihr Verrat an Euch selbst.»

«Die Beute um eines Schattens willen fahrenlassen?»

Fragend richtete sie ihren Blick auf sein Spiegelbild.

«Vergeßt die Wohlanständigkeit und streicht nur einmal über das Tuch meiner Weste», sagte er, indem er sie zu sich herumdrehte. «Fühlt mein Herz, fühlt meinen Ärmel . . . und fühlt den Musselin meiner Manschette – es ist reiner, feinster Musselin aus Indien; und nun fühlt meine Hand . . .»

«Werdet Ihr mir den Schlüssel zu Eurem Spiel verraten, Chevalier?»

«Ich will Euch lehren, eine Beute zu erkennen, Jeannette. Werdet Ihr mich fahrenlassen, der ich hier mit Händen greifbar und zu allem bereit vor Euch stehe, um dem flüchtigen Schatten eines Doktor Aubriot nachzujagen?»

Sie starrte ihn an, mit zugeschnürter Kehle, aufgerissenen Augen und leicht geöffneten Lippen.

«Ich verbitte mir, daß dieser Name hier ausgesprochen wird», brachte sie schließlich mit rauher Stimme heraus. «Und im übrigen wüßte ich gern . . .»

«Wer es mir gesagt hat? Madame de Vaux-Jailloux.»

«So», zischte Jeanne wutentbrannt, «Madame de Vaux-Jailloux ist also mit von der Partie? Machen wir uns zu dritt auf die große Reise?»

Vincent begann zu lachen: «Ich bete Euch an in Eurer Eifersucht. Meine Liebste, Pauline ist eine feinfühlige Person. Sie hat mich gebeten, ihr die Wahrheit zu sagen, und ich habe es getan. Seht Ihr, Pauline und ich haben uns nie mehr versprochen als Lust und Freundschaft.»

«Madame de Vaux-Jailloux hat Euch gar nichts zu erzählen», sagte Jeanne zornig. «Sie weiß nichts von mir.»

«Aber ihre Freundin, Madame de Rupert, weiß alles, und zwar von ihrer Schwester Saint-Girod», erklärte Vincent lächelnd. «Wie die Saint-Girod glaubt, ist Monsieur Aubriot Eure große Kinderliebe. Er war Euer Lehrer in Botanik, Ihr bewundert ihn mit Euren fünfzehn Jahren und seid folglich überzeugt, ihn zu lieben – die Sache ist ganz einfach.»

«Diese Provinz ist ein einziger Klatschsalon!» empörte sich Jeanne erbittert.

«Oh!» entgegnete Vincent. «Ganz Frankreich ist ein Klatschsalon! Daran ist unser Jahrhundert schuld. Aber was kann es Euch schon ausmachen, wenn andere über Euer Kleinmädchengeheimnis klatschen, wo Ihr dieses kleine Mädchen nicht mehr seid?»

«Oh! Doch», murmelte sie, «und ob mir das etwas ausmacht! Ihr könnt nicht wissen, Chevalier, was Monsieur Aubriot für mich bedeutet. Er hat mir alles beigebracht. Er ist es, der mich geformt hat, wie ich bin, wie ich Euch gefalle. Das alles ist *sein* Werk!»

«Aber nein», sagte er, indem er ihre Hand ergriff.

«Oh! Aber ja! Er ist ein Genie. Was er im Kopf hat, ist keine Intelligenz, es ist eine Flamme! Ihr könnt Euch nicht vorstellen, wie es ist, im ersten Morgengrauen mit ihm durch die Landschaft der Dombes zu streifen. Er hat mich gelehrt, die schöne Natur zu fühlen, das Gras wachsen zu hören, eine Forelle im tiefen Wasser zu erahnen . . . Versteht Ihr das Glück, an der Seite eines Gelehrten zu leben, der sich in alles verliebt, was er sieht, und es mit Worten erzählen kann, welche die kleinsten, vertrautesten Dinge erstaunlich, bewunderswert machen? Seht Euch zum Beispiel ein Kressebeet an . . .»

Jeannes Stimme zitterte. Ihre ganze Leidenschaft sprach aus ihren Augen, die einen goldenen Glanz bekommen hatten. Etwas beklommen dachte Vincent, daß sie von ihrer Kinderliebe sprach wie eine Mystikerin von ihrem Gott und daß es vielleicht schwieriger sein würde, als er gedacht hatte, ihr diesen Gott aus dem Herzen zu reißen – vor allem ohne das Kind in ihr zu verletzen. Aber wie auch immer, er war nicht bereit, untätig zuzusehen, daß sie weiterhin mit Kresse ernährt würde, und erst recht nicht, wenn der ganze Salat nach Aubriot-Soße schmeckte!

Mit einer raschen Bewegung beugte er sich über sie und drückte ihr einen kurzen Kuß auf den Mund.

«Oh!» machte sie.

«Pardon», sagte er, «ich tat es nur, um auch einmal zu Wort zu kommen. Es langweilt mich, Euch wie eine Heldin von Racine reden zu hören, die sich in den Kopf gesetzt hat, denjenigen unter ihren Kavalieren zu lieben, der gerade nicht auf der Bühne ist. Aubriot hatte Zeit genug, Euch sein Grün zu verkaufen; nun gebt mir einen Augenblick Gelegenheit, mein Blau an den Mann zu bringen. Auch ich habe Euch eine schöne Natur zu bieten, Jeanne – ein riesiges blaues Feld, auf dem ganze Landschaften erblühen! Hört zu, was ich Euch zu erzählen habe: Wenn ich Marseille verlasse, nehme ich Kurs auf Malta, mit Zwischenstationen in Korsika, Sardinien, Neapel und Sizilien. Es wird eine Kreuzfahrt mit einem Handelsschiff; um dabei in Gefahr oder Schwierigkeiten zu geraten, müßte man sie schon suchen gehen. Ich werde also reichlich Muße haben, Euch unterwegs zu lieben. Und wenn Ihr Euch zwischendurch von meinen Begierden erholen müßt, werde ich Euch dorthin führen, wo Ihr vor den Kanonen der korsischen Banditen erzittern könnt; ich werde Euch zeigen, wo Ihr im Überfluß sardische Stickereien kaufen könnt, wo Ihr im Golf von Gaeta nackt in den Wellen schwimmen könnt, und wo Ihr am Fuß eines griechischen Tempels wilde Petersilie findet. Was sagt Ihr zu meinem Menu?»

«Daß Ihr Malta vergessen habt», erwiderte sie unfreiwillig lächelnd.

«Malta ist die Nachspeise. Denn eines Tages werdet Ihr Malta tatsächlich sehen, werdet ihm entgegensegeln; am Horizont, zwischen dem blauen Meer und dem blauen Himmel, werdet Ihr eine Linie aus bläulich schimmerndem Dunst erkennen, Ihr werdet eine Stimme schreien hören ‹Land in Sicht!›, und die Matrosen werden vor Freude auf der Brücke tanzen. Ganz allmählich wird sich eine hohe Felswand aus dem dichten Nebel erheben, sie wird erst matt, dann immer goldener in der Sonne glänzen, bis schließlich die ins Meer ragende Nase des Vorgebirges erbleicht, sich auflöst in weiße oder grüne Punkte und Valetta wie ein Wunder über dem großen blauen Golf erscheint, während die aus dem Wasser ragenden schwarzen Spieße sich in Masten verwandeln und die großen weißen Vögel zu Segeln werden. Dann fahren wir ein in den Hafen, und ein Glockengetöse wird über Euch hereinbrechen, daß Euch der Kopf zerspringt, denn nirgendwo auf dieser Welt macht Gott mehr Lärm als in Valetta.»

Sie mochte sich noch so sehr dagegen sträuben, sich von der Stimme des Erzählers mitreißen zu lassen – es war unmöglich: die Geschichte hatte einen unwiderstehlichen Zauber.

«Und in Malta angekommen, was soll dann aus mir werden?» fragte sie.

«Ich werde Euch in mein kleines Häuschen bringen.»

«Ein Korsarenhaus?»

«Ein ganz gewöhnliches, angenehmes kleines Haus, das ich der Witwe eines Handwerkers abgekauft habe. Es hat einen winzig kleinen Gemüsegarten auf einer Terrasse über dem Meer.»

Jeannes Augen bekamen den gleichen feucht schimmernden goldenen Glanz wie zuvor, als sie von der Kresse des Doktor Aubriot erzählt hatte. Vincent war außer sich vor Glück.

«Es wird Euch gefallen in Valetta», meinte er, «es gibt niemanden, dem es nicht gefällt. Im übrigen werdet Ihr nicht lange genug dort verweilen, um der Umgebung müde zu werden: der König wird bald mit England Frieden schließen – es bleibt ihm keine andere Wahl –, und dann können wir die Straße von Gibraltar gefahrlos passieren. Ich werde Euch mitnehmen auf den Atlantik, um die Südspitze Afrikas herum, bis hin zu Euren geliebten Inseln im Indischen Ozean.»

In einem leicht aggressiv gefärbten Ton fügte er noch eine kleine Bosheit hinzu: «Ich will nicht sagen, daß die schönen Bilder der Dombes, die *man* Euch gezeigt hat, zu verachten wären; aber ich, Jeanne, ich werde Euch alle Bilder der Welt schenken, die mit Segeln zu erobern sind. Und Ihr werdet sehen, daß diese Bilder auch nicht übel sind.»

Sie seufzte vor Wohlbehagen und ließ den wunderbaren Traum, den er ihr vor Augen geführt hatte, lange im Raum schweben. Schließlich fragte sie zutraulich: «Was wächst in Eurem Gemüsegarten, Chevalier?»

Vincent mußte sich zusammenreißen, um nicht laut aufzulachen.

«Das werdet Ihr mir erzählen, und zwar auf lateinisch! Ich ziehe es vor, Euch jetzt meinen Plan zu erklären, um Euch morgen in der Frühe zu entführen. Oder dürfte ich Euch küssen?»

«Erklärt mir lieber den Plan», bat sie aufgeregt, indem sie einen Schritt zurückwich.

Er hatte sich tatsächlich alles genauestens überlegt. Was die Kleidung betraf, so wollte Vincent sie in der gleichen Aufmachung wie jetzt, als junger Mann verkleidet und ausgerüstet mit einem möglichst kleinen Handgepäck. Mario würde sie in der Morgendämmerung an einer Hintertür des Schlosses – der verborgensten Tür, die Jeanne ihm noch zeigen sollte – erwarten. Am Eingang des Parks stünden Pferde bereit, um sie zu der Postkutsche zu bringen, die Vincent gemietet hatte. Der Korsar hatte wirklich an alles gedacht, sogar an die Art, wie er sie, wenn alles vorbei war, aus der Ferne mit Madame de Bouhey versöhnen würde. Jeanne hörte ihm zu wie eine Zehnjährige, die einem Feenmärchen lauscht, halb gläubig und halb ungläubig, innerlich darauf gefaßt, im nächsten Augenblick mit einem Roman im Schoß auf dem Kanapee der Bibliothek zu erwachen.

«Ich frage mich, ob Ihr mir überhaupt zugehört habt?» fragte Vincent plötzlich. «Wie ist Eure Antwort?»

Ihre Antwort – aber eine Antwort konnte sie doch gar nicht geben! Um Zeit zu gewinnen, wich sie aus: «Was sagt der Großmeister dazu, wenn ein Ordensritter seine Mätresse mit nach Malta bringt?»

Vincent dachte an den schönen Maltesergarten aus Tausendundeiner Nacht und den kleinen alten Mann – er hatte ihn genau vor Augen, schlau und lebhaft, mit dem strengen, inquisitorisch wirkenden Blick, der in der Tiefe sehr verständig war. Ein Großmeister, der gut in sein Jahrhundert paßte: raubgierig, jederzeit bereit, einen Laienbruder gegen eine Handvoll Gold zu verkaufen, um aus den zusammengetragenen Reichtümern den Stein des Weisen zu schaffen, der ihm Unsterblichkeit versicherte – und zwar nicht im Jenseits, sondern hier.

«Unter seinem Rittermantel ist unser Großmeister Pinto de Fonseca lustig wie ein Portugiese», sagte er. «Um sicher zu gehen, errichtet er sein Paradies auf Erden, und da er ebensoviel Geist wie Freigeist besitzt, ist er nachsichtig.»

«Ihr habt auf alles eine Antwort, Chevalier. Aber zweifellos habt

Ihr schon genügend Erfahrung, um zu wissen, wie der Großmeister Eure Mätressen empfängt? Ich nehme an, die leichte Liebe ist Euer schönstes Spiel, Euer bester Zeitvertreib?»

«Bei Gott, Jeanne, was glaubt Ihr denn, was die Liebe wäre? Eine mühselige Aufgabe? Diese Idee will ich Euch augenblicklich austreiben, meine Liebste . . .»

Er nahm sie in die Arme. Da er sie weniger überraschte als das erste Mal, brauchte er länger, um ihren zusammengepreßten Mund zu öffnen, doch nachdem der Widerstand gebrochen war, versuchte Jeanne, noch unbeholfen, seinen Kuß zu beantworten. Er knöpfte die scharlachrote Weste auf, fühlte ihre Nacktheit unter dem Hemd und strich liebkosend über den feinen Batist . . . Ein kleiner harter Knopf erhob sich aufrecht von ihrer jungen, runden Brust. Jeanne zitterte, als wäre eine Schlagwelle durch ihren ganzen Leib gefahren. Er wartete, bis sie sich an seine Hand gewöhnt hatte, bis sie weicher wurde, ehe er das feine Baumwolltuch beiseite schob, um die nackte Fleischesfrucht in seiner Hand zu bergen . . . Lange hielt er sie so, an sich gepreßt und doch halb losgelassen, den Mund überschwemmt von seinem Kuß. Sie zeigte ihm so unbefangen, daß sie die erste körperliche Berührung durch einen Mann erlebte, sie offenbarte ihre Sinnlichkeit mit einem so rührenden Vertrauen, daß seine Zärtlichkeit im gleichen Maße wuchs wie sein Verlangen. Er befreite sie aus seiner Umarmung und lehnte sie sanft gegen die Rückenlehne des Kanapees, zog ihr geöffnetes Hemd ein wenig höher und trat einen Schritt zurück, um sie besser betrachten zu können.

Ohne ein Wort zu sagen, lag sie regungslos da, ja sie rührte nicht einmal einen Finger, um die Blöße ihrer Brust zu bedecken. Mit halbgeschlossenen Lidern und dem verklärten Ausdruck eines inneren Lächelns auf dem Gesicht überließ sie sich den Liebkosungen seiner Augen mit der gleichen Hingabe, mit der sie sich den Berührungen seiner Hände überlassen hatte – wie eine Katze, die sich instinktiv an eine sie streichelnde Hand schmiegt.

Vincent verharrte in seiner Kontemplation. Er träumte von hundert erlesenen Möglichkeiten, seine Jungfrau zu entehren, und gönnte sich noch eine Frist, ehe er sich – zu seinem größten Bedauern – für eine einzige entschied. Es war ihm ein köstlicher Genuß, so zu warten. Der gleiche Genuß, den er vom Meer her kannte, wenn sich eine stolze Korvette als Beute darbot, sichtlich wehrlos im Vergleich zu dem größeren und wendigeren Angreifer, und er ihr eine Gnadenfrist gewährte – auch auf die Gefahr hin, daß sie die Flucht ergriff.

Der dröhnende Galopp eines Pferdes riß Jeanne aus ihren Träumen; im Nu war sie auf den Beinen, mit schamrotem Kopf, und nestelte nervös an den Knöpfen ihres Hemdes. Es war deutlich zu hören, wie der Galopp kurz vor dem Pavillon nach links abbog und im Wald verhallte, doch der Zauber der Wollust war gebrochen. Da sie mit ihren Knöpfen nicht zurechtkam, wollte er ihr helfen; sie aber wandte sich schroff von ihm ab. Vollends ernüchtert sagte sie: «Ich frage mich, wer diese Reiter waren und ob sie meine Stute erkannt haben?»

Im gleichen Atemzug nahm sie die Reitpeitsche vom Tisch und stürzte die Treppe hinunter.

Vincent ergriff die Schaufel, die neben dem Kamin stand, und begann wütend auf die rote Glut zu schlagen, während er sich selbst mit allen erdenklichen Namen, die ihm nur auf die Zunge kamen, als den verfluchtesten Trottel seines Jahrhunderts beschimpfte.

Ihre brave Blanchette zwischen den Ohren kraulend, wartete sie vor dem Pavillon. Endlich war die Sonne aus dem Nebel aufgestiegen, nur der Boden dampfte noch und bedeckte die Pferde mit glänzendem Tau.

Sie dort stehen zu sehen, nachdem er sie bereits verloren geglaubt hatte, erfüllte ihn mit einem himmlischen Glücksgefühl, das ihm die Ewigkeit zu verdienen schien.

Lächelnd kam sie auf ihn zu und schüttelte herausfordernd ihr blondes Haar: «Ich konnte nicht entfliehen, Ihr habt mein Haarband in der Tasche.»

Er stellte sich hinter sie, um ihr zu helfen, ihre wilden Strähnen mit dem Haarband einzufangen. Es war, wie es nach einer gemeinsamen Liebesnacht hätte sein können. Seine Hände zitterten ein wenig, wollten ihm nicht gehorchen. Als er schließlich fertig war, sagte er in einem Ton, der schlecht zu den leichten Worten passen wollte: «Wenn Ihr morgen nicht zum Rendezvous erscheint, schickt mir wenigstens Euer Haarband.»

Sie sah ihn an: «Ich glaube, ich werde kommen, Chevalier.»

Er packte sie und drückte sie an seine Brust.

«Chevalier, ich will Euch nicht täuschen», sagte sie mit ernster Stimme, indem sie sich aus der Umarmung befreite. «Ich liebe Euch nicht, aber ich möchte einer traurigen Heirat entfliehen – das ist alles.»

«Wie recht Ihr habt, mein Herz! Mit fünfzehn Jahren entführt zu werden, wird Euch eines Tages darüber hinwegtrösten, fünfzig zu sein. Bei Gott, Jeanne, ich verspreche Euch eine Entführung, die Euch eine unverwüstlich schöne Erinnerung sein wird. Sagt mir nur, wann ich Mario zu Euch schicken kann, damit Ihr ihm die Tür zeigt, vor der er Euch erwarten soll?»

«Um sechs Uhr, während der Tee gereicht wird. Er soll im Hof auf mich warten.»

Mit verschränkten Händen machte er ihr einen Steigbügel, um ihr in den Sattel zu helfen. Als sie ihren Stiefel auf seine Hände setzte, überkam sie plötzlich das Gefühl warmen Vertrauens zu diesem Unbekannten. Die Vorstellung, im Morgengrauen mit Vincent aufzubrechen, kam ihr mittlerweile ganz natürlich vor. Sie wagte ein kokettes Abschiedswort: «Küßt Ihr mich nicht, ehe ich davonreite?»

Diesmal öffnete ihr Mund sich wie eine reife Frucht.

«Welch ein Glück», bemerkte er spöttisch, «daß meine Küsse nicht zu den Dingen gehören, die Ihr an mir nicht mögt.»

«Da wäre noch etwas, was mir an Euch gefällt: Eure schwarzen Locken», versuchte sie seine Ungezwungenheit nachzuahmen.

Mit einer tiefen, schwungvollen Verbeugung zog er seinen Dreispitz: «Ich werde Buch führen über die Neigungen, die Ihr für mich entdeckt. Würdet Ihr die Güte haben, mich auf dem laufenden zu halten, falls es Euch unterwegs widerfahren sollte, noch etwas anderes an mir zu mögen? Ich wäre glücklich, mich bei der Ankunft in Valetta ganz in Eurem Herzen wiederzufinden. Auf Malta herrscht ein Klima, das es einen nur schwer verwinden läßt, nicht geliebt zu werden.»

Zum Souper dieses zweiten Festtages hatten sich nur etwa zwanzig Personen versammelt – Freunde und Vertraute der Familie. Das Essen würde nicht lange dauern. Unter müßigen Gesprächen schleppte der Abend sich hin. Doch merkwürdigerweise prägten all die belanglosen Worte sich Jeanne wie bedeutungsträchtige Botschaften ein. Ihr Gedächtnis schien größte Anstrengungen zu unternehmen, den letzten Satz von Marie, den letzten Satz von Delphine, den letzten Satz des Abbé Rollin unter Verschluß zu bringen – all die unbedeutenden und doch so kostbaren letzten Sätze einer Welt, die im Morgengrauen hinter der Flüchtigen zurückbleiben würde.

«Werte Tante, ich habe dem Marquis Christophe d'Angrières versprochen, ihm Damhirschleder zu besorgen. Wunderschönes Damhirschleder für die Offiziershosen, das außer in Lyon kaum irgendwo zu finden ist, und ich habe mir gedacht . . .» Dies war die Stimme von Anne-Aimée Delafaye.

«Von meinem Gelübde würde ich mich nur entbinden lassen, um eine Liebesheirat einzugehen. Ich möchte niemals mit einem Ehemann leben, der nicht mein Geliebter wäre.» Dies war die hohe und klare Stimme von Émilie, dem blühenden Stiftsfräulein.

«Meinen Rosolio-Likör? Was soll ich sagen, Madame, ich mache ihn genau wie alle anderen, aus einer Mischung von Fenchel, Anis, Koriander, Kümmel, Kamille und Zucker, und das Ganze in einem guten Branntwein . . .» Dies war die Stimme von Madame de Bouhey.

Jeanne spürte einen Kloß im Hals. In einigen Stunden würde auch diese geliebte Stimme verstummen. Wie lange braucht ein Brief von Malta nach Charmont, von Charmont nach Malta? Würde die Baronin der Undankbaren überhaupt antworten, wenn sie ohne ein Adieu davonlief, um sich einem durchreisenden Don Juan in die Arme zu werfen?

«Ich muß mich immer wieder fragen, meine liebe Jeanne, wie Ihr es nur anstellen mögt, bei jedem meiner Besuche die Schönste zu sein? Heute abend übertrefft Ihr Euch selbst, Ihr strahlt vor Schönheit.» Dies war die Stimme des Prokurators Duthillet.

Jeanne mußte sich einen gehörigen Ruck geben, um sich für das Kompliment zu bedanken. Ihre Wirklichkeit hatte schon nichts mehr mit dieser Salonkomödie zu tun. Wenn sie angesprochen wurde, schreckte sie auf. Nach einigen Worten an ihren Verlobten verfiel sie wieder in Stummheit.

Madame de Bouhey beugte sich zu ihr hinüber und flüsterte ihr zu: «Du scheinst heute abend nicht auf der Erde zu sein, sondern auf einem fliegenden Teppich. Könntest du nicht für einen Augenblick zu uns herunterkommen, Jeannette?»

Am liebsten hätte das junge Mädchen sich ihrer Ziehmutter an den Hals geworfen und ihr alles erzählt. Ach! Wenn ihr doch nur vergeben würde, ehe sie aufbrach; wenn sie doch nur eine ungebrochene alte Freundschaft in Charmont zurücklassen könnte! Selbst wenn es einen drängt, seine Kindheit endlich zu überwinden, ist es doch ein gutes Gefühl zu wissen, daß jemand da ist, der einem einen warmen Platz in seinem Herzen reserviert. Liebevoll streichelte sie die Hand der Baronin und bemühte sich, etwas aufmerksamer zu sein. Geneviève de Saint-Girod war wieder einmal dabei, die jungen Mädchen des Jahrhunderts in Grund und Boden zu verdammen: «Oh! Es ist schlimmer denn je! Sie sind ja so schwärmerisch! Ich verstehe, daß man Rousseau nicht hat verbrennen wollen, aber wenigstens seine larmoyante Héloïse sollte man auf den Scheiterhaufen bringen: ein gutes Feuer würde alle ihre feuchten Tränen trocknen.»

«Verehrte Madame», sagte Pater Jérôme, «noch dringender als Rousseau gehören die Werke des Abbé Prévost verbrannt. Seit die jungen Mädchen *‹Manon Lescaut›* gelesen haben, lassen sie sich für nichts und wieder nichts entführen. Entführung ist Mode, sogar in den Klöstern!»

«Sich entführen zu lassen ist ein sehr probates Mittel, einem Vater, der einen nicht nach dem eigenen Willen fragt, die Meinung zu sagen», meinte Émilie.

«Und manchmal dauert eine Verlobung eben so endlos lange . . .» seufzte Marie.

«Ja, und zum Thema Mißheirat haben die meisten Eltern immer noch die veralteten Ideen aus der Zeit von Louis XIV.!» fügte Anne-Aimée hinzu.

«Abgesehen davon dürfte es, um keine Tollheit zu begehen, auch keine Langeweile geben», warf Émilie ein.

«Hört Euch nur an, wie sie reden!» empörte sich Madame de Saint-Girod. «Habe ich es nicht gesagt, daß alle diese Demoiselles sich heutzutage für Romanheldinnen halten? Bald ist es so weit, daß sie glauben, sich dafür entschuldigen zu müssen, noch keine Eskapade in der Postkutsche genossen zu haben.»

«Oh!» entgegnete Émilie unverfroren. «Was mich betrifft,

Madame, so habe ich mein letztes Wort noch nicht gesprochen. Meine Cousine Éléonore de Saint-Clair de la Tour hat sich im vergangenen Winter von einem Kornett entführen lassen, dessen Hand mein Onkel ihr verwehren wollte. Wie man hört, soll es ein zauberhaftes Abenteuer gewesen sein! Und als sie zurückkam, mußte man ihr den Kornett schon um des guten Anstands willen lassen, und zwar mit dem Segen des Pfarrers von Saint-Roch. Nur in den Romanen von Abbé Prévost werden die entführten Mädchen unglücklich, nur in seiner Phantasie macht ihre Sünde ihnen ein schlechtes Gewissen. Aber wenn man die Postkutsche tatsächlich nimmt, sollte man es am besten im Frühling tun: im Sommer droht man in diesen Gefährten zu ersticken, und im Winter ist es so kalt, daß man erfriert.»

«Es ist schon ein Skandal, wenn ein gewöhnliches junges Mädchen solche Reden führt; aber aus dem Mund einer jungen Stiftsdame von Neuville erregen sie den Zorn Gottes!» wetterte Pater Jérôme ungehalten, während die ganze Gesellschaft über Émilies Worte lachte.

«Meine liebe Jeanne, verzeiht mir, Euch noch nicht entführt zu haben», entschuldigte sich Louis-Antoine Duthillet scherzhaft. «Ich versäume alle Pflichten eines künftigen Gatten.»

Da der Prokurator sich bei diesen Worten erhoben hatte und den Eindruck erweckte, als wolle er sich diskret zurückziehen, begleitete Jeanne ihn in die Vorhalle.

«Müßt Ihr uns denn schon so früh verlassen?» fragte sie höflich.

«Leider ja, meine Liebe. Ich muß nach Châtillon zurück. Ich habe den Aubriots meine Karosse versprochen. Madame Aubriot und ihre älteste Tochter wollen um Mitternacht nach dem Bugey aufbrechen. Ich habe nichts davon gesagt, um den liebenswürdigen Abend nicht mit einer traurigen Nachricht zu überschatten, aber bei den Aubriots in Belley ist ein Unglück geschehen. Die Frau des Doktors war an dem gefährlichen Kindbettfieber erkrankt: sie ist gestern gestorben.»

9. Kapitel

Ohne die Kleider abzulegen hatte sie sich schluchzend auf das Bett geworfen. Die Tränen versiegten, noch ehe sie Erleichterung empfand. Lange lag sie matt in ihren Kopfkissen, wie erschlagen, mit brennenden Augen, triefender Nase und glühenden Wangen. Eine Ewigkeit verging, bis sie sich schließlich aufrichtete, die Federn aufschüttelte und nachzudenken begann.

Wie ein Netz, aus dem es kein Entrinnen gab, hatte der Tod von Marguerite Aubriot sich über ihre Abenteuerlust gelegt. Jetzt, wo ihr ganzer Elan dahin war, erfaßte Jeanne die Tragweite der ungeheuren Nachricht: der Mann, den sie seit ihrer Kindheit wie einen Heiligen verehrte, würde als freier Mann in ihre Nähe zurückkehren! Denn weshalb sollte er in Belley bleiben, fern von seinen Angehörigen, nachdem Marguerite ihn nicht mehr festhielt . . .? Allmählich kehrten all ihre sanften Erinnerungen an Philibert aus dem Gedächtnis in ihr Herz zurück, eine nach der anderen. Zwei Tage lang hatte ein frischer Seewind sie fortgeblasen; seit zwei Tagen hatte Jeanne fast vergessen, mit dem Phantom Philibert zu leben – wie war das nur möglich gewesen? Ein Bild kam ihr vor Augen: sie sah sich in Vincents Armen und konnte es kaum glauben.

Was sollte sie dem Chevalier nur sagen?

Sie erhob sich, um ihr vom Weinen verquollenes Gesicht zu baden; sie bemerkte, daß sie vor Kälte zitterte, hüllte sich in einen Schal und setzte sich an ihren Tisch . . .

Wie schwer es ihr doch fiel, die richtigen Worte zu finden, wie platt sie sich ausdrückte! Es war nicht leicht, Vincent zu verabschieden. Um ihm zu schreiben, mußte sie wohl oder übel an ihn denken, und wieder spürte sie, wie schwer das Gewicht seiner düsteren Schönheit, seiner Küsse, seiner Liebkosungen, seiner Versprechungen auf ihr lastete. Drei Briefe hatte sie bereits zerrissen, jetzt war sie beim vierten. War es nicht merkwürdig, daß ihr, nachdem sie die Hoffnung auf Philibert wie durch ein Wunder wiedergefunden hatte, die spöttische Stimme des Korsaren noch immer in den Ohren klang, daß sie den ironischen Blick seiner braunen Augen vor sich sah, daß sie seinen Kuß auf ihren Haaren fühlte? Seine abwesenden Lippen brannten noch so heiß auf ihrer Haut, daß sie kaum schreiben konnte. Zornig legte sie die Feder aus der Hand, zerknüllte den vierten Brief und zog ein fünftes Blatt Papier aus der Schublade: Ich kann mir auch nicht helfen, dann werde ich eben irgend etwas schreiben. Wir sehen uns ohnehin nie wieder, dachte sie erschöpft. Als sie schließlich «Fahrt ohne mich!» auf das zehnte Blatt geschrieben hatte, konnte sie keinen klaren Gedanken mehr fassen; sie nahm ihren Siegellack . . . Draußen dämmerte es bereits. Plötzlich griff sie noch einmal nach dem verschlossenen Kuvert, öffnete es, legte ihr Haarband aus schwarzem Taft hinein und versiegelte es wieder.

Im Morgengrauen, als Mario sie abholen kam, überreichte sie ihm nur einen feuchten Brief, der nach Lilien und Kamille roch.

Bei ihrem Gefühlsausbruch hatten nur zwei Männer eine Rolle gespielt: Philibert und Vincent. Den dritten, ihren offiziellen Verlobten, den armen gutmütigen Louis-Antoine, hatte sie völlig vergessen! Erst im Laufe des Morgens fiel er ihr wieder ein, und sie fragte sich, wie sie die Baronin zur Auflösung ihrer Verlobung würde bewegen können? Denn bei aller Unsicherheit war ihr wenigstens eines unwiderruflich klargeworden: sie konnte den Prokurator um keinen Preis heiraten. Der Wunsch, sich für Philibert freizuhalten, war nicht ihr einziger Grund. Die Erinnerung an Vincents Umarmungen weckte eine unbändige Angst in ihrem Herzen: wenn Louis-Antoine sie küssen wollte, wie der Chevalier sie geküßt hatte, wenn er sie liebkosen wollte, wie der Chevalier sie liebkost hatte – sie würde es nicht ertragen. Nach Vincent war es ihr unmöglich geworden, sich treuherzig in das gemeine Los der jungen Mädchen zu fügen, denen ein ‹in jeder Hinsicht empfehlenswerter› Ehemann gegeben wird, den sie sich nicht selbst ausgesucht haben. Es blieb nur noch ein Problem: gute, schickliche Gründe für die Auflösung der Verlobung zu finden, um sie Madame de Bouhey zu unterbreiten.

Der Baronin indes fiel es nicht schwer, den wahren und ihrer Meinung nach außerordentlich schlechten Grund zu erraten: die plötzliche Witwerschaft des Doktor Aubriot. Außer einigen Zornesausbrüchen verströmte sie eine ganze Flut von Zärtlichkeit und guten Ratschlägen, um ihr Projekt Duthillet zu retten.

Im Verbund mit der Schloßherrin bemühte sich ganz Charmont, Jeanne zu überzeugen, daß es eine nicht wiedergutzumachende Dummheit wäre, auf Duthillets Rang und Renten zu verzichten – doch vergeblich. Alle Waffen, die ins Feld geführt wurden, prallten an ihr ab – Delphines Verachtung ebenso wie die freundschaftliche Art von Baron François, die Predigten des Abbé Rollin, das schrille Gezeter von Pompon und sogar die unerwartete Attacke der Sergent, die sich durch die Ereignisse aus ihrer gewohnten Reserve locken ließ und der widerspenstigen Verlobten ihre ganze Hausfrauenpoesie in die Ohren blies: welch ein Glück es sei, einen Schlüsselbund unter dem Rock zu tragen, volle Wäscheschränke zu verwalten, in der Waschküche zu regieren und beim Einkochen den Ton anzugeben. Doch alle Mühe war umsonst! Nicht einmal der echte Kummer des Zukünftigen oder die ‹Bedenkzeiten›, die er Jeanne noch einräumte, vermochten die Ehepläne wieder ins Rollen zu bringen.

«Meine gute Marie-Françoise, die Sache ist nicht mehr zu retten», folgerte die Stiftsdame Charlotte eines schönen Tages. «Wir leben im Jahre 1762 und haben es mit einem jungen Mädchen eben dieses Jahres 1762 zu tun. In der heutigen Zeit gibt es eine Überzahl gebildeter Frauen, die laut ihre Stimme erheben und unaufhörlich schreiben, daß auch die Frau ein legitimes Recht auf die Liebe hat.»

«So?» entgegnete die Baronin. «Glauben Sie etwa, uns eine Neuentdeckung mitzuteilen? Und wird die Anzahl der Liebhaber unter den Männern größer durch die Tatsache, daß sie das gute Recht der Frauen auf die Liebe verkündigen? Es war schon immer so, daß wir uns die fähigen Liebhaber hinter dem Rücken der Unfähigen teilen mußten. Die Ehe war nichts als ein Mittel, aus einer schicklichen Position heraus in das Spiel einzutreten. Aber heutzutage möchten schon die jungen Mädchen die Erlaubnis haben, nach Lust und Liebe die Beine breit zu machen!»

«Genug!» fiel Charlotte ihr ins Wort. «Seit Sieur Maille seinen sauren Essig erfunden hat, der alles hübsch wieder zusammenzieht, ist auch die mitgenommenste Jungfräulichkeit für die Hochzeitsnacht wiederherstellbar. Maille verdient ein Vermögen mit seiner Spezialität.»

«Da soll er sich nur beeilen, denn diese Demoiselles werden bald überhaupt keine Ehemänner mehr wollen, weder vorher noch nachher!» brummte die Baronin. «Habt Ihr neulich nicht die Reden Eures kleinen Stiftsfräuleins Émilie gehört? Sie wollen nur noch Liebhaber, oder aber Ihr müßt ihnen den seltenen Vogel aus dem Nest holen, den ehelich Geliebten, für den sie offenbar alle bereit sind, sich in ewiger tränenbenetzter Treue freiwillig ins Grab zu legen.»

«Nun ja, aber schließlich ist Aubriot tatsächlich Witwer geworden», bemerkte Charlotte, die von ihrer Schwägerin in das Geheimnis eingeweiht worden war.

Aufgebracht gab die Baronin zurück: «Glaubt Ihr denn wirklich daran, Charlotte? Die Familie Aubriot ist eitel und stolz auf ihre Wappen, sie hält viel auf ihr Bürgertum.»

«Auch Duthillet ist ein guter alter Bourgeois aus Châtillon, und dennoch . . .»

«Das stimmt. Aber ich möchte wetten, daß Aubriot nicht zu jenen Prinzen gehört, die eine Schäferin heiraten. Heißt es nicht außerdem, er sei untröstlich in seinem Witwernstand?»

Als junger Mann war er ein Schürzenjäger gewesen, als reifer Mann hatte er das Abenteuer nicht gescheut, aber als Witwer der Marguerite Maupin war nichts mehr von alldem zu erkennen. Was Jeanne zu Ohren kam, war immer das gleiche Lied: Doktor Aubriot könne seinen Schmerz nicht verwinden, er sei verzweifelt. Seine Trauer schlug ihm so sehr auf die Gesundheit, daß seine Nächsten ihm rieten, die Provinz zu verlassen und nach Paris zu gehen – Paris würde ihm über seinen Kummer hinweghelfen, dort könnte er in der Gesellschaft der Gelehrten verkehren, die ihm auf dem Lande immer gefehlt hatte. Einer seiner besten Jugendfreunde, der aus Bourg stammende Astronom Jérôme de Lalande, hatte sich bereits dort niedergelassen und drängte Aubriot, ihm in die Hauptstadt zu folgen. Auch Bernard de Jussieu, der berühmte Naturforscher des königlichen Gartens, versuchte ihn in diesem Sinne zu beeinflussen, da er seinen Kollegen aus der Provinz mittels der von Aubriot an Lalande gerichteten Briefe über Fragen der Botanik außerordentlich schätzengelernt hatte. All diese Aufforderungen schmeichelten dem Trauernden, und wenn er dennoch zögerte, der Versuchung eines Umzugs in die Hauptstadt nachzugeben, so nur, weil er den winzigkleinen Michel-Anne Aubriot in seiner Wiege hätte zurücklassen müssen. Ein Onkel, der Pfarrer Maupin aus Pugieu, hatte sich zwar erboten, den Säugling in seine Obhut zu nehmen, aber dieser war eine lebendige Hinterlassenschaft seiner verstorbenen Frau, und Philibert hatte Marguerite mehr geliebt als Jeanne ertragen hätte. Aubriot war innerlich noch nicht bereit, seine Praxis im Bugey zu schließen, und solange er sich über seine Zukunft nicht im klaren war, pendelte er zwischen Belley und Châtillon hin und her.

Jeanne suchte tausend Vorwände, um sich in Châtillon aufzuhalten, aber sie traf nur auf seine Abwesenheit. Von Mal zu Mal wuchs ihre Sehnsucht, und wenn sie zurückkam, ging sie in ihr Zimmer hinauf, preßte ihre Stirn gegen die Fensterscheibe und schaute lange in den ruhigen Horizont. Freiwillig hatte sie sich in den Zustand zurückversetzt, auf Philibert zu warten, aber ihre Geduld war dahin; sie war nicht mehr das kleine Mädchen, das von seinen Liebesträumen satt wurde. Vincents Verlangen hatte sie hungrig gemacht, die Liebe war plötzlich in greifbare Nähe gerückt, wie eine schwere, reife Frucht, die sofort gegessen werden wollte. Statt dessen immer wieder von der Verzweiflung des Doktors reden zu hören, erbitterte sie zutiefst. Mit der Grausamkeit ihrer fünfzehn Jahre hatte sie Marguerite mit einem Schlag aus der Welt geschafft: seine Liebe zu ihr, ihr gemeinsames Leben, seine Erinnerungen, seine Pläne mit ihr – Jeanne hatte alles mit ins Grab geworfen, wie eine Beigabe für die Tote, als hätte der Überlebende nichts damit zu tun, außer daß er zwei Jahre jünger geworden war. Worauf also wartete er noch, um sein schönes Junggesellenleben als Arzt und Botaniker in Châtillon wiederaufzunehmen, jenes Leben, an dem auch Jeanne teilgenommen hatte?

Madame de Saint-Girod war die erste, die Aubriot in der Stadt traf und sich im Salon der Baronin darüber ausließ: «Wißt Ihr, daß unser teurer Doktor Aubriot im Begriff ist, an seiner Melancholie zugrunde zu gehen, weil er glaubt, seine Trauer nur verwinden zu können, indem er sich zu Tode arbeitet?» sagte sie mit einem Seitenblick auf Jeanne, die mit Pater Jérôme in einer anderen Ecke beim Schachspiel saß. «Jetzt nimmt er seine alte Gewohnheit wieder an, Tag und Nacht zu wachen, aber schließlich ist er nicht mehr zwanzig. Er hustet, leidet unter Rheumatismus, und trotzdem geht er im schlimmsten Regen Pflanzen sammeln, weil er behauptet, die

Natur täte ihm gut. Ich wünsche ihm nur, daß er am Wegesrand bald eine schöne Blume findet, die ihn über den Verlust seiner Marguerite hinwegtrösten kann. Sein Freund Bernard, der Apotheker aus Bourg, behauptet zwar, er wolle nur noch im Andenken an seine liebe Ehefrau existieren, aber da bin ich mir nicht so sicher! Es ist unmöglich, daß ein Mann, der wie Aubriot zur Liebe geschaffen ist, nicht einen Rest dieser Glut in seinem Blut bewahrt. Wer geliebt hat, wird auch wieder lieben.»

Aus Angst, von der Baronin unterbrochen zu werden, hatte Geneviève kaum Luft geholt, bis sie mit ihrer Tirade am Ende war. Nicht etwa, daß sie sich darum sorgte, Jeanne zu ihrem Glück zu verhelfen, wenn sie das junge Mädchen indirekt aufforderte, sich ihrem eigenen ehemaligen Liebhaber anzubieten; aber sie war der Meinung, daß diese Jungfrau möglicherweise imstande war, einen Gelehrten davor zu bewahren, mit fünfunddreißig Jahren aus Liebessehnsucht zu sterben – und sollte das gelingen, hätte Jeanne einen sinnvollen Gebrauch von ihrer Jungfräulichkeit gemacht.

Jeanne hatte den Wink verstanden. Es war übrigens nicht schwer, sie davon zu überzeugen, daß eine neue Liebe Philibert retten konnte: sie hatte es schon immer gewußt, und auch, daß diese Liebe Jeanne hieß. Aber sollte sie etwa zu ihm gehen und ihm sagen: Monsieur Philibert, nehmt mich als Heilmittel für Euer Leid, und Ihr werdet sehen, daß Ihr im gleichen Zuge auch meines stillt?

«Jeannette, wenn Ihr nicht aufmerksamer spielt, setze ich Euch noch schneller matt als gewöhnlich», mahnte Pater Jérôme.

Die Baronin sah zu den Schachspielern hinüber; wieder an Madame de Saint-Girot gewandt, schlug sie vor: «Glaubt Ihr nicht, werte Freundin, daß genügend Zeit verstrichen ist, um Aubriot wieder einmal zu einem unserer vertrauten Essen einzuladen? Es täte ihm gut, unsere Freundschaft, unsere Anteilnahme zu fühlen. Ich werde versuchen, ihn für einen Abend der kommenden Woche zu erwärmen . . .»

Voller Ungeduld wartete Jeanne, bis es Abend wurde und die Baronin es sich in ihrem Lehnstuhl bequem gemacht hatte. Doch als sie vier Stunden später ihr endlich auf dem weichen Teppich zu Füßen saß, wagte sie nicht, von Philibert zu sprechen; es war Madame de Bouhey, die ihn wie nebenbei erwähnte: «Wenn dein

Aubriot zum Essen kommt, bin ich nur gespannt, Jeannette, wie du es anstellen wirst, ihm zu verstehen zu geben, daß du nur darauf wartest, ihn zu trösten.»

Das junge Mädchen ergriff die Hand der Baronin, küßte sie und schmiegte sich an sie. «Ihr seid so gut, ihn einzuladen», sagte sie.

«Nein, ich bin nicht gut, ich habe es eilig!» entgegnete die Baronin barsch. «Ich möchte, daß du deinen Aubriot so schnell wie möglich kriegst, wie man die Windpocken kriegt, denn in deinem Alter kann man sich von den Windpocken meist wieder erholen, und man bleibt für immer immun!»

Doktor Aubriot ließ ausrichten, er fühle sich nicht in der Stimmung, irgendeine Einladung anzunehmen. Wieder war Jeannes Hoffnung zunichte.

Wie um das Maß ihrer Traurigkeit voll zu machen, war das Leben auf Schloß Charmont um einige Unterhaltung ärmer geworden. Der Baron François war wieder bei der Armee, sein ältester Sohn auf der Militärakademie, und als der Herbst begann, war Jeanne schließlich ganz allein mit der Baronin und Delphine. Trotz des erbitterten Widerstands seiner Großmutter war Jean-François der Familientradition treu geblieben: man hatte ihn nach Paris auf die École de Mars geschickt, wo er als stolzer Besitzer einer roten Uniform mit blauen Aufschlägen und goldenen Tressen das lustige Kriegshandwerk der begüterten Edelleute lernen sollte. Abbé Rollin und der Diener Longchamp hatten ihn begleitet – der eine, um seine Stiefel zu putzen, der andere, um auf ihn aufzupassen. Auch Denis war fast vollständig von Charmont verschwunden. Auf dem Kolleg von Trévoux hatte der Sohn des Verwalters Gaillon seine Wißbegierde und seine Leidenschaft zur Chemie entdeckt; als er mit siebzehn Jahren zu seinem Vater zurückgekehrt war, hatte es nicht lange gedauert, bis er eine Stelle bei Jassans in der Krankenhausapotheke von Châtillon fand. Gleichfalls vernarrt in die neue Chemie, hatte Jassans in seinem eigenen Haus ein Versuchslaboratorium eingerichtet – ein Ort, von dem Denis kaum noch fortzubewegen war: er wollte die industriellen Verwertungsmöglichkeiten seiner Kenntnisse entdecken, um sie den Lyoner Fabrikanten anzubieten, die, wenn es sich lohnte, immer bereit waren, Forscher zu finanzieren. Um ihre Langeweile zu vertreiben, versuchte Jeanne, sich für Denis' Forschungen zu interessieren. Sie bot ihm sogar ihre Hilfe an, aber der junge Chemiker wies sie zurück, als schmolle er ihr immer noch. Bekümmert kehrte sie auf das Kanapee in der Bibliothek zurück, um sich an ihren Träumen zu weiden.

Die Gespräche bei Tisch waren ebenso trüb wie der Nieselregen im September. Der nun schon bald sieben Jahre andauernde Krieg konnte für Frankreich nur noch ein böses Ende nehmen. Baron François schickte alarmierende Briefe von der Front, die immer weiter vor den preußischen Truppen zurückweichen mußte. Und was die französische Flotte betrifft, so war sie allenthalben im Zusammenbrechen. Es gab kaum noch einen Zweifel, daß der Herzog Choiseul sich bald damit abfinden müßte, einen ungünstigen Friedensvertrag zu unterzeichnen. Schon seit langer Zeit hatte das Volk jedes Interesse an diesem allzu langwierigen und fernen Krieg verloren, aber auf den Schlössern wurde die Stimmung durch die andauernden ruhmlosen Nachrichten immer trübseliger: bei einer Niederlage wogen die Toten und Verwundeten schwerer als bei einem Sieg, und die Liste derer, die nicht heimkehren würden, wurde immer länger. Angesichts der zunehmend griesgrämigen Atmosphäre in Charmont beschloß die Baronin eines Tages, Jeanne zur Aufheiterung für eine Woche zu ihren Neffen Delafaye nach Lyon zu schicken.

Das Haus Delafaye war ein lustiger Aufenthalt.

Nachdem die beiden Neffen der Baronin sich mit deren Hilfe in Lyon niedergelassen hatten, war die Tante ihnen noch in einem weiteren Punkt behilflich gewesen: sie hatte dafür gesorgt, daß Joseph und Henri gute Ehefrauen bekamen, zwei Schwestern, die ebenso reichen wie reizenden Töchter eines wohlhabenden Seidenfabrikanten. Den beiden Paaren wurden insgesamt fünf Kinder geboren, und sie lebten alle miteinander in einem schönen großen Haus, das neu an der Place Bellecour erbaut worden war. Die fünf jungen Delafayes, im Alter nicht weit auseinander, bildeten eine fröhliche Gesellschaft, zumal die Eltern ihnen viel Freiheit ließen: sie selbst hatten alle Hände voll zu tun, sich um ihre Webwerkstätten, das große Geschäft in der Rue Mercière und den lebhaften Handel mit dem Ausland zu kümmern.

Als Jeanne an der Place Bellecour ankam, bereitete Laurent, der

Sohn von Joseph Delafaye, gerade eine Reise nach Marseille vor, wo er mit dem Reeder Pazevin zu tun hatte. Der junge Mann war fast zwanzig Jahre alt, und es war das erste Mal, daß ihm die Verantwortung für die Unterzeichnung eines Befrachtungsvertrags anvertraut wurde. Er nutzte die Gelegenheit, sich von Kopf bis Fuß neu einkleiden zu lassen, um in der Marseiller Gesellschaft eine gute Figur abzugeben.

Den jungen Mädchen des Hauses war es eine helle Freude, für die Schönheit des unersetzlichen Laurent zu sorgen – dem einzigen Mann und Erben in der Kinderschar der beiden Familien Delafaye! Umringt von einem munter schwatzenden Harem betrat Laurent die Werkstatt des Schneiders Pernon, und jede seiner Frauen war fest entschlossen, ihn nach ihrem Geschmack zu beraten. Seine Schwestern Elisabeth und Margot wollten um jeden Preis den klassischen Anzug im französischen Stil, der einem ernst zu nehmenden Geschäftsmann am besten zu Gesicht stehe. Seine Cousinen Anne-Aimée und Marie-Louise zankten sich um die rote, blaue oder schwarze Farbe der eher für die Abendgarderobe gedachten Samtstoffe. Jeanne dagegen riet – in Erinnerung an Vincent – zu einem Grauton und einer Latzhose. Meister Pernon würde es schwer haben, seine Meinung durchzusetzen! Dennoch würde es ihm gelingen, es gelang ihm immer. In Lyon galt Pernon als das Orakel der Herrenmode, man vertraute ihm. Sogar die reichen Durchreisenden kamen zu ihm, um sich einkleiden zu lassen. Es hieß, daß die reizvollen, prallen Rundungen der schönen Madame Pernon nicht unschuldig waren am Erfolg ihres Mannes, aber das konnte ebensogut ein Gerücht böser Zungen sein – ein erfolgreicher Geschäftsmann wird immer beneidet.

Pernons Schneiderwerkstatt bestand aus einem riesengroßen hellen Raum mit hohen Fenstern. Auf dem langen, gut mit Tageslicht versorgten Arbeitstisch saßen fünf Angestellte im Schneidersitz und nähten. An der hinteren Wand stapelten sich prachtvolle Stoffe. Monsieur Pernon war gerade mit der Anprobe einer leuchtenden zinnoberroten Weste beschäftigt. Der Kunde war ein Herr von etwa fünfunddreißig Jahren, den Madame Pernon in die Hände klatschend und kleine Begeisterungsschreie von sich gebend mit geübt geschäftstüchtigem Entzücken umschwirrte.

Der Fremde war ein stattlicher Mann mit breiten Schultern,

schmaler Taille, braunem Teint und auffallend roten Lippen. Seine feingeschnittene Adlernase und die glänzenden, leicht vorspringenden schwarzen Augen verliehen ihm, wenn er nicht gerade lächelte, das Aussehen eines recht beunruhigenden Raubvogels. Doch beim Anblick der hereinstürmenden jungen Leute hatte er zu lächeln begonnen, und sein Lächeln war offen und großherzig. Jeanne fand ihn gut aussehend. Ihm mußte es ähnlich ergehen, denn er ließ sie nicht mehr aus den Augen. Selbst als der Lehrling ihm einen Hosensatin brachte, glatt und weich wie ein Engelspopo, befühlte er das Tuch, ohne den Blick von dem jungen Mädchen abzuwenden, so daß sie die Komplimente und Liebkosungen, mit denen er die Seidenware bedachte, durchaus für sich in Anspruch nehmen konnte. Der Fremde sprach ein fehlerloses, aber sehr klangreiches, nicht ganz akzentfreies Französisch. Zweifellos kam der Herr aus Italien. Wie von äußerster Ungeduld erfaßt, drängte er Monsieur Pernon plötzlich, die Anprobe zu beenden, und bald verschwand er hinter dem Paravent, um die von Stecknadeln durchlöcherte rote Weste abzulegen und sein Äußeres in Ordnung zu bringen.

Als er wieder zum Vorschein kam, konnten die sechs jungen Leute ein überraschtes «Oh!» kaum zurückhalten. Der Unbekannte trug einen perlgrauen, mit goldenen Stickereien überladenen Samtanzug, über den er einen weiten Mantel aus schwarzer Seide warf, ehe er seinen großen, etwas altmodischen Dreispitz unter den Arm klemmte – ein regelrechtes Kunstwerk mit wunderschönen spanischen Spitzenarbeiten und einem weißen Federschmuck. Welches Aufsehen mußte diese extravagante Aufmachung in dem eher zurückhaltenden Lyon erregen!

Mit viel Schöntuerei ging Madame Pernon nun dazu über, den Chevalier Casanova de Seingalt vorzustellen.

Nach einer tiefen Verneigung vor den Damen wandte Casanova sich gleichsam hilfesuchend an Laurent: «Wie ich sehe, Monsieur, befindet Ihr Euch in ungewöhnlich reizender Gesellschaft. Zwar sind wir Männer eigens zu dem Glück geschaffen, dem schönen Geschlecht seinen Willen zu erfüllen, doch wenn es uns in solcher Überzahl bei unserem Schneider mit seinen Wünschen bedrängt, muß ich befürchten, daß wir den Ort in der Verkleidung bunter Vögel mit einem höchst merkwürdigen Gefieder wieder verlassen!»

Gerade diesen herausgeputzten Fremden von Verkleidung sprechen zu hören, fand Laurent so komisch, daß er in schallendes Lachen ausbrach. Die anderen stimmten mehr oder weniger ein, und bald kam um Monsieur Pernon eine angeregte Unterhaltung zustande. Ohne jede Zurückhaltung sagte Casanova zu allem seine Meinung, wobei er stets besorgt war, sich in Jeannes Nähe zu halten. Draußen hatte es unterdessen zu regnen begonnen – ein zunächst harmloser Schauer, der sich plötzlich in stürmischen Hagel verwandelte und gegen die Fensterscheiben der Werkstatt prasselte.

«Das ist mir eine schöne Bescherung!» rief Margot. «Wir sind zu Fuß von Bellecour gekommen, um einen gemeinsamen Spaziergang zu machen, aber bei diesem Wetter werden wir für den Rückweg keine freie Mietkutsche finden. Zu Hause angekommen, werden wir aussehen wie Pudel, die durch den Dreck gelaufen sind.»

«Nicht doch, Mademoiselle», warf Casanova ein. «Ich habe für die Dauer meines Aufenthalts in Lyon eine Karosse gemietet, die vor der Tür auf mich wartet. In zwei Fuhren kann mein Kutscher uns alle ins Trockene bringen. Wie ich höre, wohnt Ihr in Bellecour, welches auch mein Ziel ist: ich bin zu Gast bei Madame d'Urfé.»

«Ich dachte, die Marquise d'Urfé sei auf ihrem Landsitz in der Bresse?» bemerkte Laurent, der sein Mißtrauen nicht ganz verbergen konnte.

«So ist es, Monsieur», bestätigte Casanova. «Sie war schon abgereist, als ich eintraf. Ich fand nur noch eine Nachricht, in der sie mich bittet nachzukommen, entweder in ihr Landhaus oder zu einer Freundin in Vaux. Eigentlich wollte ich morgen aufbrechen, indes . . .»

Sein wunderschöner samtweicher Blick suchte Jeannes Augen, während diese ihm lebhaft ins Wort fiel:

«Ihr fahrt also nach Vaux?»

Da Casanova überrascht schien, fuhr sie fort:

«Normalerweise lebe ich auf Schloß Charmont, ganz nahe bei Vaux.»

Auf der Stelle brach Casanova in laute Freudenrufe über sein unerhörtes Glück aus, auf so unerwartete Weise den liebenswürdigsten aller Fremdenführer getroffen zu haben, der ihn mit dem fremden Land der Bresse, wo er sich bereits zu verirren fürchte, vertraut machen könne.

Die überschäumenden Reden und Gebärden des Venezianers irritierten Laurent, der seinerseits das ausgeglichene Wesen eines echten Lyoner Geschäftsmannes besaß: «Monsieur», unterbrach er Casanova trocken, «seid unbesorgt, Euer Kutscher wird sich in der Bresse schon zurechtfinden.»

«Ich fürchte, es wird nicht so einfach sein, zumal ich die Sümpfe der Dombes durchqueren muß», entgegnete Casanova. «Als ich unlängst in Genf war, wurde ich gebeten, ein Paket mitzunehmen und es einem Gelehrten aus Châtillon zu überbringen.»

«Wirklich?» rief Jeanne. «Von welchem Gelehrten sprecht Ihr, Monsieur le Chevalier?»

Aus dem leichten Zittern in der Stimme des jungen Mädchens schloß der Venezianer auf seine Chance, ihr Interesse zu wecken: «Es handelt sich um den Doktor Aubriot», sagte er. «Als ich kürzlich bei meinem Freund Voltaire in Ferney zum Diner geladen war, traf ich dort einen Schweizer Gelehrten, Doktor von Haller, der mir jetzt zwei Sammlungen mit je hundert Alpenpflanzen für seine beiden französischen Botaniker-Kollegen anvertraute. Die eine soll ich Monsieur Poivre hier in Lyon überbringen; die andere ist für Monsieur Aubriot bestimmt. Ich möchte mich beeilen, meinen Auftrag zu erfüllen, da die Sammlungen einige frische Ableger enthalten, die bald in die Erde müssen.»

«Mein Gott!» entfuhr es Jeanne. «Sind sie auch sorgfältig in feuchte Tücher gewickelt, und habt Ihr sie gelegentlich aus der Schachtel genommen, damit sie Luft und frisches Wasser bekommen? Oh! Könntet Ihr sie mir nicht überlassen, wenn möglich noch heute, damit ich mich um sie kümmern kann? Ich versichere Euch, Monsieur Phil . . . Monsieur Aubriot wäre untröstlich, wenn seinen Ablegern etwas zustieße und sie nicht anschlügen.»

Sie hatte so ungewöhnlich erregt gesprochen, daß um sie herum ein erstauntes Schweigen ausgebrochen war. Sie wurde sich der Situation gewahr, errötete heftig und fügte schnell hinzu: «Seht Ihr, Monsieur le Chevalier, ich interessiere mich sehr für die Botanik, und wie es sich trifft, war ich eine Schülerin von Doktor Aubriot.»

«Mademoiselle», meinte Casanova frohlockend über die Wende,

die das Gespräch genommen hatte, «ich werde den Pflanzen des ehrwürdigen Doktor von Haller nicht das unendliche Glück verwehren, von meinen in Eure Hände überzugehen. Wenn Ihr die Freundlichkeit hättet, mich zum Haus von Madame d'Urfé zu begleiten, wo ich die Sammlungen . . .»

Fast unhöflich fiel Laurent ihm ins Wort: «Monsieur, in ein paar Minuten werden wir alle zusammen fahren.»

Doch Jeanne zitterte vor Ungeduld: «Laßt Euch nicht drängen, Laurent», sagte sie, «ich weiß sehr wohl, wie sehr die Botanik Euch langweilt. Nehmt Euch Zeit für Eure Garderobe und laßt Euch von Euren Schwestern und Cousinen beraten; unterdessen fahre ich mit Monsieur Chevalier schon nach Bellecour zurück, um die Pflanzen zu übernehmen und mich so schnell wie möglich um sie zu kümmern. Sobald ich in Bellecour bin, schicke ich Euch Eure Berline.»

Laurent setzte sein Holzgesicht auf, aber er sagte keinen Ton mehr. Schließlich war Jeanne weder seine Schwester noch seine Cousine, noch seine Verlobte.

Kaum daß Casanova in der Karosse saß, beeilte er sich auch schon, Laurents Mißtrauen zu rechtfertigen, indem er seine Begleiterin unverzüglich mit Samtblicken und zuckersüßen Worten überhäufte. Jeanne lächelte nur – konnte sie böse sein auf einen Mann, der im Begriff war, ihr ein Alibi für einen Besuch bei Philibert zu liefern?

«Wie ich sehe, Chevalier, seid Ihr mit der Tändelei schnell bei der Hand», sagte sie leichthin.

«Tändelei?» empörte sich Casanova verletzt. «Haltet Ihr meine Komplimente denn für schlichte Tändelei? Fühlt Ihr nicht, daß es Geständnisse sind; versteht Ihr nicht, daß Eure Schönheit mich von Anfang an ins Herz getroffen hat?»

«Ins Herz?» wiederholte Jeanne neckend. «Ihr müßt ein empfindliches Herz haben. Aber es besteht ja auch aus Spitze», fügte sie mit einem Seitenblick auf den voluminösen Spitzenjabot lachend hinzu.

«Lacht nur, Mademoiselle, ich bitte Euch, fahrt fort, über mich zu lachen. Wenn Ihr lacht, bezaubert Ihr mich erst recht: Eure Zähne sind wie Perlen.»

«Pfui, Monsieur, geben die Venezianerinnen sich mit so platten Lobreden zufrieden?»

«Ah! Bei Eurem Anblick verliere ich den Verstand», sagte er mit einer heftigen Gefühlsaufwallung. «Ihr seid die himmlischste Französin, die ich gesehen habe, seit ich zum erstenmal französischen Boden betrat.»

Bei diesen Worten ließ er sich vor ihr auf die Knie fallen und begann leidenschaftlich ihren Rock zu küssen.

Einen Augenblick starrte Jeanne ihn ungläubig an; dann sagte sie ironisch: «Nur Mut, Monsieur, stürmt, was Ihr stürmen könnt, Ihr habt ja schließlich die Entschuldigung, daß wir nicht weit fahren. Doch Ihr solltet besser ein Taschentuch unter Euer Knie legen, der Ton Eures Samtanzugs scheint mir überaus empfindlich . . .»

Der ruhige Spott des jungen Mädchens brachte Casanova endgültig an den Rand einer seiner Verzweiflungskrisen, die so ernst wie kurzlebig waren. Nie hatte er es ertragen können, eine Frau zu verlieren, ehe er sie besessen hatte. Er stand wieder auf, ließ sich auf die Kissen der Sitzbank fallen und erging sich in einer hitzigen Rede, einem Wortschwall so maßloser Übertreibungen, begleitet von imposanten Gesten, flehenden Blicken und sogar Tränen – er konnte nach Belieben weinen –, daß Jeanne sich, verblüfft von diesem Schauspiel, in ein Theater versetzt fühlte, wo gerade eine Liebestragödie gespielt wurde! Noch nie hatte sie einen Abenteurer der Galanterie erlebt, der seine Eroberung so gewaltsam betrieb wie dieser, ohne die geringste Sorge um Zurückhaltung, und sie wußte nicht, daß sie den berüchtigsten Schürzenjäger von ganz Italien vor sich hatte. Zum größten Unglück dieses schon berühmten und gewöhnlich erfolgreicheren Don Juan sah sie in seiner Aufführung mehr Komik denn Romantik, und sie begann hemmungslos zu lachen. Der Verführer erbleichte unter seiner rosa Schminke, preßte beide Hände gegen seine Brust, um den Aufwallungen seines Herzens Einhalt zu gebieten, und bat mit tonloser Stimme:

«Nein! Macht Euch nicht lustig über mich. Ihr könnt nicht ahnen, wie übermächtig mein Verlangen ist, Euch in die Arme zu schließen. Nein!» wiederholte er erregt, als er sie zurückweichen sah. «Nein, mein Engel, von mir habt Ihr nichts zu befürchten. Eher würde ich mich aufhängen, als Euch zu zwingen. Nehmt hin, mein Engel . . .»

Er reichte Ihr eine winzige goldene Schere: «Gebt mir eine Locke von Eurem Haar, gebt mir genug, daß ich mir einen Strick daraus drehen kann, wenn Ihr mich nicht lieben wollt!»

Jeanne konnte sich nicht beherrschen – sie brach erneut in Lachen aus: «Daß Ihr diese Reiseschere mit Euch führt, läßt mich vermuten, Monsieur, daß Ihr jederzeit darauf vorbereitet seid, Euch das Nötigste abzuschneiden, um Euch an den Haaren einer Dame aufzuhängen? Die meinigen indes werde ich behalten, wenn Ihr nichts dagegen habt», brachte sie schließlich glucksend heraus. Doch schon im nächsten Augenblick mußte sie einen Angriff auf ihre Brust so heftig abwehren, daß Casanova sich, durch ein Schlagloch unter den Wagenrädern vollends zum Straucheln gebracht, abermals auf den Knien wiederfand.

Diesmal hatte er es nicht beabsichtigt, versuchte aber dennoch, die Gelegenheit zu nutzen, den Rocksaum der Angebeteten zu lüften und ihre Fesseln zu küssen.

«Nun ist es aber genug, Monsieur le Chevalier», sagte Jeanne streng, während sie ihren Fuß zurückzog.

«Was!» rief er betrübt. «Wollt Ihr mir denn alles verwehren, sogar diesen Kuß, unter dem nur Euer Schuh gelitten hätte? Werdet Ihr mir wirklich nichts erlauben?»

«Aber doch, Monsieur le Chavalier, ich erlaube Euch, die Hoffnung zu bewahren», antwortete sie, indem sie ihm ihre Hand reichte.

Er stürzte sich auf ihre Hand und küßte sie mit derartiger Hingabe, daß Jeanne einen Augenblick erschrak. Dieser Venezianer hatte wirklich keine Ahnung, er verstand nichts von der Galanterie *à la française*! Er benahm sich wie ein Wilder.

Am nächsten Morgen ließ Jeanne sich von einem Fiaker in die Rue des Quatre-Chapeaux fahren. Sie hatte sich von Casanova die beiden Sammlungen mit den alpinen Pflanzen geben lassen, die Doktor von Haller für seine Kollegen Aubriot und Poivre bestimmt hatte. Die letztere sollte ihr endlich erlauben, den berühmten Monsieur Poivre kennenzulernen, ehe sie nach Châtillon aufbrach.

Pierre Poivre war erst dreiundvierzig Jahre alt, aber in seiner Heimatstadt galt er bereits als legendäre Persönlichkeit. Sein abenteuerliches Leben hatte früh begonnen. Bei den Ordensgeistlichen, die ihn auf dem Kolleg und später an den Missionsseminaren unterrichtet hatten, hatte er seine Leidenschaft für die Botanik und das Reisen entdeckt. Mit zweiundzwanzig Jahren war er auf einem Schiff nach China gefahren, aber dort angekommen, hatte er seine religiöse sogleich in eine Handelsmission verwandelt; dreihundert Jahre Handel in der Rue Grenette gehen nicht spurlos an dem Erben einer Familientradition vorbei. Verärgert hatte die Missionsleitung Poivre wieder in den weltlichen Stand entlassen, wo er nicht lange auf eine Stellung warten sollte: Begeistert von seinen Fähigkeiten nahm die Ostindische Kompanie ihn in ihren Dienst. Als er sich 1745 gerade in Pondichéry aufhielt, erreichte ihn der Befehl, nach Frankreich zurückzukehren, was ihm allerdings erst drei Jahre später gelingen sollte. In der Zwischenzeit hatte eine englische Kanonenkugel ihm den rechten Arm abgerissen, und auf der Isle de France hatte er plötzlich Lust bekommen, daselbst einen großen Gewürzgarten für seinen König anzulegen – einen Garten, mit dessen Hilfe Frankreich das holländische Gewürzmonopol zerstören könnte. In Versailles wurde die Nachricht begeistert aufgenommen, daß sich endlich ein junger, wagemutiger Botaniker gefunden hatte, der das alte Projekt der Eroberung des Gewürzmarktes, das seit 1503 in den Schubladen der Minister ruhte, verwirklichen wollte. Poivres schwierigste Aufgabe bestand nun darin, den Holländern die notwendigen Pflanzenexemplare zu stehlen, namentlich die streng bewachten Gewürznelken- und Muskatnußbäume. Der Wagemutige war also wieder an Bord gegangen, bereit, die größten Abenteuer auf sich zu nehmen, bis er eines schönen Tages im Jahre 1757 ein wenig erschöpft, aber lächelnd mit einer mageren Beute junger Muskat- und Gewürznelkenpflanzen, die ihn neun aufreibende Jahre voller spannender Erlebnisse gekostet hatten, wieder in Port-Louis auf der Isle de France gelandet war. Untertänigst pflanzte der Eroberer die schönsten Exemplare in den Garten von Monplaisir, den der Gouverneur Mahé de La Bourdonnais ins Leben gerufen hatte. Aber schon plante ein anderer Botaniker Verrat: aus Eifersucht auf seinen Kollegen goß er die Pflanzen hinter Poivres Rücken mit einer quecksilberhaltigen Lösung, um ihnen den Garaus zu machen. Außer sich vor Wut war Poivre nach Paris zurückgefahren, um sich im Garten des Königs bei Buffon und Jussieu seinen Schmerz und seinen Haß von der Seele zu reden.

Voller Empörung über das Geschehene vermittelten die Pariser Kollegen ihm einen Empfang beim König, damit er diesem seine Klagen persönlich vortragen konnte.

Louis XV. liebte Gärten über alles. Eigenhändig pflanzte er die Tulpenzwiebeln auf der Terrasse von Versailles, regelmäßig machte er seinen Gang durch die Gemüsegärten, er diskutierte mit seinen Gärtnern und erfreute sich an der Blumenpracht, die unter der leidenschaftlichen Fürsorge der Pompadour in allen Lusthäuschen gedieh. Für Poivre war es nicht schwer, dem König das Herz mit der Aussicht auf einen schönen Gewürzgarten zu erweichen. Louis XV. war bereit, seinem ‹lieben Botaniker› alles zu versprechen: er würde der Ostindischen Kompanie die Isle de France wieder abkaufen, einen Gouverneur mit ‹grüner Seele› entsenden und Poivre zum allmächtigen Verwalter erklären, der selbstverständlich auch über eine wohlgerüstete Fregatte verfügen sollte. In der festen Überzeugung, daß seine Zukunft im Duft der Gewürze lag, war Poivre von Versailles zurückgekehrt. Doch Lyon war viele Meilen von Versailles entfernt, und auf den Willen des Königs war kein Verlaß. So wartete Poivre Ende 1762 immer noch auf seine Fregatte und alles, was damit zusammenhing. Um sich von seiner Ungeduld abzulenken und sein Geld gut anzulegen, schuf er nahe bei Lyon einen großen Blumenpark, von dem es hieß, er sei ein Paradies exotischer Pflanzenarten.

Zu diesem legendären Mann war Jeanne nun unterwegs; ihr Paket mit den Schweizer Pflanzen neben sich auf der Sitzbank des Fiakers, sah sie dem Besuch voller Neugier klopfenden Herzens entgegen.

Er wohnte mitten in der Altstadt von Lyon, in der Rue des Quatre-Chapeaux. Seit dem Mittelalter hatte sich am Straßenbild dieses Viertels mit seinen verwinkelten Gassen und seinen uralten Häusern nichts geändert. Es war eine überbevölkerte Gemeinde mit sechzigtausend Seelen und einem regen Handelsleben.

Pierre Poivre empfing seine Besucherin mit ritterlicher Höflichkeit. Er bedankte sich, und sobald er erfuhr, daß sie bei Doktor Aubriot in die Lehre gegangen war, öffnete er das Pflanzenpaket und begann ihr von einigen Arten zu erzählen. Er schien die Alpenflora bei weitem nicht so gut zu kennen wie Philibert, aber sie hörte begeistert zu, so stolz, sich mit einer Berühmtheit der Stadt zu unterhalten, daß sie ihren Gastgeber mit Blicken verschlang.

Er war nicht mehr der verwegene junge Mann mit den Stahlmuskeln, von dessen Heldentaten sie gehört hatte. Als echter Lyoner vom alten Schlag hielt Poivre viel auf die Schlemmerei und hatte einen ansehnlichen Bauch angesetzt. In seinem gut geschnittenen beigen Anzug wirkte er mit seiner gesetzten Haltung wie ein vornehmer Vertreter des Großbürgertums. Äußerlich – das mußte Jeanne zugeben – enttäuschte er sie, die gegen jede Vernunft einen zwanzigjährigen Abenteurer erwartet hatte. Seine gesamte Erscheinung wäre nicht bemerkenswert gewesen, hätten seine Augen nicht alles andere überstrahlt – und man sah nur sie. Aus ihrem liebenswerten Ausdruck sprach eine erstaunlich wache Intelligenz, wie das Licht eines Sonnenstrahls.

Nachdem Poivre seiner Besucherin einen köstlichen Johannisbeerwein hatte servieren lassen, faßte sie sich ein Herz und bat ihn, ihr von seinen Reisen nach China zu erzählen. Doch gerade in diesem Moment überbrachte eine Dienerin die Mitteilung, der Herr Chevalier Casanova de Seingalt bitte darum, empfangen zu werden.

«Wie ärgerlich, mein Gott!» entfuhr es Jeanne. «Er will sicher nachfragen, ob ich sein Päckchen wohlbehalten abgeliefert habe.»

«Aber ich kann der Überbringerin doch nur die größten Komplimente machen», meinte Poivre lächelnd.

«Gewiß, Monsieur, aber . . .»

Eine leichte Röte stieg ihr ins Gesicht, als sie den Satz vollendete: «Ich habe keine Lust, diesen kurzen Augenblick, den Ihr mir gewährt, mit einem Schwätzer zu teilen.»

«Welch schmeichelhaftes Geständnis, Mademoiselle! Nun, dann werde ich dem Chevalier ausrichten lassen, daß ich nicht zu sprechen bin und er morgen wiederkommen möge. So werdet Ihr mir vielleicht die Freude machen, mich auf meinem kleinen Morgenspaziergang zu begleiten? Seit ich so oft geglaubt habe, mein altes Lyon nie wiederzusehen, werde ich der Spaziergänge in dieser Stadt nicht müde.»

Er führte sie zu den Linden am Festungswall von Ainay. Es war die Lieblingspromenade aller Einheimischen, deren Leben sich auf die Halbinsel zwischen Saône und Rhône konzentrierte, von der antiken romanischen Abtei Saint-Martin d'Ainay bis hin zu der Befestigungslinie, die Saint-Clair mit dem Vorort Vaise verband. Der Morgen war nicht neblig, er war sogar ungewöhnlich klar, obgleich der Himmel eher grau als blau erschien. Sie setzten sich auf eine Bank, mit Blick auf die Landschaft, und Poivre erzählte von China, von Java, von Manila, den Molukken und der Isle de France ... Vor Jeannes Augen erhob sich die farbige Pracht exotischer Landschaften, die ein junger, wagemutiger Abenteurer auf der Suche nach dem Gewürznelkenbaum durchstreifte. Immer wenn ihr Blick zu dem Erzähler zurückkehrte, war sie aufs neue überrascht, das Profil eines friedliebenden Lyoner Bürgers zu erblicken, der nach einem wohlsituierten Leben strebte. Schließlich fragte sie:

«Sehnt Ihr Euch nie nach all diesen wunderbaren Landschaften zurück? Nach all den Blumen, den Düften und den Sonnen, die Ihr gesehen habt?»

«Ich sehne mich nach anderen Ländern, anderen Blumen, anderen Düften, anderen Sonnen – nach allem, was mir unbekannt geblieben ist. Aber da wir unser Leben ohnehin damit verbringen, es komplizierter zu machen als es ist, versuche ich mir hier, wo die Sonne etwas milder scheint, einen exotischen Garten anzulegen, voller kältescheuer Pflanzen.»

«Ich habe davon gehört. Liegt Euer Besitz nicht in der Gemeinde von Saint-Romain-au-Mont-d'Or?»

«Ja, er heißt La Fréta. Ich biete Euch keinen Besuch an, denn La Fréta ist noch ein Traum, der gerade erst aus dem Boden sprießt. Es wird gute fünfzehn Jahre dauern, bis ein Zaubergarten daraus wird.»

«Ein Zaubergarten?»

Versonnen blickte Poivre in den Horizont. Nach kurzem Schweigen erklärte er: «Es war in China – dort habe ich gelernt, wie schön es ist, einen Garten zu betreten, der an jeder Ecke eine unerwartete Überraschung bereithält. Natürlich hat es mir auch in anderen schönen Gärten nie an Begeisterung gefehlt, aber in den chinesischen Parks habe ich zum erstenmal verstanden, daß man ein Stück Natur in ein Paradies der Glückseligkeit verwandeln kann. Damals habe ich mir geschworen, daß ich, sollte ich Frankreich je wiedersehen, auf einem Berg bei Lyon einen Überraschungsgarten pflanzen würde – einen Garten, der die Flucht in fremde Welten erlaubt. Wenn es eines Tages soweit ist und ich nach einem Spaziergang durch mein Tropenparadies einen Blick von der Terrasse werfe, werde ich höchst erstaunt sein, am Fuß des Hügels den Lauf der Saône zu sehen, und so wird mir sogar die Saône von dort oben einen unvorhergesehenen Anblick bieten. Sich einen Garten zu schaffen, der ein eigenes Universum ist – könnt Ihr Euch ein köstlicheres Vergnügen vorstellen?»

«Mich dürft Ihr das nicht fragen, die ich das Gärtnern ebenso brauche wie mein täglich Brot!» rief Jeanne. «Doch leider muß man reich sein, um sich den Garten seiner Träume zu erschaffen und sich auf diese Weise in den Ruin zu stürzen.»

«Den Ruin werde ich nicht versäumen, da könnt Ihr sicher sein!» sagte Poivre lachend. «Aber ein schöner Garten ist mehr wert als alle Güter dieser Welt. Er schenkt einem ewigen Frieden in einem prachtvollen Dekor, und ich denke, die friedliche Ruhe inmitten der Schönheit ist das beste Rezept für ein glückliches, langes Leben.»

«Ist es nicht merkwürdig, daß gerade Ihr mir so etwas sagt?»

«Doch, gewiß. Aber wenn man mein Alter erreicht, fängt man an, sich für die Mittel zu interessieren, die es einem erlauben, beim Altwerden jung zu bleiben!»

Mechanisch hatte Poivre seine einzige Hand auf das Fragment einer Statue gelegt, das seitwärts an der Bank lehnte. Es war ein Teil eines weiblichen Torsos, und geduldig strich er über die nackte, glattpolierte Steinschulter, bis hinauf zu dem abgebrochenen Halsansatz und manchmal auch abwärts, über die rundliche Schwellung der Brust. Nur noch eine Hand zu haben, mit der er die Wollust der Liebkosung empfinden konnte, schien ihn nicht zu betrüben. Er ist wie Vincent, ein Tier, das sein Glück genießt, dachte Jeanne, erstaunt über seinen zufriedenen Ausdruck. Weshalb hatte Philibert nicht dieses Naturell? Weshalb war er nicht dazu geschaffen, nach den Freuden des Lebens zu greifen? Weshalb verharrte er in einem längst begrabenen Unglück? Weshalb hatte er sie an jenem Abend nicht geküßt, als sie während der Unpäßlichkeit von Madame de Bouhey allein im Salon gewartet hatten? Plötzlich war sie sicher, daß Poivre, wäre er an Philiberts Stelle gewesen, sich nicht hätte beherrschen können, daß er Hand an sie gelegt hätte . . .

«Ihr seid recht nachdenklich», bemerkte ihr Nachbar lächelnd.

Ihrer Gedanken wegen ließ dieser kleine Satz sie erröten, und Poivre lächelte um so freundlicher: «Ich weiß nicht, woher dieses zarte Rot auf Euren Wangen kommt, Mademoiselle, aber es steht Euch gut. Die schönste Frau aus Stein oder Marmor wird nie erröten, das ist einer ihrer größten Mängel.»

Er ließ seinen Blick auf Jeanne ruhen, ehe er fortfuhr: «Ihr seid ausnehmend hübsch, Mademoiselle Beauchamps. Wie heißt Ihr mit Vornamen?»

«Jeanne.»

«Ihr seid ausnehmend hübsch, Mademoiselle Jeanne. Aber das hat man Euch sicher schon gesagt?»

«Ja.»

«Das macht nichts, ein Kompliment ist immer neu, zumal man es in neue Worte kleiden kann . . .»

Er überraschte sie mit einem Satz in einer vollkommen unverständlichen Sprache.

«Und das bedeutet, Monsieur?»

«Auf chinesisch heißt es in etwa: Ihr seid so schön, daß Ihr Eurem Gegenüber einen Augenblick der Glückseligkeit schenken könnt.»

«Oh!» rief sie. «Ihr habt also Chinesisch gelernt?»

«Ja.»

Während sie sich gemächlich auf den Rückweg machten, wandte Poivre sich zu seiner Begleiterin um und fragte: «Werdet Ihr mich wieder einmal besuchen, Mademoiselle Jeanne?»

Sie blieb stumm – vor Freude versagte ihr die Stimme. Pierre Poivre, der berühmte Monsieur Poivre hatte sie gebeten wiederzukommen!

«Darf ich wirklich?» stammelte sie schließlich. «Werde ich Euch nicht langweilen?»

Er warf ihr einen freundlichen Blick zu: «Es ist sinnlos, je einem Mann diese Frage zu stellen, Mademoiselle. Jetzt jedenfalls ist es noch viel zu früh. Bewahrt sie Euch für sehr viel später auf.»

10. Kapitel

Ein Kunde des Hauses Delafaye, der in die gleiche Richtung fuhr, hatte sie in seiner Mietkutsche mitgenommen und an der Poststation von Villars abgesetzt. Dort angekommen, wollte Jeanne auf eigene Kosten einen Wagen nach Châtillon nehmen, als sie unverhofft eine Bekannte in ihrer Karosse vorbeifahren sah: Es war die Stiftsdame Suzanne d'Espiard d'Auxanges, die sich nach einer Reise in den Süden auf dem Rückweg ins Kloster von Neuville befand und gern bereit war, Jeanne bis zum Hause Aubriot einen Platz anzubieten.

Mehrere lange Minuten stand sie regungslos vor der Tür, plötzlich wie gelähmt von der Furcht zu hören, Philibert sei im Bugey. Erst als der Bäckerlehrling auftauchte, um wie gewohnt seine Brote abzuliefern, setzte Jeanne sich, getroffen von seinem erstaunten Blick, wieder in Bewegung. Das fröhliche Lächeln, mit dem Clémence – Philiberts jüngste und liebste Schwester – sie empfing, verriet ihr sogleich, daß der geliebte große Bruder in Châtillon war:

«Er ist gerade zum Krankenhaus hinüber; der Almosenpfleger hatte ihn rufen lassen. Aber wenn Ihr im großen Saal warten wollt, Jeannette, werdet Ihr Euch gewiß nicht langweilen: dort sitzt ein Chevalier Casanova de Saint Soundso, den Philibert meiner Obhut anvertraut hat – ein wunderschöner Mann, meine Liebe! Und gekleidet ist er wie ein Gott, beladen mit Spitzen und Edelsteinen. Ich möchte wetten, er ist ein Prinz unter fremdem Namen.»

Jeanne machte eine ungehaltene Bewegung: Dieser Don Juan aus Venedig war reichlich hartnäckig!

«Wenn er Euch so gut gefällt, Clémence, sollt ihr ihn ganz für Euch allein haben», sagte sie. «Ich ziehe es vor, zum Krankenhaus zu gehen und Monsieur Philibert abzuholen.»

Da sie sich noch ein wenig frisch zu machen wünschte, ehe sie aufbrach, begleitete Clémence sie zu ihrem Zimmer.

Jeannes Herz schlug wie wild. Plötzlich war sie dort, lebte ihr intimes Leben in *seinem* Haus, wanderte im Unterrock durchs Zimmer, mit nackter Brust und bloßen Armen, die Haare hochgesteckt und ein Paar weiße Strümpfe nachlässig über die Armlehne des Strohsessels geworfen. Wie gut das tat! So gut, daß sie sich vor

Freude am liebsten im Spiegel geküßt hätte! Es war *als ob*. Sollte sie etwas Rouge auftragen? Sie ließ es bleiben; das Glück, das ihr in den Kopf gestiegen war, belebte ihre Wangen zur Genüge. Doch als sie auf dem Putztisch seiner Schwester ein Duftwässerchen fand, das ihr gefiel, besprühte sie ihr Dekolleté, ehe sie ihr Fichu um den Hals band. Ich sehe gut aus, urteilte sie zuversichtlich, während sie ihr Spiegelbild von oben bis unten musterte. Zum erstenmal sah sie einer Begegnung mit Philibert selbstsicher entgegen. Seit ihrem letzten Treffen hatte sie gelernt, daß sie den Männern gefiel. Eine berauschende Gewißheit. Nur in Erscheinung treten zu müssen, um zu gefallen – das mußte ein Gefühl sein, dessen man nicht überdrüssig wurde! Sie probierte einige provozierende Gebärden, streckte die Brust heraus, befeuchtete ihre Lippen und bot ihrem Traum den halb geöffneten Mund zum Kuß dar ... Es war wirklich Zeit, daß sie die Initiative ergriff, sich diesem zerstreuten Gelehrten aus Châtillon in die Arme zu werfen.

Die Stadt erstrahlte voller Fröhlichkeit im schönsten Sonnenschein. Sie wirkte aufgeputzt wie zum Fronleichnamsfest, aber für Châtillon war es ein ganz gewöhnlicher Tag. Jeanne fragte sich, ob es im ganzen Königreich eine andere so blühende Kleinstadt gäbe? Die Einwohner von Châtillon hatten sich in ihrer Liebe zur Gärtnerei von Aubriot anstecken lassen und an allen Ecken Beete angelegt, die das Auge des Spaziergängers erfreuten. Es war, als stünde die Stadt selbst in Blüte, bis hin in die Ritzen ihrer Mauern. Jeanne hatte nie verstanden, wie Philibert eine so zauberhafte Stadt mit ihrer ganzen Blumenpracht und ihren wunderschönen Hausfassaden aus rotem savoyischem Ziegelstein hatte verlassen können, um im Bugey zu leben – einem unwirtlichen Land mit dichten schwarzen Wäldern?

Sie erreichte das Krankenhaus. Das stattliche klassische Gebäude hatte schon immer mehr Arme als Kranke beherbergt, denn in Châtillon kümmerte man sich um die Armen. Im Jahre 1617 hatte ein gewisser Monsieur Vincent, in der Zwischenzeit zum heiligen Vincent-de-Paul ernannt, in der Gemeinde, die er als Pfarrer betreute, die Ordensgemeinschaft der Barmherzigen Schwestern gegründet. Diese Einrichtung förderte das gute Wesen der Einwohner von Châtillon, die seit jeher etwas für wohlgenährte

Arme übriggehabt hatten. Kein Gesetz zwang sie zur Wohltätigkeit; doch seit dem finsteren Mittelalter war es für sie eine Frage der Ehre, in einer Provinz, die überbevölkert war mit Masthühnern, niemanden Hunger leiden zu lassen. Das Krankenhaus von Châtillon war daher ein ungewöhnliches Krankenhaus, das von den Notleidenden nicht aufgesucht wurde, um sich im Elend und der Gleichgültigkeit aufs Sterbebett zu legen, sondern um sich hinter den mit blühenden Geranien bestandenen Fenstern an guten, nahrhaften Suppen zu stärken und im frischen Duft von Bohnerwachs und Seife zu überleben.

Der Portier gab Jeanne den Hinweis, sie würde Doktor Aubriot sicher in der Apotheke finden, bei Monsieur Jassans.

Die Wandregale des kleinen, dunkel getäfelten Raums waren von oben bis unten mit bauchigen Fayencetöpfen gefüllt, die, ihre Geheimnisse in sich bergend, einen schwachen Glanz verbreiteten. In dem von Wohlgerüchen erfüllten Halbdunkel neigten sich zwei Köpfe über eine Waage, die zwischen zahlreichen Mörsern und Zinngewichten auf dem Tresen stand. Obgleich in ein ganz normales Gespräch vertieft, schienen der Arzt und der Apotheker im Flüsterton Rezepte der Alchimie auszutauschen.

«Jeannette!» rief Philibert überrascht. «Ich hoffe, Ihr habt keinen Kranken auf Schloß Charmont?»

Sie erklärte den Grund ihres Besuches. Aber in Wirklichkeit ging alles, was sie sagte, am Wesentlichen vorbei. Ihre Worte kamen ihr dumm und sinnlos vor, weit entfernt von dem, was sie ihm zu sagen hatte!

In ein paar Sätzen beendete Aubriot sein Gespräch mit Jassans und nahm seine kleine Freundin am Arm, um sie hinunter in den sonnenbeschienenen Hof zu führen. Kaum daß sie Philiberts warme Hand durch das feine Wolltuch ihres Ärmels spürte, drehte sich ihr der Kopf. Ihre ganze Sicherheit, schön genug für ihn zu sein, war mit einem Schlag dahin. Von der Kurtisanenstrategie, die sie sich ausgedacht hatte – 1. Ich sehe ihm in die Augen. 2. Ich lächle ihn unbefangen an. 3. Ich knicke mit dem Fuß um und halte mich an seinem Arm fest. 4. Ich schreie Au! und hinke, damit er mich stützt . . . –, von dieser wunderbaren Strategie war nichts mehr übrig, ja sie kam nicht einmal auf den Gedanken, auch nur das erste Manöver auszuführen. Nur noch eines blieb: das glückselige Gefühl, Philiberts warme Hand auf ihrem Arm zu spüren.

Sie traten durch das Portal hinaus in den Klosterhof der Ursulinernonnen.

«Und nun laßt Euch anschauen», sagte Philibert, indem er einen Augenblick innehielt. «Seht mich an, Jeannette . . . So ist es recht – ich bin nicht unzufrieden, Ihr seht gesund aus. Ich freue mich, Euch zu sehen, mein Jeannot!» fügte er lächelnd hinzu.

Der letzte Teil des Satzes berührte Jeanne so stark, daß ihr zwei Tränen in die Augen schossen, die sie schleunigst wieder zu vertreiben suchte. Dies war der Augenblick, mein Gott! Es war genau der richtige Augenblick, ihm ins Gesicht zu sagen: Was ich empfinde, Monsieur Philibert, ist keine Freude, sondern Glück; ich bin glücklich, überglücklich, Euch zu sehen; ich bin selig, denn ich liebe Euch! Wie wütend sie auf sich selbst war, so idiotisch und stumm dazustehen, dümmer als eine dumme Gans! War es denkbar, war es vernünftig, war es erträglich, so verliebt in diesen Mann zu sein, daß sie sich aller Mittel begab, ihn zu verführen? Sie hätte sich verprügeln mögen! Aber auch das hätte nichts genutzt. Nie hatte sie sich gegen diesen verzückten Respekt wehren können, den Philibert in ihr hervorrief; nie würde sie sich dagegen wehren können. Sie konnte nur zittern, so heftig war ihr unbefriedigtes Bedürfnis, sich in seine Arme zu werfen.

Aubriot blickte sie an: «Sehr beredt wart Ihr nie, aber seid Ihr nicht noch einsilbiger als früher?»

«Ich finde, Ihr wirkt ein wenig blaß und abgemagert», brachte sie mühsam hervor. «Ich bin sicher, daß Ihr zuviel arbeitet und zuwenig schlaft.»

«Das kommt davon, weil Ihr nicht mehr auf mich aufpaßt», gab er gut gelaunt zurück. «Ich werde mir ein Rezept verschreiben, demzufolge Ihr mich zweimal in der Woche besuchen sollt, wenn ich mich in Châtillon aufhalte. Vielleicht wißt Ihr, daß ich neuerdings wieder Ausflüge in die Auvergne unternehme, um Pflanzen zu sammeln. Meine Mappen mit den Bergpflanzen befinden sich in furchtbarer Unordnung. Was meint Ihr, wollt Ihr mir nicht helfen, etwas Licht hineinzubringen . . .? He! Aber, Jeannette, wo zum Teufel lauft Ihr denn so plötzlich hin? Wollt Ihr Forellen angeln?»

Sie wollte sich nur verstecken, einen Augenblick allein sein, um ihre Tränenflut zu bremsen, schnell, schnell, ehe er etwas von dieser lächerlichen Überschwemmung merkte. Über das Brückengeländer der Chalaronne gebeugt, versuchte sie sich mit beiden Händen die Wangen zu trocknen.

Einen Augenblick beobachtete der Arzt sie schweigend, bis er schließlich mit sanfter Stimme sagte: «Weshalb weint Ihr, Jeannette? Welchen Kummer wolltet Ihr mir anvertrauen, den Ihr nicht auszusprechen gewagt habt?»

«Nein, nein!» stammelte sie hastig, indem sie sich mit einem zusammengerollten Taschentuch das Gesicht abtupfte. «Ich habe keinen Kum ... mer, nein, gar nicht! Im Gegen ... teil. Ich weine we ... gen nichts und wieder nichts, sobald ich mich über et ... - was freue. Pater Jérôme behauptet, das ... käme bei jungen Mädchen in meinem Alter häu ... fig vor. Er hat mir kalte Bäder geraten.»

«Kalte Bäder?»

«Ja. Hättet Ihr ein besseres Re ... zept, Monsieur?»

«Das könnte wohl sein», sagte Aubriot.

Ein Anflug von Lächeln umspielte seinen Mund, ließ die Backenknochen unter der Haut seines eingefallenen Gesichts deutlich hervortreten.

«Für heute abend kann ich Euch auf jeden Fall ein Rezept anbieten, das darin besteht, Euch ein wenig zu amüsieren», fuhr er fort. «Kennt Ihr den Chevalier Marlieux?»

«Natürlich», erwiderte Jeanne, die ihre Tränen endlich getrocknet hatte. «Der Chevalier kommt hin und wieder nach Charmont. Vorigen Sommer hat er uns sogar das Vergnügen gemacht, uns zu elektrisieren. Er elektrisiert vortrefflich, es gelingt ihm immer.»

«Wunderbar», meinte Aubriot, «ich möchte Euch einladen, heute abend mit mir zu Marlieux zum Essen zu kommen. Ich habe mich dort mit Jassans und dem Abbé Rozier verabredet, aus dem ich übrigens einen glühenden Botanomanen gemacht habe. Wir werden auch den Chevalier Casanova mitnehmen, den ich bisher nur flüchtig begrüßt habe und der zu Hause auf mich wartet. Im übrigen soll er recht unterhaltsam sein. Man sagt, er beschäftige sich mit Alchimie und sei erpicht auf Zaubertricks, mit denen er sogar etwas Handel treibt. Aber was erzähle ich Euch, Ihr habt ihn doch schon vor mir kennengelernt. Fandet Ihr ihn interessant?»

«Ich fand ihn geschwätzig und erpicht auf Galanterie.»

«Oh, oh! Sollte er Euch den Hof gemacht haben, Jeannette?»

«Nun ja», sagte sie kokett.

Er blinzelte sie von der Seite an: «Und hat es Euch gefallen, Jeannette, oder nicht?»

Sie tat so, als müsse sie ihre Haube zurechtrücken, während sie beiläufig fallenließ: «Oh, ich lasse mir liebend gern den Hof machen!»

«Das ist sicher auch ein neuer Zug in Eurem Gefühlsleben, nicht wahr?»

«Ja», sagte sie und wagte sogar, ihm ins Gesicht zu sehen.

Auch er sah sie an, mit schelmischem Blick: «Und was empfiehlt Pater Jérôme gegen diese Eigenschaft? Das Gebet?»

«Ich bete in der Tat sehr viel dafür, Monsieur Philibert», gab sie schlagfertig zurück, ermutigt durch den gelockerten Ton. «Ich bete, daß mir möglichst oft der Hof gemacht wird.»

Er lachte auf – genau wie einst, ein wunderschönes, dröhnendes Lachen. Wie lange hatte sie dieses Lachen nicht gehört? Oh, wahrhaftig! Es gibt Augenblicke, in denen das Paradies auf die Erde zurückkehrt!

«Da dürft Ihr sicher sein», sagte Casanova, «Madame d'Urfé ist mit allen Vorgängen des großen Werks vertraut. Ich habe die Bibliothek in ihrem Pariser Wohnsitz am Quai des Théâtins gesehen – ein unermeßlicher Schatz! Das ganze Erbe des großen d'Urfé, des Gatten von Renée de Savoie, eines denkbar gelehrten Alchimisten, dessen Ruhm nie vergehen wird!»

«Und doch, wie ich die Marquise kenne, hat sie eines noch nicht probiert: das *aurum potabile,* jenes Elixier, das einem Jugend und Schönheit zurückgibt», bemerkte der Apotheker Jassans unerbittlich.

«Oh! Die Marquise ist immer noch eine Schönheit», säuselte Casanova mit seiner unbeirrbaren Galanterie. «Eine Schönheit im Régence-Stil natürlich.»

«Daß sie eine Figur im Régence-Stil hat, ist durchaus zu verzeihen, aber daß sie im achtundvierzigsten Jahr der Regentschaft Louis XV. immer noch im Régence-Stil denkt, dafür gibt es wohl kaum eine Entschuldigung», spottete Aubriot.

«Madame d'Urfé ist alles andere als dumm, Monsieur», entgegnete Casanova ein wenig beleidigt. «Sie hat erstaunliche Kenntnisse, sogar in der Medizin. Wißt Ihr eigentlich, daß sie den ganzen Paracelsus in- und auswendig kennt?»

«Da hat Eure werte Freundin sich ein Wissen erworben, das den Kranken nicht gerade nützlich ist», versetzte Aubriot sarkastisch. «Ich rate Euch nicht, Chevalier, Euch je von einem Arzt behandeln zu lassen, der allzu eingenommen ist von alten Zauberformeln. Man stirbt schon an weit geringeren Übeln als diesem.»

«Meint Ihr denn, Monsieur, man sollte sich besser an die unwissenden Barbiere halten?» fragte Casanova erregt.

«Chevalier, ich bitte Euch», rief der Abbé Rozier aus, «Monsieur Aubriot kann Bader und Barbiere nicht ausstehen und wäre imstande, Euch die ganze Nacht von ihren Untaten zu erzählen.»

«Kein Wunder, denn sie haben das Schröpfen in den Viehställen gelernt, und sie lassen zur Ader, als wäre das Blut eines Körpers nur dazu gedacht, in ihre Becken zu fließen», sagte Aubriot.

«Gewiß doch!» bestätigte Jassans. «Auf irgendeine Art muß schließlich jeder sein Geld verdienen, und der Schnitt mit der Lanzette ist nun einmal das tägliche Brot des Chirurgen. Wie sollte man sich bei einem Kurs von drei Francs pro Vene mit dem Aderlaß zurückhalten?»

«Ihr zwei seid unerträglich!» empörte sich Madame Marlieux über die beiden Wortführer, den Arzt und den Apotheker. «Ihr könnt keine Viertelstunde beisammen sein, ohne mit voller Absicht in den schlimmsten Zynismus zu verfallen.»

«Das stimmt tatsächlich, Chevalier», bestätigte Madame Jassans an Casanova gewandt. «Sobald mein Mann und Monsieur Aubriot auf die Medizin zu sprechen kommen, hört man nur noch die abscheulichsten Grausamkeiten.»

«Weil unsere Medizin selbst grausam und abscheulich ist», entgegnete Aubriot.

«Ihr glaubt also gar nicht an Eure Kunst, Monsieur?» fragte Casanova.

«Ich müßte schon dreist sein, daran zu glauben, solange ich sehe, was ich sehe!» rief Aubriot. «Wißt Ihr, was ich erst gestern mit eigenen Augen ansehen mußte, ohne daß mir erlaubt worden wäre, es zu verhindern? Ich sah, wie mein Kollege aus Saint-Trivier nacheinander acht große Einläufe bei einem steinharten Darm vornehmen ließ. Der Schaden ist nicht allzu groß, da der Verstorbene mehr als zweiunddreißig Livres hinterläßt, um die entstandenen Kosten zu decken. Aber stellt Euch nur vor, was geschehen wäre, wenn mein Kollege auf die gleiche Art einen Bettler behandelt hätte, der nach seinem Tode zahlungsunfähig gewesen wäre?»

«O nein!» warf Madame Marlieux nachdrücklich ein. «Nein, Doktor, Ihr werdet nicht schon wieder damit anfangen!»

«Ich verspreche es», erwiderte Aubriot mit einer tiefen Verneigung vor seiner Gastgeberin. «Ist es nicht ohnehin Zeit, zu dem schönen Spiel mit der Elektrizität überzugehen?»

Der Chevalier Marlieux erhob sich von seinem Platz: «Wenn Ihr Euch alle disponiert fühlt . . . Mein lieber Aubriot, ich versichere Euch, die Elektrizität wird Euch eines Tages als magische Heilkraft dienen.»

«Ist Eure Leidener Flasche bereit, mein Freund?» fragte seine Gemahlin.

«Selbstverständlich, liebe Rose, sie läßt mich nie im Stich.»

«Es ist wahr», seufzte Madame Marlieux, «daß Eure Flasche mehr von Euch hat als ich! Ich bin nur Eure Gattin, während sie alle Vorteile einer Mätresse genießt.»

Zum Souper war der Chevalier nur selten zu Hause: Meilenweit im Umkreis rissen sich Interessenten der ‹unterhaltsamen Physik› um seine Anwesenheit. Er machte die tollsten Kunststücke mit dem geheimnisvollen Fluidum, und das gemeinsame Elektrisieren nach dem Kaffee galt in der vornehmen Gesellschaft als hochgeschätzte Zerstreuung.

Ungeduldig wartete Jeanne auf den Augenblick, da sie eine Runde gebildet hatten und sie ihre Hand in die Philiberts legen konnte. Während des Essens hatte sie kaum mehr als drei Worte gesagt, so sehr war sie mit ihrem Glück beschäftigt. Philiberts Nähe, sein Geruch, seine Stimme und manchmal auch sein Blick hüllten sie in die sanftesten Gefühle. Sie atmete die gleiche Luft wie er, aß mit ihrer Gabel von den gleichen Speisen, trank vom gleichen Wein . . . und es war Philibert, der gebieterisch ihre Hand ergriff, als der Kreis gebildet wurde. Da er fühlte, wie Jeanne zitterte, umschloß er ihre Hand noch fester und beugte sich zu ihr hinab, um leise zu fragen: «Angst?»

Sie schüttelte den Kopf: «Ich habe den Stoß schon zweimal gespürt.»

Der elektrische Schlag fuhr so heftig durch die Runde, daß die drei anwesenden Damen fast gleichzeitig einen kleinen Schrei ausstießen und Casanova – aus Überraschung, Nervosität oder Koketterie – rückwärts auf einen Sessel fiel. Im Grunde ist es doch eine törichte Belustigung, dachte Aubriot, während er den Puls des Venezianers fühlte. Wir sollten abwarten, bis wir etwas mehr über das Phänomen wissen, ehe wir damit spielen. Aber die anderen, einschließlich des Verunglückten, brachen in laute Begeisterung aus. Entzückt, einen so hervorragenden Stoß bekommen zu haben, bemühten sie sich, ihren Gefühlen in den gewähltesten Formulierungen Ausdruck zu verleihen.

«Es ist zwar stockfinstere Nacht, aber draußen braut sich ein so günstiges Gewitter zusammen . . . Hättet Ihr nicht Lust, Euren Drachen in eine Wolke zu schicken?» fragte Jassans plötzlich, indem er sich Marlieux zuwandte.

«Wenn wir das tun, sollten wir die Gelegenheit nutzen, eine Dame zu elektrisieren», erwiderte Marlieux bereitwillig. «Ich würde dem Chevalier Casanova gern zeigen, wie ich eine Dame Funken sprühen lasse: ein absolut hinreißendes Erlebnis.»

Madame Marlieux rückte ihrem Gemahl ein wenig näher: «Nun höre ich Euch, mein werter Freund, schon seit mehr als einem Jahr von den wunderbaren Funken reden, die Ihr den Damen entlockt. Sollte es Euch nicht möglich sein, gelegentlich auch einen Mann sprühen zu lassen?»

«Meiner Treu», gab Marlieux zurück, «ich muß gestehen, daß ich es stets nur mit dem weiblichen Geschlecht versucht habe. Die Damen sind empfindlicher als wir, ihre Sensibilität ist unvergleichlich feiner – ist das nicht allgemein bekannt? Es erscheint mir daher logisch, daß sie das Fluidum besser leiten.»

Statt einer Antwort ertönte der volle Klang von Aubriots kurzem, dröhnendem Lachen.

Marlieux drehte sich zu ihm um: «Ihr zweifelt natürlich, wie sollte es auch anders sein?» sagte er erregt. «Und doch möchte ich schwören, daß wir alle eine elektrische Kraft in unseren Körpern haben, daß diese Kraft stärker oder schwächer sein kann und daß Frauen besser damit ausgestattet sind als Männer. Aber so sind wir

Franzosen, wir müssen immer und überall skeptisch sein. Der Skeptizismus ist unsere Zukunftsreligion, er ist mehr wert als die Wahrheit.»

Unterdessen hatte der Chevalier Marlieux sich erhoben; er begab sich in die Mitte des Salons, stützte sich auf die Rückenlehne eines dort placierten Ohrensessels und hob die Hand, um die allgemeine Aufmerksamkeit auf sich zu lenken: «Nun denn, meine Freunde», begann er, nachdem es still geworden war, «während an diesem Abend ein schweres Gewitter über uns aufzog, speisten wir alle im Schatten eines Blitzableiters!»

«Mein Gott!» entfuhr es Madame Jassans. «Habt Ihr den Verstand verloren, Chevalier, uns derartigen Gefahren auszusetzen? Ist es nicht strengstens verboten, dieses teuflische Objekt zu besitzen? Wo habt Ihr es nur her?»

«Aus England, Madame.»

«Beruhigt Euch alle miteinander», beschwichtigte Madame Marlieux. «Mein Gatte hat sein neues Spielzeug an meinem Hühnerstall installieren lassen.»

Madame Jassans atmete erleichtert auf. «So ist es recht! Da könnt Ihr immer noch ein Hühnerbankett geben, wenn sie Euch alle von einem Blitz erschlagen werden.»

«Madame», sagte Marlieux neckend, «es war weniger die Furcht vor dem Himmel als die Furcht vor meinem Pfarrer, die mich zu der Entscheidung für den Hühnerstall und gegen das Haus bewogen hat. Da mein Pfarrer sich bislang noch nicht um das Seelenheil meiner Hühner kümmert, wird er mich nicht beim Polizeileutnant denunzieren.»

Alle lächelten, außer Casanova, der sich fragend in der Gesellschaft umsah, bis Abbé Rozier das Wort ergriff, um ihn aufzuklären: «Unsere französischen Theologen haben den Blitzableiter verdammt, Chevalier. Sie halten es für gottlos, sich den Ratschlüssen des Himmels zu widersetzen, zumal es eine seiner Lieblingsbeschäftigungen ist, hie und dort den Blitz gegen einen von uns zu schleudern.»

«Wir Franzosen haben in diesen Dingen recht eigene Vorstellungen», fügte Aubriot hinzu. «So lassen wir uns beispielsweise lieber von den Pocken anstecken, als uns dagegen impfen zu lassen – auch das um der Liebe Gottes willen. Unsere Theologen können nicht vergessen, daß Hiob sich seine Blattern vom Teufel geholt hat und es folglich nur ein Teufelsbrauch sein kann, etwas von diesem Stoff in den Körper einzuführen.»

«Ich bin überrascht», sagte Casanova. «In der Schweiz wie in England, in Deutschland, Rußland, in Amerika und bei den Orientalen – überall wird heutzutage geimpft. Haben die Ärzte hier denn nicht mit gleichem Recht wie die Theologen auch ein Wort dazu zu sagen?»

«Ein Wort? Mit Tausenden von Worten haben meine gelehrten Kollegen dieses Thema an den Fakultäten diskutiert, ehe sie sich schließlich dem wissenschaftlichen Gebot der Kirche beugten», entgegnete Aubriot ironisch. «Seht Ihr, Chevalier, das Unglück der französischen Kranken rührt oftmals daher, daß ihre Ärzte sich leidenschaftlich gern um das Krankenbett versammeln, um zu diskutieren, an welchem Übel der Patient gerade stirbt.»

Casanova zog ein entsetztes Gesicht: «Der Ton, in dem Ihr über die Medizin Eures Landes sprecht, Monsieur, ermuntert einen nicht, in Frankreich krank zu werden. Ich jedenfall werde damit warten, bis ich wieder in Genf bin. Dort haben sie wenigstens Tronchin, dessen Können großes Aufsehen erregt.»

Mit bedauernder Miene konterte Jassans: «Wenn Ihr hören wollt, was ich als Apotheker darüber denke, Chevalier, kann ich Euch nur sagen, daß Tronchin zu gar nichts taugt. Er behandelt mit frischer Luft, Spaziergängen, Wasser und Kompotten . . . Dieser Mann ist einer der gefährlichsten!»

«Sollten wir nicht endlich zur Elektrizität zurückkehren?» schlug Marlieux ungeduldig vor.

Es war bereits verabredet, daß Casanova und der Abbé Rozier bis zum nächsten Tag auf dem Landsitz der Marlieux zu Gast blieben, während Jeanne mit der alten Karosse, die gewöhnlich den Krankenhausangestellten zur Verfügung stand, nach Charmont zurückgefahren werden sollte. Doch als die Stunde des Aufbruchs kam, beeilte der Venezianer sich, ihr die größere Bequemlichkeit seiner Mietkarosse anzubieten. Aubriot runzelte die Augenbrauen, während Jeanne sich verärgert dem aufdringlichen Angebot zu entziehen suchte: ein rollendes Tête-à-Tête mit diesem ausgekochten Don Juan genügte. Madame Marlieux bemerkte ihre

Verlegenheit, ahnte den Grund und kam ihr zu Hilfe: «Ich glaube, Mademoiselle Jeanne wird lieber im Kabriolett meines Mannes fahren», sagte sie lächelnd. «Sie hat es sehr bewundert, als wir im Sommer damit nach Schloß Charmont kamen, um die Baronin zu besuchen.»

«Oh! Ja bitte, wenn Euer Kutscher noch nicht zu Bett gegangen ist, macht mir das Vergnügen, mich im Kabriolett fahren zu lassen!» rief Jeanne erleichtert.

Marlieux hatte sein Kabriolett erst seit sechs Monaten. Er war sehr stolz darauf und ließ sich nicht lange bitte, anspannen zu lassen: «Meinen Kutscher brauchen wir nicht», meinte er fröhlich, «ich werde selbst fahren.»

«O nein», schaltete Aubriot sich ein. «Mein lieber Marlieux, ich wollte Euch ohnehin um die Erlaubnis bitten, Euer schönes Spielzeug einmal zu probieren, und weshalb nicht heute abend? Wenn man Kabriolett fährt, muß man sich wieder wie zwanzig fühlen, oder?»

«Versucht es nur, Ihr werdet schon sehen», erwiderte Marlieux. «Macht Euch den Spaß, im Galopp bis nach Charmont zu fahren, aber hebt Euch das Umstürzen für den Rückweg auf, wenn Ihr allein seid!»

Jeanne mußte sich in den Arm kneifen, um zu glauben, daß sie nicht geträumt hatte. Es war wirklich wahr! Sie sah, wie Philibert mit geschmeidigen Bewegungen den Platz des Kutschers einnahm, wie er ihr die Hand reichte, um ihr beim Einsteigen zu helfen, wie er die Zügel nahm ... Sie hörte ihn schnalzen und mit der Peitsche knallen, dann tauchten sie im langsamen Trott in die Stille des vor ihnen liegenden Boulevard de Bourg ein.

Kaum hatten sie das Stadttor hinter sich gelassen, verwandelte sich das Klappern der Pferdehufe in ein dumpfes, hämmerndes Geräusch, das von dem weichen Boden nahezu verschluckt wurde: Das mit Kräutern und Gräsern bewachsene Land nahm das Gespann in seinen grenzenlosen Frieden auf. Der unsichtbare Vollmond ließ den feuchten Nebel wie feinen, lichten Staub erscheinen. Große weiße Wolkentürme, die aus dem Boden herauszuwachsen schienen, zeigten die Standorte der Weiher an. Es war eine Nacht, um Feen tanzen zu sehen. Bebend vor Erregung, gab Jeanne sich der Poesie des Augenblicks hin; das Ziel war nur zwei Meilen entfernt, aber was kann in zwei Meilen Traum nicht alles geschehen?

«Ist Euch nicht kalt, Jeannette? Mir scheint, Ihr fröstelt.»

«Nein», sagte sie leise, indem sie ihren Schal mechanisch ein wenig fester um den Körper zog. «Mir ist wohl, sehr wohl.»

«Schon so oft sind wir hier zusammen spazierengegangen, aber noch nie im Mondschein, nicht wahr?»

«Heute nacht kommt mir alles unwirklich vor.»

«Nachtspaziergänge lassen einen leicht aus der Wirklichkeit heraustreten. Heutzutage, wo die Wissenschaft so unerhörte Fortschritte macht und dem Wunderbaren unwiderruflich viel von seinem Zauber nimmt, ist es mir nicht unangenehm zu wissen, daß der Mondschein immer bleiben wird, um mir einen Ausblick in das Übernatürliche zu gewähren.»

«Ja», sagte sie, «ich denke genau wie Ihr, ich fühle immer genau wie Ihr.»

Sie hörte ihn leise lachen.

«Weil ich Euch meine Art zu sehen und zu hören gelehrt habe. Vielleicht habe ich auf diese Weise ein Naturell verdorben, das besser war als meines?»

«O nein! Mir ist es nur lieb, Euch ein wenig ähnlich zu sein», erklärte sie hastig. «Ich wünschte, Ihr hättet mich mit Euren Händen geformt, ganz wie Ihr es Euch vorstellt.»

Während der restlichen Fahrt fragte sie sich, ob sie nicht vielleicht durch allzu vertrauliche Reden seinen Unwillen erregt hätte, denn er sprach nicht mehr. Kurz vor Charmont straffte Philibert die Zügel und ließ das Pferd im Schritt weitergehen. Dann sagte er fröhlich: «Ich finde es wunderbar, daß Ihr mir gern ähnlich seid, Jeannette, aber ich flehe Euch an, richtet Euch nicht nach meiner Schönheit, mit der Eurigen seid Ihr besser bedient!»

Sie erzitterte vor Freude und fragte schnell, solange sie noch den Mut hatte: «Findet Ihr mich schön, Monsieur Philibert? Findet Ihr, daß ich eine schöne Frau werde?»

Er begann zu lachen: «Es tut einem nicht weh, Euch anzusehen.»

Auf dem moosbewachsenen Weg am Eingang des gepflasterten Hofs brachte er das Kabriolett zum Stehen, um die Schlafenden im Schloß nicht aufzuwecken. Er kletterte vom Sitz, lief um den Wagen herum auf die andere Seite und breitete die Arme aus: «Springt!» flüsterte er.

So hatte er sie als kleines Mädchen oft von der Höhe einer Böschung springen lassen, um sie unten im Graben in Empfang zu nehmen.

«Ich werde durch die Küche hineingehen», sagte sie mit gedämpfter Stimme. «Die Hintertür ist nie verriegelt.»

Er setzte ihre Tasche auf der Schwelle ab; doch bevor sie das Haus betrat, blieb sie stehen, um ihm Adieu zu sagen. Die eine Hälfte des Mondes war hinter den Wolken hervorgekommen, so daß sie sich recht gut sehen konnten. Im Bruchteil einer Sekunde würde diese ungewöhnliche Stunde zu Ende gehen, dachte Jeanne. Wie war es nur möglich, daß auch der heftigste Wunsch die Zeit, ein geliebtes Gesicht vor Augen zu haben, nicht um eine einzige Minute verlängern konnte? Ihre Verzweiflung, den Geliebten nun wieder zu verlieren, war plötzlich so übermächtig, daß sie unwillkürlich einen Schritt auf ihn zu tat, den Kopf nach hinten geworfen, den Mund so zum Kuß dargeboten, daß kein Mann sich darüber hätte täuschen können.

Zärtlich legte Philibert beide Hände auf ihre zarten Schultern, beugte sich zu ihr herab und küßte sie auf beide Wangen: «Ich habe mich sehr gefreut, Euch zu sehen, Jeannette», sagte er. «Vergeßt nicht, Euren alten Lehrer hin und wieder zu besuchen.»

Wie könnte ich vergessen, Euch zu lieben? dachte Jeanne so innig, daß sie sich später nicht mehr erinnern konnte, ob sie es nicht laut gesagt hatte.

Auf jeden Fall zog Philibert sich schroff von ihr zurück: «Nun aber hinein, schnell hinein», mahnte er im gebieterischen Tonfall des Arztes. «Ihr wißt doch, daß allzuviel Mondschein nicht guttut. Wenn Ihr noch länger vor der Tür verweilt, werdet Ihr Euch in der feuchten Nachtluft erkälten.»

11. Kapitel

Nur mit größter Mühe konnte Jeanne sich zurückhalten, schon am nächsten Tag nach Châtillon zu galoppieren – aber am übernächsten Tag stand sie frühmorgens vor der Tür der Aubriots.

Der Doktor war ins Bugey zurückgefahren, um seine Praxis in Belley zu schließen und seine Angelegenheiten in Ordnung zu bringen. Clémence riet seiner Freundin, allein damit zu beginnen, die Pflanzenernte aus der Auvergne zu sortieren und zu klassifizieren. Singend machte Jeanne sich an die Arbeit: Philibert war dabei, sein altes Leben zu liquidieren – das Glück würde nicht mehr lange auf sich warten lassen.

Doch Philibert kam nicht zu dem Zeitpunkt zurück, den er Clémence versprochen hatte. Erst einen Monat später erhielt seine Familie einen Brief, in dem er eine Reise nach Orange ankündigte: sein Husten hatte sich wieder verstärkt, und er wollte in den Süden fahren, um den Winter in einem für seine Bronchien günstigeren Klima zu verbringen. Höchstwahrscheinlich würde seine Reise ihn bis nach Cotignac führen, wohin sein Freund Gérard ihn eingeladen hatte. Falls seine Gesundheit bis dahin wiederhergestellt wäre und er die notwendigen Mittel fände, hatte er die Absicht, sich im Frühling nach Menorca einzuschiffen; schon seit langem hegte er den Wunsch, die Flora dieser Insel zu studieren.

Jeanne war von diesen Neuigkeiten am Boden zerstört. Es war ihr unbegreiflich. Ihre zauberhafte Nachtfahrt im Kabriolett, die ihr noch so greifbar nahe vor Augen stand, war doch schließlich kein Traum gewesen? Sie war sicher, daß Philibert in jener Nacht ihre Liebe geahnt hatte. In jener Nacht hatte sie ihren Traum endlich in der Hand gehalten! Und schon war der unzähmbare Vogel ihr abermals entflohen . . . Während des ganzen Rückwegs nach Charmont schluchzte sie in die Mähne ihrer treuen Blanchette. Doch als sie die Riesenulme an der Wegkreuzung zum Schloß erreichte, besann sie sich eines Besseren, hielt ihre Stute, die bereits abbiegen wollte, zurück, gab ihr die Sporen und galoppierte geradewegs nach Rupert, um sich an Maries Schulter auszuweinen.

Marie hielt es für angebracht, Émilies Meinung einzuholen.

Mit ihren knapp vierzehn Jahren war Émilie de la Pommeraie, das junge Stiftsfräulein von Neuville, jederzeit bereit, Ratschläge in Liebesangelegenheiten zu erteilen. Trotz ihres sittsamen Lebenswandels galt sie in Herzensfragen als besonders gelehrt. Ihr Wissen schöpfte sie aus ihrer Beobachtungsgabe, aus Romanen und einem ebenso fleißigen wie heimlichen Briefwechsel mit Freundinnen, die wie sie in einem Kloster lebten oder das Ordenskleid in jüngster Zeit abgelegt hatten. Ihr Tagebuch war eine einzige lange Reflexion über das Verliebtsein. Denn schon in ihrer frühesten Jugend hatte sie dank ihrer Lebensumstände gelernt, die verbotene Frucht der Liebe mehr als alles andere zu begehren.

Ihre Eltern, die Marquis de la Pommeraie, hatten nach dem Vorbild ihrer Ahnen gelebt – weit über ihre Verhältnisse und fern der Arbeit. Nachdem Gott drei ihrer Kinder zu sich heimgerufen hatte, waren ihnen noch drei weitere geblieben, für die sie hatten sorgen müssen: zwei Knaben und ein Mädchen. In einem solchen Fall war es üblich, zunächst den Jungen zu einem Start zu verhelfen, und wenn nichts für die Mitgift der Tochter übrigblieb, steckte man sie ins Kloster. Um des Wohles ihrer Brüder willen lebendigen Leibes in einem Kloster begraben zu werden, hatte in Émilie, die damals gerade acht Jahre alt war und keinerlei Familiensinn besaß, Gefühle der Empörung ausgelöst. Glücklicherweise konnte ihr hoher Adel ihr wenigstens zu einer Zukunft als Stiftsdame verhelfen, so daß ihr das traurige Grab einer Nonne erspart blieb. Eine Verwandte ihres Vaters, die sich im Kloster von Neuville niedergelassen hatte, ernannte sie zur Erbin ihrer Stiftsstelle, um selbst kurz darauf zu sterben. So war Émilie mit knapp neun Jahren in das Kloster von Neuville aufgenommen worden. Die Stiftsdame Charlotte de Bouhey, Émilies Patentante, hatte Jeanne zu der Zeremonie mitgenommen. Der Schützling von Charmont war damals gerade zehn geworden, und die große Kälte, die über Jeanne gekommen war, als sie das kleine Mädchen, noch nicht einmal so alt wie sie, wie eine einsame Braut vor dem Altar hatte stehen sehen, sollte ihr in ewiger Erinnerung bleiben. Doch es dauerte nicht lange, bis Jeanne von Émilie zu hören bekam, daß ein gütliches Übereinkommen mit dem Himmel nirgendwo einfacher zu schließen sei als in einer Abtei!

Der Stand der Stiftsdame war ein hervorragender Stand. So

komfortabel, daß nur wenige Damen von der Möglichkeit Gebrauch machten, sich von ihrem Gelübde entbinden zu lassen, um zu heiraten. In der Tat, in diesem 18. Jahrhundert war die Existenz als Stiftsdame das einzige Mittel, als unverheiratete Frau ein angenehmes Leben zu führen. Man bekam den Titel Comtesse mitsamt einer gesicherten Rente, dazu eine Unterkunft, aber zugleich auch das Recht, sie nach Belieben zu verlassen oder Freunde und Eltern zu empfangen – unter dem einzigen Vorbehalt, daß die männlichen Besucher den Ort vor der Vesper wieder verließen, und das war wahrlich nicht zuviel verlangt. Eine so zwanglose Regel erhöhte das Verdienst der Damen von Neuville, die zumeist eine halb zurückgezogene, halb mondäne, aber stets wohlanständige Existenz führten, und deren Frömmigkeit zu den vorgeschriebenen Stunden des Gottesdienstes keineswegs unter der Abwechslung litt. Man kam übrigens von weit her, ihren Glauben zu bewundern.

Die schöne, strenge Tracht aus schwarzer Seide war nur für den Gottesdienst bestimmt. Draußen oder bei sich zu Hause trugen die Stiftsdamen, was sie wollten – außer Rosa, das als Ballfarbe verdammt war. Außerhalb der Kirche kleidete Émilie sich nur in Grün, Weiß oder Dunkelblau, den drei Farben, die ihrer Meinung nach am besten zu ihren fuchsroten Locken, dem hellen Teint ihres sommersprossigen Gesichts und ihren graugrünen Augen paßten. Jeanne und Marie fanden sie in einem weißen Negligé, in ein Rechnungsbuch vertieft.

«Es ist wahrlich ein Glück, in der Bresse zu wohnen!» rief sie, als sie ihre beiden Freundinnen hereinkommen sah. «Heute morgen haben wir unsere Hühnchen für fünfzehn Sous das Paar bekommen, außerdem gute Butter zu sechs Sous das Pfund und Eier zu drei Sous das Dutzend. Wißt Ihr, daß die Eier in Paris auf zehn Sous gestiegen sind, während die Butter schon bei dreizehn ist? Und ratet einmal, was es meine Brüder gekostet hat, ein Matrosenliebchen in einer Schenke der Champs-Élysées auszuhalten? Sechs Livres pro Kopf!»

«Sechs Livres pro Kopf!» wiederholte Marie mit erstickter Stimme. «Sechs Livres für einen Teller Aal und Zwiebelkarpfen!»

«Dabei möchte ich nicht wissen, aus welchem ungenießbaren Wein der Sud bereitet wurde!» fügte Émilie hinzu. «Aber kann man denn auch dümmer sein als meine Brüder, die, arm wie sie sind, nichts anderes im Kopf haben, als ihren Grisetten Leckerbissen in den Mund zu schieben, statt ihre Parties mit vornehmen Damen zu feiern, die ihre Zeche bezahlen würden und gewiß keine schlechtere Gesellschaft abgäben? Aber ich werde sie für ihre Dummheit bestrafen. Statt zehn Écus, die diese verzärtelten Lüstlinge von mir erbetteln, um ihre Ausgaben zu decken, werde ich ihnen nur zwei schicken – für jeden einen.»

«Émilie, Ihr seid knausrig!» sagte Marie lachend. «Ich bin freigebiger mit meinem Bruder Jean.»

«Ihr habt ja auch nur einen einzigen Blutsauger an Eurer Börse hängen, ich dagegen zwei. Aber nun zu einem anderen Thema – wie ist es, wollt Ihr nicht mit mir essen? Vor drei Tagen bekam ich eine ganze Fuhre Schnecken geschenkt; sie müßten mittlerweile genießbar sein.»

«Oh! Ja», frohlockte Marie, «bitte, macht uns ein schönes Kloster-Diner!»

«Ich glaube, ich habe keinen Hunger», seufzte Jeanne.

Émilie sah sie mit ihren lebhaften graugrünen Augen eindringlich an: «Ich sehe schon, was los ist, Jeannette: gebärdet Monsieur Aubriot sich immer noch als trauernder Witwer? Fällt ihm denn nichts Besseres ein?»

«Ich kann ihn nicht zwingen, meine Liebe zu erwidern», sagte Jeanne mit sterbender Stimme.

«Genau das ist es, was wir diskutieren sollten», meinte Émilie. «Aber erlaubt, daß ich zuerst meine Anweisungen für das Essen gebe ...»

«So – jetzt setzen wir uns und reden», schlug sie vor, als sie nach einer Weile wieder hereinkam.

Sie hatte sich die Zeit genommen, ihre Garderobe zu wechseln und ein gut sitzendes blaßgrünes Kleid aus Schleiertuch anzuziehen, über dessen Mieder ein weiß emailliertes Goldkreuz mit dem Bildnis der heiligen Katharina und der Inschrift *Genus Decus Virtus* glänzte.

Die drei Freundinnen ließen sich in einem kleinen Salon nieder, der auf Émilies Wunsch grün abgesetzt und ansonsten ganz in Weiß gehalten war, möbliert mit bequemen Sofas, deren Bezug aus weißem Seidendamast bestand. Émilie wohnte nicht in einem der großen harmonischen Stiftshäuser an dem bezaubernden Platz des

Kapitels, sondern in einem etwas weniger alten und kleineren Haus, das sie von ihrer Verwandten, der Stiftsdame Marie-Alphonsine de la Pommeraie, geerbt hatte. Da die Regel es einem Stiftsfräulein unter fünfundzwanzig Jahren nicht erlaubte, allein in ihrem Privathaus zu leben, teilte Émilie die Räumlichkeiten mit einer uralten Dame, die unter Rheumatismus litt, ihre Glieder kaum noch bewegen konnte, halb blind und vollständig taub war – kurz, eine Anstandsdame nach ihrem Geschmack. Man mußte ihr nur etwas Honig um den Mund streichen und schon war sie zufrieden.

Jeanne setzte sich so, daß sie den Park sehen konnte. Dafür, daß Marie-Alphonsine das gesamte Gelände kurz vor ihrem Tod neu hatte bepflanzen lassen, waren die jungen Bäume schon recht hoch, gaben aber immer noch den Blick über die gesamte Landschaft frei, bis hin zu der Senke mit dem grünenden Buschwerk hinter der Klostermauer, die sich wic ein riesiges Feld bis zu den fernen bläulichen Bergen des Beaujolais erstreckte.

«Émilie, Euer Dekor ist Balsam für meine Seele», sagte Jeanne. «Sollte ich eine alte Jungfer werden und mich eines Tages als Gesellschafterin anbieten müssen, ginge ich am liebsten zu den Stiftsdamen von Neuville.»

«Ich werde Euch zu mir holen, liebste Freundin», sagte Émilie begeistert. «Das heißt, wenn ich überhaupt noch hier bin. Als Stiftsdame hat man ja immerhin die Möglichkeit, seinen Stand zu verlassen.»

«Denkt Ihr etwa an Veränderung?» wunderte sich Marie.

Émilie ging mit einer leichten Handbewegung über die Frage hinweg: «Sprechen wir lieber von den weniger erfreulichen Dingen, die Jeannettes Herz bedrücken . . .»

Émilie trank einen Schluck Wein und füllte ihren Teller mit einer neuen Portion Schnecken: «Ich bin der Meinung, daß Euer Feigling geflohen ist», stellte sie in einem Ton fest, der keinen Widerspruch duldete. «Jeannette, Euch hat es an Mut gefehlt. Ich weiß nicht, weshalb Ihr, die Ihr über einen so regen Geist und einen lebhaften Charakter verfügt, Euch mit Eurem Aubriot wie eine dumme Gans benehmt? Ihr gehorcht seinem Willen, wie man nicht einmal mehr dem eines Vaters gehorcht!»

«Nanu!» meinte Marie lachend. «Wollt Ihr denn, daß sie ihn entführt? So weit ist die Mode nicht; heutzutage muß man immer noch entführt werden.»

«Nein», erwiderte Émilie bestimmt, «man muß sich entführen lassen. Die Entführten, die ich kenne, haben ihre Sache ebenso vorbereitet wie ihre Entführer. In Liebesdingen ist ein Mann im letzten Moment oft unschlüssig.»

«Gewiß doch!» ereiferte sich Marie. «Wenn die Geschichte schiefgeht, ist er es schließlich, dem der Henker den Kopf abschlägt! Die Demoiselle kommt mit einer kurzen Gefangenschaft im Kloster davon. Erinnert Ihr Euch an die Entführung von Anne-Marie de Moras? Wenn der Comte de Courbon bei dieser Affäre nicht den Kopf verloren hat, so nur, weil er ihn bereits über die Alpen gerettet hatte, als er vom Hohen Gericht des Châtelet verurteilt wurde.»

«Diese Geschichte ist zwanzig Jahre alt. Wir kennen sie nur von unseren Eltern, die sie uns erzählen, um uns gefügig zu machen», erklärte Émilie. «Außerdem war der Comte de Courbon zugleich der Liebhaber von Madame de Moras, und es ist nun einmal so, daß man seiner Mutter nicht den Liebhaber ausspannt! Die Mutter hat sich gerächt, indem sie den Justizapparat in Bewegung setzte – was ich übrigens das allerletzte finde. Wenn eine Frau mit ihrem Liebhaber nicht zufrieden ist, sollte sie mit einer Pistole zu ihm gehen; aber ihm den Polizeileutnant auf den Hals zu hetzen, das gehört sich nicht. Doch wie auch immer, was Jeannette und den Doktor Aubriot betrifft, so sehe ich nicht einmal, welche Richter . . .»

Plötzlich beschämt über das, was sie sagen wollte, brach Émilie mitten im Satz ab.

Jeanne verzog die Mundwinkel zu einem Lächeln: «Nun, Émilie, weshalb sprecht Ihr es nicht aus? Es ist selten genug, daß der fehlende Adel einem zum Vorteil gereicht, und dies ist doch immerhin ein solcher Fall: welcher Richter würde sich schon um die Flucht einer Demoiselle Beauchamps mit einem Bürger aus Châtillon kümmern? Aber leider ist der Bürger keineswegs auf eine solche Flucht bedacht. Ohne Philibert zu mißfallen, gefalle ich ihm doch nicht im geringsten – das ist die Wahrheit.»

Wütend schüttelte Émilie ihren roten Lockenkopf: «Ich glaube kein Wort davon! Eine so junge und hübsche Person wie Ihr gefällt einem Mann immer – zumindest so lange, bis sie von ihm bekommt, was sie haben will. Das Herz eines Mannes mag tot oder bei einer anderen sein, das hindert ihn nicht, mit größtem Vergnügen Mätressen zu nehmen, und an erster Stelle solche, die sich ihm anbieten – so erstaunlich uns das auch erscheinen mag.»

«Wenn ich an die Gespräche zwischen meiner Mutter und Madame de Vaux-Jailloux denke, muß ich in der Tat annehmen, daß die Männer ganz anders sind als wir», bestätigte Marie. «Sie brauchen nicht zu lieben, um . . . um galant zu sein.»

«Aber ich will geliebt werden!» empörte sich Jeanne, die sich durch die Äußerungen ihrer beiden Freundinnen keineswegs getröstet fühlte.

«Das versteht sich von selbst, meine Liebe», sagte Émilie. «Das höchste Streben einer Frau muß die Liebe sein. Von dem geliebt zu werden, dem die eigene Liebe gilt, ist das einzige, was eine Frau vollends glücklich machen kann, davon bin ich überzeugt. Aber ich bin ebenso überzeugt, daß ein solches Wunder nur selten geschieht.»

«Gibt es denn nicht wunderbare Ausnahmen? Kommt es nicht vor, daß ein flatterhafter Verlobter nach der Hochzeitsnacht für immer den Reizen seiner Gemahlin erliegt?» seufzte Marie in Gedanken an ihren zerstreuten Philippe.

«So etwas kommt vor, das muß ich einräumen – Gott sei Dank!» meinte Émilie. «Der Besitz hat großen Einfluß auf das Herz eines Mannes.»

Doch trotz dieses Zugeständnisses senkte sie die Stimme nicht, im Gegenteil, sie wurde noch emphatischer, um an Jeanne gewandt hinzuzufügen: «Um mich klar auszudrücken, meine werten Freundinnen: es will mir einfacher erscheinen, sich von einem Mann lieben zu lassen, den man in seinem Bette hat, als von einem solchen, der ständig unterwegs ist.»

Jeanne, die mit glühenden Wangen zugehört hatte, explodierte: «Verbindlichsten Dank, Madame, für Euren Rat», sagte sie zornig. «Ich möchte wetten, daß selbst eine Tänzerin von der Oper ein Angebot abwartet, ehe sie sich zu einem Mann ins Bett legt!»

Émilie hob die Hand, um anzudeuten, daß sie sich auf diese Wette nicht einlassen würde, nutzte aber die Gelegenheit, nach dem Hausmädchen zu läuten, um eine zweite Platte Schnecken und

Salat zu verlangen. Kaum daß die Speisen aufgetragen waren und das Mädchen die Tür hinter sich geschlossen hatte, kam das junge Stiftsfräulein auf sein Lieblingsthema zurück. Émilie wurde es nie müde, über die hochinteressanten Bräuche der Liebe zu diskutieren – jene unbekannten Gefilde, denen ihre ganze Sehnsucht galt: «Man sollte mehr über die Gewohnheiten nachdenken, die sich im Verhältnis zwischen Männern und Frauen eingebürgert haben», sagte sie. «Sind sie wirklich so natürlich, wie man glauben möchte? Hört nur einmal, was die Pfarrer erzählen, die auf dem Lande die Beichte abnehmen. Von ihnen werdet Ihr erfahren, daß es immer die kleinen Mädchen sind, welche die Knaben zu Liebesspielen verführen. Erst später ändert sich dieses Verhalten; die Mädchen beginnen sich zu zieren, während die Jünglinge sich ein dreistes Auftreten angewöhnen, weil alle Leute dieser kleinen Welt ab einem gewissen Alter versuchen, die Sitten der Herren nachzuahmen.»

«Und Ihr meint, es sei vielmehr an uns, die Sitten der Bäurinnen anzunehmen?» fragte Marie belustigt, während Jeanne ein angewidertes Gesicht zog.

«Das habe ich nicht gesagt, Marie. Aber es liegt trotzdem auf der Hand, daß die Jünglinge schüchtern sind, während die gestandenen Männer zerstreut ihren Beschäftigungen nachgehen. Schließlich bleiben nur die Alten, die auf die Liebe drängen; und da unsere Rechnung so nicht aufgeht, müssen wir die anderen wohl ein wenig ermutigen, nicht wahr? Seht einmal, gestern bekam ich einen Brief von meiner Cousine Sourzy ... Sagt selbst, was Ihr davon haltet. Sourzy ist ein Waisenkind. Ihr Vormund, der Comte de Belmont, der sie erzogen hat, muß heute an die Vierzig sein. Und nun hört, was Sourzy schreibt: ‹Ihr werdet Euch wundern, meine liebe Émilie, zu erfahren, daß ich mich für die Zukunft in Paris niedergelassen habe, aber es war mein Wunsch, dem Comte de Belmont zu folgen. Schon mit zwölf Jahren hatte ich bemerkt, daß er Gefallen an mir fand, obwohl er verheiratet war; und der zärtliche Umgang, den er mich gelehrt hat, führte dazu, daß ich ihn meinerseits zu lieben begann. Als ich es ihm gestand, sprach er mir von seinen Skrupeln, aber es fiel mir nicht schwer, sie ihm zu nehmen. Wir lieben uns, wir sind glücklich, und wenn ich ein schlechtes Gewissen habe, so nur, weil ich unser Glück nicht schon früher herbeigeführt habe . . .› So weit ihre eigenen Worte», schloß Émilie, indem sie den Brief wieder zusammenfaltete. «Ihr müßt zugeben, dieser Brief läßt keinen Zweifel, daß sie es war, die die Initiative gegen die Unschlüssigkeit des Comte ergriff.»

«Wie alt ist Eure Cousine Sourzy?» erkundigte sich Marie.

«Bald fünfzehn.»

«Sie hätte ihr Glück kaum früher herbeiführen können», bemerkte Jeanne, immer noch mit dem letzten Satz aus Sourzys Brief beschäftigt.

«Meine Liebe», erwiderte Émilie, «wir Frauen können es uns nicht leisten, spät mit dem Leben zu beginnen. Erinnert Euch nur, was über eine Verliebte von vierzig Jahren geredet wird! Wie verletzend man über die arme Alte spottet! Glaubt mir, wir müssen dafür sorgen, daß wir mit zwanzig die beste Zeit unseres Lebens hinter uns haben.»

«Um Gottes willen, Émilie, bringt mich nicht zur Verzweiflung!» entfuhr es Jeanne, die sich mit ihren fast sechzehn Jahren plötzlich an die Grenze jenes Alters gerückt fühlte, in dem eine Frau nur noch verzichten kann. «Und vor allem», fügte sie hinzu, «lebt man denn nicht schon dadurch, daß man überhaupt liebt – auch wenn es eine schmerzliche Liebe ist?»

Émilie nahm ihren ironischen Tonfall an: «Als ich zwölf war, habe ich das auch geglaubt, Jeannette. Seither bin ich erwachsener geworden, und das tränenreiche Los einer tugendhaften Romanheldin hat für mich nicht mehr den geringsten Reiz! Um ihre Rolle durchzuhalten, muß eine solche Verliebte überall mit abwesender Miene und feuchten Augen erscheinen, sie kommt zu Tisch, um kaum einen Bissen hinunterzubringen und einsilbig auf ihren Teller zu starren . . .»

«In der Tat, das würde Euch nicht gut zu Gesicht stehen», meinte Marie lächelnd.

«Steht es mir etwa besser zu Gesicht?» schrie Jeanne außer sich. «Und wer spricht überhaupt davon, mit Tränen in den Augen zu warten? Es stimmt nun einmal, daß Monsieur Philibert anfällige Lungen hat und die Luft des Südens ihm guttun wird, das ist keine Lüge. Er hat mich immer mit zufriedener Miene gesehen, und in jener Nacht habe ich genau gespürt, daß er mein Herz versteht; dennoch hat er mir nicht verboten, auf ihn zu hoffen!»

«Genau dies solltet Ihr ihm vorwerfen!» warf Émilie lebhaft ein. «Wenn er Eure Liebe gefühlt hat und sie nicht erwidern wollte, hätte ein einziges Wort genügt, Euch die Hoffnung zu nehmen.»

Mit einer heftigen Handbewegung schnitt sie Jeanne, die eine Antwort schon auf den Lippen hatte, das Wort ab:

«Nein! Erzählt mir nicht, er habe Euch nur aus Güte im Zweifel gelassen! Solch feinfühlige Manieren kennt ein Mann nicht gegenüber einer Frau, die ihm lästig fällt. Es muß also Berechnung sein, wenn Aubriot sich Euch gegenüber liebenswert zeigt, ohne wirklich liebenswert zu sein; wenn er Euch im Mondschein im Kabriolett spazierenfährt, ohne Euch zu küssen; oder wenn er Euch bittet, ihn möglichst oft zu besuchen, während er seine Koffer für die nächste Reise packt. Mit anderen Worten, Jeannette, ich bin überzeugt, daß er ein Ziel hatte, als er Euch vor seiner Abreise nicht Eure Hoffnung nahm: er wollte nicht, daß Ihr Euch während seiner Abwesenheit mit einem anderen tröstet. Also, meine Liebste, an Eurer Stelle wäre ich empört, in dieser Weise behandelt zu werden – als Geliebte, die in Reserve gehalten wird!»

«Das ist kein schlechtes Argument», meinte Marie.

Während Émilies feuriger Rede hatte Jeanne glänzende Augen bekommen.

«So glaubt Ihr also genau wie ich, Émilie, daß Monsieur Philibert mich verstanden hat und daß er glücklich ist über meine Liebe, selbst wenn er zögert, es mir zu sagen?» sagte sie mit halblauter, verträumter Stimme.

Das rothaarige Stiftsfräulein schüttelte heftig den Kopf, so daß die in der Sonne glänzenden Locken durch die Luft wirbelten: «Jeannette, ich muß mich schämen, dem gleichen Geschlecht anzugehören wie Ihr! Alles, was Ihr von meiner Rede behalten habt, ist die törichte Erlaubnis zu warten, bis Aubriot Euch die Freundlichkeit erweist, sich Eurer zu bedienen. Darüber werdet Ihr Eure Jugend verlieren, meine Liebe, und bei dieser Aussicht sollte man gewiß nicht sein Liebesleben verkürzen.»

Eintönig schleppte der Winter sich dahin, grau und schwer von Regen und Schlamm. Doch der lachende Frühling, der auf die kalte Jahreszeit folgte, war noch trauriger für Jeanne, denn er brachte alles zurück – die Veilchen und die goldenen Knospen, die tanzenden Sonnenstrahlen auf dem Morgentau, den Weißdornduft in den Hecken, die Schwalbennester unter den Stalldächern und die Küken im Wirtschaftshof –, ohne jedoch Philibert nach Châtillon zurückzubringen. Freudlos erlebte sie ihren sechzehnten Geburtstag, und als der Frühling zur Neige ging, war die Nachtigall im Wald von Neuville tatsächlich jener Tränenvogel, von dem die Dichter sprechen, dessen Gesang nur dazu anregt, eine verlorene Liebe zu beweinen. Endlich, im Mai, bekam sie einen langen Brief aus Antibes.

Philibert war gerade dort angekommen, um sich für einen Monat von der langen pflanzenkundlichen Expedition zu erholen, die er mit seinem Freund Gérard de Cotignac an die provenzalische Küste unternommen hatte. Es war sonnig und warm. Die Landschaft erstrahlte in einer grenzenlos heiteren Schönheit, das Land roch nach einer Mischung aus Minze und Thymian, und am Strand bereiteten die Fischer in gewaltigen schwarzen Kochkesseln würzig duftende Fischsuppen, deren Geschmack noch köstlicher wurde, wenn man mit Knoblauch eingeriebenes Brot hineintunkte ... Der Reisende hustete nicht mehr, er hatte drei Pfund zugenommen und eine gesunde Farbe bekommen, obendrein fühlte er sich mit den zahlreichen Pflanzen, die er im Süden gefunden hatte, reich wie Krösus. Dieser Bemerkung fügte der Botaniker hinzu, er habe eine Kiste mit nahezu zweihundert getrockneten und etikettierten Exemplaren auf die Heimreise geschickt. Er bat Jeanne um die Freundlichkeit, seine Ausbeute entgegenzunehmen, die Kiste zu öffnen und bis zu seiner eigenen Rückkehr schon damit zu beginnen, ein Herbarium der Provence anzulegen.

Als ihr Freudensturm sich gelegt hatte und Jeanne den Brief abermals unter ihrem Rock hervorzog, um ihn zum zehnten- oder elftenmal zu lesen, fand sie ihn weniger erfreulich. Philibert sprach ausschließlich von sich selbst und seinen kleinen Freuden. Jeannette kam ihm nur als Adressatin des Schreibens unter die Feder, nur um ihr Anweisungen zu geben. Da sie glaubte, daß Émilie diesen Brief ohnehin nur kritisieren würde, behielt sie ihn für sich. Dagegen beeilte sie sich, ihr – ebenso wie Marie – die Geschenke zu zeigen, die sie, trunken vor Freude, versteckt unter den Pflanzen auf dem Boden der Kiste gefunden hatte: ein Fläschchen Lavendelwasser in einem entzückenden Behälter aus Olivenholz, außerdem Zitronen-

und Orangengebäck sowie eine Pergamentrolle mit provenzalischen Chansons.

«Monsieur Aubriot ist wahrhaftig sehr zerstreut», kommentierte Émilie, «da schickt er Euch lauter Überflüssiges, ohne Euch das Notwendigste gesagt zu haben!»

«Ihr solltet Euch auf Eure böse Zunge beißen, Madame», sagte Marie, die von ihrem Verlobten noch nie die geringste Kleinigkeit bekommen hatte. «Ich jedenfalls finde all diese Aufmerksamkeiten äußerst charmant und halte sie für einen sehr guten Anfang.»

Mitte Juli kam ein zweiter Brief von Philibert, diesmal aus Roquestéron, einem südfranzösischen Alpendorf. Seiner vollständigen Genesung nahe, hatte der Arzt sich eine Verlängerung seines Aufenthalts in einem für seine Lungen günstigen Klima verordnet. Er hatte sich vorgenommen, die Hundstage in der Höhenluft mit Spaziergängen durch die Kiefernwälder zu verbringen und die Zeit zu nutzen, ihren wohltuenden Duft zu atmen. Im September würde er sich in Grasse mit seinem Freund Gérard de Cotignac treffen, der eine Reise nach Piémont beschlossen hatte. Auf dem Rückweg, der über die Schweiz erfolgen sollte, wollten sie noch den Doktor von Haller besuchen, so daß Philibert noch nicht sagen konnte, ob er Ende des Jahres oder erst Anfang 1764 nach Châtillon zurückkehren würde. Ein ganzes Blatt dieses zweiten Schreibens galt der Ankündigung einer neuerlichen Pflanzensendung, die Jeanne im Herbst erreichen sollte. Diesmal handelte es sich um besonders anfällige und kostbare frische Pflanzen, die ein reicher Amateur aus Hyères, Besitzer eines von seinem Großvater geerbten exotischen Gartens, dem Botaniker versprochen hatte.

Gewöhnlich pflegte Doktor Aubriot sich nicht besonders gewählt auszudrücken, außer daß sein Stil durchsetzt war mit einer Fülle lateinischer Zitate. Aber diesmal, wo es darum ging, das samtigseidene Rot und Violett der Fuchsien zu beschreiben, den Vanilleduft der heliotropischen Pflanzen wiederzugeben oder die bezaubernden Landschaften zu schildern, die er auf seinen Ausflügen an den Estéron und seinen Wanderungen über die Uferstraße der Var gesehen hatte, gab seine Feder den gewagtesten Wendungen eines dichten, lyrischen Stils nach. Berauscht von seinen Worten, fand Jeanne diesen Brief hervorragend zum Vorlesen geeignet, und so trug sie ihren Freundinnen die schönsten Passagen so wohlklingend wie möglich vor.

Jeanne hatte eine ungewöhnlich schöne, sanfte Altstimme, deren voller und weicher Klang, allen zärtlichen Modulationen folgend, im Zusammenspiel mit ihrer vollkommenen und vollkommen natürlichen Diktion einer ihrer zuverlässigsten Reize war.

Kaum hatte sie ihre Lektüre beendet, entfuhr Émilie ein glückseliger Seufzer: «Welch eine Stimme! Wie schade, Jeannette, daß die Schauspielerei ein so liederliches Metier ist: Ihr wäret eine wunderbare Schauspielerin geworden. Ich frage mich, ob unsere Oberin mir nicht erlauben würde, in einem unserer großen Häuser ein Theater einzurichten? Wenn ich die Stiftsdame Charlotte auf meine Seite bringe, müßte der Plan gelingen. Wir könnten dort . . .»

«Aber der Brief?» unterbrach Jeanne sie ungeduldig. «Was sagt Ihr zu dem Brief von Monsieur Philibert?»

«Was mich betrifft, so glaubte ich mich ans Ufer des Estéron versetzt», sagte Marie. «Welch wunderbare Poesie! Mir dreht sich der Kopf von all den Farben und Gerüchen. Wie köstlich man darin versinkt!»

«Ja», stichelte Émilie boshaft, «man kann darin versinken. Wirklich eine Prosa, die einen in Entzücken wiegt.»

Jeanne warf ihr einen flammenden Blick zu und sprach einen ganzen Monat lang kein Wort mehr mit ihr.

Mit dem Herbst kam das angekündigte Paket aus Hyères. Auf Grund einiger Verzögerungen beim Transport erreichten die seltenen Setzlinge Charmont in einem traurigen Zustand; ein Drittel ging ein. Betrübt beschloß Jeanne, die kümmerlichste von den übriggebliebenen Exemplaren unverzüglich nach Lyon zu bringen und sie dem dortigen Botanischen Garten anzuvertrauen, der über ein Treibhaus verfügte. Sie grub die armseligen Pflanzen mitsant ihrer Erde wieder aus und wickelte sie sorgfältig ein, während Thomas den Kasten hinten an der Karosse befestigte.

Unterdessen stand Madame de Bouhey auf dem Balkon ihres Zimmers und beobachtete die Vorbereitungen im Hof, mehr aus Gewohnheit denn aus Interesse. Doch plötzlich rief sie ihren zum Einsteigen bereiten Schützling zurück: «Jeannette! Wenn du schon nicht davon abzuhalten bist, für deine Kranken die weite Reise nach Lyon zu machen, weshalb bleibst du dann nicht länger als zwei Tage? Nimm dir ein paar Kleider mit und bleib eine Weile bei den Delafayes. In Lyon ist es lustiger als hier.»

Und als sie sah, wie das junge Mädchen – mit einem Fuß bereits auf dem Trittbrett – zögerte, fügte sie hinzu:

«Sei nicht dumm, Jeannette: die Penelope kannst du dort ebenso gut spielen wie hier, nur wird dir die Zeit dort schneller vergehen.»

12. Kapitel

Am Ende dieses Jahres 1763 florierte die Stadt Lyon mehr denn je. Industrie und Handel befanden sich in voller Expansion, brachten Techniken und Künste zur Blüte, und es herrschte ein ebenso angeregtes wie fröhliches, elegantes Gesellschaftsleben, dem das intellektuelle Leben in nichts nachstand: es war glänzend.

Bei alldem spiegelte Lyon jedoch nur die Prosperität und den Optimismus des gesamten Königreichs wider – obgleich der verlorene Siebenjährige Krieg erst am 10. Februar 1763 mit einem katastrophalen Friedensvertrag zu Ende gegangen war. Frankreich hatte den Siegern nicht nur Kanada abtreten müssen, sondern auch den Senegal, Neu-Schottland, das Protektorat von Indien und Menorca; darüber hinaus hatte es sich mit einer großzügigen Geste des schönen Landes Louisiana entledigt, um es seinem armseligen Alliierten Spanien zu überlassen. Von dem schönen französischen Kolonialreich waren nur ein paar Bruchstücke und die meisten seiner Zuckerinseln übriggeblieben. Aber was hatte das von den Fürsten unterzeichnete Pergament schon zu bedeuten? Es war eine Angelegenheit des Königs. Seine Untertanen gingen anderen Beschäftigungen nach, vornehmlich dem Reichwerden und dem Kinderkriegen. Solange der König noch in der Lage war, die Zuckerrohrpflanzungen auf den Antillen zu halten, war ein jeder gewiß, sich das Leben weiterhin versüßen zu können. Was das übrige betrifft – die kanadischen, amerikanischen, afrikanischen und anderen ‹Chimären›, so war man froh, sie los zu sein. Kurz, dem besiegten Frankreich des Jahres 1763 ging es prächtig; das Geld war wunderbar stabil geblieben. Kapital war im Überfluß vorhanden, die Investitionen gingen leicht von der Hand, und der denkbar lebhafte Handel führte zu einem erheblich beschleunigten Aufschwung der Industrie – vor allem in Lyon. Niemand in dieser Stadt war ohne Arbeit. Zwar profitierten die Handarbeiter in den Fabriken und die zahlreichen zugewanderten Arbeiter weniger und langsamer von der nationalen Bereicherung als die übrigen Untertanen Louis' XV., aber wer hörte schon auf die schwachen Stimmen dieser beiden Minderheiten, die ohnehin nie mit ihrem Los zufrieden waren? Für die Franzosen, die zählten, war das gegenwärtige Leben gut.

Bei den Delafayes hatte es die Farbe von Gold und Silber – was die Herren Delafaye vielleicht sogar selbst zugegeben hätten, wäre nicht der Fiskus gewesen, der ‹den letzten Centime aus ihnen herauspreßte›. Wahrlich! Der Fiskus folgte der allgemeinen Bewegung, er verlangte immer mehr Écus von denen, die ihre Taschen damit füllten – und das war 1763 ebenso unerträglich wie eh und je.

Als Jeanne in der schönen Residenz an der Place Bellecour ankam, herrschte gerade die übelste Stimmung gegen das Königliche Finanzpachtamt. Soeben von einer Reise nach Paris zurückgekehrt, erzählte Monsieur Joseph, der König habe beschlossen, die allgemeine Pacht zu erhöhen: «Meine Haare sträubten sich unter der Perücke zu Berge», sagte Monsieur Joseph. «Die Steuern werden schon wieder in die Höhe schießen, und Gott weiß, welch unmäßige Summen wir schon jetzt für die Zollrechte bezahlen!»

«Und dazu noch die wucherischen Salzsteuern!» fügte seine Frau hinzu.

«Ja, ja», seufzte Monsieur Henri, das lustigste Mitglied der Familie, mit eher komischer als ernster Miene, «ich sehe ja ein, daß wir endlich anfangen müssen, zu revoltieren und zu lernen, unsere Hähnchen ohne Salz zu essen.»

«Ihr scherzt darüber, lieber Onkel», sagte Laurent, «aber ich finde, daß die Salzsteuer wirklich unmoralisch ist, genau wie alle anderen Steuern auf Lebensmittel und . . .»

Wie so oft, war der Erbe Delafaye auf dem besten Wege, einen höchst langweiligen Vortrag über die Wirtschaft zu halten, als die säuerliche Stimme seiner jüngeren Schwester Margot ihn mitten im Satz unterbrach: «Die Krapfenverkäuferin vom Quai des Célestins hat schon mit der Revolution begonnen. Mit ihrem kreischenden Organ verkündet sie überall, sie würde draufpissen, auf ihre Waren, um sie mit einem Salz zu tränken, für das sie den Finanzpächtern keinen Heller schuldig ist!»

«Gerechter Himmel, meine Nichte, welch schreckliche Neuigkeit verbreitet Ihr da», rief Monsieur Henri erregt, «ohne die Krapfen der Célestine kann unsere Stadt nicht glücklich sein!»

Trotz der schweren Drohung, die auf den Krapfen lastete, ging das Leben in der Stadt so fröhlich weiter, daß Jeanne Madame de Bouhey um die Erlaubnis bat, bis zum Winter dort zu bleiben.

Die Geschäftswelt machte ihr fast ebenso viel Spaß wie die Welt der Pflanzen. Sie begleitete den Makler der Delafayes, um die Spekulationen an der Börse zu beobachten, und mitten in der gestikulierenden, schreienden und manchmal auch flüsternden Menschenmenge, zwischen den belebten Gesichtern derer, die kauften, verkauften, Aktien, Waren und Währungen tauschten, hatte sie den Eindruck, mitten im Schmelztiegel der Stadt zu leben. An der Place Bellecour wie bei allen anderen Kaufleuten Frankreichs las man die *Gazette du Commerce* und das *Journal de l'Agriculture* mit der gleichen Wißbegier wie die Artikel der Herren Diderot und d'Alembert in der *Encyclopédie*. Nicht weniger eifrig als die Männer vertieften sich die Damen und die Demoiselles in diese Art Lektüre, und es dauerte nicht lange, bis auch Jeanne ihren Spaß daran fand. Es war übrigens ausgeschlossen, in der Lyoner Gesellschaft zu verkehren, ohne – wie jedermann in dieser Stadt – über die neueste Modefarbe des Baumwollgarns oder den Wettbewerb Bescheid zu wissen, den die Akademie für die beste Technik der Seidenentbastung ausgeschrieben hatte; ohne sein Wörtchen zu den spannenden Beobachtungen sagen zu können, die der Industriespion, den Lyon in London unterhielt, in den englischen Fabriken gemacht hatte – kurz, Jeanne hatte noch viel zu lernen. Die Vorträge in der Akademie der Wissenschaft, der schönen Künste und der Literatur waren ebenso besucht wie Schauspiele und Konzerte.

Aber auch den wichtigen Sitzungen an der 1761 gegründeten

Société Royale d'Agriculture fehlte es nicht an Publikum. Offenbar fanden sich in Lyon jederzeit zahlreiche Menschen, die bereit waren, sich für neue Obstsorten, die Fortschritte der Gemüsezucht und die verbesserte Qualität der Hammelkeule zu interessieren. Pierre Poivre war einer der Redner, der oft in der Société Vorträge hielt, und jedesmal war der Saal brechend voll von einem vornehmlich weiblichen Publikum: Poivre war ein fesselnder Redner... und der begehrteste reiche Junggeselle der Stadt. Immer wenn sie in seine Sitzung kam, versuchte Jeanne, einen Platz in der ersten Reihe zu finden. Poivre versäumte es nie, ihr ein Lächeln zu schenken, wenn er sie entdeckte – und im gleichen Moment drehten sich sämtliche Nachbarinnen mit eifersüchtigen Blicken zu ihr um, was ihr bis auf die Knochen schmeichelte.

Es hätte ihr gut gefallen, wenn Poivre sich, bis Philibert zurückkam, ein wenig in sie verliebt hätte. Doch leider war er zu allen Schönheiten gleichermaßen reizend. Immerhin, in Poivre hatte sie einen Mann gefunden, der nicht den Ruf hatte, ein Unschuldslamm zu sein, und das war sehr erfreulich. In seiner Nähe fühlte Jeanne sich in einem ausgesprochen angenehmen Zustand zivilisierter Unsicherheit. Sie konnte nicht umhin festzustellen, daß sie sich mittlerweile gern an der Seite eines etwas gefährlichen Mannes aufhielt. Und doch zerrte Philiberts Abwesenheit ihr inzwischen an den Nerven, hinderte sie, abends schnell und ruhig einzuschlafen. Ihr ganzer Leib prickelte vor Unruhe, als würde er mit tausend Stecknadeln traktiert; ein schmerzlich hohles Gefühl im Bauch ließ sie nicht zur Ruhe kommen, und schließlich trommelte sie mit wütenden Faustschlägen auf ihr Kopfkissen. Sie stand wieder auf und zog mit einer heftigen Bewegung die Vorhänge zu, um ihn endlich auszusperren, den glänzenden runden Mond, der sich über sie lustig machte, weil sie allein in ihrem Bett lag und sich von einem Honigmond bescheinen ließ, der nur für Liebende geschaffen war.

Nachmittags ging Jeanne oft mit Marie-Louise und Margot in das große Kaufhaus ‹Zur verzauberten Seidenraupe› an der Rue Mercière, wo ihnen das goldene Schild *Au Cocon enchanté* entgegenprangte. Manchmal blieb sie unten, um beim Verkauf im Einzelhandel mitzuhelfen, oder aber sie leistete Marie-Louise im ersten Stock Gesellschaft. Der letzteren war schon mit achtzehn Jahren eine schwierige Aufgabe anvertraut worden: sie leitete den Außenhandel unter der Aufsicht eines ausnehmend klugen dreißigjährigen Juristen, Edmond Chapelain, den sie mit dem Segen ihrer Familie jüngst zu ihrem Verlobten erkoren hatte. Zunächst hatte Jeanne geglaubt, sie würde sich langweilen in der Gesellschaft eines Pärchens geborener Kaufleute, die sowohl das Geschäft als auch das Geld, das dabei heraussprang, vollständig ernst nahmen, vornehmlich Rechenbücher lasen und das große Werk von Abbé Pluche *‹Le Spectacle de la Nature›*, in ihrem ganzen Leben noch nicht einmal aufgeschlagen hatten – eine unglaubliche Wissenslücke! Aber schon nach kürzester Zeit entdeckte Jeanne ein geradezu poetisches Vergnügen in dem Büro von Marie-Louise und Edmond: jeder zweite Satz handelte vom Meer!

Nein, nie hätte Jeanne sich vorstellen können, wie allgegenwärtig das Meer hier war, mitten in Lyon, in der ersten Etage eines Kaufhauses an der Rue Mercière. Das Meer schien gleich hinter der Tür zu beginnen. Aus der Sicht des *Cocon enchanté* war es eine große blaue Straße, auf der weiße Karawanen mit schwerer Warenfracht nach der Levante segelten, um mit Gold beladen zurückzukehren. Sobald sie in dem Versandbuch herumblätterte, hatte Jeanne das Gefühl, ihr wüchsen Flügel, die sich gleich Segeln mit einer Brise füllten und sie hinaus ins Abenteuer trieben:

«Mit dem Schiff ‹Le Solide›, das Marseille am 5. Dezember mit Kurs auf Smyrna verlassen wird, senden wir Euch . . .» – «Mit dem Schiff ‹L'Aurore›, das in Neapel Station machen wird . . .» – «Mit dem Schiff ‹Neptune . . .›» ‹Dauphiné›, ‹Belle Thérèse›, ‹L'Impatient›, ‹Ville de Grenoble›, ‹L'Espérance›, ‹Mascotte›. – Jeanne hatte den Eindruck, daß Marie-Louise eine ganze Flotte am Gängelband hielt. Von ihrem Schreibtisch aus gab sie Befehle, und schon füllten die Schiffe sich mit den wunderbarsten Schätzen, die Segel kletterten die Masten hinauf und die großen weißen Vögel machten sich gehorsam auf den Weg, um die Waren rings um das Mittelmeer abzusetzen: die Taft- und Tuchballen, die Bänder, Borten, Spitzen, Gürtel, Handschuhe, Nadeln, Seiden- und Wollstrümpfe, Stickgarn . . . und meist, um die bunte Fracht noch lustiger zu machen, «einen guten Rotwein, den besten Burgunder, der sich mit großem Gewinn verkaufen läßt – denn wenn ein Schiff aus Marseille landet, erwartet man einen Wein aus der Provence, und die Überraschung, Burgunder zu bekommen, reicht aus, um die Börsen weit zu öffnen».

«Marie-Louise, Euer Seehandel liest sich wie ein Roman», sagte Jeanne eines Tages, während sie das Versandbuch zuklappte.

«Mit gutem Grund, denn das Meer ist ein Roman», ließ Giulio Pazevin vernehmen.

Dieser Satz klang wie ein Echo in Jeannes Ohren.

«Ja, das habe ich von einem Seemann schon einmal gehört», murmelte sie, indem sie die Augen zu demjenigen hob, aus dessen Mund die unverhofften Worte gekommen waren.

Mittelgroß, aber gut gebaut, hatte der Mann, der vor ihr stand, die Eleganz und Geschmeidigkeit eines Tänzers, einen Teint wie Honigkuchen, große, funkelnde schwarze Augen mit langen, mädchenhaften Wimpern, ein ungezwungenes Lächeln und eine sanfte Stimme. Der Marseiller Reeder Pazevin, der sein ganzes Leben Junggeselle geblieben war, hatte diesen unehelichen Sohn, der einer Sizilianerin aus Palermo so prächtig gelungen war, mit größter Freude im nachhinein gesetzlich anerkannt. Heute war Giulio zweiunddreißig Jahre alt, er tanzte gut, sang hervorragend, spielte lustige Lieder auf der Gitarre, bediente auch das Cembalo nicht ungeschickt und beherrschte vollendet die Kunst, den Damen seine Reize zu verkaufen – denn zur höchsten Zufriedenheit seines Vaters wußte Giulio *alles* vorteilhaft zu verkaufen. Als großartig auftretender und besonders kühner Geschäftemacher schüchterte er die vorsichtigen Lyoner ein wenig ein, aber schließlich stand der Comte Pazevin hinter ihm. Giulio kam häufig nach Lyon, um Waren einzukaufen oder Anteile an den Schiffsfrachten seines Vaters zu verkaufen, so daß Margot, die kleine Schwester von Laurent, sich Hals über Kopf in ihn verliebt hatte. Der schöne Giulio ließ es sich gern gefallen, von diesem schelmenhaft verführerischen fünfzehnjährigen Backfisch, der zudem eine runde Mitgift zu erwarten hatte, angehimmelt zu werden. Aber das hinderte ihn natürlich nicht, Jeanne schöne Augen zu machen, wenn er sie in der Rue Mercière traf. Er näherte sich ihr und setzte sich lässig auf die Schreibtischkante: «Träumt Ihr vom Meer?» fragte er lächelnd.

«Ja», erwiderte sie, «schon seit langer Zeit. Aber ich habe es nie gesehen. Ihr dagegen seid gewiß schon viel gesegelt?»

«Nun ja, ich bin nicht schlecht herumgekommen», entgegnete

Giulio mit einiger Genugtuung. «Ich kenne sämtliche Mittelmeerinseln, die afrikanische Küste, Griechenland, Konstantinopel . . .»

«Und die Isle de France?»

«Noch nicht. Ein befreundeter Kapitän hat mir versprochen, mich einmal mitzunehmen, aber er will warten, bis die Insel in die Hände des Königs übergegangen ist.»

«Weiß man, wann das geschehen wird?» warf Edmond Chapelain ein.

Giulio zuckte die Schultern: «Wenn der König und die Ostindische Kompanie sich endlich über den Preis der Maskarenen geeinigt haben. Die Kompanie verlangt zehn Millionen Goldfrancs, der König will jedoch nur sechs oder sieben herausrücken. Sie werden schon noch eine Methode finden, den Kuchen aufzuteilen.»

«Je eher, desto besser für uns Kaufleute», meinte Edmond. «Wenn das Monopol der Kompanie aufgehoben ist, können wir unsere Waren dort unten endlich frei verkaufen.»

«Vorausgesetzt, die Kolonisten haben auch die Mittel, Euch Eure Waren zu bezahlen!» gab Giulio ironisch zurück. «Im Augenblick haben sie mehr Gelüste als Geld. Im übrigen soll ihr Hafen einen nicht gerade gastfreundlichen Eindruck machen. Wie der Chevalier Vincent mir sagte, liegt Port-Louis fast vollständig in Trümmern. Aber wenn der Hafen wieder funktioniert, dann wird die Isle de France eine Goldgrube sein – das kann ich Euch heute schon versprechen. Es würde mich nicht wenig reizen, dort ein Kontor für den Sklavenhandel einzurichten. Neger werden immer dann gebraucht, wenn . . .»

Seit der Name Vincent gefallen war, schwebte Jeanne auf Wolken. Obgleich sie den Chevalier für immer verloren hatte und er sich zweifellos nicht einmal mehr an sie erinnerte, kehrte sein Name, sobald sie ihn zufällig irgendwo hörte, in ihr Herz zurück, wie ein Vogel in sein Nest. Doch im Augenblick sprach Giulio von den Negern:

«. . . und wenn die Baumwoll- und Zuckerrohrpflanzungen auf der Insel zunehmen, werden immer mehr Sklaven benötigt, und an diesem Handel wäre ich durchaus interessiert: die guten Schwarzen werden immer seltener, und je seltener die Ware, um so höher ihr Preis.»

Betretenes Schweigen war die Antwort. Ob aus moralischem

Widerwillen oder auf Grund einer kaufmännischen Fehleinschätzung, die Gebrüder Delafaye hatten in ihrem Portefeuille nie einen ‹Negeranteil› haben wollen – ein Thema, das neuerdings zu scharfen Wortwechseln mit Laurent führte, der in dieser Frage anderer Meinung war.

«Ich kann mich für den Sklavenhandel nicht erwärmen», sagte Monsieur Henri schließlich. «Man kann sicher reich dabei werden, aber man kann sich auch ruinieren.»

«Man ruiniert sich nur, wenn der Handel schlecht organisiert ist, wenn man aufliest, was man kriegen kann», meinte Giulio. «Sollte ich in das Geschäft einsteigen, werde ich versuchen, nur mit Kongos zu handeln, sie sind kräftig, schön, widerstandsfähig und fröhlich. Der Chevalier Vincent hat mir erklärt, daß kaum ein Negerhändler versucht, seine Ware auf intelligente Weise zu schützen, gewöhnlich schätzt er sich glücklich, wenn er die Hälfte seiner Fracht lebend ans Ziel bringt, um sie in mehr oder weniger gutem Zustand auf den Markt zu werfen. Bei dieser Art von Handel dürfte man nur mit Kapitänen zusammenarbeiten, die etwas von Humanität verstehen und vielleicht sogar ein wenig Güte besitzen. Glaubt mir, bei diesem Verfahren käme das Geschäft ebenso auf seine Kosten wie die Moral.»

Während der Ausführungen des künftigen Negerhändlers war die heimliche Wut in Jeanne so heftig gewachsen, daß sie ihre Stimme unter Kontrolle bringen mußte, ehe sie ihm ins Gesicht schleuderte: «Sollte Euer Freund, der Chevalier Vincent, vielleicht einer jener Kapitäne sein, die genug Güte haben, das schwarze Vieh so gut zu behandeln, wie wenn ihm eine weiße Seele innewohnte?»

Ihre Emotionen waren so deutlich aus der Frage herauszuhören, daß alle Blicke sich auf Jeanne richteten. Giulio schenkte ihr ein ironisches Lächeln: «Ich habe keinen Zweifel, Mademoiselle, daß ich Euch zu den begeisterten Leserinnen des Baron de Montesquieu zählen darf?»

«Ja, Monsieur», antwortete sie, indem sie ihm sein ironisches Lächeln zurückgab. «Ich schäme mich nicht, gegen die Sklaverei einzutreten.»

«Das kann ich Euch, Mademoiselle, ebensowenig als Verdienst anrechnen wie Montesquieu, der nur ein paar Weinberge im Bordelais besaß», sagte Giulio. «Für diese Arbeit ist es nicht schwer, Tagelöhner zu gewinnen, die allerdings nicht so leicht bereit wären, sich die Hände bei der Zuckerrohrernte zu zerschinden. Aber irgendwoher muß man diese Hände kriegen, es sei denn, wir verzichten darauf, unseren Kaffee mit Zucker zu trinken.»

«Dort, wo der Wein wächst, arbeiten die Leute freiwillig im Weinbau, um ihr Brot zu verdienen. Dort, wo das Zuckerrohr wächst, könnten sie ebenso freiwillig auf den Zuckerrohrplantagen arbeiten, um ihren Reis zu verdienen», antwortete Jeanne mit entschiedener Stimme, was Giulio um so stärker zum Spott herausforderte:

«Ich kann nur hoffen, Mademoiselle, daß Ihr Euch eines Tages in den Kolonien niederlassen werdet. Allein der Erwerb von ein paar Morgen Land auf den Inseln hat schon so manchen von einer anderen Philosophie überzeugt.»

«Lassen wir die Dinge, über die wir uns nie einig sein werden, Monsieur», versetzte sie trocken. «Ich wollte nur eine Antwort auf meine Frage hören: Ist der Chevalier Vincent bereit, in den Negerhandel einzusteigen?»

«Darf ich aus dieser Frage schließen, daß Ihr den Chevalier persönlich kennt, Mademoiselle?» wunderte sich Giulio.

«Ich kenne ihn sogar sehr gut. Ich weiß, daß er erst kürzlich von dem Großmeister seines Ordens zurechtgewiesen wurde, weil er Sklaven freigelassen hatte, anstatt sie nach Malta zu bringen. Sollte es Euch gelungen sein, ihn zu überzeugen, seine Philosophie zu ändern?»

Sie hatte mit verhaltenem Zorn gesprochen und errötete unter Giulios neugierig forschendem Blick.

«Nun, Monsieur?» drängte sie ungeduldig.

Giulio, der sie immer noch beobachtete, ließ sie noch eine Weile zappeln, ehe er endlich die Antwort gab: «Mademoiselle, da Ihr Euch um die Geisteshaltung meines Freundes Vincent zu sorgen scheint, möchte ich Euch beruhigen: ich glaube nicht, daß er sich so bald zum Sklavenhandel überreden lassen wird. Er weigert sich hartnäckig zu glauben, daß die Neger in Freiheit bei sich zu Hause zehnmal unglücklicher sind denn als Sklaven bei den Weißen. In Wirklichkeit tun wir ihnen nämlich einen großen Gefallen, indem wir sie der Wildheit entreißen. Wißt Ihr eigentlich, daß . . .»

«Ja, ich weiß, Monsieur», unterbrach Jeanne ihn gewollt unhöflich. «Die philanthropischen Argumente der Negerhändler sind mir zur Genüge bekannt. Ebenso bekannt ist mir die Tatsache, daß sie die Wilden von ihren Negerkönigen befreien, indem sie sie in Ketten legen, um sie anschließend mit dem Knüppel zu zivilisieren. Lassen wir das also, erzählt mir lieber von der ‹Belle Vincente›. Ich bin neugierig, wie sie aussieht. Ich nehme doch an, Ihr habt sie besichtigt?»

«O ja, und ich bin hingerissen. Aber wenn die Schönheiten des Meeres Euch so leidenschaftlich interessieren, weshalb ergreift Ihr nicht die Gelegenheit, die ‹Belle Vincente› mit eigenen Augen zu bewundern? Im Augenblick wäre die Möglichkeit gegeben: sie liegt im Hafen. Begleitet mich nach Marseille, und ich werde Euch an Bord bringen.»

«Wenn Ihr das tut, Monsieur, müßt Ihr mich auch mitnehmen!» platzte Margot heraus, die vor Eifersucht kaum noch an sich halten konnte. «Ich habe solche Lust, das Meer zu sehen.»

«Margot, Euer Bruder Laurent hat Euch zu Eurem sechzehnten Geburtstag die erste Reise nach Marseille versprochen, und wenn der Frühling kommt, wird er sein Wort halten», warf Onkel Henri ein. «Außerdem ist es im Winter nicht angenehm, mit der Kutsche unterwegs zu sein.»

«Zumal du dich sputen müßtest, den Hafen zu erreichen, bevor die ‹Belle Vincente› ausgelaufen ist», fügte Marie-Louise hinzu. «Von einem Kurier aus Marseille habe ich erfahren, daß sie die Anker am 17. Dezember lichten wird, und heute haben wir bereits den 11.»

«Nein, die ‹Belle Vincente› wird uns erst am 19. oder 20. verlassen», erklärte Giulio. «Sie wartet noch auf eine Ladung mit gold- und silberdurchwirktem Tuch sowie auf drei Kisten feuervergoldetes Silbergeschirr, das gerade erst fertig geworden ist.»

Jetzt, wo sie Vincent in Marseille wußte, sagte Jeanne kein Wort mehr. Sie ärgerte sich über ihre eigene Verstörtheit, die fast zitternde Erregung, die plötzlich über sie gekommen war und der sie sich nicht erwehren konnte. Schließlich versuchte sie, ihrer Aufregung durch Verachtung Herr zu werden: «Die modernen Zeiten sind wahrhaft enttäuschend für romantische Seelen; nun ist es schon so weit, daß ein Korsar sich den Befehlen der Tuchmacher und Goldschmiede mit der gleichen Geduld beugt wie der Kapitän eines Handelsschiffs», ließ sie aus dem Hintergrund ertönen.

«Ihr solltet einmal eine Reise ins östliche Mittelmeer unternehmen, um Euch zu überzeugen, daß der Handel in dieser Gegend noch ein Abenteuer ist, das eines Korsaren würdig ist», erwiderte Giulio. «Auf dem Meer wimmelt es von raubgierigen Piraten, und es ist überaus ratsam, kostbare Waren auf ein Korsarenschiff zu laden, um sie nach dem Orient zu bringen.»

Edmond Chapelain ergänzte die Erklärung: «Die Befrachter wissen, daß jeder vernünftige Pirat sich hütet, ein Scharmützel mit einem Korsaren zu beginnen. Außerdem erzielt die Fracht eines Korsarenschiffs im Ankunftshafen immer einen guten Preis, weil sie allein ankommt. Die Handelsschiffe dagegen sind gezwungen, im eskortierten Konvoi zu fahren, um den Plünderungen zu entgehen; und wenn mehrere Frachten zugleich auf einen Markt geworfen werden, fallen die Kurse.»

«Ich verstehe», seufzte Jeanne. «Aber ich hatte mir unter der Kaperei etwas anderes vorgestellt . . .»

«Wo wir gerade beim Thema sind, wie kommt es eigentlich, daß Vincent sich diesmal gar nicht in Lyon hat blicken lassen?» fragte Monsieur Henri.

«Ich weiß es nicht», sagte Giulio, «in Marseille haben wir ihn auch nicht zu Gesicht bekommen, außer am Morgen seiner Ankunft, und das ist schon zwei Wochen her. Seitdem ist er unterwegs, ohne irgend jemandem sein Ziel genannt zu haben. Als ich nach Lyon aufbrach, ließ er sich von seinem Leutnant vertreten, der sich um die Befrachtung kümmerte . . .»

Er ist in Vaux, ich bin sicher, er ist in Vaux, dachte Jeanne, während sie mechanisch begann, ihre Röcke zusammenzulegen – noch ehe sie selbst so recht begriff, daß sie beschlossen hatte, nach Charmont zurückzufahren.

Es kratzte leise an ihrer Zimmertür, und einen Augenblick später steckte das kleine Dienstmädchen der Delafayes ihren Kopf herein:

«Da unten ist ein Mann, der verlangt, Mademoiselle Jeanne Beauchamps zu sprechen. Genauso hat er das gesagt, ganz feierlich und ernst. Seinen Namen hat er nicht genannt, aber . . .»

Die Kleine machte eine Pause, um dann ganz leise mit geheimnisvoller Miene fortzufahren: «Ich habe ihn genau erkannt, Mademoiselle: es ist Monsieur de Beaulieu, der Polizeileutnant!»

«Der Polizeileutnant?» wunderte sich Jeanne. «Seid Ihr sicher?»

«O ja, Mademoiselle. Mademoiselle . . .»

«Ja?»

Appoline wurde noch leiser: «Wenn Ihr ihm entkommen wollt, könnt Ihr die kleine Treppe nehmen und durch die Hintertür verschwinden.»

«Seid Ihr denn von allen guten Geistern verlassen?» wies Jeanne sie zurecht. «Geht hinunter und sagt dem Herrn, daß ich gleich komme.»

Auf ihre Einladung hin nahm der Polizeileutnant Platz.

Er war ein großer, kräftiger, imposanter Mann, aber er machte einen vornehmen Eindruck und hatte keinen bösen Zug im Gesicht. Jeanne betrachtete ihn ohne ein Wort zu sagen, ihre leicht zitternden Hände in den Schoß gelegt.

«Beruhigt Euch, Mademoiselle», begann Beaulieu lächelnd. «Ich bin nicht hierhergekommen, um eine Angeklagte aufzusuchen. Aber möglicherweise könntet Ihr mir helfen, eine sehr ernste Angelegenheit in Ordnung zu bringen. Wie ich hörte, seid Ihr seit Eurer Kindheit mit Denis Gaillon befreundet, dem Sohn des Verwalters von Schloß Charmont?»

In zunehmendem Maße überrascht, nickte Jeanne bejahend.

«Wenn dem so ist», fuhr Monsieur de Beaulieu fort, «möchte ich Euch fragen, ob Euer Freund Euch nicht von einem Reiseplan erzählt hat? Nein? Ihr versteht also nicht, worauf ich hinauswill? Monsieur Gaillon ist verschwunden, seit zwei Tagen ist er spurlos von Châtillon verschwunden.»

Mit großen Augen blickte Jeanne ihn an.

«Wenn dieser junge Mann mit seinen neunzehn Jahren beschlossen hätte, auf eigene Faust durch die Welt zu ziehen, ginge das die Polizei nichts an, es sei denn, sein Vater würde Klage erheben; aber das schlimme an der Sache ist, daß die junge Comtesse de la Pommeraie, das Stiftsfräulein Émilie, am gleichen Tag aus der Abtei von Neuville verschwunden ist.»

«Oh! Nein!»

Mit ihrem Schrei war Jeanne aufgesprungen, kreidebleich und mit klopfendem Herzen.

Monsieur de Beaulieu bedeutete ihr, sich wieder zu setzen: «Eure Reaktion zeigt deutlich genug, daß Ihr nicht eingeweiht wart in das Geheimnis – und das ist auch besser so. Die Komplicenschaft bei einer Entführung kann einem teuer zu stehen kommen.»

Jeanne nahm ihren ganzen Mut zusammen, um ihm entgegenzuhalten: «Und weshalb glaubt Ihr, Monsieur, daß es sich hier um eine Entführung handelt und daß die beiden Fluchten miteinander zusammenhängen? Haben diejenigen, die Ihr sucht, Briefe hinterlassen?»

Der freundliche, verständnisvolle Blick, den sie für ihre Worte erntete, stürzte sie vollends in Verwirrung. Monsieur de Beaulieu rückte seinen Stuhl etwas näher heran, um das Gespräch mit leiserer Stimme fortzusetzen: «Es ist keine schlechte Idee, Mademoiselle, die beiden Vorfälle zu trennen. Ich muß sogar zugeben, daß es mir eine große Erleichterung wäre, Euch von dieser Vermutung überzeugt zu wissen . . . in der Hoffnung allerdings, daß niemand käme, mir das Gegenteil zu beweisen.»

Jeanne sah dem Polizeileutnant in die Augen und versuchte, seine Gedanken zu durchdringen.

Er wurde deutlicher: «Ich mag es nicht, wenn eine Liebesgeschichte in einer Tragödie endet – aber Ihr habt recht, weshalb sollte es sich überhaupt um eine Liebesgeschichte handeln? Meines Wissens hat weder die Comtesse de la Pommeraie noch Monsieur Gaillon einen Brief hinterlassen. Von daher . . . Seht Ihr, die Polizei des ganzen Königreichs wird der Tochter des Marquis de la Pommeraie auf den Fersen sein, bis sie gefunden wird. Und es wäre besser, sie würde allein gefunden – und sei es nur eine Wegstunde von einem möglichen Begleiter entfernt. In diesem Fall würde nichts weiter geschehen, als daß sie freundlichst in ihr Kloster zurückgebracht würde. Wenn aber zufälligerweise ein Apothekengehilfe bei ihr wäre, der zur gleichen Zeit gefaßt würde . . .»

«Denis ist kein Apothekengehilfe, sondern ein Chemiker, der schon . . .»

Mit einer Handbewegung schnitt Monsieur de Beaulieu ihr das Wort ab: «Mademoiselle, wenn man von den Schloßtürmen der Pommeraies auf diese Welt herunterschaut, ist ein Chemiker nicht mehr wert als ein Pillendreher. Was immer er sein mag, Euer Freund würde auf der Stelle in den Kerker geworfen und, wenn er Glück hat, aufgehängt. Aber aller Wahrscheinlichkeit nach würde er gerädert.»

«Gerädert!»

Wie ein Aufschrei war dieses Wort über ihre Lippen gekommen, und plötzlich schossen ihr Tränen in die Augen.

«Beruhigt Euch, mein Kind», sagte der Polizeileutnant gütig. «Schließlich hat man sie ja noch nicht gefunden.»

«Und man wird sie auch nicht finden, nicht wahr?»

«Ich fürchte doch. Die Polizei ist mittlerweile sehr gut auf solche Fälle vorbereitet, und mein Kollege in Marseille hat sich geradezu spezialisiert auf das Aufspüren von Liebespaaren, die mit einer Börse in der Hand auf der Suche nach einem geldgierigen Kapitän über die Kais schlendern.»

Jeanne hörte ihm weiterhin zu, aber in Gedanken war sie woanders. Bei dem Namen Marseille war ihr eine neue Hoffnung gekommen: Hatten Émilie und Denis nicht vielleicht von Madame de Vaux-Jailloux erfahren, daß die ‹Belle Vincente› in Marseille vor Anker lag? Hatten sie möglicherweise sogar den Zeitpunkt ihrer Flucht darauf ausgerichtet, wohlwissend, daß ein Schiff im Hafen lag, das sie aufnehmen würde?

Überrascht, plötzlich einen Anflug von Lächeln auf ihrem Gesicht zu entdecken, hielt der Polizeileutnant mitten im Satz inne, um vorsichtig zu fragen: «Sollte Euch eine neue und erfreuliche Idee gekommen sein, Mademoiselle?»

«O nein. Nein, ich habe nicht eine einzige Idee, die Euch weiterhelfen könnte, Monsieur.»

Er stand auf und verbeugte sich.

«Nun gut, wenn Ihr etwas Neues erfahrt . . .»

Als er die Türschwelle erreichte, warf er einen Blick in die ausgestorbene Vorhalle, drehte sich noch einmal um und sagte mit langsamer Stimme: «Die Steckbriefe für Marseille sind noch nicht heraus. Meine Leute sind so überarbeitet, daß sie noch nicht dazu gekommen sind, und ich weiß nicht, ob sie es morgen schaffen werden; aber übermorgen müssen sie die Sache unbedingt erledigen. Bei übermäßiger Arbeitsbelastung kann ich ein Auge zudrücken, doch längere Nachlässigkeit darf ich nicht dulden, jedenfalls nicht, wenn es sich um die Suche nach einer verschwundenen Stiftsdame aus der Abtei von Neuville handelt.»

«Danke, Monsieur», sagte sie. «Ihr seid sehr gütig.»

«Nein, das glaube ich nicht. Ich versuche nur, gerecht zu sein, und das verlangt schon Grausamkeit genug.»

13. Kapitel

Bouchoux schleppte einen großen geflochtenen Koffer in die Vorhalle von Charmont. Ihm folgten Cadiche und Lison, die beiden Kammerzofen von Schloß Rupert, beladen mit prallgefüllten Toilettenköfferchen. Pompon beschloß den Marsch wie eine Vogelscheuche, mit ausgestreckten Armen, über denen je ein großer Schal hing, während sie auf den geballten Fäusten zwei Musselinhäubchen trug.

«Was ist denn hier los?» entfuhr es Jeanne, die plötzlich mit aufgerissenen Augen mitten in dem Umzug stand.

«Ah! Mademoiselle Jeannette, wie gut, daß Ihr da seid! Mademoiselle Jeannette ist angekommen!» posaunte Pompon in Richtung des Salons.

Die Sergent öffnete die Tür.

«Da bist du ja», sagte Madame de Bouhey. «Und durch welches Wunder hast du es so schnell geschafft?»

«Aber . . . ich bin frühmorgens in Lyon aufgebrochen», erklärte Jeanne verwirrt.

«Frühmorgens?» wiederholte die Baronin. «Dann hattest du dich also von selbst zur Rückkehr entschlossen?»

«Aber ja! Weshalb diese Frage?»

«Weil ich Thomas, ebenfalls am frühen Morgen, mit der Karosse und dem Auftrag nach Lyon geschickt habe, dich im Galopp zurückzubringen. Weshalb bist du gekommen? Was weißt du?»

«Émilie und Denis», sagte sie nur – das war das Einfachste.

«Wie hast du es erfahren?»

«Der Polizeileutnant von Lyon kam zu mir.»

«Monsieur de Beaulieu, wirklich?» fragte die Baronin beunruhigt. «Dann hat die Suche aber schnell begonnen. Denis ist ein Narr, es wird ihn den Kopf kosten. Wenn ich Émilie zu fassen bekäme, ich würde ihr die Rute geben, daß ihr Hören und Sehen vergeht! Einen anständigen und ernsthaften Jungen aus lauter Spielerei in eine solche Affäre zu stürzen, die ihn das Leben kosten kann!»

«Ihr sagt, aus Spielerei . . .» versuchte Jeanne schüchtern einzuwenden.

«O nein! Untersteh dich, Émilie je vor meinen Ohren zu verteidigen! Sie paßt genau in ihre Familie. Alles für ihr Vergnügen, alles zu ihrem Vergnügen – möge dabei draufgehen, wer will!»

«Ich hatte schon bemerkt, daß Denis . . .» setzte Jeanne noch einmal an.

«Kein Wort mehr!» grollte die Baronin. «Wie es auch um ihre wechselseitigen Gefühle bestellt sein mag, Émilie ist diejenige, die diese Geschichte eingefädelt hat, dafür möchte ich meine Hand ins Feuer legen. Eine de la Pommeraie, die sich aufspielen will, sollte sich in ihrer eigenen Welt einen Partner suchen; es ist das mindeste an Höflichkeit, den Kopf derer, für die das Leben ohnehin nicht leicht ist, weder im Bett noch beim Duell aufs Spiel zu setzen. Und jetzt erzähl: was hast du auf Beaulieus Fragen geantwortet?»

«Meine Antworten waren um so zurückhaltender, als ich von nichts wußte!»

Die Baronin nahm ihr Gesicht zwischen beide Hände und versenkte ihre grauen Augen in die goldenen: «Wirklich, du wußtest nichts? Du warst nicht eingeweiht?»

«Mein Ehrenwort, Madame.»

«Gott sei Dank! Wenigstens ein Kummer, der mir erspart bleibt, dich als Komplicin eines schlechten Streichs decken zu müssen», sagte Marie-Françoise, indem sie ihren Schützling auf die Wangen küßte. «Solltest du einen Hilferuf bekommen, berate dich sofort mit mir . . .»

Nach einem fast lautlosen Klopfen hatte die neugierige Pompon die allzu fest verschlossene Tür geöffnet und war unter dem Vorwand hereingekommen, einen Befehl entgegennehmen zu müssen: «Die Sergent meint, man müßte in den Zimmern der Damen von Schloß Rupert unverzüglich Feuer machen. In den unbewohnten Räumen sammelt sich die feuchte Luft . . .»

«Und seit wann braucht die Sergent meinen Befehl, um die notwendigen Feuer anzünden zu lassen?» unterbrach Madame de Bouhey ihren Vortrag. «Jetzt verschwinde und komm so bald nicht wieder! Wie du siehst, Jeannette», nahm sie das Gespräch einen Augenblick später wieder auf, «lassen sich deine Freundin Marie und ihre Mutter für einige Zeit hier nieder. Bei dem Unwetter am letzten Montag hat ein Blitz in die riesige alte Ulme an der Westfront von Schloß Rupert eingeschlagen; die geborstene Baumkrone ist auf das Dach gefallen und hat großen Schaden angerichtet. Die Zimmerleute und Dachdecker haben schon mit den Reparaturarbeiten begonnen, aber sie machen einen Höllenlärm. Mit ihrer Neigung zur Migräne konnte Étiennette das ewige Hämmern und Klopfen nicht mehr aushalten. Daher habe ich ihr angeboten, sich mit Marie nach Charmont zu flüchten.»

«Diese Neuigkeit ist für die Ruperts zwar bedauerlich, aber für Charmont scheint sie mir gar nicht übel», sagte Jeanne. «Mir ist sehr wohl bei dem Gedanken, Marie für einige Zeit in meiner Nähe zu haben.»

«So empfinde ich auch. Sie und ihre Mutter werden uns helfen, die Hochzeit vorzubereiten.»

«Die Hochzeit?»

Jeanne versuchte, das Gesicht der Baronin zu erforschen, aus dem plötzlich eine boshafte Freude sprach: «Die Hochzeit . . . von Marie? Hat Madame de Rupert endlich eingewilligt? Hat Philippe eine Kompanie bekommen?»

«Nein, es handelt sich nicht um deine Freundin, sondern um meinen Enkelsohn Charles, den ich im Januar verheiraten werde», sagte Madame de Bouhey mit vorgetäuschter Ruhe.

«Charles? Charles! Aber Madame . . . aber war Charles denn heimlich verlobt?»

«Sehr heimlich, das kann ich dir versichern!»

Verblüfft ließ Jeanne sich auf einen Sessel fallen: «Aber weshalb, Madame? Weshalb wurde seine Verlobung geheimgehalten?»

«Es wird keine Verlobung sein, sondern eine Hochzeit, und es fehlte nicht viel, dann könnten wir die Taufe in einem Aufwasch erledigen.»

«Oh!»

«Ja, meine Schöne. Die Liebesüberraschungen nehmen kein Ende: die einen spielen Entführung, die anderen schlafen miteinander.»

«Und bei Charles . . . wer ist das Mädchen?»

«Die kleine Saint-Vérand, Adrienne.»

«Die hübsche, mollige Brünette, die so gut tanzt?»

«Ja, und sie ist frisch, kräftig und geschickt . . . Sie ist siebzehn Jahre alt, Charles ist achtzehn – sieht man nicht oft Eheleute, die vom Alter her weniger gut zusammenpassen?»

«Ihr macht nicht gerade einen verärgerten Eindruck!»

«Nein, im Gegenteil, ich bin entzückt!» frohlockte Marie-Françoise. «Delphine ist außer sich vor Zorn, daß sie gezwungen ist, ihren ältesten Sohn der Tochter eines Krautjunkers zu geben. Aber ich, ich bin entzückt. Charles hat es sicher nicht mit Absicht getan, aber die Kleine ist vollkommen richtig für ihn. Sie werden zusammen tanzen, singen, über die Felder galoppieren und auf die Jagd gehen, sie werden miteinander raufen und übereinander herfallen, um uns mit einem Kindersegen zu beglücken und sich das Leben weder durch Bücher noch durch hochgestochene Ideen erschweren: sie werden glücklich sein.»

«Wenigstens dieser Unfall scheint Euch in helle Freude zu versetzen», meinte Jeanne.

«O ja! Vielleicht gibt diese Ehe mir endlich die Möglichkeit, ein Geschlecht von Haudegen, die hoch zu Roß in den Kampf ziehen, auszumerzen, indem ich ihren Nachkommen zu einem Pferdezüchter mache. Adrienne ist geradezu vernarrt in Pferde, sie spricht nur von Pferden, kennt sich mit ihnen aus und träumt davon, ein Gestüt zu besitzen, um schnelle Rennpferde zu züchten. Die Saint-Vérands besitzen ein großes Zuchtgelände zwei Meilen nördlich von Pont-d'Ain, und Adrienne ist ihre einzige Tochter . . . Ich für meinen Teil wäre gern bereit, einiges Gold in den Aufbau eines Gestüts zu stecken. Was hältst du von meiner kleinen Idee, Jeannette? Du bist doch schließlich auch ein Pferdenarr?»

«Bei so viel Neuigkeiten auf einen Schlag weiß ich gar nichts mehr zu sagen», entgegnete Jeannette. «Habt Ihr nicht noch eine Überraschung für mich?»

«Gewiß doch, meine Schöne. Ich kann dir noch eine zweite Hochzeit aus dem Ärmel schütteln. Madeleine de Charvieu aus

Briey ist hier. Sie kam gestern abend aus Lothringen, mich um die Hand meines Großneffen Laurent zu bitten.»

«Ach was?» fragte Jeanne erstaunt. «Und seit wann ist sie in Laurent verliebt? Seit dem letzten Fest auf Schloß Charmont?»

Die Baronin schüttelte den Kopf: «Seit sie ein größeres Kapital in die Tuchindustrie investieren will. Du weißt doch, daß Madeleine ihren Vater im letzten Sommer verloren hat, nicht wahr? Sie hat die große Glasfabrik geerbt und eine stattliche Barschaft dazu. Um etwas Abwechslung in ihre Geschäfte zu bringen, wollte sie das Geld entweder in die Textilindustrie oder in die Metallurgie investieren, und schließlich . . .»

«. . . hat sie herausgefunden, daß ihr die Gewinne aus dem Seidenhandel mehr zusagen als die aus dem Eisenhandel.»

«Du mit deiner bösen Zunge!» meinte die Baronin. «Sie findet Laurent schöner und liebenswerter als die Erben, die auf dem Eisenmarkt frei gewesen wären.»

«Da ist ja allerhand Gefühl dabei!» sagte Jeanne lachend. «Glaubt Ihr denn, daß Madeleine Laurent bekommen wird?»

«Ich halte meinen Großneffen durchaus für fähig, sich für frisches Kapital und die Herstellung von Kristallglas zu erwärmen», erwiderte die Baronin. «Aber um auf Charles' Hochzeit zurückzukommen, sie soll ein rauschendes Fest werden. Ich will ein fröhliches Fest, und wenn Delphine gelb wird vor Zorn! Weißt du, daß diese Rabenmutter die ganze Sache mit einem Mitternachtssegen und einem förmlichen Diner im engsten Familienkreis abtun wollte? Sie wollte das Paar in Schmach und Schande heiraten lassen, diese hochmütige Schnepfe. Aber da hat sie sich verrechnet: die alte Schloßwitwe wird alles bezahlen, die Hochzeit, den Brautkorb und alles, was dazugehört. Die junge Baronin wird so eingeführt, wie die alte es wünscht. Und die alte Baronin will, daß die ganze Familie in einem Riesenaufgebot zur Hochzeit ihres Enkels tanzt.»

«Und Eure Freunde, werdet Ihr sie nicht einladen?»

«Aber selbstverständlich! Ich will die Verwandten, die Freunde und alles, was hierzulande Rang und Namen hat, dazu Champagner, Musik und Fröhlichkeit. Ein Kind von siebzehn Jahren mit einem verfrühten Kind im Bauch ist bestraft genug für seine Sünde, ohne auch noch durch einen langweiligen Hochzeitstag zu sühnen!»

Jeanne fiel der Baronin um den Hals und küßte sie: «Ihr habt Euch nicht geändert!» sagte sie. «Euer Herz ist weich wie Samt. Was meint Ihr, werdet Ihr auch Madame de Vaux-Jailloux zur Hochzeit bitten? Habt Ihr in letzter Zeit von ihr gehört?»

«Wie kommst du gerade auf Pauline? Weshalb sollte ich sie vergessen?» wunderte sich die Baronin. «Ich wußte gar nichts von diesen freundschaftlichen Gefühlen, die du mir plötzlich offenbarst!»

«Oh!» sagte Jeanne in einem unbekümmerten Ton. «Es macht mir nur Spaß, mich mit ihr über die Inseln zu unterhalten. Das ist alles.»

«Du mit deinen Träumen von der großen weiten Welt», seufzte Marie-Françoise. «Dabei würde ich dich viel lieber in Frankreich behalten . . .»

Da die Baronin nichts von Pauline erzählt hatte, mußte Jeanne sich auf andere Art Klarheit verschaffen. Sie hatte Zeit genug, noch vor der Ankunft der beiden Ruperts nach Vaux zu galoppieren – aber unter welchem Vorwand?

Nach einigem Kopfzerbrechen fand sie schließlich eine unverfängliche Entschuldigung: sie lief zum Gewächshaus, um zwei gefüllte Nelken in einen Topf zu pflanzen. Die kostbaren Samen dieser seltenen Pflanzen hatte sie von Pierre Poivre geschenkt bekommen. Er selbst verdankte sie einem ungewöhnlichen jungen Mann, dem Sohn des ersten Gärtners im Garten des Königs. Der junge Thouin war erst sechzehn Jahre alt, galt aber schon seit seiner Kindheit als ein Genie der Gärtnerei; und erst kürzlich war es ihm gelungen, aus einer besonders wohlriechenden gewöhnlichen Nelke eine prachtvoll blühende, gefüllte Nelke zu züchten. Alle Amateurgärtner hatten von der großen Neuigkeit gehört oder zumindest im *Journal d'Agriculture* darüber gelesen, und es gab keinen Zweifel, wie Jeanne von Pauline de Vaux-Jailloux empfangen würde, wenn sie mit zwei Exemplaren dieser Wundernelke vor der Tür stand.

Der Kreolin war es gelungen, ihren großen, feierlich-klassizistischen Landsitz im Stil Louis XIV. eine völlig neue Note zu geben: sie hatte ihn in ein zauberhaftes und weniger hochgestochenes Heim verwandelt. Von Paris war die moderne Kunst, das Intimleben sanft und behaglich zu gestalten, in die Provinz vorgedrungen, und Pauline hatte schon vor etwa zehn Jahren die Gelegenheit ergriffen, einen Architekten, einen Maler, einen Dekorateur und einen Kunsttischler aus der Hauptstadt kommen zu lassen, um ihr Haus dem Zeitgeschmack anzupassen. Das schwere Mobiliar war verkauft und durch brandneue, auf Bestellung gefertigte Gegenstände ersetzt worden. Kommoden, Sekretäre, Putz- und Frisiertischchen, zierliche Café- und Schreibtische, Kühlgeräte, Kleinmöbel und Nippborde ... alles war auf dem neuesten Stand. Die beiden Empfangssalons waren bestückt mit Ohrensesseln, Sofas und Ottomanen, ja, es gab sogar eine jener neuen Chaiselongues, auch ‹Todsünden› genannt, die ganz offenbar einzig zu dem Zweck erfunden worden waren, den müßigen Damen das Leben durch vertrauliche Plaudereien und Galanterien zu versüßen. In Vaux mußte dies um so reizvoller sein, als im ganzen Erdgeschoß stets wohlig warme Temperaturen herrschten. Pauline hatte einen hervorragenden Ingenieur in die Dombes kommen lassen, der unter dem Parkett im Erdgeschoß des Landsitzes ein regelrechtes Meisterwerk von Röhren installiert, das alle Neugierigen der Provinz nach Vaux gelockt hatte und immer noch als derartige Attraktion galt, daß jeder neue Besucher um die Erlaubnis bat, die Schuhe ausziehen und den Boden mit bloßen Füßen befühlen zu dürfen. Sie hatte sich wahrlich die raffiniertesten Annehmlichkeiten des Lebens mit allen Schönheiten des Jahrhunderts zugelegt, die schöne, gelassene, Wärme liebende Kreolin, die Sinn hatte für alle fleischlichen wie seelischen Freuden.

Pauline war eine reiche Frau. Nicht nur, daß sie die von einem nicht allzu habgierigen Onkel verwaltete Zuckerrohrpflanzung und die Zuckerfabrik in Santo Domingo von ihrer Mutter geerbt hatte, sondern obendrein hatte sie es fertiggebracht, mit zwanzig Jahren die wohlhabende Witwe eines sechzigjährigen Finanzmannes zu werden. Zwei Jahre nach seinem Tod war seine Universalerbin von einem Offizier der Königlichen Flotte nach Frankreich gebracht worden, um die geerbten Besitztümer zu besichtigen. Durch die Berichte der Reisenden hatten die hübschen Kreolinnen einen so außergewöhnlichen Ruf in der Vorstellung der Franzosen gewonnen, daß Pauline von Anfang an in der ganzen Gegend gefeiert, hofiert und bewundert worden war, so daß sie sich nicht mehr hatte entschließen können, zu ihrer Insel zurückzufahren.

Das ganze Jahr über gingen die Gäste bei ihr ein und aus; sie sorgte stets für lustige, geistreiche, frivole und freisinnige Gesellschaft, was ihr bestens gelang – so daß sie am Ende sogar hatte lernen müssen, die allzu anhänglichen Besucher höflich zu entlassen, um wenigstens ab und zu etwas Ruhe zu finden.

Im Augenblick war sie offenbar gerade allein – Jeanne spürte es, sobald sie das Ordnung und Frieden ausstrahlende Haus betreten hatte. Cocotte, das allseits geliebte schwarze Hausmädchen, öffnete ihr die Tür zu Paulines exquisitem, creme- und honigfarbenem Salon, in dem ein regelrechter Urwald exotischer Pflanzen grünte. Schon auf den ersten Blick sah das junge Mädchen, daß bei der Einrichtung ein neuer Gegenstand hinzugekommen war: ein prächtiger, schwarzlackierter Paravent mit einer goldenen Landschaft. Das jüngste Geschenk von Vincent, dachte sie mit einem Anflug von Eifersucht. Viele Dinge im Salon erinnerten an die Besuche des Korsaren. Schließlich muß er ja auf irgendeine Weise für seine Absteige bezahlen, dachte Jeanne boshaft, konnte sich aber dennoch nicht enthalten, mit einer sinnlichen, liebkosenden Geste über das blutrote, zarte Porzellan einer Chinavase zu streichen, die auf einer Kommode stand – obgleich auch sie zweifelsfrei das verabscheuungswürdige Geschenk jenes aufmerksamen Liebhabers war. Plötzlich hatte sie, von Panik erfaßt, nur noch den Wunsch davonzulaufen: konnte es nicht durchaus sein, daß Vincent in Vaux war, daß er im nächsten Augenblick zur Tür hereinkam?

«Ich kann Euch noch aufregendere Neuheiten zeigen, als dieses chinesische Porzellangefäß, hörte sie hinter sich die schmeichelnde, gelassene Stimme der Kreolin. «Erst vor einigen Tagen bekam ich ein Dutzend Teller mit wunderschönen Zeichnungen auf Rubingrund geschenkt. Sie stehen noch hier in der Schublade, wenn Ihr sie ansehen wollt ... Laßt Euch nur Zeit, ich werde unterdessen den Tee kommen lassen, oder mögt Ihr lieber einen Punsch?»

Geschäftig ließ Cocotte ihre bunten Röcke rauschen, begleitet vom zarten Klimpern ihrer zahlreichen Armreifen. Cupidon brachte den Tee. Cupidon war ein ‹Prachtstück› aus Indien – ein schwarzer Diener von fürstlicher Schönheit, den Vincent einem Menschenschinder aus Port-Louis krank und sterbenselend abgekauft hatte, um ihn nach Vaux zu bringen. Von den mit Tee gefüllten Tassen stieg ein leichter, kaum wahrnehmbarer, duftender Dampf auf. Es war ein nahezu magischer Augenblick. Cupidon rieb das Zuckerbrot über dem Tee, als wolle er ihn mit der Seele seiner Heimat süßen.

«Madame, bei Euch kann man sich wahrlich in seiner Sehnsucht nach den Inseln wiegen», murmelte Jeanne. «Sehnt Ihr Euch nie nach Euren Himmeln, Euren Blumen, Euren Vögeln?»

Pauline lächelte: «Ich sehne mich gewiß weniger nach meiner Insel als Ihr Euch nach der Eurigen. Die Nostalgie des Unbekannten ist immer stärker als die der Erinnerung.»

Jeanne reagierte gereizt: «Woher wißt Ihr, daß ich von den Inseln träume?»

«Hättet Ihr diese Frage an Cocotte gerichtet, würde sie Euch antworten, ihr kleiner Finger hätte es ihr gesagt. Seht Ihr, wenn man unter Schwarzen lebt, wird man empfänglich für alle Träume, die einen umgeben. Die Neger sind ein Inbegriff der Träumerei.»

Jeanne ließ ihren Blick durch die Glasfenster der Flügeltür in der Vorhalle wandern, wo Cocotte mit verschränkten Armen gelassen auf und ab ging, während sie mit geschlossenen Lippen ein inbrünstiges Klagelied vor sich hin summte.

«Könnte es nicht sein, daß Euer Hausmädchen gar nicht träumt, sondern sich schlicht und einfach langweilt?»

«Sentimentalität und Seelenschmerz sind die beiden Lieblingsbeschäftigungen der Schwarzen. Sie gehen ihnen hier ebenso nach wie in dem Land, wo sie geboren wurden.»

«Wo sie zur Sklaverei geboren wurden», präzisierte Jeanne.

Pauline verstärkte ihr Lächeln, ohne jedoch ihre Stimme zu heben: «Verderben wir uns diesen schönen Augenblick nicht mit philosophischen Diskussionen. Ich habe Sklaven, und Ihr habt keine. Ich würde versuchen, Euch zu überzeugen, daß ich eine gute Herrin bin, doch Ihr würdet mir nicht glauben, da Ihr das Wort ‹Herr› an sich schon für ein Übel haltet. Und doch bleiben Cocotte und Cupidon freiwillig bei mir in Vaux, wo sie geheiratet und schon zwei kleine Negerlein in die Welt gesetzt haben. Sie haben nicht die geringste Lust, von mir befreit und nach Santo Domingo geschickt zu werden, wo sie auf irgendeinem Stückchen Land, das ich ihnen gern überlassen würde, ein selbständiges Leben führen könnten.»

«Vielleicht ist es nur die Unruhe, die sie abhält, dorthin zurückzukehren, wo sie immer nur Gefangene waren? Ein vielgereister

Mann sagte mir eines Abends, nachdem er gerade von den Inseln zurückgekehrt war, alle Neger hätten die Augen von Gefangenen.»

Mit einem sanften Lächeln griff Pauline nach ihrem Fächer und öffnete ihn mit einer eleganten Handbewegung: «Wenn Ihr ihn wiedertrefft, solltet Ihr diesem Reisenden raten, bei seinem nächsten Besuch auf den Inseln auch einmal den Kolonisten und Kreolen in die Augen zu schauen. Alle Einwohner, die auf einer Insel festgenagelt sind, haben die Augen von Gefangenen. Sämtliche Leute, die ich in Santo Domingo kannte, träumten von dem großen Ausbruch. Eine kleine Insel ist kein Land, sondern eine Schaluppe. Irgendwann bekommt jeder Passagier die dringende Lust, von Bord zu gehen. Seekrank wird man nicht nur auf dem Meer!»

Sie beobachtete die ungläubige Miene ihrer Besucherin und fügte abschließend hinzu: «Aber ich möchte nicht fortfahren, Euren Traum durch meine Erfahrung zu trüben. Wenn Ihr eines Tages die Küste Eurer Insel erreicht, werdet Ihr mitsamt Euren Hoffnungen landen, und die eigenen Hoffnungen bringen genügend Abwechslung in die Landschaft, um eine glückliche Zeit zu erleben. Deshalb solltet Ihr mir lieber nicht glauben – was Ihr im übrigen ohnehin nicht tut.»

Jeanne gab keine Antwort. Ihre Gastgeberin hatte die Sache richtig gesehen: sie war nicht bereit, ihr zu glauben – in nichts.

Mit ruhigen, anmutigen Bewegungen fächelte die Kreolin sich Luft ins Gesicht. Diese Geste stand ihr ausgezeichnet, und sie wußte es. Das junge Mädchen, das ihr mit leeren Händen gegenübersaß, fühlte sich herausgefordert, und Pauline war es nur recht so. Wie hatte diese überaus begehrenswerte kleine Gans Vincent nur widerstehen können? Die Jungfrauen sind verführerisch, aber Gott sei Dank sind sie oft ebenso töricht. Sobald sie sich verlieben, sind sie felsenfest überzeugt, den liebenswertesten Mann der Welt gewählt zu haben. Um so besser, sagte sich Pauline. Aber trotzdem nahm sie es Jeanne weniger übel, daß sie Vincent verlockt hatte; das Schlimmste war, daß sie ihn enttäuscht hatte. Eine unerfüllte Lust ist schlecht: sie kann im Herzen eines Mannes hart und bitter werden. Achtzehn Monate nach seiner verfehlten Entführung schien Vincent immer noch empfindlich auf Jeanne zu reagieren. Als er Anfang Dezember nach Vaux gekommen war, hatte er Pauline wie nebenbei nach den Leuten von Schloß Charmont gefragt, und als sie absichtlich auf Jeanne zu sprechen gekommen war, hatte er ihr plötzlich den Rücken zugekehrt, als wäre er restlos mit der Zubereitung des Kaffees beschäftigt – aber es war ihr nicht entgangen, wie gespannt sein Rücken gelauscht hatte!

Das anhaltende Schweigen war Jeanne derart unangenehm, daß sie von sich aus den Versuch unternahm, das Gespräch wieder in Gang zu bringen, was sie sonst nur selten tat: «Ich habe Euch zwei gefüllte Nelken mitgebracht», sagte sie. «Cocotte hat den Topf in Empfang genommen. Hat sie ihn Euch gezeigt?»

Paulines Miene hellte sich auf: «Gefüllte Nelken? Wie wunderbar! Weshalb habt Ihr es nicht eher gesagt? Kommt mit mir, wir wollen sie anschauen . . .»

Nun war es schon mehr als höchste Zeit, ihren Besuch zu beenden, und es war ihr nicht gelungen, Pauline auch nur ein vertrauliches Wort zu entlocken. Die zurückgehaltenen Fragen brannten ihr auf der Zunge, aber es half nichts, sie würde sich höflichst verabschieden müssen.

Sie ist hergekommen, um mich nach Vincent zu fragen und hat es nicht gewagt, sagte sich Pauline, während Jeanne sich zum Gehen fertig machte. Eigentlich sollte ich großzügig sein, schließlich hat sie mir ein erlesenes Geschenk gemacht. Und außerdem – bin ich nicht ebenso neugierig, sie von Vincent reden zu hören, wie umgekehrt? Als Ergebnis dieser Überlegungen schlug sie vor: «Wollt Ihr nicht, ehe Ihr aufbrecht, einen Blick in das Bad werfen, das ich gerade neu habe herrichten lassen? Es gehört zu den Räumlichkeiten, die ich dem Chevalier Vincent zur Verfügung stelle, wenn er mir die Freundschaft erweist, in Vaux zu weilen . . .»

Klopfenden Herzens folgte Jeanne ihrer Gastgeberin, ohne auf deren Worte zu hören.

Die Ausstattung des Badezimmers war ebenso raffiniert wie luxuriös; außer den aufreizenden rosaroten Ziergemälden und -figuren verfügte es über zwei Kupferwannen – eine zum Einseifen, die andere zum Abspülen.

«Wie schön», murmelte Jeanne beeindruckt. «Dieses Bad scheint mir eines Prinzen würdig. Eines Prinzen selbstverständlich, der ein rechter Libertin sein muß!»

«Richtig geraten, mein liebes Kind, ich wollte es genauso oder wenigstens ähnlich haben, wie das Bad unseres Louis XV. Aber unter uns gesagt, glaube ich, daß meine Gemälde und Skulpturen nicht ganz so gut gemacht und gewiß nichtswürdiger sind als die des Königs ... Ihr betrachtet den Frisiertisch? Gefällt er Euch?»

«Er ist entzückend ...»

Es war ein großer Herrenfrisiertisch, furniert mit kostbarem Mahagoniholz. Der Spiegel in der Mitte reflektierte ein vollständiges Toilettennecessaire aus feuervergoldetem Silber mit eingravierten Zeichnungen – Bürsten, Kämme, Nagelscheren, ein Brenneisen, eine Lockenschere und eine ganze Galerie zierlicher Flacons, darunter mehr als ein halbes Dutzend besonders wertvoller Porzellanfläschchen, denen Jeanne nicht widerstehen konnte; sie ließ sich auf den gepolsterten Hocker sinken, der vor dem Möbel stand, und begann, die Stöpsel herauszuziehen, um die verschiedenen Gerüche zu erraten: «Aromatischer Essig ...»

«Für die brennende Haut nach dem Rasieren», sagte Pauline.

«Malteser Orangenblüte ...»

«Für das Taschentuch», sagte Pauline.

«Eau de Cologne ...»

«Von Jean-Antoine Farina – das Beste vom Besten. Zum Einreiben», sagte Pauline.

«Lavendelöl ...»

Die Blicke der Frauen – ein goldener und ein schwarzer Strahl – kreuzten sich im Spiegel, herausfordernd, durchdringend ... Zwischen der, die Vincent seit Jahren kannte, und der, die fast nichts von ihm wußte, hatte sich ein verwirrendes Spiel entwickelt, aus dem nicht nur Grausamkeit, sondern auch eine gewisse Wollust sprach. Ihre wechselseitige Eifersucht wurde zu einer Komplicenschaft gegen die Abwesenheit ein und desselben Geliebten. Mit größtem Wohlgefallen halfen sie sich gegenseitig, in seine intimsten Geheimnisse einzudringen, indem sie alle seine vertrauten Objekte gründlichst untersuchten, befühlten und berochen. Sie spielten zwei indiskrete Katzen, und dieses Spiel entzückte sie.

«Hmmm ...» machte Jeanne, nachdem sie an einem Fläschchen aus gewöhnlichem Glas geschnuppert hatte. «Dieses Parfum ist nachhaltig erfrischend, aber ich kenne es nicht. Ich glaube, mir wird keine andere Wahl bleiben, als zu mogeln und den Namen zu lesen.»

«Wirklich?» fragte Pauline, indem sie das Fläschchen ergriff, um das Etikett zu verdecken. «Erinnert Ihr Euch wirklich nicht, jemals von diesem Parfum gekostet zu haben? Versucht es noch einmal ...»

Pauline hatte jedes einzelne Wort betont langsam ausgesprochen, mit einem leichten Spott in ihrer Stimme. Jeanne fragte sich, worauf die Dame wohl hinauswollte, hielt sich den köstlichen Duft aber dennoch ein zweites Mal unter die Nase ...

«Ich kann es nicht erraten», sagte sie.

«Es ist Goldwasser für den Mund», erklärte Pauline noch gedehnter als zuvor. «Das berühmte weingeisthaltige Wasser von Pierre Bocquillon aus Paris. Es soll den Benutzern einen reinen Atem garantieren und ihren Küssen einen exquisiten Geschmack verleihen.»

Mit hochrotem Kopf und verärgert, auf diese Hinterlist hereingefallen zu sein, richtete Jeanne ihren Blick auf das Spiegelbild der Kreolin, deren dunkelroten Mund ein boshaftes Lächeln umspielte. Jeanne konnte nicht umhin, sich vorzustellen, wie dieser Mund sich langsam öffnete und mit Vincents Lippen verschmolz, während sie zur gleichen Zeit in der überwältigenden Erinnerung an jenen Kuß versank, den sie mit einer anderen teilte. Die Vermischung des Bildes, das sie vor Augen hatte, mit ihrem eigenen Gefühl war ebenso widerwärtig wie obszön, empörend, hartnäckig und wollüstig.

Pauline streifte Jeanne mit einem liebkosenden Blick ihrer feurigen Augen; auch sie konnte sich eines Anflugs von Perversität nicht enthalten: sie dachte an Vincents Hände, wie sie die Haut dieser Unschuld zur Sinnlichkeit erweckt haben mochten ... Jeanne hatte ihre blonde Mähne – wie immer, wenn sie zu reiten beabsichtigte – in einem Haarbeutel aufgesteckt, und plötzlich fühlte sie, wie Paulines Finger über ihren Hals glitten, sich unter den glatten Satin schoben und die wallende Pracht befreiten, die sich unversehens wie eine goldene Flut über ihren Rücken ergoß.

Ein schwaches «Oh!» entfuhr ihren Lippen.

Doch sie rührte sich nicht. Pauline hatte eine Bürste vom Frisiertisch genommen und begann ihr sanft über das Haar zu streichen.

«Gebt mir einen Hauch Orangenblüte hinein», bat Jeanne mit leiser Stimme.

Mehrmals tauchte Pauline den Stöpsel in das Duftwasser, um den Wohlgeruch über das blonde Haar zu verteilen. Wie umwölkt von dem kräftigen Aroma erschauerte Jeanne vor Wohlbehagen. Hingebungsvoll schloß sie die Augen, um sie nicht einmal wieder zu öffnen, als sie spürte, wie Paulines Hände ihr Musselintuch entfernten und die obersten Knöpfe ihres Hemdes lösten, um mit dem feuchten Stöpsel rings um ihren Hals zu fahren und die Duftspur der Orangenblüte erst zwischen ihren Brüsten enden zu lassen.

«Mein liebes Kind, wenn ich fortfahren soll bis zum Grübchen Eures Bauchnabels, werdet Ihr mir ein wenig helfen müssen, Euch zu entkleiden», sagte Pauline ironisch.

Mit einem tiefen, wohligen Seufzer schlug Jeanne endlich die Augen auf. Sie bemühte sich, einen lustigen, unbekümmerten Ton anzuschlagen: «Der Chevalier läßt es sich wirklich an nichts fehlen», bemerkte sie mit einem Blick auf die reich ausgestattete Toilette.

«Nun ja, meine Liebe, sein Mario braucht all diese Dinge, um ihn wunschgemäß zu putzen.»

«Es heißt, Mario sei dem Chevalier sehr ergeben?»

«Ergeben? Mario vergöttert ihn! Oft dauert es mich, daß er in Vincent nur einen Herrn hat statt einer Mätresse.»

Jeanne errötete und begann ihre Haare mit Paulines Hilfe wieder aufzustecken.

«Jeannette», sagte die Kreolin plötzlich, indem sie das junge Mädchen zum erstenmal bei seinem Vornamen nannte, «wollt Ihr mir nicht den Grund Eures Besuchs gestehen, ehe Ihr fortgeht? Man gibt doch nicht einfach zwei Königsnelken her, ohne einen guten Grund zu haben?»

Jeanne sah ihr ins Gesicht: «Ihr habt recht, Madame. Ich wollte wissen, ob der Chevalier in jüngster Zeit nach Vaux gekommen ist, und Euren Reden konnte ich entnehmen, daß er tatsächlich hier war. Aber in erster Linie hoffte ich, von Euch zu erfahren, ob er meinen Freunden Émilie und Denis irgendein Versprechen gegeben hatte, sie auf seinem Schiff aufzunehmen.»

Pauline schüttelte den Kopf: «Ich weiß es nicht. Ein Kapitän hat nicht das Recht, Flüchtige an Bord zu nehmen; wenn er es dennoch tut, ist es ein schweres Vergehen, und er wird sich hüten, sein Geheimnis auszuplaudern. Der Chevalier hat Vaux am 8. dieses

Monats verlassen, um sich auf direktem Weg nach Marseille zu begeben, wo er vor der Abreise noch viel zu tun hatte. Eure Freunde sind am 9. verschwunden – das ist alles, was ich weiß.»

«Welchen Hafen wird der Chevalier anlaufen?»

«Smyrna. Er hat eine kostbare Fracht an Bord, die ausschließlich für verschiedene Paläste in Smyrna bestimmt ist.»

«Smyrna . . . Ist das ein gutes Versteck für ein flüchtiges Liebespaar?»

«Das beste Versteck ist Gold», entgegnete Pauline.

«Davon werden sie wohl nicht viel haben.»

«Wenn sie in Vincents Obhut sind, werden sie über sein Gold verfügen. Der Chevalier ist großzügig. Im übrigen will es der Zufall, daß Entführungsgeschichten seine große Leidenschaft sind. Wißt Ihr eigentlich, meine liebe Jeannette, daß er sich gelegentlich selbst mit der Kühnheit eines Musketiers erbietet, eine blutjunge Schönheit in seinen Armen fortzutragen?»

«Nein, wirklich?» flötete Jeanne mit süßer Stimme, während ihr unschuldiger Augenaufschlag den sprühenden Blick der Kreolin traf.

14. Kapitel

Die Hochzeit des jungen Paares Charles und Adrienne brachte neues Leben in das Schloß. Die Braut gefiel allen. Zu ihrer fülligen, ungepuderten Lockenpracht trug die mollige Brünette mit den frischen roten Wangen, die mehr von Glück denn von Schminke zeugten, ein hübsches himmelblaues Kleid *à la française,* dessen zarte Farbe genau zur Iris ihrer großen Madonnenaugen paßte: sie sah aus, als könnte sie kein Wässerchen trüben, diese im dritten Monat schwangere Braut, die einem Kirchenfenster hätte entstiegen sein können. Da ihre ‹eingeweihten› Eltern ihr verboten hatten, viel zu tanzen, suchte sie sich andere Zerstreuung; sie kümmerte sich um die kleinen Wünsche der Gäste, versorgte die Damen mit wärmenden Schals, bot Dragees an und suchte mit so herzlicher Freundlichkeit nach den verlegten Stöcken oder Tabaksdosen, daß sogar Delphine begann, die ‹Krautjungfer› etwas versöhnlicher zu betrachten.

Madame de Bouhey hatte in der Bibliothek einen eigenen Tisch für die Jugend decken lassen. Hier, in diesem wohlriechenden, ungewöhnlich hellerleuchteten Raum fühlte Jeanne sich zu Hause. Von Zeit zu Zeit warf sie einen Seitenblick auf das Kanapee mit dem vergoldeten Holzrahmen, auf dem Vincent sie das Küssen gelehrt hatte. Schon bald zwei Jahre waren seit jenem Tag ins Land gegangen, an dem sie sich von Charmont hatte entführen lassen wollen, um sich in ein tolles Abenteuer zu stürzen. Zwei Jahre. Eine ungeheuer lange Zeit – in der nichts passiert war. Nichts und wieder nichts. Das heißt, eines war doch passiert: eine Fahrt im Mondschein mit einem zerstreuten Gelehrten, der vergessen hatte, sie zu küssen. Sie seufzte. Sie fühlte sich, wie man sich eben fühlt, wenn man allein auf einem Fest ist, wo die meisten Freunde sich zu Liebespaaren zusammengefunden haben. Sogar Marie hatte in dieser Nacht ihren Verlobten Philippe bei sich und schien mit ihm wie in einem abgeschotteten Raum auf den Wolken des Glücks zu wandeln. Diese Egoisten! dachte Jeanne schmollend. Dann fiel ihr Blick auf Jean-François de Bouhey, und fast wären ihr kindliche Tränen in die Augen geschossen, denn auch er schien sie total vergessen zu haben. Am Vorabend, als er mit Abbé Rollin von seiner Militärschule gekommen war, um an Charles' Hochzeit teilzunehmen, hatte er sich in seiner Verwirrung über die Tatsache, daß plötzlich eine Frau zwischen ihm und seinem Bruder stand, an Jeanne gewandt; er hatte sich ihr genähert und sie in Erinnerung an ihre Kinderspiele zu dritt sogar wieder geduzt; aber heute hing Jean-François den ganzen Abend an dem voluminösen rosa Reifrock von Solange de Chanas. Vielleicht endet das schöne Leben mit zehn Jahren, im gleichen Augenblick, in dem die eigene Welt plötzlich so schrecklich klein wird – der Rasen, die Getreidefelder, die Schafe, die Hunde, die Erwachsenen, die Marmeladentöpfe, der Wald von Neuville, das Kanapee in der Bibliothek . . .? Jeanne hatte größte Lust, vom Tisch aufzustehen und sich mit einem Buch auf ihr altes Refugium zurückzuziehen, um ihre Kindheit wiederzufinden; doch als sie zum Kanapee hinübersah, entdeckte sie unter dem Sitz zwei zierliche Schuhe aus gelbem Satin und daneben ein paar schwarze Halbschuhe.

«Longchamp, bringt mir bitte ein Glas spanischen Wein», sagte sie zu Jean-François' Diener, der gerade in der Nähe war.

Während sie ihr volles Glas in kleinen Schlucken austrank, hörte sie mit halbem Ohr einem Gespräch zwischen Laurent und Madeleine zu, die ihr gegenüber am Tisch saßen. Wie Madame de Bouhey richtig geahnt hatte, war nicht viel Zeit verstrichen, bis der Sohn des Lyoner Seidenkaufmanns und die Tochter des lothringischen Glasfabrikanten sich die Hand gereicht hatten. Schon jetzt waren ihre Notare damit beschäftigt, die Einzelheiten des Ehevertrags auszuhandeln, und im Frühjahr sollte die Hochzeit stattfinden. Je näher der große Tag kam, um so kühner wurden die Zukunftspläne.

«Stellt Euch nur vor», sagte Laurent, «im Poitou gibt es noch massenhaft kleine Tuchfabrikanten; es müssen mindestens fünfhundert sein, von denen nicht mehr als hundert Arbeiter angestellt haben. Ihre Handwerksbetriebe sind noch auf dem gleichen Stand wie unter Louis XIV.! Da sie nicht weit von Lyon entfernt sind und noch keiner unserer hiesigen Konkurrenten auf den Gedanken gekommen ist, sie zusammenzufassen und für die eigene Produktion arbeiten zu lassen, bin ich sicher, daß ich, wenn ich als erster und mit genügend Kapital im Poitou auftauche, bald die ganze Provinz in der Hand haben werde.»

«Habt Ihr nicht schon genug zu tun mit Euren Herstellern in der Umgebung von Lyon?» fragte Madeleine.

«Im Lyonnais, werte Freundin, sind die Delafayes nicht die einzigen, die an den unorganisierten Arbeitskräften interessiert sind», erklärte Laurent. «Schon seit geraumer Zeit arbeiten die ländlichen Handwerksbetriebe in der Umgebung von Lyon ausnahmslos im Auftrag der städtischen Großfabrikanten. Für die Betroffenen kann dieses System übrigens nur von Vorteil sein: so haben sie immer Arbeit und bekommen ihren Lohn, ohne sich die geringsten Sorgen um den Verkauf zu machen. Angesichts einer solchen Sicherheit ist die Freiheit nichts mehr wert.»

Doch auch Madeleine hatte sich Gedanken um die Verwendung ihrer Mitgift gemacht: «Gewiß, Laurent, Euer Plan mit dem Poitou klingt nicht schlecht; es würde sich sicher lohnen, der Sache nachzugehen. Aber andererseits bin ich überzeugt, daß wir einer Zeit entgegengehen, in der Metalle mehr Gewinn versprechen als Textilien. Die Alchimisten sind schon seit langem damit beschäftigt, das häßliche Eisen in Gold zu verwandeln, und zweifellos sind sie nicht mehr weit davon entfernt, ihren Traum zu verwirklichen!»

Die Stiftsdame Charlotte de Bouhey hatte einen kleinen Rundgang durch die Bibliothek gemacht und sich neben Jeanne gesetzt. Jetzt beugte sie sich ganz nah zu ihr hinüber und flüsterte ihr leise zu: «Jeannette, wie zum Teufel haltet Ihr es aus, diesen langweiligen Brautleuten zuzuhören? Ihr Liebesduo ist von einer ganz neuen Art!»

«Sie sind wirklich tödlich», gab Jeanne zu. Und mit einem traurigen Lächeln um die Mundwinkel fügte sie hinzu: «Wenn Émilie hier wäre, würde sie uns mit bissigen Kommentaren über die Verlobten der bevorstehenden Eisenzeit erfreuen. Offenbar haben sich noch nicht alle jungen Mädchen das Hirn mit Romanen verdorben!»

«Suchen wir uns einen anderen Platz», schlug die Stiftsdame vor. «Ich war nie übermäßig verrückt, aber allzuviel Vernunft in der Luft ist mir doch recht unbequem. Die Philosophie und die Politik liefern schon Stoff genug, das beste Essen zu verderben; wenn nun auch noch die Ökonomie in die Tischgespräche eingeführt wird, wird es bald überhaupt keine Konversation mehr geben.»

Kaum daß sie sich hinter dem Paravent im kleinen Salon niedergelassen hatten, fragte Charlotte: «Jeannette, was glaubt Ihr, wo sie ist?»

«Auf dem Meer», sagte Jeanne mit fester Stimme. «Wir müssen glauben, daß sie auf dem Meer sind, in Sicherheit vor den Spürhunden des Königs. Émilie fehlt Euch sehr, nicht wahr?»

«Ja, sie fehlt mir», erwiderte Charlotte mit düsterer Miene. «Neuville hat sein Irrlicht verloren.»

«Ich finde es merkwürdig, daß sie nicht einmal Euch die geringste Nachricht hinterlassen hat. Émilie mochte Euch sehr . . .»

«Sie hat mir einen Brief hinterlassen.»

«Was?»

«Um Himmels willen, soll ich es denn laut durch den ganzen Saal schreien, damit der Polizeileutnant auch etwas davon hat? Ich habe ihn nur der Baronin gezeigt.»

«Und mir, Madame, werdet Ihr ihn mir nicht vorlesen? Ich kann schweigen, wenn es nötig ist, das wißt Ihr genau.»

Charlotte zog ein mehrfach gefaltetes Blatt aus ihrer Rocktasche und reichte es dem jungen Mädchen. Jeanne las:

Verehrte Madame und geliebte Patin,

ich weiß, Ihr werdet mir böse sein und mir dennoch verzeihen. Das Leben bei den Stiftsdamen von Neuville ist ein so sanfter Schlaf und der Schlaf eine so natürliche Neigung, daß ich morgen trotz meines Liebesgefühls, das mich in die Ferne treibt, allen Mut werde zusammennehmen müssen, um meiner Abgeschiedenheit zu entfliehen. Aber ich habe einfach Angst, erst am Tage meines Todes aus diesem Tiefschlaf zu erwachen, um dann bitterlich zu bereuen, die Nase niemals aus dem Nest gestreckt zu haben. Ich verlasse einen privilegierten Stand, der mir in die Wiege gelegt worden ist, um mich in das gewagte Leben derer zu stürzen, die ohne Namen und ohne Reichtum zur Welt gekommen sind. Das ist zweifellos verrückt, vielleicht auch dumm, aber ich will einfach sehen, was ich selbst, allein mit meiner eigenen Person vermag. Außerdem scheint es mir im Grunde nur gerecht, keine Unterstützung mehr von Eltern zu bekommen, die mich gehindert haben, sie zu lieben. Ich fühle mich ihnen nicht zugehörig. Auch um ihren Kummer brauche ich mich nicht zu sorgen: als ich neun Jahre alt war, haben sie mich ohne eine Träne von zu Hause fortgehen lassen, und eine gelungene Jagdpartie kann sie ohnehin über alle Unbill ihres Lebens hinwegtrösten. Wie ich weiß, wird das für Euch nicht so sein, meine liebe Patin. Ich werde Euch über alles auf dem laufenden halten, sobald ich schreiben kann, ohne uns in Gefahr zu bringen. Ich entbinde Euch von der Pflicht, meinen Vater und meine Mutter zu unterrichten, aber ich bitte Euch, meinen Freundinnen Jeanne und Marie von mir zu erzählen; ich werde mich ihrer in treuer Zärtlichkeit erinnern.

Ich umarme Euch von ganzem Herzen und bitte Euch um Euer Gebet.

Eure Émilie

Jeanne wischte sich die Augen. Charlotte schnupfte in ihr Taschentuch.

«Das Traurigste an der ganzen Geschichte ist, daß ich mich, nachdem ich den Brief wieder und wieder gelesen habe, fragen muß, ob ich eigentlich gelebt habe», sagte die Stiftsdame. «Täglich gehe ich in die Klosterbibliothek, setze den Globus in Bewegung und stelle mir vor, wie die winzige Émilie die Welt erobert. Wenn ich genug mit der dicken Kugel gespielt habe, kehre ich seufzend auf *meine* Bank unter *meinen* Lindenbaum zurück, indem ich mechanisch in die Fußstapfen trete, die ich am Vorabend hinterlassen habe.»

Jeanne versuchte, einen schwachen Einwand zu erheben, doch die Stiftsdame ging darüber hinweg und kam direkt auf ihr Thema zurück: «Jeannette, sagt mir ehrlich, wißt Ihr, wohin Denis mit meiner Émilie gehen wollte?»

«Nein, Madame. Aber ich glaube, daß nicht Denis, sondern Émilie über den Zielort entscheiden wird!»

«Der Apotheker Jassans aus Châtillon, bei dem ich mich nach Denis erkundigt habe, behauptet, er sei zu einem guten Chemiker avanciert, besser als er selbst. Er korrespondierte mit anderen Chemikern, unter anderem mit einem Sieur . . . Lavoisier aus Paris – dem gelehrten Sohn eines Kaufmanns. Wißt Ihr, was Denis mit all diesen Korrespondenzen im Schilde führte?»

«Nein, Madame. Ich bin jedoch sicher, daß er schlicht und einfach mehr über Fachprobleme der Chemie wissen wollte – wie es so ist, wenn man sich leidenschaftlich für eine Wissenschaft interessiert.»

«Falls Ihr vor mir etwas Neues erfahrt, werdet Ihr es mir mitteilen, Jeannette?»

«Gewiß, Madame.»

«Sollte ich eines Tages hören, daß Émilie sich irgendwo in einem schönen Eckchen dieser Welt niedergelassen hat . . .»

Die Stiftsdame neigte sich zu ihrer Nachbarin, als wolle sie ihr ein Geheimnis anvertrauen: «. . . würde ich vielleicht eine große Reise unternehmen!»

Jeanne mußte lachen: «Hat Euch vielleicht, genau wie mich, die unstillbare Sehnsucht nach den Inseln erfaßt – jenes Gefühl, über das Madame de Bouhey sich so gern lustig macht?»

«Möge sie sich nur lustig machen! Es ist nie zu früh, wieder so zu werden, wie man mit zwölf Jahren war – ich war zwölf, als die Abtei von Neuville mich aufgenommen hat. Wie hat Émilie es nur angestellt, sich inmitten der allzu bequemen Lustbarkeiten unseres Paradieses die Freiheit unzufriedener Gedanken zu bewahren?»

«Émilie ist in einer anderen Zeit groß geworden, Madame. Seinen Willen durchzusetzen und das eigene Leben in die Hand zu nehmen, obgleich man eine Frau ist, gilt heute als ein allgemeiner Grundsatz. Ein Grundsatz, den ich übrigens hervorragend finde.»

«Da werdet Ihr wohl recht haben . . .»

Die Stiftsdame ließ ihren für einen Augenblick etwas unsicher gewordenen Blick in den hinteren Teil des Salons schweifen; dann deutete sie mit dem Kinn auf ein hübsches Paar in blauer und gelber Seide, das verliebt in der Ecke stand: «Dort drüben sehe ich eine weitere junge Person, die im Begriff ist, ihr Leben als Frau in die Hand zu nehmen – ungeachtet aller Hindernisse, die man ihr in den Weg stellen wird. Sie wird sich mit ihrem kleinen Marquis bei ihrer Familie durchsetzen, und ihr bürgerlicher Papa wird eine stattliche Summe herausrücken müssen, um die verwitwete Marquise zu befriedigen; sie ist mittlerweile bei allen Wucherern von Lyon verschuldet und hat nichts mehr zu verkaufen außer ihren Söhnen.»

«Glaubt Ihr das wirklich?» fragte Jeanne erstaunt. «Glaubt Ihr wirklich, daß Anne-Aimée Delafaye und der kleine Marquis Christophe d'Angrières . . .?»

Wenn das stimmt, dachte Jeanne zehn Minuten später mit einem Blick auf die Zwillinge d'Angrières, die eine letzte Runde in der Vorhalle drehten, um sich von all denen, die auf dem Schloß blieben, zu verabschieden, wenn diese ungleiche Hochzeit zwischen Karpfen und Hase tatsächlich zustande kommt, werde ich mir einen großen Vorrat Beruhigungssirup zulegen müssen, um die Magenverstimmungen meiner lieben Baronin zu kurieren, denn bei dieser Geschichte wird sie Gift und Galle spucken! Für billiges Geld wird Monsieur Henri den kleinen Marquis jedenfalls nicht bekommen!

«Gehen wir hinauf, Jeannette?» fragte Élisabeth in ihrer freundlichen, ruhigen Art.

Alle Zimmer im Schloß waren überbelegt, und wie immer in einem solchen Fall hatte Jeanne der ältesten der Delafaye-Töchter, die ihr ohnehin die liebste war, die Hälfte ihres Betts angeboten. Élisabeth war eine zerbrechliche, ernsthafte und sanfte Person, die von Musik, Malerei und Poesie lebte. Das Außergewöhnliche an ihr war vor allem, daß sie den Handel verabscheute, bereits vier gute Partien abgelehnt hatte, weil die Bewerber Kaufmannssöhne waren, und sich mit zwanzig Jahren gebärdete, als wolle sie lieber zwischen Cembalo und Staffelei zur alten Jungfer werden, als sich gegen ihren Willen zu verheiraten. Da sie jedoch eine äußerlich wie charakterlich einnehmende Person war und obendrein aus einer Familie kam, die eine hohe Mitgift versprach, wurde ihr weiterhin der Hof gemacht, so daß Jeanne nicht besonders überrascht war, als Élisabeth ihr leicht errötend in geheimnisvollem Tonfall sagte: «Ich bin froh, Euer Zimmer teilen zu dürfen; ich möchte Euch etwas anvertrauen.»

«Oh!» erwiderte Jeanne. «Ich ahne schon, was los ist: wieder ein Heiratskandidat, der abgewiesen werden soll?»

Élisabeth errötete noch heftiger als zuvor: «Der vielleicht nicht abgewiesen wird, wenn Ihr ihn endgültig nicht mehr haben wollt», stammelte sie mit ungewohnter Schüchternheit.

«Wenn ich ihn nicht mehr haben will?» wunderte sich Jeannette.

Und da Élisabeth zu zögern schien, fügte sie hinzu: «Es ist schon reichlich spät, meine Liebe, um heute noch ein Ratespiel zu beginnen.»

Élisabeth ergriff die Hände ihrer Freundin und blickte ihr fragend in die Augen: «Habt Ihr nicht mehr das geringste Gefühl für den Prokurator Duthillet, bereut Ihr nicht, Eure Verlobung aufgelöst zu haben?»

«Duthillet!» rief Jeannette. «Es handelt sich also um Duthillet! Hat er Euch einen Antrag gestellt?»

«Jeannette, beantwortet zuerst meine Frage: bereut Ihr die Sache nicht ein wenig?»

«Ich habe nie ein Gefühl der Liebe für den guten Louis-Antoine gehabt, und ich habe mich ihm gegenüber wirklich schlecht benommen. Oh, Élisabeth, ich möchte Euch umarmen . . . Ihr wollt also tatsächlich den Prokurator Duthillet heiraten? Ihr werdet glücklich sein. Er ist von einer überaus charmanten Ritterlichkeit, und ich glaube auch ein recht guter Lebemann. Aber ist diese Partie nicht etwas zu bescheiden für eine Demoiselle Delafaye?»

Élisabeth antwortete mit einem anmutigen Lächeln: «Es ist höchste Zeit, daß die Kasten sich ein wenig vermischen, findet Ihr nicht? Ich bin beglückt von dem Gedanken, die Kaste der Lyoner

Seidenfabrikanten zu verlassen, um in aller Ruhe an der Seite eines Juristen aus Châtillon zu leben. Ich werde ganz in Eurer Nähe sein, meine liebe Freundin. Im Winter werde ich Euch zu Hauskonzerten einladen, und im Sommer werdet Ihr mir Lektionen in Pflanzenkunde erteilen.»

«Ihr seid also fest entschlossen?»

«Gewiß. Jetzt bin ich es; ich wollte es nur nicht versäumen, Euer Herz noch einmal zu sondieren. Ihr wart so jung, als Ihr mit Monsieur Duthillet gebrochen habt: oft wandelt sich das Herz eines Kindes. Hättet Ihr mir gesagt, Ihr würdet ihn wiedernehmen, wenn er zu Euch zurückkäme ... Ihr seid sehr schön, Jeannette, weit schöner als ich. Und ich weiß sehr wohl, daß Duthillet mich nur an zweiter Stelle liebt.»

«Aber er wird Euch so lange lieben, daß die Erinnerung an seine Liebe zu mir nicht anders sein wird als an ein Staubkörnchen, das einem ins Auge geflogen ist und einen an der klaren Sicht gehindert hat», sagte Jeanne mit ermutigender Herzlichkeit. «Ich freue mich sehr über Euer beider Glück.»

Trotz ihrer Beteuerungen Élisabeth gegenüber war es Jeanne doch nur eine gemischte Freude, von immer mehr frischverliebten Paaren umgeben zu sein. Es fehlte nur noch, daß der gute Onkel Mormagne das Wort seiner Ärzte einlöst und in den nächsten Tagen stirbt, um Marie in Philippes Arme zu treiben! dachte sie des öfteren. Der gute Onkel Mormagne war eine Erbschaft von achttausend Livres in Staatsrenten wert, die dem Leutnant Chabaud de Jasseron zufallen sollte. Für diesen Fall hatte Marie die Erlaubnis ihrer Mutter, ihren Verlobten auch ohne seine Beförderung zum Rittmeister zu heiraten. Und dann würde es mit Sicherheit nicht mehr lange dauern, bis Marie den schönen Wohnsitz in Autun bezog, der ebenfalls zur Erbmasse des Onkels gehörte. Jeannette würde ganz allein in Charmont zurückbleiben und vor Ungeduld vergehen, bis Philibert endlich nach Châtillon zurückkehrte. Der zerstreute Gelehrte hatte es offenbar nicht eilig, Bern wieder zu verlassen, wo er bei seinem berühmten Kollegen, dem Arzt, Botaniker und Poeten Albert von Haller weilte. Dieser ungewöhnlich vielseitige Wissenschaftler, der nicht zuletzt auch in der Anatomie sehr bewandert war, beschäftigte sich zur Zeit damit – so erzählte

Aubriot in dem letzten Brief an seine Schwester Clémence –, Frösche an den Schenkeln zu kitzeln, um die spontane Reizbarkeit ihrer Muskelfäserchen zu beweisen: ein außergewöhnlich spannendes Experiment, wie es hieß, und Jeanne hatte keinen Zweifel, wie hochgradig reizbar Tiermuskeln sein mußten, wenn sie bedachte, in welch angespannten Zustand ihre eigenen geraten waren, als sie erfahren hatte, daß Philibert seinen Aufenthalt in Bern wegen ein paar kitzliger Laubfrösche verlängern wollte! Das konnte sie ihm nicht verzeihen. Hatte er nicht versprochen, spätestens Anfang des Jahres 1764 wieder in Châtillon zu sein? Jetzt war es schon Mitte Februar, und in sechs Wochen wurde Jeanne siebzehn Jahre alt. Sie hatte das Gefühl, allmählich eine alte Jungfer zu werden – es war zum Verzweifeln!

Wenn ihr Kummer sie allzu sehr quälte, holte sie Blanchette aus dem Stall und galoppierte durch die schneidende Winterkälte, bis ihr sämtliche Glieder gefroren und sie kein Gefühl mehr in der Haut hatte. In diesem Zustand, der auch ihre Seele zu einem Eisblock werden ließ, überkam sie ein solches Wärmebedürfnis, daß sie gewöhnlich nicht den direkten Weg nach Charmont einschlug, sondern erst in Vaux Station machte. Jedesmal wenn Jeanne durchgefroren bei der liebenswerten Kreolin einkehrte, schien diese sich ein Vergnügen daraus zu machen, sie aufzutauen, bis sie wieder lachen konnte. Was Pauline sich nicht alles einfallen ließ – sie schürte das knisternde Feuer im Kamin, warf ein paar flauschige Kissen auf den Boden, um es sich mit ihr auf dem warmen Parkett bequem zu machen, berauschte sie mit ihrem Punsch aus weißem Rum und Vanille, zerzauste ihr die Haare, knöpfte ihr das Mieder auf und spielte mit ihr wie eine Katzenmutter mit ihrem Jungen. Später, nachdem Jeanne sich ein wenig entspannt hatte, verkleidete sie das junge Mädchen mit ihren wundervollen Kleidern, probierte die lustigen Negerfrisuren ihrer Heimatinsel mit bunten, eingeflochtenen Tüchern an ihm aus, parfümierte es, küßte ihm den Hals, um es auf angenehmste Art erschauern zu lassen, und sang ihm kreolische Wiegenlieder, die Cupidon und Cocotte aus den hintersten Winkeln des Hauses herbeieilen ließen. Wie hypnotisiert wußte Jeanne schließlich nicht mehr, ob sie unter den liebkosenden Händen der überaus zärtlichen Pauline schlief oder wachte. Auf dem Rückweg nach Charmont sagte sie sich, daß es vielleicht nicht ratsam wäre, von ihren Nachmittagen auf dem Landsitz der schönen Kreolin im Beichtstuhl zu erzählen. Aber sie rechtfertigte sich sogleich mit dem Gedanken, daß für den Himmel nur die Absichten zählen, und Jeanne ging nur nach Vaux, um Tricktrack mit Pauline zu spielen – was sie tatsächlich manchmal taten.

Eines Tages, als ihr Besuch in Vaux sich ungewöhnlich lange hingezogen hatte und sie erst am späten Abend nach Charmont zurückkehrte, wurde sie mit einer leicht ironischen Bemerkung von Madame de Bouhey empfangen: «Da bist du ja endlich! Du wirst Blanchette noch zu Tode reiten!»

«Ich habe in Vaux Station gemacht, um mit Madame de Vaux-Jailloux Tricktrack zu spielen.»

Die grauen Augen der Baronin sprühten: «Da hast du dir aber einen denkbar schlechten Tag ausgesucht. Hier war Besuch für dich. *Er* hat über eine Stunde auf dich gewartet. Ja, so ist das, meine Schöne. Und da soll ich noch an die Intuition der Verliebten glauben!»

Stumm vor Erregung und kreidebleich im Gesicht ließ Jeanne sich auf einen Sessel fallen; ihr Herz schlug so wild, daß die Baronin erschreckt zu ihrem Glöckchen griff und nach Melissenessenz läutete.

«Bring auch etwas Branntwein mit», befahl sie Pompon. «Mein liebes Kind, du regst dich wirklich zu leicht auf», fuhr sie fort, nachdem sie ihrem Schützling einen Schluck Alkohol eingeflößt hatte. «Ich wage schon gar nicht mehr, dir den Rest zu erzählen.»

«Doch, bitte! Ich flehe Euch an», murmelte Jeanne. «Mir geht es schon besser, ich war zu erschöpft von dem langen Ritt, das ist alles.»

«Nun gut, nehmen wir an, es wäre so . . . Also, dein Aubriot kam soeben aus der Schweiz zurück und wollte dich sprechen. Er hat dir einen Vorschlag zu machen, den ich mißbillige, aber ich habe ihm die Erlaubnis gegeben, dir seine Pläne mitzuteilen.»

«Dann werde ich es also erst morgen erfahren?» fragte Jeanne enttäuscht. «Kann Thomas mich nicht jetzt gleich mit der Karosse nach Châtillon fahren?»

«Das wäre sinnlos. Aubriot ist gleich weitergefahren nach dem Bugey: sein Schwager, der sich um seinen Sohn kümmert, ist erkrankt. Aber ich habe ihm versprochen, dir seine Botschaft auszurichten. Nun hör zu und unterbrich mich nicht, bevor ich ausgeredet habe.»

Mit einer plötzlich verhärteten Stimme begann die Baronin zu erzählen: «Aubriot hat die Absicht, bis zum Sommer bei seinem Schwager in Pugieu zu bleiben, um sein Kind etwas besser kennenzulernen, ehe er es für eine lange Zeit verläßt. Er hat sich nämlich entschlossen, gegen Ende des Sommers nach Paris überzusiedeln. Ich bitte dich, Jeannette, unterbrich mich nicht! Wenn du es vor Ungeduld nicht aushalten kannst, trink einen Schluck von dem Tresterbranntwein. Ich fahre fort. Du kennst Aubriot und seine überaus originellen Ideen. Er kommt mit der Überzeugung von seiner Reise zurück, daß sein Diplom der Fakultät von Montpellier überholt ist, daß ein Arzt von gestern heute nichts mehr wert ist und er wieder in die Schule gehen muß, um die moderne Physik und Chemie zu lernen – kurz, er will die Vorlesungen der großen Meister hören, die im Garten des Königs lehren. Und in Paris braucht er . . . eine Gehilfin, eine Sekretärin, eine Hausdame oder weiß Gott was! Denn dieser Teil seiner Rede kam ihm nur sehr undeutlich über die Lippen – als wüßte er selbst nicht genau, aus welchem Grund er mich um die Erlaubnis bat, dich als Sondergepäck mitnehmen zu dürfen!»

Mit glänzenden Augen richtete Jeanne sich auf: «Er . . . er hat Euch vorgeschlagen, mich mitzunehmen, mich mitzunehmen nach Paris?!»

Gegen einen Lohn von hundertachtzig Livres im Jahr, bei freier Kost und Unterkunft natürlich», ergänzte die Baronin bissig.

«Er will mich bezahlen?» stammelte Jeanne. «Er bietet mir Geld an, damit ich ihn begleite?»

Sie machte ein so entsetztes Gesicht, daß Madame de Bouhey nur noch Mitleid haben konnte. Zärtlich nahm sie Jeannes Hände und begann, beruhigend auf sie einzureden, als spräche sie mit einem Kind, das sich durch einen Schlag auf den Kopf eine dicke Beule zugezogen hat und getröstet werden will: «Jeannette, was bedeuten schon die Worte, die er gewählt hat, wenn er dich doch bittet, mit ihm zu gehen? Weiß er selbst überhaupt, weshalb er will, daß du ihn begleitest? Ich möchte sogar wetten, daß du es besser weißt als er. Das Problem liegt nicht in den Worten, sondern in der Tatsache, daß er dich bittet, mich noch in diesem Sommer zu verlassen, um ihm nach Paris zu folgen. Wirst du es tun?»

Jeanne brach in Tränen aus: «Ich möchte ihm folgen, ohne Euch zu verlassen!»

«Das glaube ich gern, meine Liebe. Dennoch wirst du dich entscheiden müssen. Aber du hast ja noch einige Monate Zeit, um darüber nachzudenken.»

«Nun warte ich schon so lange auf ihn», stammelte Jeanne unter Tränen.

«Und du bist sicher, wirklich sicher, daß du nicht die fixe Idee eines Kindes mit der Liebe eines jungen Mädchens verwechselst?»

«Ja! O ja! Ich liebe ihn wirklich, und von Tag zu Tag mehr.»

«Wenn es so ist . . .» seufzte die Baronin. «Du wirst nicht nein sagen, um anschließend dein ganzes Leben auf ihn zu warten.»

«Ihr ratet mir also, den Vorschlag anzunehmen?» fragte Jeanne ermutigt.

«Gott sei mein Zeuge, daß ich dir diesen Rat nie gegeben habe», grollte die Baronin. «Habe ich dir je geraten, Aubriot zu lieben und ihm um jeden Preis gehören zu wollen? Ich erlaube dir nur, selbst über dein Leben zu bestimmen, das ist alles.»

«Ich weiß, daß ich mit ihm gehen werde . . .» murmelte Jeanne.

Marie-Françoise legte ihre Hand auf die blonden Haare ihres Schützlings: «Sag es mir nicht zu oft, geliebte kleine Freundin, damit ich noch ein wenig zweifeln kann.»

Eine Ewigkeit schien zu vergehen, bis Jeanne das Schweigen durchbrach: «Hundertachtzig Livres, plus Kost und Logis . . .» wiederholte sie mit einer bitteren Melancholie, die plötzlich in Empörung umschlug: «Mit welchem Recht erlaubt er sich, mich auf hundertachtzig Livres plus Kost und Logis zu schätzen? Wie könnte ich das ertragen? Wie könnte ich je mit dem Gedanken fertig werden, daß er mich dafür bezahlt, daß ich mit ihm gehe, ihn liebe, ihn . . . Ich liebe ihn doch, Madame, ich liebe ihn! Und dafür, daß ich ihm mein Leben geben will, werde ich nie etwas anderes annehmen als Liebe, seine Lie . . .»

Schluchzend sank sie auf den Teppich, um ihr Gesicht im Rock der Baronin zu bergen und sich auszuweinen – wie früher, als sie klein war.

Für einen Augenblick konnte Marie-Françoise ihren eigenen Schmerz vergessen, und ein kleines spöttisches Lächeln trat auf ihre Lippen: «Laß dich doch von dieser Lappalie nicht beeindrucken,

Jeannette», sagte sie, während sie über den zerwühlten blonden Schopf strich. «Sobald ein Mann begriffen hat, daß eine Frau ihn liebt, bezahlt er sie nicht mehr. Ich möchte wetten, daß du von diesem Aubriot nicht einmal den ersten Jahreslohn bekommen wirst. Jeder Mann hat ein unwiderstehliches Bedürfnis, umsonst geliebt zu werden, und wenn er noch dazu dem alten Bürgertum entstammt, wird er auf dem schnellsten Wege dafür sorgen, seiner männlichen Ehre Genüge zu tun.»

15. Kapitel

Am 6. September 1764 brachen sie auf.

Das Land war ausgetrocknet, die letzten beiden Monate hatten die Erde verbrannt. Es war, als ginge der Sommer in einer goldenen Staubwolke zu Ende. Die verdorrten Bäume hatten ihr Blattwerk frühzeitig verloren, so daß sie keinen Schutz mehr boten gegen die erbarmungslos brennende Sonne, die jede Wasserfläche in der Landschaft zu einem blendenden Spiegel werden ließ. Um die Frische der Nacht zu nutzen, wurde um vier Uhr morgens angespannt, aber schon um neun herrschte eine so drückende Hitze, daß die Reisenden in einen schläfrigen Dämmerzustand verfielen. Alle zwei Stunden hielten die Postillone das Gespann für zehn Minuten an – wenn möglich irgendwo im Unterholz. Die Passagiere konnten sich einen Augenblick von ihren Strapazen erholen, um dann für zwei weitere Stunden in die Hölle des Wageninneren zurückzukehren. Aubriot versuchte immer noch zu lesen, aber die heftigen Erschütterungen und Stöße zwangen ihn bald, sein Vorhaben aufzugeben. Am zweiten Tag, kurz hinter Roanne, klappte er sein Buch endgültig zu:

«Wie ich feststellen muß, wird beim Reisen in der Postkutsche nicht nur das heilige Bein in Mitleidenschaft gezogen», sagte er seufzend. «Meiner Sehkraft scheint es jedenfalls auch nicht zu bekommen. Der *Almanach Royal* dieses Jahres hat wahrlich übertrieben, als er uns die neuartige Federung der Kutschen als große Errungenschaft anpries!»

«Wenn Ihr nicht ungerecht sein wollt, könnt Ihr Euch über Eure Straßen nicht beklagen, Monsieur», bemerkte der Lothringer auf der Sitzbank gegenüber. «Frankreich verfügt über die besten Straßen Europas, und die von Lyon nach Paris ist so gut instand gehalten wie keine andere im ganzen Königreich. Ich empfinde höchste Bewunderung für den Sieur Trudaine, der für Euren Wegebau verantwortlich ist.»

Seiner Bemerkung folgte ein kurzes, zweifelndes Schweigen. Er war ein großer, beleibter Mann mit einem vierkantigen Gesicht und zwei strahlenden hellblauen Augen. Er hatte sich als Makler mehrerer Fayencefabriken vorgestellt und beeilte sich, Gutes über Frankreich zu sagen, sobald seine französischen Nachbarn sich über ihr Land beklagten. Die Franzosen hörten sich jede einzelne seiner langen Lobreden anfänglich mit einem geschmeichelten, eitlen Lächeln an, um dann mit wachsender Ungeduld den geeigneten Moment abzuwarten, ihrer Regierung oder Verwaltung wieder etwas Schlechtes nachzusagen. Der Lyoner Kaufmann, Monsieur Caillaud, den Jeanne vom Sehen kannte, ließ es sich nicht nehmen, darauf hinzuweisen, daß diejenigen, die ihr Gehalt von Monsieur Trudaine bezogen, in Anbetracht der Summen, die ihnen auf Kosten der Bürger bezahlt würden, schon rechte Schurken sein müßten, brächten sie nicht wenigstens eine verdienstvolle Arbeit zustande.

«In unserer Provinz verdient der erste Straßenbauingenieur achttausend Livres im Jahr, ein rundes Gehalt, das der Staat ihm von unseren Steuergeldern, aus unserer Tasche bezahlt.»

«Wäre es Euch denn lieber, weniger Steuern zu bezahlen und dafür jeden Augenblick auf zerfurchten Wegen umzustürzen?» fragte der Lothringer.

Eine Dame, die Jeanne des Kleids wegen ‹die Dame in Blau› getauft hatte, schaltete sich lebhaft interessiert in das Gespräch ein: «Dann ist das Reisen bei Euch also noch ein prickelndes Abenteuer, Monsieur?»

Der Lothringer warf der Leichtsinnigen einen strafenden Blick zu: «Ja, Madame, prickelnd dürfte wohl der richtige Ausdruck sein: einem gezückten Küchenmesser begegnet man noch alle naselang», sagte er kalt.

«Oh, oh!» ließ ein bereits ergrauter Edelmann von hagerer Gestalt ertönen. «Wollt Ihr uns etwa erzählen, Monsieur, daß es im Jahe 1764 noch rote Herbergen in Lothringen gibt?»

«Ganz recht, es gibt noch welche», bestätigte der Lothringer. Und da nach seinen letzten Worten alles schwieg, fuhr er alsbald fort: «Hört Euch nur an, was erst vor einem Monat in einem einsamen Landgasthaus geschah: Da kommt ein durchreisender Offizier in den Pferdestall der Herberge und sieht, wie sein Pferd an einer bestimmten Stelle aufgeregt auf dem Boden scharrt. Er bückt sich, sieht ein Stück rotes Tuch unter dem Stroh, zieht daran und befördert einen ganzen Ärmel mitsamt dem Arm ans Tageslicht, bis er schließlich merkt, daß an dem Arm auch noch ein Körper hängt! Neugierig, was sonst noch in dem Stall begraben sein mag, ruft er seine Soldaten und läßt sie graben . . . Sie haben fünfzig Leichen aus der Erde geholt!»

«Fünfzig! *My God!*» rief der englische Student, ansonsten schwer zu bewegen, seine Stummheit zu durchbrechen.

«Das wundert mich nicht», sagte Aubriot ohne zu lachen. «Eine einsame Herberge hat nicht viele Kunden; und sobald der Wirt einen Gast bei sich hat, bekommt er Lust, ihn zu behalten.»

Zwei oder drei der Mitreisenden zogen ein mißbilligendes Gesicht, sie hielten nichts von diesem schwarzen Humor; aber die anderen lächelten, und die Dame in Blau brach sogar in provozierendes Lachen aus, was sie übrigens bei jedem geringsten Anlaß tat, vor allem, wenn sie damit ihr Gegenüber belohnen konnte, den Arzt – ein schöner Mann, meiner Treu, und ein außergewöhnlich vornehmer Reisegefährte, wie man ihnen bei Gott nicht häufig begegnet. Grund genug also, sich um seine Aufmerksamkeit zu bemühen. Der Lothringer hatte unterdessen begonnen, über das Essen in den Herbergen zu erzählen, an dem man sich, ohne direkt umgebracht zu werden, doch mit Leichtigkeit vergiften könne.

Jetzt werden sie auch noch ihre Verdauungsschwierigkeiten ausbreiten, dachte Jeanne angewidert. Diskret gähnte das junge Mädchen in seine Hand, stellte sich taub und versuchte sich vorsichtig herumzudrehen, um mehr von der Landschaft sehen zu können.

«Ist Euch zu heiß, mein armer Jeannot?» fragte Aubriot halblaut, indem er sich zu ihr hinüberbeugte.

Er nannte sie Jeannot, da sie ihn um die Erlaubnis gebeten hatte, auf der Reise Männerkleidung zu tragen, die ihr für eine abenteuerliche, lange Fahrt bequemer erschien als ein Frauenkleid. Er hatte den Vorschlag um so bereitwilliger akzeptiert, als Jeanne ihre Umwelt in dieser Verkleidung hervorragend täuschen konnte, zumal sie sich schon in ihrer Kindheit an das Hosentragen gewöhnt hatte und ihre tiefe Altstimme sie nicht allzu sehr verriet. Es lag nahe, daß die Fremden bei ihrem Anblick genau das gleiche dachten, was der Dame in Blau gegenwärtig durch den Kopf ging: daß sie für einen Knaben reichlich hübsch war, mit einem erstaunlich glatten Kinn, einer allzu sanften Stimme und ungewöhnlich anmutigen Bewegungen. Aber sind nicht manche jungen Männer tatsächlich so, fast wie Mädchen?»

Bei großer Hitze hatte die gelungene Verkleidung allerdings einen schwerwiegenden Nachteil: der falsche Knabe konnte unmöglich seine Weste öffnen. Jeanne erstickte, doch sie ertrug ihr Los mit stoischer Geduld.

«Wollt Ihr nicht einen Schluck Zitronenwasser?» fragte Aubriot. «Vielleicht ist es noch einigermaßen frisch?»

Sie hätte sogar heißes Wasser hinuntergeschluckt, so glücklich war sie über alles, was er ihr anbot. Er kümmerte sich um sie: während sie trank, warf sie der Dame in Blau einen triumphierenden Blick zu. Diese hatte wieder ihr spöttisches Lächeln aufgesetzt, mit dem sie die Ergebenheit dieses merkwürdigen Dieners und die befremdliche Aufmerksamkeit, die sein Herr ihm gelegentlich entgegenbrachte, schon seit der Abfahrt beobachtet hatte. Welch ein Jahrhundert! dachte die Dame in Blau, wie deutlich von ihrem Gesicht abzulesen war. Heutzutage verbirgt man auch gar nichts mehr, nicht einmal seine widernatürlichen Sitten. Indes, dieser Gedanke hielt sie nicht davon ab, sich dem Arzt durch weitere Koketterien zu nähern, denn die Neigung zu hübschen Knaben verdirbt nicht unbedingt die Lust auf schöne Frauen. Und die noch recht jugendliche Dame in ihrem leichten, lavendelblauen Kleid fühlte sich mit ihrer frischen rosa Haut und dem kaum gepuderten blonden Haar appetitlich genug, um einen hübschen Knaben erfolgreich im Bett eines Mannes zu ersetzen. Da sie außerdem in ihrem Leben viel gereist war, kannte sie sich zur Genüge damit aus, wie man es anstellt, sich in den dunklen Gängen einer überfüllten Herberge zielstrebig in der Zimmertür zu irren. Die Reise von Lyon nach Paris dauerte sechs Tage, und dazwischen lagen fünf Nächte, von denen erst eine vergangen war. Es müßte schon mit dem Teufel zugehen, wenn es ihr in vier Nächten ... Unter Ausnutzung eines von der göttlichen Vorsehung geschickten Schlaglochs stieß die Dame in Blau mit beiden Beinen gegen die Knie des Arztes, der zwar ein unwilliges Gesicht zog, aber dennoch die Hände nach ihr ausstreckte, um ihr Halt zu geben und ihr wieder auf den Sitz zu helfen. Erbittert beobachtete Jeanne, was neben ihr geschah. Und plötzlich stieg ein mächtiges Gefühl der Empörung in ihr auf: halb belustigt, halb um sich dafür zu rächen, daß sie auf hundertachtzig Livres taxiert worden war, nutzte sie das nächste Schlagloch dazu, den Kopf gegen die Schulter ihres Nachbarn rollen zu lassen.

Erstaunt über diesen zweiten Schock betrachtete Aubriot seine Reisegefährtin, die der spöttisch dreinblickenden Dame in Blau einen grimmigen Blick zuwarf – und er verstand. Ein Anflug von Lächeln trat in sein Gesicht. Zu sehen, wie zwei Frauen um ihn kämpften, war ihm unendlich angenehm. Wie dumm von mir, dachte er. Aber wie auch immer – er fühlte sich verjüngt. Und außerdem, was sollte man in einer Postkutsche schon Ernsthaftes tun? Seit er mit Jeanne an seiner Seite nach Paris unterwegs war, hatte er das Gefühl, einer langen Kälte zu entrinnen.

Mit seinen siebenunddreißig Jahren war Aubriot immer noch ein physisch anziehender Mann. Mittelgroß und von wohlproportionierter Gestalt, mit athletischen Schultern, ohne ein Gramm überflüssiges Fett am Leib und stets zurückhaltend, aber ausgesucht gekleidet, machte er einen stattlichen Eindruck und hatte entsprechenden Erfolg bei Frauen. Obendrein war er ein guter Redner, und die Intelligenz, die mit einer geradezu magnetischen Kraft aus seinen großen schwarzen Augen sprach, verlieh seinem Gesicht eine eigene Schönheit. Er war noch ebenso begeisterungsfähig und offen wie in seiner Jugend, vor allem aber ließ er es sich nicht nehmen, über Torheiten zu spotten, so daß er sich heute ebenso leicht Feinde schuf wie mit zwanzig Jahren, was er im übrigen für eine unerläßliche Voraussetzung der Menschenwürde hielt. Wenn er weniger lachte und sich weniger als früher in körperlicher Ertüchtigung verausgabte, so war der Grund für diese Veränderung nicht nur seine noch frische Trauer um die verstorbene Marguerite, sondern auch sein schlechter Gesundheitszustand. Schon als junger Mann hatte er gehustet, und seit zwei oder drei Jahren hatte der Husten sich verstärkt. Ja, er hatte sogar mehrmals Blut gespuckt, und außerdem litt er unter Rheumatismus in den Beinen. Doch die gute Luft in Südfrankreich hatte ihm Linderung gebracht, und von außen waren seine Leiden ohnehin für niemanden zu erkennen. Da er keine sinnvollen Heilmittel gegen die Krankheit finden konnte, hatte er sich selbst einen stoischen Rat gegeben: Stärke deine Seele im gleichen Maße, in dem es mit deinem Körper bergab geht – dann wird das eine das andere aufwiegen. Dabei wußte er sehr wohl, daß er niemals genügend Zeit haben würde, die ungeheure Aufgabe der Nutzbarmachung der Natur, die er sich gestellt hatte, zu vollenden – selbst wenn er ihr jede Minute eines achtzigjährigen Daseins widmete. Um seine Aussichten auf ein langes Leben zu erhöhen, befolgte er, der an kein Allheilmittel glauben mochte, schlicht und einfach ein paar gesunde Lebensregeln: er entsagte der Schlemmerei, ging viel an die frische Luft und mied die mondäne Gesellschaft, stets besorgt, seine Zeit und Energie für die Arbeit aufzuheben. Im Laufe der Jahre war sein Lebensstil so streng geworden, daß ihn am Morgen ihrer Abfahrt, als er Jeanne an der Poststation in Lyon getroffen hatte, ein Gemisch aus Panik und Gewissensbissen überkommen hatte: würde sie ihn nicht von seiner Arbeit und seinen Gewohnheiten abhalten? Konnte er ihr ein für sie erträgliches Leben versprechen? Diese beiden Fragen hatten ihn einen Augenblick verwirrt, dann hatte er sie so schnell wie möglich aus seinem Kopf vertrieben. Die arme Kleine hat sich so sehr darauf gefreut, mit mir zu fahren, das könnte ich ihr nicht antun, hatte er zu sich selbst gesagt, um sich über die störenden Zweifel hinwegzutäuschen.

Und doch war Philibert Aubriot alles andere als naiv. Als er Jeanne neben sich in die Postkutsche setzte, wußte er, daß sie ihn liebte. Aber er richtete sich in dem Glauben ein, daß ihre Liebe keine körperliche war, daß sie einer Bewunderung entsprang, die sich in Paris ganz von selbst zerstreuen würde. Die Hauptstadt würde diesem Mädchen vom Lande tausend wunderbare Neuigkeiten bieten. Wenn sie von ihm geträumt hatte, so nur deshalb, weil die anderen Männer ihrer allzu beschränkten Umgebung sie langweilten. An diesem Punkt seiner Argumentation angelangt, mußte Aubriot ärgerlicherweise feststellen, daß der Gedanke, Jeanne könnte sich bald von ihm entfernen, ihn weniger erfreute, als er gewünscht hätte. Aber zumindest gab er ihm ein gutes Gewissen: er nahm dieses Kind mit, um ihm eine Welt zu öffnen, in der es sich ein angenehmes Leben verschaffen konnte. Gab es etwas Naheliegenderes, etwas Schöneres für Jeanne, als beispielsweise einen jungen Botaniker aus dem Garten des Königs zu heiraten? Aubriot würde ihnen eine Unterkunft anbieten – zwei Haushalte in einem waren ohnehin billiger –, und so hätte er zwei Gehilfen bei der Hand, von denen der eine ihn mit kindlicher Zärtlichkeit liebte . . .

Nachdem er alles genau abgewogen und bedacht hatte, kam er zu dem Schluß, daß es im Grunde eine fromme Tat war, die vertraute kleine Jeanne – die obendrein so hübsch geworden war – mit nach Paris zu nehmen. Was hatte er nur im Augenblick der Abreise befürchtet? Er war sicher, daß sie ihn nicht stören würde: man hörte sie nicht einmal. Sie war zurückhaltend, unterbrach ihn nie in seiner Beschäftigung und begnügte sich damit, ihn an seiner Linken die sanfte, zugleich vertraute und geheimnisvolle Gegenwart einer schmiegsamen Katze spüren zu lassen.

Sie sagte fast nichts; stummer denn je war sie in einem blauen Nebel versunken und erst nach einer langen Zeit aus ihrem Tagtraum erwacht: beim ersten Wortwechsel zwischen der Dame in Blau und einem Herrn aus Genf, dessen starker waadtländischer Akzent beim besten Willen nicht in einen Traum eindringen konnte, ohne ihn zu zerstören. Dann hatte Jeanne sich nicht mehr zu rühren gewagt, denn ihr war plötzlich bewußt geworden, daß ihr rechtes Bein sich eng an Philiberts linken Schenkel schmiegte, und um nichts in der Welt hätte sie diese Position wieder aufgegeben. Jedesmal wenn der Arzt das Wort ergriff – und sei es nur, um ganz gewöhnliche Dinge zu sagen, wie etwa «ich glaube, wir nähern uns Tarare» – versetzte seine Stimme ihren gesamten Körper in Schwingungen. Sobald er begann, einen brillanten Gedanken ausführlicher darzustellen, hörte sie ihm andächtig zu, und immer wieder mußte sie sich sagen: Ich bin es, Jeanne Beauchamps, ich bin die Auserwählte, die dieser große Gelehrte erkoren hat, mit ihm nach Paris zu gehen! Anschließend blickten ihre Augen in die Runde, um sich zu vergewissern, daß jeder der Mitreisenden Philibert gebührende Bewunderung für seine Intelligenz zollte.

In Tarare, wo sie die Pferde gewechselt und ihr erstes Mittagessen eingenommen hatten, waren – bis auf den Grauen Edelmann, der sich vornehm auf Distanz hielt – alle Mitreisenden zur gleichen Zeit an die Wirtstafel gestürzt, um einen Platz in der Nähe des außergewöhnlichen Redners zu ergattern. Bei dieser Gelegenheit hatte Jeanne begonnen, die Dame in Blau zu hassen: mit ritterlicher Höflichkeit hatte der Arzt ihr den Stuhl zu seiner Rechten angeboten, während der Diener Jeannot mit einem zwanglosen Klaps auf die Schulter ans Ende des Tisches verwiesen worden war. Verstimmt hatte Jeanne beschlossen, aus Protest nichts zu essen, was von ihrem Herrn jedoch nicht einmal bemerkt wurde. Begeistert, im Mittelpunkt der Gesellschaft zu stehen, hatte Aubriot sich ausschließlich darum gekümmert, sein Auditorium zu entzücken.

Er benahm sich wie ein Mann, den nach langer Appetitlosigkeit plötzlich ein großer Lebenshunger überkam. Seit er den Entschluß gefaßt hatte, nach Paris zu übersiedeln, spürte Aubriot, wie sich das Blut in seinen Adern belebte. Gewiß, er hatte Marguerite geliebt und würde sie nie vergessen; doch wenn er an sein Leben mit ihr dachte, vermied er es, seine Gefühle allzu genau zu erforschen: er wollte vor sich selbst nicht zugeben, wie sehr er sich im Bugey gelangweilt hatte, in jenem bigotten, ihm intellektuell unterlegenen Milieu, in dem seine Ehefrau ihn zärtlich gefangengehalten hatte, um ihn zwei Jahre lang in das bequeme, glanzlose Leben eines Landarztes hineinzuzwingen – ihn, der die Ruhe verabscheute und die Ausübung des Arztberufs haßte. Jetzt, wo er der Hauptstadt im Galopp entgegeneilte, befreit von seinen bürgerlichen Pantoffeln und dem Arztbesteck, hatte er das köstliche Gefühl, wieder in die geliebte alte Rolle des ewigen Studenten hineinzuschlüpfen. Als er am Abend des ersten Reisetages die Herberge von Roanne betrat, war er bereits begeistert von seinem neuen Leben.

Die französischen Herbergen hatten keinen guten Ruf – und dies zu Recht. Viel zu klein und oftmals verkommen, konnten sie nicht mehr bieten, als sie hatten: fast immer weniger Zimmer als Reisende, so daß die Gäste sich glücklich schätzen mußten, wenn jedem ein halbes Bett mit zweifelhaften Laken zur Verfügung stand.

Gleich bei der Ankunft in Roanne hatte sich gezeigt, daß hier mit keinen Annehmlichkeiten zu rechnen war. Eine Vieh- und Landversteigerung hatte zahlreiche Menschen in die Stadt gelockt, die reichen Steigerer hatten sich bereits im *Hôtel des Messageries* einquartiert, und obendrein standen schon mehrere Kutschen vor der Tür, als die Insassen der Schnellpost ihr Ziel endlich erreichten. Sie mußten sich mit einem erbärmlichen Souper begnügen: etwas eingeweichtem Brot und einem zähen Lendenstück vom Kalb. Und nach dieser mageren Kost waren sie gezwungen, sich die übriggebliebenen Betten zu teilen. Der Diener von Doktor Aubriot hatte etwas Furchtbares auf sich zukommen sehen – er würde, wie alle anderen Diener auch, mit einem Strohsack in der Scheune vorliebnehmen müssen. Die beiden lustigen Burschen, die hinten auf der Kutsche mitgefahren waren – der eine gehörte zu dem Grauen Edelmann, der andere zu dem Herrn aus Genf –, hatten den in Panik geratenen Jeannot bereits in ihre Mitte genommen, als Aubriot ihn – Gott sei Dank! – zurückgerufen hatte, um ihn in seinem eigenen Bett unterzubringen, ohne sich im geringsten um den Klatsch der anderen zu kümmern. Das Einschlafen allerdings war Jeanne auf Aubriots Matratze mindestens so schwergefallen wie auf einem Strohsack.

Die ganze Nacht neben einem Mann zu liegen, dessen bloßer Anblick ihr unwiderstehlich reizvoll erschien, das war . . . Es war einfach zuviel! Verstört hatte sie sich an den äußersten Rand des Betts verkrochen, zwanghaft bemüht, nicht in die tiefe Kuhle in der Mitte zu rollen; doch alle Versuche, ihre Verlegenheit im Schlaf zu vergessen, waren gescheitert, bis sie schließlich am ganzen Leib zu zittern begann.

Da hatte Philibert sich über sie gebeugt und mit leiser Stimme gesagt: «Könnt Ihr nicht schlafen, Jeannot? Das kommt von der Hitze. Oder vielleicht von dem Mondlicht, das durch die schmalen Vorhänge dringt. Ich werde Euch einen Schlaftrunk geben – den habe ich immer bei mir, wenn ich auf Reisen bin.»

Sie hatte zwei Löffel von dem bitteren Baldriansaft getrunken, um bald darauf, beruhigt vor allem durch Philiberts Worte, in einen wohltuenden Schlaf zu sinken, während er auf sein Kissen gestützt, über sie gewacht hatte . . .

Beim Einschlafen hatte sie sich auf den Rücken gedreht. Der

hereindringende Mondschein verlieh ihrem aufgelösten Haar einen hellen weißlichen Schimmer. Sie schien friedlich zu schlafen, mit geöffneten Händen, vielleicht in einen schönen Traum versunken, der einen glücklichen Ausdruck in ihr so glattes, so liebliches Gesicht treten ließ. Eine Flut von Gefühlen war in Philibert aufgestiegen, eine unbestimmte Mischung aus Zärtlichkeit und Begehren. Sie war zu einer entwaffnenden Schönheit herangereift, ohne jedoch den Geruch ihrer Kindheit, den Duft von Klatschmohn, wilden Kirschen und gestohlenen Äpfeln aus dem Obstgarten der Ursulinerinnen verloren zu haben – einen Geruch, den keine Frau je für ihn haben würde, außer dieser einen.

Die Bereitschaft zur Liebe entsteht von selbst, ohne eigenes Zutun. Über die in ihrem Mondhaar schlafende Jeanne gebeugt, hatte Aubriot selbst nicht gemerkt, daß er im Begriff war, sich zu ihr zu bekennen. Unter dem Einfluß unsichtbarer Kräfte hatte er sich wie ein Liebhaber benommen: mit seinem Taschentuch hatte er der Schlafenden den Schweiß von der Stirn getupft; er hatte ihren Hals von einer feuchten Haarsträhne befreit, den hochgeschlossenen Hemdkragen aufgeknöpft und ihr vorsichtig die Strümpfe ausgezogen. Später hatte er den Eindruck gehabt, daß die Brust des jungen Mädchens sich in einem zu schnellen Rhythmus hob und senkte; er hatte seine Finger um ihr Handgelenk gelegt und ihren Puls gefühlt – so war er durch eine Reihe von Berührungen, die zu seinem ärztlichen Handwerk gehörten, ganz unschuldig zu einem regelrechten Liebesvorspiel übergegangen, dessen Zauber ein bewegtes Lächeln auf seine Lippen treten ließ. Da sie bekleidet war, konnte er ihren Körper nicht betrachten, aber er stellte sich vor, wie sie seinem Blick ihre nackte, seidige Haut preisgab . . . Er überließ sich seinen Gefühlen, die im Grunde nichts anderes waren, als eine heimliche Entführung, eine zärtliche Vergewaltigung – bis sein Körper ihm unmißverständlich und schamlos zu verstehen gegeben hatte, daß seine Zuneigung zu Jeanne keineswegs keusch und rein war. Entsetzt war er aus dem Bett gesprungen und in den Hof der Herberge hinuntergelaufen, um frische Luft zu atmen.

Die klare Nacht hatte ihn wieder zur Vernunft gebracht. Durch langes Nachdenken war es ihm gelungen, sich zu beruhigen: hatte er nicht immer einen Kompromiß zwischen seinem Streben nach Enthaltsamkeit und seiner allzu unternehmungslustigen Männlichkeit gefunden? Gewiß, sein zügelloser Appetit hatte ihm einst bei den Teilnehmern des Botanikkurses den wohlverdienten Spitznamen ‹Liebesstengel› eingebracht; doch der ‹Liebesstengel› war seither älter geworden. Der reifende Mann hatte sich entschieden, seinen geistigen Interessen den Vorrang vor den körperlichen zu geben. Dennoch war das Liebesspiel sein liebster Zeitvertreib geblieben, der ihm weit mehr Freude machte als etwa das Schachspiel. Aber einfach so, leichthin eine Liebesnacht mit Jeanne zu verbringen – nein! Das kam nicht in Frage!

Neben dem Bild der allzu verführerischen, unberührten Schönheit war ihm wieder das Phantom des kleinen Mädchens vor Augen getreten, das vertrauensvoll an seiner großen väterlichen Hand hing; und am Ende seines nächtlichen Spaziergangs war es Aubriot tatsächlich gelungen, sich selbst zu überzeugen, daß er Jeanne niemals anrühren würde: es gab Freveltaten, die ein anständiger Mann nicht tat, wie unbezähmbar seine Lust auch sein mochte.

Um wieder ganz und gar mit sich ins reine zu kommen und die gute Laune seines ersten Reisetages wiederzufinden, hatte Aubriot am nächsten Morgen mehrmals versucht, seinen schönen Traum vom Adoptivvater weiterzuspinnen. Doch er hatte feststellen müssen, daß die Morgendämmerung die Nacht von Roanne nicht vertrieben hatte. Die Unschuld seiner väterlichen Absichten wurde ständig durchkreuzt von einer beschämenden und doch so köstlichen Erinnerung, die er weder vergessen konnte noch vergessen wollte. Und sobald er sich zu dem erlesenen Genuß des klarsichtigen Denkens hinreißen ließ, wußte Aubriot genau, daß er seit der Nacht in Roanne eher gespannt als furchtsam auf die nächste Feuerprobe wartete: die Nacht in Moulins.

«Gott sei Dank», sagte die Dame in Blau, «daß wir heute abend nicht in Moulins selbst, sondern in Bessay Station machen. Wer die *Belle Ymage* von Moulins nicht mit eigenen Augen gesehen hat, weiß gar nicht, welche Hölle ihm erspart bleibt!»

«Man müßte die Namen aller nichtswürdigen Wirte in ein Buch eintragen; dann hätten wir endlich einen sinnvollen Führer und die Sudelköche bald keine Kundschaft mehr», bemerkte der Herr aus Genf.

Dann begann der Lyoner Kaufmann, mit wachsender Begeisterung von den vorzüglichen Wachteln, den Rebhühnern und Kapaunen zu erzählen, die man in Bessay serviert bekam.

«Fanfan Lafleur kocht übrigens selbst», hub Monsieur Caillaud erneut an, «und bei einem Wirt, der selbst kocht, wird man immer am besten bedient, weil sein größtes Vergnügen nicht darin besteht, die Kasse zu zählen, sondern die Komplimente zu hören, die über ihn verbreitet werden.»

«Das stimmt», bestätigte der Graue Edelmann; «es hat nur den Nachteil, daß dank der Loblieder, die über ihn gesungen werden, alle Welt zu ihm eilt, was den Biedermann Lafleur so eitel stolz hat werden lassen, daß er sich bei den Herren, die seinen Tisch aufsuchen, unter seinesgleichen fühlt. Mein Ehrenwort, heutzutage tragen manche unserer Köche ihre Nasen schon so hoch, daß ich durchaus in Versuchung kommen könnte, ihnen den Lehnstuhl zu überlassen, wenn ich mich bei ihnen niedersetze!»

«Da stehen unsere Schweizer Berühmtheiten den Eurigen in nichts nach», versicherte der Herr aus Genf. «In Zürich gibt es einen Koch, der seinen Gästen mit dem Degen in der Scheide und dem Hut unter dem Arm die Honneurs erweist! Übrigens wurde er unlängst in die Akademie seiner Stadt aufgenommen, und stellt Euch vor, er hat es allen Ernstes geglaubt!»

Der englische Student, der bei allen Gesprächen aufmerksam zuhörte, erlaubte sich an dieser Stelle eine schüchterne Bemerkung: «Wie ich bemerkt habe, werden in Frankreich des öfteren unbekömmliche Lebensmittel aufgetragen. Vor ein paar Monaten hätte ein Garkoch aus Nevers mich mit einer Portion Kabeljau beinahe ins Grab gebracht ... Gibt es gegen solche Leute denn kein Gesetz?»

«O doch», sagte Aubriot. «Wenn herauskommt, daß ein Wirt gesundheitsschädigende Lebensmittel verkauft, wird er festgenommen, ins Gefängnis gesteckt, und ihm wird die Lizenz entzogen, mit einem Wort, er ist ruiniert. Doch beruhigt Euch, Monsieur, und vertraut dem Urteil eines Arztes: in Frankreich überwiegt mit Sicherheit die gute Nahrung: sie führt zu weit mehr Todesfällen als die schlechte ...»

«Oh!» fiel die Dame in Blau ihm lebhaft ins Wort. *«Monsieur le docteur,* aber die guten Leckereien sind doch nun einmal das Beste am Leben. Wollt Ihr uns etwa dazu überreden, daß wir auf all die guten Dinge verzichten?»

Aubriot lachte kurz und dröhnend auf, schielte ohne Mißvergnügen zu der appetitlichen blonden Frau herüber, die fett und rosig auf ihrem Platz saß, mit lustigen Grübchen im Gesicht und einer leichten Kupferfinne, gerade genug, um ihr ein gesundes Aussehen zu verleihen: «Ich versichre Euch, Madame», sagte er mit einer angedeuteten Verbeugung, «daß ich mir eine so schwierige Aufgabe nicht zumuten würde. Ich sehe bei jeder Gelegenheit, daß meine Landsleute nur leben wollen, um zu essen, selbst wenn sie daran zugrunde gehen.»

«Nun ja, Monsieur, steckt denn die Lebenslust nicht vielmehr in der Lust als im Leben?» erwiderte die Dame in Blau mit einem schmachtenden Blick, der dem Adressaten jede Kühnheit im voraus verzieh.

Jeanne fragte sich, wie lange sie es noch aushalten würde, ohne der Dame in Blau ihr rosiges Gesicht zu zerkratzen. Wieder hatte Philibert seinen Blick mit so viel Wohlgefallen in das blaue Mieder versenkt, daß die Eifersüchtige, zu allem bereit, um nur seine Aufmerksamkeit abzulenken, sich spontan in das Gespräch einschaltete: «Ich wage zu hoffen, daß die Betten in Bessay ebensogut sein werden wie der Braten? Ich persönlich bin jedenfalls der Ansicht, daß ein weiches Bett für die Lebenslust ebenso wichtig ist wie ein gutes Essen.»

Wenn sie gewünscht hatte, mit ihren Worten eine Wirkung zu erzielen, war es ihr diesmal wahrhaftig gelungen. Ihre Bemerkung entlockte sämtlichen Passagieren ein unmißverständliches Lächeln, und die Dame in Blau brach sogar in lautes Lachen aus. Aubriot bedachte seinen Jeannot mit einem durch und durch spöttischen Blick, doch in den goldenen Augen, die unschuldig zu ihm aufblickten, las er die hilflose Frage: Weshalb lacht Ihr über mich?, und da wurden seine Augen so überaus sanft, daß Jeanne ihm ein beruhigtes Lächeln schenkte. Für eine Sekunde waren sie allein, eingetaucht in eine Wolke der Zärtlichkeit.

Dann antwortete Monsieur Caillaud auf die Frage, die immer noch im Raum stand: «Die Betten in Bessay sind hervorragend, junger Mann, und die Zimmer ebenso schön wie zahlreich. Sogar die Unterkunft der Diener ist sauber und gepflegt.»

«Endlich eine gute Nachricht für die ach so empfindlichen Diener», spottete die Dame in Blau. «Und eine bessere noch für ihre Herren, die in der kommenden Nacht wenigstens nicht gezwungen sein werden, ihre Diener in den eigenen Betten zu dulden, um sie vor dem Stroh und den Flöhen zu bewahren.»

Die erbarmungslose Sonne war endlich am Horizont verschwunden, als sie Bessay erreichten. Im Hof des Gasthauses standen nur vier Halbkutschen, so daß von den zwanzig Herrenzimmern noch sechzehn frei waren und jeder sich eines aussuchen konnte.

Jeanne war entzückt von dem Ehrenzimmer, das den vornehmen Gästen vorbehalten war. Als sie obendrein ein Bad entdeckte, stieß sie einen Freudenschrei aus und bat um die Erlaubnis, es sogleich benutzen zu dürfen. Nach ihr badete die Dame in Blau, dann Aubriot und schließlich der englische Student. Die anderen Mitreisenden begnügten sich damit, sich in ihren Zimmern frisch zu machen und sich in aller Eile umzuziehen. Indes, der gute Ton verlangte noch ein wenig Geduld – ehe man sich an den Meisterwerken des berühmten Kochs von Bessay labte, geziemte es sich, seine Küche zu besichtigen und einen Blick in die Kochtöpfe zu werfen.

Die von Kupfer glänzende, mit den köstlichsten Düften erfüllte Küche versprach dem Schlemmer, der in das Heiligtum eingelassen wurde, in der Tat die höchsten Genüsse. Aber er mußte sich zu benehmen wissen und sich darauf verstehen, durch fachmännisches Gebaren den vornehmen Feinschmecker zu spielen. Nur dann war der Meister bereit, die Gegenwart seines Gastes wahrzunehmen und ihn schmeichelhaft zu behandeln, das heißt, mit geschwätziger Vertraulichkeit.

Fanfan Lafleur besaß eine große Begabung, sich mitten in seiner Küche wunderbar in Szene zu setzen. Wie viele andere Köche auch kam er von der Armee. Die Leidenschaft für seine Kunst hatte ihn während des Österreichischen Erbfolgekriegs erfaßt. Oh, selige Gefangenschaft in Mähren! Die Kärntener Krebse ließen ihm noch heute das Wasser im Mund zusammenlaufen: «. . . kaum daß ich sie probiert hatte, kaum daß ich den ersten Bissen von ihrem zarten, blassen Fleisch mit dem feinen Aroma frischen Quellwassers in meinem Gaumen spürte . . . Ah! Messieurs, in diesem Moment erwachte in Lafleur die Berufung zum Koch! In Gedanken begann ich, die himmlischsten Soßen zu erfinden, um den saftigen Genuß dieser unvergleichlichen Tierchen ins Unsägliche zu steigern.»

Bei diesem Höhepunkt angelangt, machte Lafleur eine theatralische Pause, um den Ausklang seiner Rede vorzubereiten. Sein rundes, joviales Gesicht strahlte vor Eitelkeit, und er schloß *mezza voce:* «Mesdames, Messieurs, an jenem Tag, als mein Regiment vor den Österreichern kapitulierte, hat Frankreich zweifellos eine Schlacht verloren, aber welch einen Soßenmacher hat es gewonnen!»

Jeanne hatte seinem Vortrag amüsiert zugehört, löste sich dann aber bald von dem Schauspiel, um noch ein wenig an die Luft zu gehen.

Im Hof herrschte ein fröhliches Kommen und Gehen. Am östlichen Himmel war bereits der erste Stern zu sehen, und mit zusammengekniffenen Augen konnte Jeanne in der Dunkelheit noch weitere flimmernde Pünktchen entdecken, die bald ihren Glanz entfalten würden. In einer plötzlichen Gefühlsaufwallung sandte sie ein Stoßgebet zum Himmel hinauf: «Mach, daß er mich liebt, mein Gott, mach, daß er mich endlich liebt!» Lange stand sie so da, den Kopf nach hinten geneigt, die weitgeöffneten Augen nach oben gerichtet, und ließ die unmenschliche, faszinierende Stille der Ewigkeit auf sich einwirken . . .

Das rege Treiben um sie herum war lebhafter geworden, vor allem bei den Viehställen, wo die Knechte, Kutscher und Diener geschäftig ihren Aufgaben nachgingen, wo sie singend, pfeifend und lärmend mit den Kutschen rangierten und die Pferde versorgten. Zwei Zimmermädchen hatten einen Haufen Kleider an die Luft gebracht, um sie auszuschütteln und zu bürsten. Ein Lastenträger schleppte einen Wassereimer nach dem anderen vom Brunnen zur Küche. Um den Küchendämpfen zu entfliehen, ging sie in Richtung der Wirtschaftsgebäude und ließ sich den stärker werdenden Wind ins Gesicht wehen. Soeben hatte sie beschlossen umzukehren, als plötzlich ein junger Mann hinter einem Wagen hervorsprang und ihr den Weg verstellte. Es war einer der beiden Diener, die hinten auf der Postkutsche mitgefahren waren – und zwar der frechere und lustigere von beiden, der zu dem Grauen Edelmann gehörte.

«Augenblick, mein Hübscher, nicht so schnell!» rief die fröhliche

Stimme. «Ich habe mit meinem Weggefährten eine Wette abgeschlossen – es geht immerhin um eine ganze Flasche!»

Nun tauchte auch der zweite Diener aus der Dunkelheit auf. Während der erste nicht bösartig, sondern eher wie ein verschmitzter Eulenspiegel wirkte, machte der andere einen recht zweifelhaften Eindruck. Das junge Mädchen wich zurück und warf einen Blick zur Herberge hinüber, die plötzlich weit entfernt erschien, am anderen Ende des mittlerweile menschenleeren Hofs.

«Nun gut», sagte sie, nachdem ihr ihre Situation klargeworden war. «Bei welcher Wette soll ich Euch beraten? Macht schnell, ich habe es eilig.»

«Es wird nicht lange dauern», erwiderte die fröhliche Stimme. «Stellt Euch vor, seit ich gesehen habe, wie Euer Herr so nett zu Euch ist, wie er Euch im Wageninnern reisen läßt, Euch seine Flasche zum Trinken reicht und Euch mit in sein eigenes Bett nimmt, bin ich überzeugt, daß Ihr ein verkleidetes Mädchen seid, während mein Gefährte behauptet, Ihr wäret nur ein Knabe, der seinem Herrn als Mädchen dient. Wie ist es, habe ich nicht zufällig recht? Bin ich es nicht, dem die Flasche zusteht?»

«Nein», erklärte Jeanne entschieden, «Ihr werdet sie bezahlen müssen. Der andere hat gewonnen: ich bin ein junger Mann, auch wenn mir noch kein Bart gewachsen ist.»

Doch als sie weitergehen wollte, faßte der Diener sie bei der Taille: «Ich bin sicher, daß Ihr lügt!» rief er. «Ihr lügt wie ein ausgekochter Schurke, aber ich sage Euch, unter Eurem Hemd werde ich schon etwas finden, um gratis auf Eure Gesundheit zu trinken!»

Obgleich sie sich aus Leibeskräften wehrte, gelang es dem kräftigen Burschen, ihr unter lautem Gelächter an beide Brüste zu fassen.

«Potztausend! Welch eine Lust, mein Hübscher! Wenn das nicht Mädchenwerkzeug ist, was ich da in den Händen habe, will ich mich gern im Morgengrauen hängen lassen!»

«Und wie wäre es mit einem Fußtritt? Den könntest du gleich haben!» fuhr eine wütende Stimme ihn an.

Und schon sah Jeanne ihren Angreifer im hohen Bogen durch die Luft fliegen, während eine starke Hand mit eisernem Griff ihren Arm umschloß und sie zurückhielt, damit sie nicht mit zu Boden gerissen wurde. Der andere, bedrohlicher wirkende Kerl war unterdessen wie durch Zauberei verschwunden.

Im Bruchteil einer Sekunde hatte Aubriot seine Fassung wiedergefunden. Er beugte sich über den jungen Diener, der mit dem Kopf voran gegen ein Wagenrad gefallen war, und tastete ihm vorsichtig den Schädel ab: «Du wirst mit einer Beule davonkommen – das ist wahrlich nicht teuer bezahlt!» sagte er, während er sich erhob. «Kühl die Prellung mit einem feuchten Tuch. Und jetzt verschwinde! Na los, verschwinde!»

Der Diener räumte das Feld. Aubriot wandte sich zu Jeanne um, die sich nicht vom Fleck gerührt hatte und zitternd hinter ihm stand, zutiefst beschämt über das Vorgefallene: «Und Ihr, macht daß Ihr ins Haus kommt», befahl er trocken. «Mir wäre es lieber, mich nicht wegen Euch mit Dienern prügeln zu müssen. Aus dem Alter bin ich heraus, und Spaß hat es mir noch nie gemacht.»

Dem jungen Mädchen schossen brennende Tränen in die Augen: «Es war nicht meine Schuld», stammelte sie. «Ich bin untröstlich über diesen Zwischenfall, Monsieur. Ich habe eigens nicht um Hilfe gerufen, damit Ihr nicht gestört werdet, aber seht Ihr, trotzdem . . .»

«Bravo, Mademoiselle, welch mutige Leistung!» schnitt Aubriot ihr ironisch das Wort ab. «Bei der nächsten Gelegenheit werdet Ihr Euch noch vergewaltigen lassen, um mich nicht zu stören! Na schön, gehen wir essen. Aber etwas schneller, wenn ich bitten darf. Oder sollte das Abenteuer Euch auf die Beine statt auf den Magen geschlagen sein?»

Sie schluckte ihre Tränen herunter. Ohne ein weiteres Wort zu wechseln, kehrten sie in die Herberge zurück.

In Bessay waren die Gäste nicht gezwungen, an der Wirtstafel Platz zu nehmen; sie konnten sich auch an kleinen Tischen bedienen lassen. Doch Aubriot legte keinen Wert darauf, noch mehr Aufmerksamkeit zu erregen, indem er sich mit seinem allzu schönen Gefährten von den anderen absonderte; außerdem war es ihm nur recht, Jeanne für die schlechte Laune bestrafen zu können, in die sie ihn versetzt hatte. So schickte er sie mit einer Handbewegung ans untere Ende der großen Tafel und sah mit grausamer Befriedigung, wie sie erbleichte, als er selbst sich neben der Dame in Blau niederließ, die ihm – kokett wie sie war – einen Platz freigehalten hatte. Mit vorgetäuschter Fröhlichkeit stürzte Aubriot sich unverzüglich in ein Gespräch mit seiner Nachbarin, doch jedesmal wenn er zu der Verbannten hinübersah, brannte er innerlich vor Wut. Es war ihm unerträglich, daß man Hand an sie gelegt hatte: immer wieder kam ihm das widerwärtige Bild der schmutzigen groben Pranken vor Augen, die ihre kleinen runden Brüste tätschelten, und automatisch ballten sich seine Hände zu eisernen Fäusten. Dieser dummdreiste Kerl – wie leicht hätte er ihn umbringen können, wenn sein Kopf unglücklicher gegen das Rad geschlagen wäre! Und die leichtsinnige dumme Gans, ob sie schon anfing, ihm das Leben schwerzumachen? Er warf ihr einen strengen Blick zu. Doch plötzlich erschien sie ihm so unglücklich, wie sie mit ihrem schönen Gesicht und niedergeschlagenen Augen stumm vor ihrem leeren Teller saß, daß ihn eine fast unwiderstehliche Lust überkam, das traurige Kind in die Arme zu nehmen, vorsichtig sein Hemd zu öffnen und mit seinen Lippen die unsichtbaren Spuren zu berühren, die der brutale junge Kerl mit seinen Pranken hinterlassen hatte ...

So war er gerade auf köstlichste Weise damit beschäftigt, die Schmach, die Jeanne erlitten hatte, wieder reinzuwaschen, als die girrende Stimme seiner Nachbarin ihn aus den Gedanken riß.

«Wollt Ihr nicht ein wenig von dem Wasserhühnchen kosten?» fragte sie. «Es ist wunderbar saftig. Ihr habt noch kaum etwas gegessen. Seid Ihr denn immer so zurückhaltend bei Tisch?»

Normalerweise hatte Jeanne ihre Freude an seinen maßvollen Eßgewohnheiten, aber an diesem Abend regte sich nichts in ihr. Sie war verzweifelt, Philibert mißfallen zu haben, und obendrein litt sie unter ihrem wachsenden Zorn auf die Dame in Blau. Diese Kurtisane hatte es sich natürlich nicht nehmen lassen, sich herauszuputzen und umzuziehen, ehe sie zum Souper erschien, und wenngleich immer noch in Blau – einem sehr gewöhnlichen Blau übrigens –, legte sie in ihrem jetzigen Gewand eine geradezu unanständige Schamlosigkeit an den Tag. Das Dekolleté präsentierte zwei fast vollständig bloße, seidenweiß glänzende pralle Kugeln, eine Augenweide für alle Männer, die am Tisch saßen; und Philiberts Blicke schienen die widerwärtig zur Schau gestellte Pracht nicht weniger gierig zu verschlingen als alle anderen auch. Ein heftiger Ärger machte sich im Herzen des falschen Knaben breit: auch sie hätte sich ein Kleid anziehen und der Gesellschaft ein Paar liebliche

Brüste vorführen können – dann hätte sich wohl gezeigt, wer hier die größeren Reize besaß!

«Schenkt mir bitte etwas Wein ein», sagte sie kurz entschlossen zu der nächstbesten Bedienung.

Mit einem Zug leerte sie ein halbes Glas und fühlte sich auf der Stelle besser, fast stark genug, ihrem Herrn nachher, wenn sie allein in ihrem Zimmer waren, eine Szene zu machen: sein Verhalten war ungerecht, bösartig, skandalös, verwerflich!

In diesem Augenblick öffnete sich die Tür und drei Offiziere kamen herein. Sie ließen sich an der Wirtstafel nieder, wo schon einige Plätze frei geworden waren, nicht weit von Jeanne entfernt. Noch ehe sie sich mit hemmungslosem Appetit auf das Essen stürzten, hatten sie zwei Flaschen geleert und ihre Nachbarn in ein ebenso windiges wie albernes Gespräch voll abgedroschener Schlüpfrigkeiten verwickelt.

Aubriot kannte die Vulgarität der meisten jungen Offiziere zur Genüge, um zu erraten, welcher Art die Äußerungen waren, mit denen sie Jeanne bestürmten. Würde die Kleine ihn heute zum zweitenmal in die ärgerliche Lage bringen, sie aus einer peinlichen Situation befreien zu müssen? Durch ein Zeichen gab er ihr zu verstehen, sie solle zu ihm kommen: «Jeannot», sagte er im Befehlston, kaum daß sie hinter seinem Stuhl stand, «geht hinauf und sucht das Fläschchen mit dem Verdauungspulver in meinem Gepäck. Wenn Ihr es gefunden habt, löst einen halben Teelöffel in einem Glas lauwarmem Wasser auf und stellt es an mein Bett. Anschließend werdet Ihr oben auf mich warten.»

Da sie wußte, daß Philibert nie Verdauungsschwierigkeiten hatte, öffnete Jeanne verwundert den Mund, doch plötzlich sagte sie sich, daß er sie nur loswerden wollte, um ungestört mit der Dame in Blau zu tändeln. Aus der Entrüstung über diesen unerträglichen Gedanken schöpfte sie den Mut, ihm zu widersprechen: «Monsieur, ich werde hinaufgehen und Eure Arznei bereitstellen. Doch erlaubt mir, daß ich nachher wieder herunterkomme. Ich habe meine Nachspeise noch nicht gehabt und möchte noch einen Gußzwieback essen.»

Es war das erste Mal, daß Aubriot ein Wort des Widerspruchs von Jeanne vernahm. Überrascht und belustigt zugleich, verbarg er seine wahren Gefühle unter einem besonders kalten Tonfall:

«Jeannot, ich habe Euch einen Befehl gegeben, nun bittet mich nicht um einen anderen, der Euch besser gefällt. Ich erwarte, daß Ihr mir gehorcht.»

Die Dame in Blau gluckste vor Vergnügen. Wütend warf Jeanne ihr einen niederschmetternden Blick zu, drehte sich auf den Absätzen herum und verschwand.

Die Dame in Blau neigte sich so tief zu ihrem Nachbarn hinüber, daß zwei ergreifende, dunkelrosa Brustspitzen sichtbar wurden: «Euer hübscher Diener hätte die Peitsche verdient», flüsterte sie. «Seht Ihr denn nicht, daß er es sich herausnimmt, eifersüchtig zu sein und Euch zu überwachen?»

«Versteht Ihr denn nicht, Madame», flüsterte Aubriot zurück, «daß man bei Eurem bloßen Anblick befürchten muß, ich könnte verlorengehen?»

Ihr Zimmer war groß, behaglich und nach der neusten Mode tapeziert. Der Wirt von Bessay mußte schon recht gut im Geschäft sein, um seine Wände so prompt mit den erst in jüngster Zeit auf den Markt gekommenen Baumwollfabrikaten des Sieur Oberkampf zu bekleiden: sie waren äußerst begehrt und nicht eben billig. Trotz allem, was geschehen war, stimmte Jeanne der Gedanke etwas versöhnlicher, daß Philibert das Zimmer nur um ihretwillen ausgewählt hatte, weil sie beim Anblick der Tapete mit all den rosa Schafen, die unter rosa Bäumen von rosa Hirten gehütet wurden, in laute Jubelrufe ausgebrochen war. Wenn er dieses schöne Zimmer allerdings nur genommen hatte, um selbst mit einem schamlosen Frauenzimmer in einem anderen zu schlafen, während sie, Jeanne, sich damit trösten sollte, die Schafe an den Wänden zu zählen – dann allerdings war seine liebenswerte Aufmerksamkeit unter einem ganz neuen Aspekt zu sehen! Wenn er nicht bald heraufkam, sein Verdauungspulver zu trinken, würde sie hinuntergehen und ihm das Glas an den Tisch bringen, o ja! Und sie würde auch ihren Gußzwieback noch essen, ob es ihm gefiel oder nicht! Was glaubte er denn eigentlich? Daß sie weinend und zitternd warten würde, bis er so gnädig wäre, ihr zu verzeihen, daß irgendein Idiot sie angefallen hatte? O nein! Und vor allem würde sie nicht weinen, den Gefallen würde sie ihm nicht tun!

Mit großen nervösen Schritten ging sie im Zimmer auf und ab, von einem Bett zum anderen, um ihre Wut zu erhalten und auf keinen Fall in Tränen auszubrechen.

Die Tür ging auf, und Philibert trat ein.

Sie hielt inne, wie angewurzelt stand sie zwischen den beiden Betten, zugleich hocherfreut und beunruhigt über sein unerwartet schnelles Auftauchen. Kam er vielleicht nur, um ihr ein Schlafmittel einzuflößen, ehe er zu seinen schändlichen Lustbarkeiten zurückkehrte?

Er zog die Augenbrauen hoch: «Was zum Teufel steht Ihr da mitten im Zimmer herum, erstarrt wie die Göttin der Gerechtigkeit und mit herabhängenden Armen? Wagt Ihr vielleicht nicht, Euer Bett auszuwählen?»

«Ich habe Euer Medikament zubereitet», stammelte sie. «Dort . . . ich habe es dort hingestellt.»

«Danke. Aber die Arznei war für Euch, Jeannot, um Euch möglichst schnell von der schlechten Gesellschaft der Soldaten zu erlösen.»

«Oh!» machte sie.

Sie war zu erregt, um genau zu verstehen, was er gesagt hatte, aber in ihren Ohren hatte es eher freundlich geklungen, und so murmelte sie: «Danke, Monsieur.»

«Und nun legt Euch schlafen», beharrte er. «Seid Ihr nicht müde von der Reise? Heute abend haben wir das Glück, über allerhand Bequemlichkeiten zu verfügen.» Bei den letzten Worten hatte er auf die Tür zu dem kleinen Gemach gewiesen, das der Toilette vorbehalten war.

Jeanne wußte nicht mehr, was sie tat. Wie eine Schlafwandlerin zog sie sich aus, füllte die Schale mit Wasser, besprengte sich von oben bis unten und ließ die Tropfen auf der Haut trocknen. Sie kämmte sich, bürstete ihr Haar so gründlich und lange wie selten, um es abschließend mit einem selbstgemischten ländlichen Duftwässerchen zu parfümieren. Erst als sie ein paar Schritte vom Spiegel zurücktrat, bemerkte sie mit grenzenloser Verwirrung, daß sie nackt war. Um sich zu kämmen, war sie nackt geblieben! So etwas war ihr noch nie passiert. Hatte sie denn vollständig den Kopf verloren?

Das Nachthemd, das Madame de Bouhey ihr für die Reise mitgegeben hatte, war streng und solide. Seufzend schlüpfte sie hinein.

Was war es schon wert, Nachtgewänder mit zierlichen Volants aus feinem, durchsichtigem Leinen zu besitzen, wenn man sie seiner Einsamkeit vorbehalten mußte? Obwohl sie, wenn sie es genau bedachte, zugeben mußte, daß sie sich in einem leichten Hemd nicht besonders wohl gefühlt hätte; denn schon seit mehreren langen Minuten war sie fertig und wagte es trotz ihrer klösterlich-keuschen Aufmachung nicht, das Gemach zu verlassen.

Aus dem Zimmer war nicht das leiseste Geräusch zu vernehmen. Hatte Philibert sich schon schlafen gelegt? Konnte sie vielleicht auf Zehenspitzen zu ihrem Bett hinüberlaufen und schnell unter das Laken schlüpfen, ohne sich ihm im Hemd zu zeigen? Aber wenn sie sich nur noch eine gute Nacht wünschten, ehe sie die Kerzen ausbliesen, wie sollte sie dann wissen, ob er noch verärgert war oder nicht? Die Vorstellung, eine ganze Nacht in der Ungewißheit zu verbringen, ob er ihr noch böse war, erschien ihr unerträglich. Sie öffnete die Tür einen kleinen Spalt, nahm ihren ganzen Mut zusammen und rief ihn mit leiser Stimme bei dem Namen, den sie ihm als kleines Mädchen gegeben hatte: «Monsieur Philibert?»

«Ja, Jeannot?»

Die Antwort schien von recht weit her zu kommen, so daß sie es wagte, das Zimmer zu betreten. Philibert saß am Schreibtisch vor dem Fenster, den Kopf auf den linken Arm gestützt, und schrieb in ein Notizbuch. Er hatte seine Weste abgelegt, die Halskrause entfernt und die Perücke abgenommen. Das halblange, kastanienbraune Haar wurde im Nacken von einem schwarzen Band zusammengehalten.

«Ja, Jeannot?» wiederholte er, immer noch schreibend.

«Monsieur Philibert, vorhin, im Hof . . . als der Diener . . . Es war nicht meine Schuld.»

«Ich weiß, Jeannot», sagte er ohne sich umzuwenden. «Die Müdigkeit macht nervös, ich habe mich zu übertriebenem Zorn hinreißen lassen. Vergessen wir es.»

Vergessen wir es – das war leichter gesagt als getan. Wieder stand ihm das obszöne Bild vor Augen, wie der Diener seine Pranken auf ihre Brüste legte, und wieder kam das heftige Begehren in ihm auf, die Schmach mit seinen Lippen von ihr zu nehmen. Er legte die Feder beiseite und rieb sich mit beiden Händen das Gesicht, als wolle er einen kriminellen Traum aus seinem Kopf vertreiben:

Mein Gott, betete er, laß nicht zu, daß ich es tue! Ich werde es nicht tun, ich kann es nicht, ich will es nicht! Wie ein Blitz kam ihm die Idee, seine Wollust zwischen die rosa Schenkel der Dame in Blau zu ergießen, um sich davor zu schützen, das reine blonde Kind aus den Wäldern von Charmont zu berühren. Bei diesem Gedanken entfuhr ihm ein kurzes, nervöses Lachen, das Jeanne erschauern ließ.

Sie tat vier lautlose Schritte auf ihn zu.

«Monsieur Philibert . . .» setzte sie erneut an, denn plötzlich wußte sie nicht mehr, was sie tun sollte; sie fühlte sich verloren in dieser merkwürdigen Atmosphäre.

Am Klang ihrer Worte erkannte er, daß sie näher gekommen war; er erhob sich und wandte sich um.

Im milden Licht der Kerzen stand sie aufrecht vor ihm, in ihrem langen weißen Nachthemd, wie eine züchtige Jungfrau. Ihr blondes Haar umrahmte das schöne Gesicht; ein schüchternes, ergebenes Lächeln umspielte ihre Lippen, und die Augen glänzten wie reines Gold. Mit einer zarten, flehenden Stimme wiederholte sie: «Monsieur Philibert . . .» und plötzlich war in ihm nur noch eine einzige ängstliche, fast medizinische Frage: Wie soll ich mich ihr nähern, um ihrem Kindertraum gerecht zu werden? Wie hat sie sich die Liebe vorgestellt? Mit einem grenzenlos zärtlichen Lächeln blickte er sie an. Erstarrt vor innerer Erregung wagte er kaum noch zu atmen, während er sie mit kleinen, zögernden Schritten zu sich kommen ließ . . . Als sie vor ihm innehielt, öffneten sich seine Arme, wie von magischer Kraft getrieben, um Jeanne an sich zu ziehen und sie zu umschlingen.

II

Der Garten des Königs

1. Kapitel

Beim Verlassen des Treibhauses erblickte Mademoiselle Basseporte die Gruppe, die plaudernd zum Naturalienkabinett hinaufkam, und blieb stehen, um auf die drei Spaziergänger zu warten. Es wäre ihr nicht unlieb gewesen, wenn der Meister vor seiner Abreise ins Winterquartier nach Montbard einen Blick auf ihre jüngsten Blumenporträts geworfen hätte: Madeleine-Françoise Basseporte war nicht unempfänglich für Lob, und Monsieur de Buffon geizte ihr gegenüber nicht damit. Aber mußte sie nicht allerhand Talent haben, um, wenngleich eine Frau, für würdig befunden worden zu sein, das Amt eines Malers und Zeichners des königlichen Gartens zu bekleiden und um die unter Louis XIII. begonnene vortreffliche Sammlung von Pergamenten fortzuführen? Bei ihrem kümmerlichen Gehalt von tausendsiebenhundert Livres – abzüglich des Zehnten für den Fiskus! – fühlte sich Mademoiselle Basseporte mit ihren dreiundsechzig Jahren berechtigt, ihr allzu sauer verdientes Brot mit ein wenig Eitelkeit zu versüßen, indem sie sich immer wieder sagte, daß ihr Name im *Almanach Royal* stand und daß sie im Schatten des großen Buffon wirkte. Denn zweifellos war Buffon – nach Bacon, Newton, Leibniz und Montesquieu – das fünfte auf Erden erschienene Genie, er selbst war sich dessen bewußt und sprach es ebenso bereitwillig aus, wie er es dachte.

Zwischen seinen beiden Begleitern, dem Kardinal de Bernis und dem Naturforscher Valmont de Bomare, untermalte Georges-Louis-Marie Le Clerc, Comte de Buffon, seine Rede mit ausladenden Gesten, wobei er bald die eine, bald die andere Hand hob, bevor er für zwei Minuten seine Lieblingspose einnahm: die rechte Hand in die Hosentasche gesteckt, die linke unter seine Weste geschoben. Alle Welt erkannte an, daß Monsieur de Buffon mit seinen siebenundfünfzig Jahren schön und stattlich war. Seine aufrechte, fünfeinhalb Fuß hohe Gestalt, seine Art, den Kopf vorzurecken, verliehen ihm eine Würde, die den nie nachlassenden Respekt der Leute hervorrief. Der Mann wußte, was er wert war, zeigte sich aber zugänglich: seine geistige Offenheit ließ sich von seinem ganzen Gesicht, der edlen, hohen Stirn, dem von dichten schwarzen Wimpern beschatteten dunklen Blick ablesen. Dieser warmherzige, neugierige, oft lachende Blick war ständig in Bewegung, eilte von hier nach dort, fleuchte in die Ferne, als wolle er das Geheimnis des Horizonts ergründen, kehrte zurück und durchdrang die Augen seines Gegenübers. Das glänzende Schwarz des Auges faszinierte um so mehr, als darüber dicke Locken schöner schneeweißer Haare wallten. So viel natürliche Schönheit und ausgesuchte Eleganz machten ihn zu einer prachtvollen Erscheinung, und Mademoiselle Basseporte seufzte erneut voller Zärtlichkeit und Bedauern auf. Ach, wenn er einst nur gewollt hätte!

Leider hatte sie nie das richtige Alter gehabt, um ihm zu gefallen. Sie war achtunddreißig Jahre alt gewesen, als der König Buffon die Verwaltung des Gartens übertragen hatte, und das waren bereits zwanzig Jahre zuviel für eine Chance: die Vorliebe des Meisters für junges Fleisch war wohlbekannt. Mademoiselle Basseporte lächelte, als sie die noch ferne Gestalt Jeannes erblickte, die mit Thouin aus dem oberen Garten herunterkam. Ja, jene war noch zart genug, um Monsieur de Buffons Appetit anzuregen.

«Anscheinend findet unser Freund Thouin immer ein bißchen Zeit, um den liebenswürdigen Sekretär von Doktor Aubriot im Gartenbau zu unterweisen», ertönte die klangvolle, heitere Stimme Buffons. Die Spaziergänger waren an der Tür des Kabinetts angelangt und begrüßten Mademoiselle Basseporte.

«Gesteht, Monsieur, daß der Schüler einige Reize zu bieten hat», sagte Valmont de Bomare, dessen Blick dem des Verwalters gefolgt war.

«Es ist zwecklos, Valmont, nach dieser schönen Neuerwerbung des Gartens zu schielen», sagte Buffon. «Thouin wird keine Ableger davon machen, und Aubriot wird Euch sein Original nicht abtreten.»

«Könntet Ihr mich nicht zumindest darüber aufklären, ob diese herrliche, für das Auge androgyne Pflanze im Gebrauch männlich oder weiblich ist?» fragte Valmont. «Heute morgen sehe ich sie in Hosen wie immer, aber mir ist, als hätte ich sie vorgestern im Küchengarten der Mönche von Saint-Victor im Unterrock gesehen. Das hat mir einen Stoß ins Herz versetzt – einen angenehmen, wie ich zugeben muß. Denn zuvor sagte ich mir, daß der Sekretär

Aubriots zwar recht habe, schön zu sein, aber unrecht, ein Knabe zu sein.»

«De gestibus et coloribus non disputandum», sagte nüchtern der Kardinal.

«Und um so mehr, als man sehr wohl auf schmalen Wegen zu großartigen Ergebnissen gelangen kann, *ad augusta per angusta»*, setzte Buffon in dozierendem Ton hinzu, «ist es nicht so, Eminenz?»

«Oh!» rief Mademoiselle Basseporte aus. «Wenn Ihr so früh am Morgen so anfangt, verlasse ich die Stätte!»

Doch sie blieb, während Buffon auf Valmonts Frage antwortete: «Mein Lieber, Ihr wißt, daß ich nichts auf Gerüchte hin entscheide, und die fragliche Blume hat mir noch nicht gestattet, ihre Organe zu untersuchen. Daher stecke ich, obwohl man sie mir unter einem weiblichen Namen vorgestellt hat, noch immer bei der Frage, ob Jeannot sich nachts im Bett des Meisters auf den Bauch oder auf den Rücken legt.»

«Nun gehe ich aber!» sagte Mademoiselle Basseporte.

«Teure Basseporte, spielt nicht die Anstandsdame. Fragt doch Seine Eminenz, ob sexuelle Zweideutigkeit nicht eine modische Tugend geworden ist, seit Mademoiselle le Chevalier d'Éon dem König im Kurtisanenkleid ebenso glanzvoll dient wie in der Hauptmannshose der Dragoner.»

«Pst!» zischte der Kardinal. «Plaudert nicht die Alkovengeheimnisse unserer Diplomatie aus.» Der Kardinal de Bernis, ehemaliger Botschafter in Venedig und Geschäftsträger in auswärtigen Angelegenheiten, versuchte sich in einem schockierten Ausdruck, der seinem rosigen und pausbäckigen Gesicht überhaupt nicht anstand. Aber Buffon, der liebend gern im Schlüpfrigen herumwatete, fuhr unerbittlich fort:

«Sagt es frei heraus, Monsieur Kardinal, glaubt Ihr, daß heutige Richter es noch wagen würden, Sodomiten im Feuer zu rösten?»

Der Prälat fand sich mit dem scherzhaften Ton ab: «Wo denkt Ihr hin, Monsieur. Es ist an der Zeit zu sparen. Um ein Paar zu verbrennen, braucht man zweihundert Holzbündel, dazu sieben Fuder Reisig und Stroh. Dabei ginge für die Staatskasse ein Vermögen in Rauch auf!»

Sie lachten noch über den Scherz, als Thouin und sein hübscher Begleiter ehrerbietig zehn Schritte von den Plaudernden entfernt stehenblieben.

Buffon hatte ein herzliches Lächeln für die jungen Leute: «Nun?» fragte er. «Woher kommt Ihr denn?»

«Wir sind um die blaue Libanon-Zeder herumgegangen», murmelte Jeanne verschüchtert.

«Ein sehr schöner Baum», sagte Buffon. «Ich nehme an, mein Freund Thouin hat Euch gesagt, daß er dreißig Jahre alt ist? In der Tat, es ist bereits dreißig Jahre her, daß Monsieur Bernard de Jussieu ihn den Engländern gestohlen und in seinem Hut versteckt hierhergebracht hat. Wohlan, Mademoiselle», fügte er, Jeanne die Hand reichend, hinzu, «seid nicht schüchtern und tretet etwas näher; ich möchte Euch dem Kardinal de Bernis vorstellen, wenn Seine Eminenz gestatten . . . und dann meinem Freund Valmont de Bomare, der Euch gefallen dürfte: er steckt voller Abenteuer.»

Obwohl erst drei Jahre jenseits der Dreißig, war Valmont schon durch ganz Frankreich und Europa bis hinauf nach Lappland gereist, überall Pflanzen und Mineralien sammelnd. Nach Paris zurückgekehrt, hatte er einen privaten Botaniklehrgang eingerichtet, zu dem sich die vornehmsten Pariser drängten.

«. . . und er veranstaltet auch geologische Exkursionen, die Ihr nicht versäumen solltet, Mademoiselle», führte Buffon aus. «Geht hin, Ihr werdet dort der Modeblume der Saison begegnen.»

«Der Modeblume der Saison?» wiederholte Jeanne verständnislos.

«Potzblitz, Basseporte! Lehrt Ihr Euren Schützling denn gar nicht, Pariserisch zu sprechen? Verbringt doch einen Teil des Winters in Montbard, Mademoiselle. In Montbard habe ich mehr Zeit, ich werde Euch gern ein wenig Unterricht im Pariserischen sowie in Naturgeschichte und derlei erteilen.»

Die rosigweiße Seidenhaut seines Gesichts in lauter boshafte Falten gelegt, beugte sich der Kardinal ans Ohr des Verwalters:

> «Unter den gold'nen Augen der allzu schönen Frau
> Werdet Ihr vergebens zu lehren trachten;
> Euer Wissen wird sich auflösen in Traum,
> Und das Herz triumphieren über den Gelehrten.»

«Oho, Eminenz, Ihr habt Euren geschickten Umgang mit dem Vierzeiler demnach keineswegs verlernt?» rief Buffon freudig aus.

«Jetzt, da Ihr durch Gottes Gnade Erzbischof von Albi geworden seid, solltet Ihr auf der Heimreise in Montbard haltmachen.»

«Verlaßt Euch darauf, daß ich dort haltmache, und zwar eine gute Weile, denn es ist keineswegs eine Gnade, sondern eine Ungnade Gottes, daß ich jetzt Erzbischof von Albi bin!» seufzte der Kardinal.

Buffon lachte schallend, nahm vertraulich Bernis' Arm, hakte auf der anderen Seite den jungen Thouin unter und setzte mit ihnen in großen Schritten seinen Inspektionsgang fort. Valmont und Louis Daubenton, der gerade dazugestoßen war, folgten dem Trio. Bouffonnette, das schalkhafte Äffchen des Verwalters, richtete sich so gut es ging auf, streckte Hintern und Kopf vor, stopfte die rechte Hand in eine unsichtbare Tasche, legte die linke auf seinen Magen und heftete sich mit den gleichen langen, würdevollen Schritten wie sein Herr an Buffons Fersen.

«Wollen Sie sich meine *Aster amellus* ansehen?» fragte Mademoiselle Basseporte Jeanne. «Sie ist beinahe fertig.»

Mademoiselle Basseporte hatte Jeanne, seit diese drei Monate zuvor aufgetaucht war, unter ihre Obhut genommen. Die Malerin erinnerte sich zur Genüge an ihren eigenen schwierigen Anfang, um den Frauen, die ihr dessen würdig erschienen, zu helfen, sich ein Plätzchen im Garten zu erobern. Zwar hatte Jeanne den Zutritt im Gefolge von Doktor Aubriot erlangt, der von den Jussieus, gebürtigen Lyonern, mit denen er seit langem korrespondierte, mit offenen Armen aufgenommen worden war; aber der reizenden Basseporte verdankte sie es, daß sie Buffon und den anderen Persönlichkeiten des Gartens so bald vorgestellt worden war. Inzwischen fühlte sie sich hier zu Hause und war nicht wenig stolz darauf, im Vorbeigehen von Gelehrten erkannt zu werden, deren Unterricht die Menge anzogen.

«Monsieur de Buffon ist immer derartig liebenswürdig», sagte sie, als sie bei Mademoiselle Basseporte eintrat. «Übrigens sind alle nett zu mir, so nett . . .»

«Ihr seid sehr hübsch», sagte Mademoiselle Basseporte lächelnd.

Jeanne betrachtete die alte Dame schweigend. Auf ihrem verwelkten Gesicht lag so etwas wie ein liebliches Echo des reizenden zwanzigjährigen Gesichts, von dem Jeanne ein Selbstporträt in

Pastell gesehen hatte. Schließlich fragte sie mit unbewußter Grausamkeit: «Hat es Euch einst bei Eurer Karriere geholfen, hübsch zu sein?»

«Es hat mir nicht geschadet.»

Nach einigem Zögern fragte Jeanne weiter: «Wie kommt es, daß Ihr, so liebenswert wie Ihr seid, inmitten einer Welt voller Männer ohne Ehemann geblieben seid?»

«Meine Freunde haben Gott sei Dank andere Frauen geheiratet.»

«Gott sei Dank?»

Die Malerin legte ihren Pinsel nieder: «Jeanne, Ihr dürft mein Herz nicht nach dem Euren beurteilen. Das Eurige hungert nach Liebe. Meines ist von seinem Ehrgeiz abgelenkt worden. Ich habe immer mehr Lust gehabt, Blumen zu produzieren als Kinder.»

«Dabei erzählt Ihr mir aber doch gern von Eurer Liebe für Monsieur von Linné?»

«Ich habe ihn geliebt, er hat mich geliebt, wir lieben uns weiterhin brieflich, aber seine fünf Kinder wurden ihm von seiner teuren Sarah-Élisabeth geschenkt. Während ihrer letzten Niederkunft schrieb er mir ganz durchdrungen von der Gefahr, in der er schwebte, daß ich, wenn er Witwer würde, ob ich wollte oder nicht, seine zweite Frau würde. Erscheint Euch dieser schöne Liebesbeweis eines Mannes nicht erfreulicher für seine Geliebte als für seine Frau?»

«Also habt Ihr es nie bedauert, nur die Geliebte von Monsieur von Linné zu sein?»

«Nein, nie. Ich bin überzeugt, daß der herrlichste Mann der Welt sich nur auf eine Weise lange ertragen läßt: indem er häufig verreist! Jeanne . . . Bedauert Ihr es denn so sehr, nicht Monsieur Aubriots Ehefrau zu sein?»

Die junge Frau zuckte zusammen, schüttelte den Kopf: «Nein. Aber ich denke, eine Geliebte wird schneller verlassen als eine Ehefrau, ich frage mich, ob er mich immer mögen wird, und habe Angst.»

«Und Ihr, werdet Ihr ihn immer mögen?»

Sie sah Mademoiselle Basseporte verblüfft an, bevor sie ein bebendes «Immer!» ausstieß.

«Mein liebes Kind», sagte Mademoiselle Basseporte, ohne ihr zu glauben, «Ihr habt das Herz einer Nonne. Und in dem Fall empfiehlt es sich, Gott zu heiraten. Gott oder einen Gärtner. Heiratet Thouin. Er hat sich bereits in Euch verliebt, und Ihr gäbt eine köstliche Gärtnerin des Königs ab.»

Thouin und Jeanne hatten sich gleich bei ihrer ersten Begegnung voller Freundschaft zugelächelt. Daß diese Freundschaft von seiner Seite Verliebtheit war, daran zweifelte Jeanne nicht, aber Andrés schüchterne Liebe war ein so leichtes, süßes Gewicht, daß es ihr wohl tat, ohne sie je zu stören. Kaum achtzehn Jahre alt, hatte André sich viel Kindliches bewahrt. Und doch hatte man diesem jungen, grazilen Mann an seinem siebzehnten Geburtstag den angesehenen Titel eines Obergärtners des Königlichen Gartens übertragen. Er wurde Nachfolger seines allzu früh verstorbenen Vaters Jean-André. Dieses Amt war so begehrt, daß Louis XV. aufgefahren war, als Monsieur de Buffon – der ihm selten die Ehre erwies, sich nach Versailles zu bemühen – ihm vorschlug, einen Jüngling für dieses Amt zu benennen: «Monsieur, wo denkt Ihr hin!» hatte der König protestiert. «Selbst wenn ich diesen Knaben dazu bestimmen würde, könnte er es nicht bekleiden. Was würden die älteren und sachverständigeren Leute seiner Zunft, die ich ihm hätte vorziehen müssen, sagen?» Buffon ließ nicht zu, daß man ihn, und sei es vom Thron herab, bei seiner Verwaltungsarbeit anfocht, daher hatte er standhaft beharrt: «Sire, man wird nichts sagen, wenn Ihr den jungen Thouin nehmt: mit dieser Wahl habt Ihr den besten der Gärtner gewählt. Kein Kandidat schien mir diesem siebzehnjährigen Kind überlegen oder auch nur gleichwertig zu sein.» Der König hatte unterzeichnet. Danach hatte André Thouin, ohne etwas an seinen Gewohnheiten zu ändern, weiter in seinem Garten gelebt, um immer schönere Blumen hervorzubringen. Er hatte nie an einer Schule oder in Büchern studiert und verdankte sein Wissen allein der unmittelbaren Beobachtung der Natur, die er betrieben hatte, seit seine Beine ihn trugen und er hinter seinem Vater hertrippeln konnte. Dieser erstaunliche junge Mann, der stets mit einer Hose aus grobem Tuch, einem Hemd und einer Schürze mit großen Taschen bekleidet war, zeigte in seinen Erwiderungen und in seinen Gesprächen nicht nur ein unerschöpfliches praktisches Wissen, sondern auch eine solche botanische

Gelehrsamkeit, daß mehr als ein Besucher des Gartens fragte, wer dieser frühreife Gelehrte sei. Wurde die Frage Thouin selbst gestellt, so antwortete er lächelnd, er sei nichts weiter als ein Gärtner des Königs. Als er diese Antwort eines Morgens wie gewohnt einem erlauchten deutschen Naturforscher gab, der auf der Durchreise war, verbesserte ihn Monsieur de Jussieu, der seinen Kollegen begleitete: «Junger Freund, Ihr solltet Euch lieber angewöhnen zu antworten: ich bin *der* Gärtner des Königs. Das wäre eine passendere Auskunft.»

Nachdem Jussieu und der Deutsche gegangen waren, murmelte Jeanne, die mit Thouin zwischen zwei Blumenbeeten stand, träumerisch: «Gärtner des Königs . . . Kann es einen hübscheren Titel geben als den Euren, André?»

«O nein! Ich möchte auch nie einen anderen haben. Ich muß ein Glückspilz sein, daß ich mit kaum achtzehn Jahren den Gipfel meines Ehrgeizes erreicht habe.»

«Und erschreckt es Euch nicht?»

«Warum sollte es? Ich werde mein Leben lang nach meinem Gusto leben können, ohne mich von zu Hause fortzubewegen.»

«Wird Euch denn nie die Lust überkommen, Euch von zu Hause fortzubewegen?»

«Aber, Jeannette», sagte er überrascht, «ich kann nicht verreisen: einen Garten verläßt man nicht.»

«Nicht einmal, um die Welt zu durchstreifen und neue Blumen zu suchen?»

«Sie werden mir ins Haus gebracht!»

Das ganze Jahr hindurch brachten Seeleute, Missionare, Forschungsreisende die Pflanzen, Büsche und jungen Bäume, die sie in allen Weltgegenden zusammengetragen hatten, in den Garten. Thouin nahm alles mit stiller Freude an, pflegte, verpflanzte, akklimatisierte. Daran dachte er, als er sagte: «Ich bin Gärtner, Jeannette, ich habe keine Erobererseele. Seht, ich verschenke Blumen lieber, als daß ich sie mir nehme. Im letzten Jahr habe ich mehr als fünfzigtausend Samentüten von hier verschickt.»

«Es rührt mich», sagte Jeanne, «daß die Samenkörner Eurer gefüllten Nelken durch Monsieur Poivres Vermittlung bis zu mir nach Charmont gelangt sind. Das war eine hübsche Art, Freundschaft zwischen uns keimen zu lassen, bevor wir uns überhaupt kannten.»

«Ich säe mir überall Freunde», sagte Thouin, vor Freude lächelnd. «Ich verschicke Samenkörner in die ganze Welt. Das tat ich bereits zu Lebzeiten meines Vaters.»

«Sogar in Kriegszeiten?»

Thouin nickte: «Ein König mag Feinde haben, das liegt in der Natur der Sache, aber wäre es nicht lächerlich, wenn ein Gärtner welche hätte? Ein Gärtner hat keine Feinde – mit Ausnahme der Maulwürfe. Je mehr Gärten man auf der Erde anlegt, desto schneller wird eine kriegerische Welt wieder zum irdischen Paradies.»

«André, Ihr seid ein Glückshändler.»

«Ihr, Jeannette, versteht es aber auch, die Menschen glücklich zu machen – allein durch Euer Erscheinen», murmelte er errötend.

Nachdem Thouin so eine günstige Gelegenheit genutzt hatte, um mit einem keuschen Kompliment herauszurücken, hatte er den Tag über genug damit zu tun, daran zurückzudenken, bis in sein Bett hinein über seine Kühnheit nachzusinnieren, zugleich selbstzufrieden und unruhig, wie sie es wohl aufgenommen haben mochte. Daß er verliebt war, erstaunte ihn dermaßen! Guten Glaubens hatte Thouin unlängst beschlossen, sich nie für Mädchen zu interessieren, um sich voll und ganz den Blumen widmen zu können, und in der Tat hatte ihn das bisher keine Mühe gekostet. Mit der Seele eines Mönchs in einem Priestergarten geboren, hatte er die ganze Zärtlichkeit seines gutartigen Wesens seinen Wicken, seinen Rosen, seinen Reseden vorbehalten. Seines Wissens konnte kein Mädchen schön sein, wie eine Blume schön ist, nämlich ohne Schmuck, ohne Schminke, ohne tausend kleine Kniffe. Und dann war Jeanne aufgetaucht: mit ihrer gesunden sommersprossigen Haut, ihren Wangen ohne weißen oder roten Puder, ihren langen Augenlidern ohne Schminke, ihrem blonden Haar ohne Puder, ihrem zumeist bequem in Hosen steckenden Körper, ihren aufmerksamen Augen, ihren brauchbaren und geschickten Händen, ihren unermüdlichen Beinen, ihrem friedlichen Schweigen während der Arbeit – diese war nicht wie die anderen. Treuherzig wie Thouin war, hatte er übersehen, daß Jeanne der Schatten des neu in Jussieus Stab aufgenommenen Botanikers war. Er überließ sich einem Gefühl, dessen Süße er genoß, ohne sich Fragen zu stellen. Wußte er überhaupt, daß es sich dabei um Liebe handelte und daß die Liebe dazu neigt, einem das Leben schwerzumachen?

Sein Leben lief regelmäßig ab wie eine Uhr. Er stand bei Tagesanbruch auf, ging in den Garten, inspizierte alles, gab seinen Untergebenen die ersten Anweisungen, übernahm selbst hundert heikle Aufgaben und erklärte sie, sprach über diese oder jene Pflanze. Eine große Zahl von Amateurgärtnern und Studenten wälzte sich in der Morgendämmerung aus dem Bett, eilte herbei, um ihm zu lauschen, so daß er jeden Morgen zuletzt inmitten eines Kreises eleganter Leute redete. Etliche seiner Zuhörer verfolgten ihn mit ihrer Neugier bis in seine Küche, wo er sich Schlag neun niederließ, um seine Suppe zu essen. Das Gärtnern war so sehr in Mode gekommen, daß selbst ein Herzog es als erhebend empfand, einen Löffel in den Topf des Königlichen Gärtners zu tauchen. Daher fühlte Jeanne sich höchst privilegiert, seit Thouin sie ein für allemal gebeten hatte, seine Suppe mit ihm zu teilen, wann immer sie wollte.

Es war gemütlich in der Küche der Thouins. Mutter Thouin servierte die dicke Gemüsesuppe, aus der ein wohlriechender ländlicher Dampf aufstieg, in derben Keramiktellern. Das Zimmer rund um den langen, gewachsten Holztisch war bäuerlich. Der Gärtner des Königs bewohnte gleich neben dem großen Treibhaus mit seiner Mutter und seinen jüngeren Geschwistern das bescheidene Haus, in dem er geboren war.

«Mir wurde erzählt, daß Monsieur de Jussieu Euch ein größeres Haus geben wollte und daß Ihr abgelehnt habt», sagte Jeanne eines Morgens.

«Man wird mich nie dazu bringen, dieses zu verlassen», sagte Thouin. «Von meinem Zimmer aus kann ich erahnen, daß eine kranke Pflanze mich ruft, und bei warmem Wetter, wenn ich die Glasfenster öffnen lasse, höre ich von meinem Bett aus die Blätter meiner Palmen vor Vergnügen wedeln. Wüßtet Ihr ein angenehmeres Haus?»

«André hat immer gehört, was niemand sonst hörte», sagte Mutter Thouin. «Er hat nie geweint, als er klein war. Er schien immer verzückt einer Musik zu lauschen, die nur für ihn spielte.»

«Ihr seid alle taub», sagte Thouin. «Mutter, Ihr hattet meine Wiege an den Eingang zu einem gefangenen exotischen Garten gestellt, und da wundert es Euch, daß ich dessen tausendfaches Rauschen vernommen habe?»

Er hatte seine Suppe aufgegessen und wandte sich mit fragender Miene Jeanne zu.

«Ja, gehen wir», sagte sie und stand auf. «Es ist so schön draußen.»

Dieser Morgen im frühen Dezember war außergewöhnlich mild. Wie so oft lenkten sie ihre Schritte zur Butte des Coupeaux. Sie hatten sich angewöhnt, wenn es nicht regnete, nach dem Essen auf diesen Hügel hinaufzusteigen, von wo man eine weite, ländliche Ebene mit vielen Mühlen überblickte. Jeanne betrachtete lange die liebliche Landschaft, die sich ungehindert bis zum diesigen Horizont darbot, atmete die milde Luft ein und sagte halblaut: «Seht Ihr, André, für mich, als vom Land importierte Stadtbewohnerin, ist es eine große Überraschung gewesen zu entdecken, daß Paris voller Gärten ist. Die Stiftsherren von Saint-Victor, die mich liebgewonnen haben, erlauben mir, hin und wieder einen Kohlkopf aus ihrem Garten zu holen. Während ich ihn aussuche, höre ich plötzlich einen Karrenzug vorbeirumpeln und die Fuhrleute fluchen, die mit einer Ladung Weinfässer aus dem Saint-Bernard-Hafen zurückkommen, und ich frage mich: Sind das denn wirklich Pariser Geräusche?, und ich vermeine zu träumen, wenn ich die Wurzel meines Kohlkopfs abschabe, gerade so, als wäre ich noch im Gemüsegarten von Charmont!»

«Ihr habt eben die Wahl getroffen, in Paris auf dem Lande zu leben», sagte Thouin lächelnd. «Auch für mich ist Paris ein einziger großer Garten.»

«Dabei möchte ich so gern auch das wirkliche Pariser Leben kennenlernen!» rief Jeanne ungeduldig aus.

«Das Pariser Leben?» wiederholte Thouin überrascht. «Aber Jeannette, der Mittelpunkt des Pariser Lebens ist hier!»

Er glaubte es aufrichtig und mit gutem Grund: im Jahre 1764 war der Garten des Königs eines der Herzen von Paris geworden. Eine unglaubliche Menschenmenge kam dorthin! Nicht nur Naturforscher, Ärzte, Apotheker, Physiker und Studenten besuchten ihn eifrig, sondern man sah dort zudem all jene, die schlicht neugierig auf die Naturwissenschaft waren. Und selbstverständlich versäumte es kein fremder Reisender, ob Prinz, Erzbischof oder einfacher Advokatensprößling, auf seiner Rundreise durch Europa die menschlichen und pflanzlichen Zelebritäten des Gartens zu begrüßen, wenn möglich vom ruhmreichen Buffon bis hin zu Tourneforts großer Aloë. Zählte man noch die Spaziergänger des Stadtviertels hinzu, ergab das tatsächlich eine Menschenmenge, und soviel ständig in seinem Reich umherlaufendes kosmopolitisches Volk konnte dem Gärtner sehr wohl den Eindruck vermitteln, sein Garten sei der Nabel von Paris. «Ihr braucht Euch nur auf die Bank vor meiner Haustür zu setzen, und Ihr werdet alles, was im Königreich und sogar außerhalb desselben Rang und Namen hat, vorbeigehen sehen. Und ist es nicht recht lustig, im Garten zu leben?»

«O ja», bestätigte Jeanne. «Das Klima im Garten ist . . . wie soll ich sagen? Prickelnd. Prickelnd vor gelehrter guter Laune. Und das ist herrlich. Trotzdem möchte ich ihm mitunter entfliehen, um . . . um Dinge zu tun!»

«Dinge?» wiederholte Thouin ratlos.

«Ja, Dinge. Dinge! Eine Menge dumme kleine Dinge. Frivole Dinge. Zum Beispiel möchte ich dort drüben Krebse essen . . .»

Mit dem Kinn zeigte sie ihm ein schief am Ufer der Bièvre stehendes Gasthaus.

Thouin schüttelte den Kopf: «Das muß ein sehr alter Mensch gewesen sein, der Euch von den Krebsen der Bièvre erzählt hat. Es wird berichtet, daß sie die besten des Königreichs waren, daß noch Madame de Maintenon sich daran gütlich getan hat, aber dieses Vergnügen ist dahin. Der klare Bièvre ist der Fluß der Färber, Lohgerber, Lederarbeiter und Weißgerber des Viertels geworden – eine schlechte Gesellschaft, der die Krebse entflohen sind.»

«Was für ein Pech!» rief Jeanne aus. «Man wird immer zu spät geboren.»

Thouin lächelte sie zärtlich an: «Ich weiß, wo man noch einige Überlebende findet: im Garten der Franziskanernonnen, flußabwärts, unterhalb der Manufaktur.»

«Aber ich nehme an, daß die Franziskanernonnen nicht zulassen, daß man in ihrem Teil der Bièvre fischt?»

«Sie sind sehr versessen auf ihre Krebse, aber sie haben mich gern. Ich berate sie bei ihren Heilkräutern. Sie werden uns bestimmt irgendwann einladen, von ihren rosa Tierchen zu kosten.»

«O, André, wie nett Ihr seid!»

Entzückt, ihr Gefallen erregt zu haben, wandte er schnell den Blick von ihr ab.

«Es ist nett, daß Ihr mir die Freuden einer Pariserin bieten wollt», fuhr Jeanne fort, «denn wirklich, André, ich habe so große Lust, Dinge zu tun! In die Oper zu gehen, natürlich, und in die Comédie-Française und nach Versailles, aber ich möchte auch auf den Markt von Saint-Germain und in die Läden in der Rue Saint-Denis und zu einem Friseur in der Rue Saint-Honoré und in La Courtille ein kleines Glas Weißwein trinken und auf dem Pont Neuf Krapfen essen und in der Mühle von Javel tanzen, eben all jene Dinge tun, bei denen man sich sagen kann: Ich lebe in Paris, ich bin eine echte Pariserin geworden!»

Thouin hatte sein kleines heimliches Glück nicht lange genießen können. Daß sie all diese ihm so fremden Wünsche hatte, stimmte ihn sehr traurig, wenngleich er nicht recht wußte wieso. Er blickte auf und gab sich einen Ruck, um ihr zu antworten, indem er die letzten Worte, die er im Ohr hatte, aufnahm: «Die Krapfen vom Pont Neuf sind zu fett, nach allem, was man hört. Und dann, die Mühle von Javel ... Das ist nichts weiter als eine Mühle in der Umgebung der Stadt, nicht schöner als irgendeine andere, aus der man eine Mühle zum Trinken und Tanzen gemacht hat. Aber, Jeannette, das ist ein Ort ... für Grisetten.»

«Ich weiß, ich weiß», sagte Jeanne und gab dem Gespräch eine andere Wendung.

Die Mühle von Javel war eine private Geschichte, eine Geschichte, die zwischen Philibert und ihr geregelt werden mußte. André brauchte nicht zu erfahren, daß sie dort hingehen wollte, weil Philibert sie nicht mitgenommen hatte, als Jussieus Neffe ihn eines Abends dort hingeschleppt hatte.

2. Kapitel

Jeanne hatte nicht die Absicht, Philibert die Grisetten der Mühle von Javel zu verzeihen. Auf jeden Fall nicht, bevor auch sie vor den Toren der Stadt das Tanzbein geschwungen und tüchtig Wein getrunken hatte.

Die Eskapade nach Javel war von Jussieus Neffe, Antoine-Laurent, eingefädelt worden, um seine Aufnahme in die medizinische Fakultät zu feiern. Da Aubriot täglich bei den Jussieus verkehrte, hatte er eingewilligt, an jenem Abend die Rolle des Gevatter Landarzt zu spielen, der von den Gevattern Stadtärzten zur Ausschweifung verleitet wird, und hatte Jeanne wie selbstverständlich zu Hause gelassen. Und war um drei Uhr morgens nach Hause gekommen! Und am nächsten Morgen beim Frühstück kein Wort der Reue!

Sie hatte geweint. Viel geweint. Dann hatte sie getobt. Wahnsinnig getobt. Schließlich hatte sie beschlossen zu schmollen, allein zu schlafen. Eine ganze Weile. Mindestens einen Monat.

Sie hatte ihren Vorsatz eine Viertelstunde durchgehalten, für die Dauer einer unschicklichen Untersuchung. «Fühlst du dich denn krank? Wo tut es dir weh? Gib mir dein Handgelenk. Streck die Zunge heraus. Hast du gehustet? Wenn ich hier drücke, tut das weh? Und hier? Und da?» Philibert war ein merkwürdiger Arzt, der seine Hände überall herumwandern ließ. Er hatte übrigens wegen seiner ungebührlichen Methoden in der Provinz einigen Verdruß gehabt. Hinter seinem Rücken wurde geflüstert, daß der Doktor Aubriot sich taktlos verhielte, sogar Damen gegenüber, und seine Praxis war immer schlechter gegangen als die seiner weniger ungenierten Kollegen. Wie kann man sich aber auch die Brust, die Rippen, den Bauch abtasten lassen, bis . . . bis man unter diesem Gekitzel seine Lüge, seine Schwäche, seine Eifersucht und seine Wut gesteht.

Er hatte gelacht. Gelacht und Jeannette geschworen, daß sie an einem Sonntag in La Courtille in einer Schenke tanzen gehen würden wie ein braves kleines Arbeiterpaar. Aber ein Gelehrter kennt keinen Sonntag. So kam es, daß Jeanne seit ihrer Ankunft in Paris vom Pariser Leben noch nichts gesehen hatte. Selbstverständlich behauptete Philibert das Gegenteil, aber was kannte sie von der Hauptstadt?

Einige wunderschöne Steinlandschaften, einige bezaubernde Gärten. Auch das *Herbarium vivum* von Pater Plumier im Minimitenkloster und die wissenschaftlichen Geräte von Monsieur de Lalande im Königlichen Observatorium hatte sie gesehen. Sie hatte die medizinische Fakultät, das *Hôtel-Dieu*, die Salpêtrière, das Institut für Experimentalphysik von Navarre, das Institut für Chirurgie von Saint-Côme, das Hôpital de la Pitié, Notre-Dame, die Heilige Kapelle, das Palais in den Tuilerien und sämtliche – sämtliche! – Bibliotheken besichtigt. Uff! Was für eine Unmenge Wörter, mein Gott. Mehr als einmal hatte Jeanne Monsieur Poivres gesunden Menschenverstand gewürdigt, den sie eines Tages, als der Buchhändler Duplain ihn drängte, seine Memoiren zu schreiben, hatte antworten hören: «Werter Monsieur Duplain, ich werde nie schreiben. Es gibt bereits viel zu viele Wörter auf Erden!»

Und es gab auch zu viele Gemälde, wie sie hatte feststellen können, als sie an der *‹Hochzeit von Kanaan in Galiläa›* und anderen Riesenschinken bis schließlich zur *‹Schlacht Alexanders des Großen›* entlanggelaufen war – meilenweit! Warum zum Teufel beschränkten die Maler sich nicht darauf, Porträts und Blumensträuße zu malen – das war schön, und zudem konnte man viele davon in einem Raum unterbringen. «Wie wäre es, wenn wir am Sonntag nach dem Essen auf ein Täßchen Kaffee ins Café *Procope* gingen?» schlug Jeanne vor. Im *Procope* konnte man das Glück haben, Piron, Fréron, Marmontel, vielleicht sogar Diderot und d'Alembert zu sehen, und all das zum Preis einer kleinen Tasse Kaffee! Doch leider: «Wir werden keine Zeit haben, Jeannot», antwortete Philibert. «Am Sonntag will ich dich zum Val-de-Grâce mitnehmen. Die Abtei ist prachtvoll, hat man mir gesagt, das Fresko von Mignard müssen wir sehen. Weißt du, daß auf diesem herrlichen Kunstwerk nicht weniger als zweihundert Personen sind?» Von der Zahl überwältigt, fragte sich Jeanne, warum der Blitz nur nie dort einschlägt, wo es einiges abzuräumen gilt. Als der Sonntag gekommen war, blickte sie trübsinnig zu den Glückseligen in Mignards Paradies auf. Ihr Herz langweilte sich in einem kribbelnden Körper, den es juckte, anderswohin zu laufen, irgendwohin, wo das Leben knisterte. Ihr Honigmond mit Philibert, der drei Monate zuvor im

Gasthaus von Bessay so rauschend begonnen hatte, war nach ihrer Ankunft in Paris vorzeitig zu kurz gekommen und zu brav geworden.

Der fröhliche Lärm auf dem Hof, wo sich die Postkutsche zur Abfahrt bereit machte, hatte sie geweckt. Sie lag allein in dem großen Bett mit den von Schäfern und rosa Schafen bevölkerten Vorhängen, und aus dem Zimmer drang kein Laut. Ein Gefühl maßloser Verlassenheit hatte sie ohne jeden Grund gepackt, und sie hatte laut geschrien. Sogleich war der Vorhang beiseite geschoben worden, und Philibert hatte neben dem Bett gestanden. Angekleidet, gestiefelt, frisiert, gepudert sah er lächelnd zu, wie sie zu sich kam. Der Vorhang war wieder gefallen, und einen Augenblick später hatte sich der köstliche Duft von heißem Kaffee und frischem Brot im Zimmer verbreitet.

«Jeannot, komm zum Frühstück», hatte Philiberts Stimme gesagt.

Da hatte sie bemerkt, daß sie nackt war. Gott sei Dank hatte sie sogleich ihre Unterjacke entdeckt, die in den schmalen Gang neben dem Bett gefallen war, und hatte sich fieberhaft und linkisch damit bedeckt: mit Hemd gesteht man sich immerhin etwas leichter ein als ohne, daß man die Geliebte von Monsieur Philibert geworden ist.

«Nun, Jeannette? Kommst du?»

Er hatte, als wäre nichts gewesen, angefangen, Brötchen mit Butter zu bestreichen.

«Was ist? Komm, setz dich.»

Er hatte Milch in die Tassen gegossen und wiederholt: «Komm, setz dich, Jeannette. Wie du siehst, ist heute ein Tag, an dem die Herren die Diener bedienen.»

Der Lärm im Hof war plötzlich angeschwollen. Jeanne hatte den Kutscher wegen eines schlecht verstauten Gepäckstücks mit den Postillonen schimpfen hören, und ihre Augen waren zum Fenster gewandert: «Aber ... Aber, Monsieur Philibert, man wird ohne uns abfahren!»

«Allerdings. Hattest du nicht genug von dieser stickigen Kiste, vollgestopft mit langweiligen Leuten? Zum Teufel mit der Sparsamkeit! Ich habe eine Kutsche gemietet, und wir werden nach unserem Belieben mit der Extrapost reisen.»

Es hatte eine Weile gedauert, bis sie begriff, was er ihr anbot: eine Hochzeitsreise! Und da hatte sie gefühlt, wie sie vor Glück dahinschmolz. Sie hatte sich auf seinen Schoß und in seine Arme geworfen und hatte, das Gesicht in seine Kleider geschmiegt, endlos wiederholt: «Ich liebe Euch, ich liebe Euch ...» Um sich seinen eigenen Gefühlen zu entziehen, hatte Aubriot schließlich ihren Kopf hochgehoben und hatte ihr ein Brötchen in den Mund gesteckt. Doch da sie es wieder herausgenommen hatte, Gott weiß was über die Unmöglichkeit zu schlucken stammelnd, wenn man so glücklich ist, hatte er sie zum Bett zurückgetragen ...

Sie hatten Kaffee mit kalter Milch getrunken. Und danach: schwing die Peitsche, Kutscher!

Diese Fahrt, oh, diese Fahrt! Die Reise nach Cythère. Jedesmal wenn Jeanne an die Landstraße von Bessay nach Paris zurückdachte, fühlte sie sie aufs neue vor sich abrollen, wie ein allzu kurzes Band der Wonnen. Ach, die schöne Reise, die sie gemacht hatten! Die Fahrtetappen waren Meilen der Zärtlichkeit, die Raststationen Stunden der Liebkosungen. Ein wenig spanischer Wein verwandelte das ungenießbare Essen in feine Soupers, und was die Häßlichkeit des Rahmens anging, so nahmen ihre sich gegenseitig verschlingenden Blicke sie nicht wahr. Nacht für Nacht erfanden Philiberts Hände und Lippen für Jeanne unbekannte Wollüste. Eines Tages, es war in Nemours, war ihre Liebe so überwältigend gewesen, daß sie ihn gefragt hatte, was sie tun könne, damit er fühle, wie sehr sie ihn liebte. Lachend hatte er ihren Hals abgeküßt und gesagt: «Du brauchst nichts zu tun, Jeannot, ich weiß es.» Er hatte es mit der Miene dessen gesagt, der es wirklich weiß. Aber wußte er es drei Monate später noch genausogut und gefiel ihm das Wissen genauso?

In Paris angekommen, hatte der Tag und Nacht Liebende seine Tage sogleich wieder für seine persönlichen Geschäfte genutzt. Und seine Tage dauerten bis gegen Mitternacht. Sie ist immer zu kurz, die Arbeitszeit eines über seine Lupe gebeugten Forschers, und sie ist sehr ausgefüllt, die kurze Freizeit eines Botanikers aus der Provinz, der noch vor der Tür der Akademie der Wissenschaften harrt, in der er gern einen Platz einnehmen würde. Nachdem Jeanne eine trunkene Woche lang die neue Eroberung eines Mannes in Ferien gewesen war, wurde sie plötzlich die alltägliche Geliebte eines passionierten, ehrgeizigen Wissenschaftlers. Sie erholte sich schlecht von ihrem Fall. Von einer Umarmung zur anderen fühlte sie sich vergessen. Dabei war sie es gar nicht; Aubriot nahm sie mit in den Garten des Königs, beteiligte sie an seinen Arbeiten, drängte sie zum Lernen, überließ es ihr völlig, ihren kleinen Haushalt zu versorgen – nein, wirklich, er vergaß sie nicht! Aber er hatte nicht mehr die freie Minute, sich um drei Uhr nachmittags verzückt über das Gold ihrer Augen zu äußern.

Im Vestibül hallten Schritte ... Es waren nur die Schritte von Doktor Vacher, ihrem Vermieter, der stets mindestens zwei Stunden vor Philibert nach Hause kam. Noch zwei Stunden demnach. Jeanne stellte sich vor den Spiegel über dem Kamin, um ihr Fichu zurechtzuzupfen. Der weiße Musselin, so leicht auf der Brust, schien nur dort zu liegen, um von den Händen eines stürmischen Liebhabers beiseite geschoben zu werden. Sie stieß den Seufzer einer müßigen Kurtisane aus. Selbst wenn Philibert mit schwirrendem Kopf aus Monsieur Rouelles Chemielaboratorium zurückkäme, würde er sich nicht beeilen, den Darstellungen auf unanständigen Kupferstichen nachzueifern. Seit er mit Rouelle hinter einem grünen Unbekannten her war, jenem Pigment, jenem Geheimnis, das die Haut der Pflanzen grün färbt – was wog da neben diesem verwirrenden, spannenden, magischen Grün noch das nicht länger geheimnisvolle Rosa von Jeannes hübschen Brustwarzen, solange es ihm nicht im gemeinsamen Bett unter die Hände geriet?

Denn immerhin wurde Philibert jede Nacht sehr gegenwärtig, das mußte sie zugeben. Wie spät er auch nach Hause kam, und wenn sie schon schlief: er weckte sie mit einem gierigen Kuß.

Ohne vorherige Überlegung, aber mit bewußter Freude hatte Aubriot eine von seiner Seite geschickt tyrannische, von ihrer Seite sanft nachgiebige Liebesbeziehung zwischen ihnen entstehen lassen. Daß sie in seinen Armen zugleich sehr sinnlich und sehr scheu war, entzückte ihn immer wieder. Er hätte sie nach und nach aus ihrer Reserve locken können, tat es aber nicht. An wissenden und angriffslustigen Geliebten, an reifen Geliebten hatte es ihm nicht gefehlt. Bei dieser hatte er Lust, väterlich seinen naiven Egoismus zu kultivieren. Sie blieb sein kleines Mädchen aus den Wäldern von Châtillon. Er konnte im übrigen nicht daran zweifeln, daß Jeanne es köstlich fand, sein geliebtes nächtliches Spielzeug zu sein. Alles stand demnach zum Besten zwischen dem besten aller möglichen Paare. Er wäre wahrhaft verblüfft gewesen, hätte sie ihm gestanden, daß sie bisweilen die Ungeduld oder die Melancholie einer vernachlässigten Liebenden verspürte, wo er sie doch mit einer zärtlichen Männlichkeit verwöhnte, mit der zufrieden zu sein er allen Grund hatte.

Aber Jeanne hatte noch nicht gelernt, daß ein Mann aufrichtig glaubt, alles für das Glück einer Frau getan zu haben, wenn er sie im Bett beglückt hat; und sie war noch nicht alt genug, um sich zu sagen, daß das letzten Endes und alles wohlerwogen so falsch nicht ist. Was wollte sie nun eigentlich? Sie war schön, sie war jung, sie hatte Philibert, sie hatte Paris und sogar ein Pariser Häubchen hatte sie!

Der Gedanke an ihre neue Haube brachte ihr Lächeln zurück. Sie holte sie aus dem Schrank, setzte sie auf und stellte sich mit ihrem Handspiegel wieder vor den Kaminspiegel, um sich von vorn, von der Seite und von hinten daran zu ergötzen, entzückend. Diese Haube nach dem letzten Schrei ‹à la Ramponeau› war zwar eine Torheit für ihre Geldbörse, aber nachdem sie unvorsichtigerweise bei Mademoiselle Lacaille eingetreten war, einer Weißnäherin, von der Pauline de Vaux-Jailloux ihr erzählt hatte, hatte sie der Versuchung nicht widerstehen können. Zumal Philibert diese verführerische Haube wahrscheinlich ebensowenig wie eine andere bemerken würde. Auf dem Gebiet der Mode sah er nichts. Kaum nach Hause gekommen, sah er zwar, daß der Zwergkaktus aus Mexiko an seinem linken oberen Trieb einen Stachel verloren hatte, aber nicht, daß Jeanne eine andere Kopfbedeckung hatte. Nun ja . . . Ohne Zweifel hatte die Weißnäherin Lacaille recht: man muß sich eine Haube kaufen, um sich selbst eine Freude zu machen, und wenn man damit überdies seinem Liebhaber ein Kompliment entlockt, ist es noch Zeit, den Liebhaber zu Lacaille mitzunehmen, damit er eine weitere Haube ganz nach seinem Geschmack aussucht.

Sie nahm ein Buch, setzte sich in einen Sessel und ließ ihren Blick über das kalte Abendessen schweifen, das sie auf dem runden Tisch angerichtet hatte.

Die Junggesellenwohnung – zwei Zimmer und eine große Toilette – innerhalb der geräumigen bürgerlichen Wohnung von Doktor Vacher war kein lustiger Aufenthaltsort. Aber als sie in Paris eintrafen, hatte Aubriot es bequem gefunden, die preiswerte Gastlichkeit anzunehmen, die Lucien Vacher, sein ehemaliger Kommilitone an der medizinischen Fakultät von Montpellier, ihm anbot. Aubriot war nicht sehr reich, und er war sparsam. Die Räume waren zwar dunkel, mit kalter Pracht und viel zuvielen schweren alten Möbeln ausgestattet, aber von der Rue du Mail im Herzen der Stadt war es nur ein Schritt zum stillen, grünenden Kloster der Barmherzigen Brüder, zwei Schritte zur schönen Place des Victoires, drei Schritte zum Palais-Royal.

Obwohl Jeanne zwischen ihren Studien im Garten des Königs, ihrer Hausarbeit, ihren Besorgungen für Philibert und ihrer Lektüre wenig Zeit für Spaziergänge blieb, richtete sie es so ein, daß sie zumindest jeden Tag durch den Palais-Royal kam, am liebsten kurz vor Einbruch der Dunkelheit, wenn er sich belebte, wenn er wirklich «die Hauptstadt der Hauptstadt» wurde.

Sie schlug die Allee von Argenson ein, schlenderte die Rue des Bons-Enfants entlang und ging durch die große Ulmenallee, parallel zur Rue de Richelieu zurück. War sie nicht zu sehr in Eile, setzte sie sich ein Weilchen hin, um sich über das Treiben der Herren zu belustigen, die nur in den Palais-Royal kamen, um die wohlfeile Tugend der Jungfern des Parks zu erkaufen. Diese galanten Freier ließen es sich nicht nehmen, auch mit der sittsam aussehenden, schönen jungen Dame zu liebäugeln, denn man weiß ja nie, nicht wahr? Jeanne ging gleichgültig, die Augen ins Weite gerichtet, inmitten des Hüteschwenkens und der Kratzfüße weiter. Sie wußte, daß sie nichts zu befürchten hatte, solange es hell war: das Klima des Ortes war zivilisiert. Man begegnete hier einer Menge eleganter Leute, in Samt und Seide und leicht gepudert, die ein reines Salonfranzösisch sprachen. Daher hoffte sie immer, hier *jemanden* zu treffen – einen berühmten Namen in Fleisch und Blut. Da sie aber leider die Pariser Berühmtheiten noch nicht kannte, hätte sie sie nicht von den Unbedeutenden unterscheiden können. So kam es, daß sie, seit sie in den Park kam, alles in allem nur Diderot erspäht hatte, denn diesen Ruhmreichen konnte man an seiner Bank erkennen. Gegen fünf Uhr setzte er sich immer auf dieselbe vor dem *Hôtel d'Argenson* – und das ganze Viertel wußte es. Die anderen Spaziergänger, selbst die Zeitungsschreiber, schienen die einsame Träumerei des Philosophen so sehr zu respektieren, daß keiner sich je auf die berühmte Bank setzte. Und Jeanne fragte sich, ob sie nicht den Mut hätte, es einmal zu tun – einfach so, nur um zu sehen.

Und eines schönen Abends ging sie hin und setzte sich auf die äußerste Kante der Bank, die von einem Schmetterling nicht stärker erschüttert worden wäre. Und doch wandte Diderot erstaunt, bereit, die Brauen zusammenzuziehen, den Kopf. Hm... die Kühne war recht hübsch. Ein Mundwinkel des großen Mannes hob sich zu einem Lächeln. Jeanne lächelte strahlend zurück. Diderot war darob eine Sekunde lang schockiert, eine Minute lang unschlüssig: eine neue Luxus-Grisette? Eine naive Bürgerin? Er gab seiner Neigung für das Treuherzige nach und tat den Mund auf...

Um ehrlich zu sein, sprach die Philosophie, wenn es darum ging, ein Gespräch mit einer schönen Unbekannten anzuknüpfen, nicht mit mehr Phantasie als ein gewöhnlicher Schürzenjäger. Die Philosophie sagte: «Ist dieser Dezember, der unseren Sommer vom Martinstag nicht getötet hat, nicht ein Geschenk des Himmels, dessen man nicht müde wird, Mademoiselle?»

Sie stimmte dem zu. Dann biß sie sich nervös auf die Lippen und sprudelte hervor: «Verzeiht mir, daß ich Euch ausfrage, Monsieur, aber... seid Ihr nicht Monsieur Diderot?»

Er neigte den Kopf. Wie konnte er auch anders. Und außerdem wird man es nie leid, von hübschen geistreichen Frauen erkannt zu werden, und eine solche war seine Nachbarin mit Sicherheit. Sie lobte höchst intelligent, mit einfühlsamem Urteilsvermögen, mit sehr berechtigter Bewunderung die *Encyclopédie*. Und mit einer reizenden Stimme.

«Vergessen wir ein wenig meine Artikel in der *Encyclopédie»*, sagte er nach zwanzigminütigen Lobeshymnen. «Auf jeden Fall sind wir uns über sie einig – ich halte selbst das Beste von ihnen! Erzählt mir lieber von Euren eigenen Werken. Denn Ihr schreibt doch, nicht wahr?»

«Auf Ehre, nein.»

«Ist es möglich? Ich kann es kaum glauben. Eine geistvolle Person vom schönen Geschlecht ohne Feder in der Hand, das trifft man heute gar nicht mehr an!»

«Und doch habt Ihr mich getroffen. Ich schreibe nur Zusammenfassungen wissenschaftlicher Lektionen. Ich mache das für –» sie zögerte unmerklich, sprach errötend weiter –«meinen Herrn. Ich bin die Sekretärin eines großen Botanikers, des Doktor Aubriot.»

«Monsieur Aubriot? Den kenne ich gut!» rief Diderot aus. «Ich habe ihn so manches Mal getroffen, als er sehr jung war und sich in Paris aufhielt, um im Garten des Königs zu studieren. Ich wußte, daß er in seine Heimat zurückgekehrt ist. Lebt er denn nun wieder hier?»

«Seit vergangenem September.»

«Seit September, und ich habe ihn noch nicht bei Baron d'Holbach gesehen! Warum denn nicht?»

«Warum denn dort?»

«Weil der Baron Wert darauf legt, Donnerstag und Sonntag alle Gelehrten und alle Philosophen von Paris zu beköstigen und man ihm diese Freude nicht nehmen darf. Wenn er erfährt, daß Monsieur Aubriot sich ihm vorenthält, wird er verärgert sein. Ich muß dem zuvorkommen. Bittet Euren Herrn in meinem Auftrag, an einem Donnerstag oder Sonntag beim Baron nach mir fragen zu lassen – zum Diner trifft er mich dort immer an.»

«Monsieur, ich werde es ihm sagen.»

Auf dem Rückweg dachte sie etwas verstimmt, daß Diderot Philibert zum Baron d'Holbach mitnehmen würde, wie Lalande ihn zu Madame Geoffrin mitgenommen hatte – ohne sie. In den großen Pariser Salons bildete man sich etwas darauf ein, keine Frauen zu empfangen, oder nur ausnahmsweise eine, unter der Bedingung, daß sie ein Kalb mit zwei Köpfen war! Das bestätigte einen Ausspruch Émilies, an den Jeanne sich erinnerte. Das scharfzüngige Stiftsfräulein nahm kein Blatt vor den Mund, um bei passender Gelegenheit zu bemerken, daß die Franzosen im phallischen Kult fortgeschrittener seien als die Griechen oder die Römer, denn bei ihnen dauerte das Phallusfest das ganze Jahr hindurch! Nun, immerhin hatte Diderot mit ihr gesprochen: Die Provinzlerin von gestern fühlte sich auf einmal zum Stammpublikum des Palais-Royal gehörig.

Die Nacht begann vom Pflaster aufzusteigen. In der Rue des Petits-Pères angelangt, betrat sie eilig das Kloster. Wie sie gehofft hatte, war Pater Joachim noch in der Bibliothek. Er beugte sich über eine große entrollte Karte:

«Ihr kommt im rechten Augenblick, mein liebes Kind. Pater Eustache hat mir soeben den allerneuesten Plan der Reede von Port-Louis gebracht», sagte er, da er wußte, daß seine Besucherin sich für die ferne Isle de France interessierte.

Der hübsche, rundliche Greis hatte die süße Stimme eines träumenden Kindes. Als Konservator der Seekarten hatte Pater Joachim, da er in den Bildern der Meere und Kontinente herumreiste, seit langem den Sinn für die Wirklichkeit verloren. Jeanne hatte diesen Augustinerbarfüßer schnell ins Herz geschlossen, der seine Klause nie verlassen hatte, sich aber auf der Weltkarte wie zu Hause bewegte.

Pater Eustache entrollte eine zweite Karte auf dem Tisch: «Hier seht Ihr nun die Koromandelküste», sagte er. «Und die Malabarküste», fügte er hinzu, auf eine dritte Rolle zeigend, die er in der Hand hielt. «Alle möglichen Ankerplätze sind darauf verzeichnet, selbst die heikelsten. Für die Ausführung haben wir die Angaben berücksichtigt, die Kapitän Vincent und der Steuermann von Kapitän Beauregard uns übermittelt haben.»

Vincents Name ließ Jeanne, wie jedesmal, wenn sie ihn hörte, erschauern und versetzte sie wieder in die selige Stimmung des Balls in Charmont. Sie vergaß Vincent nicht, zwang sich nicht dazu, ihn zu vergessen, nicht einmal seit ihre Liebe zu Philibert sich verwirklicht hatte. Nicht etwa, daß sie dem Ritter nachtrauerte. Ihre schönen Erinnerungen an Charmont waren ihr einfach lieb.

«Ihr habt Euch weit entfernt», sagte Pater Joachims zarte Stimme. «In welches Land? Auf die Isle de France oder nach Indien?»

«Nein, nein», sagte sie. «Ich dachte ... an Monsieur Diderot. Pater, ich habe gerade ein langes Gespräch mit Monsieur Diderot geführt!»

«Teilt Ihr mir das mit, damit ich Euch beglückwünsche? Ich werde nichts dergleichen tun. Diderot ist ein Ungläubiger, der Euch nur gefährliche Ideen einflößen kann. Er ist die Säule der Bande von d'Holbach. Diese Übeltäter haben ihren Schlupfwinkel ganz in der Nähe, in der Rue des Moulins, und ihre Gotteslästerungen klingen uns ständig in den Ohren.»

«Sind sie denn so schrecklich?»

«Sie sind verdammenswert. Das Haus des Barons ist der Vatikan der Gottlosigkeit!»

«Oh, oh! Es wird jedoch behauptet, daß eine Menge Leute von Stand dort eifrig verkehren?»

«Gewiß doch! Gott wird dort an einer göttlichen Tafel beseitigt. Diese üblen Geister haben gute Mägen.»

«Beruhigt Euch, Pater», sagte Jeanne, «Monsieur Diderot hat mich nicht eingeladen, bei den guten Diners des Barons meine Seele zu verlieren: wie es scheint, ist es ein reines Männervergnügen. Aber Monsieur de Lalande kritisiert Gott ebenfalls, und ihn mögt Ihr doch.»

«Mit Monsieur de Lalande verhält es sich anders. Er bekundet laut seine Gottlosigkeit, lebt aber christlich. Seine Wohnung ist immer voller Studenten, die er ‹meine Pensionsgäste› nennt, wobei er jedoch vergißt, sich von ihnen bezahlen zu lassen, weil sie arm sind.»

«Aber der Baron d'Holbach läßt sich seine Diners auch nicht bezahlen!»

«Aber er ernährt Gesindel! Und Gesindel zu ernähren, um ihm die Kraft für Schandtaten zu geben, ist keine fromme Tat. All diese als Philosophen verkleideten Revolutionäre machen sich anheischig, dem König und seinen Ministern das Regieren beibringen zu wollen. Verhüte Gott, mein Kind, daß aus dem Speisezimmer des Barons nicht eines Tages ein großes Unheil hervorgeht. Was das Speisezimmer Lalandes angeht, da bin ich ganz ruhig, aus ihm werden nie andere als Sterngucker hervorgehen. Ein Astronom gibt einen gläubigen Gottlosen ab», setzte Pater Eustache hinzu. «Wenn Lalande durch sein Teleskop hindurch Gott finden wird, singt er es von allen Dächern herab. Und wie sollte er ihn nicht eines Tages finden?»

In einem Augenblick des Schweigens rief Jeanne die Erregung in sich wach, die sie erfaßt hatte, als Lalande ihr zum erstenmal mit seinen langen Fernrohren den Himmel nahebrachte. Der Astronom hatte sich im Dachgeschoß des Hauses, das er an der Place du Palais-Royal bewohnte, ein kleines privates Observatorium eingerichtet, und wenn er Freunde zum Souper einlud, servierte er ihnen zum Nachtisch Sterne. Jeanne schätzte diesen Nachtisch um so mehr, als Lalande von allen Gelehrten, mit denen Philibert verkehrte, der einzige war, der sie einlud und der sie so selbstverständlich und freundschaftlich aufgenommen hatte, als hieße sie Madame Aubriot. Sie sagte sanft: «Ich glaube, daß Ihr Euch um gute Gründe bemüht, daß Ihr einen Ungläubigen eher gern habt, als die anderen, aber es ist zweifellos so, daß Ihr Lalande liebt, wie ich ihn liebe, wie *man* ihn liebt: weil er liebenswert ist.»

«Man muß zugeben, daß Lalande ein höchst amüsanter Verrückter ist», pflichtete Pater Eustache bei.

Die Glocke des Refektoriums läutete und rief die Mönche zum Abendessen, das sie früh einnahmen. Jeanne blieb allein in der Bibliothek und ging zum Fenster, um zu sehen, ob Philibert nicht im Garten war. Er mußte sich sehr verspätet haben, daß er sich nicht die Zeit nahm, seinen üblichen Gang durch das Gärtchen zu machen, bevor er sich abends nach Hause begab.

Die Barmherzigen Brüder hatten einen bezaubernden Klostergarten. Selbst wenn der Winter ihn der Blüten beraubte und die Lindenallee entblätterte, blieben hier die Stille und das Gespräch mit den Mönchen. Fast ausnahmslos jüngere Söhne großer Familien, schienen die gelehrten, höflichen Barfüßeraugustiner immer Zeit zum Plaudern zu haben, vor allem, wenn der Gesprächspartner von Rang war. Das bedeutete, daß Aubriot in ihnen unermüdliche Gesprächspartner fand. Mindestens jeden dritten Abend kam er Arm in Arm mit seinem teuren Freund Lalande ins Kloster, der sein Observatorium verlassen und ihn im Garten des Königs abgeholt hatte. Beide große Redner und von der Intelligenz des andern angetan, spazierten sie manchmal, wenn es schön war, eine Stunde lang unter den Linden auf und ab und machten sich das Wort streitig. Danach gingen sie, voneinander entzückt und unfähig, sich zu trennen, Jeanne abholen und kehrten zum Souper zu Lalande zurück, und ein Souper bei Lalande endete früh, wenn es um zwei Uhr morgens vorbei war.

Als hartnäckiger Junggeselle verfügte Lalande nach Belieben über seine Nächte und Tage und sah ebensowenig wie Aubriot die Notwendigkeit ein, sich mit Schlafen zu langweilen, bevor man nicht vor Erschöpfung umfiel. Mit zweiunddreißig Jahren war Joseph Jérôme Le Français de Lalande, Professor für Astronomie am Collège de France, bereits eine volkstümliche Berühmtheit. Mit einundzwanzig Jahren in die Akademie aufgenommen, hatte er sich mit beharrlicher Gerissenheit und einem ausgeprägten Sinn für das, was dem Publikum gefällt, darum bemüht, berühmt zu werden. Er war auch sehr darauf bedacht, die Frauen auf seiner Seite zu haben, erzählte ihnen im *Almanach,* in dem er Jahr für Jahr Sonne und Regen vorhersagte, Anekdoten über den Himmel und war überglücklich, wenn eine Wäscherin ihn auf der Straße anhielt, um ihn zu fragen, ob sie am nächsten Tag mit trockenem Wetter rechnen konnte, wenn sie ihre Wäsche zum Bleichen auslegte. Bei den Damen der Gesellschaft hatte er nicht weniger Erfolg als mit den Waschfrauen, und zu Lalandes Vorlesungen strömte eine in Samt und Seide gekleidete weibliche Menge ins Collège de France. Der Astronom hatte angefangen, eine ‹*Astronomie für die Dame*› zu verfassen und setzte große Hoffnungen auf sein Publikum in Röcken, denn er strebte danach, zu seinen Lebzeiten ein Denkmal an der Tür des Observatoriums errichtet zu bekommen. Ihm war nicht unbekannt, daß Buffon eine gute Chance hatte, vor seinem Tod ein Denkmal im Garten des Königs zu bekommen, und da er behauptete, Buffon an Genie ebenbürtig zu sein, wollte auch er sich in Bronze gegossen sehen, bevor er die Stätte verließ.

Jeanne ließ ihren Blick über den Gemüsegarten der Barmherzigen Brüder schweifen und fragte sich eben, ob dies ein Abend mit oder ohne Lalande würde, als sie die beiden Gesellen durch die Mauerpforte treten sah. Ihre Diskussion schien angeregt. Lalande gestikulierte wie gewöhnlich, blieb stehen, um mit zurückgeworfenem Kopf zu lachen, fing seine kleine Perücke auf und setzte sie sich mit einem festen Klaps wieder auf den Schädel. Ich lasse sie eine Weile unter vier Augen plaudern, dachte die junge Frau und nahm ein Buch. Dabei hätten ihr die Ohren klingen und sie nach draußen locken müssen, denn jene Herren sprachen von ihr.

«Lacht nicht, mir ist ernstlich zuwider, was Ihr mir da mitteilt», schimpfte Aubriot. «Man singt im Garten also Spottlieder über mich?»

«Ach woher, mein Teurer, freut Euch darüber!» rief Lalande aus. «Gegenstand von Spottliedern zu sein ist eine sehr gute Sache. Indem Euer liebenswerter Hermaphrodit den Vierzeiler auf Euch zieht, zieht er Aufmerksamkeit auf Euch.»

«Ich kenne Eure Vorstellungen über die Art und Weise, sich beim Volk beliebt zu machen, und ich billige sie nicht. Ich bin nicht nach Paris gekommen, um hier meine Geliebte zu zeigen, sondern um meine Verdienste zu zeigen», sagte Aubriot kalt.

«Wie provinziell Ihr noch seid! Glaubt mir, Ihr solltet die Gelegenheit, auf andere Weise als durch Eure Verdienste aufzufallen, nicht ablehnen.»

Aubriot baute sich mit gespreizten Beinen, verschränkten Armen und hartem Blick vor Lalande auf: «Ausgezeichnet. Ratet mir doch, ich bitte Euch darum. Soll ich Jeannette etwa dem Minister in den Weg stellen, um so die Audienz zu bekommen, die er mir zu gewähren verabsäumt?»

«Wohlan!» versetzte Lalande. «Ungeachtet Eures Stolzes würde sie sie schneller bekommen als Ihr. Ich kenne Choiseul. Wenn er auch keine Minute Zeit hat, so findet er doch mehrere, um eine hübsche Bittstellerin zu empfangen! In seinen Armen würde eine, die keineswegs dumm ist, schnell ein Mitglied der Akademie aus Euch machen.»

«Lalande, ich bin von Natur aus heftig. Reizt mich nicht!»

Der Astronom lachte schallend in den Himmel, schlug auf seine Perücke und rief hochzufrieden aus: «Endlich gesteht Ihr! Seit drei Monaten versuche ich aus Euch herauszuholen, daß Ihr verliebt seid, und Ihr seid es, Ihr seid es mit Haut und Haaren!»

«Für das überspannte Gefühl, das Ihr mir zuschreibt, bin ich nicht mehr jung genug.»

«Doch, doch. Euer Backfisch hat Euch wieder siebenundzwanzig Jahre jung gemacht.»

«Siebenundzwanzig? Warum nicht zwanzig? Warum nicht dreißig?»

«Weil ich Mathematiker bin, weil siebenunddreißig plus siebzehn vierundfünfzig ergeben, was siebenundzwanzig ergibt, wenn ich durch zwei teile.»

«Aha, sehr gut. Und nun lassen wir dieses kindische Thema. Ich will das Wort ‹lieben› nicht mehr gebrauchen. Ich habe kein Recht mehr dazu.»

Lalandes Augen weiteten sich überrascht.

«Diesen Schwur habe ich am Grab meiner armen Marguerite abgelegt», sagte Aubriot weiter.

Der Astronom hielt eine gereizte Erwiderung zurück und bemühte sich, einen gemessenen Ton anzuschlagen: «Was erzählt Ihr mir da? Das ist ein Schwur, über den ich lachen müßte, wenn ich Euch nicht genügend liebte, um mich darüber zu ärgern», fuhr er gegen seinen Willen heftig werdend fort. «Einem fünfzehnjährigen Knaben gestehe ich zur Not das Recht auf ewigen Schmerz zu, wenn er zusehen muß, wie seine schönste Cousine ins Kloster gesteckt wird. Bei einem Mann von Geist halte ich ihn für unverzeihlich. Wahrlich, Aubriot, Ihr habt Euch im Bugey einen Anstrich von Tugend zugelegt, der mich zur Weißglut bringt. Die strenge Moral steht Euch etwa so gut an wie mir die Bescheidenheit. Was habt Ihr denn, ich bitte Euch, mit diesem Verzicht zu sühnen?»

«Marguerites Tod.»

Schweigen fiel zwischen sie wie ein Fallbeil. Dann fuhr Lalande ruhiger fort: «So viele Frauen sterben leider im Wochenbett ... Sind die Männer daran schuld?»

«Auf jeden Fall sind sie nicht unschuldig daran.»

Wieder ein Schweigen. Dann: «Vor allem, wenn sie Ärzte sind», fügte Aubriot hinzu.

Liebevoll schob Lalande seinen Arm unter den seines Freundes: «Aubriot, das einzig Gute, was wir für unsere Toten tun könnten, wäre, sie wieder zum Leben zu erwecken. Aber man sieht, daß Tränen die Toten nicht erwecken, vergösse man sie auch tausend Jahre.»

«Marguerite ist nicht gänzlich tot. Sie hat mir einen Sohn hinterlassen. Für ihn muß ich meine ganze Liebe bewahren.»

«Dann wartet, bis Euer Knirps einen Vater braucht. Augenblicklich braucht er nur eine Amme.»

Und ohne dem Botaniker Zeit zu einem Einwand zu lassen, entwickelte der Astronom seine Idee weiter: «Ich glaube – verzeiht mir –, daß Ihr es weniger aus Treue als aus Egoismus vermeidet zu lieben. Ich brauche mich nur selbst zu betrachten, um es zu erraten. Das beständige abgeschiedene Glück, das wir in unserer Forschertätigkeit finden, läßt wenig Spielraum übrig, den Frauen, die uns lieben, etwas davon abzugeben, sie zu lieben, würde uns nur stören.»

Aubriot brauchte lange, um auf die Bemerkung einzugehen: «Ich habe auf meine Freiheit und auf einen großen Teil meiner

Ambitionen verzichtet, um Marguerite zu heiraten, und ich habe es nicht bereut», sagte er endlich. «Ich werde nie wieder heiraten.»

Bei Gott! dachte Lalande. Hat Romeo etwa Zeit gehabt, Julias überdrüssig zu werden? Laut sagte er: «Die Schwüre, nicht wieder zu heiraten und nicht mehr zu lieben, gehen fatalerweise nicht Hand in Hand. Um nicht zu lieben, genügt es, egoistisch zu sein. Um die Ehe zu vermeiden, muß man zudem noch hellsichtig sein – eine weniger häufige und obendrein unzuverlässige Eigenschaft. Sehen Sie, wenn Gott existierte, würde ich ihn bitten, mit mir über meine Ehelosigkeit zu wachen. Ich sehe mich nämlich ganz und gar nicht abends im Familienkreis dumm herumsitzen! Ich habe schon genug Mühe, die Geliebten, die ich mir leiste, in meinem Stundenplan unterzubringen!»

«Teurer Freund», sagte Aubriot, «soweit ich weiß, bringt Ihr sie nicht unter: Ihr lagert sie!»

Lalande platzte vor Lachen und sagte: «Ich habe meine Jeannette noch nicht gesehen.» Seine Stimme wurde zärtlich, als er hinzufügte: «Laßt sie Euch nicht von mir stehlen, Aubriot, ich wäre imstande, daraus eine Verrücktheit zu machen, die wahnsinnig viel von meiner Zeit verschlingen würde.»

«Lalande, Ihr werdet mir Jeannette nicht stehlen», sagte Aubriot in aller Ruhe. «Niemand wird mir Jeannette stehlen.»

«Hm ...» machte Lalande. Er schwieg eine Weile, bevor er hinzusetzte: «Und wenn Ihr schließlich bekommt, was Ihr wünscht: eine Mission als Botaniker für eine Expedition in die Ferne, was wird dann aus ihr?»

«Sie wird auf mich warten.»

«Der Mann ist ein unbelehrbarer Träumer; selbst wenn er sich als eingefleischten Witwer hinstellt, hofft er auf eine Penelope», sagte Lalande ironisch.

«Es ist nur so, daß Choiseul keinen einzigen Franc bewilligt, um die Reisen irgendeines Odysseus zu finanzieren», bemerkte Aubriot.

«Das steht bald an. Choiseul gelüstet es sehr danach, daß während seiner Ministerzeit Großes geschieht, Unvergeßliches. Die Entdeckung eines noch unbekannten Landes würde viel Klatsch erzeugen und viel Tinte fließen lassen.»

«Wenn Choiseul morgen etwas Gold für eine wissenschaftliche

Expedition lockermachen würde, garantierte mir das nicht, daß ich der Botaniker wäre, den man auf Abenteuer schickt. Andere verdienstvolle Naturforscher seufzen nach einem Reisestipendium, und Adanson, Poivre, Commerson, Valmont de Bomare scheinen mir ebenso viele Chancen zu haben wie ich. Und als weiteren Konkurrenten sehe ich noch Dom Pernéty, dessen Loblied der Oberst Bougainville überall gesungen hat, als er von den Falkland-Inseln zurückkam, und es stimmt, daß Dom Pernéty ein großartiger naturgeschichtlicher Zeichner ist.»

«Auf jeden Fall wird die Gunst des Augenblicks entscheiden», sagte Lalande. «Bis dahin tut das Notwendige: macht den Hof.»

«Wem? Dem König?»

«Spielt nicht den Naiven. Wenn der König selbst über seine Wahl entscheiden würde, wäre es bekannt.»

«Ich stehe bestens mit den Jussieus und nicht schlecht mit Buffon.»

«Und mit Le Monnier? Nehmt Ihr auch an seinen anatomischen Demonstrationen teil?»

«Ich sehe dazu keine Notwendigkeit; sie sind banal.»

Lalande stieß einen komischen Seufzer aus: «Aubriot, seit Eurem Studium habt Ihr immer die Kunst verstanden, Euch mit einem Minimum an Wörtern einen Feind zu machen. Habt Ihr vergessen, daß Le Monnier der erste Leibarzt des Königs ist? Aber geduldet Euch, mein Freund, denkt nicht immer an das Glück, mich zu verlassen. Ich habe Jahre gebraucht, um Euch aus Eurer Provinz herauszuholen, überlaßt Euch ein wenig dem Vergnügen, in Paris zu leben. Euer Wissen ist immens, Euer Charme nicht gering, die Botanik ist eine Wissenschaft, die alle Welt kennenlernen möchte, die Frauen sind wild darauf ... Zerstreut Euch ein wenig in den Salons und in den Alkoven, und in sechs Monaten werdet Ihr ein Mann à la mode sein. Glaubt mir, die Akademie lauert auf Euch.»

«In diesem Fall möge sie mich schnell einfangen!»

Eine hübsche, tiefe Altstimme erklang hinter den beiden Spaziergängern: «Von welcher schönen Person wünscht Ihr so sehr gefangen zu werden, mein Herr?»

Aubriot drehte sich zu Jeanne um und lächelte sie an: «Von Fortuna», sagte er.

«Erfindet ein Wundermittel», sagte sie sogleich. «Die Pariser lieben es, ein in Astrologengeschwätz verpacktes Allheilmittel zu kaufen. Macht Ihr mir das Pulver, Monsieur de Lalande wird mir das Geschwätz dazu aufschreiben, ich verkaufe das alles auf dem Pont Neuf, und wir machen zu dritt ein Vermögen.»

«Jeannette langweilt sich bei meinem arbeitsamen Leben so sehr, daß sie einen Vorwand sucht, um sich selbst im Tohuwabohu einen Platz einzurichten», sagte Aubriot.

«Ihre Idee ist durchaus nicht dumm», sagte Lalande. «Astrologengeschwätz ist in Paris Gold wert. Ach, wenn ich es nur wagte, Horoskope zu verkaufen!»

Der Bruder Pförtner überholte sie und ging ein Glöckchen schwingend zu den Pforten.

«Wir müssen hinaus», setzte Lalande hinzu. «Gehen wir bei mir zu Hause soupieren.»

Ein Hagel von Glockenklängen prasselte auf sie nieder, als sie den Garten verließen, und hämmerte ihnen mit lautem Geläut die Stimme Gottes in den Schädel.

«Wann wird es den vernünftigen Leuten endlich gelingen, Gott aus Paris zu verjagen?» brüllte Lalande.

Der Atheismus des Astronomen war heftig, aber die Glocken von Paris konnten tatsächlich den gläubigsten Christen antiklerikal werden lassen, wenn er nicht gerade stocktaub war. Vom Morgengrauen bis zur Abenddämmerung, zu jedwedem Anlaß – einer Messe, einer Beerdigung, einer Hochzeit, einer Taufe, einem Brand, einer schönen Predigt – setzten sich Hunderte von Glocken in Bewegung und zwangen die Pariser, wohl oder übel inmitten eines chronischen Sturmgeläuts zu leben.

«Kann der Polizeileutnant denn nichts gegen den Mißbrauch der Glocken unternehmen?» fragte Aubriot schreiend.

«In Frankreich kann nicht einmal der König etwas gegen Gewohnheiten», brüllte Lalande. Gegen die Glocken ist alles gesagt und getan worden – vergebens, denn man hat Voltaires Rezept nicht anwenden wollen: da die Küster ihre Seile nicht verlassen wollen, soll man sie ihnen um den Hals legen, um alle Welt zufriedenzustellen!»

Lalandes letzter Satz hatte fortissimo über einem nachlassenden

Lärm getönt, und die Obsthändlerin in der Rue de Petits-Pères, an der die drei vorbeigingen, fuhr den Gelehrten an:

«Der Herr Astronom lästert wie immer die Religion, eines Morgens werdet Ihr auf der Place de Grève enden. Und wahrhaftig, es wird mich tief betrüben zuzusehen, wie Ihr verbrennt. Um Eure Sünde gegen die Glocken wiedergutzumachen, müßt Ihr mir getrocknete Aprikosen abkaufen. Ich habe sie aus dem Languedoc, sie sind ein wenig teuer, aber es ist Sonnenzucker, und das schöne Fräulein wird sich die Finger danach lecken.»

«Laßt Euch nicht in Versuchung bringen, Lalande, Madame Bertille ruiniert ihre Kunden», warf Aubriot ein.

Die Bertille drehte sich angriffslustig zu ihm um: «Worüber habt Ihr Euch zu beklagen, Herr Botaniker? Euch werde ich nie ruinieren, ruinieren kann man nur Verschwender.»

Jeanne biß sich auf die Lippe, um über diese Anspielung auf Philiberts Sparsamkeit nicht zu lächeln. Während Lalande sich die am rötesten und zartesten aussehenden Aprikosen aussuchte, ließ Jeanne sich Sauerampfer und einige Wurzeln für eine Gemüsesuppe geben, die sie kochen wollte.

«Habt Ihr keinen Korb?» fragte die Bertille. «Gut, ich wickle es Euch ein . . .» Sie rollte das Gemüse in einen Anschlagzettel: «Ich gebe Euch einen neuen, auf die Weise habt Ihr als Zugabe das Programm der Comédie-Française. Das macht vier Sous, meine Schöne. Und für Monsieur Lalande ein Livre und acht Sous . . .»

Als sie ein Stück zur Rue du Mail weitergegangen waren: «Seht Ihr», sagte Lalande mit dem Finger auf Jeannes Paket klopfend. «Wie könnte der Polizeileutnant de Sartine etwas gegen die Priester ausrichten, wenn er gegen die Obsthändlerinnen machtlos ist? Alle Händlerinnen von Paris holen sich gratis ihr Papier von den Mauern. Es gibt in der Stadt ebenso viele Abreißer wie Kleber von Anschlagzetteln. Die Kapitale ist eine unregierbare Stadt. Man brauchte hier pro Bürger eine Ausnahme. Da! Was habe ich Euch gesagt?»

Mit einer Kopfbewegung hatte Lalande auf einen Arbeiter im Fuhrmannskittel gewiesen, der im Halbdunkel einer Toreinfahrt seine Blase erleichterte.

«Pißt er in das Faß? Nein! Er pißt nach seiner Lust und Laune, als freier Mann. Sartine hat umsonst an den Straßenecken Fässer als Abtritt aufstellen lassen – die Pariser wollen aus Liebe zur Freiheit weiterhin nach ihrem Gutdünken pissen und scheißen. Daher ist unsere Luft auch dick und von unvergleichlicher Schärfe.»

«Man muß annehmen, daß reine Luft nicht das wichtigste Bedürfnis von sechshunderttausend Menschen ist», sagte Aubriot.

3. Kapitel

Der Winter verging, der Frühling kehrte wieder, und da es nun früh hell wurde, erhielt Jeanne manchmal von Aubriot die Erlaubnis, zu Fuß in den Botanischen Garten zu gehen. Er nahm weiterhin einen Fiaker, um seine Knie zu schonen, die wieder schmerzten, so daß sie in einem der alten schwarzen Anzüge ihres Jugendfreundes als Denis verkleidet in die Stadt losziehen konnte. Den Hut unterm Arm, die Börse in ihrem Gürtel versteckt, zwei Heller griffbereit in der Tasche, um den kleinen Schuhputzer zu bezahlen, der am Eingang zum Garten ihre Schuhe säubern würde, verließ sie, ein Straßenlied singend, die Rue du Mail, durchquerte den Palais-Royal und bog um sieben Uhr in die Rue Saint-Honoré ein.

Ach, Paris, Paris und seine Straßen! Sie konnte nicht genug davon bekommen. Um sieben Uhr waren die Milchwagen schon durchgefahren, und die tägliche Kirmes hatte begonnen. Die Krämer öffneten ihre Fensterläden, Handwerker in Lederkitteln liefen schon zu ihrer Kundschaft, andere setzten sich in ihre Buden und spuckten in die Hände, bevor sie ihre Werkzeuge wiederaufnahmen. Entladene Handkutschen, Karren und Rollwagen fuhren in schnellem Trab über das holprige Pflaster zurück zum Schlagbaum. Darunter mischten sich Maultiere mit leeren Tragkörben und die Fiaker bürgerlicher Frühaufsteher. Das alles rollte donnernd zwischen den hohen Häusern hindurch, aber Jeanne hatte sich das geduldige Ohr einer Pariserin zugelegt.

Ebenso neugierig wie eine Einheimische, ließ sie sich gern von einem schönen Streit unter Kutschern aufhalten. Immer schnell bereit, sich die Durchfahrt mit Flüchen oder mit der Peitsche, vor allem aber mit Flüchen streitig zu machen, bewiesen diese eine erstaunliche Sprachphantasie, die die Passanten um sie herum zusammenlaufen ließ. Mehr als einmal endete das Spektakel in allgemeinem Gelächter auf Kosten eines Zeugen, der die Wasserdusche nicht hatte kommen sehen, die eine über den Lärm verärgerte Hausfrau aus einem dritten Stockwerk goß. Der Begossene spuckte eine Flut von Drohungen in die Luft, nieste und ging weiter, seinen Hut schüttelnd und auf den Polizeileutnant schimpfend, diesen Nichtsnutz, der nicht einmal imstande war, sich bei den Weibern Gehorsam zu verschaffen. Die Gaffenden setzten sich wieder in Bewegung und gleichzeitig mit ihnen die Kehlen der fliegenden Händler, die mit lauten, heiseren Rufen lebende Karpfen oder Backäpfel, schönen Briekäse, frische goldgelbe Butter aus Vanves, gute Landeier oder gutes, mit weißem Essig gereinigtes Seinewasser feilboten. Als sie das erste Mal in einen solchen Jahrmarkt von Schreien geraten war, hatte Jeanne sich gefragt, wie zum Teufel die Pariser das ganze Jahr hindurch das gräßliche Konzert ertragen konnten, das ihre fliegenden Händler veranstalteten. Und dann hatte sie bemerkt, daß sie sie liebten, daß sie es für ihre Pflicht hielten, bei den am lautesten Kreischenden zu kaufen, die dann ermutigt ihr Geschrei verdoppelten. Man mußte sich schon daran gewöhnen oder eben darauf verzichten, in Paris herumzuspazieren, und das kam nicht in Frage!

Seit sie nach ihrem Belieben in der Stadt herumlaufen konnte, leistete sie sich kleine Freuden. Zum Beispiel machte sie immer beim Bäcker in der Rue des Poulies halt, um ein schön aufgegangenes feines Brötchen zu kaufen, bevor sie am Wagen des Ausrufers vor der Kirche Saint-Germain-l'Auxerrois für zwei Sous eine Tasse Milchkaffee trank. Um diese Zeit standen immer einige schwatzende Kunden um seinen Wagen, denn die Pariser unter Louis XV. hatten sich alle an den morgendlichen Milchkaffee gewöhnt, den die kleinen Leute stehend auf der Straße tranken und sich mit einem Stück Pastete oder einem Krapfen verschönten. Jeanne trank ihren Kaffee und scherzte über dieses und jenes. Dann ging sie weiter zum Pont Neuf, selig lächelnd, weil endlich ein Stück vom Pariser Leben ihr gehörte – von dem des Volkes zumindest.

Sogar früh am Morgen herrschte Verkehr auf der Brücke, aber um die größte Betriebsamkeit zu erleben, mußte man nach zehn Uhr hingehen. Als sie eines Morgens durch eine dringende Kopierarbeit aufgehalten worden war, hatte Jeanne den Pont Neuf erst um Schlag zwölf betreten und sich gefragt, in welches Fest sie da geraten war. Ein lärmendes Durcheinander überquerte ohne Ende die Brücke in beide Richtungen, zu Fuß, im Wagen und zu Pferde, wurde hier und da von Gruppen Schaulustiger aufgehalten, die gebannt waren von den Jonglierkünsten eines Gauklers, vom Geschwätz eines Scharlatans, der seine Pülverchen gegen Warzen oder Haarausfall anpries. Aber die meisten Zuschauer drängten sich vor den Auslagen des Verkäufers alter Hüte und Haartrachten, um denen, die verbilligte Perücken und mottenzerfressene Dreispitze anprobierten, schallend ins Gesicht zu lachen. Die anspruchsvollen Müßiggänger verlangsamten den Schritt eher vor der Orangen- und Zitronenhändlerin oder dem Blumenmädchen, das seine bunt gefüllten Körbe zu beiden Seiten der Reiterstatue des Königs Henri IV. aufgestellt hatte.

Der Beruf des Spitzbuben wurde hart, seit Monsieur de Sartine am Fuße des guten Königs Henri Wachsoldaten postieren ließ. Diese Flegel röhrten jedesmal, wenn sie einen Auflauf entstehen sahen, «Hütet Eure Taschen!», und die Zusammengelaufenen steckten sogleich ihre Hände in die Taschen, um die Gauner daran zu hindern, ihr Brot zu verdienen. Die Wache sammelte auch die allzu aufdringlichen Bettler ein, aber kaum waren Bettler und Spitzbuben aus dem Petit-Châtelet freigelassen, kehrten sie auf die Brücke zurück. Und in der Tat hätten sie in der Szenerie gefehlt, denn es war gerade der Wirrwarr und das Tohuwabohu von Menschen aller Stände und jedes Aussehens, das die Brücke faszinierend machte. Ganz Paris gab sich hier ein Stelldichein, der Adelige, der Bürger, der Arbeiter, der Künstler und der arme Schlucker. Der Pont Neuf war einer jener allzu seltenen Orte, wo man seine Hoffnung auf Unvorhergesehenes, seine Gier nach Begegnungen stillen konnte.

Das Unvorhergesehene trat für Jeanne an einem Aprilmorgen ein, als sie um Schlag zwölf Uhr in einem Sturm von Glockengeläut über die Brücke ging.

An jenem Tag schwebte über der harmonischen Landschaft aus Schiefer, grauen Steinen und grauem Wasser ein sehr milder Himmel aus grauem Samt ohne einen einzigen weißen Riß, als wolle er sich dem Stil der Grisaille-Maler anpassen, der gerade Furore machte.

«Platz da vorn!»

Jeanne sprang zur Seite, um einen hoch mit Möbeln beladenen Handkarren vorbeizulassen – noch ein zahlungsunfähiger Mieter, der lieber heimlich auszog, als seine Miete zu bezahlen –, stieß mit einem Wasserträger zusammen, der sie beschimpfte, und flüchtete sich mit einem Satz auf das Trottoir neben die Blumenfrau. Sie drehte sich um, stützte sich auf das Geländer und schaute auf die dahinfließende Seine.

Plötzlich wurde sich Jeanne eines auf ihr ruhenden Blicks bewußt und richtete sich auf. Der Mann, der sie beobachtete, mochte nicht älter als fünfundzwanzig sein. Er trug ohne Eleganz einen prächtigen Anzug aus himmelblauem Samt, den er eher bei einem guten Trödler als bei seinem Schneider geholt zu haben schien. Der Unbekannte hatte den Hut auf dem Kopf – wie ein Bauer. Sein Gesicht war rund wie der Vollmond, mit dicken Wangen, einer dicken Nase, einem Grübchen im Kinn. Darüber feine, schön gekräuselte Haare von kupfernem Blond in Hülle und Fülle, die kaum gepudert waren. Die haselnußbraunen Augen und der fleischige kleine Mund lächelten gutmütig. Die Lust, ein Gespräch anzuknüpfen, war diesem Gesicht deutlich anzusehen.

«Neu in Paris?» fragte der himmelblaue Mann seine Stimme anstrengend, um den Lärm der Umgebung zu übertönen.

«Wieso glaubt Ihr das?» fragte Jeanne gekränkt.

Wirkte sie denn noch so provinziell?

Der andere legte ihr vertraulich die Hand auf die Schulter: «Ein Pariser in Eurem Alter nimmt sich nicht die Zeit, die Seine zu betrachten.»

«Ihr seid selbst nicht sehr alt, will mir scheinen.»

«Aber ich bin ein merkwürdiger Pariser, der von seinem Flanieren lebt. Ich schreibe.»

«Ich habe immer geglaubt, ein Schriftsteller sei eher ein Stubenhocker als ein Hans Dampf in allen Gassen», bemerkte Jeanne.

«Ich bin auch als Schriftsteller merkwürdig: ich schreibe nicht über das, was ich gelesen habe, sondern über das, was ich gesehen habe.»

Von seinem Ausspruch entzückt, fing er an zu lachen.

Vom Turm der Samaritaine erklang ein Glockenspiel und brach ab. Jeanne warf einen Blick zu dem Brunnen hinüber: «Werden die Glocken der Samaritaine denn nie repariert?»

«Wozu? Ihre Glocken, ihre Wasserpumpe, ihre Uhr, alles geht verkehrt, aber warum sollte die Samaritaine auch funktionieren? Es ist eine Verwaltungsstelle.»

«Eine Verwaltungsstelle?» wiederholte Jeanne verständnislos.

«Eine Verwaltungsstelle ist eine Sinekure für einen Verwalter», erklärte der himmelblaue Unbekannte in professoralem Ton. «Der Brunnen der Samaritaine bringt seinem Verwalter im Jahr sechstausend Francs ein, sein Amt ist also erfüllt. Nur ein Freigeist wie Ihr wird obendrein noch Wasser, die genaue Uhrzeit und ein richtig gehendes Glockenspiel von ihm verlangen!»

«Monsieur, sprecht Ihr da nicht wie ein Revolutionär?»

«Eben weil ich einer bin! In diesem Land muß alles umgestoßen werden. Man muß die Samaritaine niederreißen, die mir einen herrlichen Blick auf Paris verdirbt, muß die Mitglieder der Académie française fortschicken, die die Sprache verderben, muß die Comédie-Française schließen, die den Publikumsgeschmack verdirbt, indem sie Racine und Corneille spielt, deren Tragödien possenhaft sind, anstatt Mercier zu spielen, dessen Stücke viel besser sind.»

«Und wer ist dieser Mercier, von dem Ihr so viel Aufhebens macht?»

«Ein ausgezeichneter Autor, von Intrigen zu Fall gebracht», sagte der Unbekannte ernst. «Monsieur, er steht vor Euch!»

Beide lachten.

«Soweit ich sehe», sagte Jeanne, «tragt Ihr Euer Mißgeschick mit guter Laune?»

«Bei einem Schriftsteller stirbt die Hoffnung auf Erfolg immer später als er selbst. Und zudem fühle ich mich gerettet: Monsieur de Crébillon, unser Zensor, hat geruht, meine jüngste Tragödie in Versen zu lesen.»

«Und wird er sie aufführen lassen?»

«Nein, aber er hat mir geraten, Prosa zu schreiben, und in der Prosa bin ich famos.»

Sie lachten wieder, während zwei Werbeoffiziere an ihnen vorbeigingen – mit hocherhobenen Häuptern, gewölbter Brust, funkelnder Uniform, glänzenden Stiefeln, einladendem Lächeln. Sie starrten den beiden jungen Leuten in die Augen, gingen aber weiter, ohne sie anzusprechen.

«Die Sammler von Menschenfleisch haben ihr Schilderhaus verlassen», grollte Mercier. «Es riecht nach Frühling.» Er faßte seinen Begleiter am Arm, drückte ihn: «Ich hoffe, man hat Euch gesagt, daß Ihr Euch vor diesen Menschenfressern hüten müßt?»

«Ach», versetzte Jeanne mit einer verächtlichen Geste, «sie haben mir schon mehrfach Ruhm und Geld und das gute Leben in der Armee angeboten.»

«Diese Schufte!» platzte Mercier heraus. «Ihr könnt ihnen nämlich nur gefallen», fügte er hinzu und musterte Jeanne mit einer Aufmerksamkeit, die sie beunruhigte. «Ihr seid in den Schultern zwar nicht sehr kräftig, Ihr habt noch Schülerwangen, aber Ihr seid ein recht hübscher Junge und so aufgeweckt . . . Es gibt keinen Oberst, der nicht fünfzig Livres für Euch bezahlen würde.»

«Der Oberst wäre schön betrogen!» konnte Jeanne nicht umhin zu sagen.

«Feige?»

Sie antwortete nicht. Für einen Feigling gehalten zu werden, mißfiel ihr zwar, aber sich als Mädchen zu erkennen zu geben, genierte sie. Sie wechselte das Thema: «Was wollt Ihr auf dem Pont Neuf sammeln, um es in Prosa zu setzen?»

«Wörter!» rief Mercier aus. «Klangvolle, verführerische, saftige, willkommene, derbe, erfreuliche Wörter! Hier auf dem Pont Neuf spricht das Volk, und dem Volk hat die Akademie nicht die Sprache kastriert. Es gebraucht immer noch ein munteres, herzhaftes Französisch, und eben dieses Französisch möchte ich in meine Bücher hineinbringen.»

«Meiner Treu, Monsieur, Ihr seid ein sehr geschickter Fischer, wenn Ihr auf dieser Brücke viel Französisch fischt!»

In der Tat hörte man im Vorbeigehen eine Menge Bretonisch, Picardisch, Normannisch, Provenzalisch. Das Pariserische herrschte hier gewiß nicht vor.

«Wer behauptet denn, daß das Pariserische das Französische beherrschen soll?» fragte Mercier. «Wieder so eine von der Akademie verbreitete Idee, Monsieur. Aber ich habe in meinen Büchern nichts mit dieser Gesellschaft von Pedanten zu tun, ich will das Volk zu Wort kommen lassen. Ich will all das hier erzählen, all das in seiner vulgären Vielfalt . . .»

Er breitete die Arme gegen die lärmende Menge aus und begann lauthals zu deklamieren.

Sogleich versammelte sich eine Gruppe Neugieriger vor dem jungen Herrn, der, rhythmische Sätze donnernd, die Arme prophetisch gen Himmel hob. Die Aussage war unverständlich, aber die Sache interessant. Ein Weib in Holzschuhen näherte sich dem schwarzgekleideten jungen Mann, der den Vortragenden zu begleiten schien, und fragte ihn, ob am Ende fromme Bilder verteilt würden.

Er ist ein wenig verrückt, dachte Jeanne, während sie Mercier zusah, der jetzt von seiner eigenen Stimme und von seinem Publikum berauscht weiter deklamierte:

> Gegrüßet sei die Samaritaine,
> Die an unsrem Wege liegt . . .

Er war ganz gewiß verrückt. Verrückt wie ein sanfter Verrückter des Pariser Pflasters, kühn, aber flink, geschwätzig, närrisch, sich selbst wie alles übrige angaffend, aber letzten Endes wohltuend. Ein in eine Redingote gekleideter Bürger blieb stehen und zog den Hut vor Mercier: «Monsieur, wenn auch in der Mode von einst, sind Eure Verse nichtsdestoweniger ausgezeichnet», sagte er mit einem leichten Akzent von jenseits des Kanals.

«Monsieur», sagte Mercier seinerseits den Hut ziehend, «Sie sind ausgezeichnet, aber nicht von mir. Derjenige, der sie gemacht hat, ist in Rauch aufgegangen. Unser seliger König hat ihn verbrennen lassen.»

«Oh!» sagte der Engländer. «Was hatte er getan?»

«Er war lustig, Monsieur, und drückte sein Elend in Liedern aus. Zur Zeit des Jesuitenkönigs wurde ein solcher gottlos genannt und verdiente den Scheiterhaufen.»

Der Engländer öffnete den Mund, um etwas zu sagen, doch seine

Stimme wurde vom Trommelwirbel der Musikkapelle des Großen Thomas überdeckt. Der Große Thomas operierte einen Backenzahn, und sein Trommler assistierte ihm, indem er das Geheul des Patienten übertönte. Dieser Quacksalber, der auf einem prachtvoll grellgrün gestrichenen und unecht vergoldeten Wagen stand, war die Berühmtheit der Brücke. Riesig, ebenso dick wie groß, in einen unförmigen Anzug aus purpurrotem Samt mit Goldlitzen verpackt, hatte er sich so zurechtgemacht, daß er dem guten König Henri glich – mit lockigem Kinnbart, kräftigem grauem Haar unter einem runden, mit weißen Federn geschmückten Hut.

«Das ist ein großer Mann, vor dessen Beißzange man, wie ich sehe, Schlange steht», bemerkte der Engländer. «Er ist gewiß reich?»

«Der? Er ist so reich, daß alle Chirurgen von Paris seinetwegen nicht schlafen können. Die Fakultät versucht, ihn verbieten zu lassen, aber der Polizeileutnant würde nie wagen, ihn mit Arrest zu belegen: er würde einen Aufruhr in der Stadt auslösen!»

Die Blumenfrau ging mit Sträußen blasser Himmelsschlüssel an ihnen vorbei, um sich an ein Liebespaar heranzumachen. Unbewußt blickte Jeanne dem Gelb der Blumen nach und schien aus einem Traum aufzutauchen: «O Gott!» rief sie aus. «Ich müßte schon längst im Garten sein! Ist es nicht recht spät?»

«Bald ein Uhr», sagte Mercier nach einem Blick auf seine Taschenuhr. «In welchen Garten geht Ihr?»

«In den Garten des Königs.»

«Studiert Ihr Botanik oder Anatomie?»

«Botanik und auch ein wenig Zoologie.»

«Darf ich Euch ein Stück Wegs begleiten? Ich muß in die Rue des Bernardins zu einem befreundeten Schreiberling.»

«Je nun ...» zögerte Jeanne.

«Das heißt wohl auch ja. Kommt», sagte Mercier und nahm sie vertraulich beim Arm. «Und nun, da wir gute Freunde sind, werdet Ihr mir Euren Namen nennen?»

Nachdem sie die Brücke überquert hatten, blieb Mercier stehen, um den Bemerkungen des öffentlichen Schreibers zu lauschen, der neben dem Oblatenverkäufer seine Bude hatte.

«So kommen wir nicht ins Geschäft!» rief soeben der entrüstete Schreiber. «Fünfundvierzig Sous für den Brief in schönem Stil sind ein ehrlicher Preis, Monsieur, und dreißig für den gewöhnlichen Stil, da handelt Ihr mich nicht herunter. Und ich finde Euch recht knauserig, daß Ihr nicht bereit seid, fünfundvierzig Sous für das Vergnügen auszugeben, Eurer Braut schönen Pariser Stil zu senden.»

«Bezahlt, mein Herr. Fünfundvierzig Sous für schönen Stil, das ist geschenkt!» warf Mercier ein, bevor er sich unter den Beschimpfungen des Kunden entfernte. «Alles wird heutzutage teurer, warum sollten die Worte der guten Schreiber nicht auch teurer werden?» fügte er an Jeanne gerichtet hinzu. «Ich nehme für meine Bischofspredigten zehn Louis pro Stück und fünfzehn für Fastenzeit, wenn das Publikum sich verdoppelt.»

Jeanne sah ihren Begleiter mit vor Überraschung geweiteten Augen an: «Wollt Ihr damit sagen, daß Ihr den Bischöfen fertige Predigten verkauft?»

«Mein junger Freund, der höhere Geistliche ist der Autor, der seine Neger am besten bezahlt. Wenngleich ein Freigeist, bin ich es der Wahrheit schuldig, das anzuerkennen. Die Notwendigkeit treibt das Gold aus der Soutane.»

«Immerhin, zehn Louis!» sagte Jeanne verblüfft. «Zehn Louis!»

«Mein Kind», sagte Mercier hochtrabend, «in der ungläubigen Zeit, in der wir leben, werden die guten frommen Federn selten, und was selten wird, wird teurer.»

Er lachte schallend, schob wieder seinen Arm unter den seines neuen Freundes, zog ihn weiter und trällerte:

«Ich bin ein Jünger von Epikur,
Mein Temp'rament ist mein Gesetz,
Ich gehorch' allein nur der Natur . . .»

Oh, Herr! dachte Jeanne, während sie in Merciers Schritt fiel. Oh, Herr, wenn Philibert mich sähe!

Dieser junge Beauchamps ist verteufelt sympathisch, dachte Mercier. Eine reizende Unterhaltung: ohne unterbrochen zu werden, hatte er ihm lang und breit den Plan seines unmittelbar bevorstehenden Meisterwerks, ‹*Das Jahr 2440*›, darlegen können, eine geniale utopische Träumerei, in der er alle künftigen Veränderungen vorhersagen wollte, angefangen bei der Zerstörung des Absolutismus und der Parlamente, der Samaritaine, der Académie française, der Tragödien Racines und so weiter und so weiter; zum Triumph Shakespeares an Frankreichs Theatern, der englischen Gärten, der Gerechtigkeit, der Vernunft, der öffentlichen Latrinen, der Pflichtimpfung, der runden Hüte und schließlich des Höllenpulvers, bei dem ein einziger Funke genügen würde, um die runden Hüte und alles übrige – ‹*Das Jahr 2440*›, in dem es angekündigt wurde, leider eingeschlossen – in ewige Asche zu verwandeln.

«Mein Werk vom Ende der Welt zerstört ... Oh, wie schade!» seufzte Mercier niedergeschlagen. Dann, sogleich wieder aus seiner Asche erstehend: «Mein Freund, treffen wir uns am Sonntag wieder: wir haben uns nicht alles gesagt. Ihr habt am Sonntag doch frei? Seid um drei Uhr bei Landel, am Carrefour Buci. Die Austern dort sind frisch und der Wein gut. Ich esse jeden zweiten Sonntag dort in Gesellschaft anderer Federfuchser, alle berühmter als ich, aber alle ebensogut aufgelegt. Kommt, Ihr werdet die Luft von Paris einatmen. Abgemacht?»

Ach nein, keineswegs. Jeanne starb vor Sehnsucht, die Luft von Paris einzuatmen, aber wie sollte sie Philibert zu Landel schleppen?

Von ihrer Verlegenheit und ihrem Schweigen überrascht, fragte Mercier schroff: «Nun?»

«Ich ... ich kann nicht», sagte sie verzweifelt. «Seit es wieder Frühling ist, gibt Monsieur Aubriot jeden Sonntag im Wäldchen von Boulogne Lektionen im Pflanzensammeln, und ich muß ihn begleiten.»

«Das geschieht früh am Morgen, und wir dinieren erst um drei Uhr.»

Da diese Bemerkung Beauchamps nicht umzustimmen schien, legte Mercier ihm brüderlich den Arm um die Schulter: «Wir sind selbst lange jung gewesen und hatten keinen Heller in der Tasche. Ich bezahle Eure Zeche, Beauchamps. Ich habe eine Predigt auf meinem Arbeitstisch liegen – in reinstem gotischen Stil! Sie wird mir gutes Geld einbringen.»

Jeanne kaute auf ihrer Lippe und rückte mit ihrer Frage heraus: «Ich weiß nicht, ob ... Werden auch manchmal Damen zu Euren Diners bei Landel eingeladen?»

Mercier lächelte sie mit einem Anflug von Zärtlichkeit an: «Das ist also das Geheimnis? Bringt Eure Schäferin mit, mein schöner Freund, wir lieben ebenso gern wie wir lachen, trinken und singen. Wartet, hört Euch einmal unsere Hymne an.»

Sie konnte nicht verhindern, daß er seinen Refrain am Tor des Gartens losließ, und zwar, barmherziger Gott, gerade als Monsieur de Jussieu hinauskam!

Wie sollte sie Philibert dazu bringen, zu Landel zu gehen? Je weiter die Woche vorrückte, desto unmöglicher erschien ihr der Plan und wurde zugleich zu einer fixen Idee. Bisher hatte sie nur Marie davon zu erzählen gewagt – brieflich. Aber da sie Marie nun die Sache angekündigt hatte, mußte sie ihr im nächsten Brief unbedingt ihren Sonntag bei Landel erzählen. Sonst würde Marie ihr einmal mehr ihre kindliche Schüchternheit Aubriot gegenüber vorwerfen.

Seit Marie nach dem Tod des guten Erbonkels Mormagne endlich Madame Chabaud de Jasseron geworden war, seit sie in Autun, in einer Gesellschaft, die sich etwas darauf einbildete, Versailles zu imitieren, ein sehr mondänes Leben führte, schien sie ihrerseits den kühnen Ton anschlagen zu wollen, in dem Émilie über Liebesdinge zu sprechen pflegte. Und wenn es Jeanne auch gelegentlich ärgerte, aus der Feder einer jungen Aristokratin, die sich ganz nach den Regeln ihres Standes verlobt, verheiratet hatte und schwanger geworden war, Ratschläge zu lesen, sie solle sich gegen die Vormundschaft der Männer auflehnen, so gab sie doch mitunter zu, daß sie Philibert gegenüber vielleicht zu nachgiebig war. Aber sie konnte nichts dagegen tun. Wenn sie nicht bei ihm war, gelang es ihr sehr wohl, eigene Gedanken, eigene Wünsche, eigene Abneigungen zu entwickeln; aber sobald sie wieder bei ihm war, lösten sich ihre Gedanken, ihre Wünsche, ihre Abneigungen auf und wurden zu Rupfen, weil all das nur überflüssig war und mit ihrem gemeinsamen Leben nichts zu tun hatte. In Philiberts Armen wurde sie wieder die jungmädchenhafte Geliebte, und was sie am Tag nicht zu sagen gewagt hatte, ließ sich des Nachts auch nicht besser sagen.

Am Freitag – der Sonntag rückte näher – nach der Umarmung, wiegelte ein kleiner Wutanfall sie gegen den glückseligen Schlaf auf, der sie gleich erfassen und wieder einmal ihr Bedürfnis zu sprechen hinwegspülen würde. Philiberts nackte Brust war unter ihrer

Wange. Sie verschob etwas den Kopf, legte ihren halb geöffneten Mund auf eine Brustwarze und biß zu!

Aubriot schlug die Augen wieder auf und sah sie an, neugierig, was auf diese Kühnheit folgen würde. Jeannes Gesicht war verdeckt; er sah nur eine Masse blonder Seide, die über seinen Oberkörper ausgebreitet lag und im Flackern der unsteten Flamme des Leuchters neben dem Bett schillerte. Jeannes Mund biß, küßte, knabberte, leckte . . . Das Spiel eines verliebten Kätzchens. Er drückte sie an sich und streichelte mit seiner freien Hand über ihr Haar. Der Mund wurde ruhiger. Doch während Philibert nur noch das lange nächtliche Schweigen erwartete, sagte Jeanne plötzlich zu ihm:

«Ich habe an Sonntag gedacht . . . Der Wald von Boulogne ist sehr angenehm, aber immer Boulogne . . .»

«Wir gehen ja am Sonntag gar nicht nach Boulogne», unterbrach Philibert. «Eine unserer Schülerinnen ist krank, ich habe den drei anderen frei gegeben und nehme dich mit nach Vincennes. Doktor Vacher behauptet, die Luft von Vincennes sei viel besser als die von Boulogne; er schickt seine Lungenkranken dorthin. Er hat mir gesagt, daß die Bäume, mit denen dieser Wald bepflanzt ist, im Frühling einen balsamischen, belebenden Duft verbreiten. Lalande prophezeit gutes Wetter, wir werden einen schönen Tag haben. Ich pflücke dir einen Korb voll Löwenzahn für deine Salate nächste Woche. Wir werden Veilchen und Schlüsselblumen finden.»

Sie rührte sich überhaupt nicht mehr, lag schwer wie eine Tote auf ihm.

«Schläfst du?»

Ein Schillern von Haaren antwortete ihm nein, da erzählte er seine Geschichte mit halblauter Wiegenstimme weiter – mit der gleichen Stimme, mit der er ihr einst die Natur geschildert und sie so froh gemacht hatte: «Ganz nahe beim Wäldchen von Vincennes, etwas bergauf, gibt es anscheinend eine Gegend mit wilden Hügeln, in denen Tausende und aber Tausende von Kaninchen leben. Wir nehmen unser Mittagessen mit und . . .»

Er hielt abrupt inne: seine Brust wurde feucht. Er faßte mit beiden Händen in ihre Haare, um ihr Gesicht hochzuheben: «Warum weinst du, Jeannot? Erinnern dich meine Worte an Charmont? Hast du Heimweh nach Charmont?»

«N-nein.»

«Also, warum?»

«Weil ich Euch liebe, weil ... weil ich Euch zu sehr liebe!» schluchzte sie.

Er blies die Kerze aus, legte seine Hand auf das weiche Haar und ließ Jeanne sich an seiner Brust ausweinen. Er wußte nichts Besseres zu tun: seit einiger Zeit entlockte nicht mehr Leid verliebten Frauen Tränen, sondern eine Mode. Ihre Lieblingsromane hatten diesen Damen einen Hang zu feuchten Gefühlen gegeben.

Am nächsten Morgen erwachte Jeanne mit klarem und nüchternem Sinn, erinnerte sich, zog sich schnell an und erklärte, sie ginge zu Fuß in den Garten. Aber zuerst lief sie zur Place du Palais-Royal und stieg zu Lalande hinauf. Der Astronom war schon weggegangen. Sie rannte die Treppe, vier Stufen auf einmal nehmend, wieder hinunter, rief einen Fiaker und ließ sich zum Observatorium fahren.

Aubriot war sehr überrascht, als er am späten Vormittag Lalande in den Garten kommen sah, der ihm vorschlug, am Sonntag bei Landel zu dinieren: «Ihr verheißt uns einen sonnigen Sonntag und wollt, daß wir ihn in einem Keller verbringen?»

«Landels Kellerlokal ist keine gewöhnliche Taverne. Es ist eine sehr Pariserische Ehre, mein Teurer, dort zum Sonntagsdiner eingelassen zu werden. Das Lokal wird Jeannette sehr gefallen.»

Aubriots Überraschung wurde noch größer: «Jeannette? Ihr gedenkt doch wohl nicht, Jeannette zu Landel mitzunehmen? Dieses Tingeltangel-Wirtshaus ist wohlbekannt für ...»

«Aubriot, Kinder werden nicht mehr durch das Ohr gemacht», unterbrach Lalande. «Man singt zwar sehr freizügig bei Landel, aber man ist es nicht. Den Sonntagsdiners dort sitzt Crébillon vor, damit ist der Anstand garantiert. Ganz Paris weiß, daß der jüngere Crébillon sich nur in seinen Romanen Ausschweifungen hingibt.»

Behutsam legte der Botaniker das Exemplar von *‹Melissa Moldavica›*, das er unter seiner Lupe hatte, auf ein Blatt weißes Papier, setzte sich auf die Kante seines Schreibtischs, schlug die Beine übereinander und sah seinen Freund fest an: «Lalande, erklärt mir, wieso ein Mann, der es ebenso wie ich vermeidet, seine Zeit mit Vergnügungen zu verlieren, mir plötzlich mit Landel kommt?»

Lalande setzte sich ebenfalls mit einer Hinterbacke auf die Ecke eines Tisches, auf dem eine Ausbeute getrockneter Pflanzen lag: «Aubriot, ich liebe Euch, und da ich Euch liebe, würde es mir mißfallen, wenn Ihr zum Hahnrei würdet», sagte er schließlich abrupt. «Genau das jedoch widerfährt den mit Frivolität geizenden Genies der Wissenschaft, deren Geliebte sich langweilen.»

Einzig Aubriots kräftiges und kurzes Lachen antwortete dem Astronomen.

«Ja, ja, ich weiß», fuhr Lalande fort. «Wenn man sich früh daran gewöhnt hat, die Rolle des Liebhabers zu spielen, sieht man sich nie in der Rolle des Hahnreis. Aber . . . Habt Ihr Zeit für eine vertrauliche Mitteilung?» Mit leiserer Stimme sprach er weiter: «Sie hieß Bertrande. Stellt Euch eine süße Kleine vor! Fünfzehn Jahre. Blond, kornblumenblaue Augen, ein Kirschmund, Grübchen in den Wangen und im Hintern – und eine Schmusekatze! Ich habe sie bei der Wäscherin in der Rue de la Feuillade herausgeholt. Seit einem Jahr brachte sie mir meine Hemden, pünktlich zweimal im Monat um Schlag sechs Uhr morgens, mit feschem Häubchen und so wohlriechend und frisch wie ein kleines Weißbrot . . . Ich war noch im Morgenrock, und mein Bett ungemacht . . . Mein Lieber, fünf Monate lang habe ich gelebt wie ein Pascha. Ich war ihr Sonnenkönig! Ach, wie angenehm es doch ist, Nabel der Welt zu sein!» Seine Stimme wurde wieder spöttisch: «Leider ist selbst die Sonne der Verdunkelung ausgesetzt. Mein schöner kleiner Planet hat sich von einem lustigen jungen Dummkopf auf Abwege führen lassen – meinem schlechtesten Mathematikstudenten, aber dem besten Tänzer, den man im Tambour Royal sehen kann.»

Aubriot seufzte tief und schüttelte den Kopf: «Ich will des Teufels sein, wenn ich verstehe, worauf Ihr hinauswollt», brummte er. Doch dann plötzlich: «Meinetwegen! Gehen wir morgen zu Landel.» Er sprang auf und baute sich vor seinem Besucher auf: «Ihr behauptet also, daß Jeannette sich in dem Zimmer, in dem ich sie mit meinem Herbarium, meinen Kräutertees und meinen Büchern halte, langweilt und daß ich, um ihr Kurzweil zu verschaffen, ihr am Sonntag ein Ständchen bringen lassen muß?»

«Habe ich das gesagt?» fragte Lalande scheinheilig.

4. Kapitel

Jeanne war selig. Lachend beugte sie sich vor, um eine Auster von dem riesengroßen Teller in der Mitte des Tisches zu nehmen. Dabei wurden in den grünen Körbchen ihres Dekolletés die zwei bernsteinfarbenen Äpfelchen ihrer Brust sichtbar. Mit schon gerötetem Gesicht erhob Charles Collé sein Glas auf seine Nachbarin:

«Wenn ich Euch analysieren wollte,
Oh, welche Reize entdeckt' ich gleich,
Ganz ohne daß ich dem Bewund'rung zollte,
Was dem Aug' verborgen bleibt.»

«Monsieur Collé», mischte sich Crébillon mit geheuchelter Strenge ein, «werdet nicht zu früh galant, wir sind erst bei der dritten Portion.»

«Ja, aber bei der siebenten Flasche!» sagte Collé.

«Oh!» seufzte der alte Panard. «Wir sind so viele Kehlen! Die meine spürt noch keinerlei Wirkung. Müßte sie singen, so zerfielen ihre Stimmbänder zu Staub.»

«Landel, man bringe Papa Panard ein wenig Schmiermittel», bestellte Crébillon. «Mademoiselle –» dabei neigte er seinen schönen Kopf zu Jeanne hinüber – «muß erfahren, zu welch hübschen Couplets unser guter Papa Panard fähig ist.»

«Kommt recht oft, Mademoiselle», bat Panard jammernd. «Dieser Milchtrinker besteht darauf, mich auszutrocknen und schwört, daß es zu meinem Wohl geschieht. Aber ich fühle mich nicht wohl!»

«Ich komm ja schon, Papa Panard!» rief Maryvonne, die appetitliche Stammkellnerin der Sonntagssänger. «Hier bitte, Papa . . . Von unserem besten Burgunder. Wenn ich Euch gut bediene, dichtet Ihr mir dann ein Couplet, in dem sich alles auf ‹-vonne› reimt?»

«Schenk nur immer ein», sagte Panard. Der alte Erfinder unzähliger Lieder spülte seinen Kehlkopf mit einem großen Schluck Weißwein und bedankte sich mit einem Vierzeiler.

Crébillon schüttelte den Kopf: «Und doch, Monsieur Panard, wenn Ihr es mir nachmachtet und nur Milch tränket, könntet Ihr weit mehr Austern verdauen», sagte er. Und er trank lange, hingebungsvoll aus der Schale mit schäumender Milch, die vor seinem Teller stand.

Über dem Lachen aller perlte der hübsche Sopran von Madame Favart, den sie seit zwanzig Jahren zur größten Freude der Abonnenten der Comédie-Italienne kultivierte, auf deren Bühne sie die Schäferinnen spielte, sang und tanzte. Als er verstummte, erhob sich Panards sanfte Stimme: «Doktor, meint Ihr nicht, daß ein Brötchen zu einem Sou sich ebensogut in einem Schoppen Weißwein auflöst, wie zwei Portionen Austern in einer Schale Milch, und das weitaus billiger? Ich würde ja zum armen Mann, Monsieur Doktor, wenn ich mich die ganze Woche an Austern und an gute Milch halten wollte!»

Wie alle anderen sah Jeanne Panard lächelnd an. Der alte Bursche rührte sie. Mit seinem runden, gutmütigen und beinah einfältigen Gesicht, mit seiner üppigen Lockenperücke à la Louis XIV. erinnerte er an ein Porträt von La Fontaine, und so hatte Paris ihm den Beinamen «La Fontaine de la Chanson» gegeben. Mit dem Fabeldichter gemeinsam hatte er die Zerstreutheit, die Sorglosigkeit und Fahrlässigkeit im Umgang mit Geld: nachdem er seinen Landsleuten die Couplets von achtzig komischen Opern geschenkt hatte, mußte er, um gut zu essen, nichtsdestoweniger mit seinen Freunden rechnen. Gott sei Dank konnte man bei Landel, wenn man gut reimte, schlecht oder gar nicht bezahlen. Landel war ein biederer und lustiger Kumpan, ein wackerer Trinker und leidenschaftlicher Verehrer der Reimkunst.

Am Sonntag jedoch hätten weder ein Dichter noch ein Marquis gewagt, ungebeten bei Landel einzukehren: es war der Tag der berühmten Kellergesellschaft, und es war bekannt, daß ihr Vorsitzender Crébillon es sich trotz seiner erlesenen Manieren nicht nehmen lassen würde, am Montag dem ungebetenen Gast folgendes Billett zu schicken: «Monsieur X... wird hinfort gebeten, sonntags anderswo als am Carrefour Buci zu dinieren.» Aber einen Lalande, Wissenschaftler à la mode und geistvoller Unterhalter, lehnte Crébillon nie ab. Dieses Mal war der Astronom um so besser an der Tafel der Gesellschaft aufgenommen worden, als er zwei Freunde mitbrachte, von denen einer eine Schönheit war.

Entzückt lächelnde Gesichter hatten Jeanne begrüßt, die reizend aussah in einem smaragdgrünen Seidenkleid, so ‹skandalös› ausgeschnitten, daß Philibert ein zusätzliches Fichu verlangt hatte. Sobald sie etwas entfernt von ihm saß, hatte sie es kokett abgelegt. Der Vorsitzende Crébillon hatte die Schöne an seine Rechte gesetzt, und seitdem schwelgte diese in dem Glück, von den pariserischsten Schöngeistern von Paris in Vierzeilern bewundert und gepriesen zu werden.

An diesem Sonntag waren beim Diner im Keller zunächst jene, die nie fehlten: Crébillon, der Dichter Gentil-Bernard, Panard und Collé, die beiden fruchtbarsten und angesehendsten Komödiendichter des Königreichs, sowie Piron, der nach seiner eigenen Aussage «nichts war, nicht einmal Mitglied der Akademie», aber ein von Epigrammen und deftigen Bonmots sprühendes sechsundsiebzigjähriges Nichts, so daß die besten Salons ihn nach wie vor empfingen. Zu diesen Säulen der Gesellschaft waren fünf in der Stadt hochgeschätzte Personen hinzugekommen: Carlo Goldoni, der von Louis XV. aus Venedig importierte hochberühmte Theaterautor; der sehr bekannte Verfasser komischer Opern Simon Favart und seine Frau Justine; der glänzende Philidor, der zur Zeit von den Abonnenten der Opéra am meisten verhätschelte Komponist; schließlich der ausgelassene Abbé de Voisenon, der sich immer in der Nähe von Madame Favarts Röcken aufhielt. Und zu guter Letzt Louis-Sébastien Mercier, der ‹seinen Beauchamps› mit dem verzückten Ausdruck eines aus allen Wolken Gefallenen ansah.

Mit Begeisterung hatte er seinen schönen sympathischen Knaben vom Pont Neuf gegen das schöne verführerische Mädchen bei Landel eingetauscht, aber allmählich mischte sich Unruhe in seine Erregung: würde er bei dem schönen Mädchen weitergehen können als bei dem schönen Knaben? Dieser Doktor Aubriot wirkte nicht alt und schon gar nicht gesetzt. Er sah nicht so aus, als mache er nur am Tag Gebrauch von einem so vielseitig begabten Sekretär. Der alte Piron, der Mercier zur Linken saß, beugte sich zu ihm hinüber: «Fürwahr!» flüsterte er. «Soweit ich es mit meinen armen, zu drei Vierteln erloschenen Augen sehen kann, ist es ein hübscher Busch, der da drüben grünt und in den sich jeder Vogel einnisten möchte. Aber es kommt vor, mein junger Freund, daß ein einziger Busch nicht zwei Rotschwänzchen ernähren will.»

Mercier sah ihn schief an: «Es wurde behauptet, Monsieur, daß

Ihr, um Euch wieder in Gunst zu bringen, auf die obszöne Prosa verzichtet hättet?»

«Ja, ja, mein junger Freund, gewiß. Aber Ihr werdet noch selbst erleben, wie es damit geht: mit vierzig Jahren verzichtet man darauf, mit siebzig kommt man dann wieder darauf zurück.»

«He, Maryvonne!» grölte Collé. «Gebt Ihr immer denselben zu trinken? Liebt Ihr mich denn nicht mehr?»

Er legte der Kellnerin den Arm um die Taille, als sie zu ihm kam.

«Monsieur Collé, nehmt Eure Hände herunter!» sagte sie sich nur schwach wehrend. «Sonst bekomme ich Vapeurs.»

Das Wort ‹Vapeurs› entfesselte eine Explosion von Couplets. Über die Vapeur-Krankheit zu scherzen war nicht neu – seit geraumer Zeit schon konnte eine elegante Dame genausowenig umhin, Vapeurs zu haben, wie eine Loge in der Oper –, aber das Lied *‹Die Vapeurs›* war neu, ziemlich unanständig und in der guten Gesellschaft gewaltig in Mode. Text und Musik waren von einem bereits allgemein bekannten Schelm, dem aus der Art geschlagenen Sohn des braven Uhrmachers Caron in der Rue Saint-Denis, der seit kurzem Monsieur Caron de Beaumarchais geworden war. Beaumarchais hatte sich schon einen so unerfreulichen Ruf bei den Bürgern zugelegt, daß man bei den Aristokraten und Künstlern, auch bei Landel, von ihm schwärmte und jeder das schamlose Chanson kannte. Die beiden Gelehrten und ihr schönes Kind mit den goldenen Augen eingeschlossen.

Als die Litanei der Refrains erschöpft war: «Das nennt man heutzutage also ein freizügiges Lied», seufzte der alte Piron, der in der Gattung Besseres gemacht hatte. «Das ist sehr affektiert.»

«Das ist affektiert, aber es geht durch!» sagte Collé und warf einen strengen Blick auf Crébillon.

Der königliche Zensor fing an zu lachen.

«Ich stelle Euch», fuhr Collé fort und breitete die Arme aus, «ich stelle Euch den einzigen Dichter vor, der je von Monsieur Crébillon zensiert wurde! Der Herr Zensor billigt alles, was auf seinen Schreibtisch regnet, die plattesten Werke, die auf Anschlagzettel gedruckten Gassenhauer, aber ein Schäferspiel seines Freundes Collé lehnt er ab!»

«Trifft es zu, Monsieur», fragte Aubriot den Zensor, «daß Ihr alle Gassenhauer durchgehen laßt? Die meisten sind sehr aufrührerisch.»

Crébillons energisches, volles Gesicht wandte sich dem Botaniker zu: «Monsieur, findet Ihr es nicht gerecht, daß derjenige, der schlecht gekleidet, schlecht genährt, schlecht untergebracht ist, auch das Recht hat, schlecht zu denken – was ihn alles übrige vergessen läßt? Ich diene dem König nicht so schlecht, wenn ich seine Regierung in Spottliedern besingen lasse.»

Ein starker, guter Duft von Landwurst näherte sich der Tafel. Landel kam mit seiner Schüssel an, als trüge er das heilige Sakrament. Die Würste dampften noch auf einer Glut von Weinreben. Das Aroma der knoblauchhaltigen Wurstringe stieg auf und kitzelte Panards schwammige Nase, der aufwachte und zu weinen anfing.

«Nun, Papa Panard, was ist daran so traurig?» fragte Gentil-Bernard.

«Mein Gott, mein Gott», stammelte der alte Liederdichter und schneuzte sich, «ich denke an meinen teuren Gallet, der die Würste aus dem Morvan so sehr liebte! Ach, er fehlt mir so sehr! Ein Freund während dreißig Jahren, mit dem ich nie mehr singen, mit dem ich nie mehr trinken werde!»

«Nun kommt, Papa Panard», sagte Gentil-Bernard, «beruhigt Euch. Gallet hat bestimmt keinen Durst mehr, er hat hier unten vorgesorgt.»

«Eben», sagte Panard, und seine Tränen flossen noch stärker, «eben! Wenn ich an sein Grab gehe, blutet mir das Herz. Wißt Ihr, wo sie ihn mir hingelegt haben? Sie haben ihn mir unter eine Dachrinne gelegt, und jedesmal wenn es regnet, muß der Unglückliche Wasser schlucken!»

Sie lachten lautlos: Panards Kummer verdiente Rücksicht.

«Serviert Eure Würste, mein Guter», sagte Piron zu Landel. «Die Mägen sind durchgeschüttelt, die Austern sind fern.»

Sie machten sich gerade über die zweite Schüssel her, als mit einem lauten Schwall von der Straße der Abbé de l'Atteignant und zwei Freunde seines Gefolges in den Raum kamen.

Der wackere alte Domherr von Reims hatte nicht mehr genug Kraft, um in der Champagne seine Messe abzuhalten, aber genug, um in ganz Paris herumzulaufen und seine Lieder aufzusagen. Er hatte immer eines in der Tasche, das er den illustren Liederdichtern des Carrefour Buci bereitwillig zur Beurteilung unterbreitete. Auch dieses Mal zog er, kaum sitzend, eine dünne Rolle aus seinem Rock:

«Ich glaube, dieses ist nicht übel», sagte er mit geheuchelter Bescheidenheit, als er es entrollte. «Monsieur de Choiseul hat mir die Freude gemacht, es auf seiner Flöte zu üben, und, meiner Treu ...»

«Oh, oh!» warf Piron ein. «Sollte die Meinung eines Ministers, einer vergänglichen Macht, Vorrang vor der unseren haben?»

Der Komponist Philidor schaltete sich ein: «Ich weiß nicht, was er für die Geschäfte des Königs taugt, aber als Flötist ist der Herzog ausgezeichnet.»

«Seine Durchlaucht war so freundlich, mir die Noten aufzuschreiben», erklärte der Domherr. «Hier sind sie ...»

Mehrere Hände griffen nach dem Blatt.

Es gab bei Landel ein sehr gutes Cembalo, das man an die Tafel schob. Favart setzte sich daran, und Philidor zog seine Flöte heraus. Nach kurzem Stimmen wurde es still, und nach einem fröhlichen Anschlag des Cembalos hob die erstaunlich korrekte, wenn auch etwas zittrige Stimme des Domherrn von Reims zu einem lustigen Loblied auf den Tabak an:

«Guter Tabak ist in meinem Beutel,
Ich hab guten Tabak, du hast ihn nicht!
Ich hab feinen und groben ...»

Das Lied des Abbé de l'Atteignant wurde mit einstimmiger Begeisterung aufgenommen.

«Es ist schlicht und passend, und es wird seinen Weg machen», meinte Crébillon. «Monsieur Abbé, laßt uns einen guten Schluck darauf trinken ...»

Ich sollte nichts mehr trinken, dachte Jeanne, ich bin schon angeheitert. Sie hob dennoch ihren Becher an die Lippen, aber er war leer. Crébillon reichte ihr lächelnd den seinen. Sie trank zwei Schlucke, wobei sie den Schriftsteller über den Rand hinweg mit schmachtendem Blick ansah. Trotz seines Alters fand sie ihn noch sehr geeignet, verführt zu werden. Heute fühlte sie sich aber auch so froh, daß sie Lust hatte, alle Männer zu verführen! Eine Hand legte sich auf ihre, umfing sie: Merciers Hand. Er hatte seinen Platz verlassen und sich neben sie gesetzt. Etwas verschämt darüber, daß ihr Verhalten Kühnheiten provozierte, machte sie ihre Hand frei und warf einen Blick zu Philibert hinüber.

Er langweilte sich aber auch nicht! Zwischen Alexis Piron und Justine Favart eingekeilt, lachte er Piron herzhaft zu und gurrte sanft zu Justine Favarts Seite hinüber. Dann und wann beugte er sich vor, um Lalande, Madame Favarts anderem Nachbarn, einen guten Scherz Pirons mitzuteilen, und dabei streifte sein gepudertes Haupt wie mit Absicht den halbentblößten Busen der Dame, und die Dame beugte sich nicht zurück – im Gegenteil! Mit einem Kitzel von Eifersucht blickte Jeanne zu Monsieur Favart hinüber, um zu sehen, wie er es aufnahm.

Er nahm es überhaupt nicht auf. Seit einigen Jahren hatte Gott aus Barmherzigkeit sein Auge getrübt; und zuvor war er aus Weisheit kurzsichtig gewesen.

Justine und Aubriots Getändel entging weniger dem aufgeweckten und pfiffigen Abbé Voisenon, aber auch er hatte, seit er mit den Favarts eine *ménage à trois* bildete, Justine gegenüber die Nachsichtigkeit des guten Ehemanns aus der komischen Oper angenommen.

Das Gastmahl war in die große Chanson-Leidenschaft verfallen. Immer schneller kreisten die Couplets um die Tafel herum. Wenn man Zeit fand, zu zweit untereinander zu sprechen, mußte man in Versen sprechen. Von den Liedern, Madrigalen und vom Wein benommen, hatte Jeanne den Eindruck, ihr Kopf stecke in einer Trommel. Goldoni mußte ihr dreimal seine Aufforderung wiederholen: «Jetzt ist es an Euch, Mademoiselle», bevor sie merkte, daß der Venezianer sie anredete.

«An mir?» wiederholte sie verständnislos.

Die Gäste waren plötzlich still geworden und sahen sie alle lächelnd an.

«Ihr kennt doch sicher ein Lied Eurer Heimat?» schlug Goldoni vor.

«Ja, ein Lied vom Land, welch gute Idee!» rief Philidor aus. «Der ländlichen Schlichtheit wird man nie müde.»

Da er neben dem Cembalo stand, setzte sich der Musiker und ließ seine Finger über die Tasten laufen.

«Mein lieber Philidor, du raubst uns die Seele», warf Simon Favart ein.

«In meiner heimatlichen Normandie sind eine Menge reizende kleine Meisterwerke in Umlauf», sagte Philidor, mit gekonnter Lässigkeit weiterspielend. «Meine Normandie ist mit Sicherheit die

Provinz in Frankreich, in der am meisten gesungen wird – mir scheint, sie bringt fast so viele Lieder wie Äpfel hervor! Sie hat wirklich zu jeder Gelegenheit welche: zum Säen, Ernten, Pflücken, Heiraten, Spinnen, Weben . . .»

«Und in Eurer Heimat, Mademoiselle, besingt man dort nicht ebenfalls die Ernte, die Liebe oder die Weinlese?» fragte Goldoni hartnäckig, nahm Jeanne bei der Hand und führte sie zum Cembalo.

Errötet, verschreckt starrte Jeanne den Venezianer an. Mit seinen feinen und regelmäßigen, von der Schlemmerei etwas aufgedunsenen Zügen, seinem weiten, verträumten, vor Freundlichkeit samtigen Blick, seinem vollendeten Mund und seiner langen venezianischen Perücke, die ihn wie ein sanfter Heiligenschein umgab, war Carlo Goldoni der beruhigendste, der am wenigsten einschüchternde Unbekannte der Gesellschaft für sie gewesen. Und nun stürzte er sie in das Entsetzen, vor diesem Kreis betrunkener Spötter singen zu müssen!

«Monsieur», sagte sie und versuchte, sich mit einem Scherz aus der Affäre zu ziehen, «ich bin Burgunderin, und dort, wo ich herkomme, singt man vor allem zu Weihnachten, um das Festessen zu feiern. Ich kenne kein einziges von unseren Weihnachtsliedern, das nicht von Fleischpastete, Frikandeau und anschließender Pute handelt, und wir haben doch keinen Hunger mehr!»

«Holla!» griff Lalande lebhaft ein. «Ich, der ich mich in meinem Patriotismus gekränkt fühle, werde nicht zulassen, daß Ihr die Burgunder als herzlose Esser hinstellt. Unsere Weihnachtslieder sind schwer verdaulich, da stimme ich Euch zu, aber bei uns kehrt wie anderswo, der Frühling wieder, und Ihr werdet uns, wenn es Euch beliebt, ein Mailied singen.»

«Ja, ein Mailied! Ein Mailied, ein Mailied!» rief ein halbes Dutzend Stimmen.

Mit bloßgelegten Nerven, wütend über Lalandes Verrat, sagte Jeanne kalt zu diesem: «Ich denke, Ihr wißt, Monsieur, daß bei uns jedes Mailied ein Duett ist. Wenn ich die Schöne singe, singt Ihr dann den Galan?»

«Gewiß! Ich täte nichts lieber!» rief der Astronom aus und erhob sich unter Hochrufen.

Da geschah etwas so Überraschendes, daß Jeanne sich ihr Leben lang daran als an einen außergewöhnlichen Augenblick erinnern sollte. Sie sah Aubriot sich aufrichten und Lalande am Arm zurückhalten:

«Mein Freund», sagte er, «Ihr habt schon viel gesungen. Ich hingegen muß meinen Beitrag noch leisten, überlaßt mir das Mailied.»

Jeanne meinte, der Atem und die Beine würden ihr versagen. Mein Gott, dachte sie, ich falle um. Aber im Gegenteil war es so, als hätte man sie ein Glas Likör mit einem Zug leeren lassen. Sie hörte ihre Stimme mühelos, allegro moderato zu einem hübschen Mailied anheben. Philibert war hinter sie getreten, wie es sich für das Lied gehörte. Sie fühlte, wie seine Hände ihre Taille umfaßten, und seine schöne, kräftige Stimme kitzelte ihren Hals, ließ die Löckchen in ihrem Nacken wehen. Nicht ein falscher Ton! dachte sie strahlend und zum Sterben stolz auf ihn. Sie wartete, ohne so recht daran zu glauben, auf den Kuß der zweiten Strophe . . . Der Kuß fiel schallend auf den Ansatz ihres Halses. Ach, wie ich dich liebe! dachte sie, und ihre Stimme, berauscht wie ein Vogel im Wind, schwang sich der dritten Strophe entgegen.

5. Kapitel

Geweckt wurde sie am nächsten Morgen von der Fischhändlerin Angot, die «frischer Frühlingslachs» brüllte. Jeanne war allein im Bett. Es mußte schrecklich spät sein. Noch ehe sie den Mut fand, sich aus den warmen Federn zu wälzen, beantwortete die Glocke der Klosterkapelle ihre Frage mit acht Schlägen. Sie sprang auf, lief ins Nebenzimmer: Philibert war gegangen, ohne sie geweckt zu haben. Verblüfft blieb sie im Unterhemd mitten im Zimmer stehen, bis ein sehr milder, süßer Duft sie zu einem großen Strauß Narzissen in einem Wassertopf hinzog. Ein Blatt, bedeckt mit der unleserlichen Schrift, die Aubriot in Windeseile aufs Papier kritzelte, war unter den Topf geklemmt.

«Ein klein wenig zuviel Wein sorgt für guten Schlaf. Du hast nicht einmal die Blumenfrau gehört, die ihre Narzissen unter unseren Fenstern ausgerufen hat. Ich habe Dir Kopierarbeit dagelassen, die ich heute abend haben möchte. Geh zum Kopieren zu den Barmherzigen Brüdern, man sieht dort besser. Erwarte mich nicht zum Abendessen, ich komme sehr spät nach Haus. Ph. A.»

Sie steckte ihr Gesicht in die berauschenden Blumen, atmete in vollen Zügen deren Parfum ein und nahm es, da es ausdauernd war und in ihren Haaren und dem Spitzenbesatz ihrer Ärmel haftete, trällernd mit in die Küche.

Madame Favre, die Köchin, die Doktor Vacher als Hausdame diente, musterte die junge Frau im Hemd streng: «Ihr seid noch da? Ich glaubte, Ihr wäret gegangen. Ihr wollt doch nicht etwa um diese Zeit frühstücken? Ich habe alles weggeräumt.»

«Das macht nichts, Madame Favre», sagte Jeanne, hastig den Rückzug antretend, «das macht nichts, ich werde . . .»

«Es ist noch Milch da, aber sie ist kalt. Soll ich sie Euch warm machen?»

Das Angebot war in einem solchen Ton gemacht, daß man schon unverschämt sein mußte, um es anzunehmen.

«Oh, danke, Madame Favre», sagte Jeanne und schenkte ihr ein Lächeln, «ich trinke gern kalte Milch, wenn Ihr noch welche habt . . .»

Sie machte sich mit ihrem Schärflein Milch davon.

«Habt Ihr noch Brot?» rief Madame Favre durch den Flur.

Jeanne tat so, als höre sie nicht und schloß sich schnell in ihrer Wohnung ein. Vor Madame Favre bekam sie Gänsehaut. Diese wie ein Dragoner gebaute Burgunderin schulmeisterte alles im Haus. Allerdings war sie zu ihrem ‹gnädigen Herrn› und zu dessen Freund zehnmal liebenswürdiger als zu dem ‹Frauenzimmer›. Für die tugendhafte Favre war die Beauchamps, die im Bett ihres Herrn schlief, nichts weiter als eine Dienerin und Mätresse. Die Tatsache, daß es im Königreich eine Menge solcher illegitimer Ehefrauen gab, hinderte die ‹ehrbaren› Dienerinnen nicht daran, auf diese Nichtswürdigen herabzusehen, die ihren Dienst bei Tag wie bei Nacht leisteten, und eine junge und hübsche Nichtswürdige bekam den meisten Haß von seiten der Dienerschaft zu spüren. Wann würde Philibert sich nur endlich entschließen, anderswo eine Wohnung zu mieten, in der sie wirklich in ihren eigenen Möbeln zu Hause waren? Er hatte trotz allem etwas Knauseriges an sich, das einen auf die Palme bringen konnte! Oh, Verzeihung, Philibert, dabei habt Ihr mir gerade einen Strauß Narzissen geschenkt. Verzeihung, ich bin böse, ich verdiene Euch nicht . . .

Von der Straße her erklang eine Stimme: «Königsbrot! Weizenbrot! Milchbrot!» Jeanne sprang auf, legte vier Sous in einen Korb, ließ ihn hinunter und zog ihn mit einem langen Milchbrot darin am Seil wieder herauf. In einem Schrank standen Töpfe mit Pflaumen- und Melonenkonfitüre, die Madame de Bouhey ihr geschickt hatte: sie machte sich einen Festschmaus aus Marmeladebroten und fühlte sich mit ihrem Sünderinnenstand versöhnt. Sobald sie fertig war, eilte sie zu den Barmherzigen Brüdern, um mit der Arbeit zu beginnen.

In ihrer schönsten Schrift befleißigte sie sich, die Wohltaten der *Pervinca vulgaris* zu rühmen, des Wunden und Fieber heilenden, adstringierenden Immergrüns.

Der Apotheker Valmont de Bomare hatte Aubriot gebeten, ihm eine kommentierte Liste jener Pflanzen zu geben, deren er sich in der Medizin am häufigsten bediente. Welches Pensum! Jeanne spitzte seufzend ihre Feder, lächelte aber, als sie die *Melissa officinalis* sah. Philibert hatte für die Melisse immer viel Naschhaftigkeit gezeigt: «Ich lasse ein sehr mildes ätherisches Öl daraus ziehen, sehr geeignet gegen Kopfschmerzen und um die Geister zu wecken. Es wirkt ebensogut gegen intellektuelle Überanstrengung und Melancholie wie gegen die Ohnmachtsanfälle und Vapeurs der Damen. Umschläge mit zerdrückten frischen Blättern der *Melissa* stillen den Schmerz von Insektenstichen. Aus ihren blühenden Spitzen, in guten, mit Zucker gesüßten Schnaps eingeweicht, bereitet man einen medizinischen Likör gegen Verdauungsträgheit, der so köstlich schmeckt, daß in manchen burgundischen Haushalten keine anderen Liköre getrunken werden.»

Sie legte die Feder hin und träumte von *Melissa*. Sie war wieder in den Feldern und Wiesen von Charmont unterwegs. Ein strahlender Junihimmel, der kaum Streifen feiner weißer Wolken zeigte. Sie lief vor Monsieur Philibert her. *Melissa* war die erste Pflanze, deren zerriebene Blätter der Botaniker in die Hand des zehnjährigen kleinen Mädchens gelegt hatte, wobei er sagte: «Riech daran, riech ganz, ganz stark!» Sie hatte einen herrlichen, durchdringenden Duft durch die Nase eingesogen. Später hatte Philibert sie an seinem Melissenlikör nippen lassen, und sie hatte auf ihrer Zungenspitze den bittersüßen Geschmack, den sie in ihrer Hand entdeckt und der ihr die Tränen in die Augen getrieben hatte, zehnfach verstärkt wiedergefunden . . .

Vor Heimweh gerührt schneuzte sie sich.

Die zarte Kinderstimme von Pater Joachim erklang über ihre Schulter: «Mir scheint, Ihr könnt ein Schwätzchen gebrauchen: mit Eurer Kopie geht es kaum noch voran. Begleitet mich doch in die Küche. Bei Bruder Amédée finden wir ganz frische Spritzkuchen und stehlen ihm welche.»

Als sie, ihr Gebäck in der Hand, vor zwei Bechern Mandelmilch saßen, fragte Pater Joachim: «Nun, habt Ihr schon einmal so gute Spritzkuchen gegessen?»

«Gewiß nicht oft», gab Jeanne zu. «Woher sind sie?»

«In Paris kommen nur die Spritzkuchen aus der Rue de la Verrerie in Frage», sagte Pater Joachim. «Man muß sie dort und nirgendwo sonst kaufen. Als Favart seinen Laden verkauft hat, hat er sein Rezept mitverkauft.»

«Ist es ein Verwandter des Favart, der komische Opern schreibt, von dem Ihr sprecht, Pater?»

«Nein, kein Verwandter, sondern er selbst. Er ist anfänglich Konditor gewesen, und zwar hatte er seinen Laden in der Rue de la Verrerie. Sein Vater hatte den gewöhnlichen Spritzkuchen vervollkommnet und dieses Naschwerk daraus gemacht, und der Sohn hat es in Mode gebracht.»

«Gerade gestern habe ich Monsieur Favart durch Monsieur de Lalande kennengelernt», sagte Jeanne, indem sie vermied, den Namen des Gasthauses Landel in einem Kloster auszusprechen.

«Das wundert mich nicht. Unser Monsieur Astronom liebt es, mit den Leuten vom Theater zu verkehren», sagte Pater Joachim.

«Ich habe auch Madame Favart gesehen. Und Monsieur Philidor. Und . . .»

Mit aufgeregter Stimme zählte sie ihm all ihre glanzvollen neuen Bekannten auf.

«Aus den Namen und aus Eurer Miene schließe ich, daß Euer

Sonntag nicht melancholisch gewesen ist», bemerkte der Mönch lächelnd.

«Das ist wahr. Ich habe es so gern, wenn ich etwas Neues erlebe.»

Sie sah den Barmherzigen Bruder mit ernst gewordenem Blick an.

«Ich brauche neue Erlebnisse. Warum bin ich so, Pater, immer begierig auf anderes?»

«Weil Ihr achtzehn seid.»

«Achtzehn . . . Das ist schon nicht mehr so jung, um zu träumen, daß der nächste Tag immer schöner wird als der vorangegangene.»

«Meine Tochter, ich bin achtundsiebzig Jahre alt und habe noch nicht den Mut gefunden, die Dinge nur so zu sehen, wie sie sind!»

«Ich bin aber glücklich, Pater. Was ich heute besitze, müßte mich befriedigen.»

Pater Joachim schüttelte den Kopf: «Das Glück, dessen Eintönigkeit man nie empfindet, heißt Glückseligkeit, und die Glückseligkeit erreicht man hier unten nicht.»

«Doch!»

Der Ausruf war ihr bebend entfahren; sie konnte ihn nicht mehr zurücknehmen und errötete heftig bei den Bildern von Glückseligkeit, die sie im Kopf hatte. Aber schließlich war Pater Joachim viel zu feinsinnig, um die wahre Art ihrer Beziehung zu Doktor Aubriot nicht seit langem erraten zu haben. Auf die offene Bemerkung des alten Mannes allerdings war sie nicht gefaßt: «Was Ihr für Glückseligkeit haltet, mein Kind, ist nur Leidenschaft. Aber ich gebe zu, daß Leidenschaft ein so überschwengliches Gefühl ist, daß man sich in Eurem Alter davon ausgefüllt glaubt. Und seht Ihr . . .» Er setzte eine Miene freundlicher Bosheit auf: «Eure unbestimmte Langeweile von vorhin angesichts einer ellenlangen Kopierarbeit kommt vielleicht daher, daß Ihr weniger Leidenschaft für die Botanik als für den Botaniker empfindet?»

«Aber ich liebe die Botanik unendlich!» rief sie noch ganz rosig und ein wenig ärgerlich aus.

«Zweifellos», räumte Pater Joachim ein, «zweifellos liebt Ihr die Botanik. Aber nur die Leidenschaft fesselt so sehr, daß man nie gähnen muß.»

Die Leidenschaft.

Pater Joachims Bemerkung beschäftigte sie für den Rest des

Nachmittags. Während ihre Feder eifrig über das Papier kratzte, suchten sich ihre schweifenden Gedanken eine Leidenschaft. Als sie sich dessen bewußt wurde, blieb sie einen Augenblick lang schockiert, die Feder in der Luft, sitzen, dann überfiel sie Panik. Noch nie war ihr so deutlich klargeworden, daß sie sich nach einem starken Begehren sehnte. Philibert, die so lange verbotene Frucht, hatte sich pflücken lassen, und sie merkte so beklommen wie ungläubig, daß diese herrliche Frucht sie vielleicht nicht ausreichend nährte. Ich muß einen Anfall von Wahnsinn oder einen Anfall von Dummheit oder Müdigkeit haben, sagte sie sich. Anstatt die Beschreibung der antirheumatischen Eigenschaften des Johanniskrauts in Angriff zu nehmen, warf sie ihre Feder hin und rieb sich das Gesicht in der Hoffnung, die Hirngespinste zu verscheuchen, die sich dahinter angesammelt hatten. Denn schließlich hatte sie Pater Joachim nicht angelogen: sie liebte die Botanik. Und sie vergötterte den Botaniker. Diese beiden Beschäftigungen zusammen hätten sie vollauf befriedigen müssen. Es war aber nicht so. Nein, es war nicht so. In ihrer Seele blieb ein unbeteiligter Rest.

Die Wahrheit ist, daß ich als Träumerin geboren bin und daß dieses Übel unheilbar ist, sagte sie sich schließlich. Oft hatte sie Aubriot, den desillusionierten Arzt, einen seiner festesten Glaubensgrundsätze aussprechen hören: «Es gibt zufällige Krankheiten, die man zu heilen versuchen kann, und es gibt Krankheiten von Natur aus, die gleichzeitig mit uns auf die Welt gekommen sind und mit denen der Kluge sich abfinden muß, indem er sie gut genug behandelt, damit sie seine Freunde werden oder zumindest erträgliche Feinde.» Und da Philibert immer recht hatte, brauchte sie nur seinem Rat zu folgen. Sie brauchte nur einen neuen Traum zu finden, aber einen kleinen, vernünftigen, der ihn nicht zu sehr störte. Eine hübsche Wolke. Gerade so viel, um ihrer allzu eingefahrenen Gegenwart eine pulsierende Ungewißheit und ihrer Zukunft die phantastische Farbe von etwas Unerreichtem zu geben. Gut, sie würde darüber nachdenken. Gutgelaunt nahm sie ihre Feder wieder zur Hand . . .

Die gute Idee kam ihr, als sie die Verdienste des Salbeitees darlegte. Doktor Aubriot hatte vielfältiges Vertrauen in die *Salvia officinalis*. Er empfahl sie wärmstens bei allen möglichen Leiden, unter anderem bei gelegentlicher oder chronischer Seelenmüdigkeit. Seelenmüdigkeit ... War das Jeannes Leiden? Je mehr sie darüber nachdachte, desto mehr fühlte sie sich wie eine gelegentlich Seelenmüde. In der Phantasie beugte sie sich über den starken, bitteren, köstlichen Duft des Salbeitees, und genau in dem Augenblick schoß ihr die Idee durch den Kopf: Wie wäre es, wenn ich eine Kräuterteestube aufmachte?

Eine Flut von bezaubernden Bildern strömte in ihren Kopf. Sie sah sich hinter der schön gewachsten Theke eines hübschen Ladens in der Rue Saint-Denis stehen und einer eleganten Kundschaft, die ganz Ohr war, den richtigen Gebrauch ihrer guten Kräuter erklären. Ihre ersten Zufallskunden fühlten sich in dem Geschäft Aux Mille Fleurs so wohl, waren so zufrieden mit der Geschäftsfrau, mit ihren umfassenden Pflanzenkenntnissen, mit ihrer Liebenswürdigkeit und – warum nicht? – mit ihrem Charme, daß sie in der ganzen Stadt und bei Hofe Loblieder auf den neuen Kräuterladen in der Rue Saint-Denis sangen ... Die Zukunftsmusik war so erfreulich, daß Jeanne glückselig lächelte.

Der Blick von Pater Joachim, der an einem Pult ihr gegenüber arbeitete, fiel auf dieses Lächeln: «Seid Ihr dabei, die Pforte des Paradieses zu durchschreiten, Mademoiselle?» fragte das zarte Stimmchen des Mönchs.

«Ich denke an etwas, was ich den Bruder Apotheker fragen muß», sagte sie, stand abrupt auf und kehrte ihrer Arbeit wie dem erstaunten Pater Joachim den Rücken.

Bei den Barmherzigen Brüdern wurde keine einzige medizinische Pflanze angebaut oder aufbereitet, daher war ihr Apotheker nur ein freundlicher Verwahrer von Glasbehältern, von dem Jeanne nichts lernen konnte. Aber eine unwiderstehliche Lust hatte sie gepackt, in die Apotheke zu laufen. Den Reigen der Düfte zu schnuppern, die durch den schönen dunklen Raum schwebten, Pater Firmin beim Abwiegen der Portionen von Kirschenstielen, Lindenblüten oder Minze zuzusehen, ihm die Gefäße zu reichen, sie zurückzustellen, mit Pater Anselme, der sich über sein Ekzem beklagte, medizinische Gespräche zu führen – auf diese Weise schien sie schon jetzt anzufangen, sich mit ihrem Laden zu beschäftigen. Es fiel ihr sehr schwer zurückzugehen und ihre Kopie zu beenden, und sobald sie fertig war, nahm sie in Gedanken ihren großen Plan wieder auf, spazierte eine Weile durch den Park des Palais-Royal und ging nach Hause, um weiter an ihrem Plan herumzufeilen, während sie auf Philiberts Rückkehr wartete.

Eine schwierige Geschichte, sich in diesem Laden einzurichten! Die Probleme des Unternehmens wurden deutlich, je mehr Jeanne versuchte, sich auf realistische Einzelheiten ihres Traums einzulassen. Sie zog mit ihrem Laden aus der Rue Saint-Denis um in die Rue Saint-Honoré, bevor sie endgültig in die Rue Saint-Denis zurückkehrte, in der die enorme Dichte der Geschäfte für Luxusartikel beinahe ständig eine Menge Publikum anzog. Wenn sie konnte, würde sie sich neben der Rose Picarde niederlassen, dem größten und florierendsten Tuchgeschäft der Straße, das der alte Mathieu Delafaye leitete, der Bruder der Baronne de Bouhey . . . So würde sie sich etwas geschützt fühlen. Aber kaum hatte sie ihr Schild im Schatten der Rose Picarde aufgehängt, als sie aus ihrer Euphorie erwachte: würden die Beschimpfungen der Kolonialwarenhändler und Apotheker sie nicht schnellstens von einem so guten Platz vertreiben? Zwar ließ die Macht der Zünfte nach unter den zunehmenden Angriffen der Liberalen und der Aufsässigkeit der Arbeiter, die sich gegen die Privilegien der Herren auflehnten, aber die Herren verteidigten sich noch mit Klauen und Zähnen gegen die ‹Emporkömmlinge›, und ihre Wut war um so wachsamer, als der Handelspräsident davon sprach, die Monopole der tausendfünfhunderteinundfünfzig im Buch eingetragenen Berufe schlicht und einfach abzuschaffen, um freien Handel und Wandel einzuführen. Bah! sagte sich Jeanne nach einer Weile. Dann gehe ich eben in den Templer-Bezirk, das wird wahrscheinlich noch besser sein. Dieser Asylflecken, in den nicht einmal die Gläubiger und Gerichtsvollzieher hineinkamen, hatte nur einen Fehler: er war zu klein für die Nachfrage, so daß das kleinste Rattenloch dort zu einem Wucherpreis vermietet wurde. Jeanne holte ihr Schatzkistchen hervor.

Sie wußte auswendig, was es an Geld enthielt: 762 Livres und elf Sous. Aber dann und wann faßte sie ihr Vermögen gern an und rechnete auf dem zusammengefalteten Pergamentpapier, das sie auf dem Boden des Buchsbaumkästchens aufbewahrte, nach, wie es zustande gekommen war. Nie würde sie den großen Augenblick am Morgen ihres dreizehnten Geburtstages vergessen, als ihre Beschützerin ihr das Erbteil ihrer Eltern übergeben hatte – die Geldbörse und die Besitzurkunde über ein Haus mit Nebengebäuden und Gemüsegarten und über fünfzehn Wiesen. Sie hatte all das an ihr Herz gedrückt, als hätte Madame de Bouhey ihr plötzlich die Bruchstücke ihres Vaters und ihrer Mutter zurückgegeben, und war schluchzend in ihr Zimmer gelaufen. Von diesem Tag an fühlte sie sich weniger verwaist. Und jedesmal wenn sie die gewissenhafte Abrechnung der Baronin überflog, spielte ein andächtiges Lächeln um ihren Mund, weil sie sich wie auf einer Wallfahrt in den bescheidenen Rahmen ihrer frühen Kindheit fühlen konnte. Die liebe Baronin hatte den Käufern nichts erlassen, sie hatten zwei Sous hinlegen müssen, um den alten Hut zu bekommen, vier Sous für den schlechten Wassereimer und sechs Heller für ein *‹Leben Jesu›*, dem die letzten drei Seiten fehlten. Am Ende hatte die Herrin von Charmont den Verkauf der von Vater Beauchamps hinterlassenen Besitztümer so grimmig überwacht, daß sie, nachdem sie die Ersparnisse des guten Mannes zum Erlös dazugerechnet und die Schulden des Toten bezahlt hatte, etwas mehr als fünfhundert Livres in die braune Lederbörse hatte stecken können, die Jeanne jetzt betrachtete. Und seither hatte die Börse sich noch weiter mit all den Neujahrsgeschenken der Baronin und den zweihundert Livres gefüllt, die sie ihrem Mündel ins Gepäck gesteckt hatte, bevor sie es nach Paris abreisen ließ. Heute, im Jahre 1765, würde Jeanne, um einen Laden zu eröffnen, über ein Kapital von beinah achthundert Livres verfügen, wenn sie nicht fünfundzwanzig Livres für ein Häubchen à la Ramponeau töricht verschleudert hätte. Doch auch mit dem Häubchen blieb ihr ein ganz netter Schatz: genau 762 Livres und elf Sous. Das war doch etwas! Mit einer solchen Einlage und einem guten Aussehen kann man Geld leihen.

Jeanne warf einen Blick auf ihr Aussehen, und ihr Häubchen à la Ramponeau erschien ihr als eine nützliche Torheit: nur denen, die herausgeputzt sind, wird Geld geliehen.

Das Leben ist wunderlich. Monatelang schleppt es sich maßvoll dahin, dann scheut es plötzlich, wird munter und läßt einen alle Tage tanzen.

Bis zu dem fröhlichen Sonntag bei Landel hatten Jeannes Tage sich geglichen, als hätte man sie nach dem gleichen Muster zugeschnitten: am frühen Morgen der Botanische Garten, Rückkehr in die Wohnung gegen zwei Uhr, das hastige, einsame Mittagessen, ihre botanischen Arbeiten bis etwa sechs Uhr abends, dann ein Spaziergang im Viertel und das Warten auf Philibert, das Abendessen, die Liebe. Und dann war eines schönen Mittags auf dem Pont Neuf der total verrückte Mercier mitten in diesen ruhigen Alltag gefallen.

Der junge Schriftsteller war helle genug, Jeanne nur von fern den Hof zu machen . . . und auf die günstige Gelegenheit zu warten. Sie würde schon eines Tages – zumindest von Zeit zu Zeit – von einem zu alten und für sie nicht genügend lustigen Liebhaber die Nase voll haben, und dann würde Mercier ihr seine ergänzenden Dienste anbieten. Ich werde immerhin der Freund von Jeannot werden und Jeannette zum Lachen bringen, und dann werden wir ja sehen, hatte sich der fidele Philosoph gesagt.

Jeden zweiten Tag holte er sie im Garten des Königs ab, und sie gingen zu Fuß zum Palais-Royal – lachend. Mercier hatte immer eine Flut von Absurditäten über jedes beliebige Thema zu verbreiten. Da er endlos in den Straßen herumzog, kannte er sein Paris und dessen Sitten gründlich, und Jeanne brauchte keine zwei Wochen, bis sie ihm ihren Traum, einen Kräuterladen im Templer-Bezirk zu eröffnen, anvertraute. Mercier schwärmte von dieser Idee:

«Sie ist Gold wert! Vor drei oder vier Jahren hat ein bankrotter Kolonialwarenhändler im Templer-Viertel mit einem Abführtee sein Vermögen zurückgewonnen. Er setzte bis zu zwölfhundert Pinten am Tag davon ab! Der gute Mann ist gestorben, sein Laden ist zu vergeben. Die Pariser sind die Ärzte und Apotheker leid; verkauft ihnen heilkundige Rezepte, und sie werden vor Eurer Tür Schlange stehen. Ich übernehme es, daß Ihr bei Landel besungen werdet: die Empfehlung in Vierzeilern wirkt am besten. Außerdem kann Doktor Aubriot Euch viele Kunden schicken, indem er Eure Tees verschreibt.»

«Er praktiziert hier nicht», sagte Jeanne. «Obwohl er es vielleicht tun muß, wenn er nicht bald im Garten eine Stelle mit Gehalt bekommt: sein Vermögen ist bescheiden. Aber Ihr beunruhigt mich, wenn Ihr sagt, daß die Pariser ihren Ärzten schmollen.»

«Sie machen sich über sie lustig, aber sie verschaffen ihnen gute Einkommen! Mehr als ein hiesiger Arzt fährt in der Kutsche.»

«Aber wie kann man in einer so großen Stadt ein bekannter Arzt werden?»

«Indem man eine Spezialität hat, das heißt etwas Originelles, worüber geredet wird. Nehmt zum Beispiel Tronchin. Er kommt nie zu einem Kranken, ohne daß er anfängt zu schreien: ‹Monsieur (oder Madame) vergiftet sich durch die Lunge. Luft, Luft, Luft!› Er beschäftigt das ganze Haus damit, die Abdichtungen der Fenster zu entfernen, die Vorhänge abzunehmen, die Teppiche aufzurollen, zum Reinigen der Luft Wacholder abzubrennen, kurzum, sein Besuch am Krankenbett bleibt keineswegs unbemerkt. Arnaud läßt seine Herzkranken herumtraben, das gab es noch nie, und die Herzkranken, die nicht daran sterben, schwören auf ihn. Bouvart nimmt man wegen der Bosheit seiner Bonmots, und Pomme wegen seiner Leidenschaft für Vichy-Wasser. Die Spezialität von Doktor Aubriot könnte ein Kräuterextrakt werden, von dem Ihr allein das Rezept habt. Übrigens, bis in welches Stockwerk steigt er bei Krankenbesuchen hinauf?»

«Wie bitte?» fragte Jeanne sprachlos. «Er . . . er steigt bis in das Stockwerk des Kranken hinauf!»

«Tatsächlich? Sehr aufopfernd. Man merkt, daß er aus der Provinz kommt. Hier steigt ein guter Arzt nicht weiter als in den ersten Stock. Monsieur Aubriot könnte sich auf den zweiten Stock spezialisieren. Im ersten sind die meisten Kranken schon ärztlich versorgt, und im dritten sind sie arm.»

Jeanne hatte angefangen, Tränen zu lachen. Als sie wieder ernst werden konnte, sagte sie: «Kommen wir auf mein Problem zurück. Glaubt Ihr, daß ich für den Anfang im Templer-Viertel ein nicht zu teures Ladenlokal finden könnte?»

«Bevor man dort über den Preis diskutiert, muß man erst einmal etwas Leerstehendes finden! Aber man hat gerade den Laden eines Betrügers von Welt geräumt, der sich für gerissen genug hielt, dort, vor Verfolgung sicher, die bemalten Stoffe des Monsieur Oberkampf nachzumachen. Da dieser schlimme Halunke aber nichts von der Druckkunst verstand, ist es ihm nur gelungen, dreihundert Ballen Stoff mit Farbe zu verderben. Nun ist dieser Venezianer nach Holland ausgerissen und hat alles stehen- und liegenlassen. Der große Fabrikraum ist bereits vergeben, aber am Ende derselben Straße hatte er eine kleine Junggesellenwohnung, die ein reizender Laden für Euch wäre.»

«Warum nennt Ihr ihn den Venezianer?»

«Weil er einer ist! Und das sah man! Er ging immer wie für den Karneval seiner Stadt gekleidet, farbenprächtig unter seinem schwarzen Cape, mit glitzernden Berlocken behangen, mit einem federgeschmückten Dreispitz wie unter Louis XIV. Er . . .»

Von der Schilderung verblüfft, unterbrach ihn Jeanne: «Wißt Ihr seinen Namen?»

«Casanova de Seingalt, Ritter Casanova, wie es scheint.»

Jeanne lächelte freudig: «Mercier, ich will diesen Laden, ich brauche ihn! Er wird mir Glück bringen. Meine Begegnung mit dem Chevalier Casanova an der Tür eines Ladens im Templer-Bezirk ist so unerwartet, daß ich sie für einen Wink des Schicksals halten will.» Und da er sie mit runden Augen ansah, fügte sie hinzu: «Ich habe den Chevalier Casanova in Lyon kennengelernt.»

«Meiner Treu, die Sache erscheint mir möglich. Die neue Hauptmieterin braucht ihn nicht und will ihn untervermieten. Sie läßt sich im Templer-Viertel nieder, um dort geschmuggelte Kleider zu verkaufen – vor allem englische und orientalische. Der Ort ist dafür geeignet: alle Ritter aus Malta, die durch Paris kommen, steigen im Templer-Viertel ab, und alle zur See fahrenden Malteser sind Schmuggler. Amélie Sorel steht bestens mit einem gewissen Ritter Vincent, dem geschicktesten Piraten. Wenn Ihr einen Strohhut Made in London oder den schönsten türkischen Morgenrock wollt, müßt Ihr Euch bei der Sorel bedienen.»

«Mercier», rief Jeanne aus, «ich will diesen Laden! Ich will ihn so sehr, daß ich ihn einfach bekommen muß!»

Auch noch Vincents Namen zu hören hatte ihre Erregung bis zum äußersten gesteigert. Sie ging wie von Flügeln getragen, und Mercier, der es keineswegs eilig hatte, versuchte sie vergebens zu bremsen. Sie kamen zum Pont Neuf. Als sie über der Mitte des Flusses waren, lehnte Jeanne sich an das Geländer und nahm sich endlich die Zeit, sich näher zu erklären: «Meine Ungeduld, diesen Laden zu bekommen, mag Euch überraschen, aber ich habe in Euren Worten Zeichen entdeckt, und ich glaube an Zeichen. Außerdem habe ich vernünftige Gründe, ihn zu wollen. Ich frage mich zum Beispiel, ob ich nicht auch ein wenig von Schmuggelware profitieren könnte? Exotische Tees, das müßte doch gefallen?»

«Genial!» rief Mercier aus. «Jeannot, Ihr redet Gold. Stellt Euch vor, Ihr würdet jenen aphrodisiatischen Tee in Tüten verkaufen, den der Großmogul benutzt, um seinen Harem besser zu beglücken: liebe Freundin, man würde sich ständig in Eurem Laden drängen! Und der Prince de Conti wird Euch Euer Stärkungsmittel als allererster pfundweise abnehmen, denn in den Bordells ist wohlbekannt, daß aus dem Prinzen nur schwer etwas anderes als Wind herauszuholen ist.»

«Mercier», sagte Jeanne, «Ihr seid eine Lästerzunge.»

«Eine Neuigkeitskrämerzunge, liebe Freundin. Irgendwie muß man ja seinen Lebensunterhalt verdienen. Es ist nicht so schlimm, sich das Tun und Treiben anderer anzueignen wie sich ihr Hab und Gut anzueignen – das habe ich eines Tages auch jenem Ritter Vincent erklären müssen, von dem ich sprach, und freundlicherweise hat er es auch zugegeben. Er war gekommen, um mir die Ohren langzuziehen; mit meiner Logik hochzufrieden ist er wieder gegangen, seither sind wir gute Freunde, und wenn Ihr wollt, empfehle ich Euch ihm für Eure kleinen Einfuhrgeschäfte.»

Es gelang Jeanne, nicht allzu rot zu werden. In gleichgültigem Ton fragte sie: «Welches Unrecht hattet Ihr dem Chevalier denn angetan, daß er Euch übel wollte?»

«Oh», sagte Mercier, «ich bekomme immer nur durch meine Feder Ärger. Ich muß meiner Zeitung mein Soll an Zeilen liefern, und eines Abends, als mir nichts Besseres einfiel, habe ich für die Klatschspalte etwas über die Liebschaft des Chevalier mit der Tänzerin Robbe hingekritzelt.»

«Und der Chevalier Vincent ärgerte sich so sehr, daß er die Ehre einer Tänzerin verteidigte!» rief Jeanne plötzlich erzürnt aus.

«So war es nicht. Es war so, daß die Robbe in Lauraguais war und daß der Graf, bevor er meinen Artikel las, noch nicht genau wußte, ob er ein Hahnrei war.»

«Und dann?» fragte Jeanne begierig.

«Dann? Vincent und Lauraguais sind auf die Advokatenwiese gegangen.»

«Was! Wegen einer Tänzerin! Sie haben sich wegen einer Tänzerin geschlagen?»

«Nein, sie haben sich geschlagen, weil Lauraguais Vincent einen Piraten genannt hat. Bei einem Korsaren geht dieses Wort nicht durch.»

«Erzählt doch, wie es weiterging!» rief Jeanne ungeduldig aus.

«Nun, es ist nicht viel geschehen. Für die Beleidigung hat der Korsar Lauraguais einen Kratzer an der Hand beigebracht, und für die Tänzerin hat Lauraguais nichts gewollt. Sie haben sich geküßt und sind Arm in Arm zu einem Austernessen gegangen, bei dem sie sich über Mademoiselle Robbes Zeiteinteilung geeinigt haben.»

«Das ist skandalös!» platzte Jeanne mit sprühenden Augen heraus.

«Was kümmert es Euch?»

«Es kümmert mich überhaupt nicht», sagte Jeanne wutschnaubend. «Was sollte mich das Verhalten zweier Wüstlinge kümmern? Aber gesteht, daß jede Frau das Recht hat, sich zu ärgern, wenn ihr ein neuer Fall von der Frechheit der Männer berichtet wird. Seht Euch diese zwei an, die sich brüderlich den Körper ihrer Tüllpuppe teilen, ohne auch nur die Ritterlichkeit zu besitzen, sie zu ihrem Schlemmermahl einzuladen, um ihre Meinung zu hören und sie von dem guten Champagner genießen zu lassen. Das ist doch allerhand!»

Ihr Zornesausbruch mußte Mercier aufs höchste überrascht haben. Jeanne war sich dessen bewußt. Sie ging eine Weile durch den Garten der Barmherzigen Brüder, um ihre Ruhe wiederzufinden, bevor sie zu Hause das Abendessen bereitete. Sie fühlte, daß ihre Wangen noch heiß waren von der erregten Röte, die vorhin in ihnen aufgestiegen war. Das war wirklich zu dumm! Was konnte es ihr denn ausmachen, daß Vincent mit einer Tänzerin geschlafen hatte? Oder mit dreien oder mit zehn? Ein Seemann auf Landgang hat so vulgäre Gelüste . . . Arme Pauline, dachte sie.

Großes Mitleid für Madame de Vaux-Jailloux, die von ihrem Liebhaber so niederträchtig mit einem Mädchen von der Oper betrogen wurde, überkam sie. Das war der Dank dafür, daß sie ihm das Badezimmer von Louis XV. nachgebaut hatte, der Dank dafür, daß sie liebevoll die kostbaren Besitztümer des Abwesenden in

Ordnung und staubfrei hielt, ach ja, das war der Dank dafür, daß sie sich zärtlich erinnerte: so vollständig zwischen den wohlfeilen Schenkeln einer Tänzerin vergessen zu werden! Es fehlte nicht viel, und Jeanne hätte über Paulines Unglück geschluchzt.

6. Kapitel

Mademoiselle Sorel vermietete ihr das kleine Ladenlokal für zweihundertachtzig Livres, die für ein halbes Jahr im voraus zu bezahlen waren. Das war eine Wuchermiete, aber der Laden bestens gelegen, ganz in der Nähe der Einfahrt, an der Ecke der Rue du Temple und der Rue Meslay. Wohin ein Spaziergänger innerhalb des Bezirks auch gehen mochte, wenn er aus der Stadt kam, mußte er hier vorbei, ebenso wie die tägliche Besuchermenge, die zum Großprior oder zu seiner Geliebten, Marie-Charlotte de Boufflers, einer vielbesuchten Dame, ging.

Wenn die Instandsetzung weiterhin so schnell voranging, würde Jeanne ihr Geschäft, La Tisanière, schon am 1. Juli eröffnen können. Es verging kein Tag, an dem sie nicht aus dem Garten kommend die Arbeit ihres Schreiners inspizierte. Ihr Aushängeschild hatte sie bereits bei einem Handwerker bestellt: eine große Teekanne aus weißem Email, verziert mit einem Zweig Mäusedorn und roten Beeren, darüber das Wort La Tisanière in runder goldener Schrift, flaschengrün umrahmt.

Für den Kaminaufsatz empfahl Mademoiselle Basseporte ihr den geschicktesten Lehrling von Clermont, einem beliebten Dekorateur, und für acht Livres und fünfzehn Sous malte dieser sechzehnjährige Künstler sehr schön einen Strauß Feldblumen, locker neben einen Gärtnerinnenhut mit Bändern auf den Tisch. Das war einfach, frisch, sehr fröhlich, und Philibert befand, daß die Blumen sogar ohne allzu viele Fehler dargestellt waren.

Philibert war nämlich inzwischen eingeweiht.

Tatsächlich war er der letzte gewesen. Sie hatte solche Angst gehabt, ihn zu verärgern, daß sie, nachdem sie ihre Idee an Mercier ausprobiert hatte, sie noch an all jenen ausprobierte, deren Meinung ihr wichtig war. Mademoiselle Basseporte hatte die Idee gefallen und Pater Joachim ebenfalls. Lalande hatte, großzügig wie gewöhnlich, angeboten, seine Börse für eine Anleihe zu öffnen. Der schüchterne Thouin war einen Moment lang bestürzt gewesen – Jeanne erschien ihm zu jung, um Geschäftsfrau zu werden! Aber gleich darauf hatte er seine Unterstützung für den Ankauf von guten klassischen Heilpflanzen zugesagt, die in manchen Pariser Klöstern im Überfluß gezogen wurden. Dann waren die Antworten auf die zwei Briefe eingetroffen, die Jeanne an Marie und Madame de Bouhey gesandt hatte – die von Marie begeistert, die der Baronin sehr erfreut. Um ihrer Freundin zu helfen, hatte Marie angeboten, was sie geben konnte: Küchenkräuter aus ihrem Garten, so viel Johannisbeerlikör, wie gebraucht wurde, und Borretsch, der in Autun den ganzen Sommer über in der steinigen Umgebung der Porte Saint-André in Massen zu pflücken war.

Madame de Bouhey schrieb ihrem Schützling: «Sei erfolgreich: das ist mein einziges Leitwort. Mach mit Deinem Teegeschäft Dein Glück, und Du wirst mich glücklich machen. Ich habe Dich nicht frohen Herzens mit Aubriot weggehen sehen. Aber wenn Du, dank Deines Eigensinns, in Paris den Weg zur Unabhängigkeit finden solltest, werde ich getröstet sein und nicht mehr beten, daß Du aufhörst, Aubriot zu lieben, bevor es zu spät ist. Deine Teegeschichte gefällt mir so gut, daß ich die Anfänge mit Dir teilen möchte. Wenn Du guten Rat oder Geld brauchst, geh zu meinem Bruder Mathieu in der Rose Picarde. Gib mir Deine Anweisungen für den Gärtner, er wird anpflanzen, was Du willst . . . Du scheinst Angst zu haben, Aubriot von Deinem Plan in Kenntnis zu setzen», schrieb sie weiter unten. «Glaubst Du wirklich, daß es ihn ärgern wird zu sehen, wie Du zumindest das Geld für Deine Kleider und Deinen Friseur verdienst? Wer hat Dir diese falsche Vorstellung in den Kopf gesetzt? Jeannette, glaub nicht, daß der gewöhnliche Mann es vorzieht, daß seine Geliebte alles ihm verdankt; der gewöhnliche Mann zieht es vor, daß eine Geliebte ihn nichts kostet!»

Philibert hatte sich jedoch zunächst sehr überrascht und verärgert gezeigt, als er erfuhr, daß Jeanne eine Idee gehabt hatte, die sie in nichts ihm verdankte, und daß sie ihren Plan vorangetrieben hatte, ohne nach seiner Meinung oder Erlaubnis zu fragen. Aber sie hatte ihm auseinanderzusetzen gewußt, daß sie es gerade wegen der Wichtigkeit seiner Meinung zitternd bis zur letzten Minute aufgeschoben hatte, ihn zu befragen. Da hatte er sich wieder beruhigt und ihr zwar nicht gesagt, aber zu verstehen gegeben, diese Geschichte mit La Tisanière sei vielleicht gar nicht so dumm. Er hatte sich den Laden angesehen, und später setzte er sich an seinen Schreibtisch, um Teerezepte aufzuschreiben und eine Liste der Waren aufzustellen, die vor der Eröffnung eingelagert werden mußten.

Seit die künftige Geschäftsfrau sich von allen, die sie liebte, anerkannt fühlte, strahlte sie vor Freude. «Ach, ich wünschte, ich wüßte schon, wer mein erster Kunde ist!» sagte sie bei jeder Gelegenheit und riet herum, wer es sein würde.

«An Eurer Stelle, Jeannette, würde ich versuchen, die Favart zu bekommen», sagte Mercier eines Tages zu ihr. «Als Schauspielerin ist sie zwar ziemlich aus der Mode, aber man darf nicht vergessen, daß sie nicht nur die ‹Nichte› des Abbé de Voisenon ist, sondern auch die ‹Witwe› des Marschalls von Sachsen, und daß sie durch diese Verwandten eine Menge Leute in der großen Welt kennt. Außerdem braucht sie am Théâtre-Italien nur ein Wort zu sagen, und die ganze Besetzung zählt zu Euren Kunden, samt Liebhabern und Geliebten.»

«Ich habe Madame Favart seit unserem Sonntag bei Landel aber nicht wiedergesehen», sagte Jeanne.

«Oh!» meinte Mercier. «Ihr werdet sie wiedersehen! Sie wird schon eine Krankheit an sich entdecken, die sie Eurem Arzt vorführen kann.»

«Wie meint Ihr das?» fragte Jeanne und runzelte die Augenbrauen.

«Nun», sagte Mercier, «erst gestern hat mich Madame Favart nach Doktor Aubriot gefragt, und ich habe ihr geantwortet, sie träfe ihn jeden Dienstagabend im *Café de la Régence.*»

Bei Landel hatte Aubriot Philidor kennengelernt.

Als letzter glanzvoller Sprößling eines Geschlechts guter Musiker hatte der Komponist Philidor nicht nur eine geniale Begabung für die Musik, sondern auch für das Schachspiel. Er galt als der beste

Spieler seiner Zeit. Aubriot war ein guter Spieler – Schach war das einzige Spiel, das er nicht mied, und seine Begegnung mit einem Meister hatte ihn dazu veranlaßt, von nun an einmal in der Woche ins *Café de la Régence* zu gehen.

Dieses Café an der Place du Palais-Royal war sehr überlaufen, seit die Pariser etwa im Jahre 1760 das Schachfieber gepackt hatte. Man sah dort Literaten und pensionierte Offiziere, bürgerliche alte Junggesellen, durchreisende Fremde. Am späten Nachmittag kamen einige Damen herein und setzten sich für einen Moment, und ihre seidigen Farben erhöhten noch den Reiz einer reizenden Umgebung. Nach dem Zeitgeschmack war das *Régence* ganz mit hohen Spiegeln verkleidet, die von Holzrahmungen in stumpfem Grün, aufgehellt von blaßgoldenen Linien, unterteilt wurden. So angenehm war hier der Aufenthalt an den Tischen aus weißem Marmor, daß manche Stammgäste die meiste Zeit ihres Nachmittags hier verbrachten und ihr Schach- oder Damebrett erst zu später Stunde zurückgaben, wenn jene kamen, die man spielen sehen mußte: Philidor, d'Alembert, Marmontel, Crébillon, Helvétius, der Buchhändler Panchoucke, der Comte de Grimm und Daubenton – ein kümmerlicher, zurückhaltender Mann, dessen ständige feine Ironie und unermüdliche Konzentrationsfähigkeit man erst mit der Zeit entdeckte, Eigenschaften, die den Mitarbeiter Buffons zu einem fürchterlichen Gegner im Schach machten. Andere bekannte Pariser Persönlichkeiten kamen, wenn sie auch nicht gern spielten, nicht weniger regelmäßig ins *Régence*, etwa Diderot, Lalande, der Baron d'Holbach, Suard, der Herausgeber der *Gazette* und viele andere, denn ‹alle Welt› legte schließlich Wert darauf, sich im *Régence* zu zeigen. Wenn man also einmal in der Woche dort hinging, konnte man annähernd sicher sein, daß man innerhalb kurzer Zeit ‹alle Welt› sehen würde, das heißt die zweihundert Personen, die Paris ausmachten. Unter den Stammgästen des *Régence* herrschte die liebenswürdigste Urbanität, die jedem Unbekannten mit guten Manieren von vornherein zugute kam. Insbesondere die englischen Reisenden stellten sich alle im *Régence* ein und lobten immer wieder «the delightful life of coffee-society», das man dort ungezwungen genießen konnte, sofern man jenseits des Kanals gut genug erzogen worden war, um europäisch, das heißt Französisch zu sprechen. Sah man dort manchmal nicht sogar Seine Hoheit, den Duc d'Orléans?

Der Dienstag war wegen der Anwesenheit des Schachmeisters Philidor ein sehr belebter Tag, und deshalb hatte Aubriot ihn gewählt. Der Arzt traf pünktlich um sechs Uhr ein, wenn die Partien sich zusammenfanden. Jeanne sah zu, wie die Spieler sich hinsetzten, bevor sie auf Zehenspitzen ein wenig zwischen den Tischen umherging; recht bald zog sie sich in einen Winkel des Raums zurück, wohin Lucien, *ihr* Kellner, ihr gebieterisch und mit breitem Lächeln einen Tee mit Rum, die *Gazette* vom Tage und ein Blatt mit Neuigkeiten brachte.

Sie konnte selten länger als zehn Minuten lesen. Bald setzten sich zwei oder drei andere Besucher zu ihr, um mit leiser Stimme ein Gespräch anzuknüpfen. Ihre Schönheit, ihr Charme und ihr Esprit verschafften ihr immer Gesellschaft, sie hatte sogar ihre ‹Stammgäste›: Mercier, immer geschwätzig, und einen jungen Mann, der dagegen so stumm und finster war und einen so unbestimmten, eisigen Blick hatte, daß man ihn für einen Schwachsinnigen hätte halten können. Dieser junge Mann nahm einen Stuhl, setzte sich Jeanne zugewandt rittlings darauf und sah sie starr an, aber als ob er sie nicht sähe, wobei er an seinen Nägeln kaute. Als sie ihn das erste Mal wahrnahm, hatte Jeanne ihn für einen Gast des *Régence* merkwürdig aussehend gefunden: er trug einen braunen, sehr abgewetzten Anzug, Krawatte und Manschetten waren zerknittert und eher grau als weiß; auf seiner schiefsitzenden Perücke fehlte der Puder, der an seinen Ohren und auf seinen Schultern klebte, und an Stelle eines Degens hielt er einen großen aufgerollten Regenschirm unter dem Arm. Wie hypnotisiert hatte Jeanne ihren Blick nicht von diesem unpassenden Regenschirm lösen können, bis d'Alembert kam, den Schirm nahm, ihn einem Kellner übergab und mit dem jungen Mann schimpfte: «Nun, guter Freund, welchen geometrischen Punkt habt Ihr in dem Augenblick bestimmt, als Ihr Euren Degen nahmt? Ich habe Euch schon hundertmal geraten, ihn nicht neben Euren Schirm zu legen.» Und d'Alembert hatte seinen Arm unter den des Zerstreuten geschoben, ihn vor Jeanne geführt und hinzugesetzt: «Ich sehe, daß Ihr den guten Geschmack habt, Mademoiselle zu bewundern, als wäre sie das schönste der gleichschenkligen Dreiecke, daher werde ich sie um Erlaubnis bitten, Euch vorzustellen . . . Mademoiselle, ich stelle Euch meinen guten Freund vor, den Marquis de Condorcet. Seid nachsichtig gegen ihn, wenn Ihr ihn lächeln seht, während Ihr ihm eine Tragödie erzählt; er hat nämlich kein böses Herz, aber sein Gehör ist zum Verzweifeln, immer lauscht es eher seinem Kopf als Euren Worten!»

Jeanne hatte sich an die schweigsamen Kontemplationen des jungen Marquis de Condorcet gewöhnt. Das Trio, das sie mit dem unermüdlich flatternden Mercier und dem schweigenden, eingerosteten Condorcet bildete, war so typisch, daß es sogleich zu einem der zehn oder fünfzehn ‹lebenden Bilder› in der Szenerie des *Régence* geworden war. Im Gefolge von Lalande nahmen einige von jenen, die, weil sie nicht spielten, ‹Vagabunden› genannt wurden, die Gewohnheit an, sich eher zu diesem Trio als anderswohin zu setzen, und da sie alle Männer waren, hatte Jeanne von nun an dienstags ihren kleinen Hofstaat im berühmtesten Café des berühmtesten Viertels von Paris. Die künftige Kräuterteehändlerin war nicht böse darüber, sich schon im voraus einen Ruf zu verschaffen. Mercier und Lalande steckten unter einer Decke, um das Heilkräuterwissen ihrer Freundin zur Geltung zu bringen, indem sie ihr wie zufällig die nötigen Fragen stellten. Eines Dienstags kam Condorcet, wie alle anderen von Jeannes Kenntnissen verwundert, Arm in Arm mit einem jungen Mann bei ihr an, der ungefähr in seinem Alter war und ein ganz rundes, ganz klares, ganz lächelndes Gesicht hatte:

«Mademoiselle, dies ist ein Freund, Monsieur Lavoisier, den ich Euch anvertrauen möchte», sagte er. «Dieser Sonntagsbotaniker ist in höchster Verlegenheit wegen eines Fundes, den er bei einer Bodenanalyse des Mont Valérien gemacht hat. Ich habe ihm gesagt, Ihr könntet ihm helfen, ihn einzuordnen. Er wird Euch keine Mühe machen, sobald er sich mit einer Sache befaßt, ist er kein schlechter Schüler.»

Der Name Lavoisier ließ Jeanne erschauern. Lavoisier, hieß so nicht der Chemiker, mit dem Denis Gaillon korrespondierte, bevor er mit Émilie entfloh? Sie empfand den jungen Gelehrten als so schlicht und herzlich, daß sie gleich nach der Begrüßung zu ihm sagte: «Monsieur, Ihr seid Chemiker, nicht wahr? Ich habe in meiner Heimat einen Jugendfreund gehabt, der es ebenfalls war und der die größte Bewunderung für Euch hegte. Ich spreche von Denis Gaillon.»

«Ich war sehr überrascht, durch einen Brief aus Malta zu erfahren, daß Euer Freund Gaillon dort ist», sagte Lavoisier. «Ich hatte eher erwartet, er würde im Garten des Königs landen, um bei Monsieur Rouelle zu studieren.»

Jeanne genoß einen Augenblick reiner Freude. Ihr Instinkt hatte sie nicht getrogen: Émilie und Denis waren in Malta, in Sicherheit, und es konnte nur Vincent sein, der sie dort hingebracht hatte. Eine Frage Lavoisiers rief sie in die Gegenwart zurück: «Warum hat Euer Freund Frankreich denn verlassen?»

«Wegen einer Herzensangelegenheit», sagte sie nach einem Augenblick des Schweigens.

«Oh!» sagte Lavoisier. Und er setzte hinzu: «Schade. Ich glaube, in Paris wäre er ein ausgezeichneter Chemiker geworden.»

«Vielleicht befriedigt die Liebe einen Mann mehr als die Chemie?»

«Vielleicht, Mademoiselle», räumte der Chemiker in einem Ton ein, dem man anhörte, daß er nichts dergleichen glaubte.

Sie lachte leicht auf: «Ich errate an Eurer Stimme, daß Ihr Eure Retorten nicht stehenlassen würdet, um mit der Frau, die Ihr liebt, über die Meere zu fahren!»

«Ich glaube nicht, Mademoiselle. Aber warum sollte die Frau, die ich liebe, mich von meinen Retorten trennen wollen? Ein Chemiker ist ein sehr amüsanter Mann, versichere ich Euch.»

«Ich weiß, daß Chemiker und Physiker einem schöne Kunststücke vorführen können. Aber ich lasse mir lieber Geheimnisse enthüllen, und in dieser Hinsicht halte ich einen Seemann . . . oder einen Astronomen für geeigneter als einen Chemiker», sagte sie, mit einem Verschwörerblick zu Lalande.

«Aber ganz und gar nicht!» protestierte Lavoisier. «Die Wette verliert Ihr, Mademoiselle. Wenn Ihr mir ein wenig zuhören wolltet, würde ich Euch wunderbare Geheimnisse zeigen. Wartet, ich werde Euch erzählen, wie man atmet.»

«Ein schönes Geheimnis, wirklich! Ich weiß sehr gut, wie ich atme, Monsieur!»

«In dem Fall erklärt es mir schnell», seufzte Lavoisier. «Denn ehrlich gesagt weiß ich noch nicht so recht, wie wir atmen.»

«Das ist sehr schade, Monsieur», ertönte hinter ihnen Aubriots Stimme, die sie aufschrecken ließ.

Seit einer Weile verstärkte sich der Lärm im Café, wo eine

Schachpartie nach der anderen zu Ende ging. Jeanne und ihr Gesprächspartner hatten Aubriot, der seine Partie beendet hatte, nicht kommen hören. An den Chemiker gewandt, fuhr er fort:

«Monsieur, wenn Ihr etwas mehr über das Atmen wißt, werde ich vielleicht etwas mehr über Lungenkrankheiten erfahren. Und ich muß dringend mehr darüber wissen», fügte er rasch hinzu.

Der letzte Satz des Arztes kam Jeanne so schwerwiegend vor, daß sie Philibert von Angst ergriffen musterte: dieses Blutspucken, von dem sie in Charmont sowohl durch die Baronin als durch Madame de Saint-Girod gehört hatte, sollte es wieder angefangen haben, ohne daß sie es merkte?

Unterdessen fuhr Aubriot fort: «Die Ärzte von morgen müssen Chemiker und Physiker sein, es sei denn, sie wollen sich lieber weiterhin lächerlich machen, was freilich nicht auszuschließen ist.»

Aubriot und Lavoisier kannten sich schon durch häufige Begegnungen bei Rouelles Vorlesungen; sehr schnell fingen sie an, über Chemie zu reden. Jeanne verließ sie gelangweilt und schloß sich dem Kreis von Zuhörern an, die an Diderots Lippen hingen. Lalande, der auch dort herumstand, legte Jeanne den Arm um die Taille und zog sie an sich, um ihr Ohr an seinen Mund zu bringen:

«Wahrhaftig», flüsterte er, «es ist ein Wunder, wie leicht und flüssig ihm die Worte kommen, sogar um das auszudrücken, was er nicht klar erfaßt!»

Jeanne lachte frevelhaft, worauf sich die Köpfe nach ihr umdrehten und Lalande ihren Mund mit der Hand bedeckte.

«Er ist wieder so in Fahrt, daß er bis elf Uhr reden wird», murmelte er, als sie wieder ernst geworden war.

Grundsätzlich mußten im Frühling alle Cafés um zehn Uhr schließen, aber an einem so gutbesuchten Lokal wie dem *Régence* gingen die Wachsoldaten vorbei, ohne die Lichter zu sehen. Selbst die Spione des Polizeileutnants blieben über die Sperrstunde hinaus und sperrten weiter ihre großen Ohren auf, in der Hoffnung auf eine aufrührerische Bemerkung für ihren Herrn und Meister oder auf schlüpfrigen Klatsch, den man dem König übermitteln würde. Ganz in ihrer Nähe sitzend, vergnügten sich Marmontel und d'Alembert an jenem Abend damit, das Trommelfell der Spitzel mit einer revolutionären Plauderei in verschlüsselter Sprache zu kitzeln. Alle Welt wußte, daß die Bedienung des *Régence* für fünf Louis den Schlüssel zum Code der Philosophen verkaufte, aber jedermann tat so, als sei er allein eingeweiht: so wollten es die Spielregeln.

«Die Baracke, das ist was?» fragte Jeanne, die von dem falschen Geheimnis noch nicht alles wußte.

«Die Regierung natürlich», sagte Lalande.

«Und Leroux ist Choiseul?»

«Ja, wegen seiner Haarfarbe.»

«Und *der* Vicomtesse?»

Freude blitzte in Lalandes Augen auf: «Der Prince de Conti», sagte er.

Und da Jeannes überraschter Blick ihn fragte: Welchen Zusammenhang hat das? fügte er hinzu:

«Der Prinz ist der Liebhaber einer Comtesse», lachte hemmungslos und fing gerade noch seine dadurch in Bewegung geratene Perücke auf.

Plötzlich vernahm Jeanne ein Rauschen von Seide; es näherte sich ihnen mit derartiger Geschwindigkeit, daß sie sich umwandte.

Madame Favart gab im *Régence* einen Theaterauftritt. Den Busen vorgewölbt, ein sehr rotes Lächeln auf den Lippen, kam die Schauspielerin mit ausgestreckten Händen auf Jeanne zu, mit solcher Eile, als wolle sie sich in die Arme einer nach zehnjähriger Trennung wiedergefundenen teuren Freundin stürzen.

Jeanne sah Justine Favart zum zweitenmal und fragte sich zum zweitenmal, wie diese Frau es einst wohl angestellt hatte, der Schwarm von Paris zu werden. Mit ihrem schändlich rot und weiß zugekleisterten, vierzigjährigen Gesicht und ihrer Frisur *en tapé,* die plattgedrückt wie ein Kuchen aus Straßenkot auf ihrem Schädel saß, ihren hohlen Wangen, ihrem spitzen Kinn und dem Farbengemisch aus Kirschrot und Kanariengelb, in dem sie gekleidet war, schien der ehemalige Schwarm der Pariser ihr allenfalls geeignet, einen weit in die Flucht zu schlagen. Verlegen und steif ließ sie sich von der Dame voller Ungeduld ans Herz drücken.

«Mademoiselle, Euch wollte ich sehen», sagte Justine unter allzu vielen Küssen.

«Mich, Madame?» fragte Jeanne immer erstaunter.

«Mademoiselle, Ihr habt mir gleich gefallen, als ich Euch bei Landel gesehen habe. Ihr seid reizend anzusehen und anzuhören, daher würde es mich freuen, wenn Ihr bei dem kleinen Fest, das ich am Claudius-Tag auf meinem Landsitz in Belleville gebe, eine Romanze singen würdet. Nun?!»

«Am Claudius-Tag?» wiederholte Jeanne entgeistert. «Und ich . . . habt Ihr etwas mit dem Claudius-Tag zu tun?»

«Mein lieber Onkel, der Abbé de Voisenon, heißt mit Vornamen Claude – wußtet Ihr das nicht? Nun hat die Duchesse de Choiseul vor, ihn mir zu entführen und ihn zu den Bädern von Barèges mitzuschleppen, weil sie Angst hat, sich dort zu langweilen, wenn sie nicht ihren ganzen Hof von Unterhaltern mitnimmt. Ihre Abreise ist für Mitte Juni festgelegt, und bevor der Abbé mich verläßt, möchte ich ihn mit einem schönen Fest überraschen. Mein Garten wird bald voller Rosen und Kirschen sein, ich werde Musikanten in die Gartenlaube setzen, wir werden tanzen, singen, lachen wie die Verrückten! Sagt mir doch, was Ihr singen wollt?»

Sie ist verrückt! dachte Jeanne.

«Aber Madame», sagte sie, «ich werde niemals wagen, mich in Eurem Salon zu produzieren! Ich bin natürlich gerührt, daß Ihr daran denkt, mich einzuladen, aber . . .»

Sie wollte hinzufügen: . . . aber ich halte mich für zu wenig talentiert, um vor Madame Favarts Gästen zu singen, als Justine meinte, ihren Satz beenden zu können und ihr ins Wort fiel:

«Aber das Pflanzensammeln rund um Paris hat mit dem Frühling wieder begonnen, Ihr müßt Doktor Aubriot assistieren, und er hätte ein schlechtes Gewissen, wenn er seine Sonntagsschüler abbestellen müßte. Ich weiß das alles, Mademoiselle: Monsieur hat es mir zweimal ausrichten lassen, durch Philidor und durch Crébillon, die ich gebeten hatte, ihm meine Einladung zu überbringen. Aber ich bin eine sehr hartnäckige Person, daher habe ich beschlossen, sie selbst zu wiederholen. Und dieses Mal wende ich mich an Euch, denn die Frauen müssen sich untereinander gegen die Männer helfen, wenn die Männer meinen, sie von Vergnügungen abhalten zu müssen. Also, es ist abgemacht, nicht wahr, Ihr kommt zu meinem Fest und bringt mir Euren Gelehrten mit?»

Dumpfe Wut war in Jeanne aufgestiegen. Demnach hatte Philibert es nicht einmal für nötig gehalten, sie von Madame Favarts Einladung zu unterrichten? Daß er alle Naselang Entscheidungen traf, ohne sie zu befragen, daran hatte sie sich von Kindheit an gewöhnt; aber daß er es noch heute nicht einmal für nötig hielt, ihr seine Entscheidungen mitzuteilen, reizte sie bis aufs Blut! Sein kleines Mädchen war groß geworden, das hätte er immerhin ab und zu bemerken können. Sie überraschte Justine, die damit rechnete, an Aubriot verwiesen zu werden, mit der schnellen und klaren Antwort: «Alles in allem habt Ihr nicht unrecht, Madame, Frauen müssen sich gegenseitig helfen, um sich das Leben ein wenig schön zu machen. Ich für mein Teil werde Eure Einladung nicht ausschlagen. Ich werde mich gewiß bemühen, Euch Monsieur Aubriot mitzubringen, aber niemand bringt ihn leicht dazu, seine Meinung zu ändern. Wenngleich meine bescheidene Person ohne Zweifel nur im Schatten der seinen erfreulich ist, darf ich mir trotzdem schmeicheln, daß Ihr mich ohne allzuviel Verdruß allein zu Eurer Landpartie kommen sehen würdet?»

Bah! Wenn sie kommt, wird er nicht wagen wegzubleiben, dachte Justine. Jeannes Hände drückend, versicherte sie ihr überschwenglich, daß sie immer bei ihr willkommen sei, allein oder in Begleitung, in Paris wie in Belleville. Währenddessen wägte sie in ihrem Kopf die lebhaften Worte der jungen Frau ab, witterte ein wenig Streit zwischen dem Paar und sagte sich, daß in diesem Fall der Moment gut gewählt sei, um sich als Dritte einzuschleichen. Sie würde Jeanne bis zu ihrem Fest nicht aus den Augen lassen, um sich auf dem laufenden zu halten: «Kommt doch an einem der nächsten Vormittage bei mir in der Rue Mauconseil vorbei», sagte sie. «Wir werden Euer Lied üben. Da ich spät zu Bett gehe, stehe ich spät auf; Ihr trefft mich also immer bis gegen Mittag lesend im Bett an. In diesen Tagen bleibe ich auf Anweisung der Mediziner sogar noch länger liegen», setzte sie hinzu, wobei sie die letzten Worte laut in Aubriots Richtung sprach.

«Seid Ihr leidend, Madame?» fragte Jeanne höflich.

Justine hatte nur auf diese Frage gewartet, um mit keineswegs leiser Stimme bis ins kleinste ihre Schwindelanfälle und Brustbeklemmungen zu schildern, bevor sie abschließend noch lauter sagte, sie müsse unbedingt endlich einen Arzt finden, der ihre Symptome ernst nehme. Jeanne amüsierte sich über Justines Bemühungen: Aubriot unterhielt sich mit Lavoisier; um ihn in seinem spannenden Gespräch zu stören, hätte die Favart mindestens mit einem gellenden Schrei ohnmächtig umfallen müssen.

«Habt Ihr versucht, Eure Beschwerden zu beseitigen, indem Ihr Eure Schnürbrust ablegt, Madame?» schlug sie boshaft vor.

«Wer kann das denn?» rief Justine aus. «Tronchin hat das schon einmal erwähnt, es ist seine Manie, einem die Kleider verderben zu wollen, indem man die Schnürbrust auszieht, aber wer kann dem gehorchen? Sagt mir nicht, daß Monsieur Aubriot der gleichen Ansicht ist?»

«Allerdings, Madame. Aber, nicht wahr, es gibt verschiedene Arten, von einer Frau zu verlangen, daß sie auf ihre Schnürbrust verzichtet, und ich kann Euch versichern, daß Monsieur Aubriot die richtige Art hat. Ihr würdet nicht glauben, wie viele Frauen er überredet hat, ihm zu Gefallen ihre Schnürbrust abzulegen.»

Justine betrachtete fragend Jeannes spöttisches Gesicht und sagte automatisch: «Zwar hat das Fischbein der Schnürbrüste heutzutage den Ruf, Knoten in der Brust zu verursachen, aber . . .»

«Wenn Ihr dergleichen befürchtet, so zeigt Monsieur Aubriot Eure Brüste», sagte Jeanne. «Er versteht sich darauf, Prognosen zu stellen. Vor allem, wenn man ihm erlaubt, die kranken Stellen zu sehen und anzufassen.»

Justine erschauerte genußvoll und rief unbesonnen aus: «Dann ist es also wahr, was behauptet wird: Doktor Aubriot behandelt wie ein Tierarzt?»

«Da ist etwas daran», räumte Jeanne unerschütterlich ein. «Aber ich habe bemerkt, daß manche Damen mit etwas animalischem Naturell es sehr angenehm fanden, so behandelt zu werden.»

Sie kreuzten die Blicke wie Klingen. Darauf sagte Justine zur Entspannung etwas Frivoles und stand auf, um zu gehen: offensichtlich würde sie an diesem Abend von Aubriot nicht mehr als einen zerstreuten Gruß bekommen. Sie trat vor und küßte Jeanne mit dem üblichen Gefühlsüberschwang ab.

Lalande näherte sich seiner jungen Freundin, sobald sie wieder allein war: «Hattet Ihr keine Angst, gebissen zu werden?»

«Lalande», sagte sie, «antwortet mir nach Eurer Gewohnheit frank und frei: würde Madame Favart Euch gefallen?»

Die langen Augenschlitze des Gelehrten leuchteten vor Bosheit: «Ich hätte nicht die geringste Lust, Euch mit ihr zu betrügen, wenn es das ist, was Ihr wissen wollt.»

«Dabei wird erzählt, sie habe den sehr unbeständigen Prinz von Sachsen beinahe treu und verrückt vor Leidenschaft gemacht.»

«Ich habe von Sachsen sehr gut gekannt: er ging gern ins Bordell.»

Jeanne biß sich in die Lippe und sagte mit zärtlicher Stimme: «Lalande . . .»

«Ja?»

«Ich bete Euch an. Ihr erratet immer, was ich hören möchte.»

Die Augenschlitze wurden noch schmaler: «Liebe kleine Freundin . . . wundert es Euch noch, daß ein Genie geniale Einfälle hat?»

Am Vormittag des übernächsten Tages kam Jeanne sehr früh aus dem Botanischen Garten nach Hause. Sie zog ihre Männerkleidung aus, öffnete die Truhe in ihrem Zimmer und betrachtete sinnend ihre Auswahl von Röcken und Miedern. Schließlich zog sie zwei Röcke aus feinem Sommerdrogett übereinander. Den oberen Rock mit sehr breiten grün-weißen Streifen schürzte sie etwas hoch, um das Grün des unteren Rocks mit Falbeln zur Geltung zu bringen. Das gleichfalls laubgrüne, enganliegende Jäckchen umschmiegte hübsch ihre Büste. Da es draußen schön war, würde sie nur ein leichtes weißes Fichu aus Batist nehmen, um ihr Dekolleté zu schmücken. Sie steckte die Haare unter ihre hohe Haube à la Ramponeau, und erst ganz zuletzt zog sie ihre weißen Lederschuhe an – sie hatte sich nicht abgewöhnt, in der Intimität ihres Zimmers auf Strümpfen zu laufen.

Schon im Gehen, kehrte sie noch einmal um und legte etwas rosa Puder auf die Wangen und Rouge auf die Lippen. Es war mit Philibert zwar ausgemacht, daß sie auf Schminke und Puder ebenso verzichtete wie auf Schnürbrüste, aber oft war sie einfach gezwungen zu mogeln: man ist nicht immer so kühn, sich mit nackter Haut in eine Welt von bis ins hohe Alter angemalten Frauen zu wagen. Jeanne sagte sich schadenfroh, daß Philibert ungehalten wäre, wenn er sie sähe: sie hatte große Lust, ihm zu mißfallen. Als sie ihm ihren Entschluß, zu Madame Favarts Fest zu gehen, mitgeteilt hatte, war er gemein gewesen. Schlimmer als gemein: eisig. Er hatte die Miene eines Beichtvaters aufgesetzt, der von einer wirklich zu großen Sünde beleidigt ist, bevor er abweisend sagte: «Sehr gut, Mademoiselle, leistet Euch die Marotte, wenn diese vulgären

Landpartien Euch Spaß machen. Aber wundert Euch nicht mehr, daß ich Euch mitunter wie ein Kind behandle, wenn Euer Verhalten nicht einmal Eurem wirklichen Alter angemessen ist.» Er hatte sich geweigert, weiter darüber zu sprechen, da er «keine Zeit zu verlieren habe». Was glaubte er eigentlich? Daß sie in der Stille über seinen Tadel nachdenken, bereuen, auf ihren schönen, lustigen Sonntag verzichten würde und ihm seine scheußliche Absicht verzeihen würde, sie lieber wie gewöhnlich nach Boulogne zu einer ‹intelligenten› Landpartie mitzunehmen? O nein, das nicht! Sie hatte viel zuviel Lust, ein bißchen frivole Luft zu schnuppern. Beim Hinausgehen versetzte sie Philiberts Pantoffeln, die mitten im Zimmer herumstanden, einen wütenden Fußtritt. Es waren elegante, bestickte Pantoffeln, an denen Jeanne die Unmutsregungen gegen ihren Liebhaber ausließ; liebevoll hatte die verstorbene Marguerite Maupin sie bestickt.

Als sie hinausging, nutzte Toutou, der dicke, wollige Hund von Doktor Vacher, die offene Tür, um in das verbotene Zimmer zu springen. Er sah die Pantoffeln auf dem Parkett herumliegen und schnappte sich einen mit freudigem Appetit. Jeanne stieß ein gellendes «Laß los!» aus, zog an dem Pantoffel, den Toutou ihr freundlich hinhielt. Sogleich zerrte Toutou beherzt an der anderen Seite, und der Pantoffel machte «Krack»! Jeanne betrachtete eine Weile die entzweigegangene Handarbeit der seligen Madame Aubriot, konnte ein Lächeln nicht unterdrücken und kraulte den Hund liebevoll zwischen den Ohren: «Guter Toutou», sagte sie, «lieber guter Toutou! Komm, mein Hündchen, friß den nächsten!»

Die Favarts wohnten nicht weit von Doktor Vacher. Seit etwa zehn Jahren hatten sie eine Wohnung in der Rue Mauconseil gemietet, ganz in der Nähe der Comédie-Italienne. Bei ihrem Einzug hatte die galante Marquise de Mauconseil, deren Palais der Straße ihren Namen gab, sogleich freundschaftliche Beziehungen zu dem Künstlerehepaar aufgenommen, und seitdem hatte in Bagatelle – dem reizenden Landsitz, den die Marquise mitten im Wald von Boulogne besaß – kein Fest ohne die Beteiligung der Favarts stattgefunden. Madame de Mauconseils Protektion war gerade zur rechten Zeit gekommen: Justine hatte soeben den vom Prince de Conti kaltblütig durchbohrten Moritz von Sachsen verloren und mit ihm ihr fürstliches Leben. Die Feste in Bagatelle hatten sie wieder auf vertrauten Fuß mit dem Adel gebracht, und in Bagatelle war sie eines schönen Tages auch mit dem draufgängerischen kleinen Abbé de Voisenon Hals über Kopf hinter einen Busch gesunken. Der amtliche Liebhaber ihres reifen Alters war weniger hochherrschaftlich und weniger ruhmreich als der amtliche Liebhaber ihrer Jugend, aber er hatte zumindest einen guten Charakter und besaß die Höflichkeit, sich bestens mit dem Ehemann seiner Geliebten zu verstehen. Von Mercier wußte Jeanne, daß die Favarts und Voisenon die beste *ménage à trois* von Paris bildeten, aber auf die intime Szene, in die sie in der Rue Mauconseil geriet, war sie doch nicht gefaßt.

Marguerite, Simon Favarts brave Schwester und Dienerin, öffnete ihr und kratzte sogleich an der Tür ihrer Schwägerin. «Ist es denn so spät, Margot?» antwortete Madame Favarts Stimme. Marguerite machte die Tür einen Spalt auf, um die Besucherin zu melden, dann öffnete sie sie ganz weit, um sie einzulassen ... Jeanne trat drei Schritte vor – und hätte vor Verblüffung beinah einen Satz nach hinten gemacht: Madame Favart und ihr kleiner Abbé lagen Seite an Seite in einem Bett, dessen Vorhänge aus blaßblauem Satin dicke Goldkordeln zur Seite rafften. Justine war in rosa Spitzenmusselin, der Abbé trug eine Nachtmütze und hielt mit beiden Händen ein dickes Buch.

«Tretet ein, tretet ein, meine reizende Mademoiselle», zwitscherte der Abbé mit seiner dünnen Stimme. «Ich habe gerade mein Brevier zu Ende gelesen.»

«Auf, auf, Abbé, Ihr seht, daß es spät ist, man muß ans Aufstehen denken», sagte Justine munter. «Wir können Euch nicht mehr gebrauchen, bitte, Mademoiselle und ich haben uns ein Geheimnis zu sagen.»

«Amen», sagte der Abbé und klappte sein Brevier zu.

«Wenn man mich vertreibt, gehe ich eben bei meinem lieben Neffen Fumichon meine Tasse Kaffee trinken», sagte er. «Er wird bei seiner dritten Morgenpfeife angekommen sein und mich vergiften, und ich werde husten – wo sind meine Pastillen? Ist es wirklich schon elf Uhr?»

Er hatte die Frage an Jeanne gerichtet.

«Ich glaube, es ist bereits elf Uhr vorbei», brachte sie mühsam hervor.

«Bei Gott! Deshalb gähnt mein Magen so sehr, daß es mir schwindelt. Liebe Nichte, Ihr werdet Eure Nachttischuhr reparieren lassen müssen.»

«Der Abbé hat einen Magen, der so verläßlich ist wie eine gute Uhr», erklärte Justine lachend.

«Ich bin Geistlicher, ich muß ein geregeltes Leben haben», sagte der Abbé zerknirscht.

«Nun?» fragte Justine, sobald der Abbé die Tür hinter sich zugemacht hatte. «Wollt Ihr Euch nicht setzen? Kommt hierher . . .»

Sie klopfte mit einladendem Lächeln auf ihre Bettkante.

Jeanne ließ sich auf Madame Favarts Lager nieder wie auf glühende Kohlen. Sie hatte große Mühe, sich in einem so neuen Klima natürlich zu verhalten. Die an ihre drei blauen Kopfkissen gelehnte Dame verbreitete ein schwüles, zu süßes Parfum. Unter ihrem durchsichtigen Hemd sah man ihre etwas schweren, aber für ihr Alter noch schönen Brüste, die Justine in eine stolze Haltung brachte, indem sie die Hände unter dem Nacken verschränkte. Die sichtbare Verlegenheit ihrer Besucherin amüsierte die Schauspielerin: dieses frische Naturkind etwas aufzulockern würde ihr nicht mißfallen.

«Habt Ihr mir ein Lied mitgebracht?» fragte sie schließlich.

«Ja, Madame. Ich habe die Noten zu einer Romanze, die ich sehr liebe, aufgeschrieben», sagte Jeanne, erfreut über die Gelegenheit aufzustehen und ans Cembalo zu gehen.

Madame Favarts Cembalo – ein Geschenk von Moritz von Sachsen – war, zu den Möbeln des Zimmers passend, blaßblau, von der Hand Bouchers mit Rosengirlanden bemalt, die von Putten mit dicken Hintern gehalten wurden.

«Ich möchte Euch selbst begleiten», sagte Justine und erhob sich aus ihrem Bett. Sie blieb im Hemd, und Jeanne sang mit nach oben gewandten Augen.

Das Lied, *‹Der Rosenstrauch›*, war voller Anmut und wenig bekannt, obwohl es von Rousseau stammte. Jean-Jacques' Melodie, rührend, ausdrucksvoll, paßte zu Jeannes zarter, tiefer Altstimme. Als ihre letzte Liebesklage mit einem sehnsuchtsvollen as verklungen war, blieb Madame Favart wie dem nachlauschend noch einen Augenblick mit auf die Tasten gesenktem Kopf sitzen; schließlich sagte sie: «Wirklich sehr gut, Mademoiselle», und Jeanne wurde vor Freude rosig, denn der Ton, in dem diese Worte gesprochen waren, schien das aufrichtige Urteil einer Berufssängerin auszudrücken. Sofort fiel alle Verlegenheit von ihr ab, sie ging und holte das rosa Negligé, das sie im Ankleidezimmer liegen sah, und hüllte Justine darin ein. Diese nahm sie um die Taille und führte sie zum Sofa:

«Wißt Ihr eigentlich, daß Ihr mit Eurem Aussehen und Eurer Stimme ohne weiteres auf einer Theaterbühne auftreten könntet? Meine Gäste werden entzückt sein, Euch zu lauschen. Die Marquise de Mauconseil wird da sein, und ich bin sicher, daß sie Euch bitten wird, bei einer ihrer Soireen zu singen; sie liebt es, ihren Freunden die erste Blüte unbekannter junger Talente zu bieten.»

«Madame, ich bin ein zu geringes Talent, als daß ich die Gesellschaft einer so großen Dame interessieren könnte!»

«Glaubt das nicht», sagte Justine und umfing sie mit einem nachdrücklichen Blick.

Es wurde an der Tür gekratzt, und Voisenons bemützter Kopf erschien: «Darf man wieder bei den Damen Geheimniskrämerinnen eintreten?»

«Ja», sagte Justine.

Der gute Favart, die Pfeife im Mund, zwei mit Noten bedeckte Blätter in der Hand, folgte dem Abbé auf den Fersen: «Simon hat meine Couplets von gestern morgen vertont», sagte Voisenon. «Diese Melodie ist nur für Euren Partner, liebe Nichte, aber wir würden sie gern gleich hören . . .»

«Es ist das Lied des Schäfers für die nächste komische Oper, die wir in der Comédie-Italienne geben», erklärte Justine Jeanne und lehnte sich an das Cembalo, an dem ihr Mann Platz genommen hatte.

Nachdem die Sängerin die Melodie zuerst trällernd ausprobiert hatte, sang sie sie noch einmal mit dem Text. Ihr Mann, die Finger auf den Tasten, wiegte mit geschlossenen Augen den Kopf, während der Liebhaber, der auf eine Fußbank gestiegen war, den Takt schlug.

Jeanne war betört, als sie von Mercier erfuhr, daß jene Marquise de Mauconseil, die sie in Belleville sehen würde, eine so große Dame war, daß sie den König bei sich empfangen hatte. Den König! Sie war zu einem Fest eingeladen, auf dem eine Dame sein würde, die den König empfing! Am Abend des Tages, an dem Mercier ihr das erzählt hatte, ging sie, kaum in die Rue du Mail zurückgekommen, eilig daran, den großen Schrank und ihre Truhe aufzumachen und all ihre Schätze herauszuholen.

Als Madame Favre die Tür aufstieß, um dem ‹Frauenzimmer› zum Abendessen Gemüseeintopf und ein Stück Pastete mit Spinat anzubieten, blieb sie mit weit offenem Mund und aufgerissenen Augen stehen: im grauen Licht des Zimmers schillerte eine ganze Farbenpalette von duftig auf das Bett und die Sitze geworfenen Stoffbergen. Zwei hübsche rot-grüne Flecken lagen sogar über den Büchern, die auf der Marmorplatte der Kommode aufgestapelt waren, und zwei Paar prinzessinnengleiche Tanzschuhe traten mit Absätzen aus reiner Seide auf der Literatur herum. Wenn man aus dem dunklen Korridor zwischen den Zimmern von Doktor Vachers freudloser Wohnung in diese Oase weiblicher Zartheit kam, mußte man an ein Wunder glauben.

Leider war die Köchin für die Poesie des Schauspiels unempfänglich, wohl aber für seinen skandalösen Duft nach unrecht erworbenem Luxus. So eine Hure! war auf ihrem knochigen, von eifersüchtiger Wut verhärteten Gesicht deutlich zu lesen.

Da Jeanne die Eingedrungene nur anzusehen brauchte, um über ihre wohlwollenden Gedanken Bescheid zu wissen, entschied sie sich für lächelnde Unverschämtheit: «Tretet doch ein, Madame Favre. Ihr platzt gerade in mein Lieblingsvergnügen hinein, und zu zweit macht es doch so viel mehr Spaß, über Mode zu plaudern. Seht her, für ein sonntägliches Fest auf dem Lande, welches empfehlt Ihr mir: dieses . . . oder das hier?»

Im Unterrock mitten im Zimmer stehend, hielt sie über ihren Armen zwei Kleider hin.

Madame Favre sah sie vernichtend an und schimpfte: «Ihr glaubt doch nicht etwa, meine Kleine, daß meine fromme Frau Mutter mich zur Welt gebracht hat, damit ich die Zofe spiele für eine . . . eine . . .»

Mit großer Mühe schluckte sie ihre Beleidigung herunter, wich in den Flur zurück und schlug die Tür über ihrer Wut zu.

Nun schön. Ich werde hinuntergehen und Schinken für uns

kaufen müssen, dachte Jeanne philosophisch. Aber da sie noch etwas Zeit hatte, stürzte sie sich wieder voll Wonne in ihre Unschlüssigkeit.

Madame Favres Verblüffung war verständlich. Die ausgebreitete Garderobe machte sowohl der liebevollen Großzügigkeit der Baronne de Bouhey wie dem Talent von Mademoiselle Marthe, der Schneiderin aus Bourg-en-Bresse, alle Ehre. Endlich würde eine dieser eleganten Roben ihr Gefängnis verlassen und bewundert werden!

Seit ihrer Ankunft in Paris hatte Jeanne nie Gelegenheit gehabt, eines ihrer schönen Kleider anzuziehen. Ihr Lebensstil zwang ihr den Aufzug einer koketten, aber braven Kleinbürgerin auf, und so kleideten sich jetzt selbst die jungen Damen des Adels, solange sie im ‹Hauskleid› blieben. Nur konnten die Aristokratinnen ihr Hauskleid häufig ablegen, während Jeanne es nicht konnte.

Sie wußte genau, daß sie am Ende beschließen würde, sich als Schäferin zu kleiden, mit dem buntgeblümten Sommerkleid aus elsässischem Tuch, das sie in Charmont nur einmal, bei der ländlichen Doppelhochzeit von Marie-Louise Delafaye mit Edmond Chapelain und deren Cousine Élisabeth mit dem Prokurator Duthillet getragen hatte, aber sie durfte nicht zu schnell entscheiden. Sie stellte sich vor den Kaminspiegel, um den entzückenden flachen Strohhut aufzuprobieren, der die Toilette vervollständigte . . .

«Mein Gott!» rief Philibert zur Tür hereinkommend aus. «Sollte ich, ohne es zu wissen, in einem Modegeschäft wohnen?»

Sie biß sich vor Ärger, daß sie sich hatte ertappen lassen, auf die Lippe.

«Demnach ist es dieser Schäferinnenhut», fuhr Philibert ironisch fort, «der vor Lust stirbt, zu Madame Favart zu gehen?»

«Doktor Vacher führt jeden Tag seinen Hund aus; an einem Sonntag seinen Hut auszuführen ist auch nicht dümmer», sagte sie unwirsch mit Tränen in den Augen.

Philibert mußte über ihre Antwort lächeln: «Komm, ärger dich nicht und räum ein wenig auf», sagte er. «Dieser Hut steht dir sehr gut, und das Kleid muß reizend aussehen, wenn du es anhast. Wird dein Kavalier Mercier denn als Schäfer gehen?»

«Er kann anziehen, was er will», sagte sie, während sie ihre Röcke wegräumte. «Das kümmert mich nicht. Auf jeden Fall . . .»

«Auf jeden Fall?»

Sie wollte es nicht sagen – es würde ihn zu sehr freuen – aber das Herz lag ihr auf der Zunge: «Auf jeden Fall werde ich, was er auch anziehen mag, an seinem Arm weniger hübsch sein als ich es an Eurem hätte sein können.»

Mit zwei großen Schritten war er bei ihr, faßte sie am Kinn und sah ihr tief in die Augen: «Wahrhaftig? Du hast mir nie gesagt, daß du mich für ein nützliches Accessoire zu deiner Toilette hälst. Nun, ich nehme an, das ist ein bedeutsames Kompliment aus dem Mund einer Koketten?»

«Kommt mit mir. Kommt doch mit», sagte sie mit einschmeichelnder Stimme.

«Ich komme mit. Ich komme mit, um deinem Kleid eine Freude zu machen!»

Die goldenen Augen weiteten sich, wagten es noch nicht zu glauben: «Ist das wahr? Ist es wirklich wahr? Ihr kommt mit? Oh, ich liebe Euch, ich liebe Euch!»

7. Kapitel

Der Himmel hatte die Farbe von Molke. Wie ein Gewebe aus Samt bedeckte er ganz Paris ohne eine Falte und leuchtete mit der sehr milden Helligkeit, die ein Futter aus unsichtbarer Sonne ihm verlieh. Selbst wenn er nicht blau würde, heiß würde dieser erste Sonntag im Juni werden. In der Seine herumzuplanschen würde guttun. Seit dem 1. Juni waren am Maubert-Ufer die Bade-Etablissements für Männer eröffnet, und an diesem Morgen hatten wegen der milden Luft flußaufwärts und -abwärts vom Pont Marie auch die Damenbäder ihre Tore geöffnet. Hier konnten sich die Pariserinnen entweder gemeinsam oder in Einzelkabinen tummeln, und jedes Jahr begrüßte eine Explosion von Gelächter und Anzüglichkeiten das Aufhängen des weißen Schildes, auf dem zu lesen stand: «Öffentliche und individuelle Damenbäder.» Um elf Uhr lockte das Marienbad schon eine Schar junger Burschen und alter Galane auf die Brücke, wo sie den Grisetten auflauerten, die aus dem Bad kommen und Begleitung nicht ablehnen würden, wenn man ihnen in einem Wirtshaus Bratfisch und Weißwein ausgab.

Die Getränke- und Imbißhändler würden gute Geschäfte machen: das ganze einfache Volk war aus seinen Häusern gekommen und überflutete die Straßen in sommerlicher Freude. Fiaker und Kutschen bahnten sich rüde ihren Weg hindurch, und es hagelte Beschimpfungen – Sonntagsbeschimpfungen, von Leuten, die es nicht so eilig hatten, ins Scherzhafte gewendet. Der Kutscher, der Philibert und Jeanne nach Belleville fuhr, schäumte vor Rabelaisschem Schwung und schien die Verkehrsstockungen wie gute Gelegenheiten zum Schimpfen zu suchen. So stürzte er seine Droschke absichtlich in einen verknäulten Wirrwarr an der Kreuzung der Rue du Temple und der Rue de Vendôme. Zwei wappengeschmückte Kutschen machten sich hier bereits die Durchfahrt streitig, umringt von der Flut spöttischer Fußgänger, die im Vorbeigehen an die Wagenkästen schlugen, um die Wut der Gegner anzustacheln. Der Fiakerkutscher brüllte gleich lauter als alle, wobei er die Peitsche über den Köpfen schwang: «Platz da, Platz da, verfluchtes Bettlerpack! Bewegt Eure Ärsche ein bißchen, oder ich verdresche sie Euch, daß die Haut abgeht!»

«Verdrisch doch, verdrisch doch, Opa!» schrie eine junge Stimme im Stimmbruch. «Die Haut auf dem Arsch wächst immer nach!»

«Hört Euch doch nur diese Schmutzfinken, diese Blatternarbigen, diese Schlampen und Hexen an!» brüllte der Kutscher, dessen Peitschenhiebe großartig und geschickt durch die Luft knallten, ohne eine Perücke oder eine Haube zu verrücken.

Gewöhnlich verhielten die Wageninsassen sich bei Streitigkeiten still und warteten den Ausgang des Radaus ab, die einen aus Arroganz, die anderen aus Würde, aber Aubriots Geduldsfaden war nicht lang, daher streckte er den Kopf aus dem Wagenschlag, um seinen Kutscher zu beruhigen: «Fahrt doch zurück! Warum stellt Ihr Euch stur? Wir kommen zehnmal schneller voran, wenn wir Platz machen.»

Da ließ sich über den Lärm hinweg die schrille Stimme einer Lebkuchenverkäuferin vernehmen, die einen Blick in das Wageninnere geworfen hatte: «Bei der Begleitung, die Ihr habt, werdet Ihr Euch doch nicht beklagen, wenn es langsam vorangeht?»

Aubriot zog flugs seine rauhem Gelächter ausgesetzte Perücke ein, während aus der Karosse gegenüber wie eine Vogelscheuche das wutschnaubende Gesicht einer schrecklich angemalten Witwe schoß, die schreiend ihr gutes Recht verlangte:

«Nun, Kutscher, was tut er? Wieso läßt er zu, daß vor mir nicht der Weg frei gemacht wird?»

Das linke Fenster der sehr luxuriösen zweiten Karosse senkte sich ohne Eile. Der Oberkörper von Louis-Léon-Félicité, Duc de Brancas, Comte de Lauraguais, von den Dämchen der Oper kurz Féfé genannt, erschien über seinem Familienwappen. Der Grandseigneur lächelte strahlend: «Madame», rief er aus und schwenkte den Hut, um die gräßliche Erscheinung zu grüßen, «warum habt Ihr Euch nicht eher gezeigt? Wißt Ihr denn nicht, daß bei Eurem Anblick alles sofort zurückweicht?»

«Monsieur de Lauraguais läßt nie eine Gelegenheit für eine boshafte Bemerkung verstreichen», merkte Aubriot an, als ihr Fiaker endlich weiterfuhr.

Jeanne reagierte lebhaft: «Ist dieser Edelmann der Comte de Lauraguais? Woher kennt Ihr ihn denn?»

«Ich treffe ihn im Botanischen Garten. Er kommt zu Rouelles Vorlesungen – er interessiert sich leidenschaftlich für Chemie. Da er über ein großes Vermögen verfügt, unterstützt er bestimmte Forschungsarbeiten, insbesondere die von Lavoisier.»

«Ach!» sagte Jeanne. «Dem Klatsch zufolge, der über ihn kursiert, hätte ich gedacht, daß er mit seinem Geld eher Tänzerinnen unterstützt als Chemiker?»

«Sein Vermögen reicht aus, um sowohl ein wenig die Wissenschaft als auch ein wenig die Oper zu unterstützen. Lauraguais ist ganz und gar ein Herr seines Jahrhunderts: ausschweifender Lebemann, unverschämter Kritiker, der die Bastille von innen kennt, bereit, sich für ein Bonmot töten zu lassen, aber über alles aufgeklärt, auf alles neugierig, der sich ebenso bereitwillig für die Förderung von Gelehrten ruinieren würde wie dafür, Mätressen und Pferde zu haben.»

Jeanne schüttelte zur Antwort nur den Kopf und überließ sich wieder dem Schaukeln des Wagens. Der glanzvolle Edelmann, mit dem Vincent sich die Tänzerin Robbe teilte, schwebte himmelblau zwischen ihrem Blick und der Landschaft . . .

Hinter der Porte du Temple war die Landschaft ein Gemälde in Schattierungen von Grün geworden. Und manchmal stand inmitten eines größeren Vierecks von Grün das bewegte Weiß einer Schafherde, deren Glöckchen dünn klingelten. Nachdem sie den Schlagbaum von Belleville passiert hatten, begann die Straße sanft gegen einen hohen Horizont anzusteigen, der mit Weinstöcken und abschüssigen, von weißen und gelben Frühlingsblumen übersäten Wiesen bewachsen war. Zu beiden Seiten des Weges standen Wirtshäuser. Ein leichter Wind hatte sich erhoben, der die Windmühlenflügel drehte und den Himmel reinfegte.

Ihr Fiaker setzte sie am Fuß der Butte Chaumont ab: da die Droschkenpferde gewöhnlich schwachbrüstige Mähren waren, kamen viele Gäste der Favarts zu Fuß oben auf dem Hügel bei ihnen an. Jeanne und Aubriot, robuste Marschierer, holten die Handvoll Kletternder, die den halben Aufstieg bereits hinter sich hatten, mühelos ein. Da waren Crébillon, der alte Piron, von Mercier gestützt, der dicke Caillot, ein Schauspieler der Comédie-Italienne, der Abbé Cosson, Magister der Kunst an der Universität von Paris, Goldoni und seine Frau Nicoletta. Die Luft duftete nach dem letzten Flieder und den ersten Rosen.

«Warum zum Teufel verbringen sie ihre Sonntage oben im Gebirge?» stöhnte Piron und wischte sich den Schweiß ab.

Es war jetzt wirklich heiß. Der Himmel war unter dem Wind geronnen, der rasch große Haufen milchiger Klumpen vor sich her trieb und riesige Löcher von strahlendem Blau aufriß, aus denen die Mittagssonne senkrecht herunterschien.

«Ich hatte geschworen, mich nicht mehr hierherschleppen zu lassen, aber ich bleibe nie bei meinem Wort», stöhnte Piron weiter.

Goldoni und der dicke Caillot schnauften ebenfalls wie vor den Pflug gespannte Ochsen.

«Mut, meine Freunde», sagte Mercier, «wir sind fast am Ziel. La Pardinette ist nur noch einen Katzensprung entfernt . . .»

Der Landsitz La Pardinette lag oberhalb der Wirtshäuser von La Courtille und unterhalb der Mühlen von Belleville, an der Landstraße von La Villette. Das zweistöckige Haus, weiß mit grünen Fensterläden, solide, aber ungekünstelt gebaut, war gerade durch seine treuherzige Schlichtheit besonders reizvoll. Sein großer Garten nach hinten war ein erlesener Ort, und Jeanne eilte gleich dorthin. Als Priestergarten mit Sandwegen angelegt, lag er am Rand einer weiten bäuerlichen Landschaft, die gemächlich zu den tausend Dächern von Paris abfiel. Bei klarem Wetter sah man zur Rechten bis zum Dorf Montmartre, zur Linken bis nach Montlouis. Der Ausblick war zugleich lieblich, beruhigend und sehr heiter, vor allem zur Landstraße von Ménilmontant hin, die Jeanne unterhalb eines Abhangs mit Wein- und Getreidefeldern entdeckte; die Straße führte schnurgerade durch zwei Reihen junger Pappeln und war bunt bevölkert von sonntäglichen Paaren, zu den Dorftänzen unterwegs.

«Gefällt Ihnen Belleville, Mademoiselle?»

Jeanne wandte sich von ihrem Anblick ab: der dicke Simon Favart, seine unvermeidliche Pfeife in der Hand, befragte sie mit gutmütigem Lächeln.

«Euer Garten ist himmlisch», sagte sie begeistert. «Ihr habt ein Paradies gefunden.»

«Dann kommt recht oft hierher», sagte er, «das wird ihn noch göttlicher machen.»

Mit ihrer bis zum Ellbogen in weißen Baumwollhandschuhen steckenden Hand zeigte sie auf einen schmalen, sandigen Weg, der sich zwischen den Dörfern Belleville und Ménilmontant wand: «Ich möchte wetten, daß das Wirtshaus des berühmten Ramponeau dort irgendwo steht?»

«Nein. Der *Tambour Royal* liegt näher zu uns, genau wie *Le Pistolet*, wo Cartouche gefaßt worden ist. Die Wirtshäuser, die Ihr mir zeigt, sind die am Chemin des Couronnes, aber sie haben ebenso üble Gäste wie die in La Courtille. Ebenso üble oder ebenso feine, denn die hohen Herrschaften lieben es, sich hier in schlechte Gesellschaft zu begeben! Seht, kommt da nicht gerade ein schönes Exemplar von ihnen an?» schloß er, faßte die junge Frau beim Arm und zog sie zum Holzportal an der Straße.

Von sechs isabellfarbenen Pferden kraftvoll den Berg hinaufgezogen, hielt die wappengeschmückte Karosse des Maréchal de Richelieu vor La Pardinette.

Kaum waren die Verbeugungen und Knickse vor Seiner Hoheit dem Herzog und der Marquise de Mauconseil, die ihn begleitete, in ein Konzert von Stimmengezwitscher übergegangen, als Madame Favart ihre Gäste ins Haus drängte:

«Pst!» machte sie, einen Finger auf den Lippen, sobald sie ihre etwa dreißig Gäste im Salon zusammengetrieben hatte. «Ich bitte um tiefste Stille. Unser lieber Onkel Claude ahnt nichts, wir wollen ihm das Geheimnis bis zum letzten Augenblick aufsparen. Gleich schlägt es ein Uhr, er wird nicht lange auf sich warten lassen.»

So schnell trat einverständige Stille ein, daß man bald darauf den Sand unter den flinken Schritten des Abbé knirschen hörte, der von seinem Landhaus herüberkam, das, wie es sich gehörte, an das der Favarts angrenzte.

Der tiefe Friede des Salons explodierte in Hochrufe, als der kleine Liebhaber der Hausherrin auf der Türschwelle erschien . . .

Um den Liebhaber zu feiern, hatte der Ehemann seine Muse nicht geschont. Mit einem Rosenstrauß im Arm sang Justine ein Couplet nach dem anderen und reichte ihre Blumen eine nach der anderen dem Helden des Claudius-Tages, der vor ihr stand und dessen Gesicht vor kindlicher Freude leuchtete.

Jeanne zwickte sich, um daran zu glauben, so lächerlich – und obendrein schlimm – fand sie diese Szene zärtlicher Liebe, die von zwei Verliebten gespielt wurde, von denen der eine ein Anstoß erregender sechzigjähriger Priester war und die andere eine als Gärtnerin kostümierte, reife und schon verwelkte Sängerin. Aber am erstaunlichsten war, daß die zu diesem Schauspiel von zweifelhaftem Geschmack geladene feine Gesellschaft sich gut zu unterhalten schien. Wiederum schweifte der Blick der Spötterin durch den Salon.

Jede dieser Personen hatte in Paris einen Namen. War es nicht verwunderlich, einen Goldoni, einen Crébillon, einen Philidor, einen Carle Vanloo, einen Greuze mit freundlichster Geduld Madame Favarts kindischem Lied lauschen zu sehen? Selbst Vanloos Frau, die hochberühmte Christina Somis, deren köstliche, volle Stimme und vollendete Schönheit die Musikliebhaber von ganz Europa bezaubert hatten, schien davon eingenommen. Selbst der spöttische Mercier zeigte seine verzückteste Miene. Sie sind alle viel bessere Komödianten als die Favart! dachte Jeanne. Philibert hatte Gott sei Dank den guten Geschmack, an der Komödie völlig desinteressiert zu sein, aber leider um so interessierter an seiner Nachbarin, der noch immer schönen Christina Somis.

Wie sehr sie sich auch bemühte, den Blick nicht auf den anderen Nachbarn Christinas zu richten: gegen ihren Willen wandte sie den Kopf, ihre Augen trafen die gefräßigen Augen des Maréchal de Richelieu, und sie erschauerte wie schon mehrmals zuvor; rasch senkte sie den Kopf; das befriedigte Lächeln des alten Gecken sah sie nicht.

Seit Favart dem Marschall diese reizende Unbekannte vorgestellt hatte, zerpflückte er sie mit den Augen. Dabei hatte er ohne Überraschung bemerkt, daß die Schäferin ihm gegenüber jedesmal, wenn ihre Blicke sich kreuzten, flüchtige Verwirrung zeigte. Wohlan, er würde sie sich wie die anderen in sein Bett holen: man verweigerte sich nicht dem Wunsch von Louis-François-Armand de Vignerod du Plessis, Duc de Richelieu, Urgroßneffe des großen Kardinals, Gouverneur von Guyenne und der Gascogne, Marschall und Pair von Frankreich, Erster Kammerjunker des Königs und ungebildetstes, aber witzigstes Mitglied der Akademie. Er würde diese Schönheit bekommen, daran zweifelte er nicht. Wollüstig schnupfte der Marschall als sinnliche kleine Vorspeise eine Prise.

In der Mitte des Salons war die Favart mit ihren musikalischen Wünschen endlich zu einem Ende gekommen, der Rosenstrauß hatte den Arm gewechselt und behinderte jetzt den des kleinen Abbé, der ihn auf das Cembalo warf, um den Ansturm der allgemeinen Küsserei, den Wettstreit der Glückwünsche für ‹Onkel Claude› über sich ergehen zu lassen.

Die Stimme des Marschalls neigte sich zum Ohr der Marquise de Mauconseil: «Habt Ihr Geist genug, ein Alibi für mich zu finden, damit ich die Schäferin statt des kleinen Claude küssen kann?»

Die Marquise sah ihren alten Ex-Liebhaber von der Seite an: «Geduld!» flüsterte sie. «Die Schäferin wird singen.»

Die stürmischen allgemeinen Zärtlichkeiten wurden von einem durchdringenden Aufruf Madame Favarts unterbrochen: «Rasch, rasch, zum Diner! Wenn die Kapaune eine Minute länger am Spieß bleiben, brennen sie an!»

Im Garten war ein langer Tisch aufgestellt worden und zwei kleine standen unter den von rosa und gelben Rosen umschlungenen Gartenlauben. Aus zwei Fässern bediente man sich mit leichtem Landweißwein, der ohne Unterlaß munter und etwas perlend in die Gläser floß. Die Stimmung stieg und stieg unter den Laubdächern. Der alte jugendliche Held des Festes kitzelte nach rechts und zwickte nach links, unter dem Vorwand, den Damen einen Verdauungslikör mit Safran anzubieten, auf dessen Wirksamkeit er schwor.

Der Maréchal de Richelieu küßte vollmundig und verfressen einen Kapaunenschenkel, ohne Jeanne aus den Augen zu lassen, die von Vanloo entführt worden war und von ihrer Unterhaltung mit dem berühmten Maler entzückt zu sein schien. Als seine Gastgeberin an ihm vorbeiging, schnappte er sie ungeniert mit der Hand, die er flink an der Serviette abgewischt hatte: «Teure Favart . . .»

Mit einem Blick wies er auf die hübsche Schäferin: «. . . gehört dieses schöne Kind zu Euren Freundinnen?»

«Hoheit, ich hoffe es.»

«Ich hoffe es ebenfalls. Sie interessiert mich. Hat sie Familie?»

«Ich weiß nicht. Auf jeden Fall keine Familie, die Euch stören könnte», sagte Justine mit einer Spur Bitterkeit in der Stimme. «Sie kommt aus einer fernen Provinz und ist erst seit kurzem in Paris.»

«Wo logiert sie?»

«In der Rue du Mail, bei Doktor Aubriot – den Ihr dort drüben seht. Er ist Botaniker, und wie man sagt, im Garten des Königs sehr geschätzt.»

«Schon lange ihr Liebhaber?»

«Liebhaber ist nicht sein offizieller Titel. Sie gilt als seine Sekretärin. Sie ist ebenfalls sehr kundig in der Botanik.»

«Mist . . .!» entfuhr es dem Marschall. «Bei einer solchen Schönheit, welch ein Skandal! Die Frauen werden verrückt.»

Obwohl seit langem gegen jede männliche Verachtung gefeit, konnte Justine nicht umhin zu reagieren – sie hatte ein wenig getrunken: «Aber Hoheit, hat eine Frau etwa nicht das Recht, auch einen Kopf zu haben?»

«Schön, schön», wetterte Richelieu. «Fangen wir um Himmels willen nicht an, darüber zu streiten! Das ist ein Streit, den das Jahrhundert nicht endgültig klären wird . . .»

Er zog Justine am Arm fort, um sich mit ihr abzusondern:

«Könntet Ihr mir eine Zusammenkunft arrangieren mit ... Wie nennt Ihr sie eigentlich?»

«Ich habe sie immer nur Jeanne nennen hören. Mercier sagt: Mademoiselle Jeannot.»

«Meinethalben Jeannot. Kann ich für die Zusammenkunft auf Euch zählen? Und bald, bitte, denn ich muß in zehn Tagen zu meinen Regierungsgeschäften nach Bordeaux.»

«Hoheit», begann Justine sich zierend.

«Entweder ja oder nein», schnitt Richelieu ihr das Wort ab, «und lieber ja. Und wenn ja, was dann? Nun, sagen wir, daß ich, wenn ich die Zusammenkunft bekomme, Mademoiselle Frédéric ihre Rollen wegnehmen lasse?»

«Hoheit», sagte Justine fieberhaft, «ich will nichts weiter, als Euch umsonst dienlich sein.»

«Nein, nein», sagte Richelieu, «umsonst, das ist zu teuer. Ich gebe Euch die Frédéric für Jeannot. Sagt Euch der Tausch zu?»

Mademoiselle Frédéric war ein vielversprechendes junges Mädchen, das der Komponist La Borde auf die Bühne der Comédie-Italienne gebracht hatte und in das sich das Publikum auf Kosten von Madame Favart, dem gealterten Stern, zu vernarren begann. Die Frédéric zur Strecke zu bringen war augenblicklich Justines schönster Traum. Daher deutete sie eine gezierte Verbeugung vor dem Herzog an: «Hoheit, ich werde versuchen ...»

«Nein, Madame: Ihr sollt es nicht versuchen, sondern Erfolg haben. Sonst wird Mademoiselle Frédéric viel Glück haben.»

Zum zweitenmal konnte Justine sich trotz ihrer Vorsicht nicht enthalten, gegen Richelieus Arroganz aufzubegehren: «Aber Hoheit, befürchtet Ihr denn nicht einen einzigen Augenblick, daß man Euch, trotz meiner Bemühungen, nicht will?»

Der Herzog tat so, als poliere er den Achatknauf seines Stocks an seinem seidenen Ärmel: «Teure Favart», sagte er lächelnd, «hat nicht jede Frau Lust, eines Tages ihren Marschallstab zu empfangen? Ihr habt den Euren gehabt. Warum sollte Mademoiselle Jeannot den ihren ablehnen?»

Der ländliche Schmaus dauerte noch über eine Stunde. Endlich ging man in den Salon zurück, um zwei ehemalige Mitglieder der Comédie-Italienne tanzen zu sehen. Dann führte der dicke Caillot mit einer Partnerin eine Bauern-Pantomime vor, der Abbé Cosson sagte einige seiner schlechten Verse auf, Onkel Claude gab drei oder vier seiner unanständigen Couplets von sich, und dann war Jeanne an der Reihe.

Sie war rosig und verschüchtert, aber ein letztes Glas Weißwein, das der gute Simon Favart ihr eingoß, hatte sie gerade zur rechten Zeit aufgelockert, und sie sang köstlich. Ihre volle, lieblich tiefe Altstimme folgte dem melodischen Verlauf ihrer Romanze ohne Übertreibungen oder Brüche; sie sang mühelos, wie eine Nachtigall singt, weil sie einen guten Kehlkopf hat und weil der Sommer ihr in die Kehle steigt. Ihr Erfolg war groß. Es wurde rückhaltlos geklatscht, und Christina Somis stand auf, um sie zu küssen; einen Schritt hinter ihr folgte der begeisterte Richelieu, der seine prachtvoll mit elfenbeinfarbener Seide bekleideten Arme weit öffnete:

«Laßt Euch auch von mir küssen, hübsche Nachtigall!»

Jeanne glaubte, in ein Moschusbad einzutauchen und bekam keine Luft mehr. Was denn? Das war schließlich die Umarmung eines Marschalls und Pairs von Frankreich: sie ließ sie stoisch über sich ergehen.

«Dieses Kind ist ein Schatz», frohlockte der Marschall, als er sich wieder neben die Marquise de Mauconseil setzte. «Ihre Haut ist wie Satin, sie schmilzt einem unter den Lippen, sie riecht gut, sie . . .»

«Ich frage mich, wie Ihr das Parfum anderer riechen könnt!» unterbrach die Marquise ironisch.

«Welches Pech, Marquise, daß man hier nach dem Diner nicht der Liebe frönt! Welche Unterlassung bei einem Menu. Die Pest hole die bürgerlichen Häuser! Bei Euch ist das Dessert besser.»

Die Marquise beugte sich lachend zu dem alten Lebemann: «Vielleicht kann man es ein andermal besser für Euch einrichten?»

Richelieu dachte sofort, daß diese Verbündete sich in der Tat geschickter anstellen könnte als die Favart. Und da er wußte, daß die Marquise ruiniert war und jedem Taler nachjagte, sagte er einfach: «Ich ginge gut und gerne bis zu einer Belohnung von fünfhundert Livres.»

«Geht bis tausend: sie ist sie wert.»

«Meinetwegen, tausend Livres, wenn Ihr schnell macht. Die Gelüste, die mir kommen, dulden keinen Aufschub mehr. Aber schließlich kann es sein, daß man sich nur zu erklären braucht. Sie ist ein Mädchen von Geist, sagt Ihr? Ein Mädchen von Geist lehnt mich nicht ab.»

In Sorge um ihre Schmiergelder, wurde die Marquise unruhig: «Verderbt nicht alles mit einem militärischen Eifer, der in diesem Fall unangebracht ist. Seht Ihr denn nicht, mit wem Ihr es da aufnehmt? Ich verstehe, eine Frau nach ihrem Aussehen zu beurteilen. Ihr habt es mit einer jungen Bürgerlichen zu tun, die noch ganz von provinzieller Tugend durchdrungen ist.»

Richelieu machte eine zweifelnde Geste: «Madame, wir leben heutzutage im Chaos. Alle Traditionen gehen den Bach hinunter. Legt Eure Vorurteile ab, Marquise: man braucht keine große Dame mehr zu sein, um sich ohne Umstände hinzugeben. Aber ich gebe Euch ein paar Tage – zwei oder drei.»

«Laßt mich nur machen», sagte die Marquise, «laßt mich machen, ohne Euch einzumischen. Habt Ihr es je bereut, Euch mir in einer delikaten Angelegenheit anvertraut zu haben?»

«Liebe Marquise, ich erkenne Euch gern als eine der schlausten Kupplerinnen von Paris an», sagte er lächelnd.

«Aus Eurem Mund kein unbedeutendes Kompliment», erwiderte sie im gleichen spöttischen Ton, «denn Ihr, mein lieber Herzog, seid unbestritten der beste der Kunden.»

«Ich kaufe ja auch *für zwei* ein», meinte der Herzog mit Kennermiene. Seine eigene Antwort ließ ihn sinnieren, und er fügte nachdenklich hinzu: «Diese Nachtigall ist ein Königshappen. Frisch zum Entzücken, aber kein Backfisch . . . Eine hübsche Stimme, Geist, Anmut, feine Manieren . . . Sie hat wohl eine gute Erziehung erhalten – meint Ihr nicht?»

Madame de Mauconseil beobachtete den Herzog mit plumper Aufmerksamkeit: «Denkt Ihr bereits daran, Jeannot doppelt einzusetzen?»

«Ich habe es so oft mit Minderwertigen gemacht . . .»

Ein langes Schweigen trat zwischen ihnen ein, angefüllt mit Cembalomusik, nach der ein Paar vom Theater einen Pas de deux tanzte. Dann fuhr Richelieu in ernstem Ton fort: «Es gibt wirklich zuviel Verkehr in Louis' Bett, und mitunter recht vulgären. Sein Kammerdiener maßt sich da zu viel Macht an, vor allem, wenn ich in Bordeaux sein muß. Choiseul macht große Anstrengungen, eine neue Favoritin aus seinem Freundeskreis als Nachfolgerin der Pompadour unterzubringen, und wenn es mir nicht vor ihm gelingt, habe ich eine Feindin im Gemach des Königs. Ich gestehe, daß ich froh wäre, dort vielmehr eine Verbündete einsetzen zu können.»

Richelieus Worte hatten bei der Marquise de Mauconseil einen blendenden Hoffnungsschimmer hinterlassen. Berauscht sah sie sich ihre Zeit zurückdrehen, ihre Jugend und ihren Reichtum wiedererlangen und die heute erloschenen Salons ihres Landsitzes in Belleville wieder zum Schauplatz galanter Feste werden. Denn was konnte sie schließlich nicht alles von einem gealterten, melancholischen König bekommen, der sich als blasierter Genießer gelangweilt in schlüpfrige Abenteuer hineinziehen lassen mußte, wenn sie ihm eine hübsche, geistvolle junge Geliebte verschaffte, die er ohne zu erröten liebgewinnen konnte? Es wäre im übrigen nicht das erste Mal, daß Louis XV. eine Mätresse aus der Hand der Mauconseil übernähme, deren Berufung zur Kupplerin früh erwacht war. Leider muß man, um die Freude zu haben, eine Versailler Kundschaft zu beliefern, ein Luxusgeschäft aufrechterhalten, und da die Unkosten die Einnahmen aufgefressen hatten, hatte die Marquise sich bei ihrem Spiel ruiniert. Ohne es im geringsten zu ahnen, hatte Jeanne einen letzten großen Traum in der kupplerischen Seele der arbeitslosen alten Marquise erblühen lassen.

Aber sie mußte Erfolg haben – und zwar vor den anderen. Die Pompadour war im Schloß von Versailles noch nicht ersetzt worden, aber sie war bereits länger als ein Jahr tot – genausogut konnte man sagen, seit einer Ewigkeit – und der Klüngel am Hof war in fieberhafter Aktivität. Madame de Mauconseil wußte sehr wohl, daß der König sehr mißtrauisch geworden war. Nach den letzten Nachrichten hatte er, all der Herzoginnen und Gräfinnen müde, die man ihm nur als Lockmittel anbot, wieder auf die Backfische aus dem Volk zurückgegriffen, die Madame Bertrand, ‹die Äbtissin›, in ihrem kleinen Privatbordell im Hirschpark für seine Gelüste zur Verfügung hielt. Diese wußten ihren königlichen Freier wenigstens wegen seiner schwankenden Männlichkeit zu beruhigen und hatten keine Familienangehörigen in der Kirche, der Armee oder sonstwo unterzubringen. Aber eine Überraschung blieb immerhin möglich, und Madame de Mauconseil kannte Louis' Verwundbarkeit gut genug, um zu verstehen, daß Richelieu wirklich erst ruhig und glücklich wäre, wenn es ihm gelänge, seinem Herrn ein dauerhaftes schönes Spielzeug anzubieten, das schlau genug war, um ihm, Richelieu, zu helfen, den Clan der Choiseuls zu schwächen, den Minister zu Fall und ihn selbst an dessen Stelle zu bringen. In der Meinung, daß das höchste Ministeramt ihm zustünde, weil sein Urgroßonkel, der Kardinal, ein unvergeßlicher Premierminister in der Geschichte Frankreichs gewesen war, betrachtete er alle von Louis XV. ausgesuchten Minister als anmaßende Störenfriede. Je genauer er sich Jeannot angesehen hatte, desto überzeugter war er, daß Mademoiselle eine ausgezeichnete Verbündete bei seinem Cousin, dem König, abgeben würde, und hatte in seinem Überschwang nicht gefürchtet, seiner alten Komplicin, der Marquise, das Gedankengebäude seiner Träume anzuvertrauen.

Mit dem Appetit einer Menschenfresserin machte sie sich an Jeannes Eroberung. Schon am Tag nach dem Fest erhielt diese ein Billett von Madame de Mauconseil, die sie für Mittwoch in die Comédie-Italienne bat. Gegeben wurde *‹Die drei Sultaninnen›*, ein Meisterwerk von Favart und Marmontel, in dem Madame Favart immer einen triumphalen Erfolg erntete. Daher, schrieb die Marquise, würde ganz Paris im Theater sein. Eine Ablehnung, fügte sie hinzu, würde sie in Verzweiflung stürzen, da sie ‹die Nachtigall von Belleville› liebgewonnen habe und diese um ihre Freundschaft für eine allzu einsame alte Dame bitte.

Jeanne wunderte sich über den Ton des Billetts, aber nicht allzu sehr: sie war keineswegs so naiv, nicht die Gestalt Richelieus hinter dem Drängen der Marquise zu erraten, aber dieser Verdacht schmeichelte ihr mehr, als daß er sie schreckte. Ihr Mundwerk war gut genug, um sich gegen den Lebemann zu verteidigen, und sie wollte nicht die Gelegenheit verpassen, endlich ins Theater zu kommen. Falls Philibert die Augenbrauen runzeln sollte, hatte sie eine sehr gute Ausrede: die Notwendigkeit, viele Leute zu treffen und von ihrem Kräuterladen zu sprechen, der bestimmt Mitte Juli eröffnet werden würde. Es wurde für Philibert übrigens schwierig, Jeanne die freie Verfügung über ihre Abende zu verweigern, seit er selbst nie mehr vor Mitternacht nach Hause kam, da Lalande die neue Angewohnheit hatte, ihn jedesmal, wenn er nicht zu den Jussieus ging, zum Philosophieren zu den Helvétius mitzunehmen.

Geschwind schrieb sie eine Antwort an Madame de Mauconseil, öffnete ihren großen Reisekorb, der in einem Winkel des Zimmers abgestellt war und zog ihr wunderschönes Kleid aus Grosgrain mit großem Reifrock heraus.

8. Kapitel

Dieses Kleid ... Zuletzt hatte sie geglaubt, daß ihre liebe Baronin recht gehabt hatte, es ihr nicht mitgeben zu wollen, und daß sie es nie tragen würde. Jeanne hatte so große Lust gehabt, eine verrückte, eine allzu prachtvolle Toilette nach Paris mitzunehmen, daß Madame de Bouhey, durch die unmittelbar bevorstehende Abreise ihres Schützlings erweicht, nachgegeben hatte. So kam es, daß Jeanne an diesem Abend, während sie auf die Gesellschafterin wartete, die sie im Auftrag der Marquise abholen sollte, am liebsten ihr Spiegelbild geküßt hätte.

Tintin, der beliebte Friseur aus der Rue Saint-Honoré, hatte ihr eine köstliche Frisur aus langen, dicken Schmachtlocken gemacht, die im Nacken von einem cremefarbenen Musselinband zusammengehalten wurden, in dem eine große Rose von gleicher Farbe steckte. Dazu trug sie das Kleid aus herrlichem geblümtem Grosgrain. Ihr an der Büste enganliegender Mantel, ein schmales Halsband aus winzigen Musselinröschen und cremefarbene Satinschuhe mit Goldschließen vervollständigten die reizende Aufmachung. Der Reifrock war so voluminös, daß Jeanne ihre Hände wie auf zwei Kissen anmutig auf der Seide ihres Rocks ruhen lassen konnte. Sie freute sich, daß sie die Schneiderin hinter dem Rücken der Baronin bestochen hatte, ein paar Zoll zur vorgesehenen Weite hinzuzufügen. Es war das erste Mal, daß sie ein so platzraubendes Kleid trug, und sie versprach sich wahre Wunder davon: es mußte berauschend sein, wenn man nicht häßlich anzusehen ist, so viel Platz in einer Szenerie einzunehmen! Sie fragte sich, ob Madame de Mauconseil ihre Freundschaft so weit treiben würde, sie nach der Vorstellung zu einem Sorbet einzuladen – im *Régence* zum Beispiel?

An den Dienstagabenden gegen halb zehn hatte sie so oft die großen Roben vorbeiziehen sehen, die aus dem Theater kamen. Aschenputtel, verschwinde! dachte sie ironisch. Vergiß vor allem nicht, Prinzessin, daß du morgen bei Sonnenaufgang wieder Jeannot wirst wie zuvor und dein Glück noch mit den Kräutertees machen mußt!

Es klopfte an der Tür.

«Mein Gott, Madame!» rief Jeanne aus, als sie die Ansammlung gaffender Männer unter dem Säulenumgang des Theaters erblickte. «Könnten wir nicht etwas weiter weg aussteigen?»

Die in Anstandsdamenschwarz gekleidete kräftige Frau, die Jeanne begleitete, machte eine blasierte kleine Geste: «Haltet Euch den Fächer vors Gesicht», sagte sie.

«Aber ich denke dabei keineswegs an mein Gesicht!»

Mit einem großen Reifrock schicklich aus einer Karosse zu steigen war ganz einfach unmöglich. Man mußte, um sich Bewegungsfreiheit zu verschaffen, den Reif nach hinten hochkippen, und damit entblößte man sich auch vorn, und zwar bis oben hin!

«Kommt», sagte die Anstandsdame. «Es wird Euch nicht anders ergehen als allen anderen. Was glaubt Ihr, was all diese Herren hier machen? Sie warten bei jedem Wagen auf das, was unter dem Reifrock ist. Solltet Ihr mit Euren Beinen etwa nicht zufrieden sein?»

Das männliche Publikum war sehr mit ihnen zufrieden, und zeigte es lautstark.

Die Anstandsdame drängte sich mit sicherem Schritt durch das Gewühl, teilte nach rechts und links brutale Stockschläge aus, um sich einen Weg frei zu machen, durch den Jeanne ihr folgte. Die junge Frau verbarg sich bis zu den Augen hinter ihrem Fächer, auf den ein Hagel von Ausrufen prasselte: «Marquis, habt Ihr diese Fesseln und diese Knie schon einmal gesehen?» – «Noch nie, Chevalier, aber der Busen kann es mit den Beinen aufnehmen. Und welch königliche Haltung!»

«Tretet schnell ein», befahl die Anstandsdame.

Es war nicht gut, lange draußen zu verweilen. Die Kutscher der kreuz und quer stehenden Equipagen fingen an, die Peitschen zu schwingen, die Diener beschimpften und drängten die Menge zurück, um ihren Herrinnen den Weg frei zu machen, Spitzbuben mit unterschiedlichen Interessen nutzten das Durcheinander, um Hand an eine Börse, eine Uhr oder eine Brust zu legen. Zum Glück wurden im Innern die Gänge, die zu den Logen führten, von Wärtern freigehalten, und das Gitter zum Parkett war noch geschlossen.

«Öffnet hier», befahl die Anstandsdame und zog einen Schlüssel aus dem Rock.

Ein Türsteher ließ sie in eine Art Boudoir ein, das zum Saal hin mit einem goldenen Holzgitter verschlossen war.

«Oh, wie entzückend!» rief Jeanne aus. «Und der Saal ...»

Sie ging hin, um das Gitter aufzumachen, wurde aber von der Anstandsdame abgehalten:

«Ich weiß nicht, Mademoiselle, ob Madame wünscht, daß Ihr es öffnet. Wenn die Kronleuchter heller werden, könnt Ihr den Saal genügend sehen.»

Jeanne wagte nicht, darauf zu bestehen, obwohl es sie verstimmte, daß sie ihr schönes Kleid nicht vorne an der Loge präsentieren konnte. Aber tatsächlich, als die Beleuchtung am hellsten war, erkannte sie deutlich einen guten Teil des Saals, seine korinthischen Säulen aus unechtem weißem Marmor, die an den Sockeln und Kapitellen mit Gold verziert waren. Viel Gold leuchtete auch von der weißen, mit Leiern, Rosetten und Lorbeerkronen geschmückten Decke. Die Comédie-Italienne war ein weiß-goldenes Theater, kostbar und heiter fürs Auge. In den offenen Logen standen erst wenig plaudernde Menschen, aber der Balkon füllte sich schnell mit bewegten Farben. Jeanne bemerkte, daß viele Gesichter sich zu den geheimnisvollen kleinen Logen umwandten, zu denen die von Madame de Mauconseil gehörte, und in diesem Moment entdeckte sie das fürstliche Vergnügen zu sehen, ohne gesehen zu werden. Das Publikum war ihrer Neugier ausgeliefert, während sie für es ein verführerisches Geheimnis blieb, von dem es wohl nur einen hellen Schemen wahrnahm, der sich im Halbdunkel des goldenen Käfigs bewegte. Sie ging zurück, um sich den hinteren Teil der Loge genauer anzusehen.

Ihr Mobiliar, in verkleinertem Maßstab, war sehr modern, aus Mahagonie mit feinen Bronzeverzierungen. Es bestand aus einem sehr schmalen Sekretär mit Klapptür, einem ovalen Tischchen, einem sehr hübschen Miniaturfrisiertisch und einem Sofa mit Samtbezug. Sie nahm sich heraus, die Klappen des Frisiertisches zu öffnen und erblickte süße Schminktöpfchen in Hülle und Fülle sowie ein paar Pillendosen.

«Wenn Ihr naschhaft seid, wird Euch dies hier besser gefallen», sagte die Anstandsdame und holte eine silberne Konfektbüchse und eine Bonbonniere aus Sèvres-Porzellan aus einer Schublade des Sekretärs.

«Danke», sagte Jeanne, «ich nehme nachher eines. Madame de Mauconseil hat eine wunderschöne Loge, ein richtiges Juwel.»

Die Anstandsdame antwortete nicht. Man hatte ihr nicht aufgetragen, Mademoiselle beizubringen, daß die Loge, in die man sie gebracht hatte, die des Maréchal de Richelieu war. Aber Jeanne ahnte es: sie hatte gehört, daß eine ‹kleine Loge› ein Vermögen kostete, weit mehr als eine schöne Wohnung in Paris, und sie hatte erfahren, daß die Marquise ruiniert war.

Ein plötzlicher Spektakel lockte sie wieder in den vorderen Teil der Loge. Das Gitter im Parkett war geöffnet worden, und eine Flut von Menschen ergoß sich hinein, füllte den Raum bis zum Orchestergraben. Die offenen Logen, mit gelbem Damast ausgeschlagene Schmuckkästchen, hatten sich mit kostbaren leicht gepuderten Köpfen und dem Schillern von tausend Seidenstoffen geschmückt. Die Fächer flatterten, die Diamanten und Edelsteine auf den Kleidern, den Anzügen und in den Frisuren funkelten. Jeanne erkannte Marmontel und Crébillon neben einer jungen Frau in Rosa und wandte sich zu der Anstandsdame um: «Wollt Ihr mir nicht einige Namen nennen, Madame?»

Die junge Frau in Rosa war Mademoiselle de Lespinasse. Die Anstandsdame nannte ihr anschließend Madame Geoffrin, eine ziemlich dicke alte Dame in einer schwarzen Mantilla; Madame de Brionne, eine von Choiseuls Geliebten; Monsieur de Marigny, Oberintendant des Bauwesens und Bruder der seligen Pompadour; den Präsidenten Molé; den Comte de Guibert; die Marquise de Créqui, die Prinzessin de Broglie; Lauzun; Nassau; Rohan; Mademoiselle Clairon; die Vestris; die Camargo . . . Madame de Mauconseil hatte nicht gelogen: um der Favart in ‹*Die drei Sultaninnen*› zu applaudieren, hatte sich ‹alle Welt› hierherbemüht. Sogar der Prince de Conti. Der Großprior der Templer stand mitten in seiner

Loge und strahlte in all seinem strohgelben Satin und in all seinen Diamanten. Jeanne fand ihn imposant und war froh darüber: seit sie einen Laden an der Ecke der Rue Meslay gemietet hatte, war der Großprior sozusagen ihr Herr. Sie blickte auf die Dame hinunter, die vor ihm saß, und war nicht überrascht zu erfahren, daß es Madame de Boufflers war.

Die offizielle Geliebte des Prince de Conti interessierte sie. Sie hatte von Mademoiselle Sorel erfahren, daß Vincent, wenn er sich in Paris aufhielt, bei der Favoritin des Prinzen in ihrem Palais in der Rue Notre-Dame-de-Nazareth wohnte. Nichts war natürlicher, als daß er in einem mit den Templern befreundeten Haus wohnte, wenn er in Paris war; die meisten durchreisenden Malteser machten es ebenso – Conti war nicht umsonst der Schutzherr des Malteserordens in Frankreich. Aber als sie die Gräfin durch das Opernglas musterte, entdeckte Jeanne, daß der Ritter allzu sehr dazu neigte, bei noch höchst liebenswerten reifen Luxusfrauen abzusteigen. Marie-Charlotte de Boufflers mußte wie Pauline de Vaux-Jailloux auf die Vierzig zugehen, aber ihr Gesicht war noch immer von hübscher Molligkeit, frisch und zart unter einer Fülle kaum gepuderter blonder Locken. Ihr Satinkleid mit großem Reifrock war von einem unendlich süßen Rosa mit einem ziemlich tief gerundeten Dekolleté. Der Chevalier muß große Brüste wohl besonders lieben, dachte Jeanne verdrießlich. Aber selbst als sie ihr Opernglas genauer einstellte, gelang es ihr nicht, die Boufflers häßlich oder vulgär zu finden. Ihre hinreißende Sinnlichkeit war nicht die einer Kurtisane, sondern die einer großen Dame. Und sie sah sanft aus.

Die Stimme der Anstandsdame riß sie aus ihrer Untersuchung: «Dies ist entschieden ein großer Abend», sagte sie. «Da kommt Seine Hoheit, der Duc de Choiseul . . .»

Tatsächlich war der Minister gerade in einer großen Loge nahe der Bühne erschienen; an seinem Arm führte er eine hagere alte Witwe in schwarzer Seide, dahinter folgte eine unschöne, aber wie ein Reliquienschrein aufgeputzte Frau mit hochmütiger Kopfhaltung. Zwei weitere Paare in fürstlicher Aufmachung setzten sich dazu, während Choiseul lächelnd stehenblieb und huldvoll die Grüße des Publikums beantwortete.

«Wie klein er ist . . .» murmelte Jeanne. Da sie von Choiseul als von einem großen Mann gehört hatte, überraschte sie seine mäßige

Körpergröße. Er war prächtig, aber nicht überladen in einen Anzug aus bleu-mauve changierendem Seidenstoff gekleidet, unter dem man, quer über eine Weste, die aus lauter Stickereien bestand, das blaue Band des Heiliggeist-Ordens sah. Wenngleich etwas korpulent, wirkte der Minister noch jung und kräftig, und wenn Jeanne ihn häßlich fand, so doch angenehm häßlich. Das fleischige, runde Gesicht, der leuchtende Teint der Rotblonden, lebhafte kleine Augen, eine kurze, stolze Nase mit großen Nasenlöchern, dicke, genießerische Lippen, ein Doppelkinn mit Grübchen – das alles wies auf einen üppigen und schlauen Bonvivant hin.

«Nun», sagte Jeanne und senkte ihr Opernglas, «meine Regierung mißfällt mir nicht. Wer ist jene betagte Dame in Schwarz, der er so viel Ehrerbietung erweist?»

«Die Marquise du Deffand.»

«Die Marquise du Deffand im Theater? Ich glaubte, sie sei blind?»

«Blind, aber keineswegs taub. Sie ist alt, blind, lahm vor Rheumatismus, ausgehen ist ihr furchtbar beschwerlich, aber um nichts in der Welt würde sie ein gesellschaftliches Ereignis verpassen!»

«Ich werde also zumindest einmal die du Deffand und die Geoffrin gesehen haben, die beiden berühmtesten Salondamen meiner Zeit, und bin nicht böse, zwei Antiquitäten zu sehen», sagte Jeanne. «Ich verzeihe ihnen jetzt, daß sie sich bemühen, die Frauen aus ihren Salons fernzuhalten: das geschieht nicht aus Dummheit, sondern aus Vorsicht! Und wer ist die andere Person neben dem Herzog, die wie ein Juwelengeschäft kostümiert ist?»

«Seine Schwester, die Duchesse de Gramont. Er hat sie vergeblich dem König angeboten, der sie nur vorübergehend genommen hat.»

Über den dumpf tosenden Lärm des Saals erhob sich ein Krawall von Schreien, Rufen, derben Späßen aus dem Parkett, in dem plötzlich immer mehr Stimmen zu skandieren begannen: «Anfangen! Anfangen! Anfangen!» Die Männer der bewaffneten Wache, die das Parkett umstand, strafften sich, als wollten sie mögliche Störenfriede an ihre Anwesenheit erinnern, aber fast gleichzeitig erklangen die drei Gongschläge. Die Kerzen der Rampe flammten auf, der goldbestickte purpurrote Vorhang erzitterte und hob sich langsam ...

Kaum hatte die übermütige Roxalane – Madame Favart – angefangen, den Appetit von Pascha Suliman II. zu reizen, als die Marquise de Mauconseil die Loge betrat und Jeanne störte: «Chaulieu, zündet doch die Armleuchter an, damit ich meinen Gast besser sehe», befahl sie ihrer Gesellschafterin.

Die fesche Schäferin, welche die Marquise in Belleville entdeckt hatte, war zwar sehr hübsch, hatte sie aber nicht auf die fein herausgeputzte Schönheit vorbereitet, die sie jetzt vor sich hatte. Der Marschall hatte richtig gesehen: diese junge Frau war ein Königshappen. Die erfahrene Kupplerin zweifelte nicht mehr: was sie beide im Sinn hatten, konnte gelingen. Es würde genügen, das Objekt dem König in den Weg zu stellen: Louis war dermaßen leicht entflammt!

Jeanne erduldete die prüfende Musterung, die sie von den Bühnenereignissen abhielt, ungeduldig, aber der sichtliche Eindruck, den sie machte, tröstete sie sehr darüber hinweg. Als sie sich wieder vor das Gitter setzte, erlaubte sie sich boshaft zu bemerken: «Wenn Seine Hoheit, der Duc de Richelieu noch länger ausbleibt, versäumt er den ganzen ersten Akt.»

Es war unmöglich, nicht zu riechen, daß der Marschall kam. Jeanne, deren Nase plötzlich voller Moschus war, wollte aufstehen, um ihren Hofknicks zu machen, aber Richelieus Hände hielten sie auf dem Stuhl zurück:

«Nur keine Zeremonie, Mademoiselle Nachtigall, derangiert Euch nicht.»

Der nahe Atem des alten Edelmanns wärmte ihren Hals, und sie fühlte sich nicht wohl, aber nach einer Weile entspannte sie sich: er hatte seine Hände heruntergenommen.

Artig zu sein langweilte Richelieu entsetzlich. Da er Versailler Sitten hatte, griff er gewöhnlich schnell unter den Reifrock. In Versailles lebte man nämlich bei offenen Türen: man mußte eine Minute der Zweisamkeit rasch nutzen. Aber an diesem Abend würde er behutsam vorgehen, er hatte der Marquise versprochen, die Sache nicht dadurch zu verderben, daß er das Vögelchen aufscheuchte. Die gute kupplerische Mauconseil hatte nicht unrecht: diese Schöne wirkte nicht wie ein Opfer, das ein Mann sich nehmen kann, ohne seine Taktik vorbereitet zu haben. Der Marschall fand sich also damit ab, reglos hinter ihrem Rücken zu stehen, die Lippen zwei Fingerbreit vom duftenden Satin ihrer Schultern entfernt, mit juckenden, aber stillen Händen. Als die Pause kam, war er am Ende seiner Nerven und wandte sich sofort an seine Komplicin: «Seid Ihr nicht neugierig, Marquise, zu sehen, wen wir heute abend in den kleinen Logen haben, deren Gitter verschlossen geblieben sind?»

Und er schickte auch die Chaulieu hinaus, um Sorbets zu holen.

Bevor sie den Platz räumte, warf Madame de Mauconseil dem Herzog einen beschwörenden Blick zu; im Korridor bemerkte sie dann, daß Froment, Richelieus vertrauter Diener, mit seiner Zerberusmiene vor der Logentür stand. Sie entfernte sich höchst beunruhigt.

Verstohlen legte Richelieu den Riegel vor und ging zu der jungen Frau hinüber. Bevor die Chaulieu hinausging, hatte sie die Lichter in der Loge wieder angemacht, und zum erstenmal an diesem Abend sah er Jeanne richtig. Im milden Kerzenschein strahlten ihre blonden Haare, ihre goldbraunen Augen, die cremige Seide ihres Kleids, sie selbst in köstlicher, kostbarer Harmonie.

«Nachtigall, Ihr seid schöner, als es erlaubt ist, wenn man brav ist», sagte er aufrichtig geblendet. «Aber seid Ihr denn überhaupt brav? Darf ich Euch ein Glas Zypernwein und ein paar Dragees anbieten?»

«Ja, Hoheit, danke», sagte sie lächelnd. «Das Ja gilt für Eure beiden Fragen: das Bravsein und den Wein.»

Er öffnete seinen Sekretär, holte zwei Gläser und einen Kristallflakon heraus. Er bediente sie, und eine Weile bemühte er sich, dem Gespräch über Favarts komische Opern zu folgen, das sie angeschnitten hatte. Er war so wenig dabei, daß er bald eine dumme Antwort gab; sie warf ihm einen überraschten Blick zu, und er nutzte die Gelegenheit, um den Freimütigen zu spielen: «Euretwegen, meine Nachtigall, rede ich dummes Zeug. Raubt mir nicht meinen Geist, sonst bleibt mir nicht viel, um Euch zu gefallen. Seid so lieb, mein Herz, gewährt mir den Kuß, der mir meinen Esprit zurückgibt. Ihr wart vorhin zu versunken, daß Ihr mir nicht richtig guten Abend gesagt habt.»

«Ich werde es tun, wenn ich weggehe, Hoheit.»

«Nichts da, meine Schöne! Ich will den Guten-Abend- und den

Gute-Nacht-Gruß und noch das Lebewohl, wenn die Haut zart ist.»

Sie lachte herzlich: «Monsieur le Maréchal, findet Ihr die Sitten der vornehmen Pariser nicht verwunderlich? Um nichts in der Welt würde ein Edelmann sich an meinem Taschentuch vergreifen, aber der Haut meiner Wangen bemächtigt er sich hemmungslos.»

«Weil jeder beliebige Edelmann Rosenfleisch liebt», rief Richelieu aus und näherte sich begehrlich.

Aus dem Parkett aufsteigende Schreie ermöglichten es Jeanne, ans Gitter zurückzuweichen, um hindurchzuschauen.

«Bah, das ist nichts, wie gewöhnlich», meinte Richelieu, nachdem er einen Blick hinuntergeworfen hatte. «Die Jugend amüsiert sich . . .»

Tatsächlich amüsierte sich im leeren Parkett eine Bande junger Herrchen damit, wie die Musketiere mit den Degen herumzufuchteln, und die bewaffnete Wache mußte sie mit aufgestecktem Bajonett gewaltsam hinausbefördern.

«Wahrhaftig», sagte Jeanne verdutzt, «man könnte meinen, eher an einem Ort für böse Buben zu sein, als in einem von der *jeunesse dorée* besuchten Theater.»

Wie um ihre Bemerkung zu bestätigen, fühlte sie im gleichen Augenblick Richelieus Hände ihren Busen umfassen und seinen Mund mit der feuchten Gier eines Blutsaugers sich oben auf ihren Rücken pressen. Sie biß die Zähne zusammen, kämpfte still, um sich zu befreien, dann drehte sie sich um und ohrfeigte das Gesicht des Marschalls mit ihrem Fächer.

Der alte Marschall war ziemlich nachsichtig mit Frauen. Dies hier nahm er jedoch nicht gut auf. Seine Erfolglosigkeit verdroß ihn mehr als die Ohrfeige, sein Hunger blieb ungestillt, und er zeigte die Zähne: «Mademoiselle», sagte er hochmütig, «Ihr vergeßt, wer ich bin und wer Ihr seid!»

Sie sah ihm ohne Angst oder Zorn gerade in die Augen: «Hoheit, Ihr seid kein Sultan, und ich bin keine Sklavin in Eurem Serail», sagte sie ruhig, bevor sie in einem tiefen Hofknicks versank.

Die Anspielung auf das Stück, das gegeben wurde, heiterte Richelieu wieder auf: «Gut», sagte er und zog sie empor. «Ihr habt Euren Prozeß gewonnen, ich lasse Euch frei. Aber den Kuß erlasse ich Euch nicht: ich brauche ihn!»

Anmutig ging sie und nahm die beiden Gläser mit Zypernwein, die er auf dem Tisch abgestellt hatte, gab ihm seines und sagte: «Ich trinke auf Eure Güte, Hoheit.»

«Ich trinke auf Eure Schönheit, Nachtigall. Aber Vorsicht! Ich bin nicht alle Tage gut.»

«Hoheit, ich glaube nichts dergleichen.»

«Nachtigall, Ihr habt unrecht. Setzen wir uns, damit ich Euch eine Geschichte erzähle . . . Es war einmal ein Marschall von Frankreich, der verrückt genug war, sich in ein schönes Kind zu verlieben, und ein schönes Kind, das verrückt genug war, die Liebe eines Marschalls von Frankreich abzuweisen. Was glaubt Ihr, was geschah? Beide verloren eine beträchtliche Zeit des Glücks, er damit, sich in seinem Verlangen zu verzehren, sie damit, ihre Geringschätzung zu bereuen – in einem Kloster.»

«Ist das die ganze Geschichte, Hoheit? Sie hat doch ein Ende?»

«Kluge Kinder, die man in die dunkle Kammer sperrt, bitten zuletzt immer um Verzeihung, um das Wohlwollen der Erwachsenen, die sie verärgert haben, zurückzugewinnen.»

«Es gibt eigensinnige Kinder, Hoheit.»

«Bei Gott! Ich weiß es: ich bin dreimal in der Bastille gewesen.»

Sie nippte lange an dem likörartigen Wein. Dann sagte sie: «Hoheit, ich bitte Euch um die Gnade, mich lieber in das Ursulinenkloster von Châtillon-en-Dombes stecken zu lassen. Ich kenne dort Leute, ich werde mich weniger langweilen. Außerdem backen jene Stiftsdamen exquisite Anisplätzchen, nach denen ich verrückt bin. Ich werde Euch welche schicken.»

Als Madame de Mauconseil zu Beginn des zweiten Aktes zurückkam, machte sie große Augen: Jeanne saß wie ein Pfau inmitten ihrer Seide auf dem Sofa, und ihr gegenüber saß Richelieu auf einem Stuhl, den Hut auf dem Kopf, ein Bein über das andere geschlagen, die rechte Hand auf den Knauf seines Stocks gestützt und schien, lachend und gesprächig, der zufriedenste Mann der Welt zu sein.

«Ah, da kommt ja Chaulieu mit unseren Sorbets», sagte er, als er die Anstandsdame hinter der Marquise erblickte. «Meine Nachtigall, Ihr werdet Euren Schnabel erfrischen können. Aber zweifellos habt Ihr Lust, noch etwas von dem Stück zu hören? Geht nur, mein

Herz, dreht mir ungezwungen den Rücken zu, ich werde inzwischen hinausgehen und mir ein wenig die Beine vertreten . . .»

Er nahm die Marquise beim Arm und zog sie in den Korridor hinaus. Er frohlockte: «Liebe Freundin, welch eine Perle! Eine seltene Perle, eine rosa Perle! Sie macht mich verrückt, ich bin verrückt und glücklich, verrückt zu sein! Sie hat mich wieder zwanzig werden lassen. Mit einem Wort, ich bin verliebt.»

«Verliebt? Ihr!»

«Ja, verliebt. Es ist nie zu spät, neue Freuden zu entdecken. Sie ist entzückend, Marquise! Vor allem hat sie neben ihrem schüchternen Erröten und ihrem reservierten Verhalten eine furchtlose Sprache, eine kühne Freiheit, die sie ganz und gar überraschend machen. Sie überrascht mich. Ich habe nie ein derartiges Mädchen getroffen.»

«Mein lieber Herzog, Ihr verlaßt den Hof, wo Euch alles bekannt ist, ja auch nur, um zu den Huren zu gehen, bei denen Euch alles bekannt ist. Aber laßt hören, hat Euer Herz, seit es Feuer gefangen hat, unseren Plan geändert?»

«Marquise, ich will Jeanne mehr denn je! Aber ich will sie nicht drängen. Werdet ihr Schatten und überreicht sie mir ganz sanft wie eine Katze. Nehmt dies . . .»

Der Blick der Marquise leuchtete gierig auf, als sie die Börse nahm.

«Gebt für sie aus, ohne zu rechnen. Jede Frau hat einen Preis, erfahrt den ihren. Vielleicht hat sie einen Bruder unterzubringen?»

«Ich brauche Zeit, um zu intrigieren, nun reist Ihr aber in acht Tagen nach Bordeaux ab und kommt erst am Jahresende zurück.»

«Ich brauche sie vor meiner Abreise, oder ich halte es nicht aus und stecke sie in mein Gepäck, freiwillig oder mit Gewalt!»

«O nein! Keine Entführung, ich bitte Euch. Wir leben im Jahre 1765, Herzog. Ihr hättet alle Philosophen auf dem Hals und mit ihnen die Zeitungsschreiber und das Parlament, ganz zu schweigen von der Kirche, die sich einfach anschließen müßte.»

Richelieu seufzte: «Unsere Nachfahren werden nicht glücklich sein, Marquise. Die Freiheit geht den Bach hinunter. Nun ja», setzte er nach einem Schweigen hinzu, «tut Euer Bestes. Aber sobald sie einwilligt, haltet sie von meinem Geld aus, wartet nicht meine Rückkehr ab. Ihr könnt sie in meinem kleinen Haus in Les Porcherons unterbringen und . . .»

«Gewiß nicht! Der König würde es sofort erfahren. Es ist nicht angebracht, daß er weiß, daß Ihr von der Speise gekostet habt, bevor Ihr sie ihm serviert.»

«Ach, der König . . . Ich lasse ihn warten.»

9. Kapitel

Mit Madame Favart und der Marquise de Mauconseil in Richelieus Loge geflüchtet, betrachtete Jeanne das bunte, mit Dominos durchsetzte Gedränge, das sich um die Tanzenden herum abspielte. In einem riesigen, smaragdgrünen und goldenen Käfig erlebte sie einen prunkvollen Traum voller maskierter Figuren. Zum zwanzigstenmal an diesem Abend berührte sie ihre Maske. Sie war aus weißem Samt, mit Spitzenfransen nach venezianischer Mode. Sie war vor Freude verrückt gewesen, als die Chaulieu gekommen war, um sie im Namen ihrer Herrin zum Opernball zu bitten, und alles Romantische in ihrer Seele war in Bewegung geraten, als die Anstandsdame hinzugefügt hatte: «Kleidet Euch recht schlicht und nicht so umfangreich. Im Wagen werdet Ihr ein Dominokostüm und eine Halbmaske vorfinden, und das kleine Souper, zu dem Madame Euch nach dem Ball mitnimmt, wird sehr intim sein.» Sie hatte nicht gefragt, bei wem man soupieren würde, sie hatte es gleich gewußt. Die leichte Angst, die sie vor dem draufgängerischen alten Marschall hatte, erhöhte nur noch ihren Festrausch. Jeanne hatte zwar nichts weniger als Lust, mit Richelieu zu tun zu bekommen, aber um Spaß zu haben, war es ihr nicht unangenehm, daß er das Taschentuch jener *anderen* zugeworfen hatte, der Unbekannten, deren rätselhaft verführerischen Zauber sie in den Spiegeln entdeckte. Es war, als hätte ihre Maske ihr Gesicht verschlungen. Sie fühlte sich unter deren samtiger Wärme sich selbst fremd, als erlebe sie ein Stück geborgtes Schicksal. Und trotz Jeannes Vernunft erwartete die maskierte Unbekannte, daß es Verrücktheiten auf sie regnete, denn es war Karneval.

In der großen Loge Richelieus herrschte ein Kommen und Gehen wie in einem Taubenschlag. Obwohl der Marschall eine Halbmaske aus goldenem Stoff und eine Perücke aus Goldfäden trug, erkannten ihn seine vertrauten Freunde und kamen ihn begrüßen, sie plauderten eine Weile und versuchten den jungen Domino mit den schönen Haaren zu streifen, dessen Namen niemand wußte. Dieses blonde Geheimnis war um so anziehender, als der Marschall das Spiel mitspielte und es sich nicht nehmen ließ, seinen Stock zwischen die Dame und jeden Edelmann, der ihr zu nahekam, zu halten. Der Klatsch über das neue Liebesgeheimnis des berühmten alten Gecken mußte sich wie ein Lauffeuer in der Oper verbreiten, denn die Loge leerte sich nicht von Neugierigen. Die Verkäuferinnen von Süßigkeiten und Erfrischungen kamen nur mit größter Mühe vorwärts, und da die Sorbets à la Rose, die sie bestellt hatten, nicht gebracht wurden, öffnete Richelieu gerade den Mund, um seinen Gästen vorzuschlagen, hinauszugehen und sie im Café zu essen, als er plötzlich den Pockennarbigen sich vor ihm verneigen sah, der ihm ein zusammengefaltetes Blatt hinhielt:

«Ich glaube, Hoheit», sagte der Mann mit unterwürfigem Lächeln, «daß Ihr, mit Ausnahme dessen, der es geschrieben und dessen, der es bezahlt hat, der erste seid, der liest, was man am Dienstag in diesem Saal singen wird, wenn die Prévot das Ballett *‹Castor und Pollux›* tanzen wird.»

Trotz seiner Eitelkeit zögerte Richelieu, neugierig geworden, nicht, in der Öffentlichkeit seine Brille aufzusetzen: der Pockennarbige kannte seinen Geschmack und lieferte ihm Schlüpfriges. Er war ein schmächtiger Kerl mit verschmitztem Gesicht, ein Neuigkeitskrämer, den er in seine Dienste genommen hatte und mit dem er zufrieden war. Diesmal hatte sein Spitzel ihm zwei Couplets von allerrohester Grobheit über die Gefahren der ‹Spalte› der Prévot zugesteckt, Richelieu brach in beglücktes Gelächter aus, reichte den Zettel an Madame de Mauconseil weiter und sagte zu Justine Favart: «Ihr müßt das auch lesen, Madame. Euer Freund Collé ist ein ehrlicher Mann: er verlangt viel für den Vers, dafür gibt er auch sein Schlimmstes.»

«Ist das ein neues Lied von Monsieur Collé?» fragte Jeanne. «An einem Sonntag bei Landel hat Monsieur Collé sehr liebenswürdige Vierzeiler über mich gemacht.»

Nach einem Augenblick des Zögerns reichte Justine Favart ihr die Schmähschrift.

Jeanne fragte sich, ob ihre Maske nicht Feuer fangen würde, so sehr brannten ihre Wangen. Tiefe Scham und große Wut flammten in ihr auf, als sie die Worte sah, mit denen ein Mann zum Amüsement anderer Männer das Intimleben einer Frau mit Schmutz und Jauche bewarf. Ohne zu Ende zu lesen, knüllte sie den Zettel zusammen und warf ihn zu Boden: «Ich hoffe, ich sehe Monsieur Collé nie wieder. Er ist ein Schwein, das sich wie ein Schwein vollfrißt, im Kot», zischte sie laut genug, daß alle Umstehenden es hören konnten.

Richelieu beugte sich zur Marquise: «Madame, Ihr müßt ihr schnellstens Manieren beibringen. Ihre provinzielle Prüderie ist mitunter zu stark, um komisch zu sein. Und Ihr, was steht Ihr noch wie ein Leuchter herum?» fügte er ärgerlich an den Pockennarbigen gewandt hinzu. «Bezahle ich Euch etwa dafür? Los, an Eure Arbeit . . .»

Der Spitzel verzog sich, nicht ohne einen haßerfüllten Blick auf das hochnäsige Frauenzimmer zu werfen, dessen Bemerkung ihn zweifellos um einen Taler Belohnung gebracht hatte. Es war nicht leicht, Geld aus dem Marschall herauszuholen, der in der Gesellschaft großtuerisch prunkvoll war, seinen Bediensteten gegenüber jedoch von abstoßendem Geiz. Zu allem Pech rannte der Pockennarbige noch beim Hinausgehen mit gesenktem Kopf in einen Edelmann, der ihn rüde gegen die Marmorwand des Korridors stieß und als Tölpel beschimpfte.

Der angerempelte Edelmann staubte sich unnötigerweise ab und betrat Richelieus Loge: «Monsieur Minorkese, verzeiht mir, daß ich Euer Inkognito durchbreche, um Euch meine Aufwartung zu machen», sagte er sich vor dem Marschall verneigend.

Beim Klang der schönen, vollen Stimme, die Richelieu mit seinem teuersten Ruhmestitel angesprochen hatte – 1756 errungen, als er Port-Mahon auf Minorka den Engländern weggenommen hatte – war ein strahlendes Lächeln auf seinem Gesicht erschienen. Er lüftete seine Maske und breitete seine Arme aus: «Mein lieber Seefahrer, Zurückhaltung hätte ich Euch nicht verziehen. Kommt, laßt Euch küssen . . . und anschauen . . .»

Der Besucher war es gewiß wert, angeschaut zu werden: hochgewachsen und von schönem Gesicht, war er obendrein überwältigend elegant in einem Rock aus marmorierter pflaumenblauer Seide mit Goldstickereien, der über einer Weste aus goldenem Tuch offen stand. Der unter dem Arm gehaltene Dreispitz, die Rubinspange auf seinem Jabot, die beiden juwelenbesetzten Taschenuhren, die an Ketten aus seinen Taschen hingen, vervollständigten seine etwas auffallende Pracht, die aber der Gewandtheit seines Körpers und seines Verhaltens wunderbar anstand. In der Hand hielt er die schmale schwarze Halbmaske, die er beim Eintreten abgenommen hatte.

«Ihr seid also auf dem Festland?» setzte Richelieu hinzu.

«Monsieur le Maréchal, man muß eben hin und wieder der Liebe frönen.»

«Wenn Ihr es nicht zu eilig habt, Euch daranzumachen, bleibt zum Souper bei uns. Es ist sehr kärgliche Kost, die ich heute abend anbiete, aber wenn Ihr großen Hunger habt, könnt Ihr ein wenig später immer noch zu den Contis soupieren gehen. Kommt, damit ich Euch der Gesellschaft vorstelle, die Ihr haben werdet und die nicht böse sein wird, einen Mann mehr als mich rund um die Poularde zu haben . . .»

«Mein lieber Herzog», sagte Madame de Mauconseil, «glaubt Ihr, daß die Vorstellung nötig und daß Ritter Vincent nie zum Tanzen nach Bagatelle gekommen ist?»

Vincent verneigte sich vor der alten Marquise und der Schauspielerin, wandte sich zu dem maskierten blonden Domino um und richtete einen vor Neugier glühenden Blick auf das Gesicht aus weißem Samt.

Durch welches Wunder stehe ich noch? fragte sich Jeanne. Warum falle ich nicht ohnmächtig um, wieso bin ich noch nicht umgefallen, wo ich doch seit einer Ewigkeit nicht mehr atme? Mein Dominokostüm hält mich aufrecht, dachte sie. Wenn ich mein Dominokostüm ausziehen müßte, fiele ich um. Als sie dem Korsaren die Hand hinhielt, glaubte sie einen abgestorbenen Arm zu haben, aber als die heißen Lippen ihre Hand berührten, erschauerte sie wieder, und ihre Hand in der großen gebräunten Hand des Seemanns bebte. Als wolle er sie befragen, hielt er die zitternde Hand länger fest, als der Anstand es erlaubte, während sein glänzender Blick weiterhin die Maske prüfend ansah . . .

Endlich nahm Richelieu etwas Ungewöhnliches in der Haltung des Paares wahr, faßte Vincent und führte ihn beiseite: «Sachte, schöner Ritter, haltet Euch nicht zu lange dort auf», flüsterte er. «Ihr habt doch wohl verstanden, daß ich Euch nur dazu einlade, mein gefülltes Huhn mit mir zu teilen, nicht wahr?»

«Leider, ich habe es befürchtet», flüsterte Vincent zurück. «Aber wollt Ihr mir nicht einmal den Namen des blonden Hühnchens nennen, das Ihr Eurem alleinigen Appetit vorbehaltet?»

«Den Namen eines Schatzes zu verraten ist schon zuviel. Man hat mich mißtrauisch gemacht.» Seine drei weiblichen Gäste anlächelnd, fügte er lauter hinzu: «Sind die Damen vom Ball gesättigt? Werden sie mir die Gunst erweisen, mein Souper schon jetzt einzunehmen?»

«Mein Gott, ja, gehen wir», seufzte Madame de Mauconseil. «Diese Bälle waren früher sehr lustig, aber heutzutage sind sie gähnend langweilig. Diese Vergnügung riecht zu sehr nach der alten Zeit.»

Vincent und Richelieu wechselten einen spöttischen Blick, worauf letzterer Jeanne seine Faust reichte, damit sie sich darauf stützte: «Kommt, meine Nachtigall . . . Verzeiht Ihr mir, daß ich nicht mit Euch getanzt habe? Es ist ein Jammer, eine alte Verwundung mit sich herumzuschleppen, die einen gerade an den Tagen, wo man ein guter Tänzer sein möchte, in den Knien schwächt.»

«Monsieur le Maréchal», sagte Vincent lebhaft, «erlaubt mir, Eure Pflicht gegenüber dem Fräulein zu erfüllen, bevor wir den Ball verlassen.»

Das verlangte eine Antwort. Jeanne bemühte sich so sehr, ihre Stimme zu verstellen, daß sie nur ein Murmeln herausbrachte: «Danke, Chevalier. Gehen wir lieber essen. Ich sterbe vor Hunger», sagte sie, während sie sich fragte, wie sie einen einzigen Bissen herunterschlucken sollte.

Die Gänge waren voll rauschender, raschelnder Stoffe. Vincent ging neben Jeanne und nutzte das Gewirr von Kostümen, durch die sie hindurch mußten, um sich ihr zu nähern und zu schnuppern. Sie verwünschte ihre Kenntnisse in Parfums, mit deren Hilfe sie eine subtile, auf Dauer eindringliche Mischung komponierte, an der diejenigen, die sie gut kannten, sie mit der Nase entdeckten. Sollte es möglich sein, daß dieser Don Juan, nachdem er so viele parfümierte Geliebte in den Armen gehalten hatte, sich an den Duft eines Naturkindes am Wegesrand erinnerte? Sie hoffte und fürchtete es gleichzeitig. Nicht vergessen worden zu sein würde ihr sehr wohl tun. Aber am Arm des berühmtesten Wüstlings des ganzen Königreichs wiedererkannt zu werden – wie gräßlich! Wie sollte man einem Spötter wie Vincent die Harmlosigkeit einer Liebäugelei mit einem Herzog von Richelieu klarmachen? In diesem Augenblick fiel es ihr selbst wahnsinnig schwer, sich nicht für schuldig zu halten.

Während der Herzog und die Marquise sich wohl oder übel von rechts und links aufhalten ließen, ging Jeanne zwischen Justine und Vincent zum Garten hinunter. Als sie stehenblieben, um auf die anderen zu warten, rutschte Jeanne mit dem Absatz auf einem Kieselstein aus. Sie hielt sich an dem Ärmel aus pflaumenblauer Seide fest und fühlte Vincents Hand sich auf ihre legen, sie umfangen. Wie kurz zuvor in der Loge begann sie abermals heftig zu zittern und fragte sich, was Vincent wohl denken mochte, wenn er die Aufgeregtheit dieser gefangenen Hand spürte.

Alle drei schwiegen – Jeanne und Vincent, weil dies nicht der rechte Augenblick zum Sprechen war, Justine, weil sie die Geste bemerkt hatte und nur schweigen konnte. Ihr Schweigen übertrug sich schließlich auf Jeanne und gab ihr wieder genügend Ruhe, daß sie sich des Moments, den sie erlebte, bewußt wurde. Da wünschte sie, daß Justine in der Erde versänke, damit sie und Vincent unter die Kastanienbäume, bis ans Ende der Welt, bis ans Ende der Ewigkeit davongleiten könnten. Ich liebe ihn. Die Gewißheit war ihr mit der Plötzlichkeit eines Niesens in den Kopf geschossen und überwältigte sie. Impulsiv lehnte sie den Kopf an Vincents Schulter.

«Hm», machte Justine, die sich plötzlich räuspern mußte. «Hm, hm, hm!»

Vincent ließ Jeannes Hand los, rückte von ihr ab, drehte sich wieder zu den Lichtern der Oper um.

«Die Karosse Seiner Hoheit, des Duc de Richelieu!» brüllte ein Ausrufer.

«Lieber Seefahrer, wie seid Ihr hierhergekommen?» fragte Richelieu den Korsaren.

«In einem klapprigen Fiaker, der dort hinten auf mich wartet und dessen alte Mähre es bis zu Euch noch schaffen dürfte – es ist ja nicht weit.»

«Die Karosse Ihrer Hoheit, der Marquise de Mauconseil!» brüllte der Ausrufer.

Jeanne ging zur gleichen Zeit wie Justine auf die Karosse der Marquise zu.

Richelieu ließ die eine vorbeigehen, hielt die andere zurück: «Erweist mir die Ehre, Mademoiselle, bei mir einzusteigen ... Wißt Ihr, daß wir uns zu guter Letzt zu neunt um meine Poularde scharen werden? Es ist kein Souper mehr, zu dem ich Euch einlade, sondern eine Hungersnot!»

Das prächtige Palais an der Chaussée d'Antin, in dem Richelieu sich vor etwa acht Jahren niedergelassen hatte, bildete den üppigsten und raffiniertesten Rahmen für die Empfänge des Marschalls. Die Schnitzereien der Holzverkleidungen, die Gemälde, Tapeten, Vorhänge, alles war ausgesucht worden, um das anspruchsvollste Auge mit Harmonie zu sättigen. Jedes Möbelstück war ein Meisterwerk der Kunsttischlerei, der kleinste Nippgegenstand ein Wunder aus Porzellan oder Bronze. Eine überquellende Sammlung alter Chinoiserien, riesengroße Paravents aus schwarzem Lack, auf denen sich Landschaften in Gold entfalteten, Gemälde von Tizian, Holbein, van Dyck, Oudry, Boucher, kunstvoll arrangierte Blumenbouquets verbanden überall vollkommene Schönheit mit unerhörtem Luxus.

Inmitten der anderen Gäste durchschritt Jeanne geblendet mehrere Vorzimmer, bevor sie den erleuchteten großen Salon erreichte. Die Nacht war hell genug, daß man, wenn man an eines der hohen französischen Fenster trat, die Gärten voller Bäume und Blumen sehen konnte, belebt von antiken Marmorstatuen und einer Gruppe von Michelangelo unter einer Rosenlaube.

Ein Diener öffnete die beiden Türflügel zu dem rundgebauten kleinen Salon, in dem das Souper stattfinden sollte, und sogleich wurde sichtbar, daß die Hungersnot, unter der man bei dem Herzog leiden sollte, ohne knurrenden Magen zu ertragen sein würde. Zwar schmorten die Poularden – fettleibig, von Trüffeln geschwollen, in Sahnesauce schwimmend – nur zu zweien auf ihrem Rechaud, aber sie waren von einer üppigen Mischung aus kaltem Fleisch und Süßspeisen umgeben. In der Mitte des Zimmers war ein runder Tisch gedeckt, um den Beitischchen aus Mahagoni standen.

«Ich habe gedacht, daß wir uns am besten selbst bedienen», sagte der Marschall.

Mit einem Wink entließ er seine Diener, reichte der Marquise eine Hand und Jeanne die andere und führte sie zum Anrichtetisch.

Ein Dutzend Flaschen mit altem Bordeaux standen auf einer Konsole. Der Marschall war nicht umsonst Gouverneur von Guyenne und der Gascogne; sein Weinkeller in Bordeaux war legendär, und dank seiner hatte er die ganze vornehme Welt von Paris zu den Weinen seiner Provinz bekehrt, die nur noch ‹Richelieus Kräutertees› genannt wurden. Jeanne bat ihren Gastgeber, einen Wein für sie auszusuchen, und er schenkte ihr einen honiggelben, für das Auge sehr weichen Graves de Vayres ein. Vincent legte ihr einige Scheiben geräucherten Stör auf den Teller, und dann saß sie zwischen dem Korsaren und dem Marschall. Dieser hob sein Glas: «Trinken wir auf unsere geheimnisvollen Schönen», sagte er.

Um den Tisch herum saßen drei junge Frauen mit maskierten Gesichtern. Eine unsagbare Angst war von Jeanne abgefallen, als sie im Hof von Richelieus Palais auf zwei weitere Dominos gestoßen war. Der eine begleitete den Comte de Lauraguais, der andere den Maréchal Marquis de Contades. Zweifellos war keinem der Besitzer einer maskierten Dame daran gelegen, seine neue Entdeckung den anderen allzu genau zu zeigen, denn es war beschlossen worden, das Inkognito der drei Maskierten nicht zu lüften. Vincent, der einzige Mann, der keine Dame mitgebracht hatte, antwortete als erster auf die Aufforderung seines Gastgebers: «Messieurs», sagte er, «ich trinke auf Eure verbotenen Früchte.»

«Es ist lange her, daß ich mit Masken soupiert habe», sagte Contades. «Wir sind nach Realitäten gierende Bauernlümmel geworden, wir verstehen es nicht mehr, uns den Freuden der Phantasie hinzugeben. Apropos Masken, Herzog, erinnert Ihr Euch an das so wenig kostümierte Fest, das Ihr uns eines Abends im Hannoverschen gabt?»

«Erzählt uns das», bat Lauraguais. «Ich nehme an, daß außer dem Gesicht alles an der Luft war?»

Am Anrichtetisch stehend, tranchierte der Graf mit der Geschicklichkeit eines Meisterkochs eine der Poularden, ohne den kleinsten Tropfen Sauce auf seinen weißlichbraunen Satinanzug zu verspritzen. Madame Favart stand neben ihm und füllte die Teller mit Geflügel und Trüffeln:

«Gott!» tuschelte sie. «Wo seid Ihr mit Euren Gedanken, Graf, daß Ihr unsere Marschälle auf den Pfad ihrer guten alten Kriegszeit schickt! Damit ist die Nacht hin!»

Tatsächlich waren Richelieu und Contades, hochrot vor Eifer, bereits auf dem preußischen Feldzug. Nichts konnte sie mehr befriedigen, als endlos ihre Kriegserinnerungen wachzurufen – sie trafen sich nur deswegen, um nachträglich den Siebenjährigen Krieg zu gewinnen, den der Trottel de Broglie (nach Contades Meinung) und der infame Soubise (nach Richelieus Meinung) einst verloren hatten.

Vincent beugte sich zu Jeanne: «Darf ich Euch noch etwas Wein einschenken? Unser Kräuterteelieferant hat uns alle vergessen – und für eine ganze Weile, glaube ich.»

«Ich möchte die Desserts sehen», sagte sie und stand auf, um ihn zu begleiten.

Sie zitterte nicht mehr. Verstellte ihre Stimme nicht mehr. Sie hatte sich mit der Zwielichtigkeit ihrer Situation abgefunden, weil sie sie nicht mehr empfand, weil sie nur noch die berauschende Gegenwart dieses Mannes empfand, der sie als erster in die Arme genommen, mit Küssen bedeckt hatte, der sie so sehr begehrt hatte, daß er sie entführen wollte. Wenn er hier, in diesem Salon, vor der versammelten Gesellschaft ihre Hand genommen, sie an sich gezogen und gesagt hätte: Laß uns fortgehen, sie wäre ihm ohne ein Wort gefolgt. Nichts war ihr mehr wichtig, als zu wissen. Zu wissen, ob er heute ebenso wie gestern Lust hatte, sie zu entführen. Und im Grunde zweifelte sie nicht daran.

«Habt Ihr Euren Wein ausgesucht?»

«Gebt mir von dem, den Ihr am liebsten trinkt . . .»

Sie trank einen Schluck und dachte: Ich trinke auf meine Verrücktheit, einen zweiten und betete: Ich will nicht, daß meine Verrücktheit mich verläßt.

Eine der Maskierten, die sich beim Krieg der Marschälle langweilte, kam und stellte sich ebenfalls vor den Desserts auf und fing an, sich mit Süßigkeiten vollzustopfen. Das junge Mädchen war ohne jeden Zweifel noch im Bonbonalter. Sie war bestimmt nicht älter als vierzehn: der Marquis de Contades liebte wirklich ganz kleine Mädchen. Zwischen zwei Happen Nougat steckte die Kleine plötzlich die Nase in einen großen Strauß blasser Rosen, der in einer Silberschale stand.

«Sie riechen gut . . . Und sie sind sehr hübsch, nicht wahr? Sie haben die Farbe von Rosenkonfekt.»

«Man kann auch gutes Konfekt aus ihnen machen», sagte Jeanne lächelnd. «Das sind Puteaux-Rosen. Man gewinnt aus ihnen auch ausgezeichneten Tee und Sirup.»

«Oh, ich und Tee . . .» sagte die Kleine und verzog den Mund. «Aber Rosenkonfekt – das lasse ich mir gefallen! Ich finde es himmlisch, wenn man mir welche zum Kaffee anbietet, das ist sehr elegant, denn Rosenkonfekt ist ja so teuer!»

Jeanne war auf einmal entsetzlich verlegen und warf Vincent einen Blick zu. So wie die arme Kleine sich benahm und redete, konnte Jeanne sich selbst nicht mehr verhehlen, daß sie tatsächlich mit zwei Kostgängerinnen der Gourdan oder der Brisset oder irgendeiner anderen Kupplerin à la mode soupierte. Wie um die Zweideutigkeit von Jeannes Position als dritter Maskierter noch hervorzuheben, näherte die Kleine sich ihr und fragte leise:

«Findet Ihr mein Kleid hübsch?»

«Es ist sehr anmutig», murmelte Jeanne.

«Es ist das erste Mal, daß ich ein so schönes Kleid trage», fuhr die Kleine freudestrahlend fort. «Ich habe es bekommen, weil ich mit dem Monsieur Marquis ausgehe. Er ist sehr großzügig, der Marquis de Contades. Aber der Duc de Richelieu ist noch viel reicher, nicht wahr? Ist er entsprechend großzügig? Euer Kleid ist auch schön, dieses Mandelgrün paßt wunderbar zu Eurem Teint und Euren Haaren, und außerdem habt Ihr genug Busen, um die Korsage zur Geltung zu bringen . . . Sagt, hat der Herzog Euch Schmuck geschenkt?»

Jeanne stand wie auf glühenden Kohlen. Endlich konnte sie die Geschwätzige loswerden und ging zu Vincent hinüber.

«Man kennt sich gut mit Blumen aus, scheint es?» warf Vincent nachlässig hin und wies auf die Puteaux-Rosen.

Sie wandte ihm ihr Gesicht aus weißem Samt voll zu, als demaskiere sie sich: «Man kennt sich recht gut mit ihnen aus», sagte sie herausfordernd.

Er stellte langsam, sorgfältig einen Teller mit Leckereien zusammen, den er Madame Favart brachte, kam zurück und machte einen zweiten für die Marquise de Mauconseil zurecht und einen dritten für die butterblumengelbe Unbekannte, die neben dem Comte de Lauraguais saß: «Ich habe früher einmal beinah die Botanik erlernt», sagte er schließlich. «Ich wollte eine junge Botanikerin auf meiner ‹Belle Vincente› mitnehmen, aber im letzten Moment hat die junge Dame ihre Meinung geändert.»

«Habt Ihr ihr nachgetrauert?»

«Ich habe ihr einige Zeit nachgetrauert. Es war ein sehr reizvolles, wenngleich gelehrtes kleines Mädchen.»

Sie fragte sehr sanft, beinahe bettelnd: «Trauert Ihr ihr überhaupt nicht mehr nach?»

Die Antwort traf sie wie eine Ohrfeige: «Nein, überhaupt nicht. Heute ist sie alt.»

«Alt!» rief sie dumpf aus und schaffte es gerade noch, sich schnell umzudrehen und sich mit weichen Knien und Tränen in den Augen hinzusetzen.

Warum? Mein Gott, warum? Weil ich ihn jetzt liebe? Konnte es sein, daß Émilie recht hatte? Daß es für eine Frau so schnell zu spät war?

Glücklicherweise war die Gesellschaft schon zu sehr in Stimmung gekommen, um die plötzliche stumme Traurigkeit einer der Geladenen zu bemerken. Die Marschälle, von ihren Erinnerungen hingerissen, die Köpfe angefüllt mit Kanonendonner und Liedern über das Töten und Trinken, verlangten jetzt lautstark *‹La Fanchon›:*

«*‹La Fanchon›,* Madame, *‹La Fanchon›*!» baten sie im Chor, die Gläser auf Justine Favart erhoben.

«Ach, Madame», setzte Richelieu plötzlich ganz sentimental hinzu, «solange Ihr da seid, um *‹La Fanchon›* zu singen, wird Frankreich den Ruhm von Fontenoy in seinen Adern spüren! Madame, erinnert Ihr Euch an jenen Offizier in zerfetzter Uniform und vom Pulver geschwärzt, der vor von Sachsens Zelt auf einer Trommel saß und hastig ein Lied zur Feier des Sieges hinkritzelte? Alles war vor Freude trunken, noch bevor ein einziger Korken geknallt hatte. Die Erde rauchte noch von der Hitze des Gefechts, als die zwanzigjährige kleine Favart sich auf einen Karren heben ließ, über den toten Männern und den verreckten Pferden, um das schönste Lied, das ich je gehört habe, anzustimmen: ‹Freunde, wir müssen rasten› . . .»

Es macht natürlich Spaß …

… wenn man es sich leisten kann, großzügig zu sein. Das junge Mädchen hat eines immerhin richtig erkannt: Großzügigkeit sollte in einem richtigen Verhältnis zu dem Vermögen stehen, über das einer verfügt. Sonst wird aus Großzügigkeit leicht Verschwendung.

Es war, als hätte man Justine die Sporen gegeben. Mit einem Satz war die Sängerin wieder so unbeschwert wie als Stimmungsmacherin bei der Armee, schürzte ihre Unterröcke, stieg auf ihren Stuhl und ließ mit lauter Stimme den berühmten Refrain erschallen, der von Fontenoy die Runde durch Frankreich gemacht hatte.

Unwiderstehlich begeistert stimmten alle in das schwungvolle Lied mit ein, außer Jeanne. Vincent hatte sich ans Cembalo gesetzt und hämmerte mit harten Faustschlägen den Takt. Richelieus schrille und falsche Stimme bemühte sich schamlos, den Chor zu übertönen. Der alte Marschall hatte die Hand seiner Nachbarin ergriffen und schwenkte sie kräftig im Takt.

‹*La Fanchon*› hatte das Signal zum Singen gegeben. Wohl oder übel mußte jeder sein Lied vortragen – es war ausgeschlossen, sich dieser Mode zu entziehen, die überall grassierte, am Ende eines Soupers von Edelleuten oder Gelehrten ebenso wie nach einem ländlichen Hochzeitsmahl. Es gehörte zum guten Ton der guten Gesellschaft, zumindest *ein* ‹pöbelhaftes› Lied zu kennen, und im allgemeinen kannte man mehr als eines. Das verdorbene kleine Mädchen des Marquis de Contades kannte jedoch nur Reigen aus seinem Dorf. Als ihre schwache, hohe Stimme den naiven und grausamen Reigen anstimmte, in dem eine frisch verheiratete Jungfrau beweint wird, schwoll Jeannes Herz vor Zärtlichkeit für die kindliche Kurtisane und vor Haß auf die, die sie kauften. Im selben Augenblick wurde sie sich eines böse auf ihr ruhenden Blickes bewußt, sah auf und begegnete in Vincents Augen einem so harten Glanz, daß ihre Traurigkeit sie völlig überwältigte. Von diesem Moment an hatte sie nur noch einen Wunsch: daß dieser qualvolle Abend ein Ende nähme, daß sie endlich zu Hause in ihr Kopfkissen schluchzen könnte. Aber sie wagte nicht aufzustehen und zu gehen, wartete ab und verachtete sich dafür, daß sie abwartete. Bald bekam sie auch noch Angst, daß die Situation zu einer Orgie ausartete: Contades hatte das kleine Mädchen auf seine Knie gesetzt und fütterte es mit Mandelcremekuchen; Lauraguais' üppige butterblumengelbe Venus gluckste halb betrunken wie ein gekitzeltes Perlhuhn, und die beschwipste Favart breitete die tollkühnen Bettgewohnheiten des seligen Prinzen von Sachsen aus. Endlich wieder in ihrer guten alten galanten Zeit, bombardierte die Marquise de Mauconseil die Gesellschaft mit Pralinen und lachte wie eine Verrückte.

Zum Glück war Jeanne zwischen Richelieu und Vincent vor alldem in Sicherheit. Wenn der alte Marschall einen seiner Mitstreiter der Schlacht von Minorka bei sich hatte, konnte ihn nichts davon abhalten, die Ereignisse des großen militärischen Erfolgs seines Lebens wiederzukäuen. Der ihm ausgelieferte unglückliche Soldat oder Seemann konnte nur hoffen, ihm zu entgehen, indem er sich außer Reichweite der Stimme des Marschalls begab, und Vincent schien nicht daran zu denken. Ein höfliches Lächeln auf den Lippen schien er im Gegenteil bereit, bis zum Morgengrauen den Monolog seines Gastgebers mitanzuhören. Ständig strich sein Blick über die schweigsame junge Frau, die zu seiner Linken saß. Indem er seine braunen Augen mit solchem Nachdruck auf seiner Nachbarin ruhen ließ, schien er etwas provozieren zu wollen. Und schließlich seufzte sie. Beugte sich zu Richelieu hinüber:

«Hoheit, verzeiht mir bitte, aber ich verspüre plötzlich eine schreckliche Migräne. Der Wein wahrscheinlich . . . Erlaubt, daß ich mich zurückziehe. Wenn Madame mir freundlicherweise ihren Wagen leiht», fuhr sie an Madame de Mauconseil gewandt fort, «ich werde ihn sogleich zurückschicken, sobald ich zu Hause bin.»

Vincents Stimme übertönte das leichte Durcheinander, das Jeannes Satz hervorgerufen hatte: «Monsieur le Maréchal, da ich, wie Ihr wißt, ins Palais de Conti fahren muß, werde ich Mademoiselle vorher zu Hause absetzen, wenn es gestattet.»

«Auf keinen Fall!» rief Richelieu aus. «Das wäre äußerst unklug! Sie darf erst von hier wegfahren, wenn sie sich ein wenig erholt hat. Mein Herz», fügte er mit nicht gespielter Zärtlichkeit hinzu, «ich werde Euch ein wenig von meinem Opiumwasser zum Einnehmen geben, und Ihr legt Euch eine Weile in Ruhe hin. Sobald Ihr Euch besser fühlt, lasse ich Euch nach Hause fahren.»

Die falsche Kranke hatte die größte Mühe, sich der Besorgnis des Marschalls zu entziehen. Sie mußte einen festeren und fast wieder gesunden Ton anschlagen: «Tausend Dank, Hoheit, Eure Güte rührt mich, aber ich wäre Euch dankbar, wenn Ihr mich gehen ließet. Ich habe zu Hause eine Droge, die meine Migräne immer lindert. Ich bin so betrübt, Euer Souper gestört zu haben, daß ich mich schon besser fühlen würde, wenn Ihr zurückginget, ohne Euch weiter um mich zu sorgen. Der Chevalier bietet ja an, mich nach Haus zu fahren ...»

Richelieu dachte nicht im entferntesten daran, die Schöne dem charmanten Korsaren anzuvertrauen, dessen Konkurrenz er bei den Minorkesinnen zu spüren bekommen hatte. Mit einem alarmierten Wink wies er Madame de Mauconseil an, ihre gut bezahlte Rolle als liebe Tante zu spielen, und es blieb der Marquise nichts anderes übrig, als herbeizueilen:

«Es kommt nicht in Frage, daß ich Euch ohne mich fahren lasse, wo Ihr leidend seid, mein liebes Kind. Ich werde erst beruhigt sein, wenn ich Euch selbst zu Bett gebracht habe ...»

Während der Kutscher der Marquise geweckt wurde, der im Dienstbotenzimmer eingeschlafen war, bat Vincent seinen Gastgeber um die Erlaubnis, auf dem Schreibtisch des Vorzimmers ein Billett zu schreiben: «Ein Liebesbrief, den ich nachher in einen Ausschnitt stecken muß», erklärte er lächelnd.

«Das wundert mich nicht, mein Lieber. Das Palais de Conti ist das am besten gehende Lusthaus, das es gibt», sagte der Besitzer des Palais de Richelieu dreist.

Vincent schrieb nur drei Zeilen.

Der Marschall konnte nicht verhindern, daß der Korsar als erster das Dominokostüm nahm, das ein Lakai brachte, und es Jeanne umlegte. Die junge Frau durchschauerte ein köstliches Gefühl, als sie Vincents Billett zwischen ihre Brüste gleiten fühlte. Es geschah mit so geübter Geschicklichkeit, daß niemand etwas sah.

Richelieu ging in den Hof hinaus, um die Damen in die Karosse zu setzen.

Lauraguais war zu Vincent ins Vorzimmer gekommen: «Ich hoffe doch, daß Ihr nicht geht, jetzt, wo Euch das Täubchen des Herzogs entgangen ist?»

«Allerdings, ich muß.»

«Potztausend! Dabei habe ich mich schon so gelangweilt», rief der Comte aus. «Bleibt noch einen Anstandsmoment, dann verlassen wir gemeinsam das Fest und beenden die Nacht auf lustigere Weise, wo Ihr wollt – bei mir, wenn Ihr Lust habt. Meine Roseline ist nicht häßlich, auch ohne Maske.»

«Nein, danke. Ihr wäret alle beide unzufrieden mit mir, ich bin garstiger Laune.»

«Mein Freund, wir werden das mit Champagner beheben.»

«An einem anderen Abend, wenn Ihr einverstanden seid.»

«Einverstanden schon, aber Ihr verliert vielleicht dabei: die Beilager zu dreißig Louis sind nicht alle so gelungen wie mit Roseline. Ich frage mich, woher die Entdeckung des Herzogs stammt? Ich habe diese Gestalt nie gesehen, so fein, so vornehm in der Haltung. Die Stimme ist nicht gewöhnlich, das Haar prachtvoll . . . Ich hätte viel darum gegeben, sie zu demaskieren.»

«Aufgeschoben ist nicht aufgehoben, werter Comte. Laßt Euch ein wenig mit der Mauconseil ein, Ihr werdet sie bestimmt dort antreffen; die beiden scheinen mir unter einer Decke zu stecken.»

«Das hatte ich vor. Aber ich dachte, Ihr selbst . . . Ich möchte nicht in Eure Jagdgründe eindringen. Überlaßt Ihr mir das Reh denn gern?»

«Lieber Comte, möge der Meistbietende gewinnen», sagte Vincent eisig.

Jeanne schlich auf Zehenspitzen in ihr Zimmer.

Auf der Kommode brannte eine Kerze. Sie wollte das Billett aus ihrem Ausschnitt ziehen, um es gleich als erstes zu lesen, hörte im Nebenzimmer Schritte und schob den Zettel in sein Versteck zurück.

Philibert trat ein. Er war im Morgenrock, und sein Ausdruck war alles andere als liebenswürdig: «Weißt du, wieviel Uhr es ist?»

«Mein Gott, ja, aber kann man von einem Opernball denn überhaupt vor drei Uhr morgens nach Hause kommen? Konnte ich ohne die Marquise de Mauconseil aufbrechen, der ich mich anvertraut hatte, oder konnte ich sie etwa zwingen, das Fest zu verlassen, bevor sie gehen wollte? Da Ihr mich in Begleitung einer älteren Person wußtet, hättet Ihr schlafen gehen sollen, ohne auf mich zu warten», sagte sie leicht gereizt in einem Atemzug.

«Überlaß es bitte mir, wie ich handle. Jeannette . . .» Er setzte sich auf die Kante des Kanapees: «Ich mag es nicht, daß du dich immer enger an die Bande der Favarts anschließt. Auch wenn manche ihrer Mitglieder äußerst vornehm sind.»

Sie wehrte sich: «Und ich mag es nicht, daß Ihr mich jeden Abend allein laßt, um Buffon bei den Jussieus zu hofieren oder um bei den Helvétius' die Geheimnisse der Freimaurerei zu erlernen.»

«Sei nicht kindisch, Jeannette. Du weißt sehr genau, warum ich all diese Soireen mitmache. Ein Gelehrter braucht das anregende Gespräch mit seinesgleichen, und auf der anderen Seite verschaffe ich mir in den Salons die für meine Karriere unerläßlichen Beziehungen. Ich habe sie reichlich spät begonnen – ich merke nämlich, daß man eine Karriere erst in Angriff nimmt, wenn man in Paris ist. Ich bin schon achtunddreißig Jahre alt, Jeannette, und habe keine Zeit mehr zu verlieren.»

«Bin ich zufällig Eure verlorene Zeit?» fragte sie aggressiv.

Er seufzte und lächelte: «Ich will keineswegs mit dir über die Zeit diskutieren. Du fühlst noch nicht einmal die Stunden verstreichen, während ich sogar die Minuten verstreichen fühle, weil die Neugier mich verzehrt und meine Tage schnell verstreichen, während mein Wissen langsam wächst. Mich packt Verzweiflung, wenn ich mir die Entdeckungen vorstelle, die ich nicht sehen werde. Wenn es Menschen gibt, die an die Unsterblichkeit des Geistes glauben sollten, um das, was sie auf Erden verpassen zu verschmerzen, so sind es die Forscher. Leider glauben gerade sie am wenigsten daran.»

Überrascht, ein wenig verlegen, betrachtete Jeanne Philibert, als habe er die Perücke gewechselt und als erkenne sie ihn nicht richtig wieder. Es war das erste Mal, daß er über sich selbst sprach, und sie wußte nicht so recht, wie sie sich verhalten sollte. Sie machte den Mund auf, machte ihn wieder zu, zögerte noch eine Weile, bevor sie murmelte: «Ihr wißt schon so viel . . . Und Ihr habt so viele Jahre vor Euch, um noch mehr zu erfahren. Ist es möglich, daß Ihr im voraus alle Blumen beweint, die Ihr nicht gehabt habt?»

«Weißt du, daß ich mitunter sogar die beweine, die ich gehabt habe? Ja, manchmal muß ich angesichts einer Pflanze, deren Schönheit mich bezaubert, daran denken, daß die vielfältige Herrlichkeit der Natur für mich bald erlischt.»

Fassungslos beobachtete sie ihn weiter. Diesen dunklen, umherirrenden Blick, der über nichts nachsann, hatte sie noch nie an ihm gesehen. Wenn das Auge des Arztes und Botanikers versonnen blickte, dann sann es immer über etwas Bestimmtes nach – ein Buch, ein Blatt, eine Vogelfeder . . .

«Ist es so, daß . . . Fühlt Ihr Euch krank?» fragte sie bedrückt. Und plötzlich stürzte ihre eigene Frage sie in höchste Aufregung und trieb sie zu ihm auf das Kanapee: «Fühlt Ihr Euch krank, Philibert? Wenn es so ist, werde ich Euch pflegen, werde ich Euch gesund machen, Ihr werdet niemals, niemals sterben, weil ich Euch nicht erlaube zu sterben!»

«Nein, nein», wiederholte er lächelnd und den Kopf schüttelnd. «Es geht mir bestens. Ich weiß nicht, was über mich gekommen ist, daß ich mich dir gegenüber zu solchen Dummheiten hinreißen lasse. Ich wollte nur mit dir schimpfen, daß du so spät nach Hause gekommen bist.»

Mit dem Fuß zog sie ein Stück Teppich zu sich heran, ließ sich zu Boden gleiten, legte die verschränkten Arme auf die Knie ihres Geliebten und ihr Kinn obenauf: «Warum sagt Ihr mir nicht häufiger Dummheiten? Ich würde es auch manchmal gern wagen, Euch welche zu sagen.»

«Sag doch.»

«Oh, das ist blauer Dunst . . . Ihr würdet meinetwegen Eure Zeit vergeuden!»

«Sprich dich nur aus.»

Sie blickte auf, musterte ihn aufmerksam, um sich davon zu überzeugen, daß er bereit war, ihr zuzuhören. Dieses Geschenk, das er ihr mit einem Moment seiner kostbaren Zeit machte, war derart unerwartet! Unter ihrem Fichu brannte Vincents Brief ihr wie eine Todsünde auf der Haut. Wie hatte sie glauben können, daß sie plötzlich Vincent liebte? Welcher Anfall von Wahnsinn! Eine Karnevalsverwirrung. Der einzige Mann in ihrem Leben war hier, unzerstörbar und zu ihrer höchsten Beglückung sogar ungewöhnlich geduldig. Sie schmiegte sich noch bequemer an ihn. Sie fühlte sich, wie ein Vogel sich fühlen mochte, der nach einem Sturm wieder in seinem Nest landet.

Ohne ein Wort sah er zu, wie sie sich hinkauerte. Es war lange, zu lange her, daß sie sich zum letztenmal beinah ebenso hingesetzt hatte; damals war sie ein dünner blonder Wildfang gewesen. Aber zu jener Zeit hätte sie nie gewagt, ihn zu berühren. Jetzt lehnte sie sich absichtlich schwer, vertrauensselig auf seinen Schenkel. Er legte eine sanfte Hand auf ihre allzu schön frisierten Haare und begann die grünen und weißen Seidenblümchen, die sie schmückten, herauszunehmen. Er tat es ungeschickt und zerrte dabei an den Locken.

«Monsieur Philibert . . .»

Er erschauerte leicht. Diese Anrede aus ihrer Vergangenheit nahm sie immer dann auf, wenn sie ein Höchstmaß an Aufmerksamkeit von ihm verlangte. Er hörte auf, ihre Frisur zu entwirren, ließ nur die Hand auf den halb aufgelösten Haaren liegen.

«Monsieur Philibert, laßt uns fortgehen!» sagte sie mit dumpfer und leidenschaftlicher Stimme. «Laßt uns beide fortgehen, ans Ende der Welt!»

«Wo ist für dich das Ende der Welt?»

«Irgendwo!»

«Das heißt?»

«Anderswo.»

«Anderswo . . .» wiederholte er für sich.

Er hob sie einen Moment an, um sein steif gewordenes rechtes Knie zu bewegen.

«Dann liebst du Paris nicht mehr? Das ist eine Neuigkeit! Ich glaubte, du seist im Botanischen Garten glücklich und von deinem Laden begeistert, und mir schien, daß du außerdem anfingst, dich mit deinen neuen Freunden sehr gut zu amüsieren.»

«Aber ja, ich bin glücklich, ja, mein Laden gefällt mir wahnsinnig, ja, ich amüsiere mich, aber . . .» Ihre Stimme wurde beinah angstvoll: «. . . auf die Dauer wird das Glück in Paris wohl zerbrechlich!»

«Bah, was für eine Idee!»

«Die Stadt ist so voller Ablenkungen . . . So bevölkert. Es treten zu viele Leute zwischen Euch und mich. Sogar sonntags, wenn wir Pflanzen sammeln, sind wir nie allein. Sehnt Ihr Euch nicht nach unserem Blumenlesen in der Dombes? Dort war zwischen Euch und mir immer nur ein winziger Luftzwischenraum. In Boulogne dagegen! Dieser Gänsemarsch von Schwätzern, die uns folgen! Die rufen, schallend lachen, die Vögel aufscheuchen und laut nach Euch schreien, sobald sie den Fuß auf eine Kornblume gesetzt haben, denn eine vor Doktor Aubriots Augen gepflückte *Centaurea* ist ein wahrer Schatz fürs Herbarium!»

«Kurzum, du möchtest mich von Paris entfernen, weil du auf meine keimende kleine Berühmtheit eifersüchtig bist? Solltest du Angst haben, daß ich dich vergesse?»

«Nein.»

Er hob ihren Kopf, musterte die goldenen Augen mit durchdringendem Blick: «Solltest du Angst haben, mich zu vergessen?»

«O nein! Nein.»

Es folgte eine angespannte Stille. Dann sprach sie weiter: «In Paris kann man nicht wirklich zweisam leben. Alle naselang wird man durch Menschen und Dinge getrennt.»

Er fing an zu lachen: «Das heißt, du erträumst dir für uns das Leben von Heringen? Männchen und Weibchen schön dicht Seite an Seite auf einer Fischbank, und so ihre ganze Existenz hindurch?»

«Oh, Ihr macht Euch natürlich lustig. Ihr weigert Euch zu verstehen, was ich schlecht ausdrücke. Aber sagt ehrlich, liegt Euch viel daran, all diese Dinge zu erreichen, deren Eroberung Euch verzehrt: Gönner bei Hofe, einen Sitz in der Akademie, Ehrungen, Renten, Euren Adelstitel, das Band von Saint-Michel . . . Ist Euch das wirklich wichtig?»

Er dachte lange nach und antwortete schließlich: «Ja, ich denke, daß mir das letzten Endes wichtig ist. Weniger als die Forschung, weniger als die Erkenntnis, aber es ist mir wichtig. Ein Mann der Wissenschaft braucht es, von seinesgleichen anerkannt zu werden, auf seinen gerechten Platz unter ihnen und für die Nachwelt gestellt zu werden. Ich habe einen Sohn, der meinen Namen erben wird. Und verzeihst du deinem guten Freund Lalande nicht auch, daß er hinter dem Ruhm ebenso herläuft wie hinter der Wahrheit?»

«*Er* liebt den Ruhm aufrichtig. Ich glaube nicht, daß Ihr ihn mit der gleichen Kraft liebt. Ich weiß, wann und wie Ihr am glücklichsten seid: in einer alten Jacke, mit einem alten Hut und groben Schuhen allein mit mir über Berg und Tal wandernd.»

«Ah, du willst mir wohl etwas weismachen, daß du mir die Rückkehr zum ursprünglichen Leben predigst, wo ich dich immer häufiger im Ballkleid ertappe!»

«Wißt Ihr», sagte sie ernst, «daß ich gar nicht so sicher bin, das zu tun, was mir am besten gefällt, wenn ich frivolen Vergnügungen nachgehe? Es kann gut sein, daß es mich im Innersten nicht kümmert, ob ich in die Oper gehe oder nicht. Ihr, habt Ihr wirklich den innigen Wunsch nach der Akademie und nach dem Band von Saint-Michel und alldem?»

«Ganz und gar nicht. Aber ich bin nur ein Mensch. Ich wäre ein

Weiser, wenn ich auf die Dinge verzichten könnte, die ich nicht unbedingt innig wünschte, Jeannette.»

Sie zog das immer noch zusammengefaltete Billett aus ihrer Rocktasche, legte es auf die Schreibunterlage, tastete ein weiteres Mal durch das Pergament hindurch nach dem dünnen, weichen, geschlängelten Gegenstand, der in der Falte steckte. Dieses Band hatte sie vor mehr als drei Jahren verschenkt. Sie schlotterte vor Aufregung, fast so sehr wie an dem Morgen, an dem sie ihren Brief an Vincent noch einmal geöffnet hatte, um die Taftschleife auf die Worte «Fahrt ohne mich» zu legen. Warum schickte er ihr dieses Band zurück? Um ihr was zu sagen?

In der vergangenen Nacht, im Anschluß an ihr wohltuendes Gespräch mit Philibert, hatte sie beschlossen, Vincents Botschaft nicht zu lesen. Nicht sofort jedenfalls. Vielleicht würde sie sie eines Tages lesen, aus Neugier. Später in der Nacht, als sie auf der Brust ihres Geliebten eingeschlafen war, hatte sie sich geschworen, das Billett am Morgen zu verbrennen, um jede Versuchung zu beseitigen. Aber am Morgen hatte sie ein Alibi dafür gehabt, es in ihrer Tasche zu verstecken, statt es einzuäschern: sie war nicht allein. Im Botanischen Garten, in ihrem Laden, wo der Schreiner arbeitete, in der Bibliothek der Barmherzigen Brüder hatte sie nie einen Moment des Alleinseins gehabt – oder aber einen zu kurzen, zu unsicheren. So war der Brief unversehrt in die Rue du Mail auf die Schreibunterlage in ihrem Zimmer zurückgekehrt . . .

Sie öffnete ihn, nahm das Band heraus und las die schrecklichen Worte: «Nehmt Euer Souvenir zurück. Das des flüchtig gekannten Naturkindes war mir lieb. Das der hochgestochenen Hure wäre mir eine Last.»

Sie mochte sich bis aufs Blut in die Lippe beißen, das Schluchzen brach trotz ihrer Anstrengungen aus ihr heraus. Die Erniedrigung und ein ohnmächtiger Haß auf den Flegel wüteten in ihr. Plötzlich, abrupt hörte sie auf zu schluchzen und richtete sich auf, weil ihr ein Gedanke durch den Kopf geschossen war, der lange gebraucht hatte: Heißt das, daß er mein Band bei sich trug?

Wo hatte Vincent ihr Band länger als drei Jahre getragen? Als Anhänger an seiner Uhrenkette? Als Fetisch zusammengerollt in seiner Westentasche? Nahe an seinem Herzen, um sein Malteserkreuz daran zu hängen?

Er hatte ihr Band aufgehoben. Wie etwas Kostbares. Bedeutete das nicht, daß auch sie die Macht hätte, ihm weh zu tun, wenn sie wollte? Sie begann erregt im Zimmer umherzulaufen; ihre Augen funkelten, und sie sann auf Rache: Auf die Knie! Ich werde ihn auf die Knie zwingen! Er soll mich auf Knien um Verzeihung anflehen!

10. Kapitel

La Tisanière war ein sehr hübscher Laden. Das gründlich gewachste und polierte Kirschholz der Regale und Schubladen schillerte wie Seide. Vor diesem rosabraunen Hintergrund kamen einige dicke, bauchige Gefäße aus gelber und blauer Fayence, an denen Mercier sich nicht sattsehen konnte, wunderbar zur Geltung. Er hatte diesen glücklichen Fund nämlich für ein Stück Brot und vor der Nase des Gerichtsvollziehers bei einem bankrotten Apotheker in der Rue Saint-Jacques aufgetrieben: «Wie findet Ihr die Anordnung meiner Töpfe? Habe ich die Farbtöne gut verteilt?» fragte er Mademoiselle Basseporte.

Die Malerin des Naturalienkabinetts trat bis zur Tür zurück, um den Gesamteindruck zu beurteilen: «Tadellos», sagte sie.

Sie selbst hatte gerade die Aquarelle aufgehängt, die sie für Jeanne gemalt hatte: knallroten Klatschmohn, einen Wacholderzweig mit dicken schwarzvioletten Beeren, einen gelb blühenden Löwenzahn, die zartblaue Sternenrispe einer Glockenblume. Zusammen mit dem Blumenfresko auf dem Kaminaufsatz vollendeten die vier kleinen Bilder fröhlich die geschmackvolle Dekoration.

«Ich muß Euch noch viermal küssen», sagte Jeanne zu ihrer alten Freundin. «Das sind Kunstwerke, die Ihr mir da schenkt . . . Nun, es sieht so aus, als brauchte ich mich nur noch an meine Kasse zu setzen und auf morgen zu warten?»

Sie schwang sich auf einen hohen Hocker hinter ihrem Ladentisch und lächelte ihren Freunden zu. Diese schienen genauso glücklich wie sie selbst. Es waren nicht nur Mercier und Mademoiselle Basseporte da, sondern auch André Thouin und Bruder Firmin, der Apotheker des Klosters der Barmherzigen Brüder. Der Gärtner des Königs hatte in letzter Minute noch etwas gebracht: Zitronenkrautblätter für träge Mägen und Lattichkörner, deren Absud Asthmatiker beruhigt. Bruder Firmin überprüfte geschäftig das Latein auf den Etiketten. Lucette, die künftige Ladenmamsell, zur Zeit Mädchen für alles, wurde nicht müde, hier mit dem Tuch, dort mit dem Staubwedel entlangzufahren, und mit dem Blick die Anerkennung ihrer Herrin zu erheischen.

«Mademoiselle, kann ich den Kronleuchter anmachen, damit man die Wirkung sieht?»

«Zündet auch die Wandleuchter an», sagte Jeanne.

Kaum eine Sekunde nach der Illumination erklang Aubriots kräftige Stimme: «Wahrhaftig, hier ist es ja wie in Versailles! Man versagt sich nichts in La Tisanière: sechs Kerzen an der Decke, acht an den Wänden . . . Seid Ihr sicher, Jeanne, daß Eure Einkünfte Eure Unkosten für Wachslichter decken werden?»

«Ich werde vor dem Winter kaum welche brauchen, und noch vor dem Winter werde ich ein Vermögen gemacht haben», sagte Jeanne selbstsicher.

«Es kann nicht anders sein», schmetterte Mercier. «Seht doch selbst, ob wir nicht für jeden Geschmack das Richtige haben.»

«Es stimmt, daß ich noch nie ein so gut ausgestattetes Kräutergeschäft gesehen habe», pflichtete Bruder Firmin bei.

Jeanne hatte gewiß nicht gehofft, daß sie mit einer solchen Warenvielfalt anfangen würde. Ihr Freund Thouin, noch immer genauso ruhig, still und schüchtern in sie verliebt, hatte Wunder bewirkt. Der junge Obergärtner des Königs war ringsum so bekannt und wurde so geschätzt, daß seine Empfehlung genügt hatte, damit Jeanne von den Klöstern der Hauptstadt mit guten klassischen Heilpflanzen beliefert wurde. Auf ein Dutzend in die Provinz verschickte Briefe hin waren weitere Pflanzen gekommen. Der Botaniker Gérard de Cotignac hatte auf Aubriots Bitte eine reichliche Menge Provence-Kräuter schicken lassen, vor allem das Allheilmittel Rosmarin. Madame de Bouhey hatte in ihrer ersten Kiste mehrere Pfund Thymian, Lorbeer, Brombeerblätter und Birkenrinde, Engelwurzzweige, Rhabarber und andere Produkte aus dem Gemüsegarten von Charmont verstaut sowie eine üppige Mischung wilder Blumen der Dombes. Sogar Marie, die von ihrer weit fortgeschrittenen Schwangerschaft sehr erschöpft war, hatte nicht vergessen, etwas zur Ausstattung von La Tisanière beizutragen.

«Absinth . . . Estragon . . . Frauenhaar . . . Kapuzinerkresse . . . Königskerze . . . Kornblume . . .»

Langsam ging Aubriot die Etiketten durch.

«Ein gutes und schönes Sortiment», sagte er schließlich voller Genugtuung. Dann las er beim Buchstaben K weiter: «Aber . . . ich sehe keine Kirschstiele?»

«Meine Kirschstiele!» rief Jeanne betrübt aus. «Sie sind noch bei den Stiftsdamen von Saint-Victor: ich habe vergessen, sie abzuholen.»

«Macht Euch deswegen keine Sorgen, Mademoiselle. Ich lasse sie morgen in aller Frühe von meinem kleinen Bruder Banban abholen. Der Doktor hat nämlich recht: man kann ohne Kirschstiele nicht aufmachen, das gäbe ein schlechtes Geschäft. Die Leute, vor allem die Männer, sorgen sich so darum, genug zu pissen zu haben, das ist unglaublich! Sobald sie einen Fuß aus dem Bett gesteckt haben, rennen sie auf den Nachttopf, und je mehr er sich füllt, um so mehr jubilieren sie, als wäre das Pissen danach das Beste an der Sache!»

«Lucette! Hatte ich Euch nicht empfohlen, Eure vulgären Reden zu unterlassen und einen feineren Ton anzuschlagen?» fragte Jeanne ärgerlich.

«Gut, es ist wahr, ich bereue, und Ihr verzeiht mir», sagte Lucette. «Aber heute abend bin ich noch Magd, nicht? Ihr werdet sehen, morgen, wenn ich als Ladenmamsell zurechtgemacht bin, werdet Ihr mich nicht wiedererkennen.»

«Ich hoffe es», sagte Jeanne und biß sich auf die Lippe, um nicht zu lachen.

«Glaubst du, daß du eine gute Wahl getroffen hast?» murmelte Philibert mit einem Seitenblick auf Lucette.

«Ja, ja, sie wird sich sehr gut machen.»

In Wirklichkeit war sie selbst manchmal beunruhigt, daß sie ein wenig übereilt ein reuiges Mädchen, das der Nadine weggelaufen war, engagiert hatte, aber sie hütete sich, es Philibert gegenüber zu erwähnen. Instinktiv fühlte sie, daß er unfähig war, an die Bekehrung einer Ex-Prostituierten zu glauben. Ihr hatte die junge Person sofort gefallen, als sie eines Abends in La Tisanière aufgetaucht war und ohne ein Blatt vor den Mund zu nehmen, nach Arbeit gefragt hatte: «Ich habe die Nase voll von nebenan. Das ernährt mich gut, aber ich verrecke dabei. Ich suche eine Chefin, die was anderes verkauft als die Nadine – einen Chef will ich nicht, dann würde ich wieder in einem Bett landen, für weniger als vorher. Braucht Ihr nicht eine niedliche und aufgeweckte Gehilfin? In puncto gute Führung kann ich für mich garantieren: die Männer widern mich an, sie haben mir für hundert Jahre Tugend gegeben!» Niedlich war Lucette tatsächlich, mit ihren wirren roten Haaren, ihrer Stupsnase, ihren runden Augen von kühnem Blau. Aufgeweckt sah sie aus, sogar ein bißchen zu sehr. Jeanne hatte beschlossen, es tageweise mit ihr zu probieren; wohnen konnte sie im Ladenhinterzimmer – einem winzigen Gelaß, in dem Casanova einen Stuhl, einen Tisch und einen Strohsack für Bedienstete zurückgelassen hatte.

Mit dieser guten Tat hatte Jeanne ein gutes Geschäft gemacht. Lucette vergötterte sie, arbeitete mehr, als sie mußte und steuerte ihr Fünkchen Witz zu den Ideen ihrer Herrin mit einem Geschick bei, das für ihren Geschäftssinn sprach. Während Mercier, Thouin, Mademoiselle Basseporte und Bruder Firmin sich um Aubriot versammelt hatten, um seinem Vortrag über die richtige Anwendung einiger Kräutertees zu lauschen, näherte sich Lucette Jeanne und sagte halblaut zu ihr:

«Es ist wahrhaftig wahr, daß Euer Monsieur Doktor so gut redet, wie Ihr sagt!»

«Monsieur Aubriot ist ein großer Gelehrter», sagte Jeanne stolz.

«Gut, wir müßten zusehen, daß uns das nützt. Weil es etwas gibt, was wir haben müßten, und zwar einen guten Tee gegen den dicken Bauch – ein Geheimrezept, versteht Ihr, was ich meine? Euer Doktor soll Euch das aufschreiben, und wir bereiten es zu. Und glaubt mir, wenn der Tee gut ist, ist in unserer Tisanière immer Betrieb!»

«Aber Lucette», flüsterte Jeanne sehr verlegen, «es ist streng verboten, solche Drogen zu führen.»

Von der Höhe ihrer zwanzig Jahre herab lächelte Lucette sie mit der Nachsicht einer Großmutter an: «Wir sind im Templer-Viertel, Mademoiselle. Im Templer-Viertel wird alles verkauft. Und für

Heilmittel gegen den dicken Bauch ist es eine gute Adresse, die den Damen gefällt, sie flößt Vertrauen ein, daß es etwas gutes Verbotenes ist.»

«Ich möchte eine elegante Kundschaft», sagte Jeanne, «und ich glaube nicht, daß Damen mit guter Erziehung es wagen würden, in einem gutgeführten Geschäft . . .»

«Es kann schon sein, daß es Bürgerinnen gibt, die es nicht wagen würden, aber die Huren und die großen Damen wagen es sehr wohl, und glaubt mir, das sind eine Menge! Die Nadine verkauft zu ihrer Zufriedenheit von ihrem Trank gegen das Kinderkriegen, und doch kann ich sagen, daß er nichts taugt! Aber unser Monsieur Doktor, von dem Ihr sagt, daß er ein großer Gelehrter ist, kann uns etwas Besseres machen als eine Kupplerin oder ein Scharlatan vom Pont Neuf.»

Jeanne war ganz rot geworden: «Lucette, sprecht nie wieder darüber. Nie!»

«Gut», seufzte Lucette. «Es war ja nur für Eure Kasse. Außerdem würde es so vielen helfen . . . Aber wenn Ihr nicht wollt, gut, dann eben nicht, Ihr seid die Herrin.»

Lucettes Worte hatten Jeanne unendlich verwirrt. Sie malte sich aus, wie sie Philibert Fragen zu einem derart heiklen Thema stellte: undenkbar! Man mußte das Leben der armen Lucette geführt haben, um zu glauben, daß man über so etwas mit einem Mann sprechen kann, selbst wenn er der Liebhaber, selbst wenn er Arzt ist. Kein Arzt kümmert sich im übrigen um solche Sachen. Die guten Rezepte oder die empfehlenswerten ‹schlimmen› Adressen, das sind Frauengeschichten.

Da sie sah, daß Lucette schmollte, lächelte Jeanne ihr zu: «Ich habe nicht die Absicht, all Eure guten Ideen zu verwerfen. Wenn Ihr andere habt . . .» Sie zögerte, blickte zu der immer noch angeregten Gruppe um Aubriot hinüber und sagte weiter: «Ich würde mich zum Beispiel gern mit exotischen Pflanzen versorgen. Ich weiß, daß viele Malteser Seefahrer im Templer-Viertel wohnen, wenn sie in Paris sind, und mir wurde gesagt, daß sie gern mit den Geschäftsleuten handeln. Seid Ihr darüber auf dem laufenden?»

«Ich bin über alles, was im Templer-Viertel geschieht, auf dem laufenden», sagte Lucette. «Ich bin hier geboren und habe hier mit vielen Leuten verkehrt. Die Ritter kommen alle hierher, zum Wohnen oder um sich begraben zu lassen, oder zumindest um ihren Kaffee zu trinken, denn hier trinkt man den besten. Nun, kurzum, Mademoiselle, geht ins *Café de Malte,* und Ihr findet Eure Malteser. Aber ein Ritter, so einer handelt lieber im großen als im kleinen. Obwohl manche Kleinkram nicht verachten.»

Jeanne sprach noch leiser: «Ich habe von einem gewissen Ritter Vincent gehört . . . Er, wurde mir gesagt, soll es nicht verschmähen, sogar mit der Sorel, der Bekleidungshändlerin, Geschäfte zu machen.»

«Aber Mademoiselle, in puncto Moneten ist die Sorel Großhandel! Er bringt ihr Luxusklamotten aus dem Orient mit, und jetzt hat er ihr gerade Kleider und Hüte aus London mitgebracht – scheint's Prachtstücke des guten Geschmacks und das Allerneueste.»

«Ihr glaubt also, daß ich diesen Vincent mit meinen Kräutern nicht interessieren würde?»

Lucette sah sie von unten an, ihre kleinen blauen Augen blitzten schalkhaft: «Mit Euren Kräutern, das weiß ich nicht. Mit Euren anderen Dingen, das könnte gut sein! Der Ritter Vincent verachtet Damen nicht, die so aussehen wie Ihr.»

Jeanne wurde vertraulich: «Ihr kennt ihn also gut, diesen Vincent?»

«Hier kennt ihn alle Welt.»

«Ihr vielleicht ein bißchen besser als alle Welt?»

«Wie könnt Ihr das sagen, Mademoiselle», sagte Lucette traurig. «Der Chevalier Vincent hat besseres als die Mädchen der Nadine, wißt Ihr. Wenn er hier ist, wohnt er bei dem Idol, daher . . .»

«Bei dem Idol?»

«Bei der Comtesse de Boufflers. Wußtet Ihr nicht, daß sie das Idol genannt wird, weil sie die erste Mätresse im Palais des Priors ist?»

«Doch, doch. Ich hatte es vergessen. Ist der Ritter zur Zeit bei ihr?»

«Er war vor kurzem dort, ist aber gleich wieder nach London abgereist, sagt die Sorel, die eine weitere Lieferung Kleider von ihm erwartet. Aber es kann gut sein, daß er auch für den Prince de Conti reist.»

«Ach ja? Der Prinz treibt Handel?»

«Es geschieht vieles im Palais de Conti . . . Wenn gewisse Reisende aus dem Ausland zurückkommen, schließen sie sich manchmal stundenlang mit dem Prinzen ein, und danach läßt der Prinz anspannen und galoppiert nach Versailles mit einer dicken Brieftasche unter dem Arm, die er nie losläßt. Staatsgeheimnisse, behaupten die Domestiken. Aber niemand weiß etwas darüber, obwohl die Gräfin tobt, daß sie nicht mehr darüber weiß als die anderen.»

«Wollt Ihr damit sagen, daß der Prinz Spione für sich arbeiten läßt und daß der Chevalier Vincent einer von ihnen ist?»

«Pst! Mademoiselle, ich habe nichts dergleichen gesagt, und so darf man nicht reden!» flüsterte Lucette erschreckt. «Ich kannte einen Mann, der versucht hat, die Brieftasche des Prinzen zu stehlen, für den Duc de Choiseul, hieß es, aber der Dieb hat keine Zeit gehabt zu sagen, ob es stimmte oder nicht, er ist vorher in seinem Kerker gestorben, erwürgt.»

«Beruhigt Euch, die Staatsgeheimnisse des Prinzen sind nicht wichtig für mich», sagte Jeanne. «Ich wüßte nur gern, wann dieser Chevalier zurückkommen soll?»

«Ich werde Banban fragen, ob er es weiß», sagte Lucette.

Banban, ein etwa zwölfjähriger Junge, der von Geburt an hinkte, war zwei Jahre zuvor in der Küche der Gräfin in der Rue Notre-Dame-de-Nazareth aufgenommen worden; jetzt machte er in der schmeichelhaften Livree des Hauses Conti Botengänge für den Prinzen oder die Gräfin und wußte viel von dem, was bei ihnen vorging.

«Richtig», sagte Jeanne, «fragt Banban. Und das alles muß unter uns bleiben», fügte sie hinzu, als sie sah, daß die Gruppe ihrer Freunde sich auflöste.

«Auf morgen, Jeannette», sagte der freundliche Thouin. «Ich lasse es mir nicht nehmen, gleich nach der Eröffnung etwas bei Euch zu kaufen.»

«Ich auch», sagte Mercier. «Überlegt einmal, Mademoiselle, welchen Tee würdet Ihr mir empfehlen, um die Aufmerksamkeit einer hübschen Person zu schärfen, die meine Vorzüge nicht wahrzunehmen scheint?»

La Tisanière kam innerhalb eines Tages in Mode. Dazu genügte es, daß Monsieur de Buffon sie besuchte und anschließend mit seiner lauten, klangvollen Stimme überall erzählte, welch ausgezeichnete Meinung er von der neuen Kräuterhändlerin in der Rue Meslay habe und wie gut die Pflanzen seien, die man bei ihr finde. In La Tisanière gab es einen Ansturm von vornehmen Leuten. Eines Morgens, sehr bald darauf, kam die Comtesse de Boufflers in einem Negligé aus rosa Satin, um sich «etwas gegen eine plötzliche Heiserkeit», die sie überfallen hatte, zu besorgen. Jeanne hatte das Glück, ihr mit Holunderblütentee zum Gurgeln die Klarheit ihrer Stimme zurückzugeben und wurde von dem Moment an die offizielle Kräuterlieferantin des Templer-Idols. Alle engen Freunde der Boufflers eilten zu Jeanne, und an einem Nachmittag Ende August betrat der Prinz selbst den Laden mit dem Anliegen, hier eine Lotion für seine müden Augen zu finden, die besser sei als sein Kornblumenwasser. Jeanne erhob sich ganz eingeschüchtert aus ihrem tiefen Hofknicks, gab ihre Empfehlung aber nichtsdestoweniger selbstsicher von sich:

«Wenn Eure Königliche Hoheit mir bitte glauben möge, sollte Sie weiterhin dem Kornblumenwasser vertrauen. Ich kenne nichts Wirksameres, um die Augen zu entspannen. Nicht umsonst nennen die Bauern die Kornblume Brillenzerbrecher. Man wird Eurer Hoheit abgestandenes Wasser verkauft haben, während man es ganz frisch und mit ein oder zwei Prisen Vergißmeinnichtblüten verwenden sollte . . .»

Acht Tage später schwor der Großprior, dem Banban jeden Morgen sein Fläschchen frisches Kornblumenwasser brachte, nur noch auf Mademoiselle Beauchamps, die sachkundige Heilkräuterfrau seines Königreichs. Und da die Sachkundige schön war und der Prinz in die Schönheit ebenso verliebt wie in Sachkenntnis, setzte er ihr eine Rente von sechshundert Livres aus, um sich ihre Dienste zu sichern.

Sobald Lucette dies erfuhr, begann sie vor Freude zu hüpfen: «Wirklich, Mademoiselle, Ihr seid ein Glückspilz! Jetzt haben wir unser Auskommen, und das gleich am Anfang. Wir haben einen guten Prior: der Person, die er auszeichnet, läßt er es an nichts fehlen. Manche werfen ihm zwar vor, er sei gewinnsüchtig, und es stimmt, daß er überall, wo er kann, unglaublich absahnt, aber das alles und mehr gibt er auch wieder aus. Ein Prinz, der Rasse hat, muß ruiniert sterben, nachdem er seine Blutsauger fett gemacht hat.»

«Das ist auch eine Philosophie!» sagte Jeanne lachend.

«Mademoiselle, ein Prinz ist gut oder schlecht. Wenn er gut ist, kann er es nur zeigen, indem er alles bis auf sein Hemd weggibt.» Und ebenfalls lachend fügte sie hinzu: «Dieser gibt oft sogar die Haut mit! Aber für einen Prinzen sind Liebesabenteuer eine läßliche Sünde. Es scheint, daß der unsere schon nahezu zweitausend gehabt hat, und es ist noch nicht zu Ende. Er pflegt sich, damit es weitergeht.»

Die Zahl hatte Jeanne aus der Fassung gebracht, und sie rief ungläubig aus: «Zweitausend!? Ihr behauptet, daß der Prinz sich rühmt, schon zweitausend Geliebte gehabt zu haben?»

«Banban hat mir das erzählt. Der Prinz hat in seinem Zimmer eine Schatulle, in die er zur Erinnerung an jede einen Ring wirft. Eines Abends war Banban unbeachtet in einem Winkel des Zimmers stehengeblieben, als der Prinz sie zum Spaß von seinem Almosenpfleger zählen ließ.»

«Und Ihr glaubt das?»

«Ich kann nicht anders, als die Geschichte mit den Ringen zu glauben, Mademoiselle: der Prinz hat einen von mir.»

«Von Euch?»

«Ich war fünfzehn Jahre alt und unschuldig, Mademoiselle.»

«Und Ihr habt auch einen Ring besessen, den Ihr Eurem Liebhaber von königlichem Blut schenken konntet?» fragte Jeanne und bemühte sich, ihre Ironie abzuschwächen.

«Für so einen Ring geben einem alle Goldschmiede im Templer-Bezirk Kredit: sie kommen dabei auf ihre Kosten. Sie verkaufen einem für dreihundert Livres einen Ring, der hundertfünfzig wert ist, und da der Prinz Lebensart hat, gibt er einem fünfhundert, wenn er ihn nimmt, und alle Welt ist hochzufrieden. Ich finde es gut, wenn ein Prinz eine Manie hat, die den Handel in Gang bringt.»

«Natürlich», sagte Jeanne kalt. «Wir wollen über etwas anderes sprechen. Es mißfällt mir, Lucette, daß Ihr ständig auf unanständige Themen zurückkommt.»

«Verzeiht, Mademoiselle, aber ich muß Euch doch auf dem laufenden halten. Irgendwann, das ist sicher, wird der Prinz Euch rufen lassen, um Euch über die Gewürztees auszufragen, und wenn Euch nicht daran liegt, zu den Ringen in seiner Schatulle zu gehören, müßt Ihr auf der Hut sein, denn der Prinz hat Charme.»

«Gut, gut, Lucette, vielen Dank für Euren Rat, ich werde aufpassen.»

«Das denkt man, aber ... Ein Prinz ist ein Prinz. Wenn Ihr wüßtet, wie viele Damen sich mit dem Ring einer Herzogin oder Marquise eine Handvoll Louisdor verdient haben!»

«Ach ja?» fragte Jeanne gegen ihren Willen.

«Und ob! Vor allem, wo der Prinz einen guten Ruf hat, er macht keine kleinen Bastarde ...»

«Lucette! Wenn ich Euch dabei erwische, daß Ihr ein einziges Wort zuviel vor unserer Kundschaft verliert, schlage ich Euch», sagte Jeanne energisch.

«Wo denkt Ihr hin, Mademoiselle?» sagte Lucette gekränkt. «Ich bin nicht nur zur Hälfte anständig geworden.» Sie begann Fenchelkörner zu zählen und sie in Tüten zu verteilen; plötzlich hob sie den Kopf: «Apropos anständig, Mademoiselle, Ihr müßt zusehen, daß Ihr den Preis für das Kornblumenwasser, das Ihr dem Prinzen liefert, verdoppelt.»

«Wieso denn das?»

«Ihr wißt doch, daß einer seiner Offiziere das gleiche Heilmittel für seine geröteten Augen verlangt hat. Ihr könnt es ihm nicht zum gleichen Preis verkaufen wie seinem Herrn, das wäre nicht anständig.»

Seit der Eröffnung von La Tisanière hatte Jeanne keine Minute mehr für sich. Vormittags nahm sie immer noch an den Botanikkursen im Garten des Königs teil, danach verbrachte sie den ganzen Nachmittag bis spät abends in ihrem Laden. Sie fühlte sich sehr wohl im Templer-Viertel, das ein einziger großer, vor Leben wimmelnder Markt war. Von seinen viertausend Einwohnern waren sehr viele als Händler und Handwerker tätig und zogen einen dauernden Strom von Kunden und Neugierigen an. Sie alle gingen vor den ausgelegten Waren hin und her, in den Läden ein und aus, setzten sich in die Cafés, um zu schwatzen und eine Tasse Mokka zu trinken, dessen heißes, sinnliches Aroma in allen Winkeln des Templer-Bezirks die Nasen kitzelte.

Dadurch, daß Jeanne nur noch Zeit hatte, von ihren Studien zur Arbeit zu laufen, war ihr Zorn auf Vincent ein wenig verflogen: die Beleidigung, die er ihr zugefügt hatte, schwelte noch immer in ihr, brannte aber weniger. Es würde früh genug sein, ihr Brennen zu schüren, wenn sie wußte, daß er aus England zurück und in Reichweite für ihre Rache war, die sie sich übrigens schlecht vorstellen konnte; sie sagte sich aber, daß eine Frau immer eine Rachemaßnahme gegen einen Mann findet, der empfindsam genug ist, länger als drei Jahre eine ihrer Haarschleifen auf seinem Herzen zu tragen. Im Augenblick war sie voll damit beschäftigt, um gegen die unterdrückte schlechte Laune eines anderen Mannes anzukämpfen.

Selbstverständlich war Aubriot von Jeannes Erfolg befriedigt, zumal er ihn der Last enthob, diese Putzsüchtige mit Kleidern, Häubchen, Friseur und tausend anderen teuren Kleinigkeiten zu versorgen, was seinem mäßigen Vermögen schlecht bekommen wäre. Aber er hatte seinen Sekretär Jeannot verloren. Jeannot bemühte sich zwar, die Herbarien auf dem neuesten Stand zu halten, aber sie konnte nicht mehr stundenlang für ihn kopieren und Briefe schreiben, so daß Philibert einen Kopisten bezahlen mußte. Und er hatte den Lohn von Doktor Vachers Haushälterin erhöhen müssen, damit die Favre es übernahm, ihr Abendessen zu kochen, denn nun kam auch Jeanne erst so spät nach Hause, daß sie nur noch ‹die Füße unter den Tisch steckte›. Während sie ihre Suppe und ihren Salat aßen, lauschte sie Aubriot ebenso andächtig wie in der Vergangenheit, wenn er ihr seinen Tagesablauf erzählte, aber er bemerkte, daß sie manchmal zerstreut war, den Blick schweifen ließ, sich auf die Lippe biß oder die Augenbrauen runzelte, wahrscheinlich, wenn ihr eine sorgenvolle Erinnerung an ihren eigenen Tag kam. Er sagte nichts, fühlte aber einen Anflug von Verbitterung.

Die neue Jeanne nahm Philiberts Anfälle von Groll sehr wohl wahr, sein Schmollen, wenn er ‹vergaß›, ihr nach der Umarmung den Rücken zu streicheln – eine Liebkosung, die sie leidenschaftlich gern hatte. Verdrossen beklagte auch sie sich nicht, legte, als wäre nichts gewesen, den Kopf auf die Brust ihres Geliebten und lauschte dem vertrauten, langsamen Pochen, das sie so zuverlässig einschläferte ... Am nächsten Morgen stellte sie verwundert fest, daß sie sehr gut geschlafen hatte, ob Philibert nun ein wenig verärgert war oder nicht. Er hatte nicht mehr die Macht, sie wach zu halten, und sie quälte sich nicht mehr mit der Frage herum, ob sie ihm mißfallen hatte; sie lauerte nicht mehr auf die Morgendämmerung, wenn er die Augen aufschlagen und sie vielleicht freundlicher ansehen würde. Als ihr das bewußt wurde, überkam sie Unbehagen; ja manchmal haßte sie sich sogar dafür, daß sie nicht mehr so empfänglich für die Launen ihres großen Mannes war. Aber ihre Tätigkeiten rissen sie mit; sie vergaß Philiberts Launen wieder und vergaß, sich zu hassen. Um sich zu beruhigen, konnte sie sich übrigens, ohne zu lügen, sagen, daß sie ihn immer noch genauso liebte, mit Leib und Seele. Zweifellos hatte sie jedoch aufgehört, nur für ihn und durch ihn zu leben – aber sie begriff es noch nicht.

Aubriot war nicht der einzige, der feststellte, daß es weniger bequem wurde, Jeanne nach Belieben am Gängelband zu führen. Die Marquise de Mauconseil fand sie immer widerspenstiger, stieß jetzt auf tausend Schwierigkeiten, wenn sie sie ihrem Laden entreißen wollte, um sie zu einem Spaziergang oder ins Theater mitzunehmen.

Als der Marschall Paris fünf Tage nach dem Maskensouper im Palais Richelieu verließ, um sich seinen Regierungsgeschäften in Bordeaux zu widmen, hatte er seiner Freundin Anweisung gegeben, in seiner Abwesenheit die Eroberung der ‹Nachtigall› zu vollenden. Seither schickte er ihr einen Brief nach dem anderen mit Ratschlägen: «Gewöhnt sie an die Annehmlichkeiten des Goldes, und sobald Ihr dies geschafft habt, brauche ich nur noch das meine zu tun» – so sah die Strategie eines großen Kenners von Berufs- und Gelegenheitshuren aus. Der verdutzten Marquise hatte er sogar seine Absicht gestanden, Jeanne in seinem Palais in Antin unterzubringen und sie zur offiziellen Geliebten zu machen, falls sie sein kleines Haus in Les Porcherons nicht akzeptieren sollte.

Leider schien Jeanne sich sehr wenig und immer weniger um die Pläne des Marschalls zu kümmern. Mit Müh und Not hatte Madame de Mauconseil sie zwei- oder dreimal auf einen Spaziergang in der Allée des Cours la Reine und zu einer Limonade unter dem kühlen, schattigen Laubwerk der Champs-Élysées verführen können. Sie nahm nur Einladungen in die Comédie-Française oder in die Oper an, lehnte es aber ab, anschließend soupieren zu gehen und wies mit der gleichen freundlichen Entschiedenheit das Häubchen oder den Fächer, die kostbare Tabaksdose oder das Spitzentaschentuch zurück, das die Marquise ihr im Auftrag des Marschalls schenken wollte. Aus Erfahrung argwöhnisch, sagte Madame de Mauconseil sich schließlich, daß so viel Standhaftigkeit im Verschmähen von Kleinigkeiten nur Berechnung sein könne und daß die gerissene Person sich nur zurückhalte, um aufwendigeren Geschenken zu erliegen. Daraufhin faßte die Marquise den Entschluß, Richelieus Gold zu ihrem eigenen Wohl auszugeben und abzuwarten, bis er persönlich zurückkam und der verstockten Schönheit ein Haus, ein Gespann und einen Berg Schmuck zu Füßen legte. Um ihre Ausgaben zu rechtfertigen, schickte sie ausgezeichnete Nachrichten über ihre Freundschaft mit Jeanne nach Bordeaux, während sie sie in Wirklichkeit nur selten sah.

Madame Favart dagegen kam sehr häufig in die Tisanière. Sie hatte sich hier eine kleine Beteiligung geschaffen, indem sie zehn Prozent der Rechnungen kassierte, die Banban den Damen der Comédie-Italienne vorlegte, bei denen Justine für die Tees und Kräuter von Mademoiselle Beauchamps warb.

Jeanne hatte schnell gemerkt, daß sie noch dreimal mehr verdienen könnte, wenn sie statt der Gesundheit die Schönheit dieser Dämchen pflegen würde; also begann sie nach originellen Rezepten für Pomaden und Lotionen zu suchen: zum Bleichen des Teints und gegen Rötungen, zur Beseitigung von Ermüdung oder Falten, zur Straffung der Poren, des Kinns oder des Busens, zum Verschönern der Haare. Eines Tages stellte Jeanne eine Schönheitsmaske aus Kürbiskernen her, die sie, in Töpfchen gefüllt, zusammen mit einem Flakon Reinigungswasser aus Puteaux-Rosen verkaufte – mit solchem Erfolg, daß ‹Die magische Maske› in kaum einer Woche hinter den Kulissen der Oper und auf dem Toilettentisch der Duchesse de Choiseul zu finden war. Die Bestellungen strömten herein und gingen um so mehr über Jeannes und Lucettes Kräfte, als sie ja weiterhin alle übrigen Spezialitäten zubereiten und verkaufen mußten, darunter eine Tomatenlotion gegen Akne, die gleichfalls Furore machte. Jeanne engagierte eine zweite Ladenmamsell, die sechzehnjährige Madelon Thouin, eine Großcousine von André. Da sie in den Gemüsegärten der Salpêtrière aufgewachsen war, wo ihr Vater als Gärtner wirkte, kannte sie sich mit Heilpflanzen gut aus. Jeanne konnte ihr die Zubereitung vieler Präparate anvertrauen und ein wenig aufatmen.

Die junge Kräuterfrau des Templer-Viertels war nicht wenig

stolz auf ihren glänzenden, raschen Erfolg. Mitte Juli hatte sie eröffnet, und im November leitete sie ein Geschäft, das nicht leer wurde und in dem zwei Gehilfinnen wirkten, Banban nicht mitgerechnet, denn Banban belieferte jetzt für sechs Sous am Tag die Kunden von La Tisanière: Mademoiselle Beauchamps gehörte zu jenen Lieferanten, die in der Hauptstadt in Mode waren.

Die Männer jedoch, vor allem einige Edelmänner, nannten sie: La Belle Tisanière. Eines Mittags, als Jeanne zu ihrem Laden eilte, hörte sie einen Bürger, der einem Passanten eine Auskunft gab, sogar sagen: «Ihr findet den Goldschmied Jaubert in der Rue de la Belle Tisanière, gleich am Anfang.» Sie erbebte vor Freude: würde die Straße bald nach ihrem Aushängeschild heißen? Das war der Ruhm!

11. Kapitel

Im Garten des Königs änderte sich der freundliche Ton, mit dem man der ‹Sekretärin› von Doktor Aubriot bislang begegnet war; er wurde gravitätisch vor Hochachtung. Die Jussieus ignorierten sie nicht mehr, Monsieur de Buffon behandelte sie mit schmeichelhafter Vertraulichkeit und prahlte, daß er die Belle Tisanière ‹lanciert› hätte – für einen großen Mann gibt es keine belanglose kleine Prahlerei. So zu tun, als flirte er mit der Beauchamps, war außerdem höchst angenehm. Wenn auch die Blüte ihrer Jugend weit hinter ihr lag, war ihre Haut doch so anziehend wie ein Pfirsich in der Sonne, und der Verwalter war immer ein freisinniger Liebhaber von Pfirsichen gewesen.

Als Jeanne eines Morgens nach der ersten Frühlektion in der Küche der Thouins eine Kerbelbouillon aß, kam Buffon in das Häuschen hereingeplatzt, probierte die Suppe, hakte seine junge Freundin unter und zog sie mit, um ihr außerhalb des Gartens zwei Häuser zu zeigen, die zum Verkauf standen. Schon seit langem träumte der Verwalter davon, sein Reich bis zur Seine auszudehnen, indem er sich ein Stück des Holzplatzes der Stadt Paris schenken ließ und von den Mönchen der Abtei Saint-Victor mehrere ihrer Gemüsegärten zurückkaufte. Dafür und für den Bau neuer Gewächshäuser brauchte er einen Kredit von dreißigtausend Livres, die Choiseul nicht herausrückte. Daher verpaßte Buffon nie eine Chance, mit seinem Anliegen weiterzukommen. Nun hatte Mademoiselle Beauchamps jetzt Zutritt zum Palais de Choiseul, wo sie die Herzogin belieferte, und Buffon, der den Hof kannte, wußte, daß man dort einer beliebten Händlerin, die eine Gunst erbittet, leichter dreißigtausend Livres gewährt als einem hohen Staatsbeamten, der jammern und klagen kommt.

Die beiden Häuser, mit denen der Verwalter liebäugelte, standen in einem großen Gemüsefeld, das an den Garten angrenzte und durch das die Bièvre floß. Er hatte den Wunsch, sie für sich herrichten zu lassen, denn augenblicklich wohnte der berühmteste Naturforscher Europas, wenn er nicht in Montbard war, in einer so beengten Dienstwohnung, daß er auf einem Tisch voller Herbarien schreiben und im geflügelten Schatten seiner Sammlung ausgestopfter Vögel schlafen mußte.

Die Gebäude, die zum Verkauf standen, waren weitläufig, und ihre Dächer hatten keine Löcher – das war alles, was man von ihnen sagen konnte. Als die Besucher mit Spinngeweben auf den Kleidern wieder herauskamen, schüttelten sie sich im leichten Wind und machten sich an den Gartenhecken entlang auf den Rückweg ins Naturalienkabinett. Fast hatten sie ein von den Jahren geschwärztes Gatter erreicht, als ein kräftig wirkender Mann dort erschien und das Gatter öffnete, um hinauszugehen ... und den Rückzug antrat, sobald er die Spaziergänger erblickte.

«Nanu!» sagte Jeanne überrascht. «War da nicht ein Nachbar, der vor uns flieht?»

«Das war bei Gott ein Nachbar, der mich gar nicht mag!» sagte Buffon gut gelaunt.

«Wirklich? Wer ist denn dieser verdrehte Kerl?»

«Ein Charakterschwein! Und wenn ich das sage, beleidige ich noch die Schweine. Die meisten Naturforscher haben kein sanftes Naturell, viele sogar ein heftiges, das habe ich bemerkt, was Rousseau von der Güte der Naturliebenden auch behaupten mag. Ein so dorniges Exemplar wie Monsieur Adanson findet man jedoch selten!»

«Ach!» sagte Jeanne. «Das war also der berühmte ‹Adanson der Afrikaner›, den ich im Garten nie zu sehen bekommen habe?»

«Er kommt kaum dorthin. Das ist ein Wilder. Er hat zu lange bei den Negern im Senegal gelebt, deren Gesellschaft mehr wert ist als unsere, wie er behauptet.»

«Ich kann mir nur schlecht vorstellen, daß ein Gelehrter sich dem Botanischen Garten fernhalten kann.»

«Ich glaube, er nimmt an Rouelles chemischen Demonstrationen teil. Im übrigen – Adanson kann sich auf vielen Gebieten ganz allein belehren. Er ist ein großer wissenschaftlicher Erfinder.»

«Monsieur Aubriot ist ihm zweimal begegnet und versichert, daß Monsieur Adanson tatsächlich ein Brunnen der Wissenschaft ist.»

«Ein Abgrund! Er muß etwa achtunddreißig Jahre alt sein, und um alles zu wissen, was er mit achtunddreißig Jahren weiß, muß er sozusagen Tag und Nacht studiert haben, seit er lesen kann. Er hat am Collège du Plessis-Sorbon studiert, wo die alten Lehrer sich noch an den kleinen Jungen erinnern, der sich Bestrafungen einhandelte, weil er seine Nächte an beiden Enden abkürzte, um Bücher zu verschlingen. Mit dreizehn gebrauchte er das Griechische und Lateinische mit der gleichen Ungezwungenheit wie das Französische, er hatte die gesamte bekannte Wissenschaft in sich aufgesogen, er war reif, das weitere selbst zu erfinden.»

«Ihr sprecht fürwahr nicht schlecht von Euren Feinden, Monsieur», sagte Jeanne lächelnd.

«Mein liebes Kind, das hängt vom Grad ihrer Unverträglichkeit ab. Adanson ist viel zu zerstreut, als daß er mir als Feind jemals schädlich werden könnte. Ich sehe nur Linné, dem er wirklich etwas angetan hat, indem er dessen Pflanzenklassifikationsmethode umstürzte, aber – unter uns gesagt – Linné ist auch dermaßen überschätzt worden! Für die übrigen Leute, die er haßt, ist Adanson der beste Kerl der Welt. Soviel ich weiß, grollt ihm nur Rousseau – wegen eines Duells, das sie einmal hatten.»

«Wegen eines Duells? Mit dem Degen?»

«Weder mit dem Degen noch mit der Pistole – zum Glück für Rousseau, denn Adanson führt eine scharfe Klinge und ist einer der besten Schützen. Nein, sie hatten ein Duell – mit Vögeln!»

«Pah!»

«Doch, doch. Jeder von ihnen hatte sich gerühmt, der beste Franz von Assisi des Jahrhunderts zu sein und mit den Vögeln sprechen zu können. Eines Tages wollten sie ihre Anziehungskraft messen; die Vögel haben sich auf dem Naturforscher niedergelassen, und der Philosoph hat nur zwei oder drei Tauben betört, und das noch mit Brot! Jean-Jacques ist mit vernichteter Selbstliebe abgezogen, und die Philosophie lehrt nicht, Beleidigungen zu verzeihen.»

«Dann ist Monsieur Adanson also wirklich und wahrhaftig ein Vogelbeschwörer? Hat er vielleicht aus Afrika eine geheime Magie mitgebracht?»

Buffon blieb stehen, den Blick ins Weite gerichtet, und sagte mit sanfterer Stimme als gewöhnlich: «Ich nehme an, Adanson besitzt einfach nur das gleiche Geheimnis wie der heilige Franziskus: die Vögel spüren einen gutwilligen Menschen, dem man nicht zu mißtrauen braucht. Sie lassen sich auf ihm nieder wie auf einem Baum.»

Da Jeanne, entzückt von dem Bild, das sie sich vorstellte, schwieg, ging Buffon weiter und setzte hinzu:

«Habt Ihr jemals vom Kapitän der Bougainville gehört, der gerade von den Malediven zurückgekommen ist?»

«Wenig.»

«Er hat mir eine wunderschöne Vogelgeschichte erzählt. Als er mit seinem Kontingent bretonischer Bauern auf dem menschenleeren Archipel gelandet ist, das sie kolonisieren sollten, wurden sie von erdrückender Stille begrüßt: die einzigen Bewohner der Insel, die Tiere, waren alle von der Küste geflohen. Aber einige Stunden später sind diejenigen, die Flügel hatten, zurückgekehrt, und eine Wolke sehr geschwätziger Neugieriger hat sie umkreist. Phantastisch! Sie sahen den Himmel nicht mehr. Die Silberreiher liefen ihnen über die Köpfe, die Zaunkönige setzten sich auf ihre Schultern und begleiteten sie auf ihren Spaziergängen . . . Könnt Ihr Euch das vorstellen, schöne Freundin? Bei Gott, sie waren in einem vergessenen Winkel des irdischen Paradieses gelandet. Vom Kapitän bis hinunter zum Schiffsjungen konnten plötzlich alle zu den Vögeln sprechen.»

«Und dann?»

«Dann?»

Buffon sah seine Begleiterin mit leicht melancholischem Lächeln an: «Warum die Frage, wie es weiterging? Hat man Euch etwa nie das Ende des irdischen Paradieses geschildert? Die Menschen haben nicht nur Hunger, sie jagen auch gern. Heute ist es auf den Malediven wie in Frankreich seit grauer Vorzeit: die Vögel sprechen nicht mehr mit den Menschen. Wie teilt Adanson ihnen mit, daß seine Hände sanft geblieben sind? Es gelingt ihm bei allen Tieren. Er hat sogar Spinnen gezähmt, die herbeilaufen, wenn er pfeift! Wegen seiner lieben Spinnen hat er sich mit Lalande angelegt, diesem Ungeheuer, das sie zu essen wagt!»

«Wahrhaftig», sagte Jeanne, «wenn ich Euch zuhöre, bekomme ich den dringenden Wunsch, das Original von Le Patouillet kennenzulernen. Wie fange ich das an?»

«Bittet die Basseporte, Euch zu ihm zu bringen: sie betet ihn an, und er duldet sie. Er duldet sie sogar gern, um ihr das Allerschlechteste über ihren alten Liebhaber Linné zu sagen.»

«Und Mademoiselle Basseporte betet ihn trotzdem an?»

«Deswegen, mein liebes Kind, deswegen. Wenn ein Gelehrter noch einen Gegner hat, der ihm erbittert widerspricht, dann ist seine Zeit noch nicht ganz vorbei, und ebensowenig die Zeit seiner alten Geliebten.»

«Ich habe Monsieur Adanson in Le Patouillet gesehen», sagte Jeanne. «Leider ist er vor uns geflohen.»

Mademoiselle Basseporte nickte: «Er kann den Verwalter nicht ausstehen. Er nennt ihn den Großen Dieb.»

«Hat Monsieur Buffon ihn denn bestohlen?»

«Wer hier ist nie ein wenig von Buffon bestohlen worden? Seine *Histoire naturelle* ist für ihn eine Art Nationaldenkmal, zu dem jeder Wissenschaftler die Pflicht hat, seinen Stein, seinen Knochen oder seine Blume beizutragen – gratis im Notfall oder anonym. Wer anfängt, ‹Haltet den Dieb› zu schreien, erwischt Buffon mit gutem Gewissen, denn er hat mit gutem Gewissen geplündert und für seine gute Sache.»

«Was hat er Adanson denn gestohlen?»

«Michel hat ihm mehr als fünftausend klassifizierte und beschriebene naturgeschichtliche Objekte für den Garten des Königs übergeben. Er hatte sie auf eigene Kosten, unter großen Mühen und Gefahren in Afrika gesammelt. Er erhoffte sich dafür vierzigtausend Livres; bekommen hat er dreitausenddreihundert – mit zehn Jahren Verspätung.»

«Wann ist er aus Afrika zurückgekommen?»

«1754. Er verdiente es so sehr, einen Posten als Professor im Garten zu bekommen, aber da, wo ein Botaniker gebraucht wurde, hat man einen Mediziner ernannt, Le Monnier, weil er dem König Abführmittel gibt und ihn zur Ader läßt. Michel ist Sanguiniker, er erträgt Ungerechtigkeiten schlecht. Außerdem glaube ich, daß er sich bitterlich nach seinem Ruhm von vor zehn Jahren zurücksehnt.»

«War er damals wirklich so berühmt?»

«Seine Rückkehr aus dem Senegal war ein Triumph! Durch seine Briefe, durch die Pflanzenexemplare, die er geschickt hatte, durch Seeleute, die ihm da unten begegneten, waren seine Heldentaten und Funde in Frankreich und Europa schon vor seiner Rückkehr bekannt. Wissenschaftler und Neugierige begeisterten sich für die Abenteuer von Adanson dem Afrikaner. Als Michel nach vierjähriger Abwesenheit den Fuß auf französischen Boden setzte, war er berühmt. Da er derartiges keinen Augenblick geahnt hatte, war er von dem begeisterten Empfang in Paris überwältigt, und ein huldvolles Hutschwenken des Königs hat ihn mit Hoffnung erfüllt. Im Botanischen Garten hat er gesehen, wie die Menge einen Kult mit dem *Baobab Adansonia* trieb, den er entdeckt hatte. Die Akademie nahm ihn als Mitglied auf, die schönen Damen umschmeichelten ihn, luden ihn zu ihren Soupers ein, rissen sich um ihn. Man trug Mützen à l'Adanson, man aß alles mit Kurkuma, dem Gewürz, das er mitgebracht hatte – nun, Ihr könnt Euch das gut vorstellen, Paris hatte eine neue Verrücktheit gefunden. Und dann . . . Paris bleibt immer Paris. Paris vergöttert, und anschließend verketzert es, oder es vergißt.»

«Paris, schön. Aber seinesgleichen, die Männer der Wissenschaft kennen ihn doch noch?»

«Ja. Aber er ist nicht mehr der Gelehrte à la mode, und ihm ist kalt ums Herz. Denn seht Ihr, unter seiner Kaktusschale hat Michel ein empfindsames Herz. Und die Tatsache, daß seine Börse so schmal ist, verbessert seine Laune auch nicht! Als Belohnung für seine vierjährige Erforschung des afrikanischen Urwalds hat der König ihm eine Rente von vierhundert Livres gewährt. Die kleine Comtesse de Séran hat gerade hunderttausend Écus, ein Palais hinter dem Oratoire sowie ein Regiment für einen ihrer Cousins bekommen, und das alles nur, weil sie dem König an drei oder vier Sonntagen nach der Vesper die Hand gehalten hat. Gewisse Zahlenvergleiche können einem das Temperament versauern. Und es sogar republikanisch machen!»

«Oh, oh? Solltet Ihr als Malerin des Königs Republikanerin werden?»

«Ehrlich gesagt, hängt das von den Tagen ab. Wenn meine Rente auf sich warten läßt, bin ich es ein wenig, wenn man sie mir auszahlt, bin ich es sehr, so sehr ärgert mich ihre Dürftigkeit. Nun ja, ich habe nie dem König die Hand gehalten, oder seinen Leuchter, oder seinen Nachttopf. Seht Ihr, Jeanne, man sagt sich eben manchmal, daß einer Republik weder die Hand noch der Leuchter, noch der Nachttopf gehalten werden müssen.»

Schweigen trat ein, dann fragte Jeanne: «Glaubt Ihr, daß Monsieur Adanson so freundlich wäre, mit mir über afrikanische Kräuter zu sprechen?»

Madeleine-Françoise Basseporte sah ratlos drein: «Wo er Euch mit Buffon gesehen hat ... meiner Meinung nach wird er Euch einen Empfang bereiten wie einem Hund in der Kirche!»

«Na gut, wenn er nicht merkt, daß ich ein netter Hund bin, beiße ich ihn!» sagte Jeanne

Sie stießen das Gatter auf und traten ein.

Der Hausherr saß mit untergeschlagenen Beinen auf der Erde und rutschte wie ein Krüppel ohne Beine von einem Gemüsebeet zum anderen: er horchte seine Kohlköpfe ab. Er machte keinerlei Anstalten aufzustehen, um seine Besucherinnen zu begrüßen – oder vielmehr seine Besucherin und den jungen Mann, der sie begleitete, denn Jeanne war, wie vormittags gewöhnlich, in einen schlichten Anzug aus schwarzem Tuch als ‹Denis› gekleidet.

«Guten Tag, Michel!» rief Mademoiselle Basseporte fröhlich.

«Guten Tag», antwortete Adanson unfreundlich.

Und er steckte die Nase wieder in seine Kohlblätter, nachdem er den schönen blonden jungen Mann mit einem wütenden Blick durchbohrt hatte.

Mademoiselle Basseporte beugte sich hinunter, um dem Bären auf die Schulter zu klopfen: «Michel, ich bitte Euch um ein Lächeln für meinen Begleiter, der sich mit Euch anfreunden möchte.»

«Wenn man die Freundschaft des Großen Diebes hat, braucht man meine nicht», brummte Adanson.

Ohne sich abschrecken zu lassen, kniete Jeanne sich neben den Gelehrten und streichelte mit den Fingerspitzen über einen Kohlkopf: «Diese Sorte kannte ich gar nicht, so fein gekräuselt ... Woher habt Ihr sie?»

«Ich habe sie hergestellt», sagte er widerwillig.

«Wie denn das?»

«Indem ich zwei andere Sorten gekreuzt habe», schrie er außer sich. «Schickt Euch der Große Dieb, um meinen Kohl auszuspionieren?»

«Oh!» sagte Jeanne plötzlich begeistert und ohne den beleidigenden Verdacht zu beachten. «Studiert Ihr gekreuzte Befruchtungen? Tut Ihr das?»

Der bewundernde Ton kitzelte das Trommelfell des Misanthropen so angenehm, daß er nicht umhin konnte, sich noch weiter vorzuwagen: «Ich habe auch neue Erdbeeren und neue Melonen erfunden.»

«Michel hat das fruchtbarste Gehirn, das ich kenne; er macht pro Tag eine Entdeckung, oder aber er macht mehrere», sagte Mademoiselle Basseporte liebenswürdig.

«Und wozu?» platzte Adanson heraus. «In diesem Land nützt es nichts, ein fruchtbares Gehirn zu haben, wenn man kein biegsames Rückgrat hat.» Und an den blonden jungen Mann gewandt: «Seid Ihr Gärtner?» fragte er schroff.

«Nein», sagte sie lächelnd, «ich bin Gärtnerin.»

«Gärtnerin, sieh an, sieh an! Ha! Und wozu dann diese Hose?»

«Um mich im Garten bequem bewegen zu können.»

«Hm», machte er.

Und er drehte ihr rundweg den Rücken zu, um zu bedeuten, daß die Unterhaltung beendet war.

«Michel, jetzt ist es genug», sagte Mademoiselle Basseporte streng. «Ihr habt uns zur Genüge Eure Dornen gezeigt, nun zeigt uns Euer gutes Naturell darunter. Mademoiselle Jeanne ist meine Freundin, behandelt sie als solche, denn ich habe sie genauso gern wie Euch.»

«Nun», murrte Adanson, «wenn Ihr sie gern habt, laßt sie nicht in einer menschenleeren Gegend mit einem alten Schwein herumlaufen. Vertraut man dem Großen Dieb etwa ein hübsches Mädchen an?»

«Monsieur, man sieht, daß Ihr mich nicht kennt», sagte Jeanne. «Ich kann alten Schweinen ebensogut antworten wie alten Bären.»

Adanson nahm die Antwort mit einem so unbändigen und ansteckenden Gelächter auf, daß alle drei von stürmischer Heiterkeit geschüttelt wurden. Adanson half Jeanne aufzustehen, und sie standen sich von Angesicht zu Angesicht gegenüber, Hand in Hand, wie zum Tanzen. So blieben sie eine Weile stehen und sahen sich ohne ein Wort an.

«Da es bald Zeit zum Mittagessen ist, teilt mein bescheidenes Mahl mit mir», schlug Adanson vor. «Ich habe Milch, Brot, Käse und ein Kürbisragout auf dem Feuer.»

«Eßt Ihr beiden zusammen», sagte Mademoiselle Basseporte. «Ich muß ins Kabinett zurück, ich weiß, daß ich erwartet werde.»

Adansons kleines Haus, kaum möbliert, beherbergte ein ungeheures Durcheinander, eine Mischung aus naturgeschichtlichen Sammlungen, Herbarien, Bücherstapeln und einigen Gebrauchsgegenständen. Während er den Tisch abräumte, hatte sie in aller Muße Zeit, ihn zu beobachten.

Adanson war klein, er mochte wohl drei Zoll kleiner sein als sie. Aber sein bemerkenswert proportionierter Körper trug kein Gramm Fett, schien von einer unbedingt zuverlässigen Robustheit und bewegte sich mit flinker Eleganz. Ein wohliges Gefühl rieselte Jeanne über den Rücken: ihr eigenes Fleisch, schön und fest, begierig nach Ermüdung und Wollust, begrüßte die Begegnung mit einem verwandten Fleisch. Auch Vincents Anblick, ja er vor allem, verschaffte ihr diesen sinnlichen Freudenschauer – sie dachte daran, und dieser Vergleich verwirrte sie. Wieso denn? dachte sie. Das ist doch ganz natürlich. Man ist eben gern mit Gesunden zusammen.

«Bitte, laßt uns den Tisch in den Garten tragen», sagte sie. «Die Sonne scheint, und ich habe das Gefühl, daß ich seit tausend Jahren nicht mehr das Glück hatte, unter einem Baum zu essen.»

«Meinetwegen, gehen wir unter den Aprikosenbaum, dort ist es am wärmsten . . . Ich habe das Haus wegen des Aprikosenbaums gemietet», fuhr er fort, während sie mit ihrer kleinen Mahlzeit umzogen.

«Ihr habt Glück, Monsieur, mitten in Paris auf dem Land zu leben», sagte sie mit einem tiefen Seufzer des Neids.

«Ihr müßt es Euch im Sommer ansehen kommen, wenn meine Petunien sich wie ein breiter, bunter Fluß am Haus entlangziehen ... Ich habe auch Zinnien. Kein Sammler exotischer Pflanzen hat so schöne, sogar Freund Thouin ist neidisch auf sie. Ich habe die Samen von einem Seemann, der aus Mexiko zurückgekommen ist und dem ich an der senegalischen Küste sozusagen das Leben gerettet habe. Thouin möchte gern welche von meinen Samenkörnern haben, aber er bekommt sie nicht: er würde dem Großen Dieb welche abgeben!»

«Oh, Ihr seid zu böse!» sagte Jeanne lachend.

«Ich vergelte nicht Böses mit Gutem, das ist alles.»

«Ihr seid kein Heiliger, das ist alles.»

«Ich bin kein Heuchler. Heilige gibt es nicht.»

Sie lächelten sich an und schwiegen eine Weile, um die Freude, sich so in Einklang zu fühlen, besser zu genießen. Von der nahen Seine, die vom nackten Astwerk der Ulmen am Bièvre-Ufer verdeckt wurde, klangen der Lärm des Pariser Schiffsverkehrs und die dumpfen Schläge vom Holzplatz der Salpêtrière zu ihnen herüber. Spatzen flatterten um den Tisch herum, bereit, die Krümel, die beim Essen abfielen, aufzupicken. Adanson hielt ihnen Brotkrumen hin, die sie ihm aus der Hand fraßen. Plötzlich sah Jeanne mit lustigen kleinen Sprüngen ein Kaninchen bis zu den Füßen des Gelehrten hüpfen. Adanson gab ihm eine Brotkruste.

«Das ist ja ein wildes Kaninchen!» wunderte sich Jeanne. «Für ein wildes Kaninchen ist es aber wenig scheu.»

«Die Tiere sind scheu, aber schlau. Der da weiß ganz genau, daß ich kein Fleisch esse.»

«Ich kann auch Vögel und Kaninchen zähmen, und noch viele andere Tiere», sagte sie.

«Ich bin sicher, daß wir viele Ähnlichkeiten haben», sagte er zufrieden. «Nun, habt Ihr Hunger? Ich gehe meinen Kochtopf holen ...»

Das Kürbisragout duftete nach Bohnenkraut. Sobald sie sich bedient hatten, bat Jeanne: «Erzählt mir von den Blumen in Afrika.»

Sogleich begann er von den Orchis-Lianen zu sprechen, deren

seltsame Blüten mit zerbrechlichen Seidenflügeln wie durch ein Wunder kostbare Farbtupfer in das monotone Grün der Urwälder bringen. Mauern aus Hibiskus, übersät mit riesengroßen Windblüten, die sich glückselig dem grellen Licht öffnen und am Grund ihrer rosa, lila und blauen Trichter von roten Punkten umgebene weiße Herzen zeigen.

Sie vergaß zu essen und hörte zu, reglos, mit glänzenden Augen, halb offenem, leicht lächelndem Mund. Er faszinierte sie durch die Breite seines Wissens, die Genauigkeit seines unermüdlichen Gedächtnisses, den anschaulichen Zauber seiner Sprache, der Sprache des leidenschaftlichen Erzählers.

«Ihr eßt ja gar nichts», sagte er und unterbrach abrupt seine Schilderung. «Euer Ragout wird kalt. Aber vielleicht mögt Ihr es nicht? Ich bin ein schlechter Gastgeber. Ich habe nicht nur leere Taschen, sondern einen spartanischen Magen!»

«Es ist ganz köstlich. Aber das, was ich höre, ist noch so viel köstlicher! Gott! Ich habe den Eindruck, mit der *‹Encyclopédie›* zu speisen.»

Er zog eine Grimasse: «Wenn ich Euch ein wenig gefalle, behandelt mich nicht als *‹Encyclopédie›*, bitte.»

«Habt Ihr denn keine gute Meinung von ihr?»

«Die *‹Encyclopédie›* ist eine ausgezeichnete Idee. Nur schade, daß das Wissen ihres geistigen Vaters weniger universell ist als sein Anspruch.»

«Ach ja? Seid Ihr jetzt schlecht auf Diderot zu sprechen?» fragte sie und erinnerte sich amüsiert an Buffons Bemerkungen über Adansons Zwistigkeiten.

«Diderot ist mir nicht unsympathisch, aber ich leide zu oft, wenn ich die *‹Encyclopédie›* lese.»

«Wirklich? Ich gebe zu, *ich* bin sehr neugierig darauf. Aber ich habe Band XV, der gerade erschienen ist, noch nicht gelesen.»

«Wenn Ihr ihn lest, überspringt den Buchstaben S, überspringt zumindest den Artikel ‹Senegal›.»

«Oh», sagte sie, «jetzt verstehe ich Euren Sarkasmus. Diderot hat den Artikel Senegal also nicht von Euch schreiben lassen? Warum denn nicht?»

«Ohne jeden Zweifel, weil ich im Senegal gewesen bin», sagte er ironisch. «Die *‹Encyclopédie›* ist weniger ein Unternehmen der Wahrheitsfindung als ein literarisches Unternehmen. Für Diderot bin ich nur das, was ich mir schmeichle zu sein: ein Facharbeiter für Naturgeschichte. Um über diese oder jene Sache zu schreiben, gibt man die Feder nicht den Facharbeitern der Sache, sondern ihren Philosophen – solltet Ihr das nicht bemerkt haben? Dabei springt es doch ins Auge! Ich habe meinen Senegal bei Diderot nicht wiedererkannt, aber was tut's? So wenige Subskribenten der ‹*Encyclopédie*› haben ihn gesehen!»

Beide lachten, und er fügte hinzu: «Auf, essen wir. Eßt . . .»

Zwischen zwei Bissen sprach er weiter von ‹da unten›. Seine Stimme wurde sanft, wenn er bestimmte Erinnerungen wachrief, und seine Ausdrücke verrieten dann einen erlesenen Sinn für die Schönheiten des tropischen Landes, das er erforscht hatte. In eine seiner Pausen hinein fragte Jeanne:

«Es ist wohl müßig, Euch zu fragen, ob Ihr Lust habt, Le Patouillet zu verlassen und wieder dort hinzufahren?»

Adansons Gesicht wurde hart: «Man braucht keine Lust, sondern Geld, um wieder dort hinzufahren», sagte er schroff. «Wer sollte es mir geben?»

«Warum nicht Choiseul? Es wird behauptet, daß der Minister sich nur schlecht über den Verlust unseres Kolonialimperiums hinwegtröstet, daß er es wiedererrichten möchte . . .»

«Alles Gerede! Wenn man Minister ist, muß man viel reden, und ein wenig über alles, um alle Meinungen des Königreichs zufriedenzustellen.»

Jeanne fühlte sich schon so vertraut mit ihrem neuen Freund, daß sie sich erlaubte, ihn abzukanzeln: «Monsieur Afrikaner, Ihr habt einen sehr schlechten Charakter. Ihr schmollt im voraus und vergrabt Euch in Eurer Höhle, anstatt hinauszugehen, Euch blicken zu lassen und Unterstützung zu suchen, damit der Minister . . .»

Adansons schwere Faust sauste auf den Tisch, brachte das Geschirr zum Klirren und ließ etwas Milch auf die Tischdecke spritzen: «Jeannette, Ihr werdet mich nie zwingen, mir Geschwätz anzuhören, nicht einmal das Eure», schimpfte er.

Sie war bei dem Schlag ebenso wie bei der Anrede ‹Jeannette› zusammengefahren und sah ihn mit offenem Mund an.

Er beugte sich zu ihr hinüber: «Choiseul, Mademoiselle, ist ein

Mann der Regierung, das heißt ein von den Realitäten abgeschnittener Mann. Er ist unfähig, eine Idee, die gut in die Praxis umzusetzen ist, von einer seinem Ohr gefälligen Idee zu unterscheiden. Kürzlich hat er mich um meine Ansichten und einen Plan gebeten, wie man Guayana bestellen und verwerten könnte. Ich habe ihm einen unterbreitet, der der Geographie und dem Zustand dieses Landes entspricht. Er hat mir höflich gedankt, hat meinen Plan in eine Schatulle gelegt und den Chevalier de Turgot nach Guayana geschickt. Turgot ist weder Geograph noch Geologe, noch Mineraloge, noch Botaniker, noch Landwirt, noch Forstwirt: er ist ein Militär, aber er philosophiert wunderbar im Zeitgeschmack über die Kolonien, die Siedler, die Neger und die ideale Landwirtschaft des überseeischen Frankreich.»

«Habt Ihr den Herzog nicht gefragt, was er gegen Euren Plan einzuwenden hat?»

«Daß er zu teuer ist.»

«Aber es stimmt doch, daß der Herzog nur wenig Kredit für seine Projekte hat – das wird überall gesagt.»

Adanson lächelte schneidend: «Mein Plan zur Nutzbarmachung von Guayana sah Gesamtkosten in Höhe von hundertsiebzehntausend Livres vor. Turgot kassiert allein dafür, daß er an Ort und Stelle darüber nachdenkt, was er wohl tun könnte, ein Gehalt von hunderttausend Francs im Jahr. Eine schöne Sparpolitik! Mademoiselle, Frankreich wird nie ein nützliches Kolonialreich haben. Choiseul denkt wie ein Feudalherr an unsere fernen Besitzungen. Er wird Soldaten, Gouverneure, Goldsucher und Goldmacher dort hinschicken, dabei müßten es Arbeiter mit behutsamen Händen sein, geduldige Beobachter, solche, die das Unbekannte lieben.»

«Solche, die das Unbekannte lieben . . .» wiederholte sie wie ein Echo. Sie betrachtete ihn mit wachsender Sympathie.

Seine anziehende Häßlichkeit konnte niemanden gleichgültig lassen, vor allem nicht eine Frau. Das für den Körper etwas zu schwere Gesicht war ein breites Oval mit eckigem Kinn auf einem stierartigen Hals. Seine Züge verrieten kraftvolle Männlichkeit. Adanson trug – merkwürdigerweise, in Anbetracht der Jahreszeit – einen alten Gärtnerhut, den er vergessen hatte abzunehmen. Sie wollte ihn gerade fragen, ob seine nutzlose Kopfbedeckung ein Fetisch sei, als er den Hut auf einen Busch warf:

«Verzeiht mir, daß ich wie eine Vogelscheuche hier sitze. Es ist sehr höflich von Euch, daß Ihr mir nicht schon früher vorgeworfen habt, wie häßlich ich anzusehen bin.»

Ohne den Hut sah man deutlicher die ungewöhnliche Größe des Säckchens aus gummiertem Taft, in dem Adanson seine Haare hinten zusammengesteckt hatte. Sie spottete:

«Ruiniert Ihr Euch bei dem Perückenmacher des Quai des Morfondus, um aus Extravaganz den dicksten Haarbeutel zu tragen, den ich je gesehen habe, oder ist es eine afrikanische Vorsichtsmaßnahme, die Ihr Euch angewöhnt habt – Euren Schatz in Eurer Frisur zu verstecken?»

«Leider verstecke ich darin nur mein gallisches Aussehen, das andernfalls allgemein als unanständig empfunden wird», sagte er, und da sie ihn fragend anblickte, stand er auf und löste das Band, das den Haarbeutel zusammenhielt.

«Oh!» rief Jeanne.

Nie, nein, niemals würde sie ihre maßlose Überraschung vergessen! Die Hülle aus schwarzem Taft lag am Boden, und ein Wunder an Schönheit rieselte über den Rücken des Mannes. Die rote Flut ergoß sich bis zu seinem Gürtel. Die Natur hatte dem Condottiere-Gesicht – aus Versehen oder aus Schalkhaftigkeit – die Haarpracht einer Kurtisane beigegeben.

«Mein Gott, Michel, mein Gott, Michel . . .» stammelte Jeanne dermaßen verblüfft, daß sie den Vornamen ihres Gastgebers benutzte.

Und sie ließ sich hinreißen: ihre Finger wühlten sich in das nachgiebige, weiche, knisternde, warme, füllige Wunder, das so angenehm zu streicheln war wie das Fell einer Perserkatze. Ein gesunder Geruch von Birkenrinde und Seifenkrautwurzel durchdrang sie – sie selbst wusch ihre Haare mit dieser Mischung . . . Die Verrücktheit, die Schamlosigkeit ihres Verhaltens wurde ihr erst nach einer Weile bewußt. Und da er, regungslos, entschlossen schien, sich bis ans Ende aller Zeiten in der Mähne wühlen zu lassen, riß sie sich mit einem etwas zu abrupten Stoß von den magischen Haaren los, wich, rot vor Verwirrung, zehn Schritte von Adanson zurück und kaute wütend auf den Lippen: «Verzeiht mir», sagte sie heiser.

«Wofür, Jeannette? Eure . . . handgreifliche Bewunderung war ein Genuß. Ihr könnt sicher sein, daß ich Euch mein Geheimnis nicht ohne Absicht enthüllt habe: ich weiß sehr wohl, daß ich wie Samson meine Verführungskraft auf dem Kopf trage.»

«Ungehörigerweise! Ein Mann hat nicht das Recht, *so etwas* auf dem Kopf zu haben.»

«Ha! Die Damen dieses Jahrhunderts haben eine merkwürdige Auffassung von Gleichberechtigung. Sie wollen uns im Kopf in jedem Punkt gleichen, vorausgesetzt, daß sie nie glatzköpfig werden und die schönsten Haare für sich behalten. Aber ich bin nicht böse über meine Mähne; sie hat mir zwei- oder dreimal das Leben gerettet.»

«Ach ja?»

«O ja. Die Damen bei den Wilden können sich genau wie die zivilisierten Damen in einen Pelz verlieben und sich darauf stürzen, um ihn zu kraulen. Und Ihr könnt Euch nicht vorstellen, wie sehr die plötzliche Leidenschaft einer schwarzen Delila einen erfreut, wenn ihre Familie drauf und dran war, einen in ihren Kochtopf oder den Ameisen vorzuwerfen.»

«Erzählt, erzählt!»

«Wäre es nicht schicklich, wenn ich mich vorher etwas in Ordnung brächte? Ich muß aussehen wie ein Gallier vor der Erfindung des Kammes.»

«Ach!» sagte sie lachend. «Wir sollten alle wie die Gallier herumlaufen. Wir wären so viel schöner als mit Perücken oder Seitenzöpfen!»

Mit einer impulsiven Bewegung hob sie die Hände zu ihrer Haarschleife . . .

Warum machte sie das, diese Geste einer Frau, die zur Hingabe bereit ist? Doch sie machte sie, und ihre Haare wallten.

Zeit verrann – langsam, schweigend. Er betrachtete ohne ein Wort das dichte und glatte aschblonde Seidenvlies mit den helleren und dunkleren Goldadern, und sie hatte plötzlich Angst, er werde mit seinen Händen hineinfahren, um ihre Liebkosungen zu erwidern. Er tat nichts dergleichen. Zuletzt murmelte er nur: «Jeannette, Ihr seid die schönste Gallierin, die ich je gesehen habe.» Dann stieß er einen Seufzer aus, regte sich und fügte mit seiner normalen lebhaften und spöttischen Stimme hinzu: «Jetzt weiß ich, warum ich meinen gelben Ulmentisch so liebe: wenn ich ihn gut eingewachst habe, gleicht er Eurem Haar.»

Da konnten sie nur noch lachen und ihre Haare wieder aufstecken.

Anschließend tauschten sie Rezepte zur Pflege und Verschönerung des menschlichen ‹Pelzes› aus. Sie pries die Spülung mit in Regenwasser angesetzter Kamille und das Trocknen auf der Wiese in der prallen Morgensonne, er belehrte sie über die weichmachende Wirkung des Absuds von *Quillija saponaria* und dem Nutzen von pulverisiertem *Véttiveru* gegen die Läuse, die von den Schmutzfinken unter ihrem weißen Puder herumgetragen werden.

«Wenn Ihr mir genügend Véttiveru-Wurzeln beschaffen könntet, würde ich das Pulver machen, es in Musselinsäckchen füllen, die man unter der Perücke trägt, und verkaufen», sagte Jeanne sofort. «Den Gewinn würden wir uns teilen.»

«Ich habe eine Unmenge Ideen», sagte Adanson, «ich habe eine Unmenge Entdeckungen gemacht, die in Tüten, Tiegeln oder Flakons abgefüllt werden könnten, aber ich habe nicht die Zeit, mich daranzumachen, ich finde nur die Zeit zu finden! Könnten wir uns wirklich zusammentun?»

«Darauf warte ich ja nur!» rief sie entzückt aus. «Glaubt mir, allein mit der Eitelkeit der Frauen kann man ein Vermögen machen, indem man Schönheit oder Charme in hübschen Verpackungen und unter hübschen Namen verkauft.»

«Dies zum Beispiel?»

Sie sah, wie er sich auf den Boden setzte – er setzte sich wenn möglich nie anderswo hin –, einen Schuh und einen Strumpf auszog und ihr mit hocherhobenem Bein einen Fuß zeigte, den fünf Zehennägel im lustigsten Knallrot schmückten:

«Gefällt Euch das nicht? Glaubt Ihr, daß Eure Kundinnen Lust hätten, zehn Klatschmohnblütenblätter an den Fußspitzen und zehn weitere an den Fingerspitzen zu haben? Und ich garantiere Euch, daß das hält; bei Reibung und im Wasser, es hält wunderbar.»

Sie brach in ein Gelächter aus, das sie nicht anhalten konnte und das fast zum Schluckauf wurde. Er blieb mit ausgestrecktem Bein, seine Füße wie einen Blumenstrauß haltend, unerschütterlich sitzen, aber das Grau seiner Augen sprühte Funken.

«Lacht nur, lacht», sagte er weiter, «lacht, aber sagt mir, ob diejenigen unter Euren Kundinnen, die sich für die modische Avantgarde halten, meine Nagelschminke nicht kaufen würden?»

«Michel, wie gut wir uns amüsieren werden!» sagte sie, als sie endlich wieder sprechen konnte.

Sie amüsierten sich sehr.

Michel Adansons Freundschaft trat gerade zur rechten Zeit in Jeannes Leben. Seit Ende August war Lalande unterwegs auf einer Italien-Reise. Er würde nicht vor dem Frühjahr 1766 nach Frankreich zurückkehren, und die junge Frau sehnte sich nach der liebevollen Komplicenschaft, die ihr mit dem Astronomen verlorengegangen war. Michel hatte ein wenig das gleiche abwechslungsreiche, exzentrische Temperament, die gleiche Vorliebe für Spaß und sarkastischen Spott. Hinter seinen Anfällen von Streitsucht und misanthropischer Bitterkeit, die er gern herauskehrte, war er von tiefer Freude beseelt, der Freude von Menschen, die das Leben nie langweilt, weil sie ein unermüdliches Gehirn in einem unverwüstlichen Körper beherbergen. Verliebt sein macht heiter, und er verliebte sich dauernd wie toll in eine seiner Ideen oder eine seiner Mutmaßungen und warf sich sogleich mit dem Schwung eines Sturmbocks hinein. Er studierte mit gleicher Intensität die drei Bereiche der Naturgeschichte und die Chemie, nahm aktiv an den Sitzungen der Akademie teil, schrieb nächtelang Papier voll, entfaltete eine enorme landwirtschaftliche Tätigkeit in Versuchsgärten – er hatte rund um Paris vierundzwanzig Stück Land gepachtet! Und das alles hinderte ihn nicht, ausgiebig zu lesen, um sein Amt als königlicher Zensor für wissenschaftiche Werke zu erfüllen, kritische Artikel für die Zeitungen auszubrüten, kein einziges Konzert zu verpassen, in dem Gluck gegeben wurde und an Tagen, wenn seine Leidenschaft für die Natur ihn überwältigte und sich in Reimen Luft machte, sich der Muse hinzugeben. Um die Zeit für all das zu finden, hatte Adanson nützliche Gewohnheiten angenommen: er aß nur ausgehungert und meistens nur schnell in Milchkaffee getauchtes Brot; schlief nur, wenn er vor Erschöpfung umfiel, und hielt sich vor allem wild entschlossen der Ehe fern, «diesem mathematischen Mittel, die Hälfte seines Lebens zu verlieren, indem man es mit zwei multipliziert». Und doch, von seiner schönen Freundin Jeanne ließ er sich so oft ablenken, wie sie wollte.

Da sie sogleich ‹Verbündete› geworden waren, wollte Michel mit der Großzügigkeit der Armen, daß sie zwei- oder dreimal in der Woche, wenn sie den Botanischen Garten verließ, zu ihm kam und sein kleines Mittagessen mit ihm teilte. Er stellte ein Ragout aus seinen Gemüsen aufs Feuer, sie brachte Pfefferkuchen, Schafskäse oder Konfitüren mit, je nachdem, was sie aus Charmont geschickt bekommen hatte. Sie aßen im Stehen und dachten sich dabei Rezepte für die Gesundheit und Schönheit aus. In weniger als einem Monat stellten sie mehrere her, die erfolgreich werden sollten: die Lotion ‹Gutes Aussehen›, die Pomade ‹Weiße Hände›, ein ‹Zahnfleischwasser› gegen das Lockerwerden der Zähne und vor allem Aufgüsse mit sehr komplizierten Formeln, die den Haaren Glanz und Schönheit verliehen. Alle jungen Damen, die sich etwas darauf einbildeten, ihre Haare nicht mehr zu pudern, wenn sie im Negligé herumliefen, eilten nach La Tisanière, um sich mit Goldglanz, Kupferglanz, Rabenflügelglanz einzudecken.

Beide gleich schnell optimistisch, wenn eines ihrer Produkte sich gut verkaufte, begannen Jeanne und Michel im Chor zu sagen: «Wenn wir ein großes Vermögen gemacht haben . . .» und sich in ein ausgedehntes, bewegtes Hirngespinst hineinzusteigern, in dessen Verlauf sie ein Schiff ausrüsteten, mit Aubriot und Lalande an Bord gingen und, sich über Choiseuls Knausrigkeit hinwegsetzend, aufs Meer hinaussegelten, um ihre Lupen und Fernrohre auf alle Wunder der Welt zu richten. Das gute an Michel war, daß Jeanne bei ihm ihren ausgefallensten Träumen Luft machen konnte, diesen Träumen ‹ohne Sinn und Verstand›, die ihr in Philiberts Gegenwart im Hals steckenblieben. Michel war Gott sei Dank nicht so brav; keine Idee erschien ihm zu verrückt. Ohne jeden Zweifel wegen ihrer aufregenden Freundschaft mit Michel bemerkte Jeanne nicht, daß Philibert immer häufiger ausging.

12. Kapitel

Philibert Aubriot hatte sich nie fragen wollen, ob er Jeanne liebe. Er hatte sie mit erregender Lust und großer Zärtlichkeit genommen. Aber was war Philibert Aubriots Zärtlichkeit für eine junge Verliebte wert, die zur gleichen Zeit zur Liebe geboren war wie die romantische *Nouvelle Héloïse*?

Aubriot war vierunddreißig Jahre vor dem Erscheinen von Jean-Jacques Rousseaus sensibler Heldin geboren. Er war eine Seele des beginnenden Jahrhunderts, begeisterte sich für die reine Vernunft und beschränkte sich auf nüchterne Gefühle. Sein Vater, der Notar, Sproß einer langen Ahnenreihe von Notaren, hatte ihm nicht den kleinsten Tropfen Romantik in die Adern einfließen lassen. Ebensowenig seine Mutter, Tochter eines alten Beamtengeschlechts, die er als Ältester immer tugendhaft damit beschäftigt gesehen hatte, Kinder zu gebären, Vorhaltungen zu machen und Konfitüren zu kochen. Obendrein war der künftige Gelehrte mit einem hochbegabten, vorzeitig dominierenden Gehirn zur Welt gekommen, dessen drängende Bedürfnisse ihm wenig Zeit gelassen hatten, seine Herzensregungen zu spüren. Ein unermeßlicher Wissensdurst hatte seine Aufmerksamkeit sehr früh auf die Natur gelenkt, aber ihre Wunder brachten ihn nicht zum Träumen: er beobachtete, beschrieb, klassifizierte schon, als er erst acht oder zehn Jahre alt war. Seine Neugier trug den Sieg über seine Sensibilität davon – nie hatte der Student eine einzige Ode an die Rose verfaßt. Im übrigen richten sich Sonette und Herzklopfen an junge Mädchen, und Aubriot hatte sich vor jungen Mädchen gehütet, weil er große, schnell dargebotene Fleischrationen brauchte und weil junge Mädchen geizig und langsam sind. Wegen seines gefräßigen Temperaments hatte er sich von vornherein auf jene Frauen verlegt, bei denen er die Kunst entdeckt hatte, sich im Feuer der Lust vom blauen Dunst der Liebe zu befreien. Er hatte jedoch geheiratet, und seit er Witwer war, war er sehr darauf bedacht, sich daran zu erinnern, daß er es aus Liebe getan hatte. Wahrheit? Illusion? Mademoiselle Maupin hatte ihn zwar auf hinlängliche Art dazu verführt, sie zu heiraten, aber nicht gegen seine Vernunft:

diese Heirat war im Gegenteil höchst vernünftig und rundete sein mäßiges Vermögen schön ab. Als Maguerite gestorben war, hatte Aubriot aufrichtig geweint. Aber ob er es sich übelnahm oder nicht: er hatte sich ziemlich schnell getröstet; er trauerte seinem Leben im Bugey mit Marguerite in nichts nach – außer wenn er es sich glauben machen wollte, weil diese ‹unvergeßliche› Zeit ihm als sentimentales Diplom und als Passierschein diente, sich nie wieder in die Fesseln eines Lebens zu zweit zu verirren. Warum hatte sich dann dieser Mann der Beobachtung und Überlegung, dieser sich in der Einsamkeit so wohl fühlende Mann, kaum daß er seine Freiheit wiedergewonnen hatte, mit Jeanne belastet, als er beschlossen hatte, nach Paris zu gehen, um seine Ambitionen zu verwirklichen?

Es war ihm zuwider, sich darüber Fragen zu stellen. Sein Denken fuhr sich fest, geriet in Sümpfe, und Aubriot haßte nichts so sehr wie nicht klar denken zu können. Ohne Zweifel hatte er in Jeanne das Kind, das kleine Mädchen aus Charmont mitgenommen. Jeanne hatte als erste, lange vor seinem Sohn, die väterliche Seite in ihm berührt, die es in jedem Mann gibt. Das hübsche Weibchen mit den großen goldenen Augen, vor Faszination hingerissen, brav und gelehrig, immer bereit, das Manna, das aus seinem Mund kam, andächtig aufzunehmen, war ihm als die ideale Erbin erschienen. Einige Jahre später hatte Marguerites Schwangerschaft den instinktiven Wunsch nach einem Erben wiederbelebt, der ihm auf den Fersen folgen, sich zu seinen Füßen hinsetzen und sich mit der gleichen Hingabe von den Brosamen aus seinem Mund nähren sollte, um sein würdiger Nachfolger auf Erden zu werden. Aubriot, Sohn Aubriots, das zweite Glied in einer glorreichen Kette von Gelehrten. Der kleine Michel-Anne hatte keine Zeit gehabt, seinen Vater zu enttäuschen, aber auch keine Zeit, ihn zu befriedigen. Als der Vater das Bugey verließ, hatte er von dem Sohn nur das Bild eines zweijährigen Knirpses mitgenommen, der mit Mühe seine ersten uninteressanten Fragen stellte, so daß Jeanne das einzige brauchbare Kind blieb, das Aubriot je besessen hatte. Eigentlich war es Jeannot, so vollkommen in seiner Rolle als mustergültiger Sohn, mit dem ‹Monsieur Philibert› hatte leben wollen. Daß Jeannot sich anschließend in Jeannette verwandelt hatte, ging ja noch – ging sogar höchst angenehm. Aber daß Jeannette plötzlich ein anderes Gewicht bekam als Jeannot und sich, schlimmer noch, Unabhängigkeit anmaßte, lächerlich viel sogar!

Es hatte Aubriot einen Stoß versetzt, als der Marquis de Condorcet ihn eines Abends im *Régence* mit folgenden Worten einem befreundeten Edelmann vorgestellt hatte: «Dies ist der Mann, dem wir das Glück verdanken, La Belle Tisanière in Paris zu haben.» Auch nicht in den Augenblicken des schwächsten Selbstvertrauens wäre Aubriot jemals auf die Idee gekommen, sich als Prinzgemahl der berühmten Händlerin des Templer-Viertels zu betrachten! Zu Hause hatte er Jeanne später eisige Ablehnung entgegengesetzt, als sie ihm angeboten hatte, ihre Möglichkeiten als Lieferantin der Duchesse de Choiseul zu nutzen, um zu erreichen, daß diese endlich die Aufmerksamkeit des Ministers auf Doktor Aubriots Verdienste lenkte. Auf die Gefahr hin, weiter verkannt zu bleiben, wollte er auf dem ‹schicklichen› hierarchischen Weg an Choiseul herankommen: über die Jussieus und Buffon. Er würde doch nichts der Protektion dieses kleinen Mädchens verdanken wollen?

Als Jeanne Michel Adanson kennenlernte, hatte Aubriots Unbehagen noch zugenommen. Immer war er ihr vertrauter großer Mann, der ständige Gegenstand ihrer Bewunderung und derjenige gewesen, der ihre Fragen beantwortete. Plötzlich, von einem Tag auf den anderen, sah er, wie sie sich für Adanson begeisterte, sich ihm anvertraute, sich mit ihm verbündete, sein Wissen und seine Entdeckungen rühmte. Er selbst wußte den außergewöhnlichen Kopf des Originals von Le Patouillet allzugut zu schätzen, als daß er Jeanne ihre Schwärmerei hätte vorwerfen können, und da es auch nicht in Frage kam, ihr seine Eifersucht einzugestehen, nicht einmal sie sich selbst einzugestehen, schwieg er, verkrampfte sich und nahm sich seine Verbitterung übel, weil sie ihm seine Schwäche gegenüber Jeanne zeigte. So stand es um ihn und seinen Mißmut, als er zufällig auf die beste Gelegenheit traf, die ein Mann finden kann, um sein geschmälertes Prestige aufzupolieren: die Eroberung einer schmeichelhaften Frau.

Aubriot war einer der ersten Fürsprecher des Impfens. In Frankreich war dies nicht selbstverständlich: die Akademie für Medizin war dagegen, die Kirche war dagegen. Da die Diskussion mit den schulmeisterlichen Doktoren und den Theologen nur dazu geführt haîte, daß die Sache in Worten steckenblieb, hatte der Comte de Lauraguais, für jeglichen Fortschritt zu haben, daran gedacht, die Mode auf die Seite der gerechten Sache zu bringen: «Messieurs», hatte er eines Morgens im Garten des Königs gesagt, «englische Waren sind die große Mode, wir wollen die Impfung als solche verkaufen, und sie wird sich wie ein Lauffeuer verbreiten.» Sogleich hatte Féfé, der nicht daran zweifelte, daß er imitiert werden würde, bei sich zu Hause einen englischen Tee ‹à la Tronchin› veranstaltet, bei dem der berühmte Genfer Mediziner zwischen einem Bissen Weizenmehlkuchen und einem Löffel Pudding die ganze Gesellschaft impfte. Die Impfpartien hatten sich bald vervielfacht; man war auf der Höhe der Zeit, wenn man seinen Gästen ‹den kleinen Tropfen› anbot.

In Paris praktizierte Aubriot überhaupt nicht als Arzt. Trotzdem war er sehr geschmeichelt, als Lauraguais ihm vorschlug, zu einer neuen Impfpartie, die er gab, zu kommen und seine Gäste zu ritzen: die Ehre war nicht gering, öffentlich das Vertrauen eines des bedeutendsten Grandseigneurs des Königreichs zu genießen. Dieser Abend brachte Aubriot einen Ruf. Und eine Marquise zur Mätresse.

Der Abend hatte sogleich eine erotische Atmosphäre bekommen. Da mehrere Damen sich Sorgen wegen der Narbe gemacht hatten, die die Operation hinterlassen konnte, schlug der Arzt vor, sie am Schenkel statt am Arm zu impfen, wie er es bei Jeanne gemacht hatte; und die Koketten zogen sich lieber einen Strumpf aus als einen Ärmel nach oben. Aus Schicklichkeit maskierten sie sich das Gesicht, bevor sie das Boudoir betraten, in dem Aubriot praktizierte, und während des folgenden Soupers war es für den Arzt ein kurzweiliges Spiel, die Schenkel, die man ihm gezeigt hatte, mit Gesichtern in Verbindung zu bringen.

Die Marquise Adélaïde de Couranges hatte den schönsten Schenkel von allen. Lang und schnittig, fest, rosig, duftend. Knie und Fessel paßten nicht übel dazu, der Busen war voll, das dreißigjährige Gesicht beinahe hübsch, auf jeden Fall liebenswert. Zu all diesen Vorzügen kam der Glanz wunderschöner Diamanten und eine bequeme, bekannte, oft genutzte, aber stilvolle Nymphomanie. Zur gleichen Zeit geimpft wie bezaubert, bekam Adélaïde gleich am nächsten Tag passende Vapeurs, schickte ihre Karosse mit einem Hilferuf zu Aubriot und empfing den Arzt zwei Stunden später in ihrem Bett – wo sie ihn ganz selbstverständlich erwartet hatte, da sie ja krank war.

In der Nacht nach seinem Fest bei der Marquise fühlte Philibert sich verlegen, als er die vertrauten schönen blonden Haare streichelte, die wie gewöhnlich auf seiner Brust lagen. Aber der Mann braucht Gewohnheiten so sehr, daß er sie sofort annimmt, und Philibert gewöhnte sich um so schneller daran, zwischen zwei Geliebten zu leben, als sein Körper ihrer nicht müde wurde. Die eine errötete vor Scham, die andere zeigte erfahrene Kühnheit – es war vollkommen. Er bewegte sich bald so ungezwungen zwischen Jeanne und Adélaïde, daß er eine Ausrede für seine mangelnden Gewissensbisse suchte und fand: Madame de Couranges hatte so viele nützliche große Herren intim gekannt, daß sie Vergünstigungen aus ihnen herausholen konnte. Endlich wurde Aubriot vom Duc de Choiseul empfangen. Sehr huldvoll nahm der Minister sich die Zeit, dem Protegé der Couranges Versprechungen zu machen und versicherte dieser in einem galanten Billett, «daß er nicht versäumen würde, sich an ihren hübschen Arsch zu erinnern», wenn irgendwo ein für ihren Botaniker geeigneter Posten frei würde. – Der Herzog liebte die grobe Sprache, vor allem Frauen gegenüber. Acht Tage später wurde Aubriot zum Anwärter auf den Posten des königlichen Zensors ernannt, was ihn zu nichts verpflichtete, als eine jährliche Rente von vierhundert Livres zu kassieren. Jeanne war so glücklich darüber, als er es ihr mitteilte, klatschte mit solcher Begeisterung in die Hände, daß Philibert sich in seinen Bettgeschichten mit der Marquise voll und ganz gerechtfertigt fühlte.

«Weißt du», sagte er, als sie sich beruhigt hatte, «daß dieser erste Beweis der Wertschätzung mich Gutes von den Versprechungen des Herzogs erhoffen läßt? Wer weiß, ob ich nicht, trotz der Konkurrenz, früher einen Posten im Garten des Königs bekomme, als ich zu glauben wage?»

«Damit Ihr einen Posten im Garten bekommt, müßte einer sterben», widersprach Jeanne.

«Ich könnte immerhin, bis einer stirbt, die Anwartschaft auf jemandes Amt bekommen. Aber eher kann ich wohl auf eine Mission in eine unserer verbliebenen Kolonien hoffen. Dem Herzog scheint sehr daran gelegen zu sein, ihre Schätze registrieren zu lassen.»

«Ja, ich weiß, er spricht davon», sagte sie, mit einem leichten Lächeln an Adansons desillusionierte Worte denkend. «Aber ... wenn Ihr für eine der Kolonien ernannt würdet, müßtet Ihr dann nicht ohne mich reisen?»

«Ich denke ... vielleicht ... nicht», sagte er zögernd.

«Ich denke doch», seufzte sie und biß sich auf die Lippe, um nicht hinzuzufügen: Ich bin nicht Eure Frau, sonst dürfte ich Euch begleiten.

«Zum Inventarisieren wird man nie für sehr lange ernannt: höchstens für zwei Jahre», sagte Aubriot. Er schwieg lange; schließlich fuhr er fort, als wäre er ihr doch eine Erklärung schuldig: «Weißt du, Jeannette, wenn mir eine Übersee-Expedition angeboten würde, brächte ich es nicht übers Herz abzulehnen. Ich habe keine tausend Jahre vor mir, um die Welt kennenzulernen. Daher, verstehst du, werde ich ...»

«Macht Euch um mich keine Sorgen», unterbrach sie mit viel Mut in der Stimme. «Eure Karriere ist mir genauso wichtig wie Euch. Wenn Ihr eines Tages abreisen müßtet und zu lange ausbliebet, wüßte ich sehr wohl ein Schiff zu finden und in das Land zu segeln, in dem Ihr seid.»

Sie glaubte nicht, daß er reisen würde. Adanson hatte kein gutes Haar an der Art und Weise gelassen, in der Choiseul trotz seines brillanten Geredes in Wirklichkeit die Geschäfte Frankreichs führte. Sie hätte Michel mißtrauen können, der Choiseul mit beißendem Groll überschüttete, aber in ihrem Laden und hinter den Kulissen der Aristokratenpalais, zu denen sie jetzt Zugang hatte, war ihr anderer Klatsch zu Ohren gekommen, der das Porträt bestätigte, das Adanson von der Person zeichnete: intelligent, hitzig, kühn, ehrgeizig für sich und für den König, aber verdammt dilettantisch, durch seine Vergnügungen abgelenkt, skeptisch, sorglos, unbeständig, freigebig, aber eher um zu blenden, als um zu investieren – das alles zusammengenommen ergab nicht das Bild eines großen Staatsmannes, der fähig war, eine weitblickende Kolonialpolitik zu betreiben. Nun, wir werden ja sehen, dachte Jeanne. Wenn Philibert abreist, fahre ich mit. Wohin er auch fährt, ich verdiene jetzt immer genug Geld, um ihm zu folgen.

Voller Stolz schweifte ihr Blick durch ihren hübschen Laden. Es war die stille Zeit. Alle Kunden waren mit dem Mittagessen beschäftigt, ihre Domestiken damit, sie zu bedienen. In La Tisanière ließ sich kaum jemand blicken, außer ein paar eiligen Hausfrauen, die einen Kräutertee für einen Kranken holen wollten. Wenn sie um zwei Uhr aus dem Königlichen Garten kam, schickte sie Banban ins Palais de Boufflers, damit er dort mit den Küchenjungen essen und lachen konnte; Lucette aß etwas bei dem Garkoch am Ende der Straße. Sie kam nicht sofort zurück, sondern ging in die Mansarden hinauf und half Madelon bis gegen vier Uhr. Von diesen beiden Mansardenzimmern, die Jeanne oben im Haus hatte mieten können, dienten das eine als Pflanzentrockenraum, das andere als Zubereitungsraum; und sie selbst verbrachte dort jeden Tag zwei Stunden süßen, stillen Friedens inmitten ihrer Kräuter.

Zu Beginn jedes Monats schickte Jeanne zwei dicke Briefumschläge in die Dombes, einen an Madame de Bouhey, den anderen an ihre Freundin Marie, die für ihre Niederkunft nach Rupert zu ihrer Mutter zurückgekehrt war und sich anscheinend nicht mehr von dort fortbewegen mochte, als hätte ihr Gemahl Philippe Chabaud de Jasseron ihr mit der kleinen Virginie das Beste gegeben, wozu sie ihn für fähig hielt.

Jeanne machte sich daran, ihre Federn anzuspitzen und dachte an Marie. An die süße, hübsche, lachende, naschhafte Marie ihrer Kindheit . . . Ihre Liebesheirat schien sie nicht ausgefüllt zu haben. Seit der Honigmond vorüber war, hatten die Briefe der jungen Ehefrau einen gekünstelt leichtfertigen Ton angenommen, der Marie wenig ähnelte, und mitunter waren sie auch von einer erstaunlichen philosophischen Aggressivität gegen ‹die Männer›, eine schlechte Imitation von Émilie. Marie berichtete vor allem über die Gesellschaft von Autun, über die Jagden, die Bälle, die Diners, die Alkovengeheimnisse, ihre Garderobe, ihre Lektüre . . . Philippe blieb in dieser Szenerie merkwürdig abwesend. Ich frage mich, wie der forsche Chabaud de Jasseron sich in Maries Bett verhält? dachte Jeanne. Dann errötete sie: war es nicht ein sehr vulgärer Gedanke, einen Ehemann danach zu beurteilen? Sie begann zu schreiben:

«Meine Süße, heute morgen habe ich den 21. März gefeiert, indem ich mich wieder bunt angezogen habe. Ich bin sehr fesch in Türkis mit weißen Streifen gekleidet. Uff! Seit Seine Hoheit der Thronfolger am 20. Dezember verstorben ist, wagte ich nur noch in Grau oder Beige zu gehen, weil meine adelige Kundschaft nur in Schwarz ging, in Trauer um ihren verlorenen nächsten König. Sogar die kleinen Leute haben ihn sehr beweint; es scheint, daß er, gut und tugendhaft, wie er war, in Versailles Ordnung geschaffen und das Volk aus seinem Elend errettet hätte. Man sagt, der König habe seinen Schmerz nur schwer verwunden, und wie sollte er auch anders? Er ist nicht mehr jung und steht jetzt da, mit Berry als Erben, der noch ein Kind ist.

Augenblicklich wird hier nur über den unglücklichen kleinen Chevalier de La Barre gesprochen. Es ist schrecklich: der Chevalier ist verurteilt worden. Wenn das Gnadengesuch seiner Anwälte kein Gehör findet, wird er, nachdem ihm Zunge und Hand abgeschnitten worden sind, bei lebendigem Leibe auf dem Scheiterhaufen verbrannt. Aber das wird nicht geschehen, nein, es darf nicht geschehen! Alle anständigen Leute sind in Aufruhr. Die größten Anwälte der Stadt, die Schriftsteller, die Enzyklopädisten, die Zeitungsschreiber und Voltaire selbstverständlich, alle eilen ihm zu Hilfe. Und selbst wenn das Parlament das abscheuliche Urteil bestätigen sollte, wird der König ihn begnadigen. Niemand glaubt, daß der König einen jungen Mann von achtzehn Jahren dafür hinrichten läßt, daß er die Prozession des Heiligen Sakraments nicht gegrüßt und ein gottloses Lied gesungen hat.

Und jetzt, meine Süße, der neueste Klatsch, damit Du etwas zu lachen hast. Ich habe Dir bereits gesagt, nicht wahr, daß die Polizei sich in Paris in alles einmischt? Das Polizeikommissariat eines Viertels ist der Beichtstuhl von Klatschbasen, die es drängt, ihren Nachbarn zu denunzieren, und da die Kommissare ganz legal ein Drittel der Geldstrafen einstecken ... Kurzum, der Kommissar unseres Viertels ist gekommen und hat zu Monsieur Philibert gesagt, er verursache in der Gemeinde einen Skandal, indem er mit einer jungen Person von zweifelhaftem Geschlecht, bald Mädchen, bald Knabe, ehelich zusammen lebe, ohne verheiratet zu sein. Er beabsichtigte ein Protokoll über die strafbare Handlung zu erstellen und mich ins Petit-Châtelet abführen zu lassen, um mich einer Leibesvisitation durch die Gefängniswärterinnen zu unterziehen. Mit einem einzigen Tritt in den Hintern hat Monsieur Philibert den Polizisten die Treppe wieder hinunterbefördert! Danach mußte ich schnell zu der guten Duchesse de Choiseul laufen, damit sie unsere beiden Affären – die strafbare Handlung und den Fußtritt – von Monsieur de Sartine in Ordnung bringen läßt. Monsieur Philibert hat den Vorfall benutzt, um mir eine Szene zu machen. Daß ich mit dem exzentrischen Adanson und der Favart samt Anhang verkehre, scheint bei ihm den Eindruck zu erwecken, daß ich immer mehr das tue, was mir gefällt, ohne mich um die Meinung der Welt zu scheren; und dies sei nun das höchst unerfreuliche Ergebnis davon. Meine Süße, er hat mir wirklich eine Szene gemacht, wie einer richtigen Mätresse – verstehst Du? Ich war selig. Aber ich hatte Angst, daß die gräßliche Favre an der Tür lauscht, deshalb habe ich ihm, um ihn etwas zu beruhigen, meine goldenen Augen gemacht ... Seine Natur macht es ihm absolut unmöglich, meinen Koketterien zu widerstehen, das habe ich bemerkt. Im Grunde, Marie, sind die Stimmungen eines Mannes zerbrechlich wie Porzellan.»

Sie sann zwei oder drei Minuten über die letzten Worte nach, ein Lächeln schwebte auf ihren Lippen ... Plötzlich ergriff sie wieder die Feder und fügte schnell hinzu:

«Übrigens, könntest Du von Madame de Vaux-Jailloux erfahren, ob sie seit dem vorigen Sommer Nachricht von Ritter Vincent bekommen hat? Mir liegt rein gar nichts an dem Ritter, wie Du Dir denken kannst, aber ich würde mit ihm gern einige Geschäfte mit exotischen Pflanzen machen, und da wir unlängst miteinander getanzt haben, hoffe ich, daß ...»

Die Feder fiel ihr aus der Hand, sie biß sich, wütend über sich selbst, auf die Lippe, zerknüllte zornig das letzte Blatt ihres Briefs. Es war immer dasselbe: die Erinnerung an Vincent kam zunächst in einer Flut glücklicher Bilder über sie; erst nach einer Weile erinnerte sie sich daran, daß er alles mit einer Beleidigung verdorben hatte und daß sie ihn von nun an nur noch verachten, verabscheuen, hassen konnte!

Jemand stieß die Tür zu ihrem Laden auf ...

«Gott verdamme mich, wenn ich erwartet hätte, in der Belle Tisanière des Templer-Viertels die schöne Kräuterfee wiederzuerkennen, die man mir so gepriesen hat!» sagte eine klangvolle spöttische Stimme.

Die Erscheinung stimmte in so wunderbarer Weise mit ihren Gedanken überein, daß Jeanne Vincent zunächst mit ungläubigen Augen ansah. Er hatte weidlich Zeit, sich noch ein wenig lustig zu machen:

«Läßt Monsieur de Richelieu es Euch etwa an Taschengeld fehlen, daß Ihr Euch welches im Kräuterladen verdienen müßt?»

Sie gab sich einen unerhörten Ruck, um ihre Stimme wiederzufinden: «Glaubt, was Euch beliebt, Chevalier, aber hinaus aus meinem Laden. Geht, ich bitte Euch.»

«Keinesfalls bevor ich gekauft habe, was ich brauche. Eure Kenntnisse in guten Kräutern werden sehr gelobt.»

«Sehr gut. Dann also schnell. Woran leidet Ihr? An Dummheit oder an Grobheit?»

Er brach in Gelächter aus – zu laut. Sein Blick blieb hart und ließ das Gesicht der jungen Frau nicht los. Unter diesem inquisitorischen Blick fiel ihr ein, daß er sie zum erstenmal nach beinahe vier Jahren wiedersah: in der Oper, im Juni letzten Jahres, war sie maskiert gewesen. Trotz ihrer kaum zu zähmenden Wut war sie froh, hübsch in Türkis gekleidet zu sein und ein Häubchen von Mademoiselle Lacaille aufzuhaben; sie ließ sich eine Weile mustern, bevor sie in eisigem Ton fortfuhr:

«Monsieur, ich habe viel zu tun, außerdem möchte ich Euch schleunigst loswerden. Was darf ich Euch geben?»

«Die Inhaberin, auf wieviel schätzt Ihr sie? Für eine Stunde?»

Sie explodierte:

«Hinaus, Monsieur, hinaus!»

«Holla, wie hitzig Ihr werdet ... Nehmt Lindenblüten. Lindenblütenbäder sind das probate Mittel gegen nervöse Attacken. Ich bat Euch also gerade um eine Stunde ... Beratung. Man hat mir gesagt, daß Ihr gelegentlich diejenigen Eurer Kunden aufsucht, die vermögend genug sind, um sich zugleich mit Euren Kräutern Eure Unterhaltung leisten zu können. Ich werde großzügig sein, und Ihr braucht nicht weit zu gehen: ich wohne ganz in der Nähe.»

Jeanne beherrschte sich noch einmal.

«Man hat Euch nicht getäuscht», sagte sie und schlug ihr Buch auf. «Aber ich gehe erst ab vier Uhr in die Stadt. Wenn Monsieur Ritter mir freundlichst einen Tag angeben möchte?»

Er trat noch näher, lächelte noch boshafter und schleuderte ihr ins Gesicht: «Ich bitte tausendmal um Verzeihung, daß ich mich lustig gemacht habe, Mademoiselle, aber das war natürlich ein Scherz. Nach dem Maréchal de Richelieu an die Reihe zu kommen wagt man nicht. Man hängt schließlich an seiner Gesundheit.»

Sie begriff nicht sofort, aber als sie begriff, schoß ihr das Blut ins Gesicht, und sie versetzte Vincent eine gewaltige Ohrfeige.

Er steckte die Ohrfeige ein, ohne zurückzuweichen, und musterte sie. Plötzlich packte er sie brutal bei den Handgelenken, zog sie an sich und spuckte wütend seine Verachtung aus: «Wie konntet Ihr Euch diesem verdorbenen alten Schwein verkaufen? Wieso seid Ihr in den faltigen Pfoten dieses alten Hurenbocks nicht vor Ekel gestorben?»

Die Worte taten ihr zu weh. Trotz ihres rasenden Verlangens, auch ihn tödlich zu verletzen, brachte sie nur einen vor Schluchzen bebenden Satz heraus: «Glaubt Ihr das wirklich, Vincent, daß ich das getan habe?»

Er hielt sie noch eine Weile fest, dann ließ er ihre Handgelenke los und trat zurück.

Beruhigt, aber ratlos sagte Vincent schließlich in allzu gleichgültigem Ton: «Meine Liebe, die Welt belohnt und bestraft den Anschein. Und wenn Ihr nicht Eurem Beruf nachgingt, was tatet Ihr um Gottes willen bei einem Souper mit Hu ... – mit maskierten Kurtisanen?»

Sie mußte sich fassen, sich um jeden Preis fassen!

«Und Ihr, mein Herr, was tatet Ihr dort?» fragte sie mit noch etwas unsicherer Stimme.

«Ich? Ich habe mich amüsiert. Ich habe mich sehr amüsiert.»

«Ich habe mich auch amüsiert. In diesem Land, Monsieur, ist es den Frauen nicht verboten, sich mit ihren Freunden zu amüsieren.»

«Ich wußte gar nicht, Mademoiselle Beauchamps, daß der Maréchal de Richelieu zu Euren Freunden gehört», sagte er mit böser Ironie.

«Chevalier, Ihr reist zuviel, Ihr werdet weltfremd. Heutzutage vermischen sich die Pariser jeglicher Herkunft oft, um den Enzyklopädisten eine Freude zu machen.»

Schweigen trat ein. Vincent ging mit aufgesetzter Lässigkeit auf und ab, tat so, als läse er mit großer Neugier die Etiketten. Sie bemerkte, daß er bei ihrer Antwort beinah so gelächelt hatte wie früher, beinah freundlich.

Sie fuhr fort: «Die Zeit vergeht. Wenn Ihr tatsächlich nichts wollt . . .»

«Ich will Frieden», sagte er. «Jeanne, wir wollen Frieden schließen.»

Sie zuckte zusammen, schüttelte den Kopf: «Nein, Chevalier. Ein Frieden will verdient sein.»

«Ich habe Euch verziehen, daß Ihr Euer Wort gebrochen habt: Ihr wart noch ein Kind, und ich bin ein Dummkopf gewesen», sagte er unverschämt. «Also schließen wir Frieden.»

Sie starrte ihn weiter ohne ein Wort an.

«Kommt», seufzte er, «ich will wirklich Frieden schließen. Stellt Eure Bedingungen. Ich habe aus England eine herrliche Ladung Sommerkleider und Strohhüte mitgebracht, bei ihrem Anblick wird es Euch den Atem verschlagen. Kommt, plündert mich aus, ruiniert mich, laßt mir keinen einzigen Fetzen zum Verkaufen, ich . . .»

«Auf die Knie», sagte sie.

«Wie? Was sagt Ihr?»

«Auf die Knie», wiederholte sie.

«Auf die Knie . . . auf dem Boden?»

«An der Decke, wenn Ihr die Schwierigkeit gern erhöhen möchtet.»

Er brach in Lachen aus, aber diesmal in ein gutes Lachen, grüßte sie tief und setzte ein Knie auf den Boden: «Verzeiht mir, daß ich wahnsinnige Lust hatte, Euch zu erwürgen», sagte er.

«Warum habt Ihr es nicht getan?»

«Das hätte mich dazu verleitet, anschließend ein altes Schwein von Marschall umzubringen, den ich ganz gern mag. Habe ich meine Vergebung erlangt?»

«Ich hatte mir geschworen, Euch tausend Jahre zu meinen Füßen darauf warten zu lassen!» sagte sie und reichte ihm die Hand.

Er begann ihr die Hand in einer Weise zu küssen, daß sie erschauerte und sie ihm heftig entriß.

«Darf ich wieder aufstehen?»

«Vielleicht . . .»

«Und nun?» fragte er sie. «Mein Angebot für die Kleider und Hüte gilt noch immer: kommt und sucht Euch etwas aus, bevor die Sorel sich daranmacht.»

«Ich sage nicht nein. Aber ich werde sie mir nur ansehen.»

«Wie es Euch beliebt.»

«Habt Ihr alles im Palais de Boufflers?»

«Einen kleinen Teil. Der Rest ist in Vaugirard.»

«In Vaugirard?»

«Bei mir zu Hause.»

«Habt Ihr denn ein Haus in Vaugirard.»

«Ein Häuschen.»

«Oh! Ein ‹Lusthaus›?»

«Ein Häuschen. Mit Flieder ringsum – im Mai, versteht sich. Ich habe ihn nie blühen sehen.»

«Hat der Prince de Conti nicht auch sein Häuschen in Vaugirard?»

«In der Tat, und nicht weit von meinem. Nun, fahren wir? Habt Ihr keine Ladenmamsell, die manchmal für Euch einspringt?»

«Ich habe zwei. Aber das ist nicht das Problem», sagte Jeanne plötzlich ganz nervös. «Ihr hofftet doch nicht etwa, mich jetzt einfach so zu Euch nach Vaugirard mitnehmen zu können?»

«Ich finde Euch sehr reizend. Dieses Türkis steht Euch – weniger gut als Grün oder Honiggelb, aber es steht Euch. Und wenn wir da sind, könnt Ihr Euch spielend umziehen: es gibt Kleider in allen Farben.»

«Oh, Ihr seid immer noch so . . . so . . .»

Sie beendete ihren Satz nicht, blieb angespannt, richtete ein zusammengesunkenes Säckchen Kräutertee auf und sagte schließlich: «Ich sehe mir an, was Ihr bei Madame de Boufflers habt. Wieso lacht Ihr?»

«Weil Ihr zu Richelieu geht und zu mir nicht. Eure Angst kommt im falschen Moment, Jeanne.»

«Ich habe vor niemandem Angst», sagte sie schroff. «Ich habe keine Zeit, bis nach Vaugirard zu fahren, das ist alles.»

«Nun gut, geht doch wenigstens mit mir bei dem Türken in der Rue du Vertbois einen Kaffee trinken. Er kocht den besten Mokka im Templer-Viertel.»

«Ich . . . nun ja, gut, aber morgen. Wir gehen morgen zu dem Türken, ich verspreche es Euch. Ich hole Lucette früher herunter, und . . .»

«Nein», sagte Vincent fest. «Nein, Jeannette. Ich verabrede mich mit Euch nie wieder für den nächsten Tag. Ich bin nie zweimal auf die gleiche Weise dumm. Ruft Eure Lucette. Sie kann nicht weit sein.»

«Chevalier, ersetzt Eure Dummheit nicht durch Einfalt, ich bin keine fünfzehn mehr.»

«Nein, Ihr seid keine fünfzehn mehr . . .»

Er hatte so viel Melancholie und Zärtlichkeit in seine Worte gelegt, daß sie verwirrt aufblickte. Das Schweigen zwischen ihnen bebte von Geständnissen. Kein Wort hätte ausdrücken können, was ihre Augen sich zu sagen wußten.

Um den Zauber nicht zu brechen, stellte sie ihre Frage mit fast unhörbarer Stimme: «Das letzte Mal, in den Tuilerien, als ich mir den Fuß vertreten habe und Ihr meine Hand ergriffen habt, hattet Ihr mich da schon erkannt?»

«Ach, ich fürchtete es.»

«Mein Parfum?»

«Mein Jägerinstinkt», sagte er wieder in seinem spöttischem Ton. «Der Jäger erkennt eine verfehlte Beute immer wieder.»

Sie senkte die Augen, schien nachzudenken und sagte lächelnd: «Habt Ihr immer noch Lust, bei dem Türken Kaffee zu trinken?»

«Meine Liebe, das war nur eine Notlösung. Wenn Ihr die Güte hättet, mir etwas Besseres vorzuschlagen?»

«Ich fühle mich – ziemlich gütig. Sagen wir doch, morgen!!»

«Ts, ts, ts! Fangt nicht wieder an, ich falle nicht darauf herein.»

«Also gut, meinetwegen: heute abend. Heute abend ist doch heute? Seid um halb neun am Café in der Oper. Ich habe versprochen, Madame Favart dort zu treffen – wir wollten zusammen soupieren, ich werde mich entschuldigen.»

«Ich werde da sein», sagte er und verneigte sich. «Werdet Ihr dann mit mir soupieren?»

«Wenn ich Hunger habe.»

Die braunen Augen funkelten, sie wartete auf die spöttische Bemerkung, die nicht ausblieb:

«Erlaubt Euch Euer Adoptivpapa, der Herr Doktor Aubriot, so einfach nachts mit irgend jemandem in Paris herumzulaufen?»

«Nein, nein, er empfiehlt mir gute Gesellschaft, und gewöhnlich gehorche ich ihm auch», sagte sie milde.

«Treffer!» sagte er lachend.

Sie schwatzten noch über dies und das, um den Augenblick des Abschiedes aufzuschieben. Lucette kam mit einem Korb in der Hand aus den Mansarden hinunter, schielte aus den Augenwinkeln zu dem Tête-à-tête ihrer Herrin mit einem schönen Kunden hinüber, erkannte Ritter Vincent, knickste und begab sich diskret ans andere Ende des Ladens. Als Vincent sich damit abfand zu gehen, hielt ihn Jeanne mit der Andeutung einer Geste zurück:

«Chevalier . . . ich kann nicht bis heute abend warten, um Euch nach Neuigkeiten von meiner Freundin Émilie und von Denis Gaillon zu fragen. Sind sie irgendwo in Sicherheit und glücklich?»

«Aber wie soll ich das wissen?»

«Chevalier, ich weiß ein Geheimnis zu wahren.»

«Ich auch, Jeannette.»

«Ich bitte Euch. Ich liebe die beiden.»

«Dann vergeßt sie.»

Sehr leise fügte er hinzu: «Die Polizei im ganzen Königreich sucht noch nach der Comtesse de la Pommeraie. Ihr Vater, der Marquis, hat es noch nicht aufgegeben, die Komplicen ihrer Flucht köpfen zu lassen.»

«Oh!» sagte sie. «Ich ziehe meine Frage zurück. Ich werde weiterhin das Beste hoffen.»

«Ich halte Mademoiselle Émilie für entschlossen und verführerisch genug, daß sie einen allzu empfindsamen Kapitän hat überreden können, zwei flüchtende Liebende an Bord zu nehmen», murmelte Vincent leichthin. «Ihr könnt also ruhig schlafen.»

«Danke, Chevalier. Auf heute abend.»

«Auf heute abend. Ach, gebt mir doch Euer Häubchen.»

«Mein Häubchen? Mein Häubchen!»

«Ich möchte verhindern, daß Ihr es mir heute abend an Eurer Stelle schickt.»

Sie warf ihm einen strahlenden Blick zu, nahm ihre Haube ab und reichte sie ihm: «Als Pfand», sagte sie.

Lucette sah mit kugelrunden Augen zu, wie der Chevalier die Haube einsteckte.

Sie schaffte sich Madame Favart so schnell es ging vom Hals, und statt allein an einem Tisch im Café sitzen zu bleiben, ging sie hinaus, um sich die Auslagen der Geschäfte in der großen Halle anzusehen. Es war bald halb neun, aber das Opernballett, das gegeben wurde, gefiel wohl, denn bisher war noch niemand aus dem Saal gekommen. Kalte Luft wehte durch die Halle, und Jeanne zog, um sich davor zu schützen, die Kapuze ihres schwarzen Samtumhangs über. Und plötzlich stand Vincent vor ihr und bot ihr lächelnd den Arm . . .

Er erschien ihr blendender denn je in seinem engen Rock aus cremefarbenem, golddurchwirkten Seidendrogett mit handgearbeiteten goldenen Knöpfen. Seine weiße Perücke *à l'anglaise* kleidete ihn gut. Unter ihrem Samtumhang streichelte sie genußvoll den rosa irisierenden hellgelben Satin ihres Lieblingskleids: ihre eleganten Aufmachungen waren wunderbar aufeinander abgestimmt, zumal auch sie sich auf englische Art, mit weichen Schmachtlocken, hatte frisieren lassen.

Sie gingen in den Garten hinunter. Die Erinnerung an jene andere Nacht, die maskierte Nacht im Juni, stieg wieder in Jeanne auf. Ich liebe ihn, dachte sie wieder, diesmal ganz ihrer Liebe hingegeben.

«Und nun, meine Teure, was tun wir?» fragte Vincent, während er einige Geldstücke austeilte, um die allzu diensteifrigen Laternenträger loszuwerden.

«Habt Ihr einen Wagen?»

Er brauchte nicht zu antworten: vor ihnen hielt eine gemietete Kutsche mit einem schönen jungen Lakai, der ihnen den Wagenschlag öffnete, wobei er Jeanne strahlend anlächelte. Gerührt erkannte sie Mario wieder, den getreuen Schatten des Korsaren, der sie in der Dämmerung eines fernen Aprilmorgens vergebens an der Hintertür von Schloß Charmont erwartet hatte.

«Ich habe das Gefühl, mich mit vier Jahren Verspätung entführen zu lassen», murmelte sie.

«Genau das tut Ihr!»

Einen Fuß bereits auf dem Wagentritt, durchzuckte sie Unruhe:

Ich bin verrückt, ich dürfte mich nicht darauf verlassen, sagte sie sich. Und stieg ein.

«Und nun?» fragte Vincent.

«Oh, lenke ich unseren Ausflug?»

«Ich hatte es so verstanden, daß Ihr es wünscht. Oder wollt Ihr lieber mir die Zügel überlassen?»

«Nein, nein!» sagte sie lebhaft. «Also gut – wartet, wir wollen im *Régence* eine Erfrischung zu uns nehmen.»

«Um diese Zeit geraten wir in die Schlange von Damen, die sich nach der Vorstellung ihr Getränk an die Kutsche bringen lassen.»

«Aber das möchte ich ja gerade! Ich hatte noch keine Gelegenheit, mir meine Lieblingserfrischung an den Wagenschlag bringen zu lassen.»

Er lachte: «Fahren wir», sagte er. «Ich habe Glück: Ihr seid immer noch fünfzehn.»

Vor dem *Régence* stand erst ein halbes Dutzend Equipagen, und zwei Kellner servierten auf silbernen Untertassen Erfrischungsgetränke. Unter dem höflich tadelnden Blick von Lucien, *ihrem* Kellner, der jede Änderung im Verhalten seiner Stammgäste für unschicklich hielt, schlürfte Jeanne so langsam wie möglich ihren kalten Tee mit Rum.

«Und nun?» fragte Vincent.

«Solltet Ihr mich nicht zum Souper einladen?»

«Wollt Ihr in die Escharpe gehen?»

Sie zog die Augenbrauen zusammen: «Ihr werdet doch nicht wagen, mir vorzuschlagen, im Séparée zu speisen?»

«Meine Teure, da Ihr Euch nun einmal in schlechter Gesellschaft befindet, wollte ich nur für Diskretion sorgen.»

«Und meint Ihr, daß man ein Vermögen dafür ausgibt, von Tintin frisiert zu werden, um anschließend sein Licht unter den Scheffel zu stellen? Fahren wir also in die Rue des Poulies, mitten ins Gedränge, wenn Ihr so freundlich sein wollt . . .»

Seit einigen Monaten war es groß in Mode, bei Boulanger zu speisen, dem Wirt in der Rue des Poulies, der sich gerade den ganz neuen Titel ‹Restaurateur› zugelegt hatte. Um mit einer Neuheit Furore zu machen, war Boulanger auf die Idee gekommen, in seinem Lokal jene Hühnerbrühen zu servieren, die die Fakultät empfindlichen Mägen empfiehlt. Er hatte sofort Erfolg gehabt: die schöne Welt war in Scharen in die Rue des Poulies geeeilt, zumal Boulanger – ein Geschäftsmann, der sein Paris kannte –, um das ländlich Natürliche und Gesunde seiner Brühen hervorzuheben, diese auf seinen runden Tischchen ohne Tischdecke servieren ließ. Einfache Kost zu horrenden Preisen in einer rustikalen Atmosphäre, welcher Genuß!

Der Restaurantbesitzer schritt auf der Straße vor seiner Bouillon-Schenke auf und ab. Aufs Geratewohl begrüßte er Unbekannte, wie er seine Prinzen begrüßte – mit einer genau dosierten Mischung aus übertriebenem Respekt, Vertraulichkeit und jovialer Eitelkeit. So empfing er Jeanne und Vincent, als sie aus dem Wagen stiegen und führte sie mit der vornehmen Autorität des Künstlers, dessen Atelier man besichtigen kommt, bis zur Schwelle seines Lokals. Dort angelangt, wurde das Paar von der schönen Madame Boulanger übernommen, deren mollige Reize, schmeichelnde Augen ebenso wie ihre Art, jeden Gast anzulächeln, als sei er ihr Favorit und der Traum ihrer Nächte, nicht wenig dazu beigetragen hatten, das Haus Boulanger in Mode zu bringen. Die schöne Wirtin brachte die Neuankömmlinge an einem kleinen Tisch unter, gab ihnen die Speisekarte und setzte sich wieder thronend hinter ihre Kasse.

Wenn man in der Rue des Poulies soupierte, dann gewiß nicht in Intimität. Das Schlitzohr Boulanger hatte es auf ‹demokratische› Nähe zwischen seinen Gästen angelegt und die Tischchen so eng wie möglich zusammengerückt. Jeanne und Vincent saßen zwischen dem Tisch des Comte de Guibert, der mit dem Abbé Morellet soupierte, und dem eines berühmten Stammgastes, Marmontel, der Diderot und d'Alembert aus dem *Régence* in die Rue des Poulies mitgeschleppt hatte: trotz ihrer Armut zeigten sich auch die Literaten in der Rue des Poulies, denn wenn man sich hier mit einer Suppe und einem weichgekochten Ei begnügte, galt man nicht als Armer oder Geizhals, sondern als Gesundheitsfanatiker.

D'Alemberts bewegliche glänzende Augen blickten immer wieder in unverhohlener Neugier zu Jeanne und Vincent hinüber, und auch Marmontels Blick haftete schamlos an dem so wunderbar harmonierenden neuen Paar, das Doktor Aubriots Belle Tisanière und der schöne Korsar der Comtesse de Boufflers bildeten. Diderot wunderte sich diskreter. Und sogleich machten sich die drei Kumpane daran, die neuen Gäste bei ihrer Auswahl zu beraten. Schließlich einigten sie sich darauf, ihnen «Die echte göttliche Kraftbrühe nach Art meiner Großmutter» zu empfehlen.

In die Betrachtung des Raumes und seiner Ausstattung vertieft, hörte Jeanne nur mit einem Ohr zerstreut zu. Die Ausstattung war absichtlich roh. Zu einem Zeitpunkt, da Cafébesitzer und Hoteliers sich mit der Anschaffung von Spiegeln aus Saint-Gobain, Gemälden, Kristallkronleuchtern und feinem Porzellan ruinierten, hatte Boulanger die gekalkten Wände, die geflochtenen Strohstühle, die Teller aus gewöhnlicher weißer Fayence und die Zinnbecher wiederentdeckt. Der Raum war nicht groß und bereits mehr als halbvoll mit vornehm gekleideten Speisenden, in denen die Geschäftsfrau aus dem Templer-Viertel viele ihrer Kunden erkannte. Die beiden hübschesten Gäste waren blutjung, mit etwas zu tiefem Dekolleté und etwas zu hohem Lachen. Zwei Dämchen von der Oper? Zwei Pferdchen aus dem Stall der Gourdan? Der Brisset? Der Cadiche? Auf jeden Fall zwei frische Blüten, in Seide verpackt und prächtig mit einem Grafen und einem General garniert.

Plötzlich erstarb das Stimmengewirr ringsum, aufmerksam gespannte Stille trat ein. Der Marquis d'Égreville war hereingekommen und führte ein höchst liebreizendes und sehr schön gekleidetes junges Mädchen durch den Raum nach hinten.

«Sieh an, sieh an, das hat d'Égreville uns bisher verborgen», bemerkte der Comte de Guibert halblaut. «Weiß man, woher dieses exquisite Kind kommt?»

«Mein lieber Graf, einfach nur von der Gourdan», antwortete Marmontel. «Aber sie war nicht dazu geschaffen, dort zu bleiben. Es ist die kleine Verceuil. Mit sechzehn versprach sie viel, ich sehe, daß sie mit achtzehn so weit ist. Der Marquis hat sie in sein Gefolge aufgenommen, sie in einem kleinen Haus am Montmartre untergebracht und nur abgewartet, bis er seinen Sohn verheiratet hatte, um sie in der Stadt vorzuführen.»

«Wie ich höre, habt Ihr sie vor dem Marquis entdeckt?» fragte Guibert ironisch.

«Oh, sie ist eine meiner Kundinnen für Wahrsagungen, das ist alles», sagte Marmontel, und in seinem Ton schwang mit, daß man ihm ja nicht glauben sollte. «Ihr wißt, daß ich gern aus dem

Kaffeesatz wahrsage. Ich hatte der Verceuil vorhergesagt, daß sie eines Tages in Paris Aufsehen erregen würde. Ich habe eine gute Nase für die Karrieren junger Damen», schloß er und richtete seinen gerissenen Blick eines Weiberhelden auf Jeanne.

Marmontels Blick war Jeanne sehr unangenehm. Ohne Zweifel hatte er auch über sie seine Witze gerissen, als sie mit Vincent hereingekommen war. Sie verspürte einen Anflug von Gereiztheit, aber im gleichen Augenblick lächelte Vincent sie an, und wieder empfand sie nichts als reines Glück. Was macht es aus, was sie denken, sagte sie sich. Sie sollen denken, was sie wollen, das ist mir ganz egal. Und vielleicht ist, was sie denken, auch gar nicht falsch? Ich fühle, daß meine Moral heute abend so leicht ist wie eine Seifenblase!

«Nun, habt Ihr Eure Brühe endlich ausgesucht?» fragte Vincent.

«Ich nehme das, was Ihr für mich aussucht», sagte sie und erwiderte sein Lächeln.

«Dann nehmen wir Kressenbrühe; ich erinnere mich, daß Grün Euch kleidet.»

«Findet Ihr mich in Hellgelb-Rosa weniger schön?»

Madame Boulanger, die ihre Bestellung aufnehmen kam, hinderte ihn an einer Antwort.

Nach der Suppe aßen sie frische Eier von einem Bauernhof in Auteuil, die von Hühnern gelegt waren, deren Diät Boulanger persönlich überwachte, Eier, die paarweise und mit Bauernbrot zu einem Preis serviert wurden, zu dem man anderswo ein Brathähnchen mit Sahnesauce bekam.

Der Comte de Guibert beugte sich galant zu Jeanne hinüber: «Mademoiselle, erlaubt, daß ich Euch den Königshieb beibringe», sagte er, weil er sah, daß sie behutsam auf der Spitze ihres Eis herumklopfte. «Er gelingt mir ebensogut wie einer Majestät persönlich.»

Er ergriff das Ei seiner Tischnachbarin und hopp! mit einem einzigen Gabelhieb schlug er die Kappe ab, die ohne einen Splitter glatt abgetrennt auf den Teller fiel. Ein «Oh!» der Bewunderung erklang rings um den Grafen.

«Mein lieber Graf, für diesen Hieb verdientet Ihr, in die Akademie aufgenommen zu werden!» rief Marmontel aus. «Ich dachte, die Zauberkraft, auf diese Weise Eier aufzuschlagen, ginge Hand in

Hand mit der Kraft, Skrofeln zu heilen. Alle, die ich beobachtet habe, wie sie den Königshieb ausprobierten, sind gescheitert, ich als erster.»

Über das Gelächter hinweg, das hinter Taschentüchern, Manschetten und Fächern erstickt wurde, erhob sich barmherzig Diderots schönes Organ mit einem Vortrag über das Ei.

Das Lokal war inzwischen brechend voll geworden. Das tosende Stimmengewirr übertönte fast vollständig das Geräusch der auf der Straße ununterbrochen vorbeirollenden Kutschen und Fiaker. Es war nach halb zehn, und die Opern- und Theaterbesucher, die danach zu lange in Cafés oder bei Besuchen verweilt hatte, eilten zum Souper. Die Glücklichen, die bei Boulanger schon einen Tisch hatten, rutschten zusammen, um ihren Freunden Platz zu machen, die Herren boten ihre Stühle den Damen an, blieben stehen und pickten über die Schultern der sitzenden Gesellschaft hinweg von den Tellern. Das Spiel war gefährlich für die Roben, wurde jedoch noch begeisterter betrieben, als der Comte d'Eu – ein Meister in der Kunst, sich im Fluge zu ernähren – laut verkündete, daß er sich bei den Soupers in den Privatgemächern der Marquise de Pompadour darin geübt habe, die dazu mehr intime Freunde einzuladen pflegte, als das Speisezimmer Sitzgelegenheiten hatte. Daraufhin rief Madame du Haussette, d'Alemberts Tischnachbarin, daß beim Soupieren im Stehen niemand je die Geschicklichkeit des seligen Marschalls von Sachsen erreichen würde.

Bei dieser unfreiwilligen Schlüpfrigkeit lebte die Unterhaltung wieder auf und verlagerte sich auf die Orgien von Moritz von Sachsen.

«Zum Kuckuck!» rief Vincent plötzlich aus. «Heute abend erfahren wir alles über von Sachsen, nur das Wesentliche nicht. Mademoiselle, wißt Ihr überhaupt, daß von Sachsen auch ein sehr großer Heerführer war?»

Ehe Jeanne Vincent antworten konnte, erwiderte d'Alemberts Falsettstimme:

«Die Pariser, Monsieur, haben dem Genie stets Anekdoten über Genies vorgezogen. Daher müssen die Genies einfach Anekdoten produzieren, um Publikum und Zeitungsschreiber zu fesseln, sonst erklären Zeitungsschreiber und Publikum die Anekdotenproduzenten zu Genies.»

«Das ist wahr», seufzte Diderot, «aber Gott sei Dank hilft Madame Diderot auf diesem Gebiet, vor allem, wenn ihr Ischias sie plagt und sie übellaunig macht. Heute morgen hat sie eine Fischhändlerin geohrfeigt, und damit kann ich mehrere Spalten in den besten Blättern füllen. Jetzt bin ich für vierzehn Tage mit Ruhm versorgt.»

«Die Pariser Frivolität ist ein Glück für einen mittelmäßigen Autor», sagte d'Alembert ganz ernsthaft. «Er kann zumindest hoffen, dank eines Markthallenstreits, in den sein Name verwickelt ist, sich eine oder zwei Wochen in Erinnerung zu halten. Mein Freund», fügte er, sich an Diderot wendend, hinzu, «Ihr müßt Madame Diderot eine dieser Kümmelpasteten bringen lassen, auf die sie so versessen ist: mit Euren drei jüngsten Bänden der *‹Encyclopédie›* hättet Ihr das Publikum nämlich nur drei Tage gefesselt – je einen pro Band.»

«Außerdem, teurer Freund, wieso untersteht Ihr Euch, in dem Moment, wo Euer Werk erscheint, nicht in die Bastille eingesperrt zu werden?» warf der Abbé Morellet ein. «Ein in der Bastille sitzender Autor ist ein glücklicher Autor, für den alle Schreiberlinge ihre Federn schwingen wie Degen und den die schönen Damen am Gefängnistor erwarten, um ihn mit Blumen zu krönen. Ich weiß nicht mehr, wer kürzlich abends im *Régence* zu behaupten wagte, unser gegenwärtiger König täte nichts für die Autoren. Welche Verleumdung! Er schickt sie in die Bastille, und das ist das beste, was man für sie tun kann. Wo hätte ich gemütlicher als in der Bastille, in der mein König mich gut beherbergte und ernährte, weil ich eine mißliebige Broschüre veröffentlicht hatte – wo sonst hätte ich auf seine Kosten meinen Traktat über die Pressefreiheit schreiben können?»

Jeanne lachte anmutig auf und biß sich errötend auf die Lippe, weil sich mehrere Köpfe nach ihrem hübschen Lachen umgedreht hatten. Um ihre Fassung wiederzugewinnen, tauchte sie ihren Löffel in eine Orangenblütencreme, die gerade vor sie hingestellt worden war, aß aber nicht.

«Mir scheint, Mademoiselle, Ihr habt keinen Hunger mehr?» murmelte Vincent.

«Ich glaube, ich bin ein wenig ermattet von all diesen Nichtigkeiten, die wir in so viele Worte fassen. Wollt Ihr noch bleiben?»

«Ich will heute abend nur Euren Wünschen gehorchen – ist es so nicht zwischen uns abgemacht?»

«In diesem Falle ...»

«Monsieur», sagte Mario, als er den Wagenschlag öffnete, «hättet Ihr die Freundlichkeit, bevor wir diese nahrhafte Straße verlassen, meine Ausgaben bei dem Weinhändler und dem Garkoch, deren Aushängeschilder Ihr seht, zu begleichen? Da ich nicht wußte, wie lange die Nacht dauern würde, habe ich es übernommen, unseren Kutscher bei guter Laune zu halten.»

«Ich hoffe, nicht zu sehr? Da, lauf und bezahl deine Schulden», sagte Vincent und warf ihm seine Börse zu.

«Ist bereits geschehen, Monsieur, ich brauche es mir nur von Euch zurückzuholen», sagte Mario und griff in die Börse. «Ich habe kein Gesicht, dem man Kredit gibt. Und nun, Monsieur, welche Befehle soll ich unserem Kutscher geben?»

«Heute abend bekommst du deine Befehle von Mademoiselle.»

«Wir gehen tanzen», sagte Jeanne.

«Tanzen?» wunderte sich Vincent. «Wird heute abend getanzt? Bei wem denn?»

«Bei Ramponeau», sagte sie lachend. «Ist heute nicht der erste Sonnabend im Frühling?»

«Jupheidi!» johlte Mario begeistert. «Es lebe Mademoiselle! Kutscher, Galopp! Wir gehen bei Ramponeau tanzen!»

«He, gib mir meine Börse wieder, da ist zuviel zu trinken drin», sagte Vincent und streckte die Hand aus.

Als die Pferde losstürmten, bemerkte Vincent: «Die Luft ist ein wenig scharf. Werdet Ihr in La Courtille nicht frieren?»

«Ich friere nie, wenn ich tue, was ich will. Und ich will nach La Courtille fahren, ich sterbe vor Lust darauf: es ist das erste Mal.»

«Wenn ich recht verstehe, ist diese erste Frühlingsnacht die Nacht Eurer mehrfachen kleinen Debüts?» spottete Vincent liebevoll. «Nach Eurem ersten Erfrischungsgetränk in der Kutsche und Eurem ersten Souper in der Rue des Poulies kommt jetzt Euer erster Kontertanz in La Courtille ... Sagt mir, mein Herz, habt Ihr vor diesem Abend je Euren Monsieur Adoptivpapa betrogen?»

«Oh!» schnaubte sie wütend und schlug ihn mit ihrem Fächer. «Werdet Ihr Euch denn nie ändern? Müßt Ihr Euch immer über mich lustig machen? Haltet an, wir fahren zurück. Bringt mich zurück, ich kann Euren . . . Euren Sarkasmus wirklich nicht ertragen. Fahren wir zurück, ich bitte Euch, bevor Ihr alles zwischen uns verderbt.»

Da er hörte, daß Ihre Stimme tränenerstickt war, nahm er ihre Hand und sagte zärtlich: «Verzeiht mir noch einmal, Jeannette, und werdet wieder froh. Ich bin ein Dummkopf und ein Tölpel. Wollt Ihr mich auf Knien sehen wie heute nachmittag?»

«O nein!» sagte sie lebhaft. «Euer Anzug ist so schön . . . Ich will nicht, daß mein schöner Ritter sich schmutzig macht!»

Vor dem *Tambour Royal* war die Straße von einem Regenguß am Vortag ganz aufgeweicht. Vincent trug Jeanne hinüber und setzte sie auf der Schwelle der Taverne ab.

Ramponeau eilte herbei, den Hut zu einer tiefen Verbeugung in der Hand: «Chevalier», sagte er mit seiner fröhlichen, feisten Stimme, «ich weiß nicht, aus welchem Meer Ihr diesen Schatz gefischt habt, aber Ihr habt da einen Schatz bei Euch. Daher ist es meine Pflicht, Euch daran zu erinnern, daß Schätze Neid erregen und daß man bei mir nicht vom Leder zieht. Aber mit Euren blanken Fäusten und Füßen könnt Ihr belehren, wen Ihr wollt.»

«Danke, mein Freund, ich habe die Bräuche in deinem schlimmen Lokal nicht vergessen. Laß in der ruhigsten Ecke einen Tisch für uns aufstellen, schick uns von deinem sauren Wein und sag deinem Geigenfiedler, daß ich großzügig sein werde, wenn er unsere Ohren nicht allzu sehr peinigt. Mademoiselle möchte tanzen.»

«Möchte Mademoiselle auch ein Sträußchen?» fragte ein kleines Mädchen und hielt seinen Korb mit Veilchen hin.

«Und möchte Mademoiselle einen Lebkuchenmann mit seinem Namen darauf?» fügte die Lebkuchenverkäuferin hinzu.

«Jeanne müßt Ihr darauf schreiben», sagte Vincent und gab ihr einen Weißpfennig.

«Und auf das Schweinchen für Euch, Monsieur, was schreibe ich darauf?»

«Vincent», murmelte Jeanne errötend.

Sie war ganz verdutzt, Lebkuchen in Form von Männern und Schweinchen zu sehen.

«In Paris ist es verboten», sagte die Händlerin auf ihre staunende

Frage hin. «Entweder verkauft man Herzen, oder man wandert mit seinen Männern und Schweinen ins Petit-Châtelet. Sie haben Angst, daß man die Namen der großen Schweine von Versailles auf die kleinen schreibt! Aber bei Ramponeau, Mademoiselle, ist alles erlaubt, was anderswo verboten ist, weil das Gute im Leben das Verbotene ist – stimmt's?» schloß sie und zwinkerte Vincent zu.

«Wieso meint Ihr, daß er mein Liebhaber ist und nicht mein Ehemann?» flüsterte Jeanne kühn.

«Pah! Es ist traurig, daß man es sagen muß, aber Ehemänner sind nie so schön. Und außerdem kaufen sie keine Lebkuchen», flüsterte die Händlerin zurück.

«Wünscht Mademoiselle Zuckerwerk?» fragte ein zartes Stimmchen.

«Aniskugeln, Mademoiselle?»

«Einen Glücksbringer, Mademoiselle?»

«Hört zu», unterbrach Vincent, «Mademoiselle möchte von allem, wenn wir erst einmal sitzen. Jetzt macht den Weg frei!»

«Macht den Weg frei!» brüllte Ramponeau. «Hier entlang, Monsieur, hier entlang, Mademoiselle . . .»

Vincent ergriff fest Jeannes Hand. Sie war ein wenig verängstigt. Seit ihrer Ankunft in Paris hatte sie zwischen dem Palais-Royal und dem Garten des Königs immer in schönen Vierteln gelebt, und ihr Kräuterladen am Rande des Templer-Viertels hatte aristokratische Kundschaft. Heute nacht entdeckte sie eine Welt vor den Toren der Stadt.

Ganz Paris kam zu Ramponeau, um zu trinken und zu schmausen, mit den Grisetten zu schmusen und zum Klang einer Jahrmarktsgeige Gigue zu tanzen. Durch diese Kirmes liefen Ramponeaus Kellner mit spitzen Papierhütchen in grellen Farben auf dem Kopf und brachten jenen, die am lautesten mit gegeneinander geschlagenen Zinnbechern danach riefen, Getränke und Essen. Über die Kinder und Hunde hinweg, die ihnen zwischen den Beinen herumliefen, trugen sie furchtlos randvolle Krüge und Pfannen mit Fisch in kochendem Fett. Wie jeden Samstagabend im Frühjahr war Ramponeaus Saal brechend voll mit kleinen Leuten, die den Winter abschüttelten, bösen Buben, die locker sitzende Börsen oder Raufereien suchten, neugierigen Fremden und einigen Herrschaften, die sich unters Volk mischen wollten und um die sich die ‹Gesellschafterinnen› drängten: Manon, Toinon, Perrette, in frisch gebügelten Musselinschürzen, das Häubchen schön gestärkt und die weißen Strümpfe adrett glattgezogen.

«Nun, Jeanette, jetzt seid Ihr bei Ramponeau, genau wie eine Prinzessin, die einen Lokalbummel macht», sagte Vincent. «Entspricht der Ort Euren Hoffnungen?»

«Ich habe nicht gewagt, ihn mir so malerisch vorzustellen», sagte sie, von der Urwüchsigkeit des Lokals entzückt.

«Möchtet Ihr eine Gavotte tanzen?»

«Noch nicht. Laßt mich noch ein wenig schauen . . .»

Die geräumige Taverne mit ihrem Boden aus Stampferde hatte zugleich etwas von einer Scheune und einem Keller. Unter der Decke aus gebeizten Bohlen, zwischen den hohen Fenstern waren die gekalkten Wände von den Künstlern, die hier verkehrten, mit mehr oder weniger gelungenen Malereien dekoriert worden. Tische und Bänke aus grobem Holz standen dicht gedrängt an beiden Seiten des Raums, damit Platz zum Tanzen blieb. Man durfte keine Angst vor Gedränge haben, wenn man sich bei Ramponeau hinsetzte, aber der gute Mann hatte einen Blick dafür und verstand die Schafe von den Böcken zu trennen, wenn er es für nötig hielt. Daher fürchteten Jeanne und Vincent, die geschützt in einer Ecke saßen, das Überschäumen der volkstümlichen Freude nicht. Ramponeau war es eine Ehre, ihnen ihren ersten Krug Wein und zwei Becher zu bringen:

«Hiermit, Chevalier, könnt Ihr auf die Schönheit von Mademoiselle trinken, aber es wird nicht reichen: Ihr brauchtet ein ganzes Faß, um alle ihre Reize zu feiern. Aber was sehe ich? Ihr tanzt nicht? Und dabei habe ich für Euch einen Kontertanz fiedeln lassen . . .»

«Kommt», sagte Vincent und reichte Jeanne die Hand.

Jedesmal wenn ein Schritt sie zusammenbrachte, roch er sie wie man einen Blumenstrauß riecht, mit geschlossenen Augen, geöffneten Nasenlöchern, und seine Lippen suchten nach einer Strähne ihres Haars.

«Chevalier, ich habe Euch noch nicht sagen hören, daß Ihr mich genauso hübsch findet wie einst», murmelte sie schmeichelnd. «Bin ich denn weniger hübsch?»

Er schob sie von sich fort, betrachtete sie. Sie sah reizend aus in ihrem Satinkleid, einem gewagten Kleid nach englischer Mode, dessen mildes Gelb zusammen mit dem dunkleren Blond ihrer Locken und ihrem großen goldenen Blick, den Vincent nie hatte vergessen können, eine Augenweide bot. Ach, zu sagen, daß er sie so schön wie mit fünfzehn fand, war zuwenig! Er fand sie schöner, weil sie es wirklich war und weil sie seine große Sehnsucht gewesen war. Und sie war auch viel verführerischer als früher mit den weicheren Formen ihres gereiften Körpers und vor allem mit diesem feuchten Glanz erblühter Sinnlichkeit, der jetzt tief in ihren Augen lag und ihn vor Begehren verwirrte und mit Eifersucht quälte.

«Mein Gott, welch lange Prüfung, bevor Ihr Euer Urteil abgebt! Ihr macht mich zittern. Bin ich denn so häßlich geworden, daß es Euch verlegen macht?»

«Beruhigt Euch: Ihr seid heute tausendmal gefährlicher als gestern.»

«Gefährlich? Ist das ein Kompliment?»

«Ja, und Ihr wißt es gut. Je gefährlicher die Falle, um so wirksamer.»

Sie lächelte kokett: «Setzen wir uns», sagte sie, «ich möchte den Wein von La Courtille kosten.»

«Das ist ein Fehler!»

Sie nippte an dem sauren Wein und verzog das Gesicht: «Jesus! Warum trinken sie das?»

«Weil der Schoppen dreieinhalb Sous kostet.»

«Das ist kein ausreichender Grund.»

«Doch, Jeanne. Wenn man aus dem Volk ist, muß man es schon von Zeit zu Zeit vergessen. Ramponeaus Name wird beim Volk mehr geliebt als der Voltaires, und das ist gerecht: Ramponeau ist der nützlichere Menschenfreund von beiden; statt denen, die nicht lesen können, schriftliche Hoffnungen zu geben, verkauft er ihnen Vergessen, und das zu einem Preis, den sie bezahlen können.»

«Ist das Euer Ernst?»

«Aber ja. Der Wein ist das größte Bedürfnis eines Bettlers. Der *Tambour Royal* ist ein sehr notwendiger Tempel für das Volk der Vorstädte. Für den König übrigens noch notwendiger.»

«Für den König?»

«Potztausend, ja! Jeden Samstagabend und jeden Sonntag kommen seine kleinen Leute von Paris hierher und ertränken das Elend ihrer Woche. Danach, am Montag, sind sie recht willig. Wißt Ihr, daß Choiseul oft durch la Courtille fährt? Diese Spazierfahrt beruhigt ihn. Wenn er zu seinen Regierungsgeschäften zurückkehrt, kann er die Leute guten Gewissens abweisen, die ihm damit in den Ohren liegen, daß man die Reichen bezahlen lassen und die Armen entlasten muß, wenn man nicht Aufstände und die Revolution riskieren will. Hier sieht Choiseul das Volk zahm, fröhlich, gutartig; er sieht es tanzen, trinken und singen, und er fährt beruhigt wieder weg, davon überzeugt, daß die Philanthropen ihn anlügen, um die Philosophie durchzusetzen, die sie in ihren Köpfen haben.»

Jeanne warf einen Blick in die Runde, auf die derbe Fröhlichkeit, die in der Taverne herrschte: sie schien ohne Hintergedanken zu sein. Sie sagte ungläubig: «Glaubt Ihr wirklich, daß dieses Volk Lust hat, in Wut auszubrechen? Sieht es nicht ganz zufrieden mit seinem Los aus?»

«Ich glaube, das Volk findet es einfacher, sich mit seinem Los abzufinden, als sich die Mühe zu geben, nachzudenken oder dagegen zu rebellieren, um ein besseres zu erringen. Im Grunde befürchte ich nur eines: daß man es so weit treibt, daß ein Ausflug zu Ramponeau kein ausreichender Trost mehr für es ist. Erst gestern wurde an der Place Louis XV. die Statue des Königs morgens mit einem Faß Unrat über dem Kopf vorgefunden ...»

Während er sprach, beobachtete Jeanne ihn scharf. Noch nie hatte er so mit ihr geredet, über andere Dinge als Liebe oder Frivoles und mit einer Stimme ohne eine Spur Ironie. Sie fragte: «Woher kommt es, Chevalier, daß Ihr, der Ihr den Prunk so liebt, Euch so gut in die Seele der armen Leute hineinversetzen zu können scheint?»

Er lächelte in die Ferne: «Ich verbringe mein Leben mit den Armen, Jeanne. Ich lebe auf engstem Raum mit den Ärmsten der Armen zusammen. Ein Matrose besitzt nur das, was in seine Mütze hineingeht. Er ist so sehr daran gewöhnt, nichts zu haben, daß er von dem, was man ihm gibt, nichts zu behalten vermag. Was glaubt Ihr, was er mit seinem Sold tut, wenn er in einem Hafen einläuft? Er kauft sich Wein und eine Frau – Vergessen.»

«Dabei möchte ich wetten, daß Eure die am wenigsten notleidenden aller Seeleute des Königreichs sind.»

«Sagen wir, daß ich ihnen so viel zum Verschwenden gebe, wie ich kann. Das ändert nichts daran, daß sie Bettler bleiben. Die Armut ist ein hartnäckiges Gebrechen; ein großer Anteil der Beute reicht nicht aus, einen davon zu befreien.»

«Ihr liebt sie, nicht wahr?»

«Meine Männer? Ich versuche, gerecht zu sein. Sie sind nicht alle leicht zu lieben, es sind keine Chorknaben!»

«Aber sie lieben Euch?»

«Ich weiß nicht: in bin ihr Kapitän. Und ich habe nicht meine Statue auf der Brücke aufstellen lassen, damit sie ihr ihre Gefühle zeigen können, indem sie sie mit Lorbeer bekränzen oder sie in einer mondlosen Nacht mit Unrat bewerfen.»

Er machte einc Handbewegung, bei der ein süßer Duft von Orangenblüten aus seiner Spitzenmanschette aufstieg: «Aber worüber zum Teufel, laßt Ihr mich an einem Frühlingsabend vor den Toren der Stadt sprechen? Hattet Ihr Euch wirklich erträumt, daß ich Euch mit meiner beschränkten Kapitänsphilosophie unterhalte? Gehen wir lieber zu meiner Liebesphilosophie über – darüber kann ich Euch mehr sagen.»

Sie legte ihre Hand auf die Seide von Vincents Ärmel und ließ sie dort liegen: «Ich hatte mir erträumt, daß Ihr so mit mir sprächet, aufrichtig, über irgend etwas. Ich hatte mir erträumt, daß Ihr endlich zu der Frau und nicht zu dem kleinen Mädchen sprechen würdet.»

Er sah die schmale Hand an, die seinen Arm reglos liebkoste. Er bedeckte sie mit seiner großen gebräunten Hand und sagte lächelnd: «Für eine Plauderei von Herz zu Herz habt Ihr die Örtlichkeit nicht gut gewählt!»

«Gut, fahren wir?»

«Was? Schon? Warum zum Teufel habt Ihr es damals abgelehnt, mit mir in der Kutsche zu verreisen? Das tut Ihr ja am liebsten! Und wenn wir fahren, wohin . . .»

Er wurde durch das Auftauchen einer lachenden Zigeunerin unterbrochen, die das Veilchenbouquet vom Tisch nahm und es Jeanne in den Ausschnitt steckte, wobei sie dreist sagte: «Schöne Prinzessin, du hast keine guten Manieren: das Bouquet ist das Siegel des Liebhabers, man muß es am Herzen tragen.»

Vincent schnappte das Handgelenk des Mädchens und verdrehte es ein wenig. Sie stieß einen leisen Schrei aus und öffnete die Faust: Jeannes Taschentuch fiel zwischen die Zinnkrüge, ein kostbares Taschentuch aus besticktem feinem Leinen – das letzte Geschenk ihres kurzlebigen Verlobten, des Prokurators Duthillet.

«Oh!» staunte Jeanne und hob die Hand zum Busen. «Dieses Kunststück kannte ich noch nicht!» Das Mädchen versuchte vergebens, sein Handgelenk aus dem festen Griff des Edelmanns zu befreien und bettelte mit rauher Stimme: «Erbarmen, gnädiger Herr, Erbarmen! Jetzt, wo du das Taschentuch wieder hast, verschone mich, ruf nicht die Wache, verschone mich, und Gott wird dich segnen!»

«Ich rufe nicht die Wache, um meine Angelegenheiten zu regeln», sagte Vincent. «Dies ist für mich eine schöne Nacht, drum will ich dir bezahlen, was ich zurückgenommen habe.»

Er warf ihr einen Louisdor zu, den sie im Flug auffing:

«Gott wird dich segnen», wiederholte sie ernst. «Ich bete für dich. Jetzt erlaube mir, daß ich mir deinen Louis verdiene.»

Sie nahm seine Hand, hob sie an die Lippen und hielt sie fest. In Jeanne wallte Eifersucht auf, denn die Zigeunerin war jung und schön, hatte glühende schwarze Augen, ein breites, strahlendes Lächeln und eine dunkle Kupferhaut.

«Bist du die neue Wahrsagerin des *Tambour Royal*?» fragte Vincent. «Ich erinnere mich an eine alte Frau, runzlig wie ein Bratapfel, die gar nicht so übel log.»

Das war meine Großmutter. Sie ist gestorben und hat mir die Gabe vererbt.»

«Nun, wir wollen sehen.»

Jeanne zog überrascht die Augenbrauen hoch: «Glaubt Ihr etwa an die Vorhersagen ägyptischer Hexen?»

Aggressiv antwortete ihr statt Vincent die Zigeunerin: «Du kennst deinen Liebhaber ziemlich schlecht, Prinzessin! Ungläubige Hunde gibt es nur auf dem Festland. Ein Seemann glaubt mir immer!»

«Ist das wahr, Chevalier?»

«Die See macht abergläubisch», sagte er, und die Zigeunerin durchbohrte Jeanne mit einem triumphierenden Blick. «Ägypterin, versuch trotzdem, nicht nur Erfreuliches vorherzusagen. Wie heißt du?»

«Maria.»

«Also los, Maria, ich höre dir zu.»

«Du riechst nach der See», sagte sie langsam. «Du hast noch frische Meerwassertropfen an dir, und sie werden keine Zeit haben zu trocknen, bevor du dich wieder einschiffst.»

«Maria, du verdienst dir deinen Louisdor zu leicht!» sagte Vincent lachend.

«Warte. Laß mich weitersehen . . .»

«Sag mir zuerst die Gegenwart vorher, Maria. Sag mir morgen vorher. Sag mir das Ende der Nacht vorher.»

«Nein!»

«Warum nicht? Siehst du nur in der Ferne wie die alten Leute?»

«Eine Prophetin hält sich vorsichtig an die Zukunft», warf Jeanne spöttisch ein.

«Du solltest deine Prinzessin zum Schweigen bringen», murrte die Zigeunerin, «sie stört mich.»

«Prinzessin, schweigt still!» befahl Vincent scherzhaft. «Ich will etwas für mein Gold hören. Sprich, Maria. Sag mir Gutes für übermorgen, wenn du es für morgen nicht kannst.»

«Du hast einen langen blauen Weg vor dir, bevor du dort ankommst, wo du glücklich sein wirst», sagte sie. «Es ist ein beinah ganz flaches Land, mit flachen Häuschen . . . Seine Erde ist sehr schwarz und sein Himmel ganz blau, voller Vögel in allen Farben. Ich sehe auch Flüsse mit vielen, vielen Fischen! Und Pferde . . . Ich sehe Pferde, so weit das Auge reicht! Und Kühe . . . Es gibt auch Menschen . . . Weiße und Schwarze. Die Männer haben große weiße Hüte, sehr groß, man könnte meinen, ihre Hüte hätten Flügel. Und die Frauen tragen weiße Stoffe auf dem Kopf. Die Schwarzen tanzen, sie tanzen viel, sehr wild . . . Gleichzeitig singen sie. Warte», schloß sie und ließ Vincents Hand los, «warte ein bißchen, ich bin müde. Warte, ich sage nichts . . .»

Jeanne sah Vincent fragend an, und er legte einen Finger auf ihre Lippen. Maria ergriff erneut die Hand des Korsaren, drückte sie an ihre Brust, schloß die Augen und nahm ihren abgehackten Monolog wieder auf: «In jenem Land sehe ich jetzt einen Garten . . . Einen sehr schönen Garten mit so vielen Früchten, daß die Äste darunter brechen . . . Und nun sehe ich einen Fluß, einen breiten, mit blühenden Pflanzen gesäumten Fluß . . . Dort ist es, Monsieur.

Dort erwartet dich ein großes Glück. Du schließt es in die Arme und nimmst es mit dir aufs Meer. Schnell, du mußt es schnell fortbringen! Um dich herum leuchtet Feuer auf, aber nicht über dir. Dann . . . dann ist es zu fern. Ich sehe nur noch das Blau der See und sonst nichts.»

Die Zigeunerin richtete ihre schwarzen Augen wieder auf Vincent.

Sanft fragte er: «Du hast mir nicht gesagt, Maria, welches große Glück in einem Garten in Montevideo auf mich wartet.»

«Du hast jenes Land also erkannt, das ich nicht kenne?»

«Ich glaube, ich habe es erkannt. Kannst du meine Frage beantworten?»

Sie schüttelte den Kopf: «Ich werde nicht darauf antworten. Ich will dir deine Freude nicht verderben. Ein Glück, das du im voraus verzehrst, erscheint dir geringer, wenn es dann eintritt.»

«Und du willst mir auch nicht sagen, was mir vor dem großen Tag, den du mir ankündigst, zustoßen wird?»

«Wozu willst du das wissen? Nur jener Tag ist wichtig. Ich habe dir gesagt, daß dein Weg bis dahin blau sein wird. Wozu brauchst du mehr Einzelheiten. Du weißt mehr als ich über die Freuden und Leiden eines blauen Weges.»

«Schön», seufzte Vincent. «Man darf die Zunge derer, die Gott auf die Erde entsendet, nicht zwingen. Hier», fügte er hinzu und reichte ihr eine seiner Börsen, «entlohne dich nach der Größe des Glücks, das du für mich vorhersiehst.»

Sie wog die Börse und sah ihn lachend an: «Es ist die ganze Börse wert. Wenn du erst dort bist, wirst du dich ärgern, daß du knausrig warst.»

Und sie lief lachend mit der Börse davon.

«Chevalier, Ihr seid verrückt», sagte Jeanne. «Glaubt Ihr ihr?»

«Ich kann ihr nicht glauben.»

«Nein?»

«Nein. Das Glück, auf das ich warte, kann nicht in Montevideo sein. Oder habt Ihr zufällig eine Zwillingsschwester in Montevideo?»

Statt einer Antwort errötete sie und fragte: «Ihr habt Ihr nicht geglaubt, warum dann so viel Entgegenkommen und diese Börse?»

«Ich habe sie für eine Wahrsagung ihrer Großmutter bezahlt.

Allem Anschein nach hat sie deren Gabe nicht geerbt, aber sie kann ruhig meine Schulden erben.»

«Und was hatte ihre Großmutter Euch vorhergesagt?»

«Das war vor vier Jahren. Sie hatte mir angekündigt, daß ich in einem Schloß zwischen Wiesen und Feldern eine schöne blonde Liebe mit langen Haaren finden würde, daß sie sich mir entziehen, aber nach einer langen Zeit zurückkommen würde.»

«Chevalier, Ihr lügt mich an», sagte sie halblaut und zärtlich. «Aber es ist mir lieb so.»

Wieder legte sie die Hand auf Vincents seidigen Arm und ließ sie verliebt dort liegen. Er hob langsam seinen Arm und begann mit geschlossenen Lippen an dem warmen Fleisch zu nippen. Inmitten von ohrenbetäubendem Lärm erwachte Jeanne aus einem hundertjährigen köstlichen Traum, als ein angebrannt riechender Teller Wurst an ihrer Nase vorbeigetragen wurde: «Mein Gott!» rief sie aus und hielt sich die Nase zu. «Ich glaube, ich habe genug von der Atmosphäre von La Courtille gekostet! Hattet Ihr mir nicht vorgeschlagen, mir die englische Mode zu zeigen, die Ihr auf Eurem Landsitz versteckt?»

Vaugirard lag am anderen Ende von Paris – eine richtige Reise, und dies in einer dunklen Nacht. Bevor sie aus La Courtille abfuhren, überprüfte Vincent seine Pistolen.

Mit vier frischen Pferden brauchten sie im Galopp nicht viel länger als eine Stunde bis nach Vaugirard. Jeanne überschüttete Vincent mit Fragen über London und die Häfen im Orient, damit kein Schweigen zwischen ihnen eintrat und sie unwiderstehlich zu Küssen verleitete. Das Gefühl, sich im Galopp willentlich in den Rachen des Löwen zu stürzen, versetzte sie in Beklommenheit, die sie aber für alles Gold der Welt nicht gegen eine Rückkehr in die Ruhe getauscht hätte.

Jeannes Verhalten machte Vincent ratlos: er wußte nicht mehr, was er denken sollte. Während er ihre Neugier stillte, die allzu nervös war, um echt zu sein, versuchte er zu erraten, was sie von ihm erwartete – was er von ihr erhoffte. Als sie ihn gebeten hatte, sie mit zu sich nach Hause zu nehmen, hatte ihr Vertrauen ihn gerührt, und er hatte in seinem Körper unendliche Keuschheit für sie gefühlt. Nun wurde sein schlimmster Verdacht wieder wach und machte sein zärtliches Verlangen nach ihr mit bösen Gedanken zunichte. Es war doch nicht möglich, daß sie noch so kindlich war und zum Kleideranprobieren in das kleine Landhaus eines Mannes fuhr, ohne vorherzusehen, was dann kam? Und wie, warum konnte sie so nach ihren Launen über ihre Nächte verfügen? Im letzten Juni der Opernball und ein Souper bei Richelieu; und heute ließ sie sich von einer Vergnügung zur nächsten fahren, ohne sich auch nur die Mühe zu machen, sich vor irgend jemandem zu verbergen. Was tat denn der ehrenwerte Doktor Aubriot in der Zwischenzeit? Legte er eine Patience? Was sagte er, der Aubriot, wenn seine Tochter-Mätresse-Sekretärin um drei oder sechs Uhr morgens müde von einem geheimen Abenteuer zu ihm zurückkehrte?

Von Pauline de Vaux-Jailloux hatte Vincent erfahren, was aus Jeanne geworden war, nachdem sie nicht zu ihrem Rendezvous erschien. Gegen seinen Willen war seine Erbitterung darüber, sitzengelassen worden zu sein, so spürbar geblieben, daß er nie versucht hätte, seine entschwundene Schöne wiederzusehen, wäre er ihr nicht eines Abends in der Oper zufällig in Richelieus Loge begegnet. Sie dort zu sehen, hatte ihn mehr als enttäuscht, hatte ihn so brennend verwundet, daß er nicht anders gekonnt hatte, als die Schuldige zu beleidigen. Später hatte er vergeblich versucht, das widerwärtige Bild von Jeanne in Verbindung mit dem Richelieus zu vergessen – das war wirklich harmlos gewesen, verglichen damit, sie sich bei Aubriot vorzustellen! Sein Geheimauftrag – die kleinsten Ankerplätze der englischen Küste für die Racheinvasion aufzuzeichnen, von welcher der König und Choiseul seit der Demütigung durch den Vertrag von Paris träumten – hatte Vincent lange genug in England zurückgehalten; seine schmerzliche Wut hatte sich gelindert. Aber als er nach Paris zurückgekommen war und in der Belle Tisanière des Templer-Viertels abermals Jeanne wiedergefunden hatte, war die kaum verheilte Narbe wieder aufgerissen. Aber da hatte sie ihm ihre verstörten Augen dargeboten, ihre tränenerstickte Stimme, ihre bebende Hand, ihre Verwirrung, ihr Erröten, ihr mildes Lächeln, ihre Widerlegungen, ihr halbes Versprechen – er hatte ihr geglaubt. Mit fünfzehn Jahren hatte sie nicht gewollt, mit neunzehn wollte sie. Die Liebe ist unbeständig, und Frauen sind wandelbar. Aber jetzt begann er, ihr wieder nicht mehr zu glauben. Begann zu fürchten, daß er hereingelegt worden war, von einer so Gerissenen, daß man sie einfach für eine entzückende, leichtfertige Person halten konnte, selbst wenn sie drei Männer auf einmal betrog – Aubriot, Richelieu und Vincent.

«Diese breite Straße, ist das endlich die Eures Dorfes?»

Vincent, der ihr mechanisch einen griechischen Hafen beschrieb, während er an anderes dachte, fuhr auf und warf einen Blick hinaus: «Ja», sagte er, «da wären wir.»

Sie hörten Mario dem Kutscher einen Befehl zubrüllen, die Kutsche bog im rechten Winkel ab und hielt bald darauf vor dem Gatter eines umfriedeten Grundstücks. Vincent bewohnte das letzte Haus in einer kurzen, ländlichen Straße am Rand der Weinberge, unter einem mit Mühlen bestandenen Höhenrücken.

«Ich hoffe, hier wird Monsieur endlich ins Bett finden, damit ich mich ausruhen kann?» sagte der Kutscher brummend zu Mario. «Er hat aber Zeit und Meilen gebraucht, um seine Sache vorzubereiten! Ich will ja nicht prahlen, aber ich bin in seinem Alter und ohne Gold in der Tasche schneller zur Sache gekommen!»

«Schimpft nicht mehr, armer Alter, ja, diesmal könnt Ihr die Pferde ausspannen», sagte Mario. «Den Rest der Nacht verbringt Ihr im warmen Stroh. Ihr könnt sogar bis in die Puppen schlafen, wie ich das sehe. Diese Sirene versetzt uns seit vier Jahren; sie muß uns all das Elend zurückzahlen, das sie uns gekostet hat, und den Tritt in den Arsch, den ich an jenem Morgen bekommen habe, als ich ohne sie zurückgekommen bin. *Ich* habe ihr schon verziehen, allein bei ihrem Anblick, weil sie eine Schönheit ist, aber Monsieur, o je, der wird sich Zeit nehmen, ihr zu verzeihen.»

«Oh, wie hübsch, wie heiter, wie gut gefällt es mir!» rief Jeanne aus und hätte beinah in die Hände geklatscht wie ein Kind, das ein Spielwarengeschäft betritt.

Der Salon des kleinen Hauses hatte höchstens die Maße eines großen Boudoirs, aber seine Ausstattung war freundlich und raffiniert.

«Also hat mein kleines Landhaus das Glück, Euch zu gefallen?» fragte Vincent.

«Alles gefällt mir», trällerte sie und ließ ihren Umhang fallen. «Und, oh, der Teppich!»

Mit zwei energischen Bewegungen schüttelte sie ihre Schuhe aus goldenem Satin ab und grub ihre Füße in den herrlich gelb geblümten Aubusson-Teppich. Wie gut das tat! Es mußte tausend Jahre her sein, daß sie auf bloßen Strümpfen so über einen dicken Rasen aus weicher Wolle gegangen war . . . Bis zu dieser Nacht hatte sie nie empfunden, wie sehr der Teppich ihrer lieben Baronin ihren Füßen fehlte. Sie machte die Augen wieder auf, die sie geschlossen hatte, um das wiedergefundene Gefühl der Geborgenheit besser zu genießen und blickte zu Vincent auf. Er beobachtete sie mit merkwürdig unschlüssiger Miene, die sie distanziert fand: «Chevalier, warum seid Ihr plötzlich so kalt zu mir?»

«Bin ich kalt?»

«Es schien mir so.»

«Ihr habt mir das Versprechen abgenommen, daß ich Euch die Nacht nach Eurem Gutdünken lenken lasse. Ich gehorche Euch nur, meine Liebe.»

Sie näherte sich ihm ohne Hast, blieb einige Schritte vor ihm stehen und sagte verführerisch: «Chevalier, Ihr gehorcht mir zu sehr!»

Vincents Miene wurde noch ratloser, und er zeigte eine Zurückhaltung, für die Jeanne kein Verständnis hatte.

Mario erschien auf der Schwelle, die Arme bis oben mit Holzscheiten beladen.

«Kommst du endlich?» sagte Vincent. «Ich habe schon angezündet, laß es hoch und hell flackern.»

Das Feuer loderte auf, prasselnd wie in einer Schmiede.

«Ist das etwa keine gute Arbeit?» fragte Mario. «Mademoiselle, in fünf Minuten werdet Ihr Euch fühlen wie im Sommer. Und ich gehe und mache es Euch auch oben sommerlich, damit Ihr keinen Schüttelfrost bekommt.»

Vincent warf dem taktlosen Stoffel einen wütenden Blick zu, aber im gleichen Augenblick rief Jeanne ganz begeistert aus:

«O ja, ich muß mich ja noch oben umsehen: da sind die Schlafzimmer, nicht wahr? Gehen wir sie uns ansehen, ich sterbe vor Neugier!»

Sie wäre gleich losgestürzt, hätte Vincent, erbost, daß er immer mehr an dem zweifelte, was er doch glauben wollte, sie nicht am Arm zurückgehalten:

«Seht Euch zuerst das Erdgeschoß fertig an. Ihr habt das Speisezimmer noch nicht gesehen . . .»

«Wo Ihr gerade das Speisen erwähnt», mischte Mario sich ein, «unsere wackere Wärterin und Amme wird Euch eine Schüssel mit Ente, Frischkäse vom Schaf und einen Flakon alten Bordeaux bringen. Ich habe gesagt, daß es ausreicht und daß Vater Gautheron in den Federn liegen bleiben kann, daß ich die Feuer anmache.»

Gleich darauf trat Mutter Gautheron ein, gerade in dem Moment, als Jeanne ganz begeistert aus dem winzigen blau-weißen Speisezimmer kam:

«Wirklich, Chevalier, Euer Speiseboudoir ist reizend, man vergeht vor Lust, darin . . .»

Sie erblickte die große dunkle Frau und brach eingeschüchtert ab. Madame Gautheron war eine herzensgute Seele, hatte aber eine imposante Gestalt und das strenge Gesicht einer calvinistischen Stute unter ihrer steifen, gestärkten Haube. Jeanne errötete unter ihrem Blick wie eine Schülerin. Instinktiv trat sie näher zu Vincent und blieb stumm, mit glühenden Wangen neben ihm stehen.

Madame Gautheron lächelte nachsichtig wie eine Großmuttter und sagte einfach: «Wenn es so ist, Monsieur, hole ich Euch einen Topf von meinem guten Pflaumen- und Reineclaudenkonfekt und ein paar Pfefferkuchen.»

«Vielen Dank, Madame Gautheron», sagte Vincent, «aber wir sind nicht sehr hungrig.»

«Natürlich», sagte die Hausverwalterin in einem Ton, der bedeutete: «Natürlich, aber das kann noch kommen.»

Sie brachte das Konfekt, die Pfefferkuchen und eine Flasche Champagner.

«Champagner ist eine gute Idee», sagte Vincent. «Jeanne, wollt Ihr ein wenig?»

«Ja, bitte», murmelte sie kleinlaut.

Ihre nervöse Selbstsicherheit war mit einem Schlag zusammengefallen. Ihr blieb nur noch ein Kloß in der Kehle und ein leicht zitternder Körper.

«Und nun?» fragte Vincent und sah Jeanne an.

«Ja, also . . . Wolltet Ihr mir nicht englische Mode zeigen? Deswegen bin ich ja hierhergekommen, nicht wahr?»

«Wenn Ihr meint . . .»

«Aber ja!»

«Sehr gut. Es ist oben. Ich werde Euch einen Armvoll in mein Zimmer hinübertragen, Mario hat dort Feuer gemacht. Allerdings kann ich Euch keine Zofe anbieten, aber wenn Ihr freundlichst meine Dienste annehmen wollt? . . . Ich stelle mich nicht ungeschickt an in der Rolle einer Zofe», fügte er hinzu und sah ihr gerade in die Augen. «Also, kommt Ihr?»

Sie biß sich auf die Lippe und rührte sich nicht. Schließlich sagte sie: «Laßt uns hierbleiben. Ich . . . Dieser Salon entzückt mich, und es ist so gemütlich . . . Außerdem . . . Nun, es käme mir nicht sehr schicklich vor, in Eurem Zimmer Kleider anzuprobieren.»

Er brach in ein langanhaltendes, spöttisches Gelächter aus: «Schicklich!» wiederholte er höhnisch. «Meine Liebe, Ihr gebraucht Wörter, die Euch so spät einfallen, daß sie dadurch einen komischen Sinn gewinnen! Bleibt natürlich, ich bitte Euch. Ihr sterbt vor Lust, mein Zimmer zu sehen: gehen wir.»

«Nein, wahrhaftig nicht. Ich habe keine Lust, nachts um diese Zeit Kleider überzuziehen.»

«Fürwahr, es ist ein wenig spät oder ein wenig früh, um sich anzuziehen. Aber um sich auszuziehen, dafür paßt die Zeit großartig.»

Mit einer Ruhe, bei der sie nicht mißtrauisch wurde, trat er hinter sie, zog flink ihr Musselin-Fichu weg und hob die Hand an den obersten Haken der Corsage.

Wutentbrannt drehte sie sich um, riß ihm ihr Busentuch aus der Hand und sagte mit veränderter Stimme: «Nach der höflichen Kälte die plumpe Ungeniertheit? Ist das Korsarenart, seine weiblichen Gäste so zu behandeln?»

«Meine Liebe, Ihr seid kein leicht zufriedenzustellender Gast», seufzte er sorglos. «Zuviel Gehorsam mißfällt Euch, Ungehorsam schockiert Euch . . . Wenn Ihr nicht wollt, daß ich anfange zu gähnen und auf unsere nächste Reisestation zu warten, sagt mir doch ganz einfach, was Ihr bei dieser Station hier von mir erwartet. Bei meiner Ehre, ich stehe Euren Befehlen zur Verfügung – ich habe es Euch versprochen.»

Da sie nur mit dem Blick eines wehrlosen Rehs antwortete, trat er zu ihr, nahm ihre beiden Hände und blickte ihr tief in die Augen:

«Jeanne, warum seid Ihr hierhergekommen und habt Euch mir ausgeliefert?»

«Aber ich dachte, daß . . . Bei Ramponeau war es so laut. Es war nicht halb so amüsant, wie ich geglaubt hatte, man konnte sich kaum verständigen, und . . . Wohin? Ich hatte das Gefühl, daß es zu früh sei, sich zu trennen. Ich wollte . . . Ich wollte, daß wir noch ein wenig miteinander sprechen, in guter Freundschaft, an einem stillen Ort, und . . . Vielleicht hatte ich auch Lust, Euer Haus kennenzulernen – ich liebe nämlich das Land im März, ja, wißt Ihr, ich liebe es, aus der Stadt hinauszufahren in die Felder, die Weinberge, die Wälder mit den Hasen und Vögeln, den . . .»

«Den Nachtvögeln!»

«Ihr macht Euch gern lustig, Chevalier, aber ich lasse mich davon nicht mehr täuschen. Ich weiß, daß Ihr fühlt, was ich Euch zu sagen versuche, und zwar, was will ich Euch sagen? Mein Gott, es ist ganz einfach: daß ich wollte, daß . . . Nun, wir mußten doch noch ein wenig zusammenbleiben? Allein? Um . . . weil wir . . . wir müssen miteinander sprechen. Nicht wahr?»

Sie stammelte, ohne ihn je anzusehen, mit wachsender Nervosität, lief fieberhaft zwischen dem Kamin und dem Kanapee hin und her, ihr unglückseliges Busentuch in den Händen windend. Regungslos und stumm beobachtete er sie scharf. Noch nie hatte er sie so gesehen oder sie sich so vorgestellt: erregt, geschwätzig, unfähig, sich zu beherrschen. Sie erinnerte ihn an ein Schiff, das in einem Sturm den Mast verloren hat. Er versuchte nicht, ihre abgehackten Sätze zu verstehen, deren Sinn einzig in ihrem Rhythmus lag. Er wartete auf den Augenblick, in dem sie weinend zusammenbrechen würde und er sie tröstend in die Arme nehmen könnte.

Das Feuer bewahrte Jeanne davor, vollständig die Nerven zu verlieren: ein Stoß verkohlter Holzscheite fiel plötzlich mit einer Funkengarbe in sich zusammen. Ein Strahl rotglühender Sternchen traf Vincent, der sich rasch seinen Rock vom Leib riß, ihn ausschüttelte und ihn über einen Sessel warf, bevor er das glühende Holz wieder auf die Feuerstelle schob. Dann nahm er ein Kissen und kniete sich fluchend darauf, um einen neuen Haufen Holzscheite im Kamin aufzurichten.

Jeannes Monolog war jäh abgebrochen. Fasziniert sah sie auf Vincents Arme. Er trug eine sehr merkwürdige Weste ohne Ärmel.

Die langen, braunen und harten Muskeln seines Arms schimmerten durch die feine Baumwolle des Hemds, und sie verspürte glühendes Verlangen, seine Haut zu berühren. Sie ging zu ihm wie eine Traumwandlerin . . . Er drehte sich auf einem Knie um, hob das Gesicht, und sie legte ihre Hände auf seine Perücke:

«Ihr habt mir mein Fichu weggenommen, laßt mich Euch dafür das wegnehmen: ich werde ganz vorsichtig sein», bat sie mit bebender Zärtlichkeit.

«Macht es so!» sagte er, riß seine Perücke herunter und warf sie weit weg. «So werfe ich sie bei der kleinsten großen Gelegenheit über Bord!»

Sie wühlte beide Hände in die schwarzglänzende Lockenpracht, streichelte die seidigen warmen Strähnen, zog sie lang und rollte sie wieder um ihre Finger.

Langsam richtete er sich auf und nahm sie in die Arme. Ihr Kuß endete erst, als ihnen der Atem ausging, und anschließend blieben sie umschlungen, aneinander geschmiegt stehen.

«Komm!» sagte Vincent schließlich.

Grün, Gold, Rot zog an ihren Augen vorbei . . . Sie schmiegte sich in eine Wolke von feinem, mit Orangenblüten parfümierten Leinen, dessen Spitzen ihre Schultern kitzelten. Endlich sah sie, über sich gebeugt, Vincents schönes gebräuntes Gesicht wieder, der sie anlächelte und sagte: «Gib mir meine Hände zurück.»

Sie bemerkte, daß sie Vincents beide Hände festhielt und umschlang sie noch fester: «Warte», bat sie ganz leise. «Du hast mir nicht gesagt, ob du mich liebst.»

«Ich liebe dich.»

«Noch einmal . . .»

«Ich liebe dich! Ich liebe dich. Und wenn du dessen vor dem Ende der ersten Frühlingsnacht ganz sicher sein willst, so gib mir meine Hände zurück: die Morgendämmerung ist nicht mehr fern.»

«Nein! Die Sonne wird nie wieder aufgehen!» sagte sie heftig, ließ seine Hände los, warf die Arme um seinen Hals und drückte sich leidenschaftlich an ihn. «Diese Nacht darf nicht enden! Niemals! Oh, liebe mich, mein Ritter, liebe mich so sehr, daß die Welt um uns herum stehenbleibt, liebe mich so sehr, daß ich nicht mehr existiere, daß ich morgen nicht erleben muß!»

Er legte sie in die Kissen, betrachtete den hübschen, erregten Kopf, der zwischen den aufgelösten Locken von einer Seite auf die andere rollte, als wolle er seinen Gedanken, seinem all zu starken Begehren entrinnen. Sie wiederholte: «Liebe mich so sehr, daß ich vor morgen sterbe», sehr leise, in flehendem Ton. Er rief sie mit zärtlicher Stimme an:

«Jeanne ... Sieh mich an, Jeanne ... Fürchtest du nicht, daß Aubriot sich morgen schlagen will?»

«Sich schlagen? Sich schlagen!»

Mit verstörter Miene hatte sie sich auf die Ellbogen aufgestützt: «Warum denn? Wollt Ihr damit sagen: sich schlagen – mit Euch? Meinetwegen?»

«Ha! Ich habe in der Dombes nie sagen hören, daß der Doktor Aubriot ein Feigling oder ein umgänglicher Mann wäre. Aber da auch von seiner Intelligenz viel Gutes gesagt wird, vielleicht willigt er ein, daß wir uns auf eine menschlichere Art und Weise auseinandersetzen als auf einer Wiese? Schließlich ist er es, der mich bestohlen hat; ich hole mir nur zurück, was mir gehört.»

Sie blickte Vincent mit riesengroßen Augen an, in denen eine Mischung aus Betäubung und Ungläubigkeit stand: «Aber Chevalier», sagte sie, «Ihr hattet doch wohl nicht die Absicht, ihm zu sagen ... Chevalier, aber ... Monsieur Aubriot darf es nicht wissen, er darf nie etwas wissen!»

Mit geballten Fäusten, hartem Gesicht richtete er sich ruckartig auf und sagte mit schneidender Stimme: «Und Ihr, meine Teure, Ihr hattet also die Absicht, aus meinen Armen kommend zu ihm zurückzukehren?»

«Aber ich ... Ich weiß nicht. Ich dachte an nichts, an gar nichts, ich schwöre es Euch! Ich war nur glücklich. Was ist denn geschehen? Warum seid Ihr plötzlich so weit weg von mir, als liebtet Ihr mich nicht mehr? Aber Ihr liebt mich, nicht wahr? Kommt zurück, mein Geliebter, kommt zurück, nehmt mich wieder in Eure Arme, ich friere. Vincent, mein Geliebter, kommt ...»

In ihren Augen glänzten Tränen, aber sie lächelte ihm zu und streckte die Arme nach ihm aus.

Die Selbstbeherrschung des Korsaren war bei seiner Mannschaft legendär, aber ohne Zweifel brauchte er sie jetzt noch mehr als gewöhnlich, um sich nicht auf sie zu stürzen und sie mit seinem rasenden Begehren zu überwältigen. Statt dessen nahm er einen Stuhl, setzte sich neben das Bett, ergriff die fieberhaften Hände, die nach ihm verlangten, und sagte fest:

«Beruhige dich, Jeanne, ich will, daß du dich beruhigst! Und daß du mir zuhörst. Ich liebe dich, mein Liebling, aber ich werde nie dein Zeitvertreib sein.»

«Ich liebe Euch ja auch, Vincent, ich werde Euch immer lieben!»

«Bis in Aubriots Bett wahrscheinlich?» sagte er und hob die Stimme, um sie zum Schweigen zu bringen. «Ich frage mich, ob ich Euch dessen nicht für fähig halte. Aber wie dem auch sei: ich akzeptiere es nicht, Euch mit jemandem zu teilen. Ich werde dich nicht mit jemandem teilen, Jeanne. Wenn ich dich nehme, behalte ich dich und nehme dich mit. Ich will nicht heimlich, verschämt geliebt werden. Ich will, daß du mich erwählst und daß du mich jetzt erwählst oder nie. Entweder nehme ich dich, und du kommst mit mir – oder du gehst zurück zu Aubriot.»

Sie entwand ihre Hände denen Vincents: «Warum nur, Vincent, warum so viel Grausamkeit? Was habe ich getan, um sie zu verdienen? Mein Gott, ich liebe Euch so sehr, seht Ihr das denn nicht? Warum verlangt Ihr auch noch von mir, daß ich Monsieur Philibert plötzlich hasse? Ich könnte es nicht, Vincent, ich kann es nicht. Warum wollt Ihr das?»

«Ich verlange nicht von Euch, daß Ihr ihn haßt, ich verlange von Euch, daß Ihr ihn verlaßt. Einmal habt Ihr mich, zweifellos ohne mich zu hassen, seinetwegen verlassen – erinnert Ihr Euch? Diesen Streich, den Ihr mir einst gespielt habt, habe ich schlechter verkraftet, als ich gewünscht hätte. Und vor kurzem noch habt Ihr mich so sehr an Euch zweifeln lassen, daß ich selbst heute abend, vorhin, unsicher war, wenn ich Euch ansah. Gut denn, von Freibeuter zu Freibeuter: ‹Wer du auch sein magst, Jeanne, ich will dich, ich nehme dich; ich verlange von dir keinerlei Rechtfertigung der Vergangenheit, antworte mir nur für die Zukunft.› Erinnern dich diese Worte nicht an etwas?»

«Doch.»

«Als ich dir diesen Schwur in einem Jagdpavillon tief in einem Wald vorgeschlagen habe, haben deine Augen aufgeleuchtet, aber du hast dich davor gedrückt.»

«Ich war ein kleines Mädchen.»

«Bist du heute, als Frau, bereit, dich mir in der Gegenwart und für die Zukunft rückhaltlos zu schenken?»

Sie senkte den Kopf, dachte eine Weile nach und sagte mit ruhigerer Stimme: «Könnte ich ein Glas Wasser haben, bitte?»

Als er es ihr brachte, war sie vom Bett aufgestanden und saß in einem Sessel: «Chevalier», sagte sie, «ich möchte, daß Ihr mich Eurerseits anhört. Nein! Rückt näher, ganz nahe . . .»

Er drehte einen Betstuhl um und setzte sich zu ihren Füßen.

«Chevalier», fuhr sie fort, «ich liebe Euch so sehr, wie ich lieben kann. Gewiß bin ich in diesem Augenblick die verliebteste Frau im ganzen Königreich! Ich habe zu spät gemerkt, daß ich Euch liebte – das bereue ich, ohne deswegen schuldig zu sein. Jetzt, wo ich Klarheit über mich habe, weiß ich, daß ich Euch geliebt habe, seit ich Euch erblickte, aber damals war ich blind; die Jugendliebe, die ich mit mir herumtrug, schirmte mein Herz von mir selbst ab. Ich habe Euch nichts über meine Jugendliebe zu sagen, was Ihr nicht schon erraten habt, aber was Ihr wissen müßt, daß sie nicht tot ist. Sie wird nie sterben. Sie ist gleichzeitig mit mir gewachsen, sie ist mir lieb, und ich schäme mich ihrer nicht, und wenn ich sie aus mir herausreißen müßte, wäre ich dadurch für immer verstümmelt.»

Da er sprechen wollte, legte sie ihm die Finger auf die Lippen und fuhr rasch fort: «Diese Liebe nimmt Euch nichts, und Ihr nehmt ihr nichts – ist das nicht eher ein Wunder als ein Unglück? Ich liebe ihn, ich liebe Euch – müßt Ihr mir so böse sein, weil unsere Sprache nur ein Wort hat, um zwei so verschiedene Lieben zu beschreiben? Und könnt Ihr so ungerecht, so grausam sein zu verlangen, daß ich aufhöre, den zu lieben, den ich seit Anbeginn meines Lebens liebe, weil ich entdeckt habe, daß ich Euch mehr liebe als mein Leben und daß ich mir mehr wünsche, Euch zu gehören, als ich je etwas auf der Welt gewünscht habe?»

Er stand mit einer wütenden Gebärde auf, durchmaß mit großen Schritten sein Zimmer, ging schließlich auf sie zu, hob sie hoch und stellte sie hin und schleuderte ihr seinen Zorn ins Gesicht: «Seid Ihr gewissenlos, oder ist Euch eigentlich klar, was Ihr sagt? Vergeßt ein wenig Euer Herz und Eure Seele und deren Schülerinnenillusionen, denkt ein wenig an Euren Körper, meine Liebe!»

Mit beiden Händen faßte er den Rand ihres Seidendekolletés und riß es mit einem Ruck herunter.

«Nein!» schrie sie, als die Korsage so weit nachgab, daß das Unterhemd sichtbar wurde, das er oben brutal einriß:

«Ich nehme den linken», sagte er ihren Busen umfassend, «und überlasse Aubriot den rechten. Nur, meine Liebe, nicht alles ist zweifach vorhanden, und das, was einzeln ist, weigere ich mich zu teilen. Ich habe vergessen, Euch beizubringen, was dem Treueschwur einer Freibeuterbraut folgt. Der Bräutigam hält ihr seine Pistole unter die Nase und sagt: ‹Und denk immer daran!›»

Sie begann lautlos zu schluchzen und versuchte ihre Korsage in Ordnung zu bringen.

Vincent ging hinaus und kam mit einem herrlichen Kaschmirschal zurück, in den er sie einwickelte, ehe er sie gegen seinen Willen in die Arme nahm: «Weint nicht um Euer Kleid, ich werde es durch ein halbes Dutzend andere ersetzen.»

«Ich pfeife auf mein Kleid! Ich weine über Eure Härte, über Eure Weigerung zu verstehen. Oh, Vincent, Ihr liebt mich nicht mehr, Ihr liebt mich nicht . . .»

«Mein kleines Liebchen, ich habe seit langem verstanden», sagte er, ihre Haare streichelnd. «Ich habe verstanden, aber ich akzeptiere nicht. Vielleicht habe ich mich auch schlecht ausgedrückt: ich will Euch nicht hindern, den Adoptivvater, den verehrten Meister weiterzulieben, den Ihr Euch mit zehn Jahren gegeben habt; ich will Euch daran hindern, weiter mit ihm zu schlafen. Seinen wunderbaren Papa zu heiraten, ist eine unter kleinen Mädchen sehr verbreitete Versuchung, aber irgendwann kommt ein Alter, in dem die Kinderspiele aufhören müssen. Man darf nicht mehr mit seinem Papa schlafen, wenn man einen Liebhaber nimmt.»

Sie sah ihn mit entsetzten Augen an: «Ihr sagt Dinge . . . gräßliche Dinge!»

«Ich sage klar und deutlich Dinge, die für mich klarer sind als für Euch. Im übrigen müßt Ihr schon zwischen dem Land und dem Meer wählen: Aubriot und ich bewohnen nicht die gleiche Welt.»

Er sah, daß seine letzte Bemerkung sie aufgeschreckt hatte und setzte hinzu: «Ich fahre in sechs Tagen wieder ab. Jeanne, fahrt Ihr mit mir?»

«In sechs Tagen!» wiederholte sie bestürzt. «Aber Ihr kommt doch bald zurück?»

«Was macht es Euch aus? Wenn ich ohne Euch abfahre, werde ich für Euch nicht zurückkommen – niemals.»

«Bringt mich nicht zur Verzweiflung, Chevalier, ich bitte Euch. Ich will Euch ganz gehören, das schwöre ich, aber ohne Monsieur Aubriot weh zu tun. Ich möchte es ihm ganz behutsam beibringen ... Wie soll ich es in so wenigen Tagen, beinah in ein paar Stunden schaffen, ihm zu erklären ...»

«Zum Donnerwetter! Wird Monsieur Aubriot keinerlei Erklärung verlangen, wenn Ihr nachher von einer Nacht unter freiem Himmel zurückkommt?»

«Er ist mit Daubenton in Alfort. Irgendwelche Krankheiten bei Schafen und Menschen, die sie an der Veterinärschule studieren. Das trifft sich doch gut, nicht wahr?»

So ist es also, dachte er mit einem heftigen Aufwallen bitterer Wut, sie hat mir ihre Nacht nur geschenkt, weil sie es ungestraft tun konnte. Sie hatte eine freie Nacht auszufüllen, und, wahrhaftig, ein Korsar ist amüsant und nicht länger lästig, als man ihn braucht. Die kleine Dirne! Sie sind doch wirklich alle gleich. Diese jedoch ... Mit ihren Honigaugen, ihren Honighaaren, ihrer Honighaut, ihrer Honigstimme ... Schade. Ich hätte sie sehr geliebt ...

«Ich hole Euch einen Armvoll von meinen englischen Kleidern», sagte er kalt und ging zur Tür. «Es ist Zeit, daß Ihr Eure Auswahl trefft – der Tag bricht an. Was soll ich Euch heraufbringen lassen: Kaffee, Tee oder Schokolade?»

«Ich möchte nichts», sagte sie mit unendlicher Traurigkeit. «Ich will weder Kleider noch sonst etwas. Ich will nur sterben, ehe ich gänzlich begreife, daß ich aus einem Traum erwache, daß Ihr mich nicht liebt.»

«Zum Teufel noch einmal!» explodierte er. «Ihr seid es doch, die mich abweist!»

«Ich? Aber mein Geliebter, ich will nur Euch gehören, Euch, augenblicklich!»

Er ballte die Fäuste, schloß die Augen und verharrte so eine Weile, dann machte er die Augen wieder auf und sagte mit der großen Ruhe beherrschter Erregung: «Jeanne, ich glaube, ich muß zwei fixe Ideen aus Euch herausprügeln: erst mir zu gehören, dann zu einem anderen zurückzugehen. Das wird nicht gehen, Jeanne. Ihr werdet zuerst zu dem anderen gehen und dann zu mir zurückkommen müssen, mit Eurem Koffer. Ich verspreche Euch, daß ich Euch dann nicht mehr auf meine Dienste warten lassen werde.»

Sie wurde blutrot; er freute sich darüber und sprach spöttisch weiter: «Ich habe nur eine einzige fixe Idee, die einfache und dumme Idee eines verliebten Mannes: ich will kein Hahnrei sein.»

Sie zuckte freudig zusammen: «Habt Ihr wirklich ‹verliebten Mannes› gesagt?» fragte sie einschmeichelnd.

«Ich nehme es nicht zurück. Jeanne, Ihr habt sechs Tage, um meine Liebe zu wählen.»

Sie kam zu ihm, stellte sich auf die Zehenspitzen, drückte ihm einen keuschen Kuß auf die Lippen, sah ihn mit feuchten Augen an und sagte ernst: «Was es mich und einen anderen auch kosten mag, mir bleibt nichts anderes übrig, als Euch zu wählen, Vincent: ich liebe Euch zu sehr.»

Er nahm ihr Gesicht zwischen die Hände und fragte ernsthaft: «Sag mir, Jeannette, hat jemand, während wir uns verloren hatten, gewagt, dir das Meer zu zeigen, nach dem du dich so sehr sehntest?»

«Nein.»

Er seufzte erleichtert: «Gut», sagte er. «Ich hätte es dir nicht verziehen, wenn du mir auch das noch angetan hättest, dir ohne mich das Meer anzusehen.»

14. Kapitel

In die Rue du Mail zurückgekehrt, zog Jeanne ein Hauskleid über, doch ihre Brust fühlte sich darin nicht weniger beengt als in einem steifleinenen Schraubstock. Wie hatte sie sich in diese Mausefalle begeben können? In wenigen Stunden war aus ihrer süßen Sehnsucht nach Vincent ein heftiges, ein quälendes Verlangen nach ihm geworden. Aber wie konnte sie, um wieder mit ihm zusammen zu sein, zu Philibert sagen: «Ich gehe»? In Vincents Armen vergingen alle Unmöglichkeiten, aber außerhalb von Vincents Armen sah sie den Mut plötzlich bis ins Unendliche wachsen, den sie brauchen würde, um vor

Philibert diese zwei Worte auszusprechen: «Ich gehe.» Sie hatte den Eindruck, ihr Kopf werde vom Suchen nach einer Lösung für ein unlösbares Problem bersten. Ich bin einfach erschöpft, sagte sie sich. Wenn ich ein wenig geschlafen habe, kann ich weniger leidvoll nachdenken. Sie legte sich mit einer Kampferkompresse auf der Stirn hin, aber der Schlaf wollte nicht kommen. Sie stand wieder auf, legte automatisch gesammelte Pflanzen, die klassifiziert werden mußten, zurecht, aber statt sie zu ordnen, brach sie darüber in Tränen aus, weil sie sogleich dachte: Mein Gott, er braucht mich so sehr, wie könnte ich es wagen, ihn zu verlassen, und wie könnte ich den Kummer und die Gewissensbisse ertragen, daß ich ihn verlassen habe?

Als sie sich etwas gefaßt hatte, badete sie lange ihre Augen, bevor sie in die Küche ging und sich einen Kaffee kochte. Sie beschloß, ihren Sonntag in Le Patouillet bei Michel Adanson zu verbringen, um eine neuerliche Konfrontation mit ihren Gedanken um ein paar Stunden hinauszuschieben. Auf jeden Fall würde Philibert nicht vor morgen abend zurückkommen – die Umstände gewährten ihr einen Aufschub.

Jedesmal wenn Philibert sie sonntags allein ließ, eilte Jeanne nach Le Patouillet. Michel empfing sie mit offenen Armen, holte einen Kopf Salat aus seinem Garten, verfeinerte sein Gemüseragout mit Sahne und kochte einen Topf Milchkaffee. Ob Sonne, Regen oder Wind – nach dem Essen lieh Michel in der Abtei Saint-Victor eine quietschende, abgewirtschaftete Kutsche mit zerrissenen Polstern, vor die der Bruder Stallknecht jedoch vier herrliche Apfelschimmel spannte, deren ungeduldig stampfende Hufe verrieten, in welch munterem Trab sie die Klapperkiste davonziehen würden. Michel stülpte sich einen formlosen Hut auf den Kopf und stieg fröhlich auf den Vordersitz, Jeanne setzte sich neben ihn oder, je nach Wetter, ins Wageninnere, und heißa, Kutscher! fuhren sie los, Adansons ‹Ländereien› zu besichtigen – einige der Gärten, die der Naturforscher außerhalb von Paris gepachtet hatte, um die Krankheiten des Maulbeerbaumes zu studieren und fruchtbare Getreidesorten zu entwickeln, die er ‹mein Wundergetreide› nannte, riesengroße Ähren, mit deren Hilfe er den Hunger in der Welt beseitigen wollte. Michel lenkte sein Gespann meisterhaft, trällerte dazu etwas von Gluck oder erzählte, wenn er in besonders ‹senegalesischer›

Laune war, gemeine und raffinierte Bosheiten über Buffon. Sie fuhren nach Ménilmontant, Clichy-la-Garenne oder sogar bis nach Drancy oder Arnouville, manchmal noch weiter über die Straße nach Soissons in die Gegend von Roissy. Wenn Michel sah, daß Jeanne es müde war, ihm durch die Felder zu folgen und seine Bemerkungen aufzunehmen, setzte er sie wieder in die Kutsche und sie fuhren zu einer Poststation und aßen eine Suppe. Manchmal gerieten sie auf dem Rückweg in einen Dorfball, dann machten sie halt und tanzten. Jeanne hatte in Michel einen wunderbaren Tänzer entdeckt, einen geborenen Tänzer, den besten Tanzpartner, den sie je gehabt hatte. Diese schönen Sonntage brüderlicher Freundschaft mit Michel waren für Jeanne so herzliche Momente in ihrem Leben, daß die junge Frau, als sie eines Sonntagmorgens todunglücklich war, beinah instinktiv in einen Fiaker sprang und sich nach Le Patouillet fahren ließ.

Ausnahmsweise war Adanson nicht allein. Er diskutierte mit einem jungen Mann mit großen lebhaften Augen, einer langen höckerigen Nase und einem vorspringenden Kinn. Jeanne erkannte den neuen Hilfsapotheker des *Hôtel Royal des Invalides*, der oft zu Rouelles Vorlesungen kam. Monsieur Parmentier wollte unbedingt die Qualität einer Knolle mit weißlichem Fleisch verbessern lassen, deren kulinarischen Wert er entdeckt hatte, als er im Hannoverschen am Krieg teilnahm; bisher war er nur bei Adanson auf ein offenes Ohr gestoßen. Die Landwirte dagegen wollten nichts von ‹dieser Schweinerei› wissen – von einer Wurzel, die eben für die Schweine gut genug war.

«Jeannette», sagte Michel, «Ihr kommt gerade recht. Wir fahren auf mein Feld in La Pissotte, Kartoffeln pflanzen. Wenn Ihr gut arbeitet, machen wir auf dem Rückweg einen Abstecher nach Ménilmontant und tanzen da oben Gigue.»

«Habt Ihr schon einmal Kartoffelbrei gekostet, Mademoiselle?» fragte Parmentier, immer auf der Suche nach Anhängern.

«Monsieur, ich habe keine große Lust, ihn zu kosten. In meiner Heimat sagt man, daß man von Kartoffeln Lepra bekommt.»

«Da hört Ihr's», seufzte der Apotheker. «Alle Welt hält mich für einen Menschenvergifter, sogar die Belle Tisanière des Templer-Viertels!»

«Jeannette!» unterbrach Adanson streng. «Ich verbiete Euch Vorurteile zu wiederholen, bevor Ihr sie nicht überprüft habt. Überlaßt die geistige Unbeweglichkeit den Dummköpfen. Sonst werdet Ihr ein schlimmes Ende nehmen, Ihr werdet als Anachronistin enden, wie der alte Linné, mit einem in Euren Jugendirrtümern verknöcherten Gehirn.»

«Linné nimmt ein sehr gutes Ende», sagte Jeanne. «Die feinen Leute der ganzen Welt bemühen sich seinetwegen nach Upsala.»

«Auch die Ruinen des Parthenon werden besichtigt», knurrte Adanson. «Fossilien fehlt es nie an Neugierigen.»

«Der Sonntag fängt ja gut an!» sagte Jeanne und konnte nicht umhin zu lächeln. Wie gut es tat zu lächeln, festzustellen, daß man noch lächeln kann, selbst bei so großem Kummer.

«Als ich aus dem Krieg zurückkam, von dem Grauen, das ich gesehen hatte, bis in die tiefste Seele verwundet, bin ich mit der Hoffnung in den Königlichen Garten geeilt, dort in einem himmlischen Klima den Frieden wiederzufinden», sagte Parmentier. «Ich dachte: endlich wirst du fern von den Schwertträgern leben. Aber weit gefehlt! Ich bin zwischen ein wildes Völkchen von Gladiatoren geraten, die mit einer Ranunkel oder einer Akelei wie mit einem Messer zwischen den Zähnen herumlaufen!»

«Wartet die Zukunft ab, Parmentier», sagte Adanson. «Übermorgen werden die Botaniker ohne Zweifel die Friedfertigen auf Erden sein, Hüter ihrer Blumen, die nur noch in ihren Akklimatisierungsgärten umherzugehen brauchen, gelehrte Mönche die in aller Ruhe ihre Tage in Bibliotheken mit Herbarien verbringen, in denen jede Pflanze der Welt eingefangen, klassifiziert, beschrieben, benannt ist. Um diese Zeit vorzubereiten, braucht man heutzutage Botaniker mit einem Abenteuertemperament, und Abenteurer haben immer ein dickes Fell, Klauen und Zähne.»

«Tatsache ist, daß Ihr alle rücksichtslos gesund seid!» pflichtete Parmentier bei. «Das habe ich noch neulich vormittags zu Aubriot gesagt, und daß er gar nicht anders könne, als seinen Husten rasch auszukurieren, weil er Naturforscher sei und weil die heutigen Naturforscher sämtliche Krankheiten überstehen, seien sie auch noch so grauenhaft exotisch. Wie ist ihm eigentlich mein appetitanregender Sternmierenwein bekommen, Mademoiselle?» fügte er, sich an Jeanne wendend, hinzu.

Philibert hatte ihr nichts von diesem Appetitanreger gesagt. Den ganzen Winter über hatte sie ihn morgens ein wenig husten hören, aber wenn sie deswegen beunruhigt war, antwortete er immer sorglos, daß sein Husten nicht bösartig sei, daß er von seinem staubempfindlichen Rachen herrühre. Um Parmentier zu antworten, tat sie jedoch so, als wisse sie alles; auf diese Weise wollte sie etwas mehr darüber erfahren: «Monsieur Aubriot ist bei Tisch schon immer sehr genügsam gewesen», sagte sie. «Allerdings ißt er manchmal zu wenig, wenn seine Hustenanfälle ihn zu sehr angestrengt haben. Das einzige, was er dann zu sich nehmen will, ist eine Mixtur aus Milch und Immergrünabsud.»

«Eine ausgezeichnete Diät für die Lunge», sagte der Apotheker, «und noch besser, wenn es Eselsmilch ist. Aber Aubriot weiß das alles auswendig; er kennt sich in allen Absuden für die Brust bestens aus, darin ist sein Wissen unerschöpflich. Er hat mich wieder auf eine sehr gute Mischung aus Huflattichblättern – *Tussilago vulgaris* –, Schwefelblüten und ein paar Körnchen Bernstein gebracht, die Schwindsüchtigen große Erleichterung verschafft.»

Das Wort ‹Schwindsüchtige› ließ Jeanne erschauern. Sie hörte dem Gespräch nicht mehr zu und suchte sich an den Klang von Philiberts trockenem, selten auftretendem Husten zu erinnern. Aber gleichzeitig sah sie den schlanken und muskulösen Mann vor sich, immer stürmisch und mitunter sogar gewaltsam, unermüdlich bei der Arbeit, unermüdlich in der Liebe, voller Pläne für hundert Lebensjahre. Nein, dachte sie, das ist ausgeschlossen. Ein Schwindsüchtiger ist ein bleicher, immer erschöpfter Mensch, den die geringste Anstrengung abschreckt und der sich vor jedem Luftzug in Sicherheit bringt. Ich habe heute wirklich die Begabung, mir selbst Kummer zu bereiten! Philibert hat einen empfindlichen Hals, das ist alles! Ich werde Klatschmohnblätter aus dem Laden mitnehmen und ihm einen lindernden Aufguß machen. Dann plötzlich dachte sie: Oh, mein Gott! Ihr war eingefallen, daß sie nicht da sein würde, um ihm seine Tasse Tee zu geben, da Vincent das Ende ihres Zusammenlebens mit Philibert spätestens für den kommenden Donnerstag festgesetzt hatte.

«Michel, hättet Ihr etwas Kaffee?» hörte sie sich mit tonloser Stimme fragen.

«Vor dem Gemüse und dem Salat?» wunderte sich Adanson.

«Liebe Jeannette, ich finde Euch heute morgen merkwürdig. Und etwas blaß. Ein Gang durch die Felder wird Euch sehr guttun. Habt Ihr Eure Nacht zufällig auf einem Ball verbracht?»

Die Abenddämmerung brach herein. Adanson lächelte Jeanne an: «Müßt Ihr mich jetzt gleich verlassen, oder macht Ihr mir die Freude, noch ein Weilchen zu bleiben – und sei es nur, um von dieser guten Torte zu kosten? Meine treue Mutter Dubreuil hat von ihrem Fenster aus gesehen, daß Ihr da seid. Seht nur: sie hat sogar ausgefegt und Ordnung gemacht – was für eine Katastrophe!»

«Ich esse gern ein Stück von Ihrer Torte . . .»

«Ihr sagt das nur, um mir eine Freude zu machen: Ihr habt gar keinen Hunger. Was habt Ihr, Jeannette? Was ist los?»

«Nichts, Michel, nichts. Heute morgen hatte ich Kopfschmerzen, aber der Spaziergang hat mich kuriert.»

«Er hat Euren Kopf kuriert, aber nicht Eure Seele. Was habt Ihr, Jeannette? Wenn wir nicht den ganzen Nachmittag mit Parmentier hätten spazierengehen müssen, hättet Ihr mir schon alles erzählt.»

«Ich habe nichts zu erzählen. Eben habe ich nur ein bißchen sinniert . . . über einen Roman . . . den ich gerade lese.»

«Erzählt mir den Roman», sagte Adanson feinfühlig, ohne nach dem Titel zu fragen.

«Bah! Nur etwas ganz Gewöhnliches: die üblichen Qualen der Liebe. Michel . . . wie denkt Ihr über die Untreue?»

«Ich denke . . . daß die beständige Liebe eine schwierige Aufgabe ist!»

«Wahrscheinlich ist das der Grund, weshalb man sie gewöhnlich dem schwächeren Geschlecht zuschreibt?»

Barmherziger Gott! dachte Adanson. Sie hat erfahren, daß dieser Lüstling Aubriot sie betrügt. Das geschieht diesem Abtrünnigen so recht, daß ich, wenn ich ein schlechter Kerl wäre, versuchen würde, davon zu profitieren. Laut sagte er: «Früher einmal behielt man die Treue den tugendhaften Frauen vor. Heutzutage gibt es keine tugendhaften Frauen mehr, außer jenen, die es absichtlich sind, und dann sind sie es nicht aus Tugend, sondern zum Spaß, um sich an dem Schmerz zu weiden, nur auf Distanz, per Korrespondenz einen Liebhaber zu besitzen.»

«Ein ferner Liebhaber ist kein Liebhaber mehr.»

«O doch! die modernen Romanciers haben den Frauen ein unschätzbares Geschenk gemacht, indem sie die traurige, keusche Leidenschaft erfanden. Vor kurzem noch war die Untreue einer Frau örtlich begrenzt – zum Hahnrei wurde einer schnell. Heutzutage kann eine Frau ihren Mann jahrelang mit den Fingerspitzen, mit den Wimpernspitzen in brieflichen Ergüssen betrügen. Und für den Ehemann ist es viel schlimmer: während die erstere fröhlich war, damit man ihr ihr Laster verzieh, ist die letztere übellaunig, um sich für ihre Tugendhaftigkeit zu rächen.»

«Ihr bringt mich zum Lachen, Michel. Ihr stellt gern paradoxe Überlegungen an.»

«Euch zum Lachen zu bringen war mein Ziel.»

«Ich glaube nicht, daß die Heldin meines Romans ihren Mann auf die direkte und plumpe Art betrügen wird, die Ihr vorzuziehen scheint. Der ... ihre Versuchung ist ein Seemann.»

«Der ideale Liebhaber für eine ‹neue Héloïse›! Der Seefahrer ist der Mann, der einer etwas phantasievollen Frau das Höchstmaß an romantischer Melancholie bieten kann.»

Sie seufzte: «Ihr glaubt nicht an die Liebe, nicht wahr, Michel? Glaubt Ihr nur an die Heuchelei?»

Er betrachtete sie mit komischem Ausdruck: «Man darf die Heuchelei nicht verachten, liebe Freundin. Sie ist manchmal das einzige Mittel, mit seiner Liebschaft zu verkehren, ohne daß man den Abschied erhält.»

«Trotzdem, Michel, ist die Heuchelei nicht eine sehr leichte Moral?»

«Jeannette, die Menschen haben ihr Wohlsein immer geliebt, und zudem sind die Menschen von heute sehr beschäftigt: sie brauchen eine leichte oder gar keine Moral! Die Heuchelei ist bereits eine ziemlich raffinierte Moral. Das Lügen erfordert ständig kleine Geistes- und Gedächtnisleistungen, er erfordert wahnsinnig viel Zeit, diese Mühe macht man sich nicht für jeden.»

«Glaubt Ihr das wirklich?»

Sie sah ihn mit Augen voller Ungewißheit an. Wiederum sagte er sich, daß sie von Aubriots Verrat erfahren habe und sich durch richtig gewählte Worte über dessen Betrug hinwegtrösten lassen wolle: «Ich glaube es», sagte er fest. «Ich bin nichts weniger als ein Lebemann, und doch glaube ich, daß man meistens aus Zärtlichkeit lügt. Es ist so selten, daß man mit Leib und Seele untreu ist! Die Lüge des Untreuen zeigt die Treue seines Herzens.»

Sie wiederholte: «Glaubt Ihr das wirklich?»

«Ich glaube es. Ich glaube sogar, daß die Liebe ohne ein wenig Lügen nur Barbarei ist.»

«Ihr immer mit Euren Paradoxien», sagte sie lächelnd.

Schweigen trat ein, dann fügte sie hinzu: «Allerdings muß man lügen können . . . Sobald man darüber nachdenkt, wird einem klar, daß man zwei braucht, um gut zu lügen.»

Einmal mehr mißverstand er sie und sagte, was er glaubte, sagen zu müssen, damit sie die Augen vor Aubriots Heimlichtuerei verschloß: «Es stimmt, man muß dem oder der, die uns lieben und uns deswegen belügen, ein wenig helfen. Aber warum sollte man die Wahrheit fordern? In der Liebe lieben nur die Perversen die Wahrheit, weil sie die Grausamkeit lieben. Möge Gott die Heldin Eures Romans bei ihrer Lüge bleiben lassen, das wird besser für sie sein.»

«Ja, nicht wahr?» sagte sie mit banger Unruhe.

Ich will einen Löffel Mohnsirup einnehmen und schlafen, schlafen, schlafen! Morgen werden wir ja sehen. Selbst die Frucht des eiligsten Baumes reift nicht in einem Tag.

Trotz ihrer Müdigkeit lief sie die Treppe zwei Stufen auf einmal nehmend hinauf, warf ihren Hut auf den Sessel im Vorzimmer und erblickte sogleich den schwachen Lichtstrahl unter der Tür des Schlafzimmers . . .

Philibert war schon im Bett, lehnte in den Kissen, ein Buch in der Hand.

«Oh!» rief sie aus. «Ich bin untröstlich, daß ich nicht zum Abendessen zurück war. War es denn ein Mißverständnis, daß ich annahm, Ihr bliebet bis morgen in Alfort?»

«Du hattest richtig verstanden. Ich habe mich müde gefühlt und bin früher zurückgekommen. Warst du in Le Patouillet? . . . Sieh nicht so bestürzt drein», setzte er lächelnd hinzu, «ich habe nichts Schlimmes: irgendeine Frühjahrsgrippe. In drei oder vier Tagen ist sie wieder fort.»

«Habt Ihr etwas eingenommen, was . . .»

«Ich habe alles eingenommen, was mein Arzt mir verschrieben hat», sagte er scherzend. «Aber wenn du mir bitte vor dem Schlafengehen einen Topf Immergrüntee kochen würdest . . . Nimm drei Handvoll trockene Blätter auf zwei Pinten kochendes Wasser. Das trinke ich dann im Laufe der Nacht.»

Sie nahm ein Fläschchen, das sie auf dem Nachttisch stehen sah: «Das ist Misteltinktur, nicht wahr? Habt Ihr aus der Nase oder aus dem Hals geblutet?»

«Nein, Madame Doktor. Aber da ich weiß, daß mein Hals schnell wund wird, beuge ich vor, um eben nicht zu bluten.»

«Ich finde Eure Iris zu glänzend und Eure Wangen zu rosa. Laßt einmal sehen . . .»

Sie nahm seine Hände und drückte sie mit einem kleinen Aufschrei: «Eure Hände glühen ja!»

«Koch mir meinen Immergrüntee und geh schlafen! Wegen eines Fieberschubs bist du den Tränen nahe. Weißt du denn nicht, daß man bei der leichtesten Grippe Fieber hat?»

«Schwört Ihr mir, daß Ihr Euch nicht kränker fühlt, als Ihr behauptet?»

«Ich schwöre es! Geh mir meinen Tee machen.»

«Soll ich nicht Doktor Vacher holen?»

«Was bist du doch für ein Plagegeist!»

Sie kniete neben dem Bett nieder und bedeckte die allzu heißen Hände mit Küssen: «Ich vertraue Euren Ansichten, aber sobald Ihr krank seid, habe ich plötzlich solche Angst, daß ich am liebsten alle Kapazitäten von Paris an Euer Krankenbett holen würde!»

«Tu das nie, das ist das sicherste Mittel, mich umzubringen!»

Sie zögerte und murmelte: «Bruder Firmin hat mir gesagt, daß es in der Rue des Fosés-Montmartre einen wunderbaren neuen Heiler gibt. Ein Deutscher. Er ist nicht gefährlich, er legt die Hände auf die kranke Stelle, das ist alles. In diesem Winter hat er fünf barmherzige Brüder mit einem Schlag von ihrem Fieber geheilt!»

«Jeannette!»

Er sah sie betäubt an: «Jeannette, bring mir nie einen Heiler an. Selbst wenn ich im Sterben läge, hätte ich die Kraft aufzustehen und ihn zum Fenster hinauszuwerfen! Denk immer daran, daß ich auf die modernste Weise gesund werden oder sterben will. Koch mir meinen Immergrüntee, gieß etwas davon in einen Becher, träufele fünfzehn Tropfen Misteltinktur hinein und geh schlafen.»

«Ja, ja», sagte sie überstürzt, «verzeiht mir. Verzeiht mir, daß ich so dumm war. Ich möchte Euch eben augenblicklich, durch Zauberei, gesund machen können, weil ich mich so schuldig fühle, daß ich vorhin nicht da war, als Ihr krank nach Hause kamt. Oh, mein Gott, warum war ich nicht da?»

Sie fing an zu schluchzen und wischte sich die Wangen am Bettuch ab.

«Du bist verrückt, Jeannette», sagte er halb verärgert, halb gerührt. «Du bist manchmal übertrieben empfindsam. Meine kleine Krankheit ist deinen großen Kummer nicht wert, und deine Erregung erhöht nur mein Fieber.»

«Verzeihung, Verzeihung!» sagte sie, stand auf und entfloh, das Gesicht ins Taschentuch gesteckt, in die Küche.

Sie schlief ruhelos, von Alpträumen geschüttelt, wurde immer wieder hellwach. Dann lauschte sie oder stand auf und schlich auf Zehenspitzen hinüber, um einen langen Blick auf Philiberts Gesicht zu werfen, der endlich schlief – oder so tat. Mitten in der Nacht war der Mond plötzlich aus seinem Wolkenbett gestiegen und tauchte das Zimmer in silbrige Helligkeit, die alles verblassen ließ, sogar das fiebrige Rot auf den Wangen des Kranken. Einen Augenblick dachte sie daran, die Vorhänge zu schließen, tat es aber nicht: sie wußte, daß Philibert die Dunkelheit haßte und alle Lichter des Himmels nutzen wollte, ohne etwas davon zu verlieren. Sie legte sich wieder hin, einigermaßen beruhigt, da sie ihn so ruhig schlummernd hatte liegen sehen, und schlief ebenfalls in Mondlicht gebadet wieder ein.

Das Geräusch von Philiberts trockenem, heftigen Husten brauchte eine Weile, um durch ihren Schlaf zu dringen und sie abermals aufzuwecken. Sie sprang aus dem Bett und stürzte zu ihm. Der stoßweise Husten erschütterte den Oberkörper des in den Kissen lehnenden Kranken in schnell aufeinanderfolgenden Krämpfen und schien jegliche Luft aus seinen Lungen zu pressen, bis schließlich rosa Schaum auf seine Lippen trat.

«Mein Gott! Ihr spuckt Blut!» rief sie außer sich. «Ich hole Doktor Vacher . . .»

Trotz der Erschöpfung hielt er sie mit einer Hand fest und bedeutete ihr zu warten, bis er sprechen konnte; schließlich sagte er, leise und langsam:

«Ich weiß, was mit mir ist, Vacher kann nichts für mich tun. Es ist der Mond. Wenn ich husten muß und der Mond scheint, habe ich oft Blut gespuckt, das ist nicht schlimm. Zieh die Vorhänge zu. Bring mir Limonade, damit ich mir den Mund ausspülen kann ... Anschließend träufle bitte wieder fünfzehn Tropfen Misteltinktur in etwas Tee, und wenn ich ihn getrunken habe, gib mir einige Immergrünblätter zum Kauen. Morgen wirst du Parmentier ein Rezept bringen und ihn bitten, bei mir vorbeizukommen.»

Während sie seinen Anordnungen nachkam, sagte sie mit flehender Stimme: «Warum darf ich Monsieur Vacher nicht rufen? Er ist doch gleich nebenan, am Ende des Flurs, er ist Euer Freund und hat Euch gern. Verzeiht, daß ich darauf bestehe, aber soll ich denn, falls Eure Krankheit schlimmer wird, allein an Eurem Krankenbett bleiben und mich zu Tode ängstigen?»

Er trank in Ruhe den Becher aus, den sie ihm gereicht hatte, ließ sich wohlig seufzend Gesicht, Hals und Hände mit Essigwasser abwischen und lehnte sich in die frischen Kopfkisssen zurück, deren Bezüge sie gewechselt hatte. Erst dann antwortete er ihr: «Jeannot, diese Frage regeln wir morgen, wenn es mir besser geht. Für das, was ich habe, ist Ruhe in absoluter Stille die beste Behandlung. Geh und hol Opiumwasser aus dem Arbeitszimmer, ich werde zwei Löffel davon nehmen, und nimm du auch einen. Geh, Jeannette, ich versprech dir, daß es mir morgen bessergeht.»

Aber am nächsten Tag war es viel schlimmer. Das Fieber stieg, der Kranke glühte so sehr, daß er schubweise phantasierte und danach in halb bewußtlose Betäubung verfiel. Jeanne konnte es nicht mehr aushalten und sagte Doktor Vacher Bescheid. Vacher vermutete eine schwere Lungenentzündung mit hämorrhagischen Geschwüren. Doch da er Physiologie-Professor war, behandelte er nur gelegentlich und hielt es für besser, Doktor Bordeu hinzuzuziehen: Bordeu hatte einen guten Ruf als Arzt für Brustkrankheiten. In der Zwischenzeit hatte er nach einem Chirurgen schicken lassen, der einen Not-Aderlaß machen sollte, und trotz Jeannes schüchterner Einwände – Aubriot ließ nur Apoplektiker und starke Esser zur Ader – wurde Philibert am linken Fuß zur Ader gelassen.

Um die Wahrheit zu sagen, brachte der Aderlaß ihn wieder zur Besinnung, und zwar bei ziemlich bösartiger Laune. Eisig dankte er seinem Freund Vacher für seine Hilfe, und mit vor Wachsamkeit wie vor Fieber glühenden Augen sah er zu, wie sich der berühmte Bordeu an sein Bett setzte, um Philiberts Krankheit zu erörtern und sein Latein zu überprüfen. Nach einer guten halben Stunde gab Bordeu sein Urteil ab: sein erlauchter Kollege Aubriot litt an einem dicken, galligen Lymphtuberkel, der sich wahrscheinlich seit einiger Zeit in der Lunge befand und nun in Auflösung befindlich war – um so besser! Man mußte nur mit einer ordentlichen Purgation nachhelfen, mußte anschließend das gallige Blut durch einen oder zwei Aderlässe entfernen und den geschwächten Körper schließlich mit kleinen Portionen Hühnerbouillon und Schildkrötensuppe stärken. Aubriot dankte seinem Kollegen tausendmal, versicherte ihm, daß er sich seiner Meinung, als der gelehrteren, anschlösse, seine Vorschriften Punkt für Punkt befolgen und nicht versäumen wolle, ihm über deren heilsame Wirkung schriftlich zu berichten. Kaum aber war die Tür hinter Vacher und Bordeu zugefallen, zerriß er das Rezept, reichte Jeanne die Schnitzel und sagte zu ihr: «Komm her.»

Sie ging ohne Hast zu ihm und sagte mit sehr kleinlauter, unglücklicher Stimme: «Es ist aber doch so, daß Ihr Euch durch den von Monsieur Vacher angeordneten Aderlaß etwas erholt habt?»

«Setz dich, Jeannette, wir wollen unsere Meinungsverschiedenheiten jetzt und ein für allemal regeln. Jeannette, wenn die Medizin dieses Gebrechen, das ich in der ... im Hals habe, heilen könnte, hätte ich es schon geheilt. Aber die Medizin ist noch sehr unwissend. Die heutige Medizin ist kaum mehr als ein Beruf, in dem Ärzte und Kranke, Henker und Opfer sich in ebenso komischer Weise das Stichwort geben wie in einer Molière-Komödie. Das hat nur ein gutes Ergebnis: nämlich die Angst der einen zu beruhigen und die Eitelkeit der anderen zu kitzeln. Leider bin ich ein kranker Arzt und als solcher ungeeignet, mich von lateinischen Lauten beruhigen zu lassen, die ich nur allzu gut kenne. Daher dräng mir ihre Gegenwart nicht wieder auf. Versprichst du mir das?»

«Aber mich würde es erleichtern, die gesamte medizinische Wissenschaft für Euch um Hilfe anzurufen», sagte sie, die Augen voller Tränen.

«Sehr schön», sagte er und tätschelte ihre Wange. «Ich will dich nicht um die Hilfen der Medizin bringen. Wenn du unter meinen Leiden zu sehr leidest, ruf Tronchin herbei.»

«Ihm würdet Ihr vertrauen?»

«Allerdings! Er denkt wie ich. Daß man es der guten Natur überlassen soll, ohne ihr die Aufgabe allzu sehr zu erschweren. Komm, lächle mich an: ich werde nicht sterben. Ich will nicht sterben, Jeannette: du willst mich mit einer solchen Hartnäckigkeit unsterblich haben, daß du imstande bist, Gott zu überreden!»

Wie hätte ich ihn verlassen können? Die Verzweiflung, die über sie gekommen war, als sie gesehen hatte, daß Philibert Blut spuckte, als sie ihn hatte delirieren hören, hatte ihre Angst, Vincent zu verlieren, unwirklich gemacht. Philibert wiederaufleben zu sehen, war ihr dringlichster Gedanke geworden. Hatte er nicht gesagt, daß er nicht sterben könne, weil er sich durch Jeannes Liebe so sehr an die Erde gebunden fühle? Zwar lag in seiner Bemerkung etwas Scherzhaftes, aber sie verspürte in ihrem Herzen auch die ganze Wahrheit, die darin lag: Philibert konnte nicht sterben, weil Jeanne sich seinen Tod nicht vorstellen konnte. Konnte ein Schutzengel einen etwa im Stich lassen? Obwohl ebenso nur mit halbem Herzen gläubig wie ihr Jahrhundert, überzeugte sie sich schnell davon, daß Gott oder ‹etwas› im Himmel Philibert genau im richtigen Augenblick krank gemacht hatte, um ihr, Jeanne, ihre Torheit klarzumachen und ihr zu zeigen, daß nur ein einziger Mann wirklich wichtig für sie war. Daß ihre Neigung zu dem schönen Korsaren der Traum einer Frühlingsnacht, eine Verirrung des Körpers gewesen war, so zerbrechlich wie eine Seifenblase. Am Dienstag schickte sie Banban mit einem Brief an den Chevalier ins Palais de Boufflers, in dem sie ihn von Aubriots schwerer Krankheit in Kenntnis setzte, deretwegen sie bei ihm bleiben müsse. Sie fügte hinzu, daß sie, wenn es nicht schlimmer würde, am nächsten Tag um Schlag fünf Uhr nach La Tisanière käme und glücklich wäre, ihn dort zu sehen.

Vincent kam am nächsten Tag nicht in den Laden. Als Jeanne gegen Abend dort eintraf, fand sie nur einen von Mario abgegebenen Brief vor.

«Jeanne, meine Unbeständige», schrieb Vincent, «nun habt Ihr Euch also wieder weit von mir entfernt, und so schnell! Man darf Euch entschieden nicht loslassen. Trotz des Anscheins hat Aubriot den Himmel auf seiner Seite. Als Ihr fünfzehn seid, will ich Euch entführen – da verliert er seine Frau und Ihr bleibt da, um ihn zu trösten. Als Ihr neunzehn seid, will ich Euch mitnehmen – da wird er krank, und Ihr bleibt da, um ihn zu pflegen. Was kann ich gegen die Beschlüsse des Himmels ausrichten? Ich weiß bereits, daß Ihr nicht mit mir kommen werdet. Jeanne, ich glaube, daß Ihr Euch im Schicksal irrt. Aber vielleicht glaube ich es nur, weil ich wünschte, Euer Schicksal zu sein?

Ich reise am Freitag um fünf Uhr morgens von Paris nach Calais. Am Donnerstagabend schicke ich Euch Mario – wo Ihr auch sein mögt, er wird Euch finden, um Eure letzte Botschaft zu empfangen. Kommt, Jeanne, kommt, weil ich Euch liebe, und weil Ihr mich liebt. Und wenn Euch das nicht genügt, werde ich Euch heiraten. Aber bei meinem Kreuz, ich werde Euch nicht ein zweites Mal wiederholen, was ich eben geschrieben habe. Vincent.»

«Mademoiselle, was ist? Ist Euch übel?» rief Lucette und eilte herbei, um ihre plötzlich erbleichte Herrin, die keine Luft zu bekommen schien, auf einen Stuhl zu setzen.

«Gebt mir ein wenig Melisse . . .»

«Ihr wacht aber auch zuviel», sagte Lucette, während sie den Melissentrank bereitete. «Laßt mich Euch heute nacht bei Monsieur Aubriot ablösen, es geht ihm ja besser. So könntet Ihr Euch ausruhen. Oder Einkäufe machen, falls Ihr etwas Dringendes zu erledigen habt», schloß sie, einen Blick auf den Brief werfend.

«Danke, meine gute Lucette, aber ich habe nichts Dringenderes zu tun, als Monsieur Aubriot zu pflegen», brachte Jeanne in festerem Ton heraus.

Eine Stunde später, als sie den Laden verließ, kam Lucette auf ihr Angebot zurück: «Wollt Ihr wirklich nicht, daß ich Euch heute nacht helfe? . . . Nein? Gut. Es hätte mir nichts ausgemacht. Und sagt, soll Banban nicht eine Antwort ins Palais de Boufflers tragen? Eine Antwort auf den Brief?»

«Nein, Lucette. Mario . . . Ritter Vincents Diener, wird sie morgen abend selbst abholen kommen.»

Lucette warf ihr einen solchen Blick zu, daß sie lebhaft hinzufügte:

«Es geht um meine exotischen Pflanzen. Aber ich fürchte, daß es mir schwer fällt, den Chevalier für die Botanik und für den kleinen Bedarf von La Tisanière zu interessieren.»

«Glaubt Ihr, Mademoiselle?» fragte Lucette etwas unverschämt.

«Ich fürchte es.»

«Und Häubchen, werden wir welche bekommen? Verlegen wir uns dann auf den Verkauf von Hauben?»

«Welche Hauben, Lucette? Wovon zum Teufel sprecht Ihr?»

«Kürzlich habt Ihr Ritter Vincent doch ein Häubchen als Modell mitgegeben, das, welches Ihr auf dem Kopf hattet?»

«Ach, das meint Ihr!» sagte Jeanne und lachte gezwungen auf. «Das war ein . . . ja, das war ein Modell, aber für seine gute Freundin auf dem Land, die ihre Häubchen bei Lacaille bestellt wie ich.»

Sie heiraten!

Vincent wollte sie heiraten! Verlor er den Verstand? «Und wenn Euch das nicht genügt, werde ich Euch heiraten.» Diese Worte erschienen Ihr so verrückt, so unmöglich aus der Feder eines Malteserritters, daß sie dauernd daran zweifelte, sie gelesen zu haben und den Brief des Ritters aus ihrem Ausschnitt hervorzog, ihn entfaltete, sich bezwang, gleich beim Schluß anzufangen, ihn wieder vom Beginn an las, ohne eine Silbe auszulassen, schließlich auf den unglaublichen Satz stieß und ihn lange ansah, ehe sie geblendet die Augen schloß, als häte sie in die Sonne geschaut. Vincent war nur Gnadenritter, er hatte kein Gelübde abgelegt, das wußte Jeanne. Aber sie wußte auch, daß es für einen geweihten Ritter leichter war, sich von seinem Gelübde entbinden zu lassen, um eine standesgemäße Ehe einzugehen, als für einen Gnadenritter, sich eine nichtstandesgemäße Ehe zu erlauben. Der Ritter und die Schäferin vor Gott vereint – welch märchenhafter Traum! Welche Wahnvorstellung! Trotz des im Nebenzimmer liegenden Kranken, trotz ihrer abergläubischen Angst, für jeden treulosen Gedanken bestraft zu werden, liebkoste sie die außergewöhnlichen Worte mit dem Finger, lächelte ihnen zu, küßte sie, umschloß sie mit ihren gefalteten Händen, und überließ sich einer Orgie des Glücks, heiratete zehnmal hintereinander ihren wunderbaren lockigen Ritter mit allen Einzelheiten einer romantischen Zeremonie, bis sie ihm von Angesicht zu Angesicht gegenüberstand, allein in dem rotgoldenen Zimmer des kleinen Hauses in Vaugirard . . .

Die Wange auf Vincents Brief gebettet, schlief sie ein, ihre Züge entspannten sich unter dem Anflug eines besänftigten Lächelns.

Banban schlug den Tonfall des wichtigen Männchens an, ohne das der Handel in diesen schwierigen Zeiten in die Binsen gehen würde: «Ist das für heute morgen alles, was es Lucette zu sagen gibt, Mademoiselle? Und Madelon soll ich nichts ausrichten?»

«Nein, Banban. Aber warte einen Moment im Vorzimmer: ich muß dir noch einen Brief mitgeben.»

«Einen Brief für Chevalier Vincent?»

Sie warf dem übermäßig aufgeweckten Kind einen Blick zu und antwortete nur: «Sein Diener wird ihn heute abend im Laden abholen. Warte auf ihn und übergib ihn ihm persönlich. Hast du verstanden? Ich möchte, daß du auf ihn wartest und meinen Brief eigenhändig übergibst.»

«Ich habe verstanden, Mademoiselle: es ist ein äußerst wichtiger Brief.»

«Ja», sagte Jeanne.

Das Pergamentblatt erwartete sie seit dem Vorabend auf dem Tisch ihres Zimmers, weiß und glatt und für das Schlimmste bereit – ein Leichentuch.

Alle Worte wären Hohn gewesen. Lächerlich und unaufrichtig. Es gibt keine passenden Worte, dem Mann, den man liebt adieu zu sagen, wenn er einen mit ausgebreiteten Armen erwartet. Selbst das Wort ‹Adieu› lügt, weil man nicht daran glaubt. Sie schrieb in einem Zug: «Chevalier, ich liebe Euch auf immer; am liebsten möchte ich sterben», denn das zumindest war die Wahrheit.

15. Kapitel

Es war wirklich schön, sich in einer sinnenfreudigen Abtei zu erholen, dachte Aubriot, während er unter blühenden Kirschbäumen flanierte.

Als er nach zehntägiger fieberhafter Lungenentzündung endlich bleich und abgemagert wieder aufgestanden war, hatte Tronchin sogleich von einer Rekonvaleszenz auf dem Land gesprochen, dort, wo die Luft rein und balsamisch ist, wo die Milch frisch und warm aus dem Euter kommt. Monsieur de Buffon hatte Montbard angeboten – aber das war weit entfernt. Der Abbé de Voisenon hatte Belleville angeboten – aber Madame Favarts Nachbarschaft machte den Aufenthalt dort häufig zu einer lautstarken Angelegenheit. Die Marquise de Couranges hatte ihr Landhaus in Villette angeboten – doch ihr Liebhaber hatte befürchtet, daß er dort nur anstrengende Erholung finden würde. Daher hatte er bereitwilligst das Angebot der Stiftsherren von Saint-Victor angenommen, ein geräumiges Zimmer an der Südseite des Klostergebäudes zu beziehen. Zwar lag die Abtei Saint-Victor in einem recht bevölkerten Vorort der Stadt, war aber gleichwohl ein sehr ländliches, schönes Gut.

Hatte man die Pforte an der Rue Saint-Victor durchschritten, lag die Kirche vor einem, zu ihrer Rechten das Abtspalais und zu ihrer Linken die Wirtschaftsgebäude. Dahinter erstreckten sich weit die Gärten, bis an den Holzplatz entlang der Seine. Die Alleeanlage vor dem Palais war eine majestätische Kirschpflanzung mit fünf Baumreihen, zwischen denen immer kühler Schatten herrschte und die von Vogelgesang erfüllt waren. Die Stiftsherren waren sehr stolz darauf, daß kein anderer Garten in Paris so vielen Vögeln Zuflucht bot, «vor allem im Juni», fügten sie verschmitzt hinzu; und im Juni eilten alle Leute des Viertels zum Vogelkonzert in die Kirschpflanzung, wo Tausende von Kirschen leuchteten.

Denn Saint-Victor war eine offene Abtei, offen wie eine Mühle! Böse antiklerikale Geister gingen sogar so weit zu behaupten, es sei eine ausgelassene Abtei, deren Stiftsherren sich damit beschäftigten, Ihr Glück auf Erden zu machen, da sie nicht glaubten, daß vom Himmel ein besseres zu erwarten sei. Wenn man den Nörglern zuhörte, waren diese Stiftsherren künftige Verdammte, deren Sünden bis ans Ohr des Königs zu tragen sie sich verpflichtet fühlten, in der Hoffnung, daß der Monarch das allzu lustige Kloster schließen würde. Aber er schloß es nicht, Gott sei Dank, und Aubriot sah Pater Étienne – dem Gemüsegarten-Pater – zu, wie er die Bepflanzung seiner Sommergemüsebeete mit der Heiterkeit eines Sämanns überwachte, der nicht daran zweifelt, zur Erntezeit da zu sein. Der Arzt plauderte mit Pater Étienne eine Weile über Radieschen, Kopfsalat, Kerbel und Tagetes, wandelte noch ein wenig durch die sonnigen Alleen, ging in die Bibliothek, um zu lesen und auf Jeanne zu warten, die ihn täglich am späten Vormittag auf dem Rückweg vom Königlichen Garten besuchen kam.

Die riesengroße Bibliothek mit der prächtigen Holztäfelung unterstand Abbé Pierre und Abbé Armand. Sie zumindest mußten an Gott glauben, denn sie waren nie auf ihrem Posten und überließen es ihren Besuchern, sich nach Belieben der Bücher und Manuskripte zu bedienen. Allerdings fand Aubriot in seltenen Bänden häufig eine Aufforderung, das Buch an seinen Platz zurückzustellen, und zwar in folgendem Stil: «Derjenige, der daran denkt, mich zu stehlen, wird vom Abbé Pierre vielleicht nicht gesehen, aber der Heilige Petrus sieht ihn bestimmt, und *er* öffnet oder verschließt das Tor zum Paradies!» Die Diebe ließen sich offensichtlich vom Auge der Heiligen Petrus erweichen, denn es standen noch Tausende von Büchern in Saint-Victor, ohne jene zu zählen, die die Patres in ihren Zellen aufbewahrten, weil sie nicht in jedermanns Hände gehörten. Es kam vor, daß ein Mönch, der dem Weißwein von Suresnes zu stark zugesprochen hatte, eines dieser frommen Büchlein aus der Tasche verlor und daß Aubriot es aufhob, selbst auf die Gefahr hin, seinen Appetit auf Jeannes Körper noch zu verstärken. Seine keusche Rekonvaleszenz machte ihn kribbelig, und er träumte nie von seiner Marquise, sondern nur von seiner Jeannette, und das zu bemerken, machte ihn froh; der Gedanke, daß er sich allmählich von seinem letzten Seitensprung löste, brachte ihm einen sehr angenehmen Seelenfrieden.

Er ging zum Fenster und lehnte sich hinaus. Die Luft war blaugolden, frühlingshaft prickelnd. Pater Étiennes bunte Tulpen wiegten sich in einer leichten Brise, die den ganzen Garten mit Kirschblütenblättern übersäte. Er sah Jeanne am Ende der großen Allee auftauchen: sie mußte vom Königlichen Garten her den Weg über den Holzplatz und die Seinequais genommen haben – das Wetter war so schön. Sie ging mit ihrem langen, geschmeidigen Schritt dahin, ganz schlicht gekleidet, wie er sie am liebsten hatte, in einem grün-weiß gestreiften Rock, der die Fesseln schön zur Geltung brachte, einem grünen Mieder, aufgehellt durch ein Musselinfichu und eine ziemlich kleine Haube, die oben auf der hochgekämmten Masse ihrer Haare saß. Die Tasche mit Papieren an ihrem rechten Arm pendelte im Rhythmus ihres Gangs wie ein Uhrenperpendikel auf und ab. Ihr Gesicht zeigte den verträumten, etwas traurigen

Ausdruck, den er seit seiner Krankheit oft an ihr sah. Sie langweilt sich, dachte er, und das bedeutete: Sie langweilt sich ohne mich. Mit vagem Abscheu starrte er die Tasche mit Papieren an, die auf ihn zu kam. Sollte er sie an diesem strahlenden Mittag bei herrlichstem Vogelsang wirklich neben sich an einem Pult Platz nehmen lassen, die Notizen, die sie im Garten gemacht hatte, aus der Tasche holen und sie mit ihr durchdiskutieren?

Blutrot schloß Jeanne ganz fest die Augen, um nicht denen Philiberts zu begegnen. Denn schließlich war er eindeutig im Begriff, sie auszuziehen, nachdem er sie auf sein Bett geworfen hatte. Er entkleidete sie geschickt, ohne Hast, unterbrach seine Ungeduld mit Liebkosungen und Küssen. Er hatte ihr das Mieder, die Röcke, die Strümpfe abgestreift, machte sich mit geduldigen Fingern an die Bänder ihres Hemdes, und es war klar, und zwar schon seit einer Weile, daß Philibert die feste Absicht, die höchst unschickliche Idee hatte, sie in einem Kloster bei weit geöffnetem Fenster zu lieben, an Stelle eines Aperitifs vor seinem Mittagessen! Das warf das Bild über den Haufen, das Jeanne von dem Geliebten hatte, der immer nur nachts Zeit für sie gehabt hatte, und schenkte ihr in seinen Armen ein ganz neues Gefühl der Zügellosigkeit. Sie kniff die Augenlider zusammen, damit es dunkel um sie wurde, und versuchte ihr Hemd wieder herunterzuziehen, als sie ihre Brüste unter dem Batist hervorquellen spürte:

«Oh, Philibert», stammelte sie, «die Sonne . . . die Sonne . . .»

«Was ist denn mit der Sonne? Seit wann fürchtest du die Sonne? Deine goldene Haut nimmt sie wunderbar auf», sagte er bevor seine Lippen die am leichtesten greifbare Brustwarze umschlossen.

Mit kaum hörbarer Stimme murmelte sie noch: «Aber, Philibert, wie sind . . . in einem Kloster!»

«Es ist kein strenges Kloster», sagte er zwischen zweimaligem Himbeernippen, und langsam und geschickt streift er ihr, indem er sie herumdrehte, das Hemd vom Leib wie einem Hasen das Fell.

Die Sonne machte den kaum wahrnehmbaren blonden Flaum auf ihrem Rücken sichtbar, ließ auf ihrer von der Lust noch feuchtmatten Haut einen feinen Nebel von winzigen Leuchtkäfern erglimmen. Spielerisch drehte er aus einer Strähne blonden Haars eine

Rute und kitzelte sie mit deren Spitze. Sie erschauerte und küßte sein Herz.

«Sieh mich einmal an», sagte er und wickelte sich diesmal ein ganzes Bündel Haare um die Hand.

Sie schüttelte wild den Kopf und sagte mit an Philiberts Brust vergrabener Stimme: «Ich will Euch nie wieder ansehen! Oh, Philibert! Einfach so, in der Sonne! Am hellichten Tag! Wie mit einer Kurtisane!»

Philiberts Lachen erschütterte das Zimmer, zerrte an Jeannes Nerven: sie brach in Tränen aus.

Er beschränkte sich darauf, ihren Kopf fester an seine Brust zu drücken: sie war wirklich so erregbar wie ein Aprilhimmel, man konnte das Aufsteigen ihrer Tränen genausowenig verhindern wie einen Hagelschauer. Doch da der Regen ihm ein bißchen zu lang anzuhalten schien, fragte er: «Sag mir, Jeannette, sag mir wenigstens, ob du weinst, weil ich dich als Kurtisane behandelt habe, oder weil es dir beschämend gefallen hat?»

Ihre Tränenflut schwoll noch mehr an. Sie weinte, weil ihre Seele, von einem Übel ins nächste taumelnd, voller Wunden war. Es war das erste Mal seit ihrer Nacht mit Vincent in Vaugirard, daß Philibert sie wieder nahm. Während seiner Liebesenthaltsamkeit hatte sie sich so sehr nach den verlorenen Küssen des Ritters gesehnt, hatte so viele unkeusche und göttliche Träume mit ihm erlebt, daß sie sich schließlich gefragt hatte, wie sie Philiberts Zärtlichkeiten von nun an ertragen sollte. Und nun entdeckte sie voller Scham und Erleichterung, daß ihre Angst unbegründet gewesen war. Daß ihr Körper ihrem Geliebten weiter gefügig und von fleischlicher Lust entzückt und befriedigt war. Sie fühlte sich wie ein Ungeheuer. Eine zweifach untreue Frau mit doppeltem Herzen und perversem Körper. Mußte man da nicht bis in alle Ewigkeit über sich selbst schluchzen?

«Komm, hör auf zu jammern wie ein kleiner Backfisch oder ich muß noch glauben, daß du wirklich eher vor Schmerz als vor Lust gestöhnt hast, und noch einmal anfangen, um es beim nächstenmal besser zu machen», sagte Aubriot und griff in ihre Mähne, um ihren Kopf hochzuheben.

Plötzlich befiel sie Wut auf die Macht, die er über sie hatte: «Oh, Ihr könnt ja alles mit mir machen», sagte sie, «warum auch nicht?

Ihr könnt mich auf das Bett eines Klosters werfen, mich am hellichten Tag ausziehen wie eine Kurtisane, nach Eurem Belieben mit mir umgehen, und ich habe nichts zu sagen, und ich sage ja auch nichts! Aber stellt Euch vor, daß es nicht daher kommt, daß ich noch immer Euer gehorsames und folgsames und schüchternes kleines Mädchen bin, nein, nein! Es kommt daher, daß ich eine Messalina bin, ich habe die Seele einer Messalina, das ist es!»

Diesmal mußte er so sehr lachen, daß er keine Luft mehr bekam und hustete; er gab ihr einen Kuß auf die Haare: «Wir müssen deine Entdeckung feiern», sagte er fröhlich. «Zieh dein Hemd wieder an, Messalina, wir gehen an der Place Maubert Mittagessen. Was würdest du zu einem guten gefüllten Karpfen und einem trockenen leichten Weißwein aus Mâcon sagen, Messalina?»

Den ganzen Monat, den Philibert in Saint-Victor blieb, verlebten sie eine Art Honigmond. Jeanne hatte sich sehr leicht daran gewöhnt, mittags in einem Klosterzimmer zu lieben. Danach nahm Philibert sie häufig zu einem Speisewirt in der Rue des Fossés-Saint-Bernard mit, wo er gewöhnlich aß, um der allzu fetten Tafel und dem Klatsch der Stiftsherren zu entgehen. Bei dem Speisewirt bekam man für sechsundzwanzig Sous ein sehr ordentliches Essen. Entsprechend war der Andrang, und bei Hochbetrieb gingen sie, statt zu warten, lieber weiter bis zur Place Maubert, wo Philibert ihnen bei der Witwe Lescot für vierzig Sous pro Person einen kleinen Festschmaus ausgab. Zum Essen tranken sie einen Beaujolais, den die gute Wirtin von ihrer Familie hatte, und fühlten sich plötzlich daheim, wie durch Zauberkraft in ein Wirtshaus in der Dombes versetzt. Die flache Seenlandschaft mit ihren milden, verwaschenen Farben stieg aus ihren Herzen auf, ihre Blicke suchten sich und versanken ineinander.

Wenn sie dann in La Tisanière ankam, immer verspätet und mit einem leichten Lächeln auf den Lippen, musterte Lucette sie mit ihren lachenden blauen Äuglein und sagte: «Ihr hättet nicht zu laufen brauchen, Mademoiselle, ich habe mich nicht gesorgt, so hungrig bin ich nicht. Ich weiß, wenn man einen Kranken hat, muß man sich Zeit nehmen, ihn zu trösten.» Eines Tages fügte der Schelm hinzu: «Monsieur Aubriots Rekonvaleszenz bei den geilen Stiftsherren bekommt Euch gut, Ihr gewinnt Euren alten Schwung wieder. Im vorigen Monat hattet Ihr nämlich eine komisch traurige Miene, wißt Ihr. Und wart mürrisch, wie ich Euch noch nie erlebt habe. Nichts bedeutete Euch mehr etwas, als hättet Ihr Euren Lebenssinn verloren. Es hatte Euch ganz schön mitgenommen – nicht wahr?»

Jeanne tastete nach Vincents Briefen in ihrer Rocktasche: dem liebevollen, in dem er sie heiratete; dem grausamen, in dem er sie zurückwies, der beinahe ebenso lakonisch und verzweifelt war wie Jeannes letztes Billett:

«Jeanne, meine unverbesserliche Unentschlossene, Euch zu verlieren, tut beim zweitenmal noch sehr viel weher als beim erstenmal. Aber, bei meinem Kreuz, ich werde Euch nie wieder verlieren, denn ich verzichte für immer auf Euch.»

Unter der Unterschrift waren noch zwei Zeilen gekritzelt: «Euer Banban und Mademoiselle Lacaille werden Euch in meinem Auftrag zurückgeben, was ich Euch schulde und was ich Euch bitte, mit meiner vorzüglichen Hochachtung anzunehmen.»

Als Jeanne nach Empfang dieses Billetts wieder nach La Tisanière gekommen war, hatte Lucette mit hochinteressierter Miene einen Weidenkorb aus dem Hinterzimmer gezogen: Banban und ein Kutscher des Palais de Boufflers hätten das für Mademoiselle abgegeben. Vor der herumhüpfenden Lucette und der verzückten Madelon hatte Jeanne zuerst den schönen Kaschmirschal aus dem Korb gezogen, den sie bei Vincent getragen hatte, danach ein erlesenes Sommerkleid *à l'anglaise* aus meergrüner Padua-Seide. Ein Schaubenhut aus feinem italienischem Stroh mit grünem Musselinband, ein Paar hochhackige Pantöffelchen aus grüner Rohseide, ein reizendes Bambusstöckchen, verziert mit einer Musselinschleife und einem goldgesprenkelten Knauf vervollständigten die jugendlich bezaubernde Garderobe. «Tja, Mademoiselle . . .» hatte Lucette angesetzt. Jeanne hatte sie kurz abfertigen wollen, aber die Geschwätzige hatte wenigstens doch noch sagen können, das sei «sechs Livres wert so eine Garderobe und so ein Stöckchen»! Plötzlich beunruhigt, hatte Jeanne sich gefragt, wie Philibert ihre Aufmachung als englische Prinzessin aufnehmen würde, falls sie es je wagen sollte, sie vor seinen Augen herauszuholen. Doch als sie es am Ostersonntag gewagt hatte, und mit klopfendem Herzen und dem Gefühl, ihre Untreue schreiend auf dem Körper zu tragen, ins Kloster Saint-Victor gekommen war, hatte Philibert nur gesagt: «Ach, als was hast du dich denn jetzt verkleidet? Mir scheint, dieses Kleid habe ich noch nicht gesehen. Ist es nicht ein bißchen empfindlich?» Und den Stock hatte er wohl überhaupt nicht gesehen. Lucette hatte wirklich recht: «Nicht alle Männer haben einen Kennerblick für Kleider. Drei von vieren denken nur an das, was darunter ist.»

Die Sendung von Mademoiselle Lacaille erwartete Jeanne ohne Neugier: sie dachte, der Chevalier würde ihr ihre Haube zurückschicken lassen – eine ähnliche Haube wie die, die er ihr aus Spaß weggenommen hatte.

«Da kommt ja endlich meine Haube wieder», sagte sie, als sie eines Tages einen Lehrling der Lacaille mit einem Karton in der Hand in den Laden kommen sah.

Sie gab der Kleinen zwei Sous.

«Darf ich nachsehen, Mademoiselle?» fragte Lucette sogleich.

«Wenn Ihr wollt, kleine Neugierige. Es ist nur meine Haube», sagte sie und tat so, als vertiefe sie sich wieder in ihre Abrechnung.

Sie hob erst den Kopf, als sie Lucettes Ausrufe hörte: «Oh, Mademoiselle, das hat sich aber gelohnt, ein wenig zu warten! Ich fand ja sowieso, daß die Schachtel für eine einzige Haube zu groß ist . . .»

Sie hielt ein verführerisches Hemd aus feinstem Cambrai-Batist ausgebreitet vor sich, reich mit kostbarer Chantilly-Spitze und Satinbändern geschmückt.

«Oh!» entfuhr es Jeanne atemlos.

«Und außerdem duftet es nach feinsten Orangenblüten, es sind Säckchen davon im Karton», sagte Lucette und schnupperte mit ihrem Stupsnäschen darin herum.

Jeanne starrte weiter wie betäubt auf das entehrende Hemd: «Schön», sagte sie schroff, «die Kleine von Lacaille wird sich in der Lieferung geirrt haben.»

«Euer Name steht aber auf der Schachtel», sagte Lucette unbarmherzig. «Und unten drin liegt auch Euer Häubchen – seht . . . Vielleicht hattet Ihr, ohne daß Ihr Euch daran erinnert, dem Ritter außer dem Häubchen auch ein Hemd geliehen?»

Jeanne wurde glühendrot und dachte zornig: Mir das anzutun! Bei *meiner* Weißwäschelieferantin ein Hemd zu bestellen, es in *meinen* Laden bringen zu lassen, mich hinzustellen als eine ... Oh, das ist zu viel! Sie ging erregt auf Lucette zu und wollte ihr das Wäschestück aus den Händen reißen, aber Lucette war flinker und brachte sich und das Hemd hinter dem Ladentisch in Sicherheit.

«Lucette, gebt das her!» befahl Jeanne. «Ich will diese Unverschämtheit mit eigenen Händen zerreißen!»

«Tut das nicht, Mademoiselle! Das wäre ein Verbrechen!»

«Lucette, gebt das her! Diese Sache geht allein mich an. Begreift Ihr denn nicht, welche Schmach mir mit diesem Hemd angetan wird? Was man deswegen denken könnte? Wie hat der Chevalier es wagen können, sich das herauszunehmen ... Mein Gott, verachtet er mich denn so sehr?»

Der Gedanke an Vincents Verachtung erschütterte sie, ließ ihren Zorn verfliegen; sie schlug die Hände vors Gesicht und fing an zu weinen.

Lucette faltete sorgfältig das Hemd im Karton zusammen, legte die Haube obenauf, verschloß die Schachtel, ging zu ihrer Herrin herüber und legte ihr die Arme um die Schultern: «Na, na, Mademoiselle, nun faßt Euch schnell wieder, es schlägt gleich fünf, und dann kommt die Kundschaft. Laßt Euch doch von mir trösten, ich kann nicht mitansehen, wie Ihr Euch wegen nichts und wieder nichts grämt. Der Chevalier verachtet Euch ebensowenig, wie Ihr böse auf ihn seid. Ich weiß nicht, warum er Euch ausgerechnet ein Hemd geschickt hat, es muß einen Grund dafür geben, aber für mich ist das keine Beleidigung – vor allem, wenn man den Preis bedenkt! Ihr könnt mir glauben, Mademoiselle, mit Verachtung kenne ich mich bestens aus! Die Verachtung eines Mannes, das sind Schläge und Flüche oder wenigstens ein Kind pro Jahr bei einer anständigen Frau, und bei einer unanständigen ist es Geld, und zwar so wenig wie möglich! Hebt Eure Tränen also für die Zeit auf, wenn Ihr soweit seid, und ich hoffe, daß es nie soweit kommt.»

Jeanne schneuzte sich und wischte sich die Augen: «Glaubt Ihr, Lucette, glaubt Ihr wirklich, daß der Ritter nicht wollte, daß ...? Immerhin ist es eine unglaubliche Frechheit, mir ein Hemd zu schicken! Bedenkt doch nur, Lucette, ein Hemd!»

«Kauft Ihr Eure Strumpfhalter nicht im Signe de la Croix? Die

Inhaberin könnte Euch nämlich sagen, daß Monsieur de Voltaire die verzierten Strumpfbänder für seine Nichte, Madame Denis, persönlich bestellt. Ist das etwa schicklicher?»

«Alle Welt glaubt ja auch, daß Monsieur de Voltaire mit seiner Nichte schläft!»

«Und selbst wenn man, bei allem Respekt, Mademoiselle, glauben würde, daß Ihr und der Ritter ... Das würde Euch keinen Abbruch tun, Mademoiselle, denn ein Mann wie der Chevalier Vincent ist keine Sünde. Wenn der liebe Gott gewollt hätte, daß anständige Frauen immer nein sagen, hätte er nicht solche Männer wie ihn in die Welt gesetzt. Schön, Ihr lächelt, das sehe ich gern. Auf, auf, ich muß diesen verflixten Karton vom Ladentisch nehmen. Banban wird ihn nachher zu Euch nach Hause tragen.»

«Lucette ... und wenn ich das Hemd der Lacaille zurückschicken würde?»

«Probiert es erst einmal an», sagte Lucette.

Vor dem Spiegel über dem Kamin musterte Jeanne streng ihr Gesicht. Die frische jugendliche Haut spannte sich immer noch ohne eine einzige Falte. Der Kummer hat mich nicht gezeichnet, sagte sich das neunzehnjährige Kind so ernsthaft, als habe es das wirklich befürchtet. Sie ließ ihre Haare herunter, kämmte sie mit gespreizten Fingern, strich sie glatt und legte sie wie einen Seidenschal um ihre Schulter ... «Nein, Chevalier, das könnt Ihr nicht», murmelte sie schließlich ihrem Bild zu. «Nein, mein Geliebter, Ihr werdet es nicht übers Herz bringen, Euer Wort zu halten, mich nie wiederzusehen.» Sie fand ihr Bild zu begehrenswert, um zu glauben, daß er vergessen würde, sie zu begehren. Sie ging bis in die Mitte des Zimmers zurück, um sich ganz zu sehen, zögerte nur einen Augenblick, ließ ihr Negligé fallen und schob es mit einem Fußtritt weg. Ihr nackter Körper erschien im Spiegel wie eine schlanke Statue aus bernsteinfarbenem Marmor. Sie hob die angewinkelten Arme über den Kopf und begann sich zu wiegen ... sie errötete heftig, sprang zur Seite, um dem Spiegel zu entrinnen, holte das zarte, duftende Hemd aus dem Karton, der geöffnet auf dem Tisch stand und streifte es über; knüpfte die Bänder zu, lief wieder vor den Spiegel und bewunderte sich. Der feine Duft von Orangenblüten, mit dem das Hemd getränkt war, überwältigte sie berauschend mit Vincents Gegenwart. Ein siegreiches Lächeln trat auf ihre Lippen: Mein Ritter, du hast mir doch nicht ein solches Hemd geschickt, mit deinem Geruch getränkt, um nie zurückzukommen und es mir auszuziehen?

Sie hob den über eine Sessellehne geworfenen Rock auf und holte das letzte Billett des Chevaliers aus der Tasche: seine Worte ewigen Abschieds hatten an diesem Abend nicht mehr die Macht, sie schmerzlich zu erschüttern. Sie faltete das Blatt wieder zusammen: Als du das geschrieben hast, mein schöner Ritter, hast du gelogen, dachte sie voller Gewißheit. Und selbst wenn du glaubst, die Wahrheit geschrieben zu haben, werde ich dich Lügen strafen!

16. Kapitel

Sie richtete sich wieder in ihrem Alltag ein wie vor ihrem Gefühlssturm aber mit verstärkter Lebensgier, als brächten im Galopp genommene Tage sie schneller einer vollkommenen Zukunft nahe. Lucette, die ihr manchmal riet, sich fünf Minuten auszuruhen, antwortete sie: «Ich habe in meiner Jugend zuviel geträumt, ich habe keine Zeit mehr zu verlieren!» Die Erregung bekam ihr ausgezeichnet, sowohl ihrem Teint als auch ihrer Gesundheit: sie war strahlender und bezauberte mehr denn je. Während sie ständig auf Vincents Rückkehr wartete, war sie darauf bedacht, mit raffinierter, bis in die letzte Einzelheit ausgesuchter Anmut gekleidet zu sein.

In La Tisanière herrschte übrigens die Zeit der hellen und leichten eleganten Aufmachungen. Der Frühling, schön und warm, hatte die Sommerkleider zum Vorschein gebracht, und mit ihnen brachten die Kundinnen die Fröhlichkeit großer, in der Sonne erblühter Blumen in den Laden.

Im Königlichen Garten war die Menge nicht weniger fröhlich, zudem durchmischt mit ausländischen Moden. Wie auf dem Pont Neuf sprach man hier alle Sprachen Europas, aber gelehrter und mit lateinischen Brocken. Ein erlesener Hofstaat von Herren begleitete Buffon auf seinem täglichen Spaziergang. Freilich war es bei Hitze auch eine köstliche Beschäftigung, unter den Linden zu wandeln, die Buffon fünfundzwanzig Jahre zuvor hatte pflanzen lassen; ihre Äste waren zu einem Laubengang zusammengewachsen und bildeten zu beiden Seiten der mit Buchsbaum eingefaßten Blumenrabatten zwei lange Kirchenschiffe mit kühlem grünem Licht. André Thouins Samenkörner und Stecklinge wurden geplündert, man leerte sogar seine Suppenschüssel bis zum letzten Tropfen Bouillon, denn es war in Mode gekommen, und man hörte Herzöge und Pairs sich genauso laut rühmen, einen Löffel in die Suppe des Königlichen Gärtners getaucht zu haben, als hätten sie mit dem König in den Privatgemächern getafelt. Zu diesen Plaudereien in der Morgendämmerung strömte eine mondäne Menge herbei, und der Zulauf zu Jussieus und Daubentons öffentlichen Demonstrationen war so stark, daß Daubenton, immer von unerschütterlichem Humor, sich eines Morgens wie ein Jahrmarktsscharlatan gebärdete und sein Schaf auf einem im Freien errichteten Podium sezierte, damit mehr Zuschauer sich daran ergötzen konnten.

Am 6. Mai 1766 versetzte das Blut des Marquis de Lally-Tollendal ganz Paris in einen perversen Freudenrausch. Die Richter hatten den Besiegten von Indien, nachdem sie ihm seine Verteidiger genommen hatten, unter Ausschluß der Öffentlichkeit wegen Hochverrats verurteilt, wofür sie keinerlei Beweis hatten – aber einen guten Grund! Frankreichs in Pondichéry beschmutzte Ehre mußte mit dem Blut eines Schuldigen reingewaschen werden: die öffentliche Meinung hatte zu verstehen gegeben, daß ihr eine verratene Armee lieber war als eine besiegte Armee. Auf dem Hinrichtungsplatz wurde er von Freudengeheul empfangen, und sein Kopf fiel unter dem frenetischen Beifall des teils mondänen, teils armseligen Pöbels. Die Begeisterung steigerte sich fast bis zur Raserei, als dem Scharfrichter, wie vorgesehen, die Hand ausrutschte, und er mehrmals ansetzen mußte, um Lallys dicken Hals zu durchtrennen.

Das Massaker an Lally lieferte noch einen oder zwei Abende das Gesprächsthema im *Régence*. Condorcet ereiferte sich glühend gegen «die unerträglich Barbarei des Knebels», die ganze Philosophie wütete gegen den Knebel, doch dann stritt Mademoiselle Sophie Arnould sich laut und heftig mit dem Comte de Lauraguais, der sie ein bißchen betrog; sie schickte der Comtesse die beiden Kinder, die sie vom Comte bekommen hatte, in dessen eigener Kutsche zu, und die Gesellschaft im *Régence* vergaß die schon alte Tragödie von gestern über der Komödie des Tages. Das Wetter war so schön!

Bis zur letzten Minute hatte Jeanne geglaubt, Vincent würde vor der Hinrichtung des Marquis de Lally nach Paris zurückkommen. Sie wußte, daß auch der Chevalier den General, den er in Indien bei seinen Übeltaten beobachtet hatte, für gemein, ungeschickt und hassenswert hielt, doch deshalb noch lange nicht für einen Verräter. Sie dachte, daß er mit den anderen Befürwortern einer Begnadigung nach Versailles gehen und versuchen würde, den König zu erweichen; und sie dachte dies um so zuversichtlicher, als sie von Mademoiselle Sorel erfahren hatte, daß der Korsar nur nach London gesegelt war, um von dort eine weitere Ladung Modeartikel zu holen. Aber Vincent war nicht erschienen, und erst Mitte Juni hörte Jeanne wieder von ihm – auf reizende Art und Weise.

Am Tag zuvor hatte Banban im Auftrag der Comtesse de Boufflers einen guten Tee gegen Husten geholt: ein junger österreichischer Musiker, der bei der musikalischen Soirée des Prince de Conti auftreten sollte, hustete ein wenig. Sie hatte ihm Frauenhaarsirup mitgegeben sowie ein Fläschchen Zypressenessenz, die auf Taschentuch und Kopfkissen des Hustenden geträufelt werden sollte, und hatte eine Tüte Honigpastillen hinzugefügt, als sie erfuhr, daß der Erkältete nicht größer war als Banban. Am nächsten Nachmittag betrat ein Bürger den Laden, der Mode nach aus dem Land jenseits des Rheins, in Begleitung eines hübschen kleinen Jungen von etwa zehn Jahren, der gut gekleidet, herausgeputzt und leicht gepudert war. Dieser elegante Knirps war der hustende Musiker vom Vortag, die Honigbonbons hatten ihm gut geschmeckt, und sein Vater kam, um ihm noch mehr davon zu kaufen. Verwundert über das Alter des Künstlers stellte Jeanne ihm ein paar Fragen und erfuhr, daß er Cembalo und Geige spielte, auch komponierte und von einer Reise nach England zurückkam. Der Kleine sah sie mit gespannter Aufmerksamkeit an und murmelte seinem Vater plötzlich einige Worte in seiner Sprache zu; dieser musterte nun seinerseits die Händlerin, nickte und ergriff das Wort:

«Mademoiselle, Ihr habt so große Ähnlichkeit mit einem Porträt, das wir in Dover, in der Kapitänskajüte eines französischen Schiffs gesehen haben, daß Ihr einfach das Modell für das Gemälde sein müßt.»

Sie schüttelte den Kopf: «Das kann nicht sein, man hat mich nie gemalt.»

«Dann ist es wirklich eine außergewöhnliche Ähnlichkeit», sagte der Fremde.

«Wird nicht behauptet, ein jeder habe seinen Doppelgänger? Ihr werdet meine Doppelgängerin getroffen haben. Ich gebe zu, daß ich neugierig wäre, sie anzusehen», sagte Jeanne. «Wie heißt das Schiff, auf dem ihr sie gesehen habt?»

«‹Belle Vincente›», sagte der Österreicher.

Lucette ließ eine Tüte Fichtennadelsalz fallen.

Jeanne errötete bis zur Stirn, biß sich auf die Lippe und beherrschte mühsam ihre Stimme: «Die ‹Belle Vincente› ist doch kein Postschiff, sondern ein Korsarensegler, wenn ich nicht irre. Welches Wunder hat Euch an Bord gebracht?»

«Ich habe einen Sohn, der ein kleiner Wunderknabe ist», sagte der Ausländer stolz. «Der Chevalier, der diese Fregatte befehligt, hatte ihn in einem Londoner Haus spielen hören. Er traf uns zufällig in Dover, wo wir uns nach dem Kontinent einschifften, und hat uns gebeten, an Bord seines Schiffes auf seinem eigenen Cembalo zu spielen – ein herrliches Instrument, Mademoiselle.»

«Das hat er mir als Erinnerung an ihn geschenkt und das, um mich zu beschützen», sagte das Kind in langsamem, aber korrekt ausgesprochenem Französisch.

Jeanne beugte sich hinunter, um zu bewundern, was der junge Musiker ihr mit strahlendem Lächeln zeigte: eine niedliche Taschenuhr aus Gold mit einem eingravierten Blumenbouquet aus Rubin-, Saphir- und Diamantsplittern sowie ein winzig kleines Malteserkreuz aus Email und Silber.

«Das ist wunderschön», sagte sie und streichelte ihm die Wange.

«Er hat mir auch viele Süßigkeiten geschenkt», sagte der Kleine.

«Und . . . jenes Porträt?» fragte Jeanne den Vater. «Der Kapitän der ‹Belle Vincente› hatte also jenes Porträt . . . das mir ähnlich sieht . . . in seinem Zimmer?»

«Ja, Mademoiselle. Ein sehr schönes Ölgemälde. In den Farben so anziehend, daß mein Sohn nicht umhin konnte, ihm zuzulächeln, und ich seinem Besitzer ein Kompliment gemacht habe. Ihr . . . Eure Doppelgängerin ist als Göttin Pomona dargestellt.»

«Hat man Euch gesagt, wer es gemalt hat?»

«Monsieur Vanloo.»

«Vanloo . . .» wiederholte Jeanne verträumt.

Sie erinnerte sich sehr gut, daß Carle Vanloo an jenem Sonntag, als Madame Favart in Belleville ihre Landpartie veranstaltete, sie unentwegt angesehen hatte; sie hatte ihn sogar in sein Skizzenheft zeichnen sehen, das er stets bei sich trug. Madame Favart hatte ihr später gesagt, dem Maler habe ihr Gesicht mit seinen sonnigen Farbtönen gefallen und er wolle sie gern als eine Gartengottheit malen. Jeanne hatte bereitwillig zugesagt, aber einige Zeit danach war Carle Vanloo plötzlich gestorben, und sie hatte nie gehört, daß er vor seinem Tod aus dem Gedächtnis ein Porträt von ihr gemalt hätte. Und dennoch hatte dieser Bürger aus Salzburg mit seinem Sohn auf Vincents Schiff nun eine Pomona gesehen, die ihr ähnlich sah.

Jeanne überhäufte das schöne Wunderkind mit Pastillen, Sirup und Lavendelessenz gegen Ansteckung, küßte es und fragte es nach seinem Namen.

«Mozart», sagte er und öffnete seine Bonbontüte.

«Mozart», wiederholte Jeanne und streichelte ihm noch einmal übers Haar. «Gut, Monsieur Mozart, ich werde mich immer an Euren Besuch erinnern, und wenn Eure Musik später in der Oper gespielt wird, verspreche ich Euch, daß ich hingehe und sie mir anhöre.»

Sobald sie wieder mit Lucette allein war, die sehr beredt keinen Ton sagte, entfuhr es Jeanne gereizt: «Lucette, fangt nicht wieder an, tausend Verrücktheiten über eine Bemerkung zu spinnen, die so sonderbar ist, daß ich zweifle, sie wirklich gehört zu haben.»

«Mademoiselle, laßt mich mit Verlaub in meinem Kopf spinnen, was ich will, die Freiheit dazu hat man sogar im Gefängnis», sagte Lucette. «Ich liege Euch doch nicht in den Ohren?»

«Doch», sagte Jeanne, «ich höre Euch.»

«Nun denn, Mademoiselle, wenn Ihr mich hört, müßtet Ihr lächeln, denn ich denke gerade, daß man den Chevalier am Saint-Jean-Tag wiedersehen wird.»

«Was? Wißt Ihr das? Hat Banban Euch das gesagt?»

«Mein kleiner Finger hat es mir gesagt. Er erzählt mir, daß der Chevalier von seiner Reise zurückkommt, eigens um für die Händlerin an unserer Straßenecke einen Sainte-Jeannette-Strauß zu kaufen.»

«Ihr redet einfach so daher!» platzte Jeanne enttäuscht heraus; aber noch viel enttäuschter war sie, als sie am Tag vor Saint-Jean keinen Vincent mit einem Strauß in der Hand in ihren Laden kommen sah.

Für die Blumenhändlerinnen war Jean der beste Heilige des Kalenders, nicht nur, weil es viele Jeannes mit Blumen zu beglücken gab, sondern auch weil ein Volk, das sich auf ein Fest vorbereitet, leichter Geld aus der Tasche holt.

Jeanne hatte bereits mehrere Sträuße bekommen, von Philibert, von ihren Ladenmamsells und ihren Freunden, als ein Lakai in der Livree des Hauses Richelieu La Tisanière betrat, um im Auftrag des Marschalls einen originellen Früchtekorb abzugeben: einen umgedrehten breiten Gärtnerinnenhut mit Bändern, der auf einer Schicht von Blättern mit prachtvollen Kirschen und Erdbeeren gefüllt war.

Sie betrachtete das Geschenk voller Verwunderung: seit vielen Monaten hatte sie den Marschall weder wiedergesehen noch etwas von ihm erhalten. Die Marquise rühmte zwar weiterhin jedesmal, wenn sie Jeanne sah, seine Vorzüge, aber diese hielt ihre Bemerkungen für das Gefasel einer wehmütigen alten Mätresse. Von der Marquise hatte sie erfahren, daß der Herzog von Bordeaux nach Versailles zurückgekehrt war und im Januar für ein Jahr die Rolle als Erster Kammerjunker hatte übernehmen müssen. Zwei Monate lang hatte er den König nicht verlassen können, der über den Tod des Thronfolgers vor Gram gebeugt war. Als er sich etwas vom Dienst hatte freimachen wollen, um Jeanne wiederzusehen, war er an einem üblen Ausschlag erkrankt und konnte sich nicht sehen lassen, bat seine Nachtigall, sein Herz, seine Süße, seine Zauberin aber oft, immer durch Madame de Mauconseils Mund, ihn nicht zu vergessen. Jeanne hatte sich dieses Geschwätz nur mit halbem Ohr angehört. Nun erinnerte sie der mit Früchten gefüllte Hut an die Beständigkeit der Seufzer des Marschalls und bereitete ihr daher nicht allzuviel Freude; und die Unterhaltung, die sie eine Stunde später mit Madame Favart hatte, beunruhigte sie und verdarb ihr ihren Namenstag.

«Jeanne, habt Ihr das Geschenk des Duc de Richelieu bekommen?» fragte Justine geradeheraus, als sie La Tisanière betrat.

«Seht es Euch an», sagte Jeanne und führte sie ins Hinterzimmer. «Wie findet Ihr es?»

«Lästig. Sonst nichts. Ich habe keine Angst vor dem Herzog.»

«Das ist ein Fehler. Er will Euch wirklich, und zwar im guten oder im bösen.»

«Pah! Was für ein Märchen! Wir leben nicht mehr unter Louis XIV., heutzutage entführt man eine widerspenstige Ladenbesitzerin nicht mehr.»

«Nein, aber man kann sie einsperren lassen. Wenn sie die Gitterstäbe ihres Klosters leid ist, stimmt sie allem zu, um herauszukommen.»

«Justine, Ihr lest zu viele alte Romane. Es gibt in Frankreich einen Polizeileutnant, es gibt Richter und einen König. Man braucht Gründe, um Leute einzusperren.»

«Sartine wird mehr Gründe finden, als er braucht. Verzeiht mir, Jeanne, aber Ihr lebt wie eine Ehefrau mit Monsieur Aubriot zusammen und seid nicht verheiratet.»

«Ich habe weder einen Ehemann noch einen Vater, die sich darüber bei Sartine beklagen könnten», sagte Jeanne schroff.

«Eure Nachbarn würden genügen. Sittenlosigkeit ist in Frankreich Anlaß zu Skandalen und strafbar. Mit ein bißchen Gold finden sich Zeugen für Eure Verdorbenheit, und der Herzog hat viel Gold.»

Jeanne sah Justine wie betäubt an: «Das wird er nicht tun.»

«Leider doch, Jeanne. Der Herzog sieht Euren Widerstand voraus und hat sich darüber mit der Marquise verständigt. Er ist versessen darauf, Euch zu bekommen, ganz gleichgültig wie.»

«Für einen versessenen Schmachtenden finde ich ihn recht geduldig!» sagte Jeanne ironisch. «Ach geht, das alles ist bloße Komödie. Es sind Monate vergangen, seit der Herzog . . .»

«Gerade deshalb ist er so versessen. Wartet ab, bis man ihm seinen letzten Verband abnimmt, und Ihr werdet ihn über Euch herfallen sehen.»

«Ein Verband hält einen blindwütigen Verliebten nicht davon

ab, zu kommen und einem den Hof zu machen», sagte Jeanne eigensinnig.

Justine verzog das Gesicht: «Meine Liebe, der Herzog lebt seit Monaten mit zwei Schnitzeln auf den Backen und zwei Schnitzeln auf dem Hintern. Doktor Pomme behandelt ihn mit rohem Kalbfleisch, das er ständig unter fest anliegenden Tüchern auf der Haut haben muß. Sagt selbst, ob man sich so gut gerüstet fühlt, vor seiner Schönen den Gecken zu machen? Das einzige, was ihm noch fehlt, ist Petersilie in den Nasenlöchern!»

Jeanne bog sich vor Lachen.

«Ich bin herzlos», sagte sie. «Geht es dem armen Herzog denn wenigstens besser?»

«Für Euch geht es ihm zu gut. In ein paar Tagen wird er sich mit gepudertem Gesicht zeigen können. Er hat die Absicht, Euch in die Oper oder in die Comédie-Française zu bitten – nach Eurem Belieben. Wie werdet Ihr entscheiden, Jeanne?»

«Dem Herzog im freundlichsten Ton der Welt zu sagen, daß ich so dumm bin, auf ihn zu verzichten.»

«Das wird Euch schlecht bekommen, Jeanne, und Monsieur Aubriot ebenfalls.»

«Wir werden sehen. Warum eigentlich hat nicht Madame de Mauconseil es übernommen, die Liebesgrüße und Drohungen des Herzogs zu übermitteln?»

«Weil sie . . .» begann Justine mit einiger Verlegenheit, «weil sie es lieber mir überlassen wollte, Euch daran zu erinnern, daß . . . daß sie viel Geld aufgewandt hat, um Euch auszuführen und Euch von seiten des Herzogs kleine Geschenke zu überreichen. Wenn der Herzog Euch darüber befragt, über die galanten Aufmerksamkeiten, die er Euch durch Madame de Mauconseil hat zukommen lassen . . .»

«Oh, schon gut. Sagt der Marquise, daß ich dem Herzog für alle seine Aufmerksamkeiten danken werde. Ich hoffe allerdings, daß ich ihn nicht ein Vermögen gekostet habe, das seine Ansprüche auf mich rechtfertigen würde? Oder habe ich vielleicht ein Stadtpalais?»

«Der Herzog traut den Frauen nicht so sehr, daß er sich in derartige Unkosten stürzt, bevor er sich verlustiert hat», sagte Justine lachend.

«Das beruhigt mich.»

«Jeanne», sagte Justine noch, «hütet Euch vor Eurer Offenheit, seid listig. Verlaßt Euch auf meine Erfahrung, Ihr wißt ja, daß ich einmal versucht habe, mich gegen einen Marschall von Frankreich aufzulehnen.»

«Welchen Vorwand hat man eigentlich benutzt, meine liebe arme Freundin, um Euch einzusperren?»

«Den einfachsten, den ich Euch auch für Euch vorhergesagt habe. Ich wurde angeklagt, gegen das Neunte Gebot zu sündigen. Bei mir stimmte das nicht einmal, ich war mit Favart verheiratet, aber anscheinend fand sich in der Pfarrei von Saint-Pierre-aux-Boeufs keine Spur mehr von dieser Eheschließung.»

«Ich hätte nie nachgegeben», sagte Jeanne ungestüm. «Ich werde nie nachgeben!»

«Jeanne, hinter Klostermauern ergeht es einem nicht besonders gut. Wut und Würde werden in wenigen Monaten aufgerieben.»

«Bleibt immer noch die Gerechtigkeit!»

Justine lächelte bitter: «Einige Zeit nach meiner . . . meiner Wiederauslieferung, als ich Mätresse in Chambord war, habe ich den Grund für meine Verwahrung erfahren, er stand ganz offen in den Polizeiunterlagen.»

«Nämlich?»

«Darin stand: ‹Demoiselle Chantilly von der Comédie-Italienne – mit richtigem Namen Madame Favart – ist am heutigen Tag auf Befehl des Prinzen und Marschalls von Sachsen, den sie als Liebhaber verschmäht hat, zu den Ursulinerinnen der Grands-Andelys gebracht worden.› Der König hat sehr darüber gelacht. Der König liebte seinen Cousin von Sachsen sehr. Seinen Cousin Richelieu liebt er ebensosehr.»

Jeanne starrte Justine an, dann umfaßte sie ihren Hals und küßte sie: «Dieser verrückte Mercier hat recht», sagte sie. «Eines Tages müssen wir die Republik ausrufen.»

Am frühen Morgen, als die kleine Blumenhändlerin unter ihren Fenstern in der Rue du Mail den Saint-Jean-Tag ausgerufen und Philibert ihr den Korb hinuntergelassen hatte, um einen Bund weiße Federnelken hinaufzuziehen, hatte Jeanne sich gesagt, der Tag finge gut an. Mit Justine Favarts Besuch hatte er eine beunruhigende Wendung genommen, aber als Jeanne das Fünf-Uhr-Läuten hörte, ahnte sie noch nicht, daß die Glocken eine neue Zeit für sie einläuteten.

17. Kapitel

Bereits am Tag nach Saint-Jean begann ihr gut inszeniertes Leben aus den Fugen zu geraten. Als Banban bei Mademoiselle Sorel vorbeikam, sah er Lastenträger der Postwagenanstalt vor dem Geschäft Kisten aus Calais abladen. Sogleich sagte er Jeanne Bescheid, die zur Sorel hinüberlief, wo sie erfuhr, daß es sich in der Tat um englische Kleider handelte und daß sie mit den Wagen eingetroffen waren – ohne den Chevalier Vincent. Ein Brief aus London hatte die Ladung angekündigt und festgelegt, daß der Rechnungsbetrag dem Pariser Bankier des Maltesers zu zahlen sei.

Das hieß also, daß Vincent nicht damit rechnete, so bald nach Paris zurückzukehren. Wo mochte er nur sein? Wiederum in England? Auf der Rückreise nach Malta? Unterwegs zum Ende der Welt? Von der Nachricht tief betroffen, sprang Jeanne, statt in ihren Laden zurückzugehen, in einen Fiaker und ließ sich zu den Barmherzigen Brüdern fahren; vielleicht kannte Pater Joachim Vincents Pläne, falls dieser bei seinem letzten Aufenthalt Karten erbeten hatte?

Bei den Barmherzigen Brüdern erwartete sie eine zweite Enttäuschung. Pater Joachim teilte ihr mit, das Seekartendepot sei auf Befehl des Königs nach Versailles verlegt worden, um es besser vor ausländischen Spionen zu schützen. Immerhin erfuhr Jeanne, daß der Kapitän einer Fregatte, die häufig von der Königlichen Flotte beansprucht wurde, einen französischen Hafen nicht verließ, ohne dem Admiral der Flotte seine Route genannt zu haben. Der gute Mönch wollte gern zum Duc de Penthièvre schicken, um nach Neuigkeiten zu fragen. Diesmal war die Mission des Korsaren zweifellos nicht geheim, denn als der Bote vom Marineamt zurückkam, berichtete er Jeanne, daß die ‹Belle Vincente› nach Südamerika segelte, um anschließend die Inseln des Indischen Ozeans anzusteuern, bevor sie den Golf von Bengalen hinauffuhr.

Jeanne war am Boden zerstört. Sie sah ihren Liebestraum mit vollen Segeln im weiten verschwommenen Blau entschwinden. Ihre Nacht war ein Alptraum, in dem es von Schiffbrüchen und menschenfressenden Wilden wimmelte. Aber mit dem Morgen kommt immer ein neuer Tag, und in der Morgendämmerung nach dieser schlimmen Nacht eröffnete sich Jeanne auf anderem Wege ein Hoffnungsschimmer.

Als sie im Königlichen Garten ankam, traf sie in einer Ecke des Versuchsgartens ihren Freund Adanson, der mit dem Comte de Lauraguais über Melonen schwatzte. Von den Melonen kamen sie auf exotische Früchte, und der Graf sprach schließlich davon, welch einen prächtigen Obstgarten mit Raritäten die Isle de France abgeben könnte. Überdies habe er, als er am Vortag beim Duc de Choiseul soupierte, zu seiner Freude erfahren, Monsieur Poivre sei nun bereit, die Verwaltung der Insel zu übernehmen, nachdem er dies zweimal abgelehnt hatte; nun würde die indische Insel endlich in fachkundige Hände geraten.

Die Bemerkung versetzte Jeanne sogleich in Begeisterung. Daß der große Lyoner Naturforscher zum Verwalter der Isle de France ernannt worden war, bedeutete für Doktor Aubriot vielleicht die Chance, sich mit diesem dort hinschicken zu lassen, um ihm zu helfen, die Naturschätze seines Reichs aufzunehmen. Und die Isle de France lag im Indischen Ozean, nicht allzu fern – zumindest auf der Weltkarte – vom Meer von Bengalen: die Isle de France lag an Vincents Route. Sie war außer sich vor Freude, als Aubriot sofort und am gleichen Abend einen Brief an Pierre Poivre aufsetzte, um sich als Arzt und Botaniker bei dem künftigen Verwalter zu bewerben. Zwar wußte Poivre womöglich selbst noch nicht, ob er einen Mitarbeiter würde verpflichten können, und Jeanne war alles andere als sicher, daß Doktor Aubriot sie unter seine Gepäckstücke einreihen würde, falls er ernannt werden sollte. Die Hoffnung, zur gleichen Zeit mit Vincent in Port-Louis zu sein, war so zerbrechlich wie eine Fata Morgana, aber was machte es! Sie hatte nicht die Wahl zwischen mehreren Hoffnungen, also mußte diese genügen.

Trotz Jeannes Ungeduld verstrich einige Zeit, die erfüllt war vom Echo eines grauenhaften Ereignisses: am 1. Juli wurde der arme kleine Chevalier de La Barre, der wegen Respektlosigkeit gegenüber dem Heiligen Sakrament angeklagt war, auf dem Marktplatz von Abbeville hingerichtet und sein Leichnam auf den Scheiterhaufen geworfen. Die Empörung, die der Mord an einem neunzehnjährigen Kind, allein der Gottlosigkeit schuldig, in Paris erregte, war ungeheuerlich. Die Salons, die Cafés, die Leute auf der Straße: alles wütete gegen die Kirche und gegen ein Parlament, welches das Urteil bestätigt hatte. Die Philosophen und Publizisten riefen die öffentliche Meinung ganz Europas gegen die mittelalterliche Justiz auf, die in Frankreich noch praktiziert wurde. Die Frauen vergossen Ströme von Tränen und brannten Wälder von Kerzen ab, damit der kleine Märtyrer dort oben Trost in seinem Unglück fand. Indem der König nicht von seinem Begnadigungsrecht Gebrauch machte, hatte er, der seines Titels ‹Vielgeliebter› bereits verlustig gegangen war, die Chance vertan, die Herzen seiner Untertanen und die Achtung seiner Philosophen zurückzugewinnen. Auf der Place Louis XV. wurde seiner Statue ein Abortfaß übergestülpt.

Der Bronzekönig ‹ohne Herz und Gefühl› mußte von Wachsoldaten geschützt werden, die Polizei patrouillierte auf dem Pont Neuf, wo die Lieder einen aufrührerischen Rhythmus angenommen hatten, und Monsieur de Sartine ließ die Zahl der Spitzel verdoppeln. Paris war noch in hellem Aufruhr, als plötzlich, am 7. Juli, der Himmel, der zweifellos monarchistisch gesonnen war, auf die erhitzten Pariser einen Wolkenbruch von riesigen Hagelkörnern in Form regelmäßiger sechseckiger Pyramiden niedergehen ließ, von denen jedes einzelne imstande war, einen ungeschützten Menschen zu erschlagen. Die Trauer um den armen kleinen Chevalier de La Barre ertrank darin. Im Königlichen Garten, in den Salons und Cafés war man nur noch damit befaßt, dieses Phänomen zu erklären, und die Damen in der Markthalle vergossen ihre Tränen über das Massaker an den Salatköpfen in den Gemüsegärten, während sie gleichzeitig die übriggebliebenen zu unerschwinglichen Preisen verkauften. Und dann wurde das Wetter wieder schön, und Monsieur de Richelieu nutzte es, um seinen ersten Spaziergang der Saison über die Champs-Élysées zu machen.

Der Herzog war tatsächlich ganz und gar von seinen abscheulichen Schwären geheilt. Nach der langen erzwungenen Ruhe fühlte er sich wunderbar rüstig und mit seiner erneuerten Haut frisch wie ein Säugling. Er hatte sich strahlend sommerlich zurechtgemacht in einem lachsfarbenen Satinrock, herrlich bestickt mit Blumenbouquets aus bunter Seide; er trug seinen Degen mit funkelnd ziseliertem Goldknauf und sein diamantenes Kreuz vom

Heiligen Geist. Das alles war ein wenig zuviel, um unter den hohen Laubdächern der Champs-Élysées von einem Schwätzchen zum nächsten zu flanieren, doch er war nur hier, um bis zum Beginn der Vorstellung eine Stunde totzuschlagen.

Sehr viel lieber wäre es ihm gewesen, hätte Jeanne die Oper statt der Comédie-Italienne gewählt. Die mehrmonatige Enthaltsamkeit, seine Angst, nie wieder gesund zu werden, ein Gegenstand des Abscheus zu bleiben und zu sterben, ohne sie besessen zu haben, hatten sein Verlangen nach ihr bis zum Wahn gesteigert, und er hätte sie lieber gleich an diesem Abend in seiner Loge vorgeführt, damit alle sahen, welch bezaubernde Rekonvaleszenz der Marschall sich unter seiner Kalbfleischverpackung vorbereitet hatte, über die alle Welt sich mokierte.

«Hoheit, ich bin nicht gekommen, um mir das Schauspiel anzusehen, sondern Ihr seid es, den ich sehen will. Setzen wir uns doch in die hintere Loge, um zu plaudern», sagte Jeanne mit selbstbewußter Anmut, sobald der Herzog sie aus ihrem Hofknicks emporgehoben hatte.

«Meine Nachtigall, Ihr macht mich überglücklich!» flötete der Herzog freudestrahlend. «Trinkt Ihr ein Glas spanischen Wein? Und laßt mich sehen, ob man uns gut mit allen Leckereien versorgt hat, die ich für mein hübsches kleines Mädchen angefordert habe . . .»

«Hoheit, lassen wir das», unterbrach Jeanne ein wenig ungeduldig. «Ich bin noch erwachsener geworden, seit Ihr mich zuletzt gesehen habt. Es ist nicht notwendig, unsere Unterredung mit Süßigkeiten zu beginnen. Ihr habt den Wunsch geäußert, mich zu sehen, hier bin ich und bereit, Euch anzuhören.»

Sie hatte sich sehr aufrecht und ruhig auf dem gelben Samtsofa niedergelassen, ihre verschränkten Hände ruhten auf dem hellgelben Satin ihres Rockes.

Der Herzog betrachtete sie mit beinah flehendem Blick. Ihre distanzierte Haltung verwirrte ihn. Wenn auch ein gewiefter Galan, war er es doch nicht gewohnt, verliebt zu sein. Schließlich nahm er ihre Hand und küßte sie, bevor er sie ängstlich befragte: «Sagt mir zunächst, liebe Nachtigall, ob ich während meiner Abwesenheit Fortschritte in Eurem Herzen gemacht habe?»

«Hoheit, mein Herz ist voll des zärtlich-kindlichen Respekts für Euch.»

«Ist das alles? Fühlt es nichts Süßeres für mich?»

Sie seufzte tief: «Hoheit, ein Herz läßt sich nicht zwingen, wie Ihr wißt. Das meine empfindet keine Liebe für Euch. Aber können Zärtlichkeit und Achtung Euch nicht genügen?»

«Meiner Treu, das kommt darauf an», sagte der Herzog verstört. «Ich will mich gern mit einem zärtlichen Herzen begnügen, wenn Ihr mich Euch auf meine Weise lieben laßt.»

Und plötzlich fand der alte Marschall in seinen Knochen die Geschmeidigkeit eines jungen Kavaliers wieder; er kniete auf einem Bein nieder, nahm Jeannes Hände in die seinen und bat sie glühend: «Willigt ein, mir zu gehören, Jeanne, ich werde Euch zur glücklichsten Frau der Welt machen. Willigt nur ein, lieben werdet Ihr mich später aus einem Überschwang an Freundschaft für den beflissendsten aller Liebhaber. Außer meiner Ehre könnt Ihr alles von mir verlangen. Fordert, ich werde selig sein über Eure Forderungen und über ein wenig von Eurer Zeit . . .»

«Oh, wenn Ihr nur etwas von meiner Zeit braucht, so gebe ich sie Euch gern! Ich muß nur wissen, was Ihr damit anfangt.»

«Erlaubt mir, daß ich Euch küsse, um Euch eine Vorstellung davon zu geben.»

«Nein, Hoheit», sagte sie zurückweichend. «Meine Küsse kann man nicht kaufen, weder mit Pferden noch mit Garderoben noch mit Diamanten. Monsieur le Maréchal», fügte sie in dringlichem Ton hinzu, «erlaubt, daß ich mich in aller Aufrichtigkeit meines Herzens erkläre . . .»

Er nahm neben ihr auf dem Sofa Platz, hielt eine ihrer Hände fest in den seinen und bedeutete ihr, ohne Furcht zu sprechen. Sie fuhr sogleich fort:

«Ich bin gekommen, um Euch zu bitten, auf mich zu verzichten, Hoheit. Ich ermesse sehr wohl die Ehre, die Ihr mir erweist, indem Ihr mich unter der Menge der hübschen Frauen auszeichnet, die sich drängen, Euch zu gefallen, aber leider liebe ich Euch mit einer keuschen Liebe, und Ihr werdet nie erreichen, daß ich mich erniedrige, indem ich mich Euch aus Gewinnsucht hingebe.»

«Nie würde ich eine deratige Infamie denken!» rief der Herzog heuchlerisch aus. «Gebt Euch mir hin, um mich vor der Verzweiflung zu erretten, und laßt mich Euch dafür mit Huldigungen überschütten, denn es wird mir eine süße Freude sein zu sehen, daß Ihr die Schönste, die am prächtigsten Geschmückte, am besten Eingerichtete, am besten Versorgte seid . . . Jeanne, die Mätressen des Königs werden Euch beneiden!»

«Das wird Euch wohl kaum ruinieren!» erwiderte sie lebhaft. «Gegenwärtig verkaufen sich die kleinen Mätressen des Königs zum Preis des Kurtisanenmarktes für ein Beilager!»

Sie biß sich auf die Lippe, weil sie diese Entgegnung nicht hatte zurückhalten können; der Herzog lachte gutmütig:

«Es gefällt mir, daß Ihr Euch für unbezahlbar haltet», sagte er feinsinnig.

Er atmete freier. Mit ihrer schlagfertigen Antwort hatte Jeanne ihn, so glaubte er, wieder auf sicheren Boden zurückgebracht: dorthin, wo jede Frau ihren Preis hat. Der Duc de Richelieu konnte sich die teuersten leisten – mit einer Frau handelt man nicht. Wenn diese übertreiben wollte, sollte es ihm eine Ehre sein, und um so mehr, als dies seinen Sohn Fronsac in Wut bringen würde – Vater und Sohn haßten sich.

«Meine Schöne, ich warte nur darauf, daß Ihr mich mit Euren Kaprizen ruiniert», sagte er und küßte jeden einzelnen Finger ihrer Hand.

Jeanne ertrug sein Gelutsche voller Abscheu und zog ihre Hand zurück, sobald sie konnte.

«Hört mich bitte an, Hoheit, ich bin nicht dabei, mich zu einem höheren Preis zu versteigern», sagte sie fest. «Ich ermesse meine Kühnheit wohl, Euch abzuweisen, aber ich kenne Euer Ehrgefühl und weiß, daß Ihr von einer mit Gewalt errungenen Frau nichts wissen wolltet.»

«Ihr wollt mich wohl umbringen!» rief der Herzog, wieder in höchste Unruhe versetzt. «Sollten meine Ärzte mich nur gerettet haben, um mich Eurer Grausamkeit auszuliefern? Jeanne, meine Süße, meine Schöne, mein Herz, Ihr könnt mich nicht abweisen, weil ich Euch nicht verlieren darf. Ich muß Euch bekommen, oder ich sterbe, und ich bin nicht bereit zu sterben, bevor ich Euch nicht in den Armen gehalten habe!»

Er hatte sich über sie gebeugt, und sie warf sich zurück. Jeannes frisches goldenes Gesicht befand sich fast Mund an Mund mit der geröteten Gipsmaske des Herzogs, aus der die Augen geil leuchteten. Er hüllte sie ganz mit seinem überwältigenden Moschusgeruch ein, hauchte sie mit seinem Atem an, drückte sie gegen seine männlich-erregte Hitze, und sie hatte das gräßliche Gefühl, von einem brünstigen Bock angesprungen zu werden.

«Gnade», murmelte sie, «Gnade, gebt mir etwas Luft, ich ersticke, ich spüre, daß ich Vapeurs bekomme . . .»

Sofort richtete der Herzog sich auf, holte ein Fläschchen Rosenessig aus einer Schublade des Miniaturfrisiertisches seiner Loge und ließ sie daran riechen, bevor er ihr Schläfen und Hände einrieb.

«Mein Herz, Ihr seid unvernünftig», sagte er, als er sah, daß sie sich erholte. «Übermäßige Schamhaftigkeit ist gesundheitsschädlich. Und wenn sie mit Furcht einhergeht, beleidigt sie mich. Kommt, mein Herz, gewährt meiner Ungeduld einen Kuß, einen einzigen Kuß, und ich werde heute abend nichts weiter verlangen. Seht, ich tausche das gegen einen Kuß ein und werde mich für den vom Glück begünstigten Gewinner unseres Handels halten.»

Er warf den schön geschliffenen Rubin, den er am kleinen Finger der linken Hand trug, auf den hellgelben Seidenrock und näherte sich Jeanne mit gierigem Mund . . .

«Nein!» schrie sie und stieß ihn mit ausgestreckten Händen zurück.

Der Ring rollte auf den Teppich, als sie aufsprang.

Schweigen trat ein. Diese panische Geste der Verweigerung offenbarte so eindeutig fleischlichen Widerwillen, daß sie für den Verliebten höchst unangenehm und für den an Gefälligkeitserfolge gewöhnten Grandseigneur höchst beleidigend sein mußte.

«Madame de Mauconseil hatte mich auf Eure hartnäckige Tugend vorbereitet, aber nicht auf beleidigendes Erschrecken», sagte er schroff. «Ich bin bereit, noch eine Weile geduldig zu bleiben, aber geht taktisch etwas geschickter vor.»

«Mein Gott, Hoheit, hört auf zu denken, daß ich eine List anwende», sagte sie mit jähzorniger Verzweiflung. «Ich versuche einfach nur, Euch so wenig verletzend wie möglich zu sagen, daß ich niemals Eure Mätresse sein werde. Ist eine Ablehnung denn eine Beleidigung? Hat in diesem Land eine Frau nicht mehr das Recht, sich zurückzuhalten, wenn sie keine Lust hat, sich zu verschenken?»

Sie sprach einige Minuten lang und lächelte ihn dabei an, um ihn milder zu stimmen. Doch was waren ihre sentimentalen Klein-Mädchen-Bitten in der Welt wert, deren Luft der Duc de Richelieu seit seiner Kindheit atmete. Einer Welt, in der Edelleute und Millionäre der Finanz und der Justiz scherzend ihre Ehefrauen austauschten und sich zu Unsummen Tänzerinnen streitig machten, ohne jene nach ihrer Meinung zu fragen; einer Welt, in der die Richter in den Bordells à la mode Orgien mit kleinen Mädchen feierten, bevor sie die verbrauchten Prostituierten zur Deportation nach Amerika verurteilten; in der Familienväter armen Eltern gegen eine Leibrente Jungfrauen abkauften? Im Laufe seines galanten Lebens in diesem Milieu ohne Moral war der Herzog zwanglos von der Leichtigkeit zum Laster übergegangen. Daß er diesmal ein wenig in die begehrte Beute verliebt war, konnte nicht ausreichen, um ihm eine taufrische Schülerseele oder die Achtung vor der Frau wiederzugeben, die er bereits in der Wiege verloren hatte. Er wollte gern ein wenig Herz in seine Affäre mit Jeanne investieren, aber nicht in dem Maße, daß er ihr etwas Mißliebiges ersparen würde, wenn er ihr mißliebig werden mußte, um sich zu befriedigen. Im übrigen glaubte er ihren Täuschungsmanövern wenig, denn er war maßlos überzeugt von der Verführungskraft des ruhmreich vergoldeten Namens Richelieu. Wenn er diese Zierpuppe genommen hatte, würde er sie reich machen, um sie darüber hinwegzutrösten, und sie würde sich wunderbar damit abfinden – wie all die anderen.

«Meine Süße, Ihr habt genug von Eurer Tugend geplappert», sagte er abrupt. «Eure Tugend ist nicht so beständig, und man weiß, daß Ihr rückhaltlos sündigt, wenn Ihr nur wollt. Ich verlange von Euch nur, daß Ihr eine Sünde gegen eine andere austauscht, und Ihr werdet bei dem Tausch keineswegs verlieren.»

Nun kommt es also zur Kraftprobe, dachte Jeanne bange. Laut sagte sie furchtlos: «Verzeiht mir, Hoheit, aber ich liebe Monsieur Aubriot, und Euch liebe ich nicht, das macht für mich den ganzen Unterschied.»

«Euer Herz berät Euch schlecht. Es ist verblendet. Ihr solltet Euch ein wenig in der Einsamkeit ausruhen, um ihm Zeit zum Nachdenken zu lassen. Ich werde mit Madame de Mauconseil darüber sprechen, sie kann Euch in eine Klause bringen, wo . . .»

Von kalter Wut erfaßt, wagte sie ihn zu unterbrechen: «Hoheit, sprecht offener: schlagt Ihr mir einen Aufenthalt bei den Ursulinerinnen der Grands-Andelys vor?»

«Wären Euch die Büßernonnen von Angers lieber? Da der Ort düsterer ist, kommt man schneller bekehrt wieder heraus!»

«Es gibt Gesetze in Frankreich, Hoheit! Und habt Ihr bedacht, daß die Philosophen und Publizisten sehr wohl meine Partei ergreifen könnten?»

Er zog belustigt die Augenbrauen nach oben: «Potztausend, Mademoiselle, wie Ihr herangeht! Habt *Ihr* bedacht, wer Ihr seid und wer ich bin?»

Der Hieb saß. Calas, Lally-Tollendal, der Chevalier de La Barre: lauter Unschuldige, welche die Philosophen auf ihrer Seite gehabt hatten und deswegen nicht weniger grauenhaft gestorben waren.

«Würdet Ihr an die Feder meines illustren Freundes Voltaire appellieren, damit er Euch gegen all das Gute verteidigt, das sein alter und guter Freund Richelieu Euch tut?» setzte der Herzog lächelnd hinzu.

Ein letztes Mal versuchte sie sich aus der Schlinge zu ziehen, indem sie sich an Voltaire klammerte, den der Marschall nachzuplappern liebte: «Hoheit, hat Euer illustrer Freund nicht gerade gesagt, daß Siegen wenig sei, wenn man nicht auch verführen könne? Und hat man ihn nicht sehr konziliant auf diejenige verzichten sehen, die ihm in ihrem Bett einen anderen vorgezogen hat?»

«Liebe Freundin, man ist immer nur so weise, wie das eigene Temperament es erlaubt. Nach Aussagen einer Indiskreten soll das . . . Gefühl meines Freundes Voltaire immer ein wenig lasch gewesen sein; meines dagegen ist stramm!» Erfreut, sie erröten zu sehen, fügte er locker hinzu: «Meine Schöne, mein Begehren für Euch ist zwanzig Jahre alt, und ich kann es Euch augenblicklich und wann immer Ihr Euch seiner vergewissern wollt, zeigen. Daher hofft nicht, daß Euer Widerstand mich ermüdet: Im Bett wie in der Schlacht habe ich den Sieg oft beschleunigt, und man hat es mir selten übelgenommen: ich bin ein großzügiger Sieger.»

Es folgte ein ziemlich langes Schweigen. Jeanne dachte in aller Eile nach und fand sich ab: «Ihr laßt mir also», sagte sie, «außer dem Kloster nur die Wahl zwischen Kapitulation und Vergewaltigung?»

«Ich lasse Euch nur die Wahl, mir zu gehören, zu meinem Glück und zu Eurem Vorteil.

«Sehr gut. Ich wähle die Kapitulation.»

Mit einer Geste bremste sie den Freudenausbruch des Marschalls: «Ich denke, das verschafft mir das Recht, meine Bedingungen zu stellen, bevor ich die Stätte übergebe?»

«Ich wiederhole Euch, mein Herz: außer meiner Ehre könnt Ihr alles von mir verlangen. Beginnt damit, daß Ihr diese Kleinigkeit über einen Eurer hübschen Finger streift . . .»

Er hob den hinuntergefallenen Ring auf. Hochmütig reichte Jeanne ihre Hand hin und empfing ohne ein Wort des Dankes den herrlichen dunkelroten Rubin.

«Hoheit», sagte sie und setzte sich wieder, «meine Moral ist sehr provinziell, fürchte ich. Ich könnte nicht gleichzeitig zwei Männern gehören, ohne mich vor mir selbst zu entsetzen. Ich muß daher Monsieur Aubriot verlassen, bevor ich Euch gehören kann.»

«Ha, liebe Freundin, habe ich etwas anderes von Euch verlangt! Verlaßt ihn so schnell wie möglich und kommt in meine Arme!»

«Aber es verhält sich so, daß Monsieur Aubriot gütig zu mir gewesen ist und daß ich ihn nur verlassen möchte, wenn ich ihn über meinen Verlust getröstet weiß.»

«Das verstehe ich sehr gut. Was will er? Im übrigen ahne ich es, alle Gelehrten wollen dasselbe! Wir werden allerdings einige Zeit brauchen, um ihm einen Sitz in der Akademie zu verschaffen . . .»

«Ich dachte an etwas anderes», fiel sie ihm ins Wort. «Es wäre besser, Monsieur Aubriot von mir zu entfernen, und gerade jetzt . . .»

Sie legte ihm ihre Idee dar: Doktor Aubriot als Arzt und Botaniker in den Dienst des neuen Verwalters der Isle de France, Monsieur Poivre, zu stellen, der bald abreisen würde.

Richelieu lauschte ihr aufmerksam, hingerissen von der Klarheit ihrer Angaben – sie wollte zweitausend Francs Jahresgehalt für ihren Botaniker, eine Kiste mit Instrumenten, einen auf Kosten des Königs nach Port-Louis beförderten Diener, eine Dienstwohnung auf der Insel, zwei schwarze Bedienstete und so fort. Ihr Plan mußte lange vor diesem Rendezvous herangereift sein, so genau überlegt war er. Die kleine Heuchlerin! dachte er entzückt. Während ich sie auf Knien anflehte, dachte sie nur daran, ihren Liebhaber elegant loszuwerden, sie hat alles vorherbedacht, sogar den Betrag, den ich aus Louis' Kassette herausholen muß, damit ihr Quacksalber ein schönes Mikroskop bekommt!

«Mein Herz», sagte er, «gleich morgen werde ich meinen Sekretär losschicken, und wir bringen Eure Sache ins reine. Um Euren Botaniker zu exportieren, brauchen wir das Ohr Choiseuls, aber sein Cousin Praslin, der Marineminister, kann uns dazu verhelfen, und dieser möchte Rollen für eine junge Dame von der Comédie-Française. Wir müßten uns also verständigen können. Damit, meine Süße, ist unser Abkommen doch unterzeichnet?»

Er versuchte sie in die Arme zu nehmen, aber sie verzog sich hinter das schwache Bollwerk eines Sessels: «Das Abkommen ist unterzeichnet, aber die Bedingungen sind noch nicht erfüllt. Erledigt Euren Anteil, laßt Monsieur Aubriot abreisen, und ich werde meine Schuld bezahlen.»

«Wie? Nicht einmal eine kleine Anzahlung? Jeannette . . .» bat er mit ersterbender Stimme.

«Hoheit, Ihr enttäuscht mich», sagte sie spröde. «Es würde mir sehr mißfallen, belästigt zu werden, wo ich doch versprochen bin.»

Als sie sah, daß er wütend wurde, fügte sie geschickt, mit größter Würde hinzu: «Es würde Euch doch nicht gefallen, denke ich, wenn die künftige Favoritin des Duc de Richelieu sich wie eine Grisette behandeln ließe?»

«Potztausend, Mademoiselle, vor dieser stolzen Antwort beuge ich das Knie!» rief der Marschall außer sich vor Bewunderung. «Ich glaube, Jeannette, ich werde Euch so lieben, daß ich Euch einen Bastard mache! Fronsac wird vor Wut ersticken, und ich werde der glücklichste aller jungen Väter sein.»

Jeanne ging auf das Spiel ein: «Bevor ich Euch einen Bastard schenke, werde ich ebenfalls meine Bedingungen stellen. Ihr müßtet mir versprechen, ihn zum Kardinal zu machen – Kardinäle gelingen in Eurer Familie gut.»

Zum Glück gibt es Stunden, in denen die Spannung unserer Seele mühelos der Spannung der Ereignisse entspricht. Seit Jeanne ihren Handel mit dem Marschall abgeschlossen hatte, wandelte sie mit der Sicherheit eines magisch von seinem Ziel angezogenen Schlafwandlers durch ihren Alltag: dem Ziel, ohne Beschmutzung aus einer schmutzigen Intrige herauszukommen. Es widerstrebte ihr zu betrügen, selbst einen kleinen Hoftyrannen, der sie dazu zwang; aber sollte sie sich etwa aus bitterem Stolz dazu entscheiden, in einem Kloster zu verschimmeln und Philibert zugleich in einen gefährlichen Kampf mit einem der größten Herren im Königreich zu stürzen? Mit der gleichen Kraft, mit der sie sich verbot, ihr Verhalten zu beurteilen, zwang sie sich, an den Erfolg ihres Planes zu glauben. Die Notwendigkeit, abwartend auf der Stelle zu treten, während Richelieu sein Spiel mit den Ministern trieb, quälte sie mehr als ihre Unruhe.

Sie war sicher, daß er Erfolg haben würde: er begehrte sie zu sehr, als daß er scheitern konnte. Daher begann sie sogleich, im Kopf ihre Abreise vorzubereiten. Ob es ihr nun gelingen würde, mit Philibert auf die Isle de France zu entfliehen, oder ob sie sich in Charmont vor Richelieu würde vergraben müssen, wenn die Zeit da war, ihm seinen Einsatz zu bezahlen – in jedem Fall mußte sie ihren Laden und Paris für eine gute Weile im Stich lassen. Sie wollte die Geschäftsführung von La Tisanière Lucette überlassen: mit der Hilfe von Banban und Madelon Thouin, die sich gut in Kräutern auskannte, würde Lucette den Laden gewiß sehr gut in Gang halten. Auf diese Weise würde La Tisanière weiterbestehen und florieren, während ihre Besitzerin auf den Inseln ein Vermögen machte. Sobald Jeanne sich vorstellte, wie sie dort unten Reichtum anhäufen würde, trug ein vertrauter Traum in Blau und Gold sie hinweg: in einen Gewürzgarten, der wie ein Paradies zwischen dem Meer und der Sonne grünte. In der Verschwommenheit ihres Traums ordnete sich alles bestens – Philibert im Garten, Vincent im Hafen, und sie in Reichweite der Liebe von beiden, strahlend!

«Wirklich, Mademoiselle, in Eurem Kopf muß es wunderschön aussehen», bemerkte Lucette eines Nachmittags.

Jeanne kam auf die Erde zurück: «Ich dachte gerade an eine Reise ... die ich seit langem machen möchte. Vielleicht unternehme ich sie eines Tages. Ich frage mich, ob Ihr wohl, wenn ich einige Zeit nicht da wäre, ohne mich zurechtkämet?»

Lucettes blaue Augen wurden rund, glänzten: «Wollt Ihr es mir etwa überlassen, den Laden zu führen?»

«Wenn Ihr Euch dazu imstande fühlt, ja.»

«Und wie ich mich dazu imstande fühle!»

«Nun gut, wer weiß? Vielleicht entschließe ich mich, ein wenig zu verreisen.»

«Werdet Ihr Eure Rundreise durch Italien machen, wie die Künstler und die Bürgersöhne?»

«Oder ich sehe mir das Meer an. Ich habe mich noch nicht festgelegt», sagte Jeanne leichthin, als schwebe ihr nur ein vager Reiseplan vor.

«Gewiß, wo Ihr jetzt genug habt, um Euch eine Laune zu leisten», sagte Lucette. «Ihr seid reich, Mademoiselle.»

Die Bemerkung ihrer Ladenmamsell machte Jeanne auf einen bestimmten Punkt aufmerksam: «Übrigens, Lucette, es kann sein, daß ich bald einen erheblichen Geldbetrag brauche. Laßt die fertigen Rechnungen nicht herumliegen, Banban soll sie gleich austragen. Ich möchte wissen, über wieviel Geld ich von einem Tag auf den anderen verfügen kann.»

Lucette zögerte nur einen Augenblick, ging in das Hinterzimmer, in dem ihr Bett stand, und kam mit einem eisernen Kästchen zurück, dessen Schlüssel sie aus der Rocktasche zog: «Dies gehört zur Hälfte Euch», sagte sie und reichte ihr das offene Kästchen.

Starr vor Staunen zählte Jeanne einen Betrag von dreitausendachthundert Livres – ein kleines Vermögen!

«Woher habt Ihr das, Lucette?»

«Von gewissen Verkäufen, die ich vormittags mache, wenn ich Ruhe habe – bei allem Respekt. Ihr solltet es eines Tages erfahren, aber ich wollte warten, bis der Betrag noch riesiger sein würde, damit Ihr Euch freut, bevor Ihr Euch ärgern könnt.»

«Und warum, bitte sehr, sollte ich mich ärgern? Was verkauft Ihr Schändliches in *meinem* Laden, Mademoiselle, und zu einem horrenden Preis?»

«Nichts, wofür ich mich schämen müßte. Aber es ist so, daß Ihr, bei allem Respekt, Mademoiselle, noch ein bißchen prüde bei manchen Artikeln seid.»

«Prüde, wirklich?» schrie Jeanne wütend. «Zeigt mir bitte, was Ihr ohne mein Wissen verkauft, und zwar sofort!»

Lucette seufzte, ging wieder in das Hinterzimmer und kam mit einer großen Schachtel zurück: «Hier», sagte sie und klappte den Deckel auf. «Und bevor Ihr explodiert, erinnert Euch daran, daß es sich wie warme Semmel verkauft.»

Jeanne war weniger darauf aus, zu explodieren als zu verstehen. Die Schachtel enthielt feine Schwämmchen, jedes mit einem schmalen Bändchen versehen, und etwa dreißig weiße Porzellantiegel mit rosa Gelee von angenehm prickelndem Geruch. Jeanne tauchte ihren Zeigefinger in das Gelee, schnupperte daran, betrachtete ihn, blickte zu Lucette auf:

«Das ist nicht zum Essen, Mademoiselle», sagte diese bemüht, nicht zu lachen.

«Wozu dient das alles, Lucette?»

«Dazu, nicht jedes Jahr ein Kind oder drei Fehlgeburten zu haben. Genausogut könnte man sagen, daß es die meistverlangte Medizin ist.»

Da Jeanne sie weiterhin wortlos ansah, fuhr Lucette im geduldigen Ton einer Schullehrerin fort:

«Ihr führt das Schwammkissen mit unserem Zaubergelee ein – so habe ich ihn getauft – und placiert es tief innen, bevor man Euch besuchen kommt – versteht Ihr, was ich meine? Wenn Euer Besuch wieder fort ist, zieht Ihr an dem Bändchen, um es wieder herauszuholen und die Kinder des Besuchers gleich mit. Mademoiselle, Ihr braucht doch nicht so rot zu werden, wir sind unter Frauen. Ich ahne ja, daß Ihr diese Sache nicht kennt, weil Euer Doktor weiß, wie er Euch Eure hübsche feine Taille läßt, ohne daß Ihr Euch darum zu sorgen braucht!»

Jeanne wurde puterrot. Weniger auf Grund von Lucettes Worten, als bei dem plötzlichen Gedanken, sie könne ein Kind von Philibert bekommen. Dieser Gedanke, der ihr nicht ein einziges Mal gekommen war, erschreckte sie, erschien ihr ungeheuerlich: «Lucette, Ihr redet Unsinn», sagte sie wütend. «Es ist natürlich, daß Monsieur Aubriot sich kein Kind wünscht, da wir nicht verheiratet sind. Ich möchte auch keines.»

Lucette fing an zu lachen: «Wenn Ihr wüßtet, Mademoiselle, wie viele Männer keine Kinder ernähren wollen und ihre Frau verprügeln, wenn sie ihnen eines ankündigt!»

«Lucette!»

«Macht nichts, Mademoiselle, Ihr seid ein bißchen prüde», wiederholte Lucette seufzend. «Gut, kommen wir wieder zur Sache. Also, die Hälfte des Vermögens, das Ihr da habt, verdankt Ihr Monsieur Michel.»

«Monsieur Adanson?»

«Ich werd's Euch erklären. Das mit den Schwammkißchen ist schon ewig bekannt, aber gewöhnlich tränkt man sie mit Essig, das beißt ein wenig. Ich wollte etwas Besseres verkaufen, und zwar als einzige, und da Monsieur Michel uns schon gute Rezepte gegen Milben, Läuse und all das hergestellt hat, habe ich ihn gefragt, ob er nicht etwas gegen die Kinder erfinden könnte. Zusammen mit seinem Freund, dem Chemiker Rouelle, hat er diese Art Konfitüre für mich erfunden. Auf jeden Fall funktioniert es, und Ihr könnt Euch denken, daß ich nie genug davon vorrätig habe!»

«Zu welchem Preis verkauft Ihr das?»

«Ich richte mich ein bißchen nach dem Gesicht der Kundin, wenn ich so sagen darf. Seht, der Vaubertrand, die von ihrem Staatsanwalt fünfundzwanzig Louis im Monat bekommt, nehme ich mehr ab als der Fontaine, die von ihrem Parlamentsrat nur fünfzehn bekommt. Und jetzt habe ich alles gut organisiert – ich liefere im Wochenabonnement, Banban trägt die Päckchen aus, das ist diskret, so daß sogar die Bürgerinnen damit anfangen.»

«Schön, schön, schön . . .» murmelte Jeanne betäubt, überrumpelt.

Lucette sah sie von der Seite an, hielt sie für verwirrt genug, ging wieder in ihr Hinterzimmer und kam mit einer Teedose zurück, in der zweitausend Livres waren: «Am besten bringe ich Euch alles auf einmal bei, dann brauchen wir nicht mehr darauf zurückzukommen. Da, das ist alles für Euch, die Partnerin ist schon bezahlt, sie gibt keinen Kredit.»

Jeanne setzte eine gottergebene Miene auf: «Für welche Verkäufe habt Ihr das eingenommen?»

«Für unsere Venus-Salbe: die verkauft sich auch gut.»

«Unsere Venus-Salbe?»

«Da ist kein Risiko dabei, die beste Hebamme des Templer-Viertels stellt sie mir her.»

«Wozu?»

Lucette schob die Unterlippe zu einer Schnute vor und pustete die Löckchen weg, die unter ihrer Haube hervorgekrochen waren – um Zeit zu gewinnen. Dann entschloß sie sich und sagte in einem Zug: «Um die Intimität der Damen zu parfümieren, denn wer sich dort reibt, erstarkt wieder, so! Und sagt mir nicht, es wäre scheußlich oder ein Gift oder Gott weiß was. Wenn es Gift wäre, wäre Seine Hoheit der Prince de Conti schon tot, und bei den alten Priestern vom Oratorium wäre der Schwanz von keinem einzigen mehr übrig, so! Und, Mademoiselle, wenn man im Handel ist, verkauft man keine Moral, man muß das Geld mit Waren hereinbringen, die sich gut verkaufen, so!»

Jeanne antwortete kein Wort: sie zählte ihre Louis und ihre Écus, legte Michel Adansons Anteil beseite und schob einen Betrag von dreihundert Livres zu Lucette hinüber: «Das ist für Euch, Lucette. Es ist gerecht, daß Eure Unmoral Euch ein wenig bereichert, das ist ihr übliches Ziel, und es wäre wirklich zu unmoralisch, es umsonst zu sein.»

Vor Freude außer sich warf Lucette ihr die Arme um den Hals und tanzte im Laden herum: «Ich bin reich, reich, reich, reich, Lucette ist reich! Wie hätte ich mir das je erträumen können? Wißt Ihr, was ich tun werde? Ich kaufe mir einen grüngestreiften Rock, ein grünes Mieder, weiße Schuhe mit runder Spitze und ein Kreuz an einem Goldkettchen, um Euch ähnlich zu sehen!» Sie brach ihren Tanz ab und setzte ein liebevoll besorgtes Gesicht auf: «Stimmt es, daß Ihr mich verlassen wollt, um zu reisen? Ist es denn nicht schön hier, mit uns beiden? Ich finde, La Tisanière ist das Paradies. Sagt, das Meer, das Ihr gern sehen wollt – könntet Ihr nicht warten, bis es nach Paris zurückkommt? Die Männer, wißt Ihr, die sind wie die Fliegen, die kommen immer zum Honig zurück.»

18. Kapitel

Der Duc des Choiseul rieb seine rundlichen, fettigen, mit Veilchenpaste parfümierten Händchen: er war ausgezeichneter Laune. Die Heirat des Thronfolgers mit Marie-Antoinette von Österreich, Maria-Theresias jüngster Tochter, war gesichert, das war sein Werk, und Mercy-Argenteau, der Botschafter der Kaiserin, hatte ihm die Dankbarkeit seiner Herrin nicht verhohlen. Die Allianz mit Österreich – für das europäische Gleichgewicht so notwendig, seit Preußen und Rußland unter einer Decke steckten – würde dadurch wunderbar konsolidiert werden. Eine weitere angenehme Folge: wenn der dicke, arglose Berry den Thron bestieg, würde seine Frau Marie-Antoinette den Minister, der sie zur Königin von Frankreich gemacht hatte, nur unterstützen können, und auf diese Weise würde Choiseul, endlich von Louis XV., seinen Kerkern und seiner Geheimpolizei befreit, lange Jahre regieren.

Choiseul liebte die Macht leidenschaftlich. Er genoß sie in der köstlichen Überzeugung, daß allein seine umfassende und geschmeidige Intelligenz imstande war, die Masse der zu lösenden Probleme zum Wohle des Landes zu bewältigen. Er schmeichelte sich, daß die Geschichte sich seiner ebensosehr erinnern würde wie Richelieus oder Mazarins, weil auch er, Choiseul, Frankreichs Schicksal prägte. Schon war unter seiner Regierung Lothringen reibungslos an das Königreich gefallen. Wenn es ihm gelänge, den Genuesern Korsika abzukaufen – und es würde ihm gelingen –, würde zum zweitenmal während seiner Ministerzeit eine Provinz dem Herrschaftsgebiet Louis' XV. ohne Krieg zufallen; zudem noch eine solide Basis im Mittelmeer, um die englische Marine in Schach zu halten. Seit Choiseul den demütigenden Frieden von Paris hatte unterzeichnen und sein Kolonialreich dem Sieger hatte abtreten müssen, träumte er nur von Rache und sah seine Marine den Ärmelkanal überqueren, die Themse hinauffahren und seine Soldaten in London an Land gehen. Aber welche Marine? Die französische Flotte war noch bei weitem nicht wieder in einem Zustand der ihm diese Angriffspolitik erlaubte.

Auf dem großen Tisch seines Arbeitszimmers entrollte Choiseul die neuesten Karten von den englischen Küsten. Der Chevalier Vincent hatte gute Arbeit geleistet: die kleinsten Buchten, die schmalsten Ankerplätze, jedes Hindernis und Riff, alles war eingezeichnet, bis ins einzelne beschrieben. Ach, wann würde er in England einfallen können, wann? Choiseul zog an einer Klingelschnur und fragte den Türsteher, der sofort eintrat:

«Ist Monsieur de Praslin noch nicht gekommen?»

«Noch nicht, Hoheit!»

«Führt ihn herein, sobald er da ist.»

Sich mit seinem Cousin Praslin zu unterhalten, bedeutete für den Herzog immer eine Erholung. Wenn die beiden Cousins einmal in der Woche die Geschäfte Frankreichs zwischen sich aufteilten, dann fühlte der Herzog sich bis ins Mark seiner Knochen als ‹der Chef im Laden›. Die Opposition hatte keine Stimme mehr, der König wurde zu einer Marionette, deren Fäden er so geschickt zog, daß Europa nur noch nach Choiseuls Kopf handelte – welch berauschendes Spiel!

Es klopfte, und der Türsteher führte den Duc de Praslin herein.

«Lieber Cousin, ich bin guter Laune, das heißt ungeduldig, sprechen wir heute nicht von der Marine», sagte Choiseul sogleich.

«Um Eure Marine steht es so schlecht nicht», bemerkte Praslin. «Es braucht seine Zeit, um Schiffe zu bauen und die Arsenale zu füllen – das ist alles. Aber Ihr werdet sehen, die Marine ist eher wieder aufgebaut als die Armee modernisiert, weil es nicht zu viele Seeoffiziere gibt, während wir immer noch neunhundert Oberste für hundertdreiundsechzig Regimenter haben!»

«Der Staat wird von seinen Gehaltsempfängern ruiniert», seufzte Choiseul. «Die Franzosen möchten alle Gehaltsempfänger des Staates sein, gleichzeitig träumen alle davon, von den Steuern befreit zu sein. Regiert einmal ein Volk, das mit so wenig Logik ausgestattet ist!»

«Die Steuer . . .» griff Praslin auf. «Wir müssen die Steuerreform erreichen! Lieber Cousin, Ihr werdet das Königreich nicht sanieren können, wenn Ihr es nicht erreicht, eine gerechte Steuerpolitik durchzusetzen. Alle Bürger eines modernen Staates müssen Steuern bezahlen,und zwar Steuern im Verhältnis zu ihrem Vermögen.»

«Ha, als wäre ich nicht in allem mit Euch einig!» rief Choiseul aus. «Nur wollen die Besitzenden nicht zahlen. Muß ich da nicht inzwischen, bis man sie dazu bringen kann, die Armut der Armen schröpfen lassen? Ach, teurer Cousin, wenn ich nach Belieben Gesetze erlassen könnte . . . Aber dazu müßte ich zuerst diskret in einer mondhellen Nacht alle Parlamentarier erwürgen lassen, ohne die Nörgler in den Cafés zu wecken. Leider sind die Bartholomäusnächte aus der Mode gekommen. Das ist sehr schade. Denn in Wahrheit mischen sich seither zu viele Leute in die Geschäfte der Regierung ein, die ohne sie besser und schneller handeln könnte, was ihnen sogar Vorteile brächte. Wie angenehm es gewesen sein muß, unter den Henris König zu sein: der Philosoph des Königreichs war Montaigne, er schloß sich in seinem Kabinett ein, dachte ganz leise, schrieb eher mit Tinte als mit Gift und veröffentlichte nichts in den Zeitungen.»

«Nun, nun», sagte Praslin lächelnd, «Ihr braucht Euch nicht über all Eure Philosophen zu beklagen: Rousseau ist gegen Euch, aber Voltaire ist für Euch, und das bringt Euch heutzutage, wo man auch mit Epigrammen regiert, den Vorteil, daß Voltaire bessere macht als Rousseau. Was die anderen Schöngeister betrifft, so sind sie Euch nicht besonders schädlich, soweit ich weiß, und könnten Euch sogar nützlich sein. Bestimmt d'Alembert oder Diderot oder beide, nach Rußland zu gehen. Die Zarin verlangt lauthals nach ihnen, und wenn sie sich mit Herz oder Kopf in sie verliebt, vergißt sie vielleicht eine Weile ihre Lust, über Konstantinopel oder Danzig herzufallen.»

«Katharina träumt davon, ganz Frankreich nach Rußland zu importieren!» sagte Choiseul.

«Ihr zum Beispiel einen Admiral nach unserem Geschmack zu schicken, wäre keine schlechte Idee», sagte Praslin. «Hättet Ihr da einen Namen vorzuschlagen?»

Choiseul lächelte: «Nun, lieber Cousin, den gleichen, an den Ihr denkt. Der Chevalier Vincent würde uns in jeder Beziehung passen: in ihrem Bett würde er für uns kundschaften, auf See würde er sie verraten. Leider ist dieser Traum zu schön – der Malteser ist ein sturer Kopf. Er will Frauen erobern, wie es ihm beliebt, und Meere befahren, wie es ihm beliebt, und zwar eher des Goldes als des Ruhms wegen. Obendrein würde weder Spionage noch Verrat seiner Religion entsprechen. Und außerdem ist er gerade unterwegs zur Isle de France. Ich habe Poivre und dem Gouverneur Dumas seine Unterstützung zugesagt. Er wird ihnen nützliche Instruktionen zur Instandsetzung von Port-Louis geben können. Wenn der Krieg mit England wiederaufflammt, könnten ein paar zuverlässige, in Port-Louis liegende Korsaren den gesamten englischen Handel in den indischen Gewässern zum Erliegen bringen.»

Praslin fing an zu lachen: «Allein diese Vorstellung läßt Euer ganzes Gesicht aufleuchten. Ihr seid sehr nachtragend, lieber Cousin. Aber damit ich eine gute Kolonialpolitik mache, müßt Ihr mir einen guten Kredit geben. Ich war gerade gekommen, Euch um etwas Geld für zwei hervorragende Abenteurer anzubetteln, die es furchtbar eilig haben abzureisen, der eine, um neue Kolonien für Euch zu gewinnen, der andere, um Euch eine zu bepflanzen.»

«Sehen wir uns den ersten an», sagte Choiseul, die Ellbogen auf seinen Schreibtisch stützend.

«Bougainville war gerade bei mir», sagte Praslin.

«Er mußte es ja sein!» rief Choiseul aus. «Er ist es immer. Will er zur Suche nach einer weiteren einsamen Insel aufbrechen, um ein weiteres Neu-Akadien daraus zu machen?»

«Diesmal ist sein Ehrgeiz umfassender: er hat mir so etwas wie eine Reise um die Welt angeboten», sagte Praslin.

«Die Reise um die Welt! Bougainville ist wahrhaftig ein unerschrockener Träumer», sagte Choiseul.

«Ja, aber ein einigermaßen genialer Träumer», antwortete Praslin. «Und warum sollte nicht auch ein *französischer* Seefahrer die Welt umsegeln, wo Magellan, Drake, Roggeween, Anson, Byron es schon gemacht haben? Und wo zwei Engländer, wie es scheint, sich anschicken, es wieder zu machen?»

«Welche Engländer?» frage Choiseul lebhaft.

«Kapitän Wallis und Kapitän Carteret», sagte Praslin. «Ritter Vincent hat von ihren Vorbereitungen Wind bekommen. Sollen wir zulassen, daß die Engländer die ganze Erde vor uns entdecken?»

«Nein!» platzte Choiseul heraus. «Lieber Cousin, bringt mir Bougainville.»

«Das war ein so vorhersehbarer Befehl, daß ich ihn Euch morgen bringen kann», sagte Praslin lächelnd. «Er soll Euch sein Projekt selbst mit seiner glühenden Begeisterung vortragen. Darf ich jetzt über meinen zweiten Reisekandidaten sprechen? Sein Wunsch ist bescheidener, und zwar möchte er ein Register der natürlichen Schätze der Isle de France und der Isle de Bourbon anlegen – unserer frisch erworbenen Maskareneninseln. Die Idee scheint mir zur rechten Zeit zu kommen. Man muß inventarisieren, bevor man urbar macht.»

«Will Poivre denn diesen Mann? Wer ist es?»

«Poivre will ihn und fordert ihn sogar an, es ist einer seiner Freunde, der Doktor Aubriot. Augenblicklich befaßt er sich im Königlichen Garten mit Botanik. Jussieu schätzt ihn sehr und

Buffon ebenfalls. Er ist Doktor der Medizin, Naturforscher und Botaniker des Königs.»

Der Duc de Choiseul blickte ironisch drein: «Doktor Aubriot? Das ist aber ein von vielen Seiten protegierter Mann. Ich glaube, ich habe ihn erst vor kurzem zum Königlichen Zensor gemacht, um der Marquise de Couranges einen Gefallen zu tun, jetzt muß ich ihn mit einer Mission betrauen – was derselben Dame bestimmt mißfallen wird! Aber wenn alle Beteiligten sich auf einen Namen einigen, regelt eine so geringfügige Sache doch bitte selbst – sie dürfte ja nicht allzu viel kosten.»

«Indem Ihr Aubriot dort hinschickt, werdet Ihr nicht nur unseren Freund Poivre befriedigen», merkte Praslin an.

«Wen denn noch?»

Wohlwissend, daß er Eindruck machen würde, schwieg Praslin eine Sekunde, bevor er damit herauskam: «Auch Monsieur de Richelieu hat mir diesen Aubriot sehr empfohlen.»

Wie von einer Feder emporgeschnellt richtete Choiseul sich auf und schlug mit der Faust auf seinen Schreibtisch: «Was nimmt dieser alte Unruhestifter sich jetzt heraus, daß er etwas anderes als Theaterhäschen protegieren will? Durch welches Wunder kennt dieser Analphabet einen Gelehrten gut genug, um ihn fördern zu wollen? Sollte Aubriot über ein Allheilmittel gegen Syphilisnachwirkungen verfügen? Lieber Cousin, das ist eine Protektion zuviel, die der Ernennung Eures Botanikers sehr schadet! Ich denke nämlich nicht daran, mir meine Wahl von einem Tollkopf diktieren zu lassen, der eitel und dumm genug ist zu meinen, er könne meinen Platz einnehmen!»

Als der Herzog sah, daß Praslin sich über seinen Ausspruch amüsierte, blieb er vor diesem stehen und fuhr in gemäßigtem Ton fort: «Anstatt auf meine Kosten zu lachen, teurer Cousin, erklärt mir doch, was dieser alte Marodeur mit der Dankbarkeit eines Botanikers anfangen will?»

«Aubriot hat eine wunderhübsche Mätresse, die eine wunderhübsche, Trost suchende Witwe abgeben wird!»

«Aha, jetzt kenne ich mich wieder aus!» rief Choiseul. «Ich war ganz durcheinander, denn ich habe noch nie erlebt, daß Richelieu sich ernsthaft um etwas anderes kümmert als um Gold und Ärsche. Ist das neue Schätzchen, auf das er ein Auge hat, denn den Einsatz wert?»

«Von ihrer Schönheit wird gern gesprochen. Es ist die Belle Tisanière aus dem Templer-Viertel; ich habe sie bei meiner Frau gesehen und meine, daß sie ihren Ruf verdient.»

«Die Belle Tisanière aus dem Templer-Viertel!» sagte Choiseul mit einem Pfiff der Anerkennung. «Sie beliefert auch die Herzogin, ich habe sie eines Abends bei ihr gesehen, und es ist allerdings wahr, daß sie den Einsatz lohnt, ich habe selbst daran gedacht. Aber eine Lieferantin meiner Frau . . . Man treibt es doch nicht mit Lieferantinnen.»

Der Duc de Praslin lachte über den Ausspruch, ehe er fortfuhr: «Wißt Ihr, daß der Marschall die Absicht hat, die Person im Palais de Richelieu unterzubringen und sie zur offiziellen Mätresse zu machen? Um meine Hilfe zu beschleunigen, hat er sich mir anvertraut.»

«Offizielle Mätresse im Palais de Richelieu? Eine Ladenbesitzerin! Lieber Cousin, bei der Geschwindigkeit, mit der sich die Liebe zum Volk verbreitet, werden wir eines Tages eine Grisette in den Privatgemächern von Versailles regieren sehen!» seufzte Choiseul.

Praslin nickte und kam auf seine Angelegenheit zurück: «Ich habe also Euer Einverständnis, den Botaniker fortzuschicken?»

«Das habe ich nicht gesagt. Ich lege keinen Wert darauf, Richelieu gefällig zu sein, nicht einmal für eine gute Sache.»

Der Marineminister unterdrückte eine Anwandlung von Ärger und versuchte einen Winkelzug: «Den Marschall in der Chaussée d'Antin bei seiner Schönen seßhaft zu machen, wäre jedoch eine geschickte Art, Euch seiner in Versailles zu entledigen. Er wird seinen Dienst als Kammerjunker vernachlässigen, der König wird ihm schmollen und Euch gegenüber um so huldvoller sein.»

«Unter diesem Gesichtspunkt gesehen . . .» setzte Choiseul an. «Schön, gebt Richelieu seine Witwe, und möge er sie Tag und Nacht fegen, bis er über ihrem Körper hinscheidet – je eher, desto besser! Aber ich frage mich, teurer Cousin», fügte er verschmitzt hinzu, «was *Ihr* Euch von der Dankbarkeit des alten Gauners erhofft?»

Ausweichend sagte Praslin: «Die ‹Étoile des Mers› soll etwa Mitte September nach Port-Louis absegeln, und ich habe gedacht . . .»

«Das geht nicht», unterbrach Choiseul. «Poivre will erst Anfang Januar reisen. Vorher will er heiraten. Und natürlich will er auch einen Orden und seinen Adelsbrief und dies und das!»

«Aubriot würde gern vor ihm abreisen. Der Vicomte Vilmont de la Troesne, der die ‹Étoile des Mers› befehligt, interessiert sich sehr für Naturgeschichte und möchte, daß mein Botaniker mit ihm über Südamerika fährt und in der Gegend von Rio de Janeiro wie in der Bucht von Montevideo Pflanzen sammelt. Ich hätte Lust, ihm das zu gewähren und Buffon dadurch einige Kisten mit Mustern der amerikanischen Fauna und Flora zu verschaffen, die dann die ‹Étoile des Mers› zurückbringen würde.»

«Gewährt es, lieber Cousin», sagte Choiseul gleichgültig. «Die Sammlungen verwelkter Gräser und hohler Muscheln lassen mich eiskalt, aber ich sehe, daß zur Zeit alle Welt versessen darauf ist . . . Verlangt jedoch nicht zuviel Geld für diese Kleinigkeiten von mir.»

«Zusätzlich zu seinem bescheidenen Gehalt verlangt Doktor Aubriot nur, daß ein Diener auf Kosten des Königs auf die Insel verbracht wird. Aber ich gebe ihm etwas Besseres, ich gebe ihm den jungen Bonpland, den Neffen des Abbé de la Chapelle. Dieser junge Mann soll in der Botanik schon sehr beschlagen sein, er träumt davon, Reisen zu machen . . .»

«Das ist erledigt; regelt die Einzelheiten der Sache nach Eurem Belieben», unterbrach Choiseul, der sich bereits langweilte. «Habt Ihr keine anderen wichtigen Neuigkeiten?»

«Rousseau soll im Begriff sein, aus Derbyshire zurückzukommen: seine englischen Gastgeber ertragen ihn nicht länger.»

«Wenn er einen Fuß nach Frankreich hineinsetzt, lasse ich ihn in die Bastille werfen», sagte Choiseul.

«Ihr werdet ihn nicht in die Bastille stecken können, denn er wird wie der Wind von Calais in das Templer-Viertel eilen», sagte Praslin. «Mir ist, als röche ich schon das Lamm-Ragout mit Speck und Gemüse, das Madame de Boufflers aufs Feuer hat setzen lassen, um ihn beim Nachhausekommen mit seinem Lieblingsessen zu laben.»

Der Minister schwieg eine Weile, bevor er zwischen den Zähnen hervorstieß: «Wißt Ihr, wenn von Sachsen Conti durchbohrt hätte, statt umgekehrt, ich würde nicht darüber weinen. Aber wie zum Teufel kann ich Conti einen Hieb versetzen?»

«Richelieu wird es für Euch tun», versicherte Praslin lächelnd.

«Die Belle Tisanière?»

«Der Prinz war sehr stolz darauf, die hübscheste und gelehrteste

Kräuterhändlerin von Paris in seinem Bezirk zu haben. Er wird wütend sein, wenn sie ihm verlorengeht.»

«Das hättet Ihr mir sagen müssen, Cousin! Ich hätte Anstrengung gemacht, sie vor Richelieu in ihren eigenen Möbeln einzurichten. Bei Gott, ich hätte Conti auf angenehme Art ärgern können und habe es verpaßt!»

19. Kapitel

Zum Observatorium», rief Jeanne dem Kutscher zu und setzte ihren weißen Schuh auf den Wagentritt des Fiakers.

Ob Lalande Erfolg gehabt hatte?

Zehn Tage zuvor war Philibert eines Abends mit der Gewißheit in die Rue du Mail zurückgekehrt, daß er bald seinen Ernennungsbrief für die Isle de France bekommen würde, und tatsächlich, achtundvierzig Stunden waren noch nicht vergangen, als er das Schreiben des Ministers in Händen hielt:

«An Monsieur Aubriot, in Paris, im Botanischen Garten des Königs.

Sehr geehrter Monsieur, von den Zeugnissen, die mir über Eure Kenntnisse in allen Bereichen der Naturgeschichte gegeben wurden, habe ich den König in Kenntnis gesetzt, und Seine Majestät hat eingewilligt, Euch für die Isle de France zu ernennen, wo Monsieur Poivre, sein Verwalter, Euch in Eurer Eigenschaft als Arzt, Botaniker und Naturforscher in seine Dienste nehmen wird. Ihr werdet arbeiten, wo immer der Verwalter es wünscht, um an Ort und Stelle alle nur möglichen Beobachtungen und Entdeckungen in den drei Bereichen der Naturgeschichte zu machen und ihm davon sowie von Euren Erträgen genauestens Rechenschaft ablegen. Um auf Euren Posten zu gelangen, werdet Ihr Euch auf der ‹Étoile des Mers› einschiffen. Monsieur Vilmont de la Troesne, der sie befehligt, wird Euch zunächst an die Küste Südamerikas bringen, wo Ihr für Monsieur de Buffons Muster-Sammlungen der Küstenflora und der Meeresfauna zusammentragen sollt. Damit Ihr bei Eurer Abreise mit den notwendigen Gerätschaften ausgerüstet seid, übergebt eine Liste darüber meinem Unterminister Monsieur Poissonnier. Er wird über einen Kredit von dreitausend Livres für Euch verfügen, dies unabhängig von einer Gratifikation von tausendzweihundert Livres, die Euch der König gewährt. Euer Gehalt beläuft sich auf zweitausend Livres im Jahr, und ich gebe Anweisung, sie vom ersten dieses Monats an auszuzahlen. Auf der Insel erhaltet Ihr Eure Unterbringung von dem Verwalter, der Euch einen privaten schwarzen Diener kaufen und über die Gehilfen entscheiden wird, die Euch bei Euren Expeditionen und Verrichtungen behilflich sein werden. Während der Reise werdet Ihr den jungen Augustin Bonpland, Student der Botanik, bei Euch und zu Euren Diensten haben, der sich geehrt fühlen würde, wenn Ihr ihn als Diener und Sekretär übernehmen wolltet. Seine Bezahlung wird vom König übernommen.

Hochachtungsvoll, Duc de Praslin.»

Das unvorhergesehene Auftauchen von Augustin Bonpland im Brief des Ministers hatte Jeanne an den Rand einer Nervenkrise gebracht. Sie hatte große Mühe, sich vor Philibert nicht zu verraten, der noch nichts von dem romantischen Traum wußte, den sie sich erdacht hatte; der vor allem nichts erfahren durfte, ehe er im Hafen angekommen war. Um einen Helfer zu gewinnen, der auch ohne ihre Geständnisse alles erraten konnte, war Jeanne zu Lalande geeilt.

Mit Lorbeer bekränzt, mit Lobreden überschüttet, tausend langatmige Histörchen auf der geschwätzigen Zunge, war der illustre Astronom von seiner Italien-Reise zurückgekehrt und hatte es erreicht, in Paris populärer denn je zu werden. Da er jenseits der Alpen allen Gelehrten und Künstlern begegnet war, scharte man sich im *Régence* um sein Geplauder, und die größten Salons rissen sich um seine freien Viertelstunden. Da alles, was in Paris und in Versailles einen Namen hatte, ihm hold war, hatte Jeanne gemeint, daß der Duc de Praslin es nicht wagen würde, Lalande eine geringfügige Gefälligkeit abzuschlagen, und sei sie nur für einen seiner Freunde. Ob Lalande Erfolg gehabt hatte?

Ob er nun Erfolg gehabt hatte oder nicht, sie mußte auf jeden Fall die Stadt verlassen. Ihre Situation im Verhältnis zu Richelieu wurde schwierig. Kaum, daß der Brief des Marineministers bei Aubriot eingegangen war, hatte Richelieu versucht, Dank dafür einzuheimsen und hatte die von Jeanne auferlegten Bedingungen nur widerwillig angenommen: bevor die junge Frau nicht im Palais an der Chausée d'Antin wohnte, würde sie nichts gewähren; und dort würde sie erst nach ihrer Rückkehr aus Lorient einziehen, wohin sie Aubriot zu begleiten und wo sie zu bleiben wünschte, bis die ‹Étoile des Mers› ihren Anker gelichtet haben würde. Richelieu plante, seinen sechsspännigen bequemen Reisewagen unauffällig nach Lorient zu schicken, der ihm ‹sein Juwel› in weniger als drei Tagen zurückbringen würde. Unterdessen ließ er ihr eine Wohnung in seinem Palais einrichten, und als er Jeanne nach ihren Lieblingsfarben gefragt hatte, war sie vor Scham errötet und hatte gemurmelt: «Honig- und elfenbeinfarben mit ein wenig Grün bitte.» Tatsächlich hielt der alte Geck inzwischen mit so aufmerksamer Ritterlichkeit sein Wort, sich zu gedulden, daß es ihr mehr und mehr leid tat, ihn zu täuschen. Mit reuigen Seufzern empfing sie jeden Nachmittag das tägliche Geschenk, das er nach La Tisanière bringen ließ: eine mit Pralinen gefüllte Bonbonniere aus Sèvres-Porzellan, ein Tüchlein aus Cambrai mit Seidenfransen, ein Exemplar der Rondeaus von Charles d'Orléans in feinem Ledereinband und mit Feingoldprägung – es wurde Zeit, daß das ein Ende nahm. Der Marschall harrte seiner Schönen mit dem freudigen Vertrauen eines Bräutigams, dessen baldige sinnliche Befriedigung in den Sternen geschrieben steht. Und da die Schöne die Lüsternheit des alten Satyrs kaum noch spürte, bildete sie sich manchmal ein, ihn in ein gutmütiges Papachen verwandelt zu haben und bekam Anwandlungen, ihm ihren Betrug einzugestehen. Ja, es war höchste Zeit, daß dieses Spiel ein Ende nahm, damit Jeanne sich nicht verriet. Aber hatte Lalande etwas erreicht?

Ein Faktotum bat die Besucherin, in der Hütte auf Monsieur de Lalande zu warten. ‹Hütte› war nicht nur ein Wort aus dem Astronomenjargon; obwohl geräumig und gut mit modernen Instrumenten ausgestattet, war das, was Cassini, der Direktor des Observatoriums auf dem Dach des Gebäudes hatte errichten lassen, tatsächlich kaum mehr als eine Hütte, denn Perrault, der Architekt, hatte ihm nie die Kuppel bewilligt, die er verlangte. Die lichterfüllte verglaste Hütte hatte Jeanne immer gefallen. Heute glitt ihr Blick mit beinahe schmerzlichem Vergnügen über das zarte Grün der Ulmen von Port-Royal, um dann über die Beete mit Rot- und Grünkohl und über die Rabatten des weitläufigen Abtei-Gartens zu schweifen, wo sich zwischen weißblühendem Eisenkraut flammend rote Geranien ergossen. War es nicht das letzte Mal, daß sie die Aussicht auf die prächtige Landschaft aus Stein und Grün betrachten kam, die man von der Terrasse des Observatoriums aus hatte? Vor ihr, am Ende der Gärten von Port-Royal, erstreckten sich die herrlichen Bauten und der französische Park von Val-de-Grâce. Zu ihrer Rechten grünten die Gemüsegärten der Kapuziner und jenseits der Rue de la Santé die weitläufigen Obstpflanzungen, die den Pré de l'Avocat umschlossen. Zu ihrer Linken begann das Gemüseanbaugebiet des Faubourg Saint-Michel. Trotz der Nähe der Stadt leuchtete diese fast menschenleere Landschaft außerhalb von Paris unter dem hohen blauen Augusthimmel in strahlender Friedlichkeit. Lalande kam ohne ein Wort zu ihr herüber und ließ sie noch eine Weile die große stille Kulisse genießen. Als sie spürte, daß er sprechen würde, preßte sie die Hände fest aneinander.

«Jeannette», sagte der Astronom, «der junge Bonpland verzichtet auf die Isle de France. Aubriot kann sich einen Diener nach seinem Geschmack aussuchen.»

Sie freute sich so sehr über Lalandes Worte, daß sie ihm um den Hals fiel.

«Jetzt, wo ich den Kuß für meine Mühe bekommen habe, will ich ehrlich sein», sagte er lachend. «Ich habe nichts dazu beigetragen – oder sehr wenig. Der junge Mann hat von dem Plan einer Reise um die Welt gehört, und macht sich Hoffnungen, daß sein Onkel ihm die Teilnahme daran vermitteln kann, in seinem Alter wählt man immer das größere Abenteuer. Er wußte nicht, wie er sich beim Duc de Praslin von seinem Auftrag befreien sollte, und ich bin gerade recht gekommen, als ich ihm sagte, daß Aubriot einen richtigen Diener nach seiner Wahl einem falschen vorzöge.»

Einen Augenblick sahen sie sich in die Augen, aber Jeanne sagte nichts, und der Astronom kniff die seinen nach seiner Gewohnheit halb zu:

«Was sagt Ihr dazu, Jeannette, daß Aubriot abreist?» fragte er in neutralem Ton.

«Ich sage, daß er großes Glück hat, die andere Seite des Himmels zu sehen. Er wird unter Tausenden von neuen Sternen wandeln ... dick wie Orangen ...»

Der Astronom lächelte über das Wort ‹Orangen› und sagte: «Es stimmt, daß man auf einer solchen Reise ein Paket neuer Sterne erntet. Aber, hm ... was meint Aubriot dazu, daß er Euch bis zu seiner Rückkehr in Paris allein läßt?»

«Monsieur Aubriot meint, daß eine Frau, die einen liebt, ein unbeweglicher Besitz ist», sagte sie lebhaft. «Ich nehme an, er befürchtet ebensowenig, mich während seiner Abwesenheit verschwinden zu sehen, wie unser Haus in der Rue du Mail nicht mehr vorzufinden, wenn er zurückkommt.»

Lalandes Augen öffneten sich kurz und blitzten schwarz auf; «hm ...» machte er wiederum und ließ sich auf einem Hocker nieder, um die Fortsetzung abzuwarten. Da diese auf sich warten ließ, ermutigte er sie: «Kommt, sagt mir etwas Schlechtes über Aubriot. Das erleichtert immer ein wenig.»

«Monsieur Aubriot tut nichts Schlechtes, außer daß er ein Mann ist», sagte sie, und als sie dies sagte, stieg alles wieder in ihr auf, was ‹die Männer› – Philibert, Vincent, Richelieu – für sie getan oder nicht getan, ihr zur Unzeit geschenkt oder nicht geschenkt, im falschen Moment gesagt oder nicht gesagt hatten – einfach nur, weil sie Männer waren, das heißt schlecht mit den Frauen harmonierende Männer.

«Es gibt Momente, in denen die Männer mich ärgern», setzte sie in leicht hochmütigem Ton hinzu, «mich ärgern oder mich anwidern.»

«Wenn eine Frau so von den Männern spricht, bedeutet es, daß sie bereit ist, einen weiteren zu nehmen, um sich mit den anderen auszusöhnen», sagte Lalande. «Vergeßt nicht, daß ich als erster in Paris in Euch verliebt war, ich müßte also in der Reihe Eurer Verehrer der erste sein.»

«Oh», wunderte sie sich kokett, «ich wußte gar nicht, daß der erlauchte Monsieur des Observatoriums mich verehrt?»

«Lügnerin!»

Sie betrachtete Lalande, der einen Sonnenstrahl auf der polierten schwarzen Spitze seines Schuhs tanzen ließ.

«Monsieur de Lalande, ich liebe Euch», sagte sie. «Ihr seid ein guter Freund.»

Sie hatte diesen Satz ernst und mit ihrer weichsten Stimme ausgesprochen. Er war sich des keuschen Lebewohls bewußt und warf in allzu leichtem Ton hin: «Meine Liebe, ich habe Euch oft gebeten, mich schlicht und einfach mit Lalande anzureden – es wäre Zeit, damit anzufangen. Oder, wenn Ihr mich überglücklich machen wollt, sagt Jérôme.»

«Jérôme, ich liebe Euch, Ihr seid ein guter Freund», wiederholte Jeanne wohlklingend.

Er stand auf und kam zu ihr herüber: «Wart in Wirklichkeit nicht vielmehr Ihr es statt Aubriot, die von der Isle de France träumte?»

«Nun ja», murmelte sie, «sagen wir, daß ich dem Traum einen Namen gegeben habe, den Philibert erleben wird.»

Ein winziges Lächeln im Mundwinkel, beobachtete Lalande sie angespannt mit halbgeschlossenen Augen. Schließlich streckte er ihr beide Hände entgegen. Sie legte die ihren hinein, und so blieben sie lange stehen, um sich schweigend Lebewohl zu sagen, ohne je von Abschied gesprochen zu haben.

Zwei Tage vor ihrer Abreise konnte sie eine Einladung Richelieus nicht umgehen, der sie bat, ihre Meinung zu einem Stoff zu sagen, mit dem die Wohnung, die er für sie einrichten ließ, ausgestattet werden sollte. Sie lobte den Dekorateur und den Maler über den grünen Klee. Der Marschall zeigte ihr einen hinreißenden kleinen Schreibtisch mit Geheimfächern aus Rosenholz, den er gerade für sie erworben hatte. Als sie begeistert und amüsiert die Schubladen herausspringen ließ, brachte das Möbelstück sie auf eine Idee. Sie zog den Rubin von ihrem Finger und legte ihn in eines der geheimen Fächer des Schreibtischs: «Ich wünsche, daß er hier auf mich wartet», sagte sie. «Ich will nicht, daß er reist.»

Sogleich zog der Herzog einen blaufunkelnden Diamanten von seinem Ringfinger und warf ihn zu dem Rubin: «Um Kleine zu machen, sind zwei nötig, und ich wünsche, daß diese beiden während Eurer letzten Abwesenheit welche machen, und zwar noch schönere als sie selbst», sagte er fröhlich.

Jeanne antwortete halb ernst, halb im Scherz: «Hoheit, Ihr habt so reizende Gesten der Güte, daß man mitunter vergessen könnte, daß Ihr ein Despot seid.»

Nun mußte sie nur noch dem Abbé Rollin den letzten Brief aus Paris anvertrauen, den sie an Madame de Bouhey geschrieben hatte. Sie legte keinen Wert darauf, daß dieses Schreiben von der Zensur geöffnet und sein Inhalt anderen Augen zugänglich wurde als denen der Baronin. Eine einzige Person auf der Welt sollte Jeannes verrückten Plan, sein Warum, sein Wie kennen.

Der Abbé Rollin war in Paris bei Jean-François de Bouhey geblieben, der seine Ausbildung als Offiziersanwärter an der Militärakademie beendete. Jeanne sah sowohl den einen wie den anderen häufig, sie kamen in ihren Laden und versorgten sich mit Tees, Tränken und Duftwässern. Unglücklicherweise hatten sie sich die ganze Woche über nicht blicken lassen, aber sie wußte, wo sie an einem Donnerstagabend zu finden waren: im Cölestinerkloster, wo sie ihre Grisetten mit Weißwein und Bratfisch verwöhnten.

Der köstliche baumbestandene Garten der Cölestinermönche war wie gewöhnlich am Donnerstag überfüllt mit angehenden Militärs. Sie kamen hierher, um mit ihren lieben Freundinnen, den Wäscherinnen, zu schäkern oder sich am Eingang des Klosters von Halbweltdamen umwerben zu lassen. Gleich als Jeanne den Garten betrat, erblickte sie im Schatten eines Laubengangs die rote goldbetreßte Uniform des Schülers der École de Mars.

«Jeannette, du kommst gerade recht für eine Neuigkeit, die dich erfreuen wird», sagte Jean-François, der die moderne Sprache übernommen hatte und seine engen Freunde oft duzte. «Ich habe einen Brief von Mama erhalten: bei den Delafayes ist wieder ein Kind angekommen.»

«Élisabeth?» fragte Jeanne.

«Élisabeth – Frau Prokurator Duthillet. Es ist ein Mädchen. Und da es schließlich ein Mädchen ist, daß du bekommen hättest, wenn du Duthillet nicht verlassen hättest, haben sie es Jeanne genannt. Jeanne-Félicité, weil die Eltern, wie sie sagen, dir dein Glück verdanken. Ist das nicht sehr freundlich?»

«Ich bin gerührt», murmelte Jeanne mit Tränen in den Augen.

«Trink einen Schluck», sagte Jean-François. «Immer noch so empfindsam, wie?»

«Jean-François, Ihr hättet Madame Duthillet Zeit lassen sollen, Jeannette ihren zartfühlenden Einfall selbst mitzuteilen», schimpfte der Abbé.

«Nein, nein», sagte Jeanne lebhaft, «es war sehr richtig, daß er es mir heute abend gesagt hat. Wann fahrt Ihr nach Charmont?»

«In acht Tagen», sagte Jean-François. «Es leben die Ferien! Vorausgesetzt, sie dauern nicht zu lange», fügte er mit einer Grimasse hinzu.

«Monsieur Abbé, bevor ich Monsieur Aubriot nach Lorient begleite, möchte ich Euch einen Brief an Madame de Bouhey anvertrauen», sagte Jeanne. «Bittet sie, ihn zu lesen, wenn sie allein ist. Es ist ein wichtiger und vertraulicher Brief.»

«Oh, oh, Geheimnisse?» spottete Jean-François. «Heiratest du? Will Monsieur Aubriot dich heiraten, bevor er seine exotische Tour macht?»

«Red nicht so daher!» sagte sie ärgerlich.

«Ich rede nicht so daher. Ich möchte gern auf deiner Hochzeit tanzen und bin unzufrieden, daß Monsieur Aubriot noch nicht daran gedacht hat . . .»

«Jean-François!» mahnte der Abbé streng.

«Schon gut», sagte der leichtsinnige Mensch, «ich schweige. Im übrigen erwartet mich bei meiner Ankunft im Schloß eine andere Hochzeit. Mama hat es mir in ihrem letzten Brief mitgeteilt. Jeannette, rate, wer mit wem?»

«Anne-Aimée und ihr kleiner Marquis d'Angrières.»

«O nein! Die beiden sind noch nicht soweit. Meine Großmutter schwört Stein und Bein, sie werde verhindern, daß eine schöne Mitgift der Delafayes in den Händen des liederlichsten kleinen Marquis von ganz Lyon beim Spiel draufgeht. Rate weiter.»

«Bleibt nur Margot.»

«Es ist Margot», sagte Jean-François. «Mit wem?»

«Mit dem schönen Guilio, dem Sohn des Reeders Pazevin.»

«Ach? Warst du in das Geheimnis eingeweiht?»

«Es war kein Geheimnis, daß Margot seit ihrem zwölften oder dreizehnten Lebensjahr nach dem jungen Pazevin verrückt war», sagte Jeanne.

«Was ein hübsches kleines Mädchen will . . .» begann der Abbé mit einem nachdrücklichen Blick auf Jeanne. «Aber was Ihr wahrscheinlich nicht wißt, Jeannette, ist, daß die jungen Pazevins gleich nach der Hochzeit ebenso wie Doktor Aubriot die schöne Reise machen wollen, von der Ihr und ich tausendmal gemeinsam über der Weltkarte geträumt haben.»

«Ach, wirklich?» sagte Jeanne mit gespitzten Ohren.

«Ja», sagte der Abbé. «Guilio Pazevin will eine große Handelsniederlassung in Port-Louis einrichten.»

«Er hat ein- oder zweimal mit mir über diesen Plan gesprochen», sagte Jeanne. «Dann werden sich Margot und Guilio, Monsieur Aubriot und Monsieur Poivre also bald alle in Port-Louis treffen?»

«Wie Mama berichtet, wird auch Mademoiselle Robin dort sein», sagte Jean-François.

Von dem Namen überrascht, fragte Jeanne: «Sprichst du von Françoise Robin, der Tochter des Rats Robin aus Villars-en-Dombes? Was zum Teufel will sie auf der Isle de France?»

«Haus und Hof des Verwalters versorgen», sagte Jean-François. «Sie heiratet Monsieur Poivre.»

«Pah!» schnaubte Jeanne.

Die Neuigkeit verwirrte sie ein wenig. Sie konnte sich den berühmten Einarmigen aus Lyon mit der abenteuerlichen Vergangenheit nicht anders vorstellen, denn als freiheitsdurstigen alten Junggesellen. Aber es stimmte, daß die Demoiselle Robin ihre Reize hatte.

«Schön», sagte sie, «ich bin entzückt, das alles zu erfahren. Da werden wir ... wird Monsieur Aubriot sich nach der Landung weniger fremd fühlen.»

Plötzlich hielt eine schmutzige Kinderhand Jean-François Feldblumensträuße zu einem Sou unter die Nase:

«Monsieur, wollt Ihr Eure schönen Damen nicht mit Blumen schmücken, um der Liebe Gottes willen?»

Jean-François kaufte drei Sträuße für drei Sous, denn der kleine Verkäufer trug die traurige blaue Mütze der Findelkinder.

Am Abend steckte Jeanne den Strauß in ihr Gepäck.

20. Kapitel

Die ‹Étoile des Mers› sollte am 14. September in See stechen. Aubriot wollte zehn Tage haben, um Lorient zu besichtigen, und damit Jeanne das Meer genießen konnte, ehe sie allein nach Paris zurückfuhr, deshalb trieben sie ihre Extrapost den ganzen Weg zu höchster Eile an. Drei Tage lang kamen sie nicht aus den Kleidern, aßen schnell eine Kleinigkeit, während an den Stationen die Pferde gewechselt wurden, schliefen in der Kutsche, wenn trotz des Gerüttels die Erschöpfung sie für eine Stunde übermannte. Der Brief des Königs, in dem Monsieur Aubriot aufgefordert wurde, sich zu seinem Dienstantritt nach Lorient zu begeben, bewirkte bei einem Postmeister gerade eben, daß er seine Stallknechte wachrüttelte und zwang, die Pferde zu wechseln. Aber anschließend, was für ein Palaver, um einen Kutscher zu überreden, auf den Bock zu steigen und durch das stockfinstere Land zu galoppieren! In Rennes, wo sie am zweiten Tag zwei Stunden nach Mitternacht Station machten, wollte kein Mann fahren: am Vortag waren im Wald von Plélan drei Kutschen ausgeraubt worden. Schließlich fand man nur einen komischen kleinen Kerl von etwa zwölf Jahren, der sie gern kutschieren wollte und versicherte, daß er es könne.

Jeanne wandte sich mitleidig an das Kind: «Bist du sicher, daß du fahren willst? Zwingt man dich nicht dazu? Hast du denn keine Angst?» fragte sie ihn trotz des gereizten Blicks, den Aubriot ihr zuwarf.

Der Junge lächelte den schönen jungen Diener an, der Mitgefühl für ihn zeigte: «Ich fürchte gar nichts, Monsieur», sagte er ganz leise. «Ich bin zu jung, um von einem bretonischen Banditen umgebracht zu werden – sie sind alle gläubig. Wenn wir Leuten mit bösen Absichten begegnen, die nicht nur stehlen, sondern auch noch prügeln wollen, wird Monsieur die Güte haben, für uns drei zu bezahlen, wie es sich gehört.»

Jeanne lachte von Herzen: «Wenn es so ist, fahren wir los», sagte sie. «Monsieur wird schon ungeduldig . . .»

Bei Tagesanbruch hielt der junge Postillon sein Gespann so jäh an, daß seine dösenden Passagiere mit dem Kopf gegen die Wagenwand stießen.

«Was ist? Was ist los?» rief Aubriot und steckte den Kopf aus der Wagentür.

Er sah den Jungen vom Bock springen.

«Auf der Straße liegt ein Hut, Monsieur.»

«Laß ihn, laß ihn liegen, ich bezahle dir einen Écu mehr», sagte Aubriot.

«O nein, Monsieur, ich würde dabei verlieren, er ist goldgerändert!»

Erst mit dem blauen goldbetreßten Dreispitz auf dem Kopf stieg das Kind wieder auf den Bock.

«Der Schlingel!» brummelte Aubriot. «Uns wegen eines altes Hutes Zeit verlieren zu lassen!»

Aufmerksam und etwas bitter betrachtete Jeanne Aubriots Profil.

«Habt Ihr es denn so eilig, in den Hafen zu kommen, Philibert? Drängt es Euch so, schnell den Ort zu erreichen, wo Ihr mich verlassen werdet?»

«Ich mache die Erfahrung einer schnellen Reise, das ist alles. In weniger als drei Tagen nach Lorient zu kommen war eine Erfahrung, auf die ich neugierig war. Du wirst das Meer früher, länger sehen. Bist du nicht froh über diese zehn freien Tage, die wir beide in einer unbekannten Gegend verbringen?»

«Über die zehn Tage bin ich froh. Was ich fürchte, ist die Traurigkeit des elften Morgens.»

Er legte ihr die Arme um die Schultern, küßte sie auf die Haare: «Jeannot, ich habe es dir versprochen, wenn ich länger als die zwei vorgesehenen Jahre auf der Isle de France bleiben muß, lasse ich dich kommen. Zwei Jahre sind nichts in deinem Alter.»

Sie schüttelte so energisch den Kopf, daß ihr schwarz umwickelter ‹Rattenschwanz› über die Backe des Arztes peitschte.

«Man merkt, daß Ihr nichts von der Ungeduld wißt, auf Euch zu warten», sagte sie. «*Ich* weiß, wovon ich spreche.»

Er nahm ihre Hände in die seinen: «Ich werde dir viel schreiben, Jeannot. Kein Schiff wird nach Frankreich absegeln, ohne Post für dich mitzunehmen. Ich werde dir über alles berichten!»

«Sogar über die schönen Kreolinnen?»

Aubriot lachte kurz und fest auf: «Deine Eifersucht ehrt mich. Denkst du eigentlich daran, daß ich bald vierzig werde? Ich bin ein alter Gelehrter. Wie man hört, sind es die jungen Offiziere, um die sich die schönen Kreolinnen reißen.»

«Ob ein verführerischer Gelehrter ihnen nicht auch gut gefällt?» sagte Jeanne schmollend, und Aubriot dachte flüchtig, daß er es wohl einmal ausprobieren könnte.

Vom Schaukeln des Wagenkastens gewiegt, redeten sie eine Weile nicht mehr. Dann nahm er ein Gespräch wieder auf, das sie zwei Tage zuvor angeschnitten und das er absichtlich kurz und bündig abgebrochen hatte: «Ich versichere dir, Jeannette, daß ich dich gern mitgenommen hätte», sagte er geradeheraus.

Sie sah ihn gespannt an und wartete auf die Fortsetzung.

Er bedauerte seine allzu spontane Bemerkung bereits, mußte aber nun fortfahren: «Monsieur Poissonnier, der Inspekteur der Kolonien, hat mir ausführlich vom Leben auf den Inseln erzählt, von der dortigen Gesellschaft, ihren Gewohnheiten, ihren Prinzipien, ihren Vorurteilen . . . Auf der Isle de France bin ich ein offizieller Entsandter des Königs beim Gouverneur oder beim Verwalter, und Port-Louis ist nicht Paris. Anscheinend hängen die dortigen Ideen ziemlich weit hinter denen her, die im *Café de la Régence* verteidigt werden. Die Stadt ist sehr klein, man kann dort nichts verbergen, man muß bei offenen Türen und Fenstern leben.»

«Mir ist nicht aufgefallen, daß die Arnould in Paris Türen und Fenster schließt, bevor sie sich ins Bett legt, sich mit dem Comte de Lauraguais streitet oder versöhnt», sagte Jeanne ironisch. «Noch daß die du Breuille sich mitten in der Nacht enthalten hätte, alle Mieter ihres Hauses aufzuwecken, damit sie ihr gegen den Monsieur Autor Poinsinet halfen, der, stockbetrunken, die Feuerzange benutzen wollte, um ihr, Gott weiß wo, ihr Essigschwämmchen herauszufischen! Ich frage mich, ob heutzutage nicht alles, was französisch ist, sich bei offenen Fenstern und Türen liebt, ohne sich so viele Fragen zu stellen!»

Er hatte sie mit seiner Schilderung der Moral und der guten Sitten in Port-Louis so provoziert, daß sie Aubriots Verblüffung nicht bemerkte, der von ihr so gewagte Äußerungen noch nie gehört hatte, und in einem Atemzug fortfuhr: «Verzeiht mir, daß ich Euch unterbrochen habe, aber auch mich hat man über das Leben auf den Inseln unterrichtet. Ich habe gehört, daß die Männer dort wie hier Mätressen haben und die Frauen Liebhaber und daß man es sogar nicht ungern sieht, wenn die Pflanzer ihren schönsten Sklavinnen kleine Negerlein machen – so wird die Insel billig bevölkert. Ich fürchte, der Inspekteur hat Euch, Gott weiß warum, eine Sittenstrenge gepredigt, die nur für Euch gelten wird!»

Aubriot ließ einige Zeit verstreichen, bevor er antwortete. Schließlich sagte er mit sanfterer Stimme: «Jeannette, ich spüre wohl, du nimmst es mir sehr übel, daß ich dich zurücklasse, und weigerst dich, meine Gründe anzuhören.» – «Ich habe Euch nur meine Meinung gesagt, ohne Euch irgend etwas vorzuwerfen.»

«Zugegeben, aber hör mich an, Jeannette, in Übersee ist der Unterschied groß zwischen einem in seinen Handlungen freien Pflanzer oder Kaufmann, einem Offizier oder einem durchreisenden Seefahrer und einem offiziellen Bewohner, der im Namen des Königs gekommen ist. Ich kann nicht gegen meine Instruktionen handeln, einen Tadel des Gouverneurs oder schlimmeres, eine vorzeitige Entlassung nach Frankreich riskieren – verstehst du das? Diese Mission, die mir aufgetragen ist, bedeutet sehr viel für mich, sie ist die Verwirklichung einer meiner Ambitionen und eröffnet mir Perspektiven, die . . .»

«Ja, ja, ich weiß», unterbrach sie ihn etwas überdrüssig. «Bei Eurer Rückkehr werdet Ihr ein ruhmreicher Entdecker sein, der vom König die wohlverdienten Ehrungen und Renten erhält und dem die Bewunderung seines Sohnes sicher ist.»

Sie hätte am liebsten geweint. Je näher Lorient rückte, um so unsicherer fühlte sie sich, ob sie ihren Plan würde verwirklichen können, und nach Philiberts letzten Worten mußte sie bei ihm noch härteren Widerstand befürchten, als sie vorhergesehen hatte. Wenn sie ihm ihren Plan enthüllen würde, welcher Philibert Aubriot würde stärker reagieren? Der vom König ausgezeichnete bürgerliche Gelehrte, der darauf bedacht war, keinen Anstoß zu erregen, oder der abenteuerliche Herumstreuner, der nur seinen Kopf und seine Beine entscheiden ließ, kein Blatt vor den Mund nahm und sich um das Gerede der Leute nicht scherte – den sie von Kindheit an geliebt hatte? Sie ließ ihren sorgenschweren Kopf sinken, suchte Trost an seiner Schulter. Und wieder legte Aubriot ihr den Arm um die Schultern und sprach zu ihr wie zu einem traurigen Kind, das man zu Hause läßt, während draußen das Fest stattfindet.

Sie lauschte ihm, wie man ohne Durst guten Wein trinkt, mit

zerstreutem Geist, um sich eine Weile ablenken zu lassen. Ihre Aufmerksamkeit wurde erst wieder wach, als der Arzt sagte:

«. . . und du mußt zugeben, daß ich deine Ideen annehme, sooft es eben geht, selbst wenn ich sie nicht für ganz vernünftig halte. Es war deine Idee, daß ich erst in Lorient den Diener einstelle, den der König mir gewährt, statt ihn in Paris zu suchen, wo ich bessere Auswahl gehabt hätte. Ehrlich gesagt, frage ich mich nämlich, ob ich in Lorient etwas anderes finde als einen ungeschickten ausgemusterten Matrosen, der gerade imstande ist, einen Sack zu tragen – und auch das nur, wenn er nicht zu zerbrechlich ist.»

Sie richtete sich auf: «Ich übernehme es, Eure Angelegenheit zu erledigen, gut zu erledigen», sagte sie mit klopfendem Herzen. «Überlaßt das mir. Und da Monsieur Dussault, der Hafenarzt, Euch während Eures Aufenthalts in Lorient seine Gastfreundschaft anbietet . . .»

«Oh, das kann ich nicht annehmen!» unterbrach Aubriot. «Du bist bei mir, also müssen wir irgendein Gasthaus suchen . . .»

«Nicht doch», sagte Jeanne eifrig. Es mußte sein, daß sie in Lorient von Anfang an als Monsieur Aubriots Diener galt. «Ihr müßt das Angebot Eures Kollegen annehmen, ihr könnt ihn nicht so vor den Kopf stoßen. Ich wirke so echt, daß ich nur so gekleidet zu bleiben brauche, wie ich bin – als Denis.»

«Das ist wieder einmal einer deiner verrückten kindischen Anfälle!» seufzte Aubriot.

«Ich möchte mich amüsieren, Philibert, sonst nichts. Die Natur hat mir durch eine gute Fee die Gabe geschenkt, daß ich nach Belieben Rock oder Hose tragen kann: laßt es mich genießen.»

«Verrückt!» wiederholte Aubriot, aber er lächelte. Man wird mich in Lorient zum Diner und zum Souper einladen: bist du dir recht im klaren darüber, daß du dann hinter meinem Stuhl stehst und mir zu trinken bringst?»

«Ja doch!» rief Jeanne aufrichtig aus. «Das ist tausendmal besser, als im Rock in einem Wirtshauszimmer auf Euch zu warten, während Ihr in der Stadt soupiert. Ihr scheint zu vergessen, Philibert, daß Diener zumindest hinsichtlich ihres Geschlechts zur glücklichen Hälfte der Menschheit gehören, die hingehen kann, wo sie will. Oder würdet Ihr ehrlich behaupten, daß Eure Mätresse ebenso leicht Zugang zur Gesellschaft von Lorient hätte wie Euer Diener?»

Mißvergnügt, weil er nichts zu antworten wußte, blieb Aubriot stumm.

«Seht Ihr?» frohlockte Jeanne. «Eure Jeannette würde sich in Lorient langweilen, während Euer Jeannot alles sehen, alles hören und alles kosten wird. Und bei Gott, Monsieur, wenn der Wein, den man Euch serviert, gut ist, verspreche ich Euch, daß ich alle Reste austrinken werde, um mich darüber hinwegzutrösten, daß ich nicht mit am Tisch sitze!»

«Jeannette, ich mag es nicht, wenn du so zynisch daherredest», antwortete er ärgerlich. «Du hast die Pariser Geisteshaltung angenommen, aber ich gebe zu, daß ich sie an dir kaum schätze.»

«Verzeiht mir und bedenkt, daß eine Frau mitunter Geist haben muß, um keinen Kummer zu haben», sagte sie einschmeichelnd. «Nun, Philibert, macht Ihr bei meinem Spiel mit? Monsieur Philibert, bitte – als Abschiedsgeschenk?»

21. Kapitel

Sie erreichten Lorient an einem Tag der ‹Indienheimkehr›. Daher sahen sie zunächst nur das bunte Menschengewimmel, durch das ihr Gespann sich einen Weg bahnte, im Schritt des Kutschers, der abgestiegen war, um das Vorderpferd am Zügel zu führen. Ohne ein Wort – der Mann sprach kaum Französisch – geleitete er sie langsam durch das Getöse, bis in die Straße von Doktor Dussault. Nach hundertdreiunddreißig Meilen, in weniger als drei Tagen mit kaum glaublicher Geschwindigkeit zurückgelegt, stiegen sie endlich vor einem Haus von nüchterner Eleganz aus. Während Aubriot den Türklopfer bediente, bemerkte er, empfänglich für die vornehmen, geradlinigen Häuserreihen zu beiden Seiten der breiten Fahrbahn:

«Wir werden in einer sehr schönen, modernen Straße untergebracht sein.»

Aber Jeanne beachtete die Häuser nicht und zog den Kutscher

an seinem Jackenärmel: «Mein Freund, wo ist der Meer? Das Meer? Das Meer?»

Endlich begriff er und lächelte schrecklich mit entblößtem zahnlosem Mund: «Da, gleich dahinter», sagte er mit holprigem Akzent und streckte die Faust aus, als wolle er eines der Bollwerke aus Fassaden umwerfen.

«Ich gehe hin, nur um einen ersten Blick darauf zu werfen», rief sie Philibert zu und wollte losrennen.

Der Arzt hielt sie am Arm fest, gerade als die Haustür aufging: «Diener Jeannot, gedulde dich gefälligst einen Augenblick und kümmer dich zuerst um mein Gepäck», sagte er in unecht strengem Ton.

«Ach ja, stimmt ja», sagte sie. «Rasch, rasch, mein Freund, laden wir schnell ab», rief sie dem Kutscher gestikulierend zu.

Der Diener in bretonischer Kniehose und Weste, der ihnen die Tür geöffnet hatte, verstand nicht viel mehr Französisch als der Kutscher, bedeutete ihnen aber, er gehe Hilfe holen. Er kam mit einer großen fetten Negerin zurück, deren gutmütiges und sehr schwarzes Gesicht strahlte.

«Das ist doch bei Gott nicht möglich, daß Monsieur Doktor aus Paris schon bei uns ist? Und an einem Tag, wo niemand zu Hause ist! Sie sind alle ausgegangen, um dem Verkauf zuzuschauen: Madame, Mamsell Armelle, Mamsell Anne und sogar Madame Victorine, die Großmutter, Monsieur Dussault ist im *Hôtel-Dieu* oder im Hôpital de Bretagne: man hat die Kranken vom Schiff in beide Krankenhäuser gebracht, es waren diesmal wieder so viele! Hier entlang, Monsieur, Euer Zimmer ist im ersten Stock . . .»

Sie schwatzte pausenlos, während sie sie zu einem geräumigen Zimmer geleitete. Das bequeme Mobiliar aus Birnbaumholz hätte ebensogut das eines Pariser Bürgers sein können. Doch ein Paar edler chinesischer Vasen auf dem Kamin gab dem Raum einen Anstrich von aristokratischem Raffinement und erinnerte daran, daß man ein paar Schritte von diesem Haus entfernt dabei war, Kisten mit weitgereistem Porzellan zu entladen.

Die Negerin zankte mit dem Kutscher herum, damit er das Gepäck der Reisenden ohne anzuecken dort absetzte, wo es hingehörte. Als der Mann entlohnt worden und gegangen war, setzte sie wieder ihr weißblitzendes Lächeln auf. Ihre großen, leuchtend braunen Augen rollten von dem mit Vorhängen verhängten Bett zu dem Arzt und von dem Arzt zu dessen jungem Gefährten: «Ist dieser schöne Monsieur Euer Bursche? Schläft er bei Euch?»

«Er ist mein Sekretär», ewiderte Aubriot lächelnd. «Aber er kann in meinem Zimmer schlafen.»

«Gewiß kann er das, nett und sauber wie er aussieht», sagte die Negerin lachend. «Ich lasse ihm in einer Ecke oder im Ankleidezimmer ein Bett aufstellen, wie Ihr wünscht, Monsieur.»

Sie scharwänzelte noch ein wenig um sie herum, dann sagte sie: «Ihr werdet doch noch etwas essen, bevor Ihr auspackt, nicht wahr? Lange Reisen höhlen den Magen aus!»

«Danke, wir haben keinen Hunger», sagte Aubriot, denn er sah Jeanne vor Ungeduld von einem Fuß auf den anderen treten. «Ich gehe lieber und versuche Monsieur zu finden. Vielleicht kann ich mich im Hospital nützlich machen und . . .»

Die Negerin unterbrach ihn ungeniert. Beide Fäuste in die Fettpolster ihrer Hüften gestemmt, sah sie den Doktor aus Paris grimmig an: «Es gibt nie genug Ärzte im Krankenhaus, wenn die Heimkehrer aus Indien kommen, aber ehe Ihr geht, werdet Ihr etwas essen!» versicherte sie in einem Ton, der keinen Widerspruch duldete. «Ich möchte nicht, daß Madame mir den Kopf wäscht, wenn sie zurückkommt und daß sie vor aller Welt sagt, Joséphine hat die guten französischen Manieren noch nicht gelernt und läßt Reisende mit leerem Magen fortgehen!»

Da sie seit dem Morgen nur zwei trockene Küchlein und Pflaumen zu sich genommen hatten, wurden sie ihres Hungers gewahr, als aus einer Terrine mit Fischsuppe vor ihnen dicker, aromatischer Dampf aufstieg. Um die Suppe herum standen ein Napf mit Krabben und mehrere Schüsseln mit Muscheln: Austern, Miesmuscheln und Venusmuscheln. Jeanne hatte von alldem noch nie etwas gesehen und kostete von allem mit so naschhafter Neugier, daß die Negerin glücklich lachte und ihr Buchweizenpfannkuchen mit Butter bestrich, die sie übereinanderklappte ehe sie sie auf den Tellerrand des ‹jungen Mannes› legte:

«Man muß zu Muscheln immer Pfannkuchen mit viel Butter essen, sonst bleiben sie einem nicht im Leib, und es ist, als hätte man keine gegessen. Und trinkt einen Schluck, mein Kleiner, wenn Monsieur es erlauben. Man muß immer einen großen Schluck

Weißwein auf die Viecher trinken, zur Verdauung, sonst springen sie einem im Bauch herum: der Weißwein schläfert sie ein . . .»

«Ich erlaube dir einen *kleinen* Schluck, Jeannot», verbesserte Aubriot lächelnd.

Heimlich goß Joséphine dem schönen jungen Mann mehrere kleine Schlücke ein, um einen großen daraus zu machen. Doktor Aubriots Diener war sehr froh, als die Negerin entschied, daß die Mägen der Gäste nun gastfreundlich genug angefüllt waren und sie ihnen erlauben konnte, ‹durch die Straßen zu laufen›.

Endlich!

Endlich atmete Jeanne die Luft eines Hafens! Kaum auf der Straße, öffnete sie den Mund, um den Wind hereinzulassen, und leckte seine salzig-feuchte Spur von ihren Lippen. Die Luft von Lorient schmeckte stark und streng nach dem Meer und den von den Quais aufsteigenden Gerüchen, ein Geschmack, der ihr auf der Stelle den Eindruck vermittelte, allein schon beim Atmen ein Abenteuer zu erleben. Ihre Seele war bereits erobert, als sie Lorients schönste Landschaft erblickte.

Das Meer lag ruhig. Unter einem Himmel mit weißen Wolken kräuselte sich die graugrüne Wasserfläche in sanften, kaum schaumgekrönten Wellen. Doch die Friedlichkeit des Wassers wurde überlagert vom pulsierenden und lärmenden Leben im Hafen. Drei Schiffe mit gerefften Segeln lagen auf der Reede, mehrere ankerten – in Quarantäne oder kurz vor dem Aufbruch? – mitten in der Bucht, ein weiteres eilte auf dem offenen Meer mit prallgerundeten Segeln dem Horizont entgegen. Außerdem zwei Flüten, die von unter ihrer Last gebeugten Trägern ausgerüstet wurden, ein großes Schiff der Ostindischen Handelskompanie und auf der Werft drei Überseeschiffe im Bau – das alles inmitten des unaufhörlichen Balletts der vorbeifahrenden Schaluppen, des Gepolters der Belader und Entlader, der Fuhrleute, Kalfaterer und Zimmerleute, des bunten Treibens der auf den Quais entlanglaufenden und -fahrenden Menge. Durch das Grau der Lederkittel des arbeitenden Volkes kamen und gingen lustig die blauen und roten Uniformen der Offiziere der Handelsmarine und der Königlichen Marine, blitzten die heiteren Gewänder eines ganzen schwarzen Völkchens aus den Ländern der Sonne auf. Damen und junge Mädchen in heller

Sommergarderobe, die aus der Verkaufshalle kamen, schlenderten zwischen den noch auf den Quais aufgetürmten Waren umher, deren würziges Aroma sich mit den heißen Teerausdünstungen jener Flecken mischte, wo die Kalfaterer am Werk waren.

Dieses verwirrende Kommen und Gehen vor einem weiten Hintergrund von Farben, Geräuschen und Gerüchen – das alles versetzte Jeanne, wie jeden Neuankömmling aus dem Binnenland, in einen Rauschzustand, der die Phantasie beflügelte. Schon konnte sie sich tausend Meilen von Paris entfernt glauben, an den Pforten all jener schillernden Paradiese, die Namen trugen wie Isle de France, Pondichéry, Chandernagor, Sumatra ... Der ganze unerschöpfliche Reichtum des Orients hatte sich auf den Markt dieses abendländischen Hafens ergossen, zu Füßen der aus allen Städten Frankreichs herbeigeeilten Kaufleute, die ihn sich bei der Versteigerung streitig machen wollten. Nein, niemals hatte Jeanne sich ihren Träumen so nahe gefühlt. Sie lehnte sich auf Philiberts Arm: «Ich bin geblendet», murmelte sie. «Ich entdecke hier ein tausendmal lebendigeres Leben als in Paris. Und dieses Meer ...»

Sie verstummte. So tief bewegte sie das Meer, daß sie davon nicht sprechen konnte. Ein stechender Schmerz durchfuhr sie, weil Vincent nicht da war, mit dem sie das Unaussprechliche in einem einzigen Händedruck geteilt hätte. Vincent, mein Geliebter, dachte sie glühend. Der Seefahrer fehlte ihr hier mehr als anderswo, doch war er hier auch weniger abwesend als anderswo. Wenn sie gekonnt hätte, wäre sie hingelaufen und hätte das Ozeanwasser berührt, das schöne, grüne, tanzende Wasser, das endlose Wasser, auf dem irgendwo die ‹Belle Vincente› umhersegelte ...

«Dreh dich um», erklang plötzlich Philiberts Stimme. «Die Stadt lohnt auch der Betrachtung.»

Zwischen dem changierenden Grün des Ozeans und dem silbernen Band des Scorff-Flusses hatte die Ostindische Handelskompanie in ein paar Jahrzehnten eine moderne Stadt aus grauweißgeflecktem Granit erbaut, deren strenge Eleganz man einfach bewundern mußte. Sie wandten der Hafenanlage den Rücken und gingen auf die prächtige, mit Ulmen bepflanzte Place d'Armes. Als sie sich der Verkaufshalle näherten, gerieten sie in einen Jahrmarkt. Ein buntes Gemisch aus einfachen Leuten und Bürgerlichen umringte die verschiedensten Artisten, die alle möglichen Kunststücke darboten: Bärenführer, Schwert- und Feuerschlucker, Tänzerinnen, Akrobaten, Zauberer und Verkäufer von Wunderpulver. In dem Gebäude gingen Menschen ständig ein und aus, und wie sie betraten die beiden Spaziergänger die brechend volle Halle, in der man erstickte, in der Beleidigungen hin- und herflogen und man Gefahr lief, einen spitzen Ellbogen in die Rippen zu bekommen. Die Luft war eine dicke Suppe aus allen Gewürzen der orientalischen Küche. Aubriot und Jeanne hielten es nicht lange aus und retteten sich auf die Straße.

Vor der Tür war eine exotische Miniaturflora abgeladen worden. In Kübeln mit Erde aus fernen Ländern warteten Dutzende von dahinsiechenden Sträuchern auf Liebhaber exotischer Gärten. Eine ganze Gesellschaft von Sammlern, Neugierigen und Gärtnern beugte sich mit genießerischen Mienen über sie.

Lorient war wirklich tausend Meilen von Paris entfernt. Ein großer Handelshafen und zugleich Marine-Arsenal, stand die schöne Stadt aus Granit im Jahre 1766 in voller Blüte. Man bereicherte sich nach Kräften an den Schätzen, die der Seehandel aus der ganzen Welt herbeischaffte, und je mehr man sich bereicherte, um so üppiger wurde das Leben in den schönen Stadtpalais, auf den Schlössern und in den Lusthäusern, die auf dem Land wie Pilze aus der Erde schossen. Überall wurden Diners, Soupers gegeben und Picknicks im Grünen, wie man es in *‹La Nouvelle Héloïse›* gelesen hatte. Weder in der Dombes noch in Paris hatte die Belle Tisanière je so farbenprächtige Empfänge erlebt, denn noch nie hatte sie in einer Gesellschaft so viele blaue und rote Uniformen herumwirbeln sehen, unter die sich die bunte Schar einer zahlreichen schwarzen Dienerschaft mischte, jederzeit bereit, ihre Arbeit liegen zu lassen, die Negertrommel herauszuholen und den Gästen ihrer Herrschaften etwas vorzutanzen. Diese Allgegenwart der Neger, die Volieren, in denen Vögel von den Inseln lärmten, die Papageien und Affen, die in allen Salons für Belustigung sorgten, die fremden und fröstelnden Pflanzen, die im Sommer aus ihren Treibhäusern geholt wurden, um Terrassen oder Boudoirs zu schmücken, die Fülle von orientalischen Porzellangegenständen und Teppichen, der Überfluß an kostbaren kleinen Möbeln und Paravents, die von den Hausfrauen zum Lackieren nach China geschickt wurden, das stark gewürzte Essen, der Punsch mit Rum oder mit Vanille, der in Gesellschaft ebenso selbstverständlich angeboten wurde wie Weißwein aus Nantes – all diese aus der Ferne importierten Sitten und Gebräuche verwandelten den großen bretonischen Hafen in eine tropische Stadt, in der Jeanne sich köstlich fremd fühlte. Seit ihrer Ankunft in Lorient fiel ihr an jeder Straßenecke ein, wie Pauline de Vaux-Jailloux einst das kreolische Leben geschildert hatte.

Das immer berauschendere Gefühl, bereits anderswo als in Frankreich zu leben, wurde noch verstärkt durch die Gespräche rundum. All diese unechten Kreolinnen und ihre Männer, ihre Liebhaber, ihre großen Kinder und die Geschäftsleute, bei denen Jeanne hineinschaute – sie alle unterhielten sich täglich über die Zucker- oder Gewürzinseln, über Indien und China, als handle es sich um der Bretagne benachbarte Provinzen. Jeanne hörte Leute sagen: «Ich komme gerade aus Pondichéry; in acht Tagen fahre ich auf die Bourboneninsel, wir haben am Kap der Guten Hoffnung schönes Wetter gehabt», und zwar mit der gleichen Selbstverständlichkeit, wie man sagt: «Ich komme gerade aus Hennebont, ich fahre nach Vannes, in Nantes ist schönes Wetter.» Sie gewöhnte sich in wenigen Tagen daran und begann ebenfalls, die Entfernungen anders einzuschätzen: Rio de Janeiro, wo die ‹Étoile des Mers› ihre erste Zwischenlandung machen sollte, erschien ihr näher als Paris. Mehrmals am Tag lief sie in den Hafen, um ‹ihr› Schiff zu betrachten.

Die ‹Étoile des Mers›, die Aubriot mitnehmen sollte, lag überholt, gereinigt, bewaffnet und teilweise beladen in der Mitte der Bucht. Obwohl die Flûte kein zierendes Schnitzwerk hatte – bei den Schiffen neigte die Mode zur Schlichtheit – war sie mit ihrem frischgestrichenen rot-gelben Rumpf, ihren schwarzen Rippen und ihrem funkelnden Kupfer eine Augenweide. Wie alle zu Handelsschiffen umgerüsteten Kriegskorvetten war sie um einen großen Teil ihrer Kanonen erleichtert worden, um Platz zu schaffen für das Material und die Waren für die Maskareneninseln: augenblicklich lebte Frankreich in Frieden, zwischen Lorient und Port-Louis auf der Isle de France war keine üble Begegnung zu erwarten.

Der Kapitän der ‹Étoile des Mers›, der Vicomte Vilmont de la Troesne, war ein bretonischer Edelmann aus altem Geschlecht um die Fünfzig, klein und untersetzt, mit oft in die Ferne schweifenden graublauen Augen. Schlicht und direkt, liebenswürdig und kultiviert, in die Botanik und die Astronomie vernarrt, hielt er es für eine so große Ehre, einen bedeutenden Naturforscher, engen Freund von Lalande und Bekannten von Buffon in den Indischen Ozean zu bringen, daß er seinen künftigen Passagier sogleich wie eine kostbare Persönlichkeit behandelte. Wenn de la Troesne sich auf dem Festland aufhielt, bewohnte er in Port-Louis, dem Vorhafen von Lorient, das schöne alte Palais seiner Familie. Er hatte weidlich Zeit, Aubriot und dessen Diener in das bretonische Schloßleben miteinzubeziehen, denn die Abfahrt seines Schiffes mußte auf den 29. September verschoben werden: sein erster Offizier, von einem Herzanfall hinweggerafft, mußte ersetzt werden, und man wartete auf den Ersatzmann, den Chevalier de Trévenoux, der aus Saint-Malo kommen sollte.

Der widrige Aufschub hatte Jeanne beunruhigt: das Festland begann ihr unter den Füßen zu brennen. Die Reisekutsche des Maréchal de Richelieu war pünktlich in Lorient eingetroffen, um sie abzuholen. Froment, der vertraute Diener des Herzogs, hatte sie diskret im Hof eines Palais untergestellt und sich danach Jeanne gezeigt. Gott sei Dank hatte Jeanne mit einigem Lächeln und zwei Louisdors keine Mühe gehabt, Froment zu überreden, etwas länger als vorgesehen zu warten.

Eines Abends, kurz vor der Abreise, kam Kapitän Vilmont de la Troesne bei den Dussaults vorbei, um seinen künftigen Passagier davon zu unterrichten, daß am nächsten Tag in einem der hübschesten ‹Lusthäuser› von Hennebont ein Souper und ein Ball stattfinden würden; die galante Gastgeberin gab ihre Gewinne aus der Seefahrt dafür aus, die Marine zu bewirten, um noch andere Vorteile aus ihr zu ziehen – in Naturalien.

Doktor Aubriot war noch nicht von einem offiziellen Gang zum Hafenkommissar zurück: «Aber der kleine Monsieur Jeannot kann Euch sagen, ob der Doktor bald nach Hause kommt», sagte Joséphine dem Vicomte. «Er weiß immer alles über die Geschäfte seines Meisters, der kleine Monsieur Jeannot. Er ist da drüben, Madame hat ihm die Bibliothek zur Verfügung gestellt, damit er das Gepäck des Doktors fertig packt . . .»

Tatsächlich fand de la Troesne den jungen Jeannot beim sorgfältigen Verpacken von Gegenständen, die er dicht nebeneinander in einem großen Reisekoffer verstaute. Auf dem Tisch erblickte der Vicomte Handspiegel, Spieldosen, Wecker, sehr schöne Pistolen, Fernrohre, Pillendöschen, Schönheitspflaster, Rouge – kurzum, ein ganzes Sortiment aus guten Geschäften.

«Oh, oh! Seid Ihr dabei, eine Ladung Freigepäck für Monsieur fertig zu machen?» fragte der Seefahrer.

«Ganz recht, Monsieur», sagte Jeanne verlegen.

Sie bezweifelte, daß Philibert, obwohl sie ihn dazu drängte, den Kapitän der ‹Étoile des Mers› um Erlaubnis gebeten hatte, etwas Beilast mit an Bord zu nehmen. Grundsätzlich war dies auf einem Königlichen Schiff verboten, dessen Kapitän nicht dulden durfte, daß auf seinem Fahrzeug Handel getrieben wurde, aber das Reglement wurde täglich unterlaufen, und Jeanne hatte auf eigene Kappe ein Sortiment kleiner Kostbarkeiten zusammengetragen, von denen sie wußte, daß sie auf der Isle de France Mangelware waren. Sie setzte ihr treuherzigstes Lächeln auf: «Ihr findet es doch hoffentlich nicht schlimm, Monsieur, wenn Eure Passagiere ein bißchen mit ihrer Beilast handeln?»

«Wenn ich es schlimm fände, daß bei mir an Bord gehandelt wird, würde ich durch übermäßigen Eifer auffallen und allein dafür einen Orden bekommen!» sagte der Kapitän lachend. «Laßt mich einmal sehen . . .»

Er besah sich die Gegenstände und nickte anerkennend: «Die Auswahl ist vortrefflich, Monsieur Aubriot müßte seinen Einsatz mindestens dreimal herausbekommen, wenn er gut verkauft.»

«*Ich* habe alles ausgesucht», konnte Jeanne sich nicht enthalten, voller Stolz zu sagen.

De la Troesne betrachtete den jungen Diener mit wachsender Aufmerksamkeit. Dieser allzu schöne Bedienstete mit den nicht alltäglichen Feinheiten in Manieren und Sprache, der zugleich diskret und allgegenwärtig dem Schatten seines künftigen Passagiers folgte, irritierte ihn schon eine Weile. Als alter Seeoffizier gewohnt, allzu zärtliche Matrosenpaare zu wittern und die Augen davor zu verschließen, um die Schuldigen nicht mit einem schmachvollen Tod bestrafen zu müssen, hatte der Vicomte zunächst gedacht, Doktor Aubriot reise mit seinem Lustknaben und benutze den jungen Mann praktischerweise auch als Bediensteten.

Darum hatte er überhaupt nichts mehr verstanden, als Aubriot ihm seine Absicht mitgeteilt hatte, beim Einschiffen seinen Diener-Sekretär zu wechseln. De la Troesnes Ahnung hatte sich bestätigt: dieses Paar war noch komplizierter, als er es sich vorgestellt hatte. Jetzt, wo er mit dem Knaben allein war, erschien ihm der Augenblick günstig, sich ein wenig Klarheit zu verschaffen: «Ich gratuliere Euch zu Euren Einkäufen», sagte er zu dem jungen Mann. «Euer Doktor muß glücklich sein, Euch zu haben, und unglücklich, daß er Euch nicht mitnehmen kann. Der Bedienstete, den ich für ihn gefunden habe, ist jung und kräftig, er ist nicht auf den Kopf gefallen, ist höflich und gutwillig und nicht einmal ungebildet, aber zweifellos weit davon entfernt, Euch gleichzukommen, und Monsieur Aubriot wird sich sehr fremd fühlen, mit ihm leben zu müssen. Warum erlaubt Euch Eure Familie nur nicht mitzufahren? In Friedenszeiten ist eine Seereise von einigen Monaten keine großartige Angelegenheit, und die Jugend sollte etwas von der Welt sehen.»

Die überängstliche Familie seines Jeannot, das war die Geschichte, die Aubriot erzählt hatte, um seine Suche nach einem neuen Diener zu rechtfertigen. In der wohlwollenden Haltung, die der Kapitän der ‹Étoile des Mers› Jeanne zeigte, sah sie die Gelegenheit, auf die sie seit Tagen wartete:

«Monsieur», sagte sie entschlossen, «da Ihr Interesse für mich zeigt, möchte ich Euch gleich gestehen, daß Eure aufgeschobene Abreise mir Zeit gelassen hat, meiner Tante zu schreiben und sie zu bitten, ihre Meinung zu ändern. Ich habe gerade ihre Antwort erhalten, und sie erlaubt mir endlich, Monsieur Aubriot nach Übersee zu begleiten, wenn er mich noch will. Ich fürchte nämlich, daß er es nach all diesem Hin und Her leid ist. Deshalb, Monsieur . . . wage ich, Euch darum zu bitten, mich an Stelle des anderen jungen Mannes an Bord gehen zu lassen, falls Monsieur Aubriot mich noch will.»

«Meiner Treu», sagte Vicomte de la Troesne belustigt, «ich habe Befehl, Doktor Aubriot in Begleitung eines Dieners auf die Isle de France zu bringen, bin aber keineswegs befugt, den letzteren auszusuchen: das steht im Belieben des Doktors. Was mich angeht, wenn ich an seiner Stelle wählen müßte, so würde ich Euch behalten. Ein freundliches Gesicht, eine aufgeweckte Miene, sanfte und höfliche Manieren, Anhänglichkeit – das findet man nicht so leicht in einem einzigen Diener vereint.»

Jeanne verneigte sich blutrot von dem Kompliment und vor allem von dem leisen Spott, den sie aus dem Ton des Vicomtes herausgehört hatte. Dieser fügte, sich heimlich auf ihre Kosten amüsierend, hinzu:

«Wißt Ihr, man lebt auf einem Schiff sehr beengt, daher ist es angebracht, sich von jemandem begleiten zu lassen, mit dem man, ohne sich belästigt zu fühlen, etwas näheren Umgang pflegen kann.»

Wiederum löste der Tonfall des Vicomtes in Jeanne unbestimmte Verlegenheit aus, aber schließlich sagte sie: «Wenn es so ist, Monsieur, könnt Ihr sicher sein, daß ich mein Möglichstes tun werde, Monsieur Aubriot dazu zu bewegen, mich mitzunehmen. Gestattet Ihr mir, ihm zu verstehen zu geben, daß Ihr es gern seht, wenn ich bei Euch an Bord gehe?»

De la Troesne lachte frei heraus: «Ich bin sicher, daß Ihr ihn überzeugen werdet, daß Ihr nicht lange dazu braucht, und er es mir gleich morgen mitteilen wird», sagte er. «Junger Freund, ich erwarte Euch in fünf Tagen an Bord der ‹Étoile des Mers› . . . mit einem einzigen Koffer Beilast. Beachtet das: einen einzigen Koffer mit Waren.»

«Wie, Monsieur», schnurrte sie mit absichtlich schüchterner Stimme, «habe ich selbst kein Anrecht auf ein kleines Bündel? Ich habe im Hafen sagen hören, daß sogar ein Matrose es sich häufig erlaubt . . .»

«Nur, was in seine Mütze geht, mein Freund, nicht mehr», unterbrach der Kapitän, allerdings mit lächelndem Gesicht.

22. Kapitel

In der Mitte der Reede schwankte die ‹Étoile des Mers› leicht auf dem ruhigen Wasser ...

Jeanne hielt die Augen unverwandt auf das Schiff gerichtet. Dort drüben, in dem blaugrünen Grau von Meer und Himmel hatte ihr langersehnter Traum die Gestalt eines schönen Holzspielzeugs angenommen. Plötzlich, im Zweifel, ob ihre überanstrengten Augen sie nicht täuschten, sah sie an den Masten der Flüte Segel aufsteigen: an Bord übten einige Männer der Mannschaft, um das nagelneue Takelwerk in den Griff zu bekommen. Jeannes Schultern hoben sich instinktiv, als wolle sie im Gleichklang mit den Segeln ihre Flügel lockern. Ein verzücktes Lächeln trat auf ihre Lippen – das Spielzeug funktionierte gut.

Ein vorbeigehender Matrose blieb belustigt stehen, um den schönen blonden jungen Mann zu beobachten, der wie verzaubert vor dem Horizont stand. Schließlich sprach er ihn an:

«Es ist wohl nicht nötig, Monsieur, daß ich Euch frage, ob dies Eure erste Schiffsreise ist?»

Jeanne fuhr herum, sah den Mann und nickte.

«Wir werden miteinander segeln: das ist mein Schiff», sagte der Matrose und wies mit dem Kinn auf die ‹Étoile des Mers›.

«Es ist schön», murmelte Jeanne.

«Und es ist sicher», erwiderte der Matrose. «Ihr könnt beruhigt sein, Monsieur, es ist ein gutes Schiff. Es wird Euch hinbringen, wohin Ihr wollt.»

J

Nunmehr bleibt Jeanne für eine Weile
unseren besorgten Blicken entzogen.
Doch gemach,
als Jeanne über den Meeren
wird sie uns wiederbegegnen –
bläht nicht der Wind schon
die Segel?

Die Personen des ersten Teiles

Ein Schloß in der Dombes

Jeanne Beauchamps	in den Kniehosen ihres Jugendfreundes Denis auch «Jeannot» genannt: die reizende und rätselhafte Hauptperson
Philibert Aubriot	Arzt und Botaniker, der Jeannes Liebe zur Natur weckt
Baronin Marie-Françoise de Bouhey	Schloßherrin von Charmont, Jeannes Ziehmutter und Vertraute, Witwe des Oberst Jean-Charles de Bouhey
Rittmeister François de Bouhey	ihr Sohn
Delphine de Bouhey	ihre Schwiegertochter
Jean-François und Charles de Bouhey	ihre Enkelsöhne
Charlotte de Bouhey	ihre Schwägerin, Stiftsdame in der Abtei von Neuville
Pompon	Kammerzofe der Baronin
Mademoiselle Sergent	Hausdame von Schloß Charmont
Thomas	Kutscher von Schloß Charmont
Longchamp	Diener der jungen Bouheys
Tatan, Nanette, Bellotte und Tot	Dienst- und Zimmermädchen von Schloß Charmont
Bouchoux	Stallknecht von Schloß Charmont
Abbé Rollin	Hauslehrer von Schloß Charmont
Pater Jérôme	Almosenpfleger der Abtei von Neuville
Denis Gaillon	Sohn des Verwalters von Schloß Charmont, Jeannes Jugendfreund
Marguerite Maupin	eine Unbekannte aus dem Bugey
Comtesse Geneviève de Saint-Girod	eine ehemalige Geliebte Aubriots
Etiennette de Rupert	ihre Schwester, Herrin von Schloß Rupert
Marie de Rupert	deren Tochter, Jeannes Freundin
Duc de Choiseul	Minister des Auswärtigen und Günstling der Pompadour
Chevalier Vincent	Malteserritter und Korsar
Pauline de Vaux-Jailloux	seine Geliebte, eine schöne Kreolin
Mario	Vincents Diener
Louis-Antoine Duthillet	Prokurator von Châtillon
Sieur Florimond	ein berühmter Chefkoch
der «Niçois»	Haarkünstler und Perückenmacher

COMTE PAZEVIN	Reeder und Schiffsbefrachter aus Marseille
GIULIO PAZEVIN	sein unehelicher Sohn
PHILIPPE CHABAUD DE JASSERON	Maries Verlobter
ÉMILIE DE LA POMMERAIE	Stiftsfräulein der Abtei von Neuville, Jeannes Freundin
MONSIEUR JASSANS	Apotheker von Châtillon
LALLY-TOLLENDAL	Gouverneur von Pondichéry
JOSEPH UND HENRI DELAFAYE	Lyoner Tuchfabrikanten, Neffen der Baronin
LAURENT DELAFAYE	einziger Sohn und Erbe des Hauses Delafaye
ELISABETH, MARGOT, ANNE-AIMÉE UND MARIE-LOUISE DELAFAYE	Töchter des Hauses Delafaye
SIEUR PERNON	Lyoner Herrenschneider
CHEVALIER CASANOVA DE SEINGALT	Schürzenjäger aus Venedig
PIERRE POIVRE	Botaniker und Entdecker, Freund Aubriots
MONSIEUR DE BEAULIEU	Polizeileutnant von Lyon
ALBERT VON HALLER	Schweizer Arzt und Botaniker, Freund Aubriots

Die Personen des zweiten Teiles
Im Garten des Königs

MADEMOISELLE BASSEPORTE	Zeichnerin im Königlichen Garten
COMTE DE BUFFON	Verwalter des Königlichen Gartens
ANDRÉ THOUIN	Obergärtner im Königlichen Garten
ANTOINE DE JUSSIEU	Professor im Königlichen Garten
JÉRÔME DE LALANDE	Astronomie-Professor am Collège de France, Freund Aubriots
LUCIEN VACHER	Arzt, Studienkollege Aubriots, in dessen Wohnung Jeanne und Aubriot in Paris wohnen

Madame Favre	Vachers Haushälterin
Guillaume François Rouelle	Chemiker
Diderot	Dichter, Herausgeber der *Encyclopédie*
d'Alembert	Dichter, Mitarbeiter der *Encyclopédie*
Bruder Joachim	Mönch im Orden der Barmherzigen Brüder
Louis-Sébastien Mercier	Dichter
Crébillon Sohn	Dichter, Königlicher Zensor
Justine Favart	Schauspielerin, Sängerin an der Comédie Italienne
Simon Favart	ihr Mann
Abbé de Voisenon	«Oncle Claude», ihr Liebhaber
Marquise de Mauconseil	Vornehme Kupplerin
Duc de Richelieu	Marschall von Frankreich, Erster Kammerjunker des Königs, Urgroßneffe des berühmten Kardinals
Prince de Conti	Großprior des Templerordens
Comtesse de Boufflers	seine Geliebte
Duc de Choiseul	Minister des Auswärtigen und Kriegsminister
Lucette	Jeannes Ladenmamsell
Madelon Thouin	Ladenmamsell, André Thouins Cousine
Banban	Laufbursche
Michel Adanson	Botaniker
Doktor Tronchin	Schweizer Mediziner
Vicomte Vilmont de la Troesne	Kapitän der ‹Étoile des Mers›